VIAJE AL FIN DE LA NOCHE

LOUIS-FERDINAND CÉLINE

VIAJE AL FIN DE LA NOCHE

Traducción de Carlos Manzano

 edhasa

Consulte nuestra página web: www.edhasa.es
En ella encontrará el catálogo completo de Edhasa comentado.

Título original: *Voyage au bout de la nuit*

Diseño de la cubierta: Pepe Far

Tercera edición: junio de 2001
Cuarta reimpresión: abril de 2011

© Editions Gallimard, 1952
© de la traducción: Carlos Manzano, 1993
© de la presente edición: Edhasa, 2001
Avda. Diagonal, 519-521
08029 Barcelona
Tel. 93 494 97 20
España
E-mail: info@edhasa.es
htpp://www.edhasa.es

ISBN: 978-84-350-0893-8

Impreso en Liberdúplex

Depósito legal: B-18.711-2011

Impreso en España

A Elisabeth Craig*

Notre vie est un voyage
Dans l'hiver et dans la Nuit,
Nous cherchons notre passage
Dans le Ciel où rien ne luit.

Canción de la Guardia Suiza, 1793

Viajar es muy útil, hace trabajar la imaginación. El resto no son sino decepciones y fatigas. Nuestro viaje es por entero imaginario. A eso debe su fuerza.

Va de la vida a la muerte. Hombres, animales, ciudades y cosas, todo es imaginado. Es una novela, una simple historia ficticia. Lo dice Littré, que nunca se equivoca.

Y, además, que todo el mundo puede hacer igual. Basta con cerrar los ojos.

Está del otro lado de la vida.

La cosa empezó así. Yo nunca había dicho nada. Nada. Fue Arthur Ganate quien me hizo hablar. Arthur, un compañero, estudiante de medicina como yo. Resulta que nos encontramos en la Place Clichy. Después de comer. Quería hablarme. Lo escuché. «¡No nos quedemos fuera! —me dijo—. ¡Vamos adentro!» Y fui y entré con él. «¡Esta terraza está como para freír huevos! ¡Ven por aquí!», comenzó. Entonces advertimos también que no había nadie en las calles, por el calor; ni un coche, nada. Cuando hace mucho frío, tampoco; no ves a nadie en las calles; pero, si fue él mismo, ahora que recuerdo, quien me dijo, hablando de eso: «La gente de París parece estar siempre ocupada, pero, en realidad, se pasean de la mañana a la noche; la prueba es que, cuando no hace bueno para pasear, demasiado frío o demasiado calor, desaparecen. Están todos dentro, tomando cafés con leche o cañas de cerveza. ¡Ya ves! ¡El siglo de la velocidad!, dicen. Pero, ¿dónde? ¡Todo cambia, que es una barbaridad!, según cuentan. ¿Cómo así? Nada ha cambiado, la verdad. Siguen admirándose y se acabó. Y tampoco eso es nuevo. ¡Algunas palabras, no muchas, han cambiado! Dos o tres aquí y allá, insignificantes...». Conque, muy orgullosos de haber señalado verdades tan oportunas, nos quedamos allí sentados, mirando, arrobados, a las damas del café.

Después salió a relucir en la conversación el presidente Poincaré, que, justo aquella mañana, iba a inaugurar una exposición canina, y, después, burla burlando, salió también *Le Temps,** donde lo habíamos leído. «¡Hombre, *Le Temps*! ¡Ése es un señor periódico! –dijo Arthur Ganate para pincharme–. ¡No tiene igual para defender a la raza francesa!»

«¡Y bien que lo necesita la raza francesa, puesto que no existe!», fui y le dije, para devolverle la pelota y demostrar que estaba documentado.

«¡Que sí! ¡Claro que existe! ¡Y bien noble que es! –insistía él–. Y hasta te diría que es la más noble del mundo. ¡Y el que lo niegue es un cabrito!» Y me puso de vuelta y media. Ahora, que yo me mantuve en mis trece.

«¡No es verdad! La raza, lo que tú llamas raza, es ese hatajo de pobres diablos como yo, legañosos, piojosos, ateridos, que vinieron a parar aquí perseguidos por el hambre, la peste, los tumores y el frío, que llegaron vencidos de los cuatro confines del mundo. El mar les impedía seguir adelante. Eso es Francia y los franceses también.»

«Bardamu –me dijo entonces, muy serio y un poco triste–, nuestros padres eran como nosotros. ¡No hables mal de ellos!...»

«¡Tienes razón, Arthur! ¡En eso tienes razón! Rencorosos y dóciles, violados, robados, destripados, y gilipollas siempre. ¡Como nosotros eran! ¡Ni que lo digas! ¡No cambiamos! Ni de calcetines, ni de amos, ni de opiniones, o tan tarde, que no vale la pena. Hemos nacido fieles, ¡ya es que reventamos de fidelidad! Soldados sin paga, héroes para todo el mundo, monosabios, palabras dolientes, somos los favoritos del Rey Miseria. ¡Nos tiene en sus manos! Cuando nos portamos mal, aprieta... Tenemos sus dedos en torno al cuello, siempre, cosa que moles-

---

* *Le Temps* era, en la Tercera República, el equivalente del *Times* inglés o del actual *Le Monde*, que se instaló en sus antiguos locales tras la Liberación. No defendía las posiciones racistas, nacionalistas y revanchistas que Arthur Ganate le atribuye aquí. Con ocasión del caso Dreyfus, apoyó al ministro Waldeck-Rousseau y, en vísperas de la guerra, no manifestaba belicismo alguno. *(N. del T.)*

ta para hablar; hemos de estar atentos, si queremos comer... Por una cosita de nada, te estrangula... Eso no es vida...»

«¡Nos queda el amor, Bardamu!»

«Arthur, el amor es el infinito puesto al alcance de los caniches, ¡y yo tengo dignidad!», le respondí.

«Puestos a hablar de ti, ¡tú eres un anarquista y se acabó!»

Siempre un listillo, como veis, y el no va más en opiniones avanzadas.

«Tú lo has dicho, chico, ¡anarquista! Y la prueba mejor es que he compuesto una especie de oración vengadora y social. ¡A ver qué te parece! Se llama *Las alas de oro*...» Y entonces se la recité:

Un Dios que cuenta los minutos y los céntimos, un Dios desesperado, sensual y gruñón como un marrano. Un marrano con alas de oro y que se tira por todos lados, panza arriba, en busca de caricias. Ése es, nuestro señor. ¡Abracémonos!

«Tu obrita no se sostiene ante la vida. Yo estoy por el orden establecido y no me gusta la política. Y, además, el día en que la patria me pida derramar mi sangre por ella, me encontrará, desde luego, listo para entregársela y al instante.» Así me respondió.

Precisamente la guerra se nos acercaba a los dos, sin que lo hubiéramos advertido, y ya mi cabeza resistía poco. Aquella discusión breve, pero animada, me había fatigado. Y, además, estaba afectado porque el camarero me había llamado tacaño por la propina. En fin, al final Arthur y yo nos reconciliamos, por completo. Éramos de la misma opinión sobre casi todo.

«Es verdad, tienes razón a fin de cuentas —convine, conciliador—, pero, en fin, estamos todos sentados en una gran galera, remamos todos, con todas nuestras fuerzas... ¡no me irás a decir que no!... ¡Sentados sobre clavos incluso y dando el callo! ¿Y qué sacamos? ¡Nada! Estacazos sólo, miserias, patrañas y cabronadas encima. ¡Que trabajamos!, dicen. Eso es aún más chungo que todo lo demás, el dichoso trabajo. Estamos abajo, en las bodegas, echando el bofe, con una peste y los cataplines chorreando sudor, ¡ya ves! Arriba, en el puente, al fresco, están los amos, tan campantes, con bellas mujeres, rosadas y bañadas de perfume, en las rodillas. Nos hacen subir al puente. Entonces se ponen sus chisteras y nos echan un discurso, a berridos, así: "Hatajo de granujas, ¡es la guerra! —nos dicen—. Vamos a abordarlos, a esos cabrones de la patria n.º 2, ¡y les vamos a reventar la sesera! ¡Venga! ¡Venga! ¡A bordo hay todo lo necesario! ¡Todos a coro! Pero antes quiero veros gritar bien: '¡*Viva la patria n.º 1!*' ¡Que se os oiga de lejos! El que grite más fuerte, ¡recibirá la medalla y la peladilla del Niño Jesús! ¡Hostias! Y los que no quieran diñarla en el mar, pueden ir a palmar en tierra, ¡donde se tarda aún menos que aquí!"»

«¡Exacto! ¡Sí, señor!», aprobó Arthur, ahora más dispuesto a dejarse convencer.

Pero, mira por dónde, justo por delante del café donde estábamos sentados, fue a pasar un regimiento, con el coronel montado a la cabeza y todo, ¡muy apuesto, por cierto, y de lo más gallardo, el coronel! Di un brinco de entusiasmo al instante.

«¡Voy a ver si es así!», fui y le grité a Arthur, y ya me iba a alistarme y a la carrera incluso.

«¡No seas gilipollas, Ferdinand!», me gritó, a su vez, Arthur, molesto, seguro, por el efecto que había causado mi heroísmo en la gente que nos miraba.

Me ofendió un poco que se lo tomara así, pero no me hizo desistir. Ya iba yo marcando el paso. «¡Aquí estoy y aquí me quedo!», me dije.

«Ya veremos, ¿eh, pardillo?», me dio incluso tiempo a gritarle antes de doblar la esquina con el regimiento, tras el coronel y su música. Así fue exactamente.

Después marchamos mucho rato. Calles y más calles, que nunca acababan, llenas de civiles y sus mujeres que nos animaban y lanzaban flores, desde las terrazas, delante de las estaciones, desde las iglesias atestadas. ¡Había una de patriotas! Y después empezó a haber menos... Empezó a llover y cada vez había menos y luego nadie nos animaba, ni uno, por el camino.

Entonces, ¿ya sólo quedábamos nosotros? ¿Unos tras otros? Cesó la música. «En resumen —me dije entonces, cuando vi que la cosa se ponía fea—, ¡esto ya no tiene gracia! ¡Hay que volver a empezar!» Iba a marcharme. ¡Demasiado tarde! Habían cerrado la puerta a la chita callando, los civiles, tras nosotros. Estábamos atrapados, como ratas.

Una vez dentro, hasta el cuello. Nos hicieron montar a caballo y después, al cabo de dos meses, ir a pie otra vez. Tal vez porque costaba muy caro. En fin, una mañana, el coronel buscaba su montura, su ordenanza se había marchado con ella, no se sabía adónde, a algún lugar, seguro, por donde las balas pasaran con menor facilidad que en medio de la carretera. Pues en ella habíamos acabado situándonos, el coronel y yo, justo en medio de la carretera, y yo sostenía el registro en que él escribía sus órdenes.

A lo lejos, en la carretera, apenas visibles, había dos puntos negros, en medio, como nosotros, pero eran dos alemanes que llevaban más de un cuarto de hora disparando.

Él, nuestro coronel, tal vez supiera por qué disparaban aquellos dos; quizá los alemanes lo supiesen también, pero yo, la verdad, no. Por más que me refrescaba la memoria, no recordaba haberles hecho nada a los alemanes. Siempre había sido muy amable y educado con ellos. Me los conocía un poco, a los alemanes; hasta había ido al colegio con ellos, de pequeño, cerca de Hannover. Había hablado su lengua. Entonces eran una masa de cretinitos chillones, de ojos pálidos y furtivos, como de lobos; íbamos juntos, después del colegio, a tocar a las chicas en los bosques cercanos, y también tirábamos con ballesta y pistola, que incluso nos comprábamos por cuatro marcos. Bebíamos cerveza azucarada. Pero de eso a que nos dispararan ahora a la barriga, sin venir siquiera a hablarnos primero, y justo en medio de la carretera, había un trecho y un abismo incluso. Demasiada diferencia.

En resumen, no había quien entendiera la guerra. Aquello no podía continuar.

Entonces, ¿les había ocurrido algo extraordinario a aquella gente? Algo que yo no sentía, ni mucho menos. No debía de haberlo advertido...

Mis sentimientos hacia ellos seguían siendo los mismos. Pese a todo, sentía como un deseo de intentar comprender su brutalidad, pero más ganas aún tenía de marcharme, unas ganas enormes, absolutas: de repente todo aquello me parecía consecuencia de un error tremendo.

«En una historia así, no hay nada que hacer, hay que ahuecar el ala», me decía, al fin y al cabo...

Por encima de nuestras cabezas, a dos milímetros, a un milímetro tal vez de las sienes, venían a vibrar, uno tras otro, esos largos hilos de acero tentadores trazados por las balas que te quieren matar, en el caliente aire del verano.

Nunca me había sentido tan inútil como entre todas aquellas balas y los rayos de aquel sol. Una burla inmensa, universal.

En aquella época tenía yo sólo veinte años de edad. Alquerías desiertas a lo lejos, iglesias vacías y abiertas, como si los campesinos hubieran salido todos de las aldeas para ir a una fiesta en el otro extremo de la provincia y nos hubiesen dejado, confiados, todo lo que poseían, su campo, las carretas con los varales al aire, sus tierras, sus cercados, la carretera, los árboles e incluso las vacas, un perro con su cadena, todo, vamos. Para que pudiésemos hacer con toda tranquilidad lo que quisiéramos durante su ausencia. Parecía muy amable por su parte. «De todos modos, si no hubieran estado ausentes –me decía yo–, si aún hubiese habido gente por aquí, ¡seguro que no nos habríamos comportado de modo tan innoble! ¡Tan mal! ¡No nos habríamos atrevido delante de ellos!» Pero, ¡ya no quedaba nadie para vigilarnos! Sólo nosotros, como recién casados que hacen guarrerías, cuando todo el mundo se ha ido.

También pensaba (detrás de un árbol) que me habría gustado verlo allí, al Déroulède ese, de que tanto me habían hablado, explicarme cómo hacía él, cuando recibía una bala en plena panza.

Aquellos alemanes agachados en la carretera, tiradores tozudos, tenían mala puntería, pero parecían tener balas para dar y tomar, almacenes llenos sin duda. Estaba claro: ¡la guerra no había terminado! Nuestro coronel, las cosas como son, ¡demostraba una bravura asombrosa! Se paseaba por el centro mismo de la carretera y después en todas direcciones entre las trayectorias, tan tranquilo como si estuviese esperando a un amigo en el andén de la estación: sólo, que un poco impaciente.

Pero el campo, debo decirlo en seguida, yo nunca he podido apreciarlo, siempre me ha parecido triste, con sus lodazales interminables, sus casas donde la gente nunca está y sus caminos que no van a ninguna parte. Pero, si se le añade la guerra, además, ya es que no hay quien lo soporte. El viento se había levantado, brutal, a cada lado de los taludes, los álamos mezclaban las ráfagas de sus hojas con los ruidillos secos que venían de allá hacia nosotros. Aquellos soldados desconocidos nunca nos acertaban, pero nos rodeaban de miles de muertos, parecíamos acolchados con ellos. Yo ya no me atrevía a moverme.

Entonces, ¡el coronel era un monstruo! Ahora ya estaba yo seguro, peor que un perro, ¡no se imaginaba su fin! Al mismo tiempo, se me ocurrió que debía de haber muchos como él en nuestro ejército, tan valientes, y otros tantos sin duda en el ejército de enfrente. ¡A saber cuántos! ¿Uno, dos, varios millones, tal vez, en total? Entonces mi canguelo se volvió pánico. Con seres semejantes, aquella imbecilidad infernal podía continuar indefinidamente... ¿Por qué habrían de detenerse? Nunca me había parecido tan implacable la sentencia de los hombres y las cosas.

Pensé —¡presa del espanto!—: ¿seré, pues, el único cobarde de la tierra?... ¿Perdido entre dos millones de locos heroicos, furiosos y armados hasta los dientes? Con cascos, sin cascos, sin caballos, en motos, dando alaridos, en autos, pitando, tirando, conspirando, volando, de rodillas, cavando, escabulléndose, caracoleando por los senderos, lanzando detonaciones, ocultos en la tierra como en una celda de manicomio, para destruirlo todo, Alemania, Francia y los continentes, todo lo que respira, destruir, más rabiosos que los perros, adorando su rabia (cosa que no hacen los perros), cien, mil veces más rabiosos que mil perros, ¡y mucho más perversos! ¡Estábamos frescos! La verdad era, ahora me daba cuenta, que me había metido en una cruzada apocalíptica.

Somos vírgenes del horror, igual que del placer. ¿Cómo iba a figurarme aquel horror al abandonar la Place Clichy? ¿Quién iba a poder prever, antes de entrar de verdad en la guerra, todo lo que contenía la cochina alma heroica y holgazana de los hombres? Ahora me veía cogido en aquella huida en masa, hacia el asesinato en común, hacia el fuego...Venía de las profundidades y había llegado.

El coronel seguía sin inmutarse, yo lo veía recibir, en el talud, cortas misivas del general, que después rompía en pedacitos, tras haberlas leído sin prisa, entre las balas. Entonces, ¿en ninguna de ellas iba la orden de detener al instante aquella abominación? Entonces, ¿no le decían los de arriba que había un error? ¿Un error abominable? ¿Una confusión? ¿Que se habían equivocado? ¡Que habían querido hacer maniobras en broma y no asesinatos! Pues, ¡claro que no! «¡Continúe, coronel, va por buen camino!» Eso le escribía sin duda el general Des Entrayes, de la división, el jefe de todos nosotros, del que recibía una misiva cada cinco minutos, por mediación de un enlace, a quien el miedo volvía cada vez un poco más verde y cagueta. ¡Aquel muchacho habría podido ser mi hermano en el miedo! Pero tampoco teníamos tiempo para confraternizar.

Conque, ¿no había error? Eso de dispararnos, así, sin vernos siquiera, ¡no estaba prohibido! Era una de las cosas que se podían hacer sin merecer un broncazo. Estaba reconocido incluso, alentado seguramente por la gente seria, ¡como la lotería, los esponsales, la caza de montería!... Sin objeción. Yo acababa de descubrir de un golpe y por entero la guerra. Había quedado desvirgado. Hay que estar casi solo ante ella, como yo en aquel momento, para verla bien, a esa puta, de frente y de perfil. Acababan de encender la guerra entre nosotros y los de enfrente, ¡y ahora ardía! Como la corriente entre los dos carbones de un arco voltaico. ¡Y no estaba a punto de apagarse, el carbón! Íbamos a ir todos para adelante, el coronel igual que los demás, con todas sus faroladas, y su piltrafa no iba a hacer un asado mejor que la mía, cuando la corriente de enfrente le pasara entre ambos hombros.

Hay muchas formas de estar condenado a muerte. ¡Ah, qué no habría dado, cretino de mí, en aquel momento por estar en la cárcel en lugar de allí! Por haber robado, previsor, algo, por ejemplo, cuando era tan fácil, en algún sitio, cuando aún estaba a tiempo. ¡No piensa uno en nada! De la cárcel sales vivo; de la guerra, no. Todo lo demás son palabras.

Si al menos hubiera tenido tiempo aún, pero, ¡ya no! ¡Ya no había nada que robar! ¡Qué bien se estaría en una cárcel curiosita, me decía, donde no pasan las balas! ¡Nunca pasan! Conocía una a punto, al sol, ¡calentita! En un sueño, la de Saint-Germain precisamente, tan cerca del bosque, la conocía bien, en tiempos pasaba a menudo por allí. ¡Cómo cambia uno! Era un niño entonces y aquella cárcel me daba miedo. Es que aún no conocía a los hombres. No volveré a creer nunca lo que dicen, lo que piensan. De los hombres, y de ellos sólo, es de quien hay que tener miedo, siempre.

¿Cuánto tiempo tendría que durar su delirio, para que se detuvieran agotados, por fin, aquellos monstruos? ¿Cuánto tiempo puede durar un acceso así? ¿Meses? ¿Años? ¿Cuánto? ¿Tal vez hasta la muerte de todo el mundo, de todos los locos? ¿Hasta el último? Y como los acontecimientos presentaban aquel cariz desesperado, me decidí a jugarme el todo por el todo, a intentar la última gestión, la suprema: ¡tratar, yo solo, de detener la guerra! Al menos en el punto en que me encontraba.

El coronel deambulaba a dos pasos. Yo iba a ir a hablarle. Nunca lo había hecho. Era el momento de atreverse. Al punto a que habíamos llegado, ya casi no había nada que perder. «¿Qué quiere?», me preguntaría, me imaginaba, muy sorprendido, seguro, por mi audaz interrupción. Entonces le explicaría las cosas, tal como las veía. A ver qué pensaba él. En la vida lo principal es explicarse. Cuatro ojos ven mejor que dos.

Iba a hacer esa gestión decisiva, cuando, en ese preciso instante, llegó hacia nosotros, a paso ligero, extenuado, derrengado, un «caballero de a pie» (como se decía entonces) con el casco boca arriba en la mano, como Belisario,* y, además, tembloroso y cubierto de barro, con el rostro aún más verdusco que el del otro enlace. Tartamudeaba y parecía sufrir un dolor espantoso, aquel caballero, como si saliera de una tumba y sintiese náuseas. Entonces, ¿tampoco le gustaban las balas a aquel fantasma? ¿Las presentía como yo?

«¿Qué hay?», le cortó, brutal y molesto, el coronel, al tiempo que lanzaba una mirada como de acero a aquel aparecido.

---

* Belisario (*circa* 490-565), célebre general del Imperio Bizantino, víctima de la ingratitud del emperador Justiniano, después de haber salvado Constantinopla. En una versión legendaria y después literaria e iconográfica de esa desgracia, Belisario aparece ciego y obligado a mendigar en las calles de la capital, tendiendo a los transeúntes su propio casco. (*N. del T.*)

Enfurecía a nuestro coronel verlo así, a aquel innoble caballero, con porte tan poco reglamentario y cagadito de la emoción. No le gustaba nada el miedo. Era evidente. Y, para colmo, el casco en la mano, como un bombín, desentonaba de lo lindo en nuestro regimiento de ataque, un regimiento que se lanzaba a la guerra. Parecía saludarla, aquel caballero de a pie, a la guerra, al entrar.

Ante su mirada de oprobio, el mensajero, vacilante, volvió a ponerse «firmes», con los meñiques en la costura del pantalón, como se debe hacer en esos casos. Oscilaba así, tieso, en el talud, con sudor cayéndole a lo largo de la yugular, y las mandíbulas le temblaban tanto, que se le escapaban grititos abortados, como un perrito soñando. Era difícil saber si quería hablarnos o si lloraba.

Nuestros alemanes agachados al final de la carretera acababan de cambiar de instrumento en aquel preciso instante. Ahora proseguían con sus disparates a base de ametralladora; crepitaban como grandes paquetes de cerillas y a nuestro alrededor llegaban volando enjambres de balas rabiosas, insistentes como avispas.

Aun así, el hombre consiguió pronunciar una frase articulada:

«Acaban de matar al sargento Barousse, mi coronel», dijo de un tirón.

«¿Y qué más?»

«Lo han matado, cuando iba a buscar el furgón del pan, en la carretera de Etrapes, mi coronel.»

«¿Y qué más?»

«¡Lo ha reventado un obús!»

«¿Y qué más, hostias?»

«Nada más, mi coronel...»

«¿Eso es todo?»

«Sí, eso es todo, mi coronel.»

«¿Y el pan?», preguntó el coronel.

Ahí acabó el diálogo, porque recuerdo muy bien que tuvo el tiempo justo de decir: «¿Y el pan?».Y después se acabó. Después, sólo fuego y estruendo. Pero es que un estruendo, que nunca hubiera uno pensado que pudiese existir. Nos llenó hasta tal punto los ojos, los oídos, la nariz, la boca, al instante, el estruendo, que me pareció que era el fin, que yo mismo me había convertido en fuego y estruendo.

Pero, no; cesó el fuego y siguió largo rato en mi cabeza y luego los brazos y las piernas temblando como si alguien los sacudiera por detrás. Parecía que los miembros me iban a abandonar, pero siguieron conmigo. En el humo que continuó picando en los ojos largo rato, el penetrante olor a pólvora y azufre permanecía, como para matar las chinches y las pulgas de la tierra entera.

Justo después, pensé en el sargento Barousse, que acababa de reventar, como nos había dicho el otro. Era una buena noticia. «¡Mejor! –pensé al instante–. ¡Un granuja de cuidado menos en el regimiento!» Me había querido someter a consejo de guerra por una lata de conservas. «¡A cada cual su guerra!», me dije. En ese sentido, hay que reconocerlo, de vez en cuando, ¡parecía servir para algo, la guerra! Conocía tres o cuatro más en el regimiento, cerdos asquerosos, a los que yo habría ayudado con gusto a encontrar un obús como Barousse.

En cuanto al coronel, no le deseaba yo ningún mal. Sin embargo, también él estaba muerto. Al principio, no lo vi. Es que la explosión lo había lanzado sobre el talud, de costado, y lo había proyectado hasta los brazos del caballero de a pie, el mensajero, también él cadáver. Se abrazaban los dos de momento y para siempre, pero el caballero había quedado sin cabeza, sólo tenía un boquete por encima del cuello, con sangre dentro hirviendo con burbujas, como mermelada en la olla. El coronel tenía el vientre abierto y una fea mueca en el rostro.

Debía de haberle hecho daño, aquel golpe, en el momento en que se había producido. ¡Peor para él! Si se hubiera marchado al empezar el tiroteo, no le habría pasado nada.

Toda aquella carne junta sangraba de lo lindo.

Aún estallaban obuses a derecha e izquierda de la escena.

Abandoné el lugar sin más demora, encantado de tener un pretexto tan bueno para pirarme. Iba canturreando incluso, titubeante, como cuando, al acabar una regata, sientes flojedad en las piernas. «¡Un solo obús! La verdad es que se despacha rápido un asunto con un solo obús —me decía—. ¡Madre mía! —no dejaba de repetirme—. ¡Madre mía!...»

En el otro extremo de la carretera no quedaba nadie. Los alemanes se habían marchado. Sin embargo, en aquella ocasión yo había aprendido muy rápido a caminar, en adelante, protegido por el perfil de los árboles. Estaba impaciente por llegar al campamento para saber si habían muerto otros del regimiento en exploración. ¡También debe de haber trucos, me decía, además, para dejarse coger prisionero!... Aquí y allá nubes de humo acre se aferraban a los montículos. «¿No estarán todos muertos ahora? —me preguntaba—. Ya que no quieren entender nada de nada, lo más ventajoso y práctico sería eso, que los mataran a todos rápido... Así acabaríamos en seguida... Regresaríamos a casa... Volveríamos a pasar tal vez por la Place Clichy triunfales... Uno o dos sólo, supervivientes... Según mi deseo... Muchachos apuestos y bien plantados, tras el general, todos los demás habrían muerto como el coronel... como Barousse... como Vanaille (otro cabrón)... etc. Nos cubrirían de condecoraciones, de flores, pasaríamos bajo el Arco de Triunfo. Entraríamos al restaurante, nos servirían sin pagar, ya no pagaríamos nada, ¡nunca más en la vida! ¡Somos los héroes!, diríamos en el momento de la cuenta... ¡Defensores de la Patria! ¡Y bastaría!... ¡Pagaríamos con banderitas francesas!... La cajera rechazaría, incluso, el dinero de los héroes y hasta nos daría del suyo, junto con besos, cuando pasáramos ante su caja. Valdría la pena vivir.»

Al huir, advertí que me sangraba un brazo, pero un poco sólo, no era una herida de verdad, ni mucho menos, un desollón. Vuelta a empezar.

Se puso a llover de nuevo, los campos de Flandes chorreaban de agua sucia. Seguí largo rato sin encontrar a nadie, sólo el viento y poco después el sol. De vez en cuando, no sabía de dónde, una bala, así, por entre el sol y el aire, me buscaba, juguetona, empeñada en matarme, en aquella soledad, a mí. ¿Por qué? Nunca más, aun cuando viviera cien años, me pasearía por el campo. Lo juré.

Mientras seguía adelante, recordaba la ceremonia de la víspera. En un prado se había celebrado, esa ceremonia, detrás de una colina; el coronel, con su potente voz, había arengado el regimiento: «¡Ánimo! —había dicho—. ¡Ánimo! ¡Y viva Francia!». Cuando se carece de imaginación, morir es cosa de nada; cuando se tiene, morir es cosa seria. Era mi opinión. Nunca había comprendido tantas cosas a la vez.

El coronel, por su parte, nunca había tenido imaginación. Toda su desgracia se había debido a eso y, sobre todo, la nuestra. ¿Es que era yo, entonces, el único que tenía imaginación para la muerte en aquel regimiento? Para muerte, prefería la mía, lejana... al cabo de veinte... treinta años... tal vez más, a la que me ofrecían al instante: trapiñando el barro de Flandes, a dos carrillos, y no sólo por la boca, abierta de oreja a oreja por la metralla. Tiene uno derecho a opinar sobre su propia muerte, ¿no? Pero, entonces, ¿adónde ir? ¿Hacia delante? De espaldas al enemigo. Si los gendarmes me hubieran pescado así, de paseo, me habrían dado para el pelo bien. Me habrían juzgado esa misma tarde, rápido, sin ceremonias, en un aula de colegio abandonado. Había muchas aulas vacías, por todos los sitios por donde pasábamos. Habrían jugado conmigo a la justicia, como juegan los niños cuando el maestro se ha ido. Los suboficiales en el estrado, sentados, y yo de pie, con las manos esposadas, ante los pupitres. Por la mañana, me habrían fusilado: doce balas, más una. Entonces, ¿qué?

Y volvía yo a pensar en el coronel, lo bravo que era aquel hombre, con su coraza, sus cascos y sus bigotes; si lo hubieran enseñado paseándose, como lo había visto yo, bajo las balas y los obuses, en un espectáculo de variedades, habría llenado una sala como el Alhambra de entonces, habría eclipsado a Fragson,* aun siendo éste un astro extraordinario en la época de que os hablo. Era lo que yo pensaba. ¿Ánimo? «¡Y una leche!», pensaba.

Harry Fragson fue, junto con Mayol y Polin, uno de los tres grandes del *music-hall* de comienzos de siglo. Nacido en 1869, había adquirido una enorme popularidad, no sólo por los ritmos animados de sus canciones, sino también por la variedad de su talento (era también divo de revistas). Murió dramáticamente en 1913, asesinado por su padre con disparos de revólver.

Después de horas y horas de marcha furtiva y prudente, divisé por fin a nuestros soldados delante de un caserío. Era una de nuestras avanzadillas. La de un escuadrón alojado por allí. Ni una sola baja entre ellos, me anunciaron. ¡Todos vivos! Y yo, portador de la gran noticia: «¡El coronel ha muerto!», fui y les grité, en cuanto estuve bastante cerca del puesto. «¡Hay coroneles de sobra!», me devolvió la pelota el cabo Pistil, que precisamente estaba de guardia y hasta de servicio.

«Y en espera de que substituyan al coronel, no te escaquees tú, vete con Empouille y Kerdoncuff a la distribución de car-

---

* El Alhambra, inaugurado en 1904, fue, durante el Imperio, la mayor sala de *music-hall* de antes de la guerra. En el momento en que Céline escribe, el Alhambra había cambiado: tras un incendio en 1925, fue renovado y volvió a abrir sus puertas en 1932. *(N. del T.)*

ne; coged dos sacos cada uno, es ahí detrás de la iglesia... Esa que se ve allá...Y no dejéis que os den sólo huesos como ayer. ¡Y a ver si espabiláis para estar de vuelta en el escuadrón antes de la noche, cabritos!»

Conque nos pusimos en camino los tres.

«¡Nunca volveré a contarles nada!», me decía yo, enfadado. Comprendía que no valía la pena contar nada a aquella gente, que un drama como el que yo había visto los traía sin cuidado, a semejantes cerdos, que ya era demasiado tarde para que pudiese interesar aún.Y pensar que ocho días antes la muerte de un coronel, como la que había sucedido, se habría publicado a cuatro columnas y con mi fotografía. ¡Qué brutos!

Así, que en un prado, quemado por el sol de agosto, y a la sombra de los cerezos, era donde distribuían toda la carne para el regimiento. Sobre sacos y lonas de tienda desplegadas, e incluso sobre la hierba, había kilos y kilos de tripas extendidas, de grasa en copos amarillos y pálidos, corderos destripados con los órganos en desorden, chorreando en arroyuelos ingeniosos por el césped circundante, un buey entero cortado en dos, colgado de un árbol, al que aún estaban arrancando despojos, con muchos esfuerzos y entre blasfemias, los cuatro carniceros del regimiento. Los escuadrones, insultándose con ganas, se disputaban las grasas y, sobre todo, los riñones, en medio de las moscas, en enjambres como sólo se ven en momentos así y musicales como pajarillos.

Y más sangre por todas partes, en charcos viscosos y confluyentes que buscaban la pendiente por la hierba. Unos pasos más allá estaban matando el último cerdo.Ya cuatro hombres y un carnicero se disputaban ciertas tripas aún no arrancadas.

«¡Eh, tú, cabrito! ¡Que fuiste tú quien nos chorizaste el lomo ayer!...»

Aún tuve tiempo de echar dos o tres vistazos a aquella desavenencia alimentaria, al tiempo que me apoyaba en un árbol, y hube de ceder a unas ganas inmensas de vomitar, pero lo que se dice vomitar, hasta desmayarme.

Me llevaron hasta el acantonamiento en una camilla, pero no sin aprovechar la ocasión para birlarme mis dos bolsas de tela marrón.

Me despertó otra bronca del sargento. La guerra no se podía tragar.

Todo llega y, hacia fines de aquel mismo mes de agosto, me tocó el turno de ascender a cabo. Con frecuencia me enviaban, con cinco hombres, en misión de enlace, a las órdenes del general Des Entrayes. Ese jefe era bajo de estatura, silencioso, y no parecía a primera vista ni cruel ni heroico. Pero había que desconfiar... Parecía preferir, por encima de todo, su comodidad. No cesaba de pensar incluso, en su comodidad, y, aunque nos batíamos en retirada desde hacía más de un mes, abroncaba a todo el mundo, si su ordenanza no le encontraba, al llegar a una etapa, en cada nuevo acantonamiento, cama bien limpia y cocina acondicionada a la moderna.

Al jefe de Estado Mayor, con sus cuatro galones, esa preocupación por la comodidad lo traía frito. Las exigencias domésticas del general Des Entrayes le irritaban. Sobre todo porque él, cretino, gastrítico en sumo grado y estreñido, no sentía la menor afición por la comida. De todos modos, tenía que comer sus huevos al plato en la mesa del general y recibir en esa ocasión sus quejas. Se es militar o no se es. No obstante, yo no podía compadecerlo, porque como oficial era un cabronazo de mucho cuidado. Para que veáis cómo era: cuando habíamos estado por ahí danzando hasta la noche, de caminos a colinas y entre alfalfa y zanahorias, bien que acabábamos deteniéndonos para que nuestro general pudiera acostarse en alguna parte. Le buscábamos una aldea tranquila, bien al abrigo, donde aún no acampaban tropas y, si ya había tropas en la aldea, levantaban el campo a toda prisa, las echábamos, sencillamente, a dormir al sereno, aun cuando ya hubieran montado los pabellones.

La aldea estaba reservada en exclusiva para el Estado Mayor, sus caballos, sus cantinas, sus bagajes, y también para el cabrón del comandante. Se llamaba Pinçon, aquel canalla, el comandante Pinçon. Espero que ya haya estirado la pata (y no de muerte suave). Pero en aquel momento de que hablo, estaba más vivo que la hostia, el Pinçon. Todas las noches nos reunía a los hombres del enlace y nos ponía de vuelta y media para hacernos entrar en vereda e intentar avivar nuestro ardor. Nos mandaba a todos los diablos, ¡a nosotros, que habíamos estado en danza todo el día detrás del general! ¡Pie a tierra! ¡A caballo! ¡Pie a tierra otra vez! A llevar sus órdenes así, de acá para allá. Igual podrían habernos ahogado, cuando acabábamos. Habría sido más práctico para todos.

«¡Marchaos todos! ¡Incorporaos a vuestros regimientos! ¡Y a escape!», gritaba.

«¿Dónde está el regimiento, mi comandante?», preguntábamos...

«En Barbagny.»

«¿Dónde está Barbagny?»

«¡Es por allí!»

Por allí, donde señalaba, sólo había noche, como en todos lados, una noche enorme que se tragaba la carretera a dos pasos de nosotros, hasta el punto de que sólo destacaba de la negrura un trocito de carretera del tamaño de la lengua.

¡Vete a buscar su Barbagny al fin del mundo! ¡Habría habido que sacrificar todo un escuadrón, al menos, para encontrar su Barbagny! Y, además, ¡un escuadrón de bravos! Y yo, que ni era bravo ni veía razón alguna para serlo, tenía, evidentemente, aún menos deseos que nadie de encontrar su Barbagny, del que, además, él mismo nos hablaba al azar. Era como si, a fuerza de broncas, hubiesen intentado infundirme deseos de ir a suicidarme. Esas cosas se tienen o no se tienen.

De toda aquella obscuridad, tan densa, nada más caer la noche, que parecía que no volverías a ver el brazo en cuanto lo extendías más allá del hombro, yo sólo sabía una cosa, pero ésa con toda certeza, y era que encerraba voluntades homicidas enormes e innumerables.

En cuanto caía la noche, aquel bocazas de Estado Mayor sólo pensaba en enviarnos al otro mundo y muchas veces le daba ya a la puesta de sol. Luchábamos un poco con él a base de inercia, nos obstinábamos en no entenderlo, nos aferrábamos al acantonamiento, donde estábamos a gustito, lo más posible, pero, al final, cuando ya no se veían los árboles, teníamos que ceder y salir a morir un poco; la cena del general estaba lista.

A partir de ese momento todo dependía del azar. Unas veces lo encontrábamos y otras no, el regimiento y su Barbagny. Sobre todo lo encontrábamos por error, porque los centinelas del escuadrón de guardia nos disparaban al llegar. Así, nos dábamos a conocer por fuerza y casi siempre acabábamos la noche haciendo servicios de todas clases, acarreando infinidad de fardos de avena y la tira de cubos de agua, recibiendo broncas hasta quedar aturdidos, además de por el sueño.

Por la mañana volvíamos a salir, los cinco del grupo de enlace, para el cuartel del general Des Entrayes, a continuar la guerra.

Pero la mayoría de las veces no lo encontrábamos, el regimiento, y nos limitábamos a esperar el día dando vueltas en torno a las aldeas por caminos desconocidos, en las lindes de los caseríos evacuados y los bosquecillos traicioneros; los evitábamos lo más posible por miedo a las patrullas alemanas. Sin embargo, en algún sitio había que estar, en espera de la mañana, algún sitio en la noche. No podíamos esquivarlo todo. Desde entonces sé lo que deben de sentir los conejos en un coto de caza.

Los caminos de la piedad son curiosos. Si le hubiésemos dicho al comandante Pinçon que era un cerdo asesino y cobarde, le habríamos dado un placer enorme, el de mandarnos fusilar, en el acto, por el capitán de la gendarmería, que no se separaba de él ni a sol ni a sombra y que, por su parte, no pensaba en otra cosa. No era a los alemanes a quienes tenía fila, el capitán de la gendarmería.

Conque tuvimos que exponernos a las emboscadas durante noches y más noches imbéciles que se seguían, con la esperanza, cada vez más débil, de poder regresar, y sólo ésa, y de que, si regresábamos, no olvidaríamos nunca, absolutamente nunca, que habíamos descubierto en la tierra a un hombre como tú y como yo, pero mucho más sanguinario que los cocodrilos y los tiburones que pasan entre dos aguas, y con las fauces abiertas, en torno a los barcos que van a verterles basura y carne podrida a alta mar, por La Habana.

La gran derrota, en todo, es olvidar, y sobre todo lo que te ha matado, y diñarla sin comprender nunca hasta qué punto son hijoputas los hombres. Cuando estemos al borde del hoyo, no habrá que hacerse el listo, pero tampoco olvidar, habrá que contar todo sin cambiar una palabra, todas las cabronadas más increíbles que hayamos visto en los hombres y después hincar el pico y bajar. Es trabajo de sobra para toda una vida.

Con gusto lo habría yo dado de comida para los tiburones, a aquel comandante Pinçon, y a su gendarme de compañía, para que aprendiesen a vivir, y también mi caballo, al tiempo, para que no sufriera más, porque ya es que no le quedaba lomo, al pobre desgraciado, de tanto dolor que sentía; sólo dos placas de carne le quedaban en el sitio, bajo la silla, de la anchura de mis manos, y supurantes, en carne viva, con grandes regueros de pus que le caían por los bordes de la manta hasta los jarretes. Y, sin embargo, había que trotar encima de él, uno, dos... Se retorcía al trotar. Pero los caballos son mucho más pacientes aún que los hombres. Ondulaba al trotar. Había que dejarlo por fuerza al aire libre. En los graneros, con el olor tan fuerte que despedía, nos asfixiaba. Al montarle al lomo, le dolía tanto, que se curvaba, como por cortesía, y entonces el vientre le llegaba hasta las rodillas. Así, me parecía montar a un asno. Era más cómodo así, hay que reconocerlo. Yo mismo estaba cansado lo mío, con toda la carga que soportaba de acero sobre la cabeza y los hombros.

El general Des Entrayes, en la casa reservada, esperaba su cena. Su mesa estaba puesta, con la lámpara en su sitio.

«Largaos todos de aquí, ¡hostias! —nos conminaba una vez más el Pinçon, enfocándonos la linterna a la altura de la nariz—. ¡Que vamos a sentarnos a la mesa! ¡No os lo repito más! ¿Es que no se van a ir, esos granujas?», gritaba incluso. De la rabia, de mandarnos así a que nos zurcieran, aquel tipo blanco como la cal, recuperaba algo de color en las mejillas.

A veces, el cocinero del general nos daba, antes de marcharnos, una tajadita; tenía la tira de papeo, el general, ya que, según el reglamento, ¡recibía cuarenta raciones para él solo! Ya no era joven, aquel hombre. Debía de estar a punto de jubilarse incluso. Se le doblaban un poco las rodillas al andar. Debía de teñirse los bigotes.

Sus arterias, en las sienes, lo veíamos perfectamente a la luz de la lámpara, cuando nos íbamos, dibujaban meandros como el Sena a la salida de París. Sus hijas eran ya mayores, según decían, solteras y, como él, tampoco eran ricas. Tal vez a causa de esos recuerdos tuviese aspecto tan quisquilloso y gruñón, como un perro viejo molestado en sus hábitos y que intenta encontrar su cesta con cojín dondequiera que le abran la puerta.

Le gustaban los bellos jardines y los rosales, no se perdía una rosaleda, por donde pasábamos. No hay como los generales para amar las rosas. Ya se sabe.

Quieras que no, nos poníamos en camino. ¡Menudo trabajo era poner los pencos al trote! Tenían miedo a moverse por las llagas y, además, de nosotros y de la noche también tenían miedo, ¡de todo, vamos! ¡Nosotros también! Diez veces dábamos la vuelta para preguntar el camino al comandante. Diez veces nos trataba de holgazanes y asquerosos escaqueados. A fuerza de espuelas, pasábamos, por fin, el último puesto de guardia, dábamos la contraseña a los plantones y después nos lanzábamos de golpe a la antipática aventura, a las tinieblas de aquel país de nadie.

A fuerza de deambular de un límite de la sombra a otro, acabábamos orientándonos un poquito, eso creíamos al menos... En cuanto una nube parecía más clara que otra, nos decíamos que habíamos visto algo... Pero lo único seguro ante nosotros era el eco que iba y venía, del trote de los caballos, un ruido que te ahoga, enorme, que no quieres ni imaginar. Parecía que trotaban hasta el cielo, que convocaban a cuantos caballos existiesen en el mundo, para mandarnos matar. Por lo demás, cualquiera habría podido hacerlo con una sola mano, con una carabina, bastaba con que la apoyara, mientras nos esperaba, en el tronco de un árbol. Yo siempre me decía que la primera luz que veríamos sería la del escopetazo final.

Al cabo de cuatro semanas, desde que había empezado la guerra, habíamos llegado a estar tan cansados, tan desdichados, que, a fuerza de cansancio, yo había perdido un poco de mi miedo por el camino. La tortura de verte maltratado día y noche por aquella gente, los suboficiales, los de menor grado sobre todo, más brutos, mezquinos y odiosos aún que de costumbre, acaba quitando las ganas, hasta a los más obstinados, de seguir viviendo.

¡Ah! ¡Qué ganas de marcharse! ¡Para dormir! ¡Lo primero! Y, si de verdad ya no hay forma de marcharse para dormir, entonces las ganas de vivir se van solas. Mientras siguiéramos con vida, deberíamos aparentar que buscábamos el regimiento.

Para que el cerebro de un idiota se ponga en movimiento, tienen que ocurrirle muchas cosas y muy crueles. Quien me había hecho pensar por primera vez en mi vida, pensar de verdad, ideas prácticas y mías personales, había sido, por supuesto, el comandante Pinçon, jeta de tortura. Conque pensaba en él, a más no poder, mientras me bamboleaba, con todo el equipo, bajo el peso del armamento, comparsa que era, insignificante, en aquel increíble tinglado internacional, en el que me había metido por entusiasmo... Lo confieso.

Cada metro de sombra ante nosotros era una promesa nueva de acabar de una vez y palmarla, pero, ¿de qué modo? Lo único imprevisto en aquella historia era el uniforme del ejecutante. ¿Sería uno de aquí? ¿O uno de enfrente?

¡Yo no le había hecho nada, a aquel Pinçon! ¡Como tampoco a los alemanes!... Con su cara de melocotón podrido, sus cuatro galones que le brillaban de la cabeza al ombligo, sus bigotes tiesos y sus rodillas puntiagudas, sus prismáticos que le colgaban del cuello como un cencerro y su mapa a escala 1:100, ¡venga, hombre! Yo me preguntaba de dónde le vendría la manía, a aquel tipo, de enviar a los otros a diñarla. A los otros, que no tenían mapa.

Nosotros, cuatro a caballo por la carretera, hacíamos tanto ruido como medio regimiento. Debían de oírnos llegar a cuatro horas de allí o, si no, es que no querían oírnos. Entraba dentro de lo posible... ¿Tendrían miedo de nosotros los alemanes? ¡A saber!

Un mes de sueño en cada párpado, ésa era la carga que llevábamos, y otro tanto en la nuca, además de unos cuantos kilos de chatarra.

Se expresaban mal mis compañeros jinetes. Apenas hablaban, con eso está dicho todo. Eran muchachos procedentes de pueblos perdidos de Bretaña y nada de lo que sabían lo habían aprendido en el colegio, sino en el regimiento. Aquella noche, yo había intentado hablar un poco sobre el pueblo de Barbagny con el que iba a mi lado y que se llamaba Kersuzon.

«Oye, Kersuzon —le dije—, mira, esto es las Ardenas... ¿Ves algo a lo lejos? Yo no veo lo que se dice nada...»

«Está negro como un culo», me respondió Kersuzon. Con eso bastaba...

«Oye, ¿no has oído hablar de Barbagny durante el día? ¿Por dónde era?», volví a preguntarle.

«No.»

Y se acabó.

Nunca encontramos el Barbagny. Dimos vueltas en redondo hasta el amanecer, hasta otra aldea, donde nos esperaba el hombre de los prismáticos. Su general tomaba el cafelito en el cenador, delante de la casa del alcalde, cuando llegamos.

«¡Ah, qué hermosa es la juventud, Pinçon!», comentó en voz muy alta a su jefe de Estado Mayor, al vernos pasar, el viejo. Dicho esto, se levantó y se fue a hacer pipí y después a dar una vuelta, con las manos a la espalda, encorvada. Estaba muy cansado aquella mañana, me susurró el ordenanza; había dormido mal, el general, trastornos de la vejiga, según contaban.

Kersuzon me respondía siempre igual, cuando le preguntaba por la noche, acabó haciéndome gracia como un tic. Me repitió lo mismo dos o tres veces, a propósito de la obscuridad y el culo, y después murió, lo mataron, algún tiempo después, al salir de una aldea, lo recuerdo muy bien, una aldea que habíamos confundido con otra, franceses que nos habían confundido con los otros.

Justo unos días después de la muerte de Kersuzon fue cuando pensamos y descubrimos un medio, lo que nos puso muy contentos, para no volver a perdernos en la noche.

Conque nos echaban del acantonamiento. Muy bien. Entonces ya no decíamos nada. No refunfuñábamos. «¡Largaos!», decía, como de costumbre, el cadavérico.

«¡Sí, mi comandante!»

Y salíamos al instante hacia donde estaba el cañón, y sin hacernos de rogar, los cinco. Parecía que fuéramos a buscar cerezas. Por allí el terreno era muy ondulado. Era el valle del Mosa, con sus colinas, cubiertas de viñas con uvas aún no maduras, y el otoño y aldeas de madera bien seca después de tres meses de verano, o sea, que ardían con facilidad.

Lo habíamos notado, una noche en que ya no sabíamos adónde ir. Siempre ardía una aldea por donde estaba el cañón. No nos acercábamos demasiado, nos limitábamos a mirarla desde bastante lejos, la aldea, como espectadores, podríamos decir, a diez, doce kilómetros, por ejemplo. Y después todas las noches, por aquella época, muchas aldeas empezaron a arder hacia el horizonte, era algo que se repetía, nos encontrábamos rodeados, como por un círculo muy grande en una fiesta curiosa, de todos aquellos parajes que ardían, delante de nosotros y a ambos lados, con llamas que subían y lamían las nubes.

Todo se consumía en llamas, las iglesias, los graneros, unos tras otros, los almiares, que daban las llamas más vivas, más altas que lo demás, y después las vigas, que se alzaban rectas en la noche, con barbas de pavesas, antes de caer en la hoguera.

Se distingue bien cómo arde una aldea, incluso a veinte kilómetros. Era alegre. Una aldehuela de nada, que ni siquiera se veía de día, al fondo de un campito sin gracia, bueno, pues, ¡no os podéis imaginar, cuando arde, el efecto que puede llegar a hacer! ¡Recuerda a Notre-Dame! Se tira toda una noche ardiendo, una aldea, aun pequeña, al final parece una flor enorme, después sólo un capullo y luego nada.

Empieza a humear y ya es la mañana.

Los caballos, que dejábamos ensillados, por el campo, cerca, no se movían. Nosotros nos íbamos a sobar en la hierba, salvo uno, que se quedaba de guardia, por turno, claro está. Pero, cuando hay fuegos que contemplar, la noche pasa mucho mejor, no es algo que soportar, ya no es soledad.

Lástima que no duraran demasiado las aldeas... Al cabo de un mes, en aquella región, ya no quedaba ni una. Los bosques también recibieron lo suyo, del cañón. No duraron más de ocho días. También hacen fuegos hermosos, los bosques, pero apenas duran.

Después de aquello, las columnas de artillería tomaron todas las carreteras en un sentido y los civiles que escapaban en el otro.

En resumen, ya no podíamos ni ir ni volver; teníamos que quedarnos donde estábamos.

Hacíamos cola para ir a diñarla. Ni siquiera el general encontraba ya campamentos sin soldados. Acabamos durmiendo todos en pleno campo, el general y quien no era general. Los que aún conservaban algo de valor lo perdieron. A partir de aquellos meses empezaron a fusilar a soldados para levantarles la moral, por escuadras, y a citar al gendarme en el orden del día por la forma como hacía su guerrita, la profunda, la auténtica de verdad.

Tras un descanso, volvimos a montar a caballo, unas semanas después, y salimos de nuevo para el norte. También el frío vino con nosotros. El cañón ya no nos abandonaba. Sin embargo, apenas si nos encontrábamos con los alemanes por casualidad, tan pronto un húsar o un grupo de tiradores, por aquí, por allá, de amarillo y verde, colores bonitos. Parecía que los buscásemos, pero, al divisarlos, nos alejábamos. En cada encuentro, caían dos o tres jinetes, unas veces de los suyos y otras de los nuestros. Y sus caballos sueltos, con sus relucientes estribos saltando, venían galopando hacia nosotros de muy lejos, con sus sillas de borrenes curiosos y sus cueros frescos como las carteras del día de Año Nuevo. A reunirse con nuestros caballos venían, amigos al instante. ¡Qué suerte! ¡Nosotros no habríamos podido hacer lo mismo!

Una mañana, al volver del reconocimiento, el teniente Sainte-Engence estaba invitando a los otros oficiales a comprobar que no les mentía. «¡He ensartado a dos!», aseguraba al corro, al tiempo que mostraba su sable, cuya ranura, hecha a propósito para eso, estaba llena, cierto, de sangre coagulada.

«¡Ha sido bárbaro! ¡Bravo, Sainte-Engence!... ¡Si hubieran visto, señores! ¡Qué asalto!», lo apoyaba el capitán Ortolan.

Acababa de ocurrir en el escuadrón de Ortolan.

«¡Yo no me he perdido nada! ¡No andaba lejos! ¡Un sablazo en el cuello hacia delante y a la derecha!... ¡Zas! ¡Cae el primero!... ¡Otro sablazo en pleno pecho!... ¡A la izquierda! ¡Ensarten! ¡Una auténtica exhibición de concurso, señores!... ¡Bravo otra vez, Sainte-Engence! ¡Dos lanceros! ¡A un kilómetro de aquí! ¡Allí están aún los dos mozos! ¡En pleno sembrado! La guerra se acabó para ellos, ¿eh, Sainte-Engence?... ¡Qué estocada doble! ¡Han debido de vaciarse como conejos!»

El teniente Sainte-Engence, cuyo caballo había galopado largo rato, acogía los homenajes y elogios de sus compañeros con modestia. Ahora que Ortolan había presentado testimonio en su favor, estaba tranquilo y se largaba, llevaba a comer a su yegua, haciéndola girar despacio y en círculo en torno al escuadrón, reunido como tras una carrera de vallas.

«¡Deberíamos enviar allí en seguida otro reconocimiento y por el mismo sitio! ¡En seguida! —decía el capitán Ortolan, presa de la mayor agitación—. Esos dos tipos han debido de venir a perderse por aquí, pero ha de haber otros detrás... ¡Hombre, usted, cabo Bardamu! ¡Vaya con sus cuatro hombres!»

A mí se dirigía el capitán.

«Y cuando les disparen, localícenlos y vengan a decirme en seguida dónde están! ¡Deben de ser brandeburgueses!...»

Los de la activa contaban que en el acuartelamiento, en tiempo de paz, no aparecía casi nunca el capitán Ortolan. En cambio, ahora, en la guerra, se desquitaba de lo lindo. En verdad, era infatigable. Su ardor, incluso entre tantos otros chiflados, se volvía cada día más señalado. Tomaba cocaína, según contaban también. Pálido y ojeroso, siempre agitado sobre sus frágiles miembros, en cuanto ponía pie a tierra, primero se tambaleaba y después recuperaba el dominio de sí mismo y recorría, rabioso, los surcos en busca de una empresa de bravura. Habría sido capaz de enviarnos a coger fuego en la boca de los cañones de enfrente. Colaboraba con la muerte. Era como para jurar que ésta había firmado un contrato con el capitán Ortolan.

La primera parte de su vida (según me informé) la había pasado en concursos hípicos, rompiéndose las costillas varias veces al año. Las piernas, a fuerza de rompérselas también y de no utilizarlas para andar, habían perdido las pantorrillas. Ya sólo sabía avanzar a pasos nerviosos y de puntillas, como sobre zancos. En tierra, con su desmesurada hopalanda, encorvado bajo la lluvia, era como para confundirlo con la popa fantasmal de un caballo de carreras.

Conviene señalar que, al comienzo de la monstruosa empresa, es decir, en el mes de agosto, hasta septiembre incluso, ciertas horas, días enteros a veces, algunos tramos de carreteras, algunos rincones de bosques, resultaban favorables para los condenados... Podía uno acariciar la ilusión de estar más o menos tranquilo y jalarse, por ejemplo, una lata de conservas con su pan, hasta el final, sin dejarse vencer por el presentimiento de que sería la última. Pero a partir de octubre se acabaron para siempre, esas treguas momentáneas, la granizada se volvió más copiosa, más densa, más trufada, más rellena de obuses y balas. Pronto íbamos a estar en plena tormenta y lo que procurábamos no ver estaría entonces justo delante de nosotros y ya no se podría ver otra cosa: nuestra muerte.

La noche, que tanto habíamos temido en los primeros momentos, se volvía en comparación bastante suave. Acabamos esperándola, deseándola. De noche nos disparaban con menos facilidad que de día. Y ya sólo contaba esa diferencia.

Resultaba difícil llegar a lo esencial, aun en relación con la guerra, la fantasía resiste mucho tiempo.

Los gatos demasiado amenazados por el fuego acaban por fuerza yendo a arrojarse al agua.

De noche, vivíamos aquí y allá cuartos de hora que se parecían bastante a la adorable época de paz, a esa época ya increíble, en que todo era benigno, en que nada tenía importancia en el fondo, en que se sucedían tantas otras cosas, que se habían vuelto, todas, extraordinaria, maravillosamente agradables. Un terciopelo vivo, aquella época de paz...

Pero pronto las noches también sufrieron, a su vez, el acoso sin piedad. Hubo casi siempre que forzar aún más la fatiga de noche, sufrir un pequeño suplemento, aunque sólo fuera para comer, o para echar unas cabezadas en la obscuridad. Llegaba a las líneas de vanguardia, la comida, arrastrándose vergonzosa y pesada, en largos cortejos cojeantes de carromatos inestables, atestados de carne, prisioneros, heridos, avena, arroz y gendarmes, y priva también, en garrafas, que tan bien recuerdan a la juerga, panzudas y dando tumbos.

A pie, los rezagados tras la fragua y el pan y prisioneros de los nuestros, y de ellos también, maniatados, condenados a esto, a lo otro, mezclados, atados por las muñecas al estribo de los gendarmes, algunos para ser fusilados al día siguiente, no más tristes que los otros. También comían ésos, su ración de aquel atún tan difícil de digerir (no les iba a dar tiempo), en espera de que la columna se pusiese en marcha de nuevo, al borde de la carretera... y el mismo y último pan con un civil encadenado a ellos, que, según decían, era un espía y que no comprendía nada. Nosotros tampoco.

La tortura del regimiento continuaba entonces en la forma nocturna, a tientas por las callejuelas accidentadas de la aldea sin luz ni rostro, doblados bajo sacos más pesados que hombres, de un granero desconocido a otro, insultados, amenazados, de uno a otro, azorados, sin la menor esperanza de acabar sino entre las amenazas, el estiércol y el asco por habernos visto torturados, engañados hasta los tuétanos por una horda de locos furiosos, incapaces ya de otra cosa, si acaso, que matar y ser destripados sin saber por qué.

Tendidos en el suelo, entre dos montones de estiércol, pronto nos veíamos obligados, a fuerza de insultos, a fuerza de patadas, por los cerdos de los suboficiales a ponernos de nuevo en pie para cargar más carromatos, más aún, de la columna.

La aldea rebosaba comida y escuadrones en la noche abotargada de grasa, manzanas, avena, azúcar, que se habían de cargar a cuestas y repartir por el camino, al paso de los escuadrones. Traía de todo, el convoy, excepto la fuga.

Los de servicio, agotados, se desplomaban en torno al carromato y entonces aparecía el furriel, enfocando el farol por encima de aquellas larvas. Aquel macaco con papada tenía que descubrir, en medio de cualquier caos, abrevaderos. ¡Agua para los caballos! Pero llegué a ver a cuatro de los hombres, con el culo metido y todo, sobando, desvanecidos de sueño, con el agua hasta el cuello.

Después del abrevadero, había que volver a encontrar la alquería y la callejuela por donde habíamos venido y en donde nos parecía haber dejado al escuadrón. Si no encontrábamos nada, teníamos libertad para desplomarnos una vez más junto a un muro, durante una hora sólo, si es que quedaba una, a sobar. En ese oficio de dejarse matar, no hay que ser exigente, hay que hacer como si la vida siguiera, eso es lo más duro, esa mentira.

Y regresaban hacia la retaguardia, los furgones. Huyendo del alba, el convoy reanudaba su marcha, con todas sus torcidas ruedas crujiendo, se iba acompañado por mi deseo de que lo sorprendieran, despedazasen, quemaran, por fin, ese mismo día, como se ve en los grabados militares, saqueado el convoy, para siempre, con toda la comitiva de sus gorilas gendarmes, herraduras y reenganchados con linternas y todo su cargamento de faenas, lentejas y otras harinas, que no había modo de hacer cocer nunca, y no volviéramos a verlo jamás. Ya que, puestos a diñarla de fatiga o de otra cosa, la forma más dolorosa es cargando sacos para llenar con ellos la noche.

El día que los hicieran trizas así, hasta los ejes, a aquellos cabrones, al menos nos dejarían en paz, pensaba yo, y, aunque sólo fuese durante toda una noche, podríamos dormir al menos una vez por entero, en cuerpo y alma.

Una pesadilla más, aquel avituallamiento, pequeño monstruo fastidioso y parásito del gran ogro de la guerra. Brutos delante, al lado y detrás. Los habían distribuido por todas partes. Condenados a una muerte aplazada, ya no podíamos vencer las ganas, enormes, de sobar y todo, además de eso, se volvía sufrimiento, el tiempo y el esfuerzo para comer. Un tramo de riachuelo, una cara de muro que creíamos reconocer... Nos guiábamos por los olores para encontrar otra vez la alquería del escuadrón, transformados en perros en la noche de guerra de las aldeas abandonadas. El que guía aún mejor es el olor a mierda.

El brigada de avituallamiento, guardián de los odios de la tropa, dueño del mundo de momento. Quien habla del porvenir es un tunante, lo que cuenta es el presente. Invocar la posteridad es hacer un discurso a los gusanos. En la noche de la aldea en guerra, el brigada guardaba a los animales humanos para las grandes matanzas que acababan de empezar. ¡Es el rey, el brigada! ¡El Rey de la Muerte! ¡Brigada Cretelle! ¡Exacto! No hay nadie más poderoso. Tan poderoso como él, sólo un brigada de los otros, los de enfrente.

No quedaban con vida en el pueblo sino gatos aterrados. El mobiliario, hecho astillas primero, pasaba a hacer fuego para el rancho, sillas, butacas, aparadores, del más ligero al más pesado. Y todo lo que se podía cargar a la espalda, se lo llevaban, mis compañeros. Peines, lamparitas, tazas, cositas fútiles y hasta coronas de novia, todo valía. Como si aún tuviéramos por delante muchos años de vida. Robaban para distraerse, para hacer ver que aún tenían para rato. Deseos de eternidad.

El cañón para ellos no era sino ruido. Por eso pueden durar las guerras. Ni siquiera quienes las hacen, quienes están haciéndolas, las imaginan. Con una bala en el vientre, habrían seguido recogiendo sandalias viejas por la carretera, que aún «podían servir». Así el cordero, rendido en el prado, agoniza y pace aún.

La mayoría de la gente no muere hasta el último momento; otros empiezan veinte años antes y a veces más. Son los desgraciados de la tierra.

Yo, por mi parte, no era demasiado prudente, pero me había vuelto lo bastante práctico como para ser cobarde, en definitiva. Seguramente daba, a causa de esa resolución, impresión de gran serenidad. El caso es que inspiraba, tal como era, una paradójica confianza a nuestro capitán, el propio Ortolan, quien decidió confiarme aquella noche una misión delicada. Se trataba, me explicó, confidencial, de dirigirme al trote antes del amanecer a Noirceur-sur-la-Lys, ciudad de tejedores, situada a catorce kilómetros de la aldea donde estábamos acampados. Debía cerciorarme, en la plaza misma, de la presencia del enemigo. Desde por la mañana los enviados no cesaban de contradecirse al respecto. El general Des Entrayes estaba impaciente. Para ese reconocimiento, se me permitió escoger un caballo de entre los menos purulentos del pelotón. Hacía mucho que no había estado solo. De pronto me pareció que me marchaba de viaje. Pero la liberación era ficticia.

En cuanto me puse en camino, por la fatiga, me costó trabajo, pese a mis esfuerzos, imaginar mi propia muerte, con suficiente precisión y detalle. Avanzaba de árbol en árbol, haciendo ruido con mi chatarra. Ya sólo mi bello sable valía, por el plomo, un piano. Tal vez fuera yo digno de lástima, pero en todo caso, eso seguro, estaba grotesco.

¿En qué estaba pensando el general Des Entrayes para enviarme así, con aquel silencio, completamente cubierto de cimbales? En mí, no, desde luego.

Los aztecas destripaban por lo común, según cuentan, en sus templos del sol, a ochenta mil creyentes por semana, como sacrificio al Dios de las nubes para que les enviara lluvia. Son cosas que cuesta creer antes de ir a la guerra. Pero, una vez en ella, todo se explica, tanto los aztecas como su desprecio por los cuerpos ajenos; el mismo debía de sentir por mis humildes tripas nuestro general Céladon des Entrayes, ya citado, que había llegado a ser, por los ascensos, como un dios concreto, él también, como un pequeño sol atrozmente exigente.

Sólo me quedaba una esperanza muy pequeña, la de que me hiciesen prisionero. Era mínima esa esperanza, un hilo. Un hilo en la noche, pues las circunstancias no se prestaban en absoluto a las cortesías preliminares. En esos momentos recibes antes un tiro de fusil que un saludo con el sombrero. Por lo demás, ¿qué le iba a poder decir yo, a aquel militar hostil por principio y venido a propósito para asesinarme del otro extremo de Europa?... Si él vacilaba un segundo (que me bastaría), ¿qué le diría yo?... Pero, ante todo, ¿qué sería, en realidad? ¿Un dependiente de almacén? ¿Un reenganchado profesional? ¿Un enterrador tal vez? ¿En la vida civil? ¿Un cocinero?... Los caballos tienen mucha suerte, pues, aunque sufren también la guerra, como nosotros, nadie les pide que la subscriban, que aparenten creer en ella. ¡Desdichados, pero libres, caballos! Por desgracia, el entusiasmo, tan zalamero, ¡es sólo para nosotros!

En ese momento distinguía muy bien la carretera y, además, situados a los lados, sobre el légamo del suelo, los grandes cuadrados y volúmenes de las casas, con paredes blanqueadas por la luna, como grandes trozos de hielo desiguales, todo silencio, en bloques pálidos. ¿Sería allí el fin de todo? ¿Cuánto tiempo pasaría, en aquella soledad, después de que me hubieran apañado? ¿Antes de acabar? ¿Y en qué zanja? ¿Junto a cuál de aquellos muros? ¿Me rematarían tal vez? ¿De una cuchillada? A veces arrancaban las manos, los ojos y lo demás... ¡Se contaban muchas cosas al respecto y nada divertidas! ¿Quién sabe?... Un paso del caballo... Otro más... ¿bastarían? Esos animales trotan como dos hombres con zapatos de hierro y pegados uno al otro, con un paso de gimnasia muy extraño y desigual.

Mi corazón al calorcito, tras su verjita de costillas, conejo agitado, acurrucado, estúpido.

Al tirarte de un salto desde lo alto de la Torre Eiffel, debes de sentir cosas así. Querrías agarrarte al espacio.

Conservó secreta para mí su amenaza, aquella aldea, pero no del todo. En el centro de una plaza, un minúsculo surtidor gorgoteaba para mí solo.

Tenía todo, para mí solo, aquella noche. Era propietario por fin de la luna, de la aldea, de un miedo tremendo. Iba a salir al trote de nuevo (Noirceur-sur-la-Lys debía de estar aún a una hora de camino al menos), cuando advertí un resplandor muy tenue por encima de una puerta. Me dirigí derecho hacia él y así me descubrí una especie de audacia, desertora, cierto, pero insospechada. El resplandor desapareció en seguida, pero yo lo había visto bien. Llamé. Insistí, volví a llamar, interpelé a voces, primero en alemán y luego en francés, por si acaso, a aquellos desconocidos, encerrados tras la sombra.

Por fin se abrió la puerta, un batiente.

«¿Quién es usted?», dijo una voz. Estaba salvado.

«Soy un dragón...»

«¿Francés?» Podía distinguir a la mujer que hablaba.

«Sí, francés...»

«Es que han pasado por aquí tantos dragones alemanes... También hablaban francés, ésos...»

«Sí, pero yo soy francés de verdad...»

«¡Ah!...»

Parecía dudarlo.

«¿Dónde están ahora?», pregunté.

«Se han marchado hacia Noirceur sobre las ocho...» Y me indicaba el norte con el dedo.

Una muchacha, con delantal blanco y mantón, salía también de la sombra ahora, hasta el umbral de la puerta...

«¿Qué les han hecho —pregunté— los alemanes?»

«Han quemado una casa cerca de la alcaldía y, además, han matado a mi hermanito de una lanzada en el vientre... cuando jugaba en el Puente Rojo y los miraba pasar... ¡Mire! –Y me mostró–. Ahí está...»

No lloraba. Volvió a encender la vela, cuyo resplandor había yo sorprendido. Y distinguí –era cierto– al fondo el pequeño cadáver tendido sobre un colchón y vestido de marinero, y el cuello y la cabeza, tan lívidos como el resplandor de la vela, sobresalían de un gran cuello azul cuadrado. Estaba encogido, el niño, con brazos, piernas y espalda encorvados. La lanza le había pasado, como un eje de la muerte, por el centro del vientre. Su madre lloraba con fuerza, a su lado, de rodillas, y el padre también. Y después se pusieron a gemir todos juntos. Pero yo tenía mucha sed.

«¿Tendrían una botella de vino para venderme?», pregunté.

«Pregúntele a mi madre... Tal vez sepa si queda... Los alemanes nos han cogido mucho hace un rato...»

Y entonces se pusieron a discutir sobre eso en voz muy baja.

«¡No queda! –vino a anunciarme la muchacha–. Los alemanes se lo han llevado todo... Y eso que les habíamos dado sin que lo pidieran y mucho...»

«¡Ah, sí! ¡Lo que han bebido! –comentó la madre, que había dejado de llorar, de repente–. Les gusta mucho...»

«Más de cien botellas, seguro», añadió el padre, que seguía de rodillas...

«Entonces, ¿no queda ni una sola? –insistí, con esperanza aún, pues tenía una sed tremenda, y sobre todo de vino blanco, bien amargo, el que despabila un poco–. Estoy dispuesto a pagar...»

«Ya sólo queda del bueno. Cuesta cinco francos la botella...», concedió entonces la madre.

«¡Muy bien!» Y saqué mis cinco francos del bolsillo, una moneda grande.

«¡Ve a buscar una!», ordenó en voz baja a la hermana.

La hermana cogió la vela y al cabo de un instante subió con una botella de litro.

Estaba servido, ya sólo me quedaba marcharme.

«¿Volverán?», pregunté, de nuevo inquieto.

«Quizá –contestaron a coro–. Pero entonces lo quemarán todo... Lo han prometido al marcharse...»

«Voy a ir a ver.»

«Es usted muy valiente... ¡Es por ahí!», me indicaba el padre, en dirección a Noirceur-sur-la-Lys... Salió incluso a la calzada para verme marchar. La hija y la madre se quedaron, atemorizadas, junto al cadáver del pequeño, en vela.

«¡Vuelve! –le decían desde dentro–. Entra, Joseph, que a ti no se te ha perdido nada en la carretera...»

«Es usted muy valiente», volvió a decirme el padre, y me estrechó la mano.

Me puse en camino hacia el norte, al trote.

«¡Al menos, no les diga que aún estamos aquí!» La muchacha había vuelto a salir para gritarme eso.

«Eso ya lo verán ellos, mañana, si están aquí», respondí. No estaba contento de haber dado mis cinco francos.

Cinco francos se interponían entre nosotros. Son suficientes para odiar, cinco francos, y desear que revienten todos. No hay amor que valga en este mundo, mientras haya cinco francos de por medio.

«¡Mañana!», repetían, incrédulos...

Mañana, para ellos también, estaba lejos, no tenía demasiado sentido, un mañana así. En el fondo, el caso, para todos nosotros, era vivir una hora más, y una sola hora en un mundo en que todo se ha reducido al crimen es ya algo extraordinario.

No duró mucho. Yo trotaba de árbol en árbol y no me habría extrañado verme interpelado o fusilado de un momento a otro Y se acabó

No debían de ser más de las dos de la mañana, cuando llegué a la cima de una pequeña colina, al paso. Desde allí distinguí de repente filas y más filas de faroles de gas encendidos abajo y después, en primer plano, una estación iluminada con sus vagones, su cantina, de la que, sin embargo, no llegaba ningún ruido... Nada. Calles, avenidas, farolas y más filas paralelas de luces, barrios enteros, y después el resto alrededor, sólo obscuridad, vacío, ávido en torno a la ciudad, extendida, desplegada ante mí, como si la hubieran perdido, la ciudad, iluminada y esparcida en medio de la noche. Descabalgué y me senté en un cerrito a contemplarla un buen rato.

Seguía sin saber si los alemanes habían entrado en Noirceur, pero, como en esos casos acostumbraban a incendiarlo todo, si habían entrado y no incendiaban la ciudad al instante, quería decir seguramente que tenían ideas y proyectos inhabituales.

Tampoco disparaba el cañón, era extraño.

También mi caballo quería acostarse. Tiraba de la brida y eso me hizo volverme. Cuando volví a mirar hacia la ciudad, algo había cambiado el aspecto del cerro ante mí, no gran cosa, desde luego, pero lo suficiente, aun así, como para que gritara: «¡Eh! ¿Quién vive?...». Ese cambio en la disposición de la sombra se había producido a unos pocos pasos... Debía de ser alguien...

«¡No grites tanto!», respondió una voz de hombre, pastosa y ronca, una voz que parecía muy francesa.

«¿Tú también estás rezagado?», me preguntó. Ahora podía verlo. Era un soldado de infantería, con la visera bien bajada, como los «padres». Después de tantos años, aún recuerdo bien aquel momento, su silueta saliendo de entre la maleza, como hacían los blancos, los soldados, en los tiros de las ferias.

Nos acercamos el uno al otro. Yo llevaba el revólver en la mano. Un poco más y habría disparado sin saber por qué.

«Oye —me preguntó—, ¿los has visto, tú?»

«No, pero vengo por aquí para verlos.»

«¿Eres del 145 de dragones?»

«Sí. ¿Y tú?»

«Yo soy un reservista...»

«¡Ah!», dije. Me sorprendía, un reservista. Era el primero que me encontraba en la guerra. Nosotros siempre habíamos estado con hombres de la activa. No veía yo su figura, pero su voz era ya distinta de las nuestras, como más triste y, por tanto, más aceptable que las nuestras. Por eso, no podía por menos de sentir un poco de confianza hacia él. Ya era algo.

«Estoy harto —repetía—. Me voy a dejar coger por los *boches.*»

No ocultaba nada.

«¿Y cómo vas a hacer?»

De repente, me interesaba, su proyecto, más que ninguna otra cosa. ¿Cómo iba a arreglárselas para conseguir que lo apresaran?

«Aún no lo sé...»

«¿Cómo has conseguido largarte?... ¡No resulta fácil dejarse coger!»

«Me importa un bledo, iré a entregarme.»

«Entonces, ¿tienes miedo?»

«Tengo miedo y, además, esto me parece cosa de locos, si quieres que te diga la verdad. Me tienen sin cuidado los alemanes, no me han hecho nada...»

«Cállate —le dije—, tal vez nos oigan...»

Yo sentía como un deseo de ser cortés con los alemanes. Me habría gustado que me explicara, ya que estaba, aquel reservista, por qué no tenía valor yo tampoco, para hacer la guerra, como todos los demás... Pero no explicaba nada, sólo repetía que estaba hasta la coronilla.

Entonces me contó la desbandada de su regimiento, la víspera, al amanecer, por culpa de los cazadores de a pie, de los nuestros, que por error habían abierto fuego contra su compañía, a campo traviesa. No los esperaban a esa hora. Habían llegado tres horas antes de lo previsto. Entonces los cazadores, fatigados, sorprendidos, los habían acribillado. Yo ya me conocía eso, ya me había pasado.

«Y yo, ¡tú fíjate! Una ocasión así, ¡menudo si la aproveché! —añadió—. "Robinson", me dije. Me llamo Robinson... ¡Robinson Léon! "Si quieres pirártelas, ¡ahora o nunca!", me dije... ¿No te parece? Conque me metí por un bosquecillo y después allí, tú figúrate, me encontré a nuestro capitán... Estaba apoyado en un árbol, ¡bien jodido el capi!... Estirando la pata... Se sujetaba el pantalón con las dos manos y venga escupir... Sangraba por todo el cuerpo y los ojos le daban vueltas... No había nadie con él. Había recibido una buena... "¡Mamá! ¡Mamá!", lloriqueaba, mientras reventaba y meaba sangre también...

»"¡Corta el rollo!", fui y le dije. "¡Mamá! Sí, sí, ¡en eso está pensando tu mamá!"... ¡Así, chico, al pasar!... ¡En sus narices! ¡Imagínate! ¡Se debió de correr de gusto, aquel cabrón!... ¿No?... No se presentan muchas ocasiones, de decirle lo que piensas, al capitán... Hay que aprovecharlas. Y, para largarme más rápido, tiré el petate y las armas también... En un estanque de patos que había allí al lado... Es que, aquí donde me ves, yo no tengo ganas de matar a nadie, no he aprendido... Ya en tiempos de paz, no me gustaba la camorra... Me marchaba... Conque, ¡ya te puedes imaginar!... En la vida civil, procuraba no faltar a la fábrica... Incluso llegué a ser un grabador discreto, pero no me gustaba, por las disputas, prefería vender los periódicos de la tarde y en un barrio tranquilo, por donde me conocían, cerca del Banco de Francia... Place des Victoires, para ser más exactos... Rue des Petits-Champs... Ésa era mi zona... Nunca pasaba de la Rue du Louvre y el Palais-Royal, por un lado, ya ves tú... Por la mañana, hacía recados para los comerciantes... Por la tarde, un reparto de vez en cuando, a salto de mata, vamos... Alguna chapuza... Pero, ¡a mí que no me hablen de armas!... Si los alemanes te ven con armas, ¿eh? ¡Estás listo! Mientras que cuando vas a la buena de Dios, como yo ahora... Nada en las manos... Nada en los bolsillos... Notan que les costará menos apresarte, ¿comprendes? Saben con quién tienen que habérselas... Si pudieras llegar desnudo hasta los alemanes, sería lo mejor... ¡Como un caballo! Entonces, no podrían saber de qué arma eres...»

«¡Eso es verdad!»

Me daba cuenta de que la edad ayuda para las ideas. Te vuelves práctico.

«Están ahí, ¿no?» Mirábamos y calculábamos juntos nuestras posibilidades y buscábamos nuestro futuro, como en las cartas, en el gran plano luminoso que nos ofrecía la ciudad en silencio.

«¿Vamos?»

En primer lugar había que pasar la línea del ferrocarril. Si había centinelas, nos apuntarían. Tal vez no. Había que ver. Pasar por encima o por debajo, por el túnel.

«Tenemos que darnos prisa —añadió aquel Robinson—. Hay que hacerlo de noche; de día ya no hay amigos, todo el mundo trabaja para la galería; por el día, tú fíjate, hasta en la guerra es la feria... ¿Te llevas el penco?»

Me llevé el penco. Por prudencia, para salir pitando, si no nos recibían bien. Llegamos al paso a nivel, con los grandes brazos rojos y blancos levantados. Nunca había visto barreras de esa forma. Las de las afueras de París no eran así.

«¿Crees tú que habrán entrado ya en la ciudad?»

«¡Seguro! —dijo—. ¡Sigue adelante!...»

Ahora nos veíamos obligados a ser tan valientes como los valientes; el caballo, que avanzaba tranquilo tras nosotros, como si nos empujara con su ruido, no nos dejaba oír nada. ¡Toc! ¡Toc! ¡Toc!, con sus herraduras. Golpeaba en pleno eco, tan campante.

Entonces, ¿contaba con la noche, aquel Robinson, para sacarnos de allí?... Íbamos al paso los dos, por el centro de la calle vacía, sin la menor cautela, marcando el paso aún, como en la instrucción.

Tenía razón, Robinson, el día era implacable, de la tierra al cielo. Tal como íbamos por la calzada, debíamos de tener aspecto muy inofensivo, los dos, muy ingenuo incluso, como si volviéramos de permiso.

«¿Te has enterado de que han apresado al 1.º de húsares entero?... ¿en Lille?... Entraron así, según dicen, no sabían, ¡eh!, con el coronel delante... ¡Por una calle principal, chico! Los cercaron... Por delante... Por detrás... ¡Alemanes por todos lados!... ¡En las ventanas!... Por todos lados... Listo... ¡Como ratas cayeron!... ¡Como ratas! ¡Tú fíjate qué potra!...»

«¡Ah! ¡Qué cabritos!...»

«¡Tú fíjate! ¡Tú fíjate!...» No salíamos de nuestro asombro ante aquella admirable captura, tan limpia, tan definitiva... Nos había dejado boquiabiertos. Las tiendas tenían todos los postigos cerrados, los hotelitos también, con su jardincillo delante, todo muy limpio. Pero, tras pasar por delante de Correos, vimos que uno de aquellos hotelitos, un poco más blanco que los demás, tenía todas las ventanas iluminadas, tanto en la planta baja como en el entresuelo. Nos acercamos y llamamos a la puerta. Nuestro caballo seguía detrás de nosotros. Un hombre grueso y barbudo nos abrió. «¡Soy el alcalde de Noirceur –fue y anunció al instante, sin que le preguntáramos– y estoy esperando a los alemanes!» Y salió, el alcalde, al claro de luna para reconocernos. Cuando comprobó que no éramos alemanes, sino franceses, no se mostró tan solemne, sólo cordial. Y también cohibido. Evidentemente, ya no nos esperaba, nuestra llegada contrariaba las disposiciones y resoluciones que había tenido que adoptar. Los alemanes debían entrar en Noirceur aquella noche, estaba avisado y había dispuesto todo de acuerdo con la Prefectura, su coronel aquí, su ambulancia allá, etc. ¿Y si entraban en aquel momento? ¿Estando nosotros allí? ¡Seguro que crearía dificultades! Provocaría complicaciones... No nos lo dijo a las claras, pero se veía que lo pensaba.

Entonces se puso a hablarnos del interés general, allí, en plena noche, en el silencio en que estábamos perdidos. Sólo del interés general... De los bienes materiales de la comunidad... Del patrimonio artístico de Noirceur, confiado a su cargo, cargo sagrado donde lo hubiera... De la iglesia del siglo XV, sobre todo... ¿La quemarían, la iglesia del siglo XV? ¡Como la de Condé-sur-Yser, allí cerca! ¿Eh?... Por simple mal humor... Por despecho, al encontrarnos allí... Nos hizo sentir toda la responsabilidad en que incurríamos... ¡Inconscientes soldados jóvenes que éramos!... A los alemanes no les gustaban las ciudades sospechosas, por las que aún merodearan militares enemigos. Ya se sabía.

Mientras nos hablaba así, a media voz, su mujer y sus dos hijas, rubias llenitas y apetitosas, se mostraban de perfecto acuerdo, con una palabra de vez en cuando... En resumen, nos echaban. Entre nosotros flotaban los valores sentimentales y arqueológicos, vitales de repente, pues ya no quedaba nadie en Noirceur para impugnarlos... Patrióticos, morales, estimulados por las palabras, fantasmas que intentaba atrapar, el alcalde, pero que se esfumaban al punto, vencidos por nuestro miedo y nuestro egoísmo y también por la verdad pura y simple.

Hacía esfuerzos extenuantes y conmovedores, el alcalde de Noirceur, para intentar convencernos, con pasión, de que nuestro deber era, sin lugar a dudas, largarnos en seguida con viento fresco y a todos los diablos, menos brutal, desde luego, que nuestro comandante Pinçon, pero tan decidido en su género.

Lo único seguro que oponer, a todos aquellos poderosos, era, sin duda, nuestro humilde deseo de no morir ni arder. Era poco, sobre todo porque esas cosas no pueden declararse durante la guerra. Conque nos encaminamos hacia otras calles vacías. La verdad era que todas las personas con las que me había encontrado aquella noche me habían revelado su alma.

«¡Mira que tengo suerte! —comentó Robinson, cuando nos íbamos—. ¡Ya ves! Si tú hubieras sido un alemán, como también eres buen muchacho, me habrías hecho prisionero y todo habría acabado bien... ¡Cuesta deshacerse de uno mismo en la guerra!»

«Y tú —le dije—, si hubieras sido un alemán, ¿no me habrías hecho prisionero también? Entonces, ¡a lo mejor te habrían concedido su medalla militar! Debe de llamarse con un nombre extraño en alemán su medalla militar, ¿no?»

Como seguíamos sin encontrar por el camino a alguien que quisiera hacernos prisioneros, acabamos sentándonos en un banco de una placita y nos comimos la lata de atún que Robinson Léon paseaba y calentaba en el bolsillo desde la mañana. Muy lejos, se oía el cañón ahora, pero muy lejos, la verdad. ¡Si hubieran podido quedarse cada cual por su lado, los enemigos, y dejarnos tranquilos!

Después seguimos a lo largo de un canal y, junto a las gabarras a medio descargar, orinamos, con largos chorros, en el agua. Seguíamos llevando el caballo de la brida, tras nosotros, como un perro muy grande, pero cerca del puente, en la casa del barquero, de un solo cuarto, también sobre un colchón, estaba tendido otro muerto, solo, un francés, comandante de cazadores a caballo, que, por cierto, se parecía bastante a Robinson, de cara.

«¡Mira que es feo! —comentó Robinson—. A mí no me gustan los muertos...»

«Lo más curioso —le respondí— es que se te parece un poco. Tiene la nariz larga como tú y tú no eres mucho menos joven que él...»

«La fatiga me hace parecer así; cansados todos nos parecemos un poco, pero si me hubieras visto antes... ¡Cuando montaba en bicicleta todos los domingos!... ¡Era un chavea que no estaba mal! Chico, ¡tenía unas pantorrillas! ¡El deporte, claro! También desarrolla los muslos...»

Volvimos a salir; la cerilla que habíamos cogido para mirar se había apagado.

«¡Ya ves! ¡Es demasiado tarde!...»

Una larga raya gris y verde subrayaba ya a lo lejos la cresta del otero, en el límite de la ciudad, en la noche. ¡El día! ¡Uno más! ¡Uno menos! Habría que intentar pasar a través de aquél como de los demás, convertidos en algo así como aros cada vez más estrechos, los días, y atestados de trayectorias y metralla.

«¿No vas a venir por aquí la próxima noche?», me preguntó al separarse de mí.

«¡No hay próxima noche, hombre!... ¿Es que te crees un general?»

«Yo ya no pienso en nada —dijo, para acabar—. En nada, ¿me oyes?... Sólo pienso en no palmarla...Ya es bastante... Me digo que un día ganado, ¡es un día más!»

«Tienes razón... ¡Adiós, chico, y suerte!...»

«¡Lo mismo te digo! ¡Tal vez nos volvamos a ver!»

Volvimos cada uno a nuestra guerra. Y después ocurrieron cosas y más cosas, que no es fácil contar ahora, pues hoy ya no se comprenderían.

Para estar bien vistos y considerados, tuvimos que darnos prisa y hacernos muy amigos de los civiles, porque éstos, en la retaguardia, se volvían, a medida que avanzaba la guerra, cada vez más perversos. Lo comprendí en seguida, al regresar a París, y también que las mujeres tenían fuego entre las piernas y los viejos una cara de salidos que para qué y las manos a lo suyo: los culos, los bolsillos.

Heredaban de los combatientes, los de la retaguardia, no habían tardado en aprender la gloria y las formas adecuadas de soportarla con valor y sin dolor.

Las madres, unas enfermeras, otras mártires, no se quitaban nunca sus largos velos sombríos, como tampoco el diploma que les enviaba el ministro a tiempo por mediación del empleado de la alcaldía. En resumen, se iban organizando las cosas.

Durante los funerales pomposos, la gente está muy triste también, pero no por ello dejan de pensar en la herencia, en las próximas vacaciones, en la viuda, que es muy mona y tiene temperamento, según dicen, y en seguir viviendo, uno mismo, por contraste, largo tiempo, en no diñarla tal vez nunca... ¿Quién sabe?

Cuando sigues un entierro, todo el mundo se descubre, ceremonioso, para saludarte. Da gusto. Es el momento de comportarse como Dios manda, de adoptar expresión de decoro y no bromear en voz alta, de regocijarse sólo por dentro. Está permitido. Por dentro todo está permitido.

En época de guerra, en lugar de bailar en el entresuelo, se bailaba en el sótano. Los combatientes lo toleraban y, más aún, les gustaba. Lo pedían, en cuanto llegaban, y a nadie parecía impropio. En el fondo, sólo el valor es impropio. ¿Ser valiente con tu cuerpo? Entonces pedid al gusano que sea valiente también; es rosado, pálido y blando, como nosotros.

Por mi parte, yo ya no tenía motivos para quejarme. Estaba a punto de liberarme, gracias a la medalla militar que había ganado, la herida y demás. Estando en convalecencia, me la habían llevado, la medalla, al hospital. Y el mismo día me fui al teatro, a enseñársela a los civiles en los entreactos. Gran sensación. Eran las primeras medallas que se veían en París. ¡Un chollete!

Fue en aquella ocasión incluso cuando, en el salón de la Opéra-Comique, conocí a la pequeña Lola de América y por ella me espabilé del todo.

Hay ciertas fechas así, en la vida, que cuentan entre tantos meses en los que habría podido uno abstenerse muy bien de vivir. Aquel día de la medalla en la Opéra-Comique fue decisivo en mi vida.

Por ella, por Lola, me entró gran curiosidad por Estados Unidos, por las preguntas que le hacía y a las que ella apenas respondía. Cuando te lanzas así, a los viajes, vuelves cuando puedes y como puedes...

En el momento de que hablo, todo el mundo en París quería poseer su uniforme. Los únicos que no tenían eran los neutrales y los espías y eran casi los mismos. Lola tenía el suyo, su uniforme oficial de verdad, y muy mono, todo él adornado con crucecitas rojas, en las mangas, en su gorrito de policía, siempre ladeado, coquetón, sobre sus ondulados cabellos. Había venido a ayudarnos a salvar a Francia, como decía al director del hotel, en la medida de sus débiles fuerzas, pero, ¡con todo el corazón! Nos entendimos en seguida, si bien no del todo, porque los arrebatos del corazón habían llegado a resultarme de lo más desagradables. Prefería los del cuerpo, sencillamente. Hay que desconfiar por entero del corazón, me lo habían enseñado, ¡y de qué modo!, en la guerra. Y no me iba a ser fácil olvidarlo.

El corazón de Lola era tierno, débil y entusiasta. Su cuerpo era gracioso, muy amable, y hube de tomarla, en conjunto, como era. Al fin y al cabo, era buena chica, Lola; sólo, que entre nosotros se interponía la guerra, esa rabia de la hostia, tremenda, que impulsaba a la mitad de los humanos, amantes o no, a enviar a la otra mitad al matadero. Conque, por fuerza, entorpecía las relaciones, una manía así. Para mí, que prolongaba mi convalecencia lo más posible y no sentía el menor interés por volver a ocupar mi puesto en el ardiente cementerio de las batallas, el ridículo de nuestra matanza se me revelaba, chillón, a cada paso que daba por la ciudad. Una picardía inmensa se extendía por todos lados.

Sin embargo, tenía pocas posibilidades de eludirla, carecía de las relaciones indispensables para salir bien librado. Sólo conocía a pobres, es decir, gente cuya muerte no interesa a nadie. En cuanto a Lola, no había que contar con ella para enchufarme. Siendo como era enfermera, no se podía imaginar una persona, salvo el propio Ortolan, más combativo que aquella niña encantadora. Antes de haber pasado el fangoso fregado de los heroísmos, su aire de Juana de Arco me habría podido excitar, convertir, pero ahora, desde mi alistamiento de la Place Clichy, cualquier heroísmo verbal o real me inspiraba un rechazo fóbico. Estaba curado, bien curado.

Para comodidad de las damas del cuerpo expedicionario americano, el grupo de enfermeras al que pertenecía Lola se alojaba en el hotel Paritz y, para facilitarle, a ella en particular, aún más las cosas, le confiaron (estaba bien relacionada) en el propio hotel la dirección de un servicio especial, el de los buñuelos de manzana para los hospitales de París. Todas las mañanas se distribuían miles de docenas. Lola desempeñaba esa función benéfica con un celo que, por cierto, más adelante iba a tener efectos desastrosos.

Lola, conviene señalarlo, no había hecho buñuelos en su vida. Así, pues, contrató a algunas cocineras mercenarias y, tras algunos ensayos, los buñuelos estuvieron listos para ser entregados con puntualidad, jugosos, dorados y azucarados, que era un primor. En resumen, Lola sólo tenía que probarlos antes de que se enviaran a los diferentes servicios hospitalarios. Todas las mañanas Lola se levantaba a las diez y, tras haberse bañado, bajaba a las cocinas, situadas muy abajo, junto a los sótanos. Eso, cada mañana, ya digo, y vestida sólo con un quimono japonés negro y amarillo que un amigo de San Francisco le había regalado la víspera de su partida.

En resumen, todo marchaba perfectamente y estábamos ganando la guerra, cuando un buen día, a la hora de almorzar, la encontré descompuesta, incapaz de probar un solo plato de la comida. Me asaltó la aprensión de que hubiera ocurrido una desgracia, una enfermedad repentina. Le supliqué que se confiara a mi afecto vigilante.

Por haber probado, puntual, los buñuelos durante todo un mes, Lola había engordado más de un kilo. Por lo demás, su cinturoncito atestiguaba, con una muesca más, el desastre. Vinieron las lágrimas. Intentando consolarla, como mejor pude, recorrimos, en taxi y bajo el efecto de la emoción, varias farmacias, situadas en lugares muy diversos. Por azar, todas las básculas confirmaron, implacables, que había ganado sin duda más de un kilo, era innegable. Entonces le sugerí que dejara su servicio a una colega que, al contrario, necesitaba entrar en carnes un poquito. Lola no quiso ni oír hablar de ese compromiso, que consideraba una vergüenza y una auténtica deserción en su género. Fue en aquella ocasión incluso cuando me contó que su tío bisabuelo había formado parte también de la tripulación, por siempre gloriosa, del *Mayflower*, arribado a Boston en 1677,* y que, en consideración de tal recuerdo, no podía ni pensar en eludir su deber en relación con los buñuelos, modesto, desde luego, pero, aun así, sagrado.

El caso es que a partir de aquel día ya sólo probaba los buñuelos con la punta de los dientes, todos muy bonitos, por cierto, y bien alineados. Aquella angustia por engordar había llegado a impedirle disfrutar de nada. Desmejoró. Al cabo de poco, tenía tanto miedo a los buñuelos como yo a los obuses. Entonces la mayoría de las veces nos íbamos a pasear por higiene, para rehuir los buñuelos, a las orillas del río, por los bulevares, pero ya no entrábamos en el Napolitain, para no tomar helados, que también hacen engordar a las damas.

Yo nunca había soñado con algo tan confortable para vivir como su habitación, toda ella azul pálido, con un baño contiguo. Fotos de sus amigos por todos lados, dedicatorias, pocas mujeres, muchos hombres, chicos guapos, morenos y de pelo rizado, su tipo; me hablaba del color de sus ojos y de sus dedicatorias tiernas, solemnes y definitivas, todas. Al principio, por educación, me sentía cohibido, en medio de todas aquellas efigies, y después te acostumbras.

En cuanto dejaba de besarla, ella volvía a la carga sobre los asuntos de la guerra o los buñuelos y yo no la interrumpía. Francia entraba en nuestras conversaciones. Para Lola, Francia seguía siendo una especie de entidad caballeresca, de contornos poco definidos en el espacio y el tiempo, pero en aquel momento herida grave y, por eso mismo, muy excitante. Yo, cuando me hablaban de Francia, pensaba, sin poderlo resistir, en mis tripas, conque, por fuerza, era mucho más reservado en

---

* El *Mayflower* es el barco que transportó al otro lado del océano a los ingleses que establecieron la primera colonia permanente en América del Norte. Fue en 1620 y el puerto de llegada no fue Boston, sino Plymouth, a unos cincuenta kilómetros al sur. (*N. del T.*)

lo relativo al entusiasmo. Cada cual con su terror. No obstante, como era complaciente con el sexo, la escuchaba sin contradecirla nunca. Pero, tocante al alma, no la contentaba en absoluto. Muy vibrante, muy radiante le habría gustado que fuera y, por mi parte, yo no veía por qué había de encontrarme en ese estado, sublime; al contrario, veía mil razones, todas irrefutables, para conservar el humor exactamente contrario.

Al fin y al cabo, Lola no hacía otra cosa que divagar sobre la felicidad y el optimismo, como todas las personas pertenecientes a la raza de los escogidos, la de los privilegios, la salud, la seguridad, y que tienen toda la vida por delante.

Me fastidiaba, machacona, a propósito de las cosas del alma, siempre las tenía en los labios. El alma es la vanidad y el placer del cuerpo, mientras goza de buena salud, pero es también el deseo de salir de él, en cuanto se pone enfermo o las cosas salen mal. De las dos posturas, adoptas la que te resulta más agradable en el momento, ¡y se acabó! Mientras puedes elegir, perfecto. Pero yo ya no podía elegir, ¡mi suerte estaba echada! Estaba de parte de la verdad hasta la médula, hasta el punto de que mi propia muerte me seguía, por así decir, paso a paso. Me costaba mucho trabajo no pensar sino en mi destino de asesinado con sentencia en suspenso, que, por cierto, a todo el mundo le parecía del todo normal para mí.

Hay que haber sobrellevado esa especie de agonía diferida, lúcida, con buena salud, durante la cual es imposible comprender otra cosa que verdades absolutas, para saber para siempre lo que se dice.

Mi conclusión era que los alemanes podían llegar aquí, degollar, saquear, incendiar todo, el hotel, los buñuelos, a Lola, las Tullerías, a los ministros, a sus amiguetes, la Coupole, el Louvre, los grandes almacenes, caer sobre la ciudad, como la ira divina, el fuego del infierno, sobre aquella feria asquerosa, a la que ya no se podía añadir, la verdad, nada más sórdido, y, aun así, yo no tenía nada que perder, la verdad, nada, y todo que ganar.

No se pierde gran cosa, cuando arde la casa del propietario. Siempre vendrá otro, si no es el mismo, alemán o francés o inglés o chino, para presentar, verdad, su recibo en el momento oportuno... ¿En marcos o francos? Puesto que hay que pagar...

En resumen, estaba más baja que la leche, la moral. Si le hubiera dicho lo que pensaba de la guerra, a Lola, me habría considerado un monstruo, sencillamente, y me habría negado las últimas dulzuras de su intimidad. Así, pues, me guardaba muy mucho de confesárselo. Por otra parte, aún sufría algunas dificultades y rivalidades. Algunos oficiales intentaban soplármela, a Lola. Su competencia era temible, armados como estaban, ellos, con las seducciones de su Legión de Honor. Además, se empezó a hablar mucho de esa dichosa Legión de Honor en los periódicos americanos. Creo incluso que, en dos o tres ocasiones en que me puso los cuernos, se habrían visto muy amenazadas, nuestras relaciones, si al mismo tiempo no me hubiera descubierto de repente aquella frívola una utilidad superior, la que consistía en probar por ella los buñuelos todas las mañanas.

Esa especialización de última hora me salvó. Aceptó que yo la substituyese. ¿Acaso no era yo también un valeroso combatiente, digno, por tanto, de esa misión de confianza? A partir de entonces ya no fuimos sólo amantes, sino también socios. Así se iniciaron los tiempos modernos.

Su cuerpo era para mí un gozo que no tenía fin. Nunca me cansaba de recorrer aquel cuerpo americano. Era, a decir verdad, un cachondón redomado. Y seguí siéndolo.

Llegué incluso al convencimiento, muy agradable y reconfortante, de que un país capaz de producir cuerpos tan audaces en su gracia y de una elevación espiritual tan tentadora debía de ofrecer muchas otras revelaciones capitales: en el sentido biológico, se entiende.

A fuerza de sobar a Lola, decidí emprender tarde o temprano el viaje a Estados Unidos, como un auténtico peregrinaje y en cuanto fuera posible. En efecto, no paré ni descansé (a lo largo de una vida implacablemente adversa y aperreada) hasta haber llevado a cabo esa profunda aventura, místicamente anatómica.

Recibí así, muy juntito al trasero de Lola, el mensaje de un nuevo mundo. No es que tuviera sólo un cuerpo, Lola, entendámonos, estaba adornada también con una cabecita preciosa y un poco cruel por los ojos de color azul grisáceo, que le subían un poquito hacia los ángulos, como los de los gatos salvajes.

Sólo con mirarla a la cara se me hacía la boca agua, como por un regusto de vino seco, de sílex. Ojos duros, en resumen, y nada animados por esa graciosa vivacidad comercial, que recuerda a Oriente y a Fragonard, de casi todos los ojos de por aquí.

Nos encontrábamos la mayoría de las veces en un café cercano. Los heridos, cada vez más numerosos, iban renqueando por las calles, con frecuencia desaliñados. En su favor se organizaban colectas, «Jornadas» para éstos, para los otros, y sobre todo para los organizadores de las «Jornadas». Mentir, follar, morir. Acababa de prohibirse emprender cualquier otra cosa. Se mentía con ganas, más allá de lo imaginable, mucho más allá del ridículo y del absurdo, en los periódicos, en los carteles, a pie, a caballo, en coche. Todo el mundo se había puesto manos a la obra. A ver quién decía mentiras más inauditas. Pronto ya no quedó verdad alguna en la ciudad.

La poca que existía en 1914 ahora daba vergüenza. Todo lo que tocabas estaba falsificado, el azúcar, los aviones, las sandalias, las mermeladas, las fotos; todo lo que se leía, tragaba, chupaba, admiraba, proclamaba, refutaba, defendía, no eran sino fantasmas odiosos, falsificaciones y mascaradas. Hasta los traidores eran falsos. El delirio de mentir y creer se contagia como la sarna. La pequeña Lola sólo sabía algunas frases de francés, pero eran patrióticas: «*On les aura!...*». «*Madelon, viens!...*» Era como para echarse a llorar.

Se inclinaba así sobre nuestra muerte con obstinación, impudor, como todas las mujeres, por lo demás, en cuanto llega la moda de ser valientes para los demás.

¡Y yo que precisamente me descubría tanto gusto por todas las cosas que me alejaban de la guerra! En varias ocasiones le pedí informaciones sobre su América a Lola, pero entonces sólo me respondía con comentarios de lo más vagos, pretenciosos y manifiestamente inciertos, destinados a causar en mí una impresión brillante.

Pero ahora yo desconfiaba de las impresiones. Me habían atrapado una vez con la impresión, ya no me iban a coger más con camelos. Nadie.

Yo creía en su cuerpo, pero no en su espíritu. La consideraba una enchufada encantadora, la Lola, a contracorriente de la guerra, de la vida.

Ella atravesaba mi angustia con la mentalidad del *Petit Journal*: pompón, charanga, mi Lorena y guantes blancos...* Entretanto, yo le echaba cada vez más caliches, porque le había asegurado que eso la haría adelgazar. Pero ella confiaba más en nuestros largos paseos para conseguirlo. En cambio, yo los detestaba, los largos paseos. Pero ella insistía.

Así, que íbamos con frecuencia, muy deportivos, al Bois de Boulogne, durante algunas horas, todas las tardes, el «circuito de los lagos».

La naturaleza es algo espantoso e incluso cuando está domesticada con firmeza, como en el Bois, aún produce como angus-

---

* El *Petit Journal* era, en la preguerra, un periódico de gran difusión. El periódico mismo y su *Suplemento ilustrado* (que en 1895 editaba más de un millón de ejemplares) se caracterizaban por su militarismo, su nacionalismo y su antisemitismo. *(N. del T.)*

tia a los auténticos ciudadanos. Entonces se entregan con facilidad a las confidencias. Nada como el Bois de Boulogne, aun húmedo, enrejado, grasiento y pelado como está, para hacer afluir los recuerdos, incontenibles, en los ciudadanos de paseo entre los árboles. Lola no estaba libre de esa inquietud melancólica y confidente. Me contó mil cosas más o menos sinceras, mientras nos paseábamos así, sobre su vida de Nueva York, sobre sus amiguitas de allá.

Yo no conseguía discernir del todo lo verosímil, en aquella trama complicada de dólares, noviazgos, divorcios, compras de vestidos y joyas, que me parecía colmar su existencia.

Aquel día fuimos hacia el hipódromo. Por aquellos parajes te encontrabas aún muchos simones, a niños sobre borricos y a otros niños levantando polvo y autos atestados de quintos de permiso que no cesaban de buscar a toda velocidad mujeres vacantes por los senderos, entre dos trenes, levantando aún más polvo, con prisa por ir a cenar y hacer el amor, agitados y viscosos, al acecho, atormentados por la hora implacable y el deseo de vida. Sudaban de pasión y de calor también.

El Bois estaba menos cuidado que de costumbre, abandonado, en suspenso administrativo.

«Este lugar debía de ser muy bonito antes de la guerra... —observaba Lola—. ¿Era elegante?... ¡Cuéntame, Ferdinand!... ¿Y las carreras de aquí?... ¿Eran como las de Nueva York?...»

La verdad es que yo no había ido nunca a las carreras antes de la guerra, pero inventaba al instante, para distraerla, cien detalles vistosos al respecto, con ayuda de lo que me habían contado, unos y otros. Los vestidos... Las señoras elegantes... Las calesas resplandecientes... La salida... Las cornetas alegres y espontáneas... El salto del río... El Presidente de la República... La fiebre ondulante de las apuestas, etc.

Le gustó tanto, mi descripción ideal, que aquel relato nos unió. A partir de aquel momento, creyó haber descubierto, Lola, que por lo menos teníamos un gusto en común, en mí bien disimulado, el de las solemnidades mundanas. Incluso me besó, espontánea, de emoción, cosa que muy raras veces hacía, debo decirlo. Y también la melancolía de las cosas de moda en el pasado la emocionaba. Cada cual llora a su modo el tiempo que pasa. Por las modas muertas advertía Lola el paso de los años.

«Ferdinand –me preguntó–, ¿crees que volverá a haber carreras en este hipódromo?»

«Cuando acabe la guerra, seguramente, Lola...»

«No es seguro, ¿verdad?»

«No, seguro, no...»

Esa posibilidad de que no volviese a haber nunca carreras en Longchamp la desconcertaba. La tristeza del mundo se apodera de los seres como puede, pero parece lograrlo casi siempre.

«Supónte que aún dure mucho la guerra, Ferdinand, años, por ejemplo... Entonces será muy tarde para mí... Para volver aquí... ¿Me comprendes, Ferdinand?... Me gustan tanto, verdad, los lugares bonitos como éste... Muy mundanos... Muy elegantes... Será demasiado tarde... Para siempre demasiado tarde... Tal vez... Seré vieja entonces, Ferdinand. Cuando se reanuden las reuniones... Seré ya vieja... Ya verás, Ferdinand, será demasiado tarde... Siento que será demasiado tarde...»

Y ya estaba otra vez desconsolada, como por el kilo y medio de más. Yo le daba, para tranquilizarla, todas las esperanzas que se me ocurrían... Que si, al fin y al cabo, sólo tenía veintitrés años... Que si la guerra iba a pasar muy deprisa... Que si volverían los buenos tiempos... Como antes, mejores que antes. Al menos para ella... Con lo preciosa que era... ¡El tiempo perdido! ¡Lo recuperaría sin perjuicio!... Los homenajes... Las admiraciones no iban a faltarle tan pronto... Fingió no sentir más pena para complacerme.

«¿Tenemos que andar aún?», me preguntaba.

«¿Para adelgazar?»

«¡Ah! Es verdad, se me olvidaba...»

Abandonamos Longchamp, los niños se habían marchado de los alrededores. Ya sólo había polvo. Los de permiso seguían persiguiendo la felicidad, pero ahora fuera de los oquedales; acosada debía de estar, la felicidad, entre las terrazas de la Porte Maillot.

Íbamos costeando las orillas hacia Saint-Cloud, veladas por el halo danzante de las brumas que suben del otoño. Cerca del puente, algunas gabarras tocaban con la nariz los árboles, muy hundidas en el agua por la carga de carbón que les llegaba hasta la borda.

El inmenso abanico verde del parque se despliega por encima de las verjas. Esos árboles tienen la agradable amplitud y la fuerza de los grandes sueños. Sólo, que también de los árboles desconfiaba yo, desde que había pasado por sus emboscadas. Un muerto detrás de cada árbol. La gran alameda subía entre dos hileras rosas hacia las fuentes. Junto al quiosco, la anciana señora de los refrescos parecía reunir despacio todas las sombras de la tarde en torno a su falda. Más allá, en los caminos contiguos, flotaban los grandes cubos y rectángulos tendidos con lonas obscuras, las barracas de una feria a la que la guerra había sorprendido allí y había inundado de silencio de repente.

«¡Ya hace un año que se marcharon! —nos recordaba la vieja de los refrescos—. Ahora no pasan dos personas al día por aquí... Yo vengo aún por la costumbre... ¡Se veía tanta gente por aquí!...»

No había comprendido nada, la vieja, de lo que había ocurrido, salvo eso. Lola quiso que pasáramos junto a aquellas barracas vacías, un extraño deseo triste tenía.

Contamos unas veinte, unas largas y adornadas con espejos, otras pequeñas, mucho más numerosas, confiterías ambulantes, loterías, un teatrito incluso, atravesado por corrientes de aire; por todos lados, entre los árboles, había barracas; una de ellas, cerca de la gran alameda, ya ni siquiera conservaba las cortinas, descubierta como un antiguo misterio.

Ya se inclinaban hacia las hojas y el barro, las barracas. Nos detuvimos junto a la última, la que se inclinaba más que las otras y se bamboleaba sobre sus postes, al viento, como un barco, con las velas hinchadas, a punto de romper su última cuerda. Vacilaba, su lona del medio, se agitaba con el viento levantado, se agitaba hacia el cielo, por encima del techo. Encima de la entrada de la barraca se leía su antiguo nombre en verde y rojo; era una barraca de tiro: *Le Stand des Nations*, se llamaba.

Ya no había nadie para cuidarla. Ahora tal vez estuviera disparando con los demás propietarios, el dueño, y con los clientes.

¡Qué de balas habían recibido las dianas de la barraca! ¡Todas acribilladas por puntitos blancos! Una boda, en broma, representaba: en la primera fila, de zinc, la novia con sus flores, el primo, el militar, el novio, con carota colorada, y después, en la segunda fila, más invitados, a los que debían de haber matado muchas veces, cuando aún duraba la fiesta.

«Estoy segura de que tú tiras bien, ¿eh, Ferdinand? Si aún hubiera fiesta, ¡te echaría una partida!... ¿Verdad que tiras bien, Ferdinand?»

«No, no tiro demasiado bien...»

En la última fila, detrás de la boda, otra hilera pintarrajeada, la alcaldía con su bandera. Debían de disparar también a la alcaldía, cuando funcionaba la barraca, a las ventanas, que entonces se abrían con un campanillazo seco, a la banderita de zinc disparaban incluso. Y, además, al regimiento que desfilaba, cuesta abajo, al lado, como el mío, el de la Place Clichy, éste entre pipas y globos, a todo aquello habían disparado de lo lindo y ahora me disparaban a mí, ayer, mañana.

«Contra mí también disparan, Lola», no pude por menos de gritarle.

«¡Ven! —dijo ella entonces—. Estás diciendo tonterías, Ferdinand, y vamos a coger frío.»

Bajamos hacia Saint-Cloud por la gran alameda, la Royale, evitando el barro, ella me llevaba de la mano, la suya era muy pequeña, pero yo ya no podía pensar sino en la boda de zinc del *Stand* de más arriba, que habíamos dejado en la sombra de la alameda. Incluso me olvidé de besar a Lola, era superior a mis fuerzas. Me sentía muy raro. Fue incluso a partir de aquel instante, me parece, cuando mi cabeza se volvió tan difícil de tranquilizar, con sus ideas dentro.

Cuando llegamos al puente de Saint-Cloud, ya estaba del todo obscuro.

«Ferdinand, ¿quieres cenar en Duval? Te gusta mucho Duval... Esto te distraerá un poco... Siempre se encuentra a mucha gente allí... ¿A menos que prefieras cenar en mi habitación?» En resumen, que se mostraba muy atenta, aquella noche.

Al final, decidimos ir a Duval. Pero apenas nos habíamos sentado a la mesa, cuando el lugar me pareció disparatado. Toda aquella gente sentada en filas a nuestro alrededor me daba la impresión de esperar, también ellos, a que las balas los asaltaran de todos lados, mientras jalaban.

«¡Marchaos todos! —les avisé—. ¡Largaos! ¡Van a disparar! ¡A mataros! ¡A matarnos a todos!»

Me llevaron al hotel de Lola, aprisa. Yo veía por todos lados la misma cosa. Toda la gente que desfilaba por los pasillos del Paritz parecía ir a que le dispararan y los empleados tras la gran Caja, ellos también, puestos allí para ello, y el tipo de abajo incluso, del Paritz, con su uniforme azul como el cielo y dorado como el sol, el portero, como lo llamaban, y, además, militares, oficiales que pasaban, generales, menos apuestos que él, desde luego, pero de uniforme, de todos modos, por todos lados un disparo inmenso, del que no saldríamos, ni unos ni otros. Ya no era broma.

«¡Van a disparar! —fui y les grité, con todas mis fuerzas, en medio del gran salón—. ¡Van a disparar! ¡Largaos todos!...» Y después por la ventana, fui y lo grité también. No podía contenerme. Un auténtico escándalo. «¡Pobre soldado!», decían. El portero me llevó al bar con buenos modales, con amabilidad. Me hizo beber y bebí de lo lindo y, por fin, vinieron los gendarmes a buscarme, más brutales ésos. En el *Stand des Nations* había también gendarmes. Yo los había visto. Lola me besó y los ayudó a llevarme esposado.

Entonces caí enfermo, febril, enloquecido, según explicaron en el hospital, por el miedo. Era posible. Lo mejor que puedes hacer, verdad, cuando estás en este mundo, es salir de él. Loco o no, con miedo o sin él.

Se habló mucho del caso. Unos dijeron: «Ese muchacho es un anarquista, conque vamos a fusilarlo, es el momento, y rápido, sin vacilar ni dar largas al asunto, ¡que estamos en guerra!...». Pero según otros, más pacientes, era un simple sifilítico y loco sincero y, en consecuencia, querían que me encerraran hasta que llegase la paz o al menos por unos meses, porque ellos, los cuerdos, que no habían perdido la razón, según decían, querían cuidarme y, mientras, ellos harían la guerra solos. Eso demuestra que, para que te consideren razonable, nada mejor que tener una cara muy dura. Cuando tienes la cara bien dura, es bastante, entonces casi todo te está permitido, absolutamente todo, tienes a la mayoría de tu parte y la mayoría es quien decreta lo que es locura y lo que no lo es.

Sin embargo, mi diagnóstico seguía siendo dudoso. Así, pues, las autoridades decidieron ponerme en observación por un tiempo. Mi amiga Lola tuvo permiso para hacerme algunas visitas y mi madre también. Y listo.

Nos alojábamos, los heridos trastornados, en un instituto escolar de Issy-les-Moulineaux, organizado a propósito para recibir y obligar de grado o por fuerza, según los casos, a confesar a los soldados de mi clase, cuyo ideal patriótico estaba en entredicho simplemente o del todo enfermo. No nos trataban mal del todo, pero nos sentíamos, de todas formas, acechados por un personal de enfermeros silenciosos y dotados de orejas enormes.

Tras un tiempo de sometimiento a aquella vigilancia, salías discretamente o para el manicomio o para el frente o, con bastante frecuencia, para el paredón.

Yo no dejaba de preguntarme cuál de los compañeros reunidos en aquellos locales sospechosos, y que hablaban solos y en voz baja en el refectorio, estaba convirtiéndose en un fantasma.

Cerca de la verja, en la entrada, vivía, en su casita, la portera, la que nos vendía pirulíes y naranjas y lo necesario para cosernos los botones. Nos vendía algo más: placer. Para los suboficiales costaba diez francos el placer. Todo el mundo podía disfrutarlos. Sólo que andándose con ojo con las confidencias, que se le hacían con demasiada facilidad en esos momentos. Podían costar caras, esas expansiones. Lo que se le confiaba lo repetía al médico jefe, escrupulosamente, e iba derechito al expediente para el consejo de guerra. Estaba demostrado, al parecer, que había mandado fusilar así, a fuerza de confidencias, a un cabo de espahíes que no había cumplido los veinte años, más un reservista de ingenieros que se había tragado clavos para dañarse el estómago y también a otro histérico, el que le había contado cómo preparaba sus ataques de parálisis en el frente... A mí, para tantearme, me ofreció una noche la cartilla de un padre de familia con seis hijos, muerto, según decía, y que me podía servir para un destino en la retaguardia. En resumen, era una perversa. En la cama, por ejemplo, era cosa fina y volvíamos y nos daba gusto de lo lindo. Era una puta de tres pares de cojones. Por lo demás, es lo que hace falta para gozar bien. En esa cocina, la del asunto, la picardía es, al fin y al cabo, como la pimienta en una buena salsa, es indispensable y le da consistencia.

Los edificios del instituto daban a una amplia terraza, dorada en verano, entre los árboles, desde la que había una vista magnífica de París, como una perspectiva gloriosa. Allí nos esperaban, los jueves, nuestros visitantes y Lola entre ellos, que venía a traerme, puntual, pasteles, consejos y cigarrillos.

A nuestros médicos los veíamos todas las mañanas. Nos interrogaban con amabilidad, pero nunca sabíamos qué pensaban exactamente. Paseaban a nuestro alrededor, con semblantes siempre afables, nuestra condena a muerte.

Muchos de los enfermos que estaban allí en observación llegaban, más emotivos que los demás, en aquel ambiente dulzón, a un estado de exasperación tal, que se levantaban por la noche en lugar de dormir, recorrían el dormitorio a zancadas y de arriba abajo, protestaban a gritos contra su propia angustia, crispados entre la esperanza y la desesperación, como sobre una pared de montaña traidora. Pasaban días y días padeciendo así y después una noche se abandonaban al vacío e iban a confesar su caso con pelos y señales al médico jefe. A ésos no los volvíamos a ver, nunca. Yo tampoco estaba tranquilo. Pero, cuando eres débil, lo que da fuerza es despojar a los hombres que más temes del menor prestigio que aún estés dispuesto a atribuirles. Hay que aprender a considerarlos tales como son, peores de lo que son, es decir, desde cualquier punto de vista. Eso te despeja, te libera y te defiende más allá de lo imaginable. Eso te da otro yo. Vales por dos.

Sus acciones, en adelante, dejan de inspirarte ese asqueroso atractivo místico que te debilita y te hace perder tiempo y entonces su comedia ya no te resulta más agradable ni más útil en absoluto para tu progreso íntimo que la del cochino más vil.

Junto a mí, vecino de cama, dormía un cabo, también alistado voluntario. Profesor antes del mes de agosto en un instituto de Turena, donde, según me contó, enseñaba geografía e historia. Al cabo de algunos meses de guerra, había resultado ladrón, aquel profesor, como nadie. Resultaba imposible impedirle que robara al convoy de su regimiento conservas, en los furgones de la intendencia, en las reservas de la compañía y por todos los sitios donde encontrara.

Conque había ido a parar allí con nosotros, en espera del consejo de guerra. Sin embargo, como su familia hacía todo lo posible para probar que los obuses lo habían aturdido, desmoralizado, la instrucción difería el juicio de un mes para otro. No me hablaba demasiado. Pasaba horas peinándose la barba, pero, cuando me hablaba, era casi siempre de lo mismo: el medio que había descubierto para no hacer más hijos a su mujer. ¿Estaba loco de verdad? Cuando llega el momento del mundo al revés y preguntar por qué te asesinan es estar loco, resulta evidente que no hace falta gran cosa para que te tomen por loco. Hace falta que cuele, claro está, pero, cuando de lo que se trata es de evitar el gran descuartizamiento, algunos cerebros hacen esfuerzos de imaginación magníficos.

Todo lo interesante ocurre en la sombra, no cabe duda. No se sabe nada de la historia auténtica de los hombres.

Princhard se llamaba, aquel profesor. ¿Qué podía haber decidido para salvar sus carótidas, sus pulmones y sus nervios ópticos? Ésa era la cuestión esencial, la que tendríamos que habernos planteado nosotros, los hombres, para seguir siendo estrictamente humanos y prácticos. Pero estábamos lejos de ese punto, titubeando en un ideal de absurdos, guardados por víctimas de las trivialidades marciales e insensatas; ratas ya ahumadas, intentábamos, enloquecidos, salir del barco en llamas, pero no teníamos ningún plan de conjunto, ninguna confianza mutua. Atontados por la guerra, nos habíamos vuelto locos de otra clase: el miedo. El derecho y el revés de la guerra.

Aun así, me mostraba, a través de aquel delirio común, cierta simpatía, aquel Princhard, aun desconfiando de mí, por supuesto.

Allí donde nos encontrábamos, la galera en que remábamos todos, no podía existir ni amistad ni confianza. Cada cual daba a entender sólo lo que le parecía favorable para su pellejo, puesto que todo o casi iba a ser repetido por los chivatos al acecho.

De vez en cuando, uno de nosotros desaparecía: quería decir que su caso había quedado zanjado, que terminaría o en consejo de guerra, en Biribi o en el frente y, para los que salían mejor librados, en el manicomio de Clamart.

No dejaban de llegar guerreros equívocos, de todas las armas, unos muy jóvenes y otros casi viejos, con canguelo o fanfarrones; sus mujeres y sus padres iban a visitarlos, sus chavales también, con ojos como platos, los jueves.

Todo el mundo lloraba con ganas, en el locutorio, hacia el atardecer sobre todo. La impotencia del mundo en la guerra venía a llorar allí, cuando las mujeres y los niños se iban, por el pasillo iluminado con macilenta luz de gas, acabadas las visitas, arrastrando los pies. Un gran rebaño de llorones formaban, y nada más, repugnantes.

Para Lola, venir a verme a aquella especie de prisión era otra aventura. Nosotros dos no llorábamos. No teníamos de dónde sacar lágrimas, nosotros.

«¿Es verdad que te has vuelto loco, Ferdinand?», me preguntó.

«¡Sí!», confesé.

«Entonces, ¿te van a curar aquí?»

«No se puede curar el miedo, Lola.»

«¿Tanto miedo tienes, entonces?»

«Tanto y más, Lola, tanto miedo, verdad, que, si muero de muerte natural, más adelante, ¡sobre todo no quiero que me incineren! Me gustaría que me dejaran en la tierra, pudriéndome en el cementerio, tranquilo, ahí, listo para revivir tal vez... ¡Nunca se sabe! Mientras que, si me incineraran, Lola, compréndelo, todo habría terminado, para siempre... Un esqueleto, pese a todo, se parece un poco a un hombre... Está siempre más listo para revivir que unas cenizas... Con las cenizas, ¡se acabó!... ¿Qué te parece?... Conque, la guerra, verdad...»

«¡Oh! Pero entonces ¡eres un cobarde de aúpa, Ferdinand! Eres repugnante como una rata...»

«Sí, de lo más cobarde, Lola, rechazo la guerra por entero y todo lo que entraña... Yo no la deploro... Ni me resigno... Ni lloriqueo por ella... La rechazo de plano, con todos los hombres que encierra, no quiero tener nada que ver con ellos, con ella. Aunque sean noventa y cinco millones y yo sólo uno, ellos son los que se equivocan, Lola, y yo quien tiene razón, porque yo soy el único que sabe lo que quiere: no quiero morir nunca.»

«Pero, ¡no se puede rechazar la guerra, Ferdinand! Los únicos que rechazan la guerra son los locos y los cobardes, cuando su patria está en peligro...»

«Entonces, ¡que vivan los locos y los cobardes! O, mejor, ¡que sobrevivan! ¿Recuerdas, por ejemplo, un solo nombre, Lola, de uno de los soldados muertos durante la guerra de los Cien Años?... ¿Has intentado alguna vez conocer uno solo de esos nombres?... No, ¿verdad?... ¿Nunca lo has intentado? Te resultan tan anónimos, indiferentes y más desconocidos que el último átomo de este pisapapeles que tienes delante, que tu caca matinal... ¡Ya ves, pues, que murieron para nada, Lola! ¡Absolutamente para nada, aquellos cretinos! ¡Te lo aseguro! ¡Está demostrado! Lo único que cuenta es la vida. Te apuesto lo que quieras a que dentro de diez mil años esta guerra, por importante que nos parezca ahora, estará por completo olvidada... Una docena apenas de eruditos se pelearán aún, por aquí y por allá, en relación con ella y con las fechas de las principales hecatombes que la ilustraron... Es lo único memorable que los hombres han conseguido encontrar unos en relación con los otros a siglos, años e incluso horas de distancia... No creo en el porvenir, Lola...»

Cuando descubrió hasta qué punto fanfarroneaba de mi vergonzoso estado, dejé de parecerle digno de la menor lástima... Despreciable me consideró, definitivamente.

Decidió dejarme en el acto. Aquello pasaba de castaño obscuro. Cuando la acompañé hasta la puerta de nuestro hospicio aquella noche, no me besó.

Estaba claro, le resultaba imposible reconocer que un condenado a muerte no hubiera recibido al mismo tiempo vocación para ello. Cuando le pregunté por nuestros buñuelos, tampoco me respondió.

Al volver a la habitación, encontré a Princhard ante la ventana probándose gafas contra la luz del gas en medio de un círculo de soldados. Era una idea que se le había ocurrido, según nos explicó, a la orilla del mar, en vacaciones, y, como entonces era verano, tenía intención de llevarlas por el día, en el parque. Era inmenso, aquel parque, y estaba muy vigilado, por cierto, por escuadrones de enfermeros alerta. Conque el día siguiente Princhard insistió para que lo acompañara hasta la terraza a probar las bonitas gafas. La tarde rutilaba espléndida sobre Princhard, defendido por sus cristales opacos; observé que tenía casi transparentes las ventanas de la nariz y que respiraba con precipitación.

«Amigo mío —me confió—, el tiempo pasa y no trabaja a mi favor... Mi conciencia es inaccesible a los remordimientos, estoy libre, ¡gracias a Dios!, de esas timideces... No son los crímenes los que cuentan en este mundo... Hace tiempo que se ha renunciado a eso... Son las meteduras de pata... Y yo creo haber cometido una... Del todo irremediable...»

«¿Al robar las conservas?»

«Sí, me creí astuto al hacerlo, ¡imagínese! Para substraerme a la contienda y de ese modo, cubierto de vergüenza, pero vivo aún, volver a la paz como se vuelve, extenuado, a la superficie del mar, tras una larga zambullida... Estuve a punto de lograrlo... Pero la guerra dura demasiado, la verdad... A medida que se alarga, ningún individuo parece lo bastante repulsivo para repugnar a la Patria... Se ha puesto a aceptar todos los sacrificios, la Patria, vengan de donde vengan, todas las carnes... ¡Se ha vuelto infinitamente indulgente a la hora de elegir a sus mártires, la Patria! En la actualidad ya no hay soldados indignos de llevar las armas y sobre todo de morir bajo las armas y por las armas... ¡Van a hacerme un héroe! Ésa es la última noticia... La locura de las matanzas ha de ser extraordinariamente imperiosa, ¡para que se pongan a perdonar el robo de una lata de conservas! ¿Qué digo, perdonar? ¡Olvidar! Desde luego, tenemos la costumbre de admirar todos los días a bandidos colosales, cuya opulencia venera con nosotros el mundo entero, pese a que su existencia resulta ser, si se la examina con un poco más de detalle, un largo crimen renovado todos los días, pero esa gente goza de gloria, honores y poder, sus crímenes están consagrados por las leyes, mientras que, por lejos que nos remontemos en la Historia —y ya sabe que a mí me pagan para conocerla—, todo nos demuestra que un hurto venial, y sobre todo de alimentos mezquinos, tales como mendrugos, jamón o queso, granjea sin falta a su autor el oprobio explícito, los rechazos categóricos de la comunidad, los castigos mayores, el deshonor automático y la vergüenza inexpiable, y eso por dos razones: en primer lugar porque el autor de esos delitos es, por lo general, un pobre y ese estado entraña en sí una indignidad capital y, en segundo lugar, porque el acto significa una especie de rechazo tácito hacia la comunidad. El robo del pobre se convierte en un malicioso desquite individual, ¿me comprende?... ¿Adónde iríamos a parar? Por eso, la represión de los hurtos de poca importancia se ejerce, fíjese bien, en todos los climas, con un rigor extremo, no sólo como medio de defensa social, sino también, y sobre todo, como recomendación severa a todos los desgraciados para que se mantengan en su sitio y en su casta, tranquilos, contentos y resignados a diñarla por los siglos de los siglos de miseria y de hambre... Sin embargo, hasta ahora los rateros conservaban una ventaja en la República, la de verse privados del honor de llevar las armas patrióticas. Pero, a partir de mañana, esta situación va a cambiar, a partir de mañana yo, un ladrón, voy a ir a ocupar de nuevo mi lugar en el ejército... Ésas son las órdenes... En las altas esferas han decidido hacer borrón y cuenta nueva a propósito de lo que ellos llaman mi "momento de extravío" y eso, fíjese bien, por consideración a lo que también llaman "el honor de mi familia". ¡Qué mansedumbre! Dígame, compañero: ¿va a ser, entonces, mi familia la que sirva de colador y criba para las balas francesas y alemanas mezcladas?... Voy a ser yo y sólo yo, ¿no? Y cuando haya muerto, ¿será el honor de mi familia el que me haga resucitar?... Hombre, mire, me la imagino desde aquí, mi familia, pasada la guerra... Como todo pasa... Me imagino a mi familia brincando, gozosa, sobre el césped del nuevo verano, los domingos radiantes... Mientras debajo, a tres pies, el papá, yo, comido por los gusanos y mucho más infecto que un kilo de zurullos del 14 de julio, se pudrirá de lo lindo con toda su carne decepcionada... ¡Abonar los surcos del labrador anónimo es el porvenir verdadero del soldado auténtico! ¡Ah, compañero! ¡Este mundo, se lo aseguro, no es sino una inmensa empresa para cachondearse del mundo! Usted es joven. ¡Que estos minutos de sagacidad le valgan por años! Escúcheme bien, compañero, y no deje pasar nunca más, sin calar en su importancia, ese signo capital con que resplandecen todas las hipocresías criminales de nuestra sociedad: "El enternecimiento ante la suerte, ante la condición del miserable...". Os lo aseguro, buenas y pobres gentes, gilipollas, infelices, baqueteados por la vida, desollados, siempre empapados en sudor, os aviso, cuando a los grandes de este mundo les da por amaros, es que van a convertiros en carne de cañón... Es la señal... Infalible. Por el afecto empiezan. Luis XIV, conviene recordarlo, al menos se cachondeaba a rabiar del buen pueblo. Luis XV, igual. Se la chupaba por tiempos, el pueblo. No se vivía bien en aquella época, desde luego, los pobres nunca han vivido bien, pero no los destripaban con la terquedad y el ensañamiento que vemos en nuestros tiranos de hoy. No hay otro descanso, se lo aseguro, para los humildes que el desprecio de los grandes encumbrados, que sólo pueden pensar en el pueblo por interés o por sadismo... Los filósofos, ésos fueron, fíjese bien, ya que estamos, quienes comenzaron a contar historias al buen pueblo... ¡Él, que sólo conocía el catecismo! Se pusieron, según proclamaron, a educarlo... ¡Ah, tenían muchas verdades que revelarle! ¡Y hermosas! ¡Y no trilladas! ¡Luminosas! ¡Deslumbrantes! "¡Eso es!", empezó a decir, el buen pueblo, "sí, señor! ¡Exacto! ¡Muramos todos por eso!" ¡Lo único que pide siempre, el pueblo, es morir! Así es. "¡Viva Diderot!", gritaron y después "¡Bravo, Voltaire!". ¡Eso sí que son filósofos! ¡Y viva también Carnot, que organizaba tan bien las victorias! ¡Y viva todo el mundo! ¡Al menos, ésos son tíos que no le dejan palmar en la ignorancia y el fetichismo, al buen pueblo! ¡Le muestran los caminos de la libertad! ¡Lo emancipan! ¡Sin pérdida de tiempo! En primer lugar, ¡que todo el mundo sepa leer los periódicos! ¡Es la salvación! ¡Qué hostia! ¡Y rápido! ¡No más analfabetos! ¡Hace falta algo más! ¡Simples soldados-ciudadanos! ¡Que voten! ¡Que lean! ¡Y que peleen! ¡Y que desfilen! ¡Y que envíen besos! Con tal régimen, no tardó en estar bien maduro, el pueblo. Entonces, ¡el entusiasmo por verse liberado tiene que servir, verdad, para algo! Danton no era elocuente porque sí. Con unos pocos berridos, tan altos, que aún los oímos, ¡inmovilizó en un periquete al buen pueblo! ¡Y ésa fue la primera salida de los primeros batallones emancipados y frenéticos! ¡Los primeros gilipollas votantes y banderólicos que el Dumoriez llevó a acabar acribillados en Flandes! Él, a su vez, Dumoriez, que había llegado demasiado tarde a ese juego idealista, por entero inédito, como, en resumidas cuentas, prefería la pasta, desertó. Fue nuestro último mercenario... El soldado gratuito, eso era algo nuevo... Tan nuevo, que Goethe, con todo lo Goethe que era, al llegar a Valmy, se quedó deslumbrado. Ante aquellas cohortes andrajosas y apasionadas que acudían a hacerse destripar espontáneamente por el rey de Prusia para la defensa de la inédita ficción patriótica, Goethe tuvo la sensación de que aún le quedaban muchas cosas por aprender. "¡Desde hoy —clamó, magnífico, según las costumbres de su genio— comienza una época nueva!"* ¡Menudo! A continuación, como el sistema era excelente, se pusieron a fabricar héroes en serie y que cada vez costaban menos caros, gracias al perfeccionamiento del sistema. Todo el mundo lo aprovechó. Bismarck, los dos Napoleones, Barrès, lo mismo que la amazona Elsa.** La religión banderólica no tardó en substituir la celeste, nube vieja y ya desinflada por la Reforma y condensada desde hacía mucho tiempo en alcancías episcopales. Antiguamente, la moda fanática era: "¡Viva Jesús! ¡A la hoguera con los herejes!", pero, al fin y al cabo,

---

* «[...] acabaron preguntándome qué pensaba. "Creo", dije, "que en este lugar y a partir de hoy comienza una nueva época para la historia del mundo y podremos decir: 'Yo estaba allí'"» (Goethe, *Campaña de Francia*). Ese episodio figura en numerosas páginas escogidas de Goethe para uso escolar, por ejemplo en el *Cours supérieur de langue allemande*, editado por Delagrade a partir de 1888.

** *La Cavalière Elsa* es una novela de Pierre Mac Orlan (Gallimard, 1921), pero también una adaptación libre para el teatro de Paul Demazy e interpretada por Marguerite Jamois en 1925. Céline la evoca en 1947 en una carta a Milton Hindus (*Céline tel que je l'ai vu*, p. 172), atribuyéndola, por lo demás, al propio Mac Orlan y fechándola en 1919. No es indiferente saber que la mención que aquí figura puede corresponder a la obra teatral más que a la novela. En ambos casos, Elsa es una «Juana de Arco del comunismo», elegida por los dirigentes soviéticos para encarnar su empresa y galvanizar a sus tropas en el momento en que se lanzan (se trata de una historia de política-ficción, situada hacia 1940) a la conquista de la Europa occidental. En un pasaje de la obra teatral, Elsa atribuye a los franceses la actitud de entrenamiento ideológico que, según Princhard, es propia también de él: «Lo vuestro —dice Elsa a un francés patriota— es el asesinato por persuasión: "¡A las armas, ciudadanos! ¡Que una sangre impura riegue nuestros surcos!"». Y: «Nosotros entraremos en la carrera, cuando nuestros mayores hayan desaparecido. Ése es vuestro estilo, ¿verdad, francesitos? "¡A las armas, proletario, ve a defender mi propiedad!"» (acto II).

Pero, más que la novela, la obra de teatro subraya con insistencia que la mayoría de los dirigentes soviéticos que pone en escena son judíos, como la propia Elsa. Una frase de la presentación anónima, reproducida en *L'Illustration*, expresa perfectamente la acogida que recibió la obra: «El autor, que reconoce en la mayoría de los artífices del bolchevismo el atavismo judaico, ha caracterizado en ellos la mezcla de misticismo, sensualidad y frenesí destructivo propia de la raza judía». No es de extrañar que *La Cavalière Elsa* se quedara grabada en la memoria de Céline. *(N. del T.)*

los herejes eran escasos y voluntarios... Mientras que, en lo sucesivo, al punto en que hemos llegado, los gritos: "¡Al paredón los salsifíes sin hebra! ¡Los limones sin jugo! ¡Los lectores inocentes! Por millones, ¡vista a la derecha!" provocan las vocaciones de hordas inmensas. A los hombres que no quieren ni destripar ni asesinar a nadie, a los asquerosos pacíficos, ¡que los cojan y los descuarticen! ¡Y los liquiden de trece modos distintos y perfectos! ¡Que les arranquen, para que aprendan a vivir, las tripas del cuerpo, primero, los ojos de las órbitas y los años de su cochina vida babosa! Que los hagan reventar, por legiones y más legiones, figurar en cantares de ciego, sangrar, corroerse entre ácidos, ¡y todo para que la Patria sea más amada, más feliz y más dulce! Y si hay tipos inmundos que se niegan a comprender esas cosas sublimes, que vayan a enterrarse en seguida con los demás, pero no del todo, sino en el extremo más alejado del cementerio, bajo el epitafio infamante de los cobardes sin ideal, pues esos innobles habrán perdido el magnífico derecho a un poquito de sombra del monumento adjudicatorio y comunal elevado a los muertos convenientes en la alameda del centro y también habrán perdido el derecho a recoger un poco del eco del ministro, que vendrá también este domingo a orinar en casa del prefecto y lloriquear ante las tumbas después de comer...»

Pero desde el fondo del jardín llamaron a Princhard. El médico jefe lo llamaba con urgencia por mediación de su enfermero de servicio.

«Voy», respondió Princhard, y tuvo el tiempo justo para pasarme el borrador del discurso que acababa de ensayar conmigo. Un truco de comediante.

No volví a verlo, a Princhard. Tenía el vicio de los intelectuales, era fútil. Sabía demasiadas cosas, aquel muchacho, y esas cosas lo trastornaban. Necesitaba la tira de trucos para excitarse, para decidirse.

Ha llovido mucho desde la tarde en que se marchó, ahora que lo pienso. No obstante, me acuerdo bien. Aquellas casas del arrabal que lindaban con nuestro parque se destacaban una vez más, bien claras, como todas las cosas, antes de que caiga la noche. Los árboles crecían en la sombra y subían a reunirse con la noche en el cielo.

Nunca hice nada por tener noticias suyas, por saber si había «desaparecido» de verdad, aquel Princhard, como dijeron una y otra vez. Pero es mejor que desapareciera.

Ya nuestra arisca paz lanzaba sus semillas hasta en la guerra.

Se podía adivinar lo que iba a ser, aquella histérica, con sólo verla agitarse ya en la taberna del Olympia. Abajo, en el largo baile del sótano centelleante con cien espejos, pataleaba en el polvo y la gran desesperación al ritmo de música negro-judeo-sajona. Británicos y negros mezclados. Levantinos y rusos te encontrabas por todos lados, fumando, berreando, melancólicos y militares, en sofás carmesíes. Aquellos uniformes, que empezamos a olvidar con esfuerzo, fueron las simientes del hoy, esa cosa que aún crece y que no llegará a convertirse en estiércol hasta más adelante, a la larga.

Bien entrenados en el deseo gracias a las horas pasadas por semana en el Olympia, íbamos en grupo a visitar después a nuestra costurera-guantera-librera, la señora Herote, en el Passage des Beresinas, detrás del Folies-Bergère, hoy desaparecido, donde los perritos, llevados de la cadena por sus amitas, iban a hacer sus necesidades.

Allí íbamos a buscar a tientas nuestra felicidad, que el mundo entero amenazaba, rabioso. Nos daba vergüenza aquel deseo, pero, ¡no podíamos dejar de satisfacerlo! Es más difícil renunciar al amor que a la vida. Pasa uno la vida matando o adorando, en este mundo, y al mismo tiempo. «¡Te odio! ¡Te adoro!» Nos defendemos, nos mantenemos, volvemos a pasar la vida al bípedo del siglo próximo, con frenesí, a toda costa, como si fuera de lo más agradable continuarse, como si fuese a volvernos, a fin de cuentas, eternos. Deseo de abrazarse, pese a todo, igual que de rascarse.

Yo mejoraba mentalmente, pero mi situación militar seguía bastante indecisa. Me permitían salir a la ciudad de vez en cuando. Como digo, nuestra lencera se llamaba señora Herote. Tenía una frente tan estrecha, que al principio te encontrabas incómodo delante de ella, pero, en cambio, sus labios eran tan sonrientes y carnosos, que después no sabías qué hacer para evitarla. Al abrigo de la volubilidad formidable, de un temperamento inolvidable, albergaba una serie de intenciones simples, rapaces, piadosamente comerciales.

Empezó a hacer fortuna en pocos meses, gracias a los aliados y a su vientre, sobre todo. Le habían extirpado los ovarios, conviene señalarlo, operada de salpingitis el año anterior. Esa castración liberadora fue su fortuna. Existen algunas blenorragias femeninas que resultan providenciales. Una mujer que pasa el tiempo temiendo los embarazos no es sino una especie de impotente y nunca llegará lejos por el camino del éxito.

Los viejos y los jóvenes creen también, y yo lo creía, que en la trastienda de ciertas librerías-lencerías se encontraba el medio de hacer el amor con facilidad y barato. Aún era así, hace unos veinte años, pero desde entonces muchas cosas han dejado de hacerse, sobre todo algunas de las más agradables. El puritanismo anglosajón cada mes nos consume más, ya ha reducido casi a nada el cachondeo improvisado de las trastiendas. Todo se vuelve matrimonio y corrección.

La señora Herote supo aprovechar las últimas licencias que aún existían para joder de pie y barato. Un tasador de subastas desocupado pasó por su tienda un domingo, entró y allí sigue. Chocho estaba un poco y siguió estándolo y se acabó. La felicidad de la pareja no provocó el menor comentario. A la sombra de los periódicos, que deliraban con las llamadas a los sacrificios últimos y patrióticos, la vida, estrictamente medida, rellena de previsión, continuaba y mucho más astuta, incluso, que nunca. Tales son la cara y la cruz, como la luz y la sombra, de la misma medalla.

El tasador de la señora Herote colocaba en Holanda fondos para sus amigos, los mejor informados, y para la señora Herote, a su vez, en cuanto se hicieron confidentes. Las corbatas, los sujetadores, las camisas que vendía, atraían a clientes y clientas y sobre todo los incitaban a volver a menudo.

Gran número de encuentros extranjeros y nacionales se celebraron a la sombra rosada de aquellos visillos y entre la charla incesante de la patrona, toda cuya persona substancial, charlatana y perfumada hasta el desmayo, habría podido poner cachondo al hepático más rancio. En aquellas combinaciones, en lugar de perder la cabeza, la señora Herote sacaba provecho, en dinero en primer lugar, porque descontaba el diezmo sobre las ventas en sentimientos y, además, porque se hacía mucho amor en torno a ella. Uniendo y desuniendo a las parejas con un gozo al menos igual, a fuerza de chismes, insinuaciones, traiciones.

Imaginaba dichas y dramas sin cesar. Alimentaba la vida de las pasiones. Lo que no hacía sino beneficiar a su comercio.

Proust, espectro a medias él mismo, se perdió con tenacidad extraordinaria en la futilidad infinita y diluyente de los ritos y las actitudes que se enmarañan en torno a la gente mundana, gente del vacío, fantasmas de deseos, orgiastas indecisos que siempre esperan a su Watteau, buscadores sin entusiasmo de Cíteras improbables. Pero la señora Herote, de origen popular y substancial, se mantenía sólidamente unida a la tierra por rudos apetitos, animales y precisos.

Si la gente es tan mala, tal vez sea sólo porque sufre, pero pasa mucho tiempo entre el momento en que han dejado de sufrir y aquel en que se vuelven un poco mejores. El gran éxito material y pasional de la señora Herote no había tenido tiempo aún de suavizar su disposición para la conquista.

No era más rencorosa que la mayoría de las pequeñas comerciantes de por allí, pero hacía muchos esfuerzos para demostrarte lo contrario, por lo que se recuerda su caso. Su tienda no era sólo un lugar de citas, era también como una entrada furtiva en un mundo de riqueza y lujo, en el que yo, pese a mis deseos, nunca había penetrado hasta entonces y del que, por lo demás, quedé eliminado de modo expeditivo y penoso después de una incursión furtiva, la primera y la única.

Los ricos de París viven juntos; sus barrios, en bloque, forman un pedazo del pastel urbano, cuya punta va a tocar el Louvre, mientras que el reborde redondeado se detiene en los árboles entre el puente d'Auteuil y la puerta de Ternes. Ya veis. Es el pedazo mejor de la ciudad. Todo el resto no es sino esfuerzo y estiércol.

Cuando se pasa por el barrio de los ricos, al principio no se notan grandes diferencias con los demás, salvo que en él las calles están un poco más limpias y se acabó. Para ir a hacer una excursión hasta el interior mismo de esa gente, de esas cosas, hay que confiar en el azar o en la intimidad.

Por la tienda de la señora Herote se podía penetrar un poco antes en esa reserva gracias a los argentinos que bajaban de los barrios privilegiados para proveerse en su tienda de calzoncillos y camisas y echar caliches también a su hermoso surtido de amigas ambiciosas, teatrales y musicales, bien hechas, que la señora Herote atraía a propósito.

A una de ellas, yo, que no tenía otra cosa que ofrecer que mi juventud, como se suele decir, empecé a apreciarla más de la cuenta. La pequeña Musyne la llamaban en aquel medio.

En el Passage des Beresinas, todo el mundo se conocía de tienda en tienda, como en un auténtico pueblecito, encajonado entre dos calles de París, es decir, que allí la gente se espiaba y se calumniaba humanamente hasta el delirio.

En el aspecto material, antes de la guerra, de lo que discutían, entre comerciantes, era de una vida de estrechez y ahorro desesperados. Entre otras pruebas de miseria, era pesadumbre crónica de aquellos tenderos verse forzados, en su penumbra, a recurrir al gas, llegadas las cuatro de la tarde, por los escaparates. Pero, en cambio, se creaba así, al margen, un ambiente propicio para las proposiciones delicadas.

Aun así, muchas tiendas estaban decayendo por culpa de la guerra, mientras que la de la señora Herote, a fuerza de jóvenes argentinos, oficiales con peculio y consejos del amigo tasador, adquiría un auge que todo el mundo, en los alrededores, comentaba, como es de imaginar, en términos abominables.

Conviene señalar, por ejemplo, que en aquella misma época, el célebre pastelero del número 112 perdió de pronto sus bellas clientas a consecuencia de la movilización. Las habituales degustadoras de guante largo, obligadas por la requisa masiva de caballos a acudir a pie, no volvieron más. No iban a volver nunca más. En cuanto a Sambanet, el encuadernador de música, no pudo resistir, de repente, el deseo que siempre había sentido de sodomizar a un soldado. Semejante audacia, inoportuna, de una noche le causó un daño irreparable ante ciertos patriotas, que, ni cortos ni perezosos, lo acusaron de espionaje. Tuvo que cerrar la tienda.

En cambio, la señorita Hermance, en el número 26, cuya especialidad era hasta entonces el artículo de caucho, confesable o no, se habría forrado, gracias a las circunstancias, si no hubiera encontrado precisamente todas las dificultades del mundo para abastecerse de «preservativos», que recibía de Alemania.

En resumen, sólo la señora Herote, en el umbral de la nueva época de la lencería fina y democrática, entró sin problemas en la prosperidad.

Entre tiendas, se escribían muchas cartas anónimas y, además, sabrosas. A su vez, la señora Herote prefería, para distraerse, enviarlas a personajes importantes; hasta en eso manifestaba la profunda ambición que constituía el fondo mismo de su temperamento. Al Presidente del Consejo, por ejemplo, le enviaba, sólo para asegurarle que era un cornudo, y al mariscal Pétain, en inglés, con ayuda del diccionario, para hacerlo rabiar. ¿La carta anónima? ¡Ducha sobre plumas! La señora Herote recibía todos los días un paquetito con cartas de ésas, para ella, cartas sin firmar y que no olían bien, os lo aseguro. La dejaban pensativa, atónita, diez minutos más o menos, pero en seguida recuperaba su equilibrio, como fuera, con lo que fuese, pero siempre, y, además, con solidez, pues en su vida interior no había sitio alguno para la duda y menos aún para la verdad.

Entre sus clientas y protegidas, muchas jóvenes artistas le llegaban con más deudas que vestidos. A todas daba consejo la señora Herote y ellas lo aprovechaban, entre otras Musyne, que a mí me parecía la más mona de todas. Un auténtico angelito musical, un encanto de violinista, un encanto muy avispado, por cierto, según me demostró. Implacable en su deseo de llegar en la tierra, y no en el cielo, quedaba muy airosa, en el momento en que la conocí, en un numerito de lo más mono, muy parisino y olvidado, en el Variétés.

Aparecía con su violín a modo de prólogo improvisado, versificado, melodioso. Un género adorable y complicado.

Con el sentimiento que le profesaba, el tiempo se me volvió frenético y lo pasaba corriendo del hospital a la salida de su teatro. Por lo demás, casi nunca era yo el único que la esperaba. Militares del ejército de tierra se la disputaban a brazo partido, aviadores también y con mayor facilidad aún, pero la palma seductora se la llevaban sin duda los argentinos. El comercio de carne congelada de éstos alcanzaba, gracias a la pululación de nuevos contingentes, las proporciones de una fuerza de la naturaleza. La pequeña Musyne aprovechó aquella época mercantil. Hizo bien, los argentinos ya no existen.

Yo no comprendía. Era cornudo con todo y todo el mundo, con las mujeres, el dinero y las ideas. Cornudo, pero no contento. Aún hoy, me la encuentro, a Musyne, por azar, cada dos años o casi, igual que a la mayoría de las personas a las que ha conocido uno muy bien. Es el lapso necesario, dos años, para darse cuenta, de un solo vistazo, infalible entonces, como el instinto, de las fealdades con que un rostro, aun delicioso en su época, se ha cargado.

Te quedas como vacilando un instante ante él y después acabas aceptándolo, tal como se ha transformado, el rostro, con esa inarmonía en aumento, innoble, de toda la cara. No queda más remedio que asentir, a esa cuidadosa y lenta caricatura esculpida por dos años. Aceptar el tiempo, cuadro de nosotros. Entonces podemos decir que nos hemos reconocido del todo (como un billete extranjero, que a primera vista no nos atrevemos a aceptar), que no nos hemos equivocado de camino, que hemos seguido la ruta correcta, sin concertarnos, la ruta indefectible durante dos años más, la ruta de la podredumbre. Y se acabó.

Musyne, cuando me encontraba así, por casualidad, parecía, de tanto como la asustaba mi cabezón, querer huirme a toda costa, evitarme, apartarse, cualquier cosa... Sentía en mí el hedor de todo un pasado, pero a mí, que sé su edad, desde hace demasiados años, ya puede hacer lo que quiera, que no puede evitarme en modo alguno. Se queda ahí, violenta ante mi existencia, como ante un monstruo. Ella, tan delicada, se cree obligada a hacerme preguntas meningíticas, imbéciles, como las que haría una criada sorprendida con las manos en la masa. Las mujeres tienen naturaleza de criadas. Pero tal vez sólo imagine ella esa repulsión, más que sentirla; ése es el consuelo que me queda. Tal vez yo sólo le sugiera que soy inmundo. Tal vez sea yo un artista en ese género. Al fin y al cabo, ¿por qué no habría de haber tanto arte posible en la fealdad como en la belleza? Es un género que cultivar, nada más.

Por mucho tiempo creí que era tonta, la pequeña Musyne, pero sólo era una opinión de vanidoso rechazado. Es que, antes de la guerra, todos éramos mucho más ignorantes y fatuos que hoy. No sabíamos casi nada de las cosas del mundo en general, en fin, unos inconscientes... Los tipejos de mi estilo confundían con mayor facilidad que hoy la gimnasia con la magnesia. Por estar enamorado de Musyne, tan mona ella, pensaba que eso me iba a dotar de toda clase de facultades y, ante todo y sobre todo, del valor que me faltaba, ¡todo ello porque era tan bonita y tenía tan buen oído para la música! El amor es como el alcohol, cuanto más impotente y borracho estás, más fuerte y listo te crees y seguro de tus derechos.

La señora Herote, prima de muchos héroes muertos, ya sólo salía de su Passage con riguroso luto; además, raras veces iba a la ciudad, pues su tasador amigo se mostraba muy celoso. Nos reuníamos en el comedor de la trastienda, que, con la llegada de la prosperidad, adquirió visos de saloncito. Íbamos allí a conversar, a distraernos, amistosa, decorosamente, bajo el gas. La pequeña Musyne, al piano, nos extasiaba con los clásicos, sólo los clásicos, por las conveniencias de aquellos tiempos dolorosos. Allí pasábamos tardes enteras, codo con codo, con el tasador en medio, acunando juntos nuestros secretos, temores y esperanzas.

La sirvienta de la señora Herote, recién contratada, estaba muy interesada en saber cuándo se decidirían los unos a casarse con los otros. En su pueblo no se concebía el amor libre. Todos aquellos argentinos, aquellos oficiales, aquellos clientes buscones le causaban una inquietud casi animal.

Musyne se veía cada vez más acaparada por los clientes sudamericanos. Así acabé conociendo a fondo todas las cocinas y sirvientas de aquellos señores, a fuerza de ir a esperar a mi amada en el *office*. Por cierto, que los ayudas de cámara de aquellos señores me tomaban por el chulo. Y después todo el mundo acabó tomándome por un chulo, incluida la propia Musyne, al mismo tiempo, me parece, que todos los asiduos de la tienda de la señora Herote. ¡Qué le iba yo a hacer! Por lo demás, tarde o temprano te tiene que ocurrir, que te clasifiquen.

Obtuve de la autoridad militar otra convalecencia de dos meses de duración y se habló incluso de declararme inútil. Musyne y yo decidimos alquilar juntos un piso en Billancourt. Era para darme esquinazo, en realidad, aquel subterfugio, porque aprovechaba que vivíamos lejos para volver cada vez más raras veces a casa. Siempre encontraba nuevos pretextos para quedarse en París.

Las noches de Billancourt eran agradables, animadas a veces por aquellas pueriles alarmas de aviones y zepelines, gracias a las cuales los ciudadanos podían sentir escalofríos justificativos. Mientras esperaba a mi amante, iba a pasearme, caída la noche, hasta el puente de Grenelle, donde la sombra sube del río hasta el tablero del metro, con su rosario de farolas, tendido en plena obscuridad, con su enorme mole de chatarra también, que se lanza con estruendo en pleno flanco de los grandes inmuebles del Quai de Passy.

Existen ciertos rincones así en las ciudades, de una fealdad tan estúpida, que casi siempre te encuentras solo en ellos.

Musyne acabó volviendo a nuestro hogar, por llamarlo de algún modo, sólo una vez a la semana. Acompañaba cada vez con mayor frecuencia a las cantantes a casa de los argentinos. Habría podido tocar y ganarse la vida en los cines, donde me habría resultado mucho más fácil ir a buscarla, pero los argentinos eran alegres y generosos, mientras que los cines eran tristes y pagaban poco. Esas preferencias son la vida misma.

Para colmo de mi desgracia, se creó el Teatro en el Frente. Al instante, Musyne hizo mil amistades militares en el Ministerio y cada vez con mayor frecuencia se marchaba a distraer en el frente a nuestros soldaditos y durante semanas enteras, además. Allí detallaba, para los ejércitos, la sonata y el adagio delante de la platea del Estado Mayor, bien colocada para verle las piernas. Por su parte, los chorchis, amajadados detrás de los jefes, sólo gozaban con los ecos melodiosos. Después Musyne pasaba, como es lógico, noches muy complicadas en los hoteles de la zona militar. Un día volvió muy alegre del frente, provista de un diploma de heroísmo, firmado por uno de nuestros grandes generales, nada menos. Ese diploma fue el punto de partida para su triunfo definitivo.

En la colonia argentina supo hacerse de pronto extraordinariamente popular. La festejaban. Se pirraban por mi Musyne, ¡violinista de guerra tan mona! Tan joven y de pelo rizado y, además, heroica. Aquellos argentinos tenían el estómago agradecido, profesaban hacia nuestros grandes *chefs* una admiración infinita y, cuando regresó mi Musyne, con su documento auténtico, su hermoso palmito, sus deditos ágiles y gloriosos, se pusieron a cortejarla a cuál más, a rifársela, por así decir. La poesía heroica se apodera sin resistencia de quienes no van a la guerra y aún más de aquellos a quienes está enriqueciendo de lo lindo. Es normal.

Ah, el heroísmo pícaro es como para caerse de culo, ¡os lo aseguro! Los armadores de Río ofrecían sus nombres y sus acciones a la nena que encarnaba para ellos, con tanta gracia y feminidad, el valor francés y guerrero. Musyne había sabido crearse, hay que reconocerlo, un pequeño repertorio muy mono de incidentes de guerra, que, como un sombrero atrevido, le sentaba de maravilla. Muchas veces me asombraba a mí mismo con su tacto y hube de reconocer, al oírla, que, en punto a embustes, yo a su lado era un simulador grosero. Ella tenía el don de situar sus ocurrencias en un pasado lejano y dramático, en el que todo se volvía y se conservaba precioso y penetrante. En punto a cuentos, nosotros, los combatientes, advertí de pronto, muchas veces conservábamos un carácter groseramente temporal y preciso. En cambio, mi amada se movía en la eternidad. Hay que creer a Claude Lorrain, cuando dice que los primeros planos de un cuadro siempre son repugnantes y que el arte exige situar el interés de la obra en la lejanía,* en lo imperceptible, allí donde se refugia la mentira, ese sueño sorprendido in fraganti y único amor de los hombres. La mujer que sabe tener en cuenta nuestra miserable naturaleza se convierte con facilidad en nuestra amada, nuestra indispensable y suprema esperanza. Esperamos, a su lado, que nos conserve nuestra falsa razón de ser, pero entretanto puede ganarse la vida de sobra ejerciendo su función mágica. Musyne no dejaba de hacerlo, por instinto.

Sus argentinos vivían por el barrio de Ternes y, sobre todo, por los alrededores del Bois, en hotelitos particulares, bien cercados, brillantes, donde por aquellos meses de invierno reinaba un calor tan agradable, que al entrar en ellos, de la calle, los pensamientos se te volvían de repente optimistas, sin querer.

Desesperado y tembloroso, me había propuesto, para meter la pata hasta el final, ir lo más a menudo posible, ya lo he dicho, a esperar a mi compañera en el *office*. Me armaba de paciencia y esperaba, a veces hasta la mañana; tenía sueño, pero los celos me mantenían bien despierto y también el vino blanco, que las criadas me servían en abundancia. A sus señores argentinos yo los veía muy raras veces, oía sus canciones y su estruendoso espa-

---

* Céline atribuye aquí a Claude Gellée, llamado Lorrain, cuyos cuadros resaltan con frecuencia el fondo, pero del que se conocen pocas declaraciones, orales o escritas, un lenguaje bastante celiniano. En la época en que Céline escribía, la obra de Lorrain acababa de ponerse de actualidad de diversas formas. En mayo-junio de 1925, una exposición del Petit Palais, «El paisaje francés de Poussin a Corot», le había dedicado un espacio importante. El año siguiente, Élie Faure escribió en el volumen *El arte moderno* de su *Historia del arte* que emociona «ver tanta inocencia e incesante aspiración a la gloria del día tan decididas a no abandonar jamás esas avenidas irreprochables que llevan hasta la armonía sin confesar la vida mala, la duda, la lucha y el sufrimiento por los que, sin embargo, atraviesan». *(N. del T.)*

ñol y el piano que no cesaba de sonar, pero tocado la mayoría de las veces por manos distintas de las de Musyne. Entonces, ¿qué hacía, la muy puta, con las manos, mientras tanto?

Cuando volvíamos a encontrarnos por la mañana, ante la puerta, ella ponía mala cara. Yo era aún natural como un animal en aquella época, no quería perder a mi amada y se acabó, como un perro su hueso.

Perdemos la mayor parte de la juventud a fuerza de torpezas. Era evidente que me iba a abandonar, mi amada, del todo y pronto. Yo no había aprendido aún que existen dos humanidades muy diferentes, la de los ricos y la de los pobres. Necesité, como tantos otros, veinte años y la guerra, para aprender a mantenerme dentro de mi categoría, a preguntar el precio de las cosas antes de tocarlas y, sobre todo, antes de encariñarme con ellas.

Así, pues, mientras me calentaba en el *office* con mis compañeros de la servidumbre, no comprendía que por encima de mi cabeza danzaban los dioses argentinos; podrían haber sido alemanes, franceses, chinos, eso carecía de importancia, pero dioses ricos, eso era lo que había que entender. Ellos arriba con mi Musyne; yo abajo, sin nada. Musyne pensaba con seriedad en su futuro, conque prefería hacerlo con un dios. Yo también, desde luego, pensaba en mi futuro, pero como en un delirio, porque todo el tiempo sentía, con sordina, el temor a que me mataran en la guerra y también a morir de hambre en la paz. Estaba con sentencia de muerte en suspenso y enamorado. No era una simple pesadilla. No demasiado lejos de nosotros, a menos de cien kilómetros, millones de hombres, valientes, bien armados, bien instruidos, me esperaban para ajustarme las cuentas y franceses también que me esperaban para acabar con mi piel, si me negaba a dejar que los de enfrente la hicieran jirones sangrientos.

Para el pobre existen en este mundo dos grandes formas de palmarla, por la indiferencia absoluta de sus semejantes en tiempos de paz o por la pasión homicida de los mismos, llegada la guerra. Si se acuerdan de ti, al instante piensan en tu tortura, los otros, y en nada más. ¡Sólo les interesas chorreando sangre, a esos cabrones! Princhard había tenido más razón que un santo al respecto. Ante la inminencia del matadero, ya no especulas demasiado con las cosas del porvenir, sólo piensas en amar durante los días que te quedan, ya que es el único medio de olvidar el cuerpo un poco, olvidar que pronto te van a desollar de arriba abajo.

Como Musyne me esquivaba, yo me consideraba un idealista, así llamamos a nuestros pobres instintos, envueltos en palabras rimbombantes. Mi permiso se estaba acabando. Los periódicos insistían, machacones, en la necesidad de llamar a filas a todos los combatientes posibles y, ante todo, a quienes no tenían padrinos, por supuesto. Oficialmente, no había que pensar sino en ganar la guerra.

Musyne deseaba con ganas también, como Lola, que yo volviera a escape al frente y me quedara en él y, como parecía tomármelo con calma, se decidió a precipitar las cosas, aun no siendo eso propio de su carácter.

Una noche en que, por excepción, volvíamos juntos a Billancourt, pasaron de repente los bomberos trompetistas y todos los vecinos de nuestra casa se precipitaron al sótano en honor de no sé qué zepelín.

Aquellos pánicos de poca monta, durante los cuales todo un barrio en pijama desaparecía cloqueando, tras la vela, en las profundidades para escapar a un peligro casi por entero imaginario, daban idea de la angustiosa futilidad de aquellos seres, tan pronto gallinas espantadas tan pronto corderos fatuos y dóciles. Semejantes incongruencias monstruosas son como para asquear para siempre jamás al más paciente y tenaz de los sociófilos.

Desde el primer toque de clarín Musyne olvidaba que en el Teatro en el Frente le habían descubierto gran heroísmo.

Insistía para que me precipitara con ella al fondo de los subterráneos del metro, en las alcantarillas, donde fuera, pero al abrigo y en las profundidades últimas y, sobre todo, ¡al instante! De verlos a todos bajar corriendo así, grandes y pequeños, los inquilinos, frívolos o majestuosos, de cuatro en cuatro, hacia el agujero salvador, hasta yo acabé armándome de indiferencia. Cobarde o valiente, no quiere decir gran cosa. Conejo aquí, héroe allá, es el mismo hombre, no piensa más aquí que allá. Todo lo que no sea ganar dinero supera su capacidad de comprensión clara e infinitamente. Todo cuanto es vida o muerte le supera. Ni siquiera con su propia muerte especula bien a derechas. Sólo comprende el dinero y el teatro.

Musyne lloriqueaba ante mi resistencia. Otros inquilinos nos instaban a acompañarlos; acabé dejándome convencer. En cuanto a la elección del sótano, se emitieron proposiciones diferentes. El sótano del carnicero acabó obteniendo la mayoría de las adhesiones; afirmaban que estaba situado a mayor profundidad que ningún otro del inmueble. Desde el umbral te llegaban bocanadas de un olor acre y bien conocido por mí, que al instante me resultó de todo punto insoportable.

«¿Vas a bajar ahí, Musyne, con la carne colgando de los ganchos?», le pregunté.

«¿Por qué no?», me respondió, muy extrañada.

«Pues, mira, yo —dije— hay cosas que no puedo olvidar y prefiero volver ahí arriba...»

«Entonces, ¿te vas?»

«¡Ven a buscarme cuando haya acabado todo!»

«Pero puede durar mucho...»

«Prefiero esperarte ahí arriba —le dije—. No me gusta la carne y esto pasará pronto.»

Durante la alarma, protegidos en sus reductos, los inquilinos intercambiaban cortesías atrevidas. Ciertas damas en bata, llegadas en el último momento, se apresuraban con elegancia y mesura hacia aquella bóveda olorosa, en la que el carnicero y la carnicera hacían los honores, al tiempo que se excusaban por el frío artificial, indispensable para la buena conservación de la mercancía.

Musyne desapareció con los demás. La esperé, arriba, en nuestra casa, una noche, todo un día, un año... No volvió nunca a reunirse conmigo.

Por mi parte, yo me volví, a partir de entonces, cada vez más difícil de contentar y ya sólo pensaba en dos cosas: salvar el pellejo y marcharme a América. Pero escapar de la guerra constituía ya una tarea inicial, que me dejó sin aliento durante meses y más meses.

«¡Cañones! ¡Hombres! ¡Municiones!», exigían, sin parecer cansarse nunca, los patriotas. Al parecer, no se podía dormir hasta arrancar del yugo germánico a la pobre Bélgica y a la pequeña e inocente Alsacia. Era una obsesión que impedía, según nos decían, a los mejores de nosotros respirar, comer, copular. De todos modos, no parecía que les impidiera hacer negocios, a los supervivientes. La moral estaba alta en la retaguardia, no se podía negar.

Tuvimos que reincorporarnos rápido a nuestros regimientos. Pero a mí, ya en el primer reconocimiento, me encontraron muy por debajo de la media aún y apto sólo para ser enviado a otro hospital, para casos de huesos y nervios. Una mañana salimos seis del cuartel, tres artilleros y tres dragones, heridos y enfermos, en busca de aquel lugar donde reparaban el valor perdido, los reflejos abolidos y los brazos rotos. Primero pasamos, como todos los heridos de la época, por el control, en Val-de-Grâce, ciudadela ventruda, noble y rodeada de árboles y que olía de lo lindo a ómnibus por los pasillos, olor hoy, y seguramente para siempre, desaparecido, mezcla de pies, jergones y quinqués. No duramos mucho en Val; apenas nos vieron, dos oficiales intendentes, casposos y agotados de cansancio, nos echaron una bronca, como Dios manda, y nos amenazaron con enviarnos a consejo de guerra y otros intendentes nos echaron a la calle. No tenían sitio para nosotros, según decían, al tiempo que nos indicaban un destino impreciso: un bastión, por los alrededores de la ciudad.

De tabernas a bastiones, entre copas de *pastis* y cafés con leche, salimos, pues, los seis al azar de las direcciones equivocadas, en busca de aquel nuevo abrigo que parecía especializado en la curación de héroes incapaces, de nuestro estilo.

Uno solo de los seis poseía un rudimento de propiedad, que conservaba entera, conviene señalarlo, en una cajita de metal de galletas Pernot, marca célebre entonces y de la que no he vuelto a oír hablar. Dentro escondía, nuestro compañero, cigarrillos y un cepillo de dientes; por cierto, que nos reíamos todos del cuidado, poco común entonces, que dedicaba a sus dientes y lo tratábamos, por ese refinamiento insólito, de «homosexual».

Por fin, tras muchas vacilaciones, llegamos, hacia medianoche, a los terraplenes hinchados de tinieblas de aquel bastión de Bicêtre, el «43» se llamaba. Era el bueno.

Acababan de reformarlo para recibir a lisiados y carcamales. El jardín ni siquiera estaba acabado.

Cuando llegamos, el único habitante de la parte militar era la portera. Llovía con fuerza. Tuvo miedo de nosotros, la portera, al oírnos, pero la hicimos reír al ponerle la mano al instante en el lugar correcto. «¡Creía que eran alemanes!», dijo. «¡Están lejos!», le respondimos. «¿De qué estáis enfermos?», nos preguntó, preocupada. «De todo, pero, ¡de la pilila, no!», respondió un artillero. O sea, que no faltaba buen humor, la verdad, y, además, la portera lo apreciaba. En aquel mismo bastión vivieron con nosotros más adelante vejetes de la Asistencia Pública. Habían construido para ellos, con urgencia, nuevos edificios provistos de kilómetros de vidrieras; allí dentro los guardaban hasta el fin de las hostilidades, como insectos. En las colinas de los alrededores, una erupción de parcelas diminutas se disputaban montones de barro, que se escurría, mal contenido entre hileras de cabañas precarias. Al abrigo de éstas crecían, de vez en cuando, una lechuga y tres rábanos, que, sin que se supiera nunca por qué, babosas asqueadas cedían al propietario.

Nuestro hospital estaba limpio, así, al principio, durante varias semanas, que es como hay que apresurarse a ver cosas así, pues en este país carecemos del menor gusto para la conservación de las cosas, somos incluso unos verdaderos guarros. Conque nos acostamos, ya digo, en la que se nos antojó de aquellas camas metálicas y a la luz de la luna; eran tan nuevos aquellos locales, que aún no llegaba la electricidad.

Por la mañana temprano, vino a presentarse nuestro nuevo médico jefe, muy contento de vernos, al parecer, todo cordialidad por fuera. Tenía sus razones para estar contento, acababan de ascenderlo a general. Aquel hombre tenía, además, los ojos más bellos del mundo, aterciopelados y sobrenaturales, y los utilizaba lo suyo para encandilar a cuatro enfermeras encantadoras y solícitas, que lo colmaban de atenciones y aspavientos y no se perdían ripio de su médico jefe. Desde el primer contacto se informó sobre nuestra moral. Cogiendo, campechano, del hombro a uno de nosotros y sacudiéndolo, paternal, nos expuso, con voz reconfortante, las reglas y el camino más corto para ir airosos y lo más pronto posible a que nos partiesen la cara de nuevo.

Fuera cual fuese su procedencia, la verdad es que la gente no pensaba en otra cosa. Era como para creer que disfrutaban con ello. El nuevo vicio. «Francia, amigos míos, ha puesto la confianza en vosotros; es una mujer, Francia, ¡la más bella de las mujeres! —entonó—. ¡Cuenta con vuestro heroísmo, Francia! Víctima de la más cobarde, la más abominable agresión. ¡Tiene derecho a exigir de sus hijos que la venguen profundamente! ¡A recuperar la integridad de su territorio, aun a costa del mayor sacrificio! Nosotros aquí, en lo que nos concierne, vamos a cumplir con nuestro deber. Amigos míos, ¡cumplid con el vuestro! ¡Nuestra ciencia os pertenece! ¡Es vuestra! ¡Todos sus recursos están al servicio de vuestra curación! ¡Ayudadnos, a vuestra vez, en la medida de vuestra buena voluntad! ¡Ya sé que podemos contar con ella! ¡Y que podáis pronto reintegraros a vuestros puestos, junto a vuestros queridos compañeros de las trincheras! ¡Vuestros sagrados puestos! Para la defensa de nuestro querido suelo. ¡Viva Francia! ¡Adelante!» Sabía hablar a los soldados.

Estábamos, cada cual al pie de su cama, en posición de firmes, escuchándolo. Detrás de él, una morena del grupo de sus bonitas enfermeras dominaba mal la emoción que la embargaba y que algunas lágrimas volvieron visible. Sus compañeras se mostraron al instante solícitas con ella: «Pero, ¡querida! ¡Si va a volver, mujer!... Te lo aseguro...»

La que mejor la consolaba era una de sus primas, la rubia un poco regordeta. Al pasar junto a nosotros, sosteniéndola en sus brazos, me confió, la regordeta, que estaba tan desconsolada, su prima tan mona, por la marcha reciente de su novio, incorporado a la Marina. El fogoso jefe, desconcertado, se esforzaba por atenuar la hermosa y trágica emoción propagada por su breve y vibrante alocución. Se encontraba muy confuso y apenado ante ella. Despertar de una inquietud demasiado dolorosa en un corazón excepcional, evidentemente patético, todo sensibilidad y ternura. «Si lo hubiéramos sabido, doctor —seguía susurrando la rubia prima—, le habríamos avisado... ¡Si usted supiera lo tiernamente que se aman!...» El grupo de las enfermeras y el propio doctor desaparecieron sin dejar de chacharear y susurrar por el corredor. Ya no se ocupaban de nosotros.

Intenté recordar y comprender el sentido de aquella alocución que acababa de pronunciar el hombre de ojos espléndidos, pero, a mí, lejos de entristecerme, me parecieron, tras reflexionar, extraordinariamente atinadas, aquellas palabras, para quitarme las ganas de morir. De la misma opinión eran los demás compañeros, pero éstos no veían en ellas, además, como yo, una actitud de desafío e insulto. Ellos no intentaban comprender lo que ocurría a nuestro alrededor en la vida, sólo discernían, y aun apenas, que el delirio ordinario del mundo había aumentado desde hacía unos meses, en tales proporciones, que, desde luego, ya no podía uno apoyar la existencia en nada estable.

Allí, en el hospital, como en la noche de Flandes, la muerte nos atormentaba; sólo, que aquí nos amenazaba desde más lejos, la muerte, irrevocable como allá, cierto es, una vez lanzada sobre nuestra trémula osamenta por la solicitud de la Administración.

Allí no nos abroncaban, desde luego, nos hablaban con dulzura incluso, nos hablaban todo el tiempo de cualquier cosa menos de la muerte, pero nuestra condena figuraba, no obstante, con toda claridad en el ángulo de cada papel que nos pedían firmar, en cada precaución que tomaban para con nosotros: medallas... brazaletes... el menor permiso... cualquier consejo... Nos sentíamos contados, acechados, numerados en la gran reserva de los que partirían mañana. Conque, lógicamente, todo aquel mundo ambiente, civil y sanitario, parecía más despreocupado que nosotros, en comparación. Las enfermeras, aquellas putas, no compartían nuestro destino, sólo pensaban, por el contrario, en vivir mucho tiempo, mucho más aún, y en amar, estaba claro, en pasearse y en hacer y volver a hacer el amor mil y diez mil veces. Cada una de aquellas angélicas se aferraba a su planecito en el perineo, como los forzados, para más adelante, su planecito de amor, cuando la hubiéramos diñado, nosotros, en un barrizal cualquiera, ¡y sólo Dios sabe cómo!

Lanzarían entonces suspiros rememorativos especiales que las volverían más atrayentes aún; evocarían en silencios emocionados los trágicos tiempos de la guerra, los fantasmas... «¿Os acordáis del joven Bardamu —dirían en la hora crepuscular, pensando en mí—, aquel que tanto trabajo nos daba para impedir que protestara?... Tenía la moral muy baja, aquel pobre muchacho... ¿Qué habrá sido de él?»

Algunas nostalgias poéticas en el momento oportuno favorecen a una mujer tan bien como los cabellos vaporosos a la luz de la luna.

Al amparo de cada una de sus palabras y de su solicitud, había que entender en adelante: «La vas a palmar, gentil soldado... La vas a palmar... Es la guerra... Cada cual con su vida... Con su papel... Con su muerte... Parece que compartimos tu angustia... Pero no se comparte la muerte de nadie... Todo debe ser, para las almas y los cuerpos sanos, motivo de distracción y nada más y nada menos y nosotras somos chicas fuertes, hermosas, consideradas, sanas y bien educadas... Para nosotras todo se vuelve, por automatismo biológico, espectáculo gozoso, ¡y se convierte en alegría! ¡Así lo exige nuestra salud! Y las feas licencias del pesar nos resultan imposibles... Necesitamos excitantes, sólo excitantes... Pronto quedaréis olvidados, soldaditos... Sed buenos y diñadla rápido... Y que acabe la guerra y podamos casarnos con uno de vuestros amables oficiales... ¡Sobre todo uno moreno!... ¡Viva la patria de la que siempre habla papá!... ¡Qué bueno debe de ser el amor, cuando vuelve de la guerra!... ¡Nuestro maridito será condecorado!... Será distinguido... Podrás sacar brillo a sus bonitas botas el hermoso día de nuestra boda, si aún existes, soldadito... ¿No te alegrarás entonces de nuestra felicidad, soldadito?...».

Todas las mañanas vimos y volvimos a ver a nuestro médico jefe, seguido de sus enfermeras. Era un sabio, según supimos. En torno a nuestras salas pasaban correteando los vejetes del asilo contiguo a saltos inútiles y descompasados. Iban a escupir sus chismes con sus caries de una sala a otra, llevando consigo maledicencias y cotilleos trasnochados. Encerrados allí, en su miseria oficial, como en un cercado baboso, los viejos trabajadores pastaban todo el excremento que se acumula en torno a las almas en los largos años de servidumbre. Odios impotentes, enmohecidos en la apestosa ociosidad de las salas comunes. Sólo utilizaban sus últimas y trémulas energías para hacerse un poco más de daño y destruir lo que les quedaba de placer y aliento.

¡Supremo placer! En su acartonada osamenta ya no subsistía un solo átomo que no fuera estrictamente malintencionado.

Desde que quedó claro que nosotros, los soldados, compartiríamos las relativas comodidades del bastión con aquellos vejetes, empezaron a detestarnos al unísono, sin por ello dejar de venir al tiempo a mendigar y sin descanso, haciendo cola por las ventanas, nuestras colillas y los mendrugos de pan duro caídos bajo los bancos. Sus apergaminados rostros se estrellaban a la hora de las comidas contra los vidrios de nuestro refectorio. Por entre los pliegues legañosos de sus narices lanzaban miradas de ratas viejas y codiciosas. Uno de aquellos lisiados parecía más astuto y pillo que los demás, venía a cantarnos cancioncillas de su época para distraernos, el tío Birouette lo llamábamos. Estaba dispuesto a hacer todo lo que quisiéramos, con tal de que le diésemos tabaco, cualquier cosa menos pasar ante el depósito de cadáveres del hospital, que, por cierto, nunca estaba vacío. Una de las bromas consistía en llevarlo hacia allá, como de paseo. «¿No quieres entrar?», le preguntábamos, cuando estábamos justo delante de la puerta. Entonces salía pitando y gruñendo, pero tan rápido y tan lejos, que no volvíamos a verlo durante dos días por lo menos, al tío Birouette. Había vislumbrado la muerte.

Nuestro médico jefe, el de los ojos bellos, profesor Bestombes, para hacernos recobrar ánimos, había hecho instalar todo un equipo muy complicado de artefactos eléctricos centelleantes, cuyas descargas periódicas sufríamos, efluvios que, según decía, eran tonificantes y habíamos de aceptar so pena de expulsión. Era muy rico, al parecer, Bestombes. Había que serlo para comprar todos aquellos chismes costosos y electrocutores. Su suegro, político importante, que había hecho grandes trapicheos con compras gubernamentales de terrenos, le permitía esas larguezas.

Había que aprovechar. Todo se arregla. Crímenes y castigos. Tal como era, no lo detestábamos. Examinaba nuestro sistema nervioso con un cuidado extraordinario y nos interrogaba con tono de familiaridad cortés. Esa campechanía calculada divertía deliciosamente a las enfermeras, todas distinguidas, de su servicio. Todas las mañanas esperaban, aquellas monadas, el momento de regocijarse con las manifestaciones de su gran gentileza; se relamían. En resumen, actuábamos todos en una obra en que él, Bestombes, había elegido el papel de sabio benefactor y profunda, amablemente humano; el caso era entenderse.

En aquel nuevo hospital, yo compartía habitación con el sargento Branledore, reenganchado; era un antiguo huésped de los hospitales, Branledore. Hacía meses que arrastraba su intestino perforado por cuatro servicios diferentes.

Durante esas estancias había aprendido a atraer y después conservar la simpatía activa de las enfermeras. Vomitaba, orinaba y evacuaba sangre bastante a menudo, Branledore; también tenía mucha dificultad para respirar, pero eso no habría bastado del todo para granjearle la buena disposición del personal, que veía cosas peores. Conque, entre dos ahogos, si pasaba por allí un médico o una enfermera: «¡Victoria! ¡Victoria! ¡Conseguiremos la Victoria!», gritaba Branledore a pleno pulmón o lo murmuraba por lo bajinis, según los casos. Adaptado así a la ardiente literatura agresiva mediante un oportuno efecto teatral, gozaba de la consideración moral más elevada. Se sabía el truco, el tío.

Como todo era teatro, había que actuar y tenía toda la razón Branledore; nada parece más idiota ni irrita tanto, la verdad, como un espectador inerte que haya subido por azar a las tablas. Cuando se está ahí arriba, verdad, hay que adoptar el tono, animarse, actuar, decidirse o desaparecer. Sobre todo las mujeres pedían espectáculo y eran despiadadas, las muy putas, para con los aficionados desconcertados. La guerra, no cabe duda, afecta a los ovarios; exigían héroes y quienes no lo eran del todo debían presentarse como tales o bien prepararse para sufrir el más ignominioso de los destinos.

Tras haber pasado ocho días en aquel nuevo servicio, habíamos comprendido la necesidad urgente de cambiar de actitud y, gracias a Branledore (representante de encajes en la vida civil), aquellos mismos hombres atemorizados y que buscaban la sombra, presa de vergonzosos recuerdos de mataderos, que éramos al llegar, se convirtieron en una pandilla de pájaros de aúpa, todos resueltos a la victoria y, os lo garantizo, armados de arranque y declaraciones imponentes. En efecto, nuestro lenguaje se había vuelto recio y tan subido de tono, que hacía enrojecer a veces a aquellas damas, si bien nunca se quejaban, porque es sabido que un soldado es tan bravo como despreocupado y más grosero de lo debido y que cuanto más bravo más grosero es.

Al principio, al tiempo que imitábamos a Branledore lo mejor que podíamos, nuestras actitudes patrióticas no quedaban del todo bien, no eran muy convincentes. Necesitamos una buena semana e incluso dos de ensayos intensivos para adoptar del todo el tono, el bueno.

En cuanto nuestro médico, el profesor agregado Bestombes, notó, sabio él, la brillante mejora de nuestras cualidades morales, decidió, para estimularnos, autorizarnos algunas visitas, empezando por las de nuestros padres.

Algunos soldados capaces, por lo que yo había oído contar, experimentaban, al mezclarse en los combates, como embriaguez e incluso viva voluptuosidad. Por mi parte, en cuanto intentaba imaginar una voluptuosidad de ese orden tan especial, me ponía enfermo durante ocho días al menos. Me sentía tan incapaz de matar a alguien, que, desde luego, más valía renunciar y acabar de una vez. No es que hubiera carecido de experiencia, habían hecho todo lo posible incluso para hacerme cogerle gusto, pero no tenía ese don. Tal vez habría necesitado una iniciación más lenta.

Un día decidí comunicar al profesor Bestombes las dificultades que encontraba en cuerpo y alma para ser tan bravo como me habría gustado y como las circunstancias, sublimes, desde luego, lo exigían. Temía que me considerara un descarado, un charlatán impertinente... Pero, ¡qué va! ¡Al contrario! El profesor se declaró muy contento de que, en aquel arranque de franqueza, acudiera a confiarle la confusión espiritual que sentía.

«Amigo Bardamu, ¡está usted mejorando! ¡Está usted mejorando, sencillamente!» Ésa era su conclusión. «Esta confidencia que acaba de hacerme, de forma absolutamente espontánea, la considero, Bardamu, indicio muy alentador de una mejoría notable en su estado mental... Por lo demás, Vaudesquin,* observador modesto, pero tan sagaz, de los desfallecimientos morales entre los soldados del Imperio, resumió, ya en 1802, observaciones de ese género en una memoria, hoy clásica, si bien injustamente despreciada por nuestros estudiosos actuales, en

* De los tres psiquiatras que se citan, el segundo parece ser el único que designa a un personaje históricamente conocido: Ernest Dupré (1862-1921) se dedicó a estudiar, entre muchos otros trabajos, la psicosis alucinatoria crónica y la «constitución emotiva». *(N. del T.)*

la que notaba, como digo, con mucha exactitud y precisión, crisis llamadas "de confesión", que sobrevienen, señal excelente, al convaleciente moral... Nuestro gran Dupré, casi un siglo después, supo establecer a propósito del mismo síntoma su nomenclatura, ahora célebre, en la que esta crisis idéntica figura con el título de crisis de "acopio de recuerdos", crisis que, según el mismo autor, debe producirse, cuando la cura va bien encauzada, poco antes de la derrota total de las ideaciones angustiosas y de la liberación definitiva de la esfera de la conciencia, fenómeno secundario, en resumen, en el curso del restablecimiento psíquico. Por otra parte, Dupré, con su terminología tan caracterizada por las imágenes y cuyo secreto sólo él conocía, llama "diarrea cogitativa de liberación" a esa crisis que en el sujeto va acompañada de una sensación de euforia muy activa, de una recuperación muy marcada de la actividad de comunicación, recuperación, entre otras, muy notable del sueño, que vemos prolongarse de repente durante días enteros; por último, otra fase: superactividad muy marcada de las funciones genitales, hasta el punto de que no es raro observar en los mismos enfermos, antes frígidos, auténticas "carpantas eróticas". A eso se debe esta fórmula: "El enfermo no entra en la curación: ¡se precipita!". Tal es el término magníficamente descriptivo, verdad, de esos triunfos en la recuperación, mediante el cual otro de nuestros grandes psiquiatras franceses del siglo pasado, Philibert Margeton, caracterizaba la recuperación de verdad triunfal de todas las actividades normales en un sujeto convaleciente de la enfermedad del miedo... En lo referente a usted, Bardamu, lo considero, pues, desde ahora, un auténtico convaleciente... ¿Le interesaría saber, Bardamu, ya que hemos llegado a esta conclusión satisfactoria, que mañana, precisamente, presento en la Sociedad de Psicología Militar una memoria sobre las cualidades fundamentales del espíritu humano?... Es una memoria de calidad, me parece.»

«Desde luego, profesor, esas cuestiones me apasionan...»

«Pues bien, sepa usted, en resumen, Bardamu, que en ella defiendo esta tesis: que antes de la guerra el hombre seguía siendo un desconocido inaccesible para el psiquiatra y los recursos de su espíritu un enigma...»

«Ésa es también mi muy modesta opinión, profesor...»

«Mire usted, Bardamu, la guerra, gracias a los medios incomparables que nos ofrece para poner a prueba los sistemas nerviosos, ¡hace de formidable revelador del espíritu humano! Vamos a poder pasar siglos ocupados en meditar sobre estas revelaciones patológicas recientes, siglos de estudios apasionados... Confesémoslo con franqueza... ¡Hasta ahora sólo habíamos sospechado las riquezas emotivas y espirituales del hombre! Pero en la actualidad, gracias a la guerra, es un hecho... ¡Estamos penetrando, a consecuencia de una fractura, dolorosa, desde luego, pero decisiva y providencial para la ciencia, en su intimidad! Desde las primeras revelaciones, a mí, Bestombes, ya no me cupo duda sobre el deber del psicólogo y del moralista modernos. ¡Era necesaria una reforma total de nuestras concepciones psicológicas!»

También yo, Bardamu, era de esa opinión.

«En efecto, creo, profesor, que estaría bien...»

«¡Ah! También lo cree usted, Bardamu, ¡no es que yo se lo diga! Mire usted, en el hombre lo bueno y lo malo se equilibran, egoísmo por una parte, altruismo por otra... En los sujetos excepcionales, más altruismo que egoísmo. ¿Eh? ¿No es así?»

«Así es, profesor, exactamente así...»

«Y en el sujeto excepcional, dígame, Bardamu, ¿cuál puede ser la más elevada entidad conocida que pueda estimular su altruismo y obligarlo a manifestarse indiscutiblemente?»

«¡El patriotismo, profesor!»

«¡Ah! Ve usted, ¡no es que yo se lo diga! ¡Me comprende usted perfectamente... Bardamu! ¡El patriotismo y su corolario, la gloria, simplemente, su prueba!»

«¡Es cierto!»

«¡Ah! Nuestros soldaditos, fíjese bien, y desde las primeras pruebas de fuego, han sabido liberarse espontáneamente de todos los sofismas y conceptos accesorios y, en particular, de los sofismas de la conservación. Han ido a fundirse por instinto y a la primera con nuestra auténtica razón de ser, nuestra Patria. Para llegar hasta esa verdad, no sólo la inteligencia es superflua, Bardamu, ¡es que, además, molesta! Es una verdad del corazón, la Patria, como todas las verdades esenciales, ¡en eso el pueblo no se equivoca! Justo en lo que el sabio malo se extravía...»

«¡Eso es hermoso, profesor! ¡Demasiado hermoso! ¡Es clásico!»

Me estrechó las dos manos casi con afecto, Bestombes.

Con voz que se había vuelto paternal, tuvo a bien añadir, además, a mi intención: «Así voy a tratar a mis enfermos, Bardamu, mediante la electricidad para el cuerpo y el espíritu, dosis masivas de ética patriótica, auténticas inyecciones de moral reconstituyente».

«¡Lo comprendo, profesor!»

En efecto, comprendía cada vez mejor.

Tras separarme de él, me dirigí sin tardanza a la misa con mis compañeros reconstituidos en la capilla recién construida y descubrí a Branledore, que manifestaba su elevada moral dando lecciones de entusiasmo precisamente a la nieta de la portera detrás del portalón. Ante su invitación, acudí al instante a reunirme con él.

Por la tarde, por primera vez desde que estábamos allí vinieron padres desde París y después todas las semanas.

Por fin había escrito a mi madre. Estaba contenta de volver a verme, mi madre, y lloriqueaba como una perra a la que por fin hubieran devuelto su cachorro. Sin duda creía ayudarme mucho también al besarme, pero en realidad permanecía en un nivel inferior al de la perra, porque creía en las palabras que le decían para arrebatarme de su lado. Al menos la perra sólo cree en lo que huele. Mi madre y yo dimos un largo paseo por las calles cercanas al hospital, una tarde, fuimos vagabundeando por las calles sin acabar que hay por allí, calles con farolas aún sin pintar, entre las largas fachadas chorreantes, de ventanas abigarradas con cien trapos colgando, las camisas de los pobres, oyendo el chisporroteo de la chamusquina a mediodía, borrasca de grasas baratas. En el gran abandono lánguido que rodea la ciudad, allí donde la mentira de su lujo va a chorrear y acabar en podredumbre, la ciudad muestra a quien lo quiera ver su gran trasero de cubos de basura. Hay fábricas que eludes al pasear, que exhalan todos los olores, algunos casi increíbles, donde el aire de los alrededores se niega a apestar más. Muy cerca, enmohece la verbenita, entre dos altas chimeneas desiguales; sus caballitos pintados son demasiado caros para quienes los desean, muchas veces durante semanas enteras, mocosos raquíticos, atraídos, rechazados y retenidos a un tiempo, con todos los dedos en la nariz, por su abandono, la pobreza y la música.

Todo son esfuerzos para alejar de aquellos lugares la verdad, que no cesa de volver a llorar sobre todo el mundo; por mucho que se haga, por mucho que se beba, aunque sea vino tinto, espeso como la tinta, el cielo sigue siendo igual allí, cerrado, como una gran charca para los humos del suburbio.

En tierra, el barro se agarra al cansancio y los flancos de la existencia están cerrados también, bien cercados por inmuebles y más fábricas. Son ya féretros las paredes por ese lado. Como Lola se había ido para siempre y Musyne también, ya no me quedaba nadie. Por eso había acabado escribiendo a mi madre, por ver a alguien. A los veinte años ya sólo tenía pasado. Recorrimos juntos, mi madre y yo, calles y calles dominicales. Ella me contaba las insignificancias relativas a su comercio, lo que decían de la guerra a su alrededor, en la ciudad, que era triste, la guerra, «espantosa» incluso, pero que con mucho valor acabaríamos saliendo todos de ella, los caídos para ella no eran sino accidentes, como en las carreras; si se agarraran bien, no se caerían. Por lo que a ella respectaba, no veía en la guerra sino una gran pesadumbre nueva que intentaba no agitar demasiado; parecía que le diera miedo aquella pesadumbre; estaba repleta de cosas temibles que no comprendía. En el fondo, creía que los humildes como ella estaban hechos para sufrir por todo, que ésa era su misión en la tierra, y que, si las cosas iban tan mal recientemente, debía de deberse también, en gran parte, a las muchas faltas acumuladas que habían cometido, los humildes... Debían de haber hecho tonterías, sin darse cuenta, por supuesto, pero el caso es que eran culpables y ya era mucha bondad que se les diera así, sufriendo, la ocasión de expiar sus indignidades... Era una «intocable», mi madre.

Ese optimismo resignado y trágico le servía de fe y constituía el fondo de su temperamento.

Seguíamos los dos, bajo la lluvia, por las calles sin edificar; por allí las aceras se hunden y desaparecen, los pequeños fresnos que las bordean conservan mucho tiempo las gotas en las ramas, en invierno, trémulas al viento, humilde hechizo. El camino del hospital pasaba por delante de numerosos hoteles recientes, algunos tenían nombre, otros ni siquiera se habían tomado esa molestia. «Habitaciones por semanas», decían, simplemente. La guerra los había vaciado, brutal, de su contenido de obreros y peones. No iban a volver ni siquiera para morir, los inquilinos. También es un trabajo morir, pero lo harían fuera.

Mi madre me acompañaba de nuevo hasta el hospital lloriqueando, aceptaba el accidente de la muerte; no sólo consentía, se preguntaba, además, si tenía yo tanta resignación como ella. Creía en la fatalidad tanto como en el bello metro de la Escuela de Artes y Oficios, del que siempre me había hablado con respeto, porque, siendo joven, le habían enseñado que el que utilizaba en su comercio de mercería era la copia escrupulosa de ese soberbio patrón oficial.*

Entre las parcelas de aquel campo venido a menos existían aún algunos terrenos cultivados aquí y allá y, aferrados incluso a aquellos pobres restos, algunos campesinos viejos encajonados entre las casas nuevas. Cuando nos quedaba tiempo antes de regresar a la caída de la tarde, íbamos a contemplarlos, mi madre y yo, a aquellos extraños campesinos empeñados en excavar con un hierro esa cosa blanda y granulosa que es la tierra, donde meten a los muertos para que se pudran y de donde procede, de todos modos, el pan. «¡Debe de ser muy duro vivir de la tierra!», comentaba todas las veces al observarlos, mi madre, muy perpleja. En punto a miserias, sólo conocía las que se parecían a la suya, las de la ciudad, intentaba imaginarse cómo podían ser las del campo. Fue la única curiosidad que le conocí, a mi madre, y le bastaba como distracción para un domingo. Con eso volvía a la ciudad.

Yo no recibía la menor noticia de Lola, ni de Musyne tampoco. Las muy putas se mantenían claramente en el lado ventajoso de la situación, donde reinaba una consigna risueña pero implacable de eliminación para nosotros, carnes destinadas a los sacrificios. Ya en dos ocasiones me habían echado así hacia los lugares donde encierran a los rehenes. Simple cuestión de tiempo y de espera. La suerte estaba echada.

* En el Conservatorio Nacional de Artes y Oficios se conserva la copia del prototipo internacional en platino iridiado que sirvió hasta 1961 de patrón legal para Francia. *(N. del T.)*

Branledore, mi vecino de hospital, el sargento, gozaba, ya lo he contado, de una persistente popularidad entre las enfermeras, estaba cubierto de vendas y radiante de optimismo. Todo el mundo en el hospital envidiaba y copiaba su actitud. Al volvernos presentables y dejar de ser repulsivos moralmente, empezamos, a nuestra vez, a recibir las visitas de gente bien situada en la sociedad y la administración parisinas. Se comentaba en los salones que el centro neurológico del profesor Bestombes estaba convirtiéndose en el auténtico foco, por así decir, del fervor patriótico intenso, el hogar. A partir de entonces los días de visita recibimos no sólo a obispos, sino también a una duquesa italiana, un gran fabricante de municiones y pronto la propia Ópera y los actores del Théâtre Français. Venían a admirarnos sobre el terreno. Una bella actriz de la Comédie, que recitaba los versos como nadie, volvió incluso a mi cabecera para declamarme algunos particularmente heroicos. Su pelirroja y perversa melena (la piel hacía juego) se veía recorrida al tiempo por ondas sorprendentes que me llegaban en vibraciones derechas hasta el perineo. Como me interrogaba, aquella divina, sobre mis acciones de guerra, le di tantos detalles y tan emocionantes, que ya no me quitó los ojos de encima. Presa de emoción duradera, me pidió permiso para estampar en verso, gracias a un poeta admirador suyo, los pasajes más intensos de mis relatos. Accedí al instante. El profesor Bestombes, enterado de aquel proyecto, se declaró particularmente favorable. Incluso concedió una entrevista con ocasión de ello y el mismo día a los enviados de una gran revista ilustrada, que nos fotografió a todos juntos en la escalinata del hospital junto a la bella actriz. «El más alto deber de los poetas, en los trágicos momentos que vivimos –declaró el profesor Bestombes, que no dejaba escapar ni una oportunidad–, ¡es el de devolvernos el gusto por la epopeya! ¡Han pasado los tiempos de las maniobras mezquinas! ¡Abajo las literaturas acartonadas! ¡Un alma nueva nos ha nacido en medio del gran y noble estruendo de las batallas! ¡Lo exige en adelante el desarrollo de la gran renovación patriótica! ¡Las altas cimas prometidas a nuestra Gloria!... ¡Exigimos el soplo grandioso del poema épico!... Por mi parte, ¡declaro admirable que en este hospital que dirijo llegue a formarse, ante nuestros ojos, de modo inolvidable, una de esas sublimes colaboraciones creadoras entre el Poeta y uno de nuestros héroes!»

Branledore, mi compañero de cuarto, cuya imaginación llevaba un poco de retraso sobre la mía al respecto y que tampoco figuraba en la foto, concibió por ello una viva y tenaz envidia. Desde entonces se puso a disputarme de modo salvaje la palma del heroísmo. Inventaba historias nuevas, se superaba, nadie podía detenerlo, sus hazañas rayaban en el delirio.

Me resultaba difícil imaginar algo más animado, añadir algo más a tales exageraciones y, sin embargo, nadie en el hospital se resignaba; el caso era ver cuál de nosotros, picado por la emulación, inventaba a más y mejor otras «hermosas páginas guerreras» en las que figurar, sublime. Vivíamos un gran cantar de gesta, encarnando personajes fantásticos, en el fondo de los cuales temblábamos, ridículos, con todo el contenido de nuestras carnes y nuestras almas. Se habrían quedado de piedra, si nos hubieran sorprendido en la realidad. La guerra estaba madura.

Nuestro gran amigo Bestombes seguía recibiendo las visitas de numerosos notables extranjeros, señores científicos, neutrales, escépticos y curiosos. Los inspectores generales del ministerio pasaban, armados de sable y pimpantes, por nuestras salas, con la vida militar prolongada y, por tanto, rejuvenecidos e hinchados de nuevas dietas. Por eso, no escatimaban distinciones y elogios, los inspectores. Todo iba bien. Bestombes y sus magníficos heridos se convirtieron en el honor del servicio de Sanidad.

Mi bella protectora del Français volvió pronto una vez más, a hacerme una visita particular, mientras su poeta familiar acababa el relato, rimado, de mis hazañas. Por fin conocí, en una esquina de un corredor, a aquel joven, pálido, ansioso. La fragilidad de las fibras de su corazón, según me confió, en opinión de los propios médicos, rayaba en el milagro. Por eso lo retenían, aquellos médicos preocupados por los seres frágiles, lejos de los ejércitos. A cambio, había emprendido, aquel humilde bardo, con riesgo incluso para su salud y para todas sus supremas fuerzas espirituales, la tarea de forjar, para nosotros, «el bronce moral de nuestra victoria». Una bella herramienta, por consiguiente, en versos inolvidables, desde luego, como todo lo demás.

¡No me iba yo a quejar, puesto que me había elegido entre tantos otros bravos innegables, para ser su héroe! Por lo demás, me favoreció, confesémoslo, espléndidamente. A decir verdad, fue magnífico. El acontecimiento del recital se produjo en la propia Comédie-Française, durante una así llamada sesión poética. Todo el hospital fue invitado. Cuando apareció en escena mi pelirroja, trémula recitadora, con gesto grandioso y el talle torneado en los pliegues, vueltos por fin voluptuosos, del tricolor, fue la señal para que la sala entera, de pie, ávida, ofreciera una de esas ovaciones que no acaban. Desde luego, yo estaba preparado, pero, aun así, mi asombro fue real, no pude ocultar mi estupefacción a mis vecinos al oírla vibrar, exhortar así, aquella amiga magnífica, gemir incluso, para volver más apreciable todo el drama que entrañaba el episodio por mí inventado para su uso particular. Evidentemente, su poeta me concedía puntos con la imaginación, hasta había magnificado monstruosamente la mía, ayudado por sus rimas floridas, con adjetivos formidables que iban a recaer solemnes en el supremo y admirativo silencio. Al llegar al desarrollo de un período, el más caluroso del pasaje, dirigiéndose al palco donde nos encontrábamos, Branledore y yo y algunos otros heridos, la artista, con sus dos espléndidos brazos extendidos, pareció ofrecerse al más heroico de nosotros. En aquel momento el poeta ilustraba con fervor un fantástico rasgo de bravura que yo me había atribuido. Ya no recuerdo bien lo que ocurría, pero no era cosa de poca monta. Por fortuna, nada es increíble en punto a heroísmo. El público adivinó el sentido de la ofrenda artística y la sala entera dirigida entonces hacia nosotros, gritando de gozo, transportada, trepidante, reclamaba al héroe.

Branledore acaparaba toda la parte delantera del palco y sobresalía de entre todos nosotros, pues podía taparnos casi completamente tras sus vendas. Lo hacía a propósito, el muy cabrón.

Pero dos de mis compañeros, que se habían subido a sillas detrás de él, se ofrecieron, de todos modos, a la admiración de la multitud por encima de sus hombros y su cabeza. Los aplaudieron a rabiar.

«Pero, ¡si se refiere a mí! —estuve a punto de gritar en aquel momento—. ¡A mí solo!» Me conocía yo a Branledore, nos habríamos insultado delante de todo el mundo y tal vez nos habríamos pegado incluso. Al final, para él fue la perra gorda. Se impuso. Se quedó solo y triunfante, como deseaba, para recibir el tremendo homenaje. A los demás, vencidos, no nos quedaba otra opción que precipitarnos hacia los bastidores, cosa que hicimos y, por fortuna, fuimos festejados en ellos. Consuelo. Sin embargo, nuestra actriz–inspiradora no estaba sola en su camerino. A su lado se encontraba el poeta, su poeta, nuestro poeta. También él amaba, como ella, a los jóvenes soldados, muy tiernamente. Me lo hicieron comprender con arte. Buen negocio. Me lo repitieron, pero no tuve en cuenta sus amables indicaciones. Peor para mí, porque las cosas se habrían podido arreglar muy bien. Tenían mucha influencia. Me despedí bruscamente, ofendido como un tonto. Era joven.

Recapitulemos: los aviadores me habían robado a Lola, los argentinos me habían cogido a Musyne y, por último, aquel invertido armonioso acababa de soplarme mi soberbia comediante. Abandoné, desamparado, la Comédie mientras apagaban los últimos candelabros de los pasillos y volví, solo, de noche y a pie, a nuestro hospital, ratonera entre barros tenaces y suburbios insumisos.

No es por darme pisto, pero debo reconocer que mi cabeza nunca ha sido muy sólida. Pero es que entonces, por menos de nada, me daban mareos, como para caer bajo las ruedas de los coches. Titubeaba en la guerra. En punto a dinero para gastillos, sólo podía contar, durante mi estancia en el hospital, con los pocos francos que mi madre me daba todas las semanas con gran sacrificio. Por eso, en cuanto me fue posible, me puse a buscar pequeños suplementos, por aquí y por allá, donde pudiera encontrarlos. Uno de mis antiguos patronos fue el primero que me pareció propicio al respecto y en seguida recibió mi visita.

Recordé con toda oportunidad que había trabajado en tiempos obscuros en casa de aquel Roger Puta, el joyero de la Madeleine, en calidad de empleado suplente, un poco antes de la declaración de la guerra. Mi tarea en casa de aquel joyero asqueroso consistía en «extras», en limpiar la plata de su tienda, numerosa, variada y, en épocas de regalos, difícil de mantener limpia, por los continuos manoseos.

En cuanto acababa en la facultad, donde seguía estudios rigurosos e interminables (por los exámenes en los que fracasaba), volvía al galope a la trastienda del Sr. Puta y pasaba dos o tres horas luchando con sus chocolateras, a base de «blanco de España», hasta la hora de la cena.

A cambio de mi trabajo me daban de comer, abundantemente por cierto, en la cocina. Por otra parte, mi currelo consistía también en llevar a pasear y mear los perros de guarda de la tienda antes de ir a clase. Todo ello por cuarenta francos al mes. La joyería Puta centelleaba con mil diamantes en la esquina de la Rue Vignon y cada uno de aquellos diamantes costaba tanto como varios decenios de mi salario. Por cierto, que aún siguen brillando en ella, esos diamantes. Aquel patrón Puta, destinado a servicios auxiliares cuando la movilización, se puso a servir en particular a un ministro, cuyo automóvil conducía de vez en cuando. Pero, por otro lado, y ello de forma totalmente oficiosa, prestaba, Puta, servicios de lo más útiles, suministrando las joyas del Ministerio. El personal de las altas esferas especulaba con gran fortuna con los mercados cerrados y por cerrar. Cuanto más avanzaba la guerra, mayor necesidad había de joyas. El Sr. Puta recibía tantos pedidos, que a veces encontraba dificultades para atenderlos.

Cuando estaba agotado, el Sr. Puta llegaba a adquirir una pequeña expresión de inteligencia, por la fatiga que lo atormentaba y sólo en esos momentos. Pero en reposo, su rostro, pese a la finura innegable de sus facciones, formaba una armonía de placidez tonta, de la que resultaba difícil no conservar para siempre un recuerdo desesperante.

Su mujer, la Sra. Puta, era una sola cosa con la caja de la casa, de la que no se apartaba, por así decir, nunca. La habían educado para ser la esposa de un joyero. Ambición de padres. Conocía su deber, todo su deber. La pareja era feliz, al tiempo que la caja era próspera. No es que fuese fea, la Sra. Puta, no, incluso habría podido ser bastante bonita, como tantas otras, sólo que era tan prudente, tan desconfiada, que se detenía al borde de la belleza, como al borde de la vida, con sus cabellos demasiado peinados, su sonrisa demasiado fácil y repentina, gestos demasiado rápidos o demasiado furtivos. Irritaba intentar distinguir lo que de demasiado calculado había en aquel ser y las razones del malestar que experimentabas, pese a todo, al acercarte a ella. Esa repulsión instintiva que inspiran los comerciantes a los avisados que se acercan a ellos es uno de los muy escasos consuelos de ser pobres diablillos que tienen quienes no venden nada a nadie.

Así, pues, era presa total de las mezquinas preocupaciones del comercio, la Sra. Puta, exactamente como la Sra. Herote, pero en otro estilo, y del mismo modo que las religiosas son presa, en cuerpo y alma, de Dios.

Sin embargo, de vez en cuando, sentía, nuestra patrona, como una preocupación de circunstancias. Así sucedía que se abandonara hasta llegar a pensar en los padres de los combatientes. «De todos modos, ¡qué desgracia esta guerra para quienes tienen hijos mayores!»

«Pero, bueno, ¡piensa antes de hablar! –la reprendía al instante su marido, a quien esas sensiblerías encontraban siempre listo y resuelto–. ¿Es que no hay que defender a Francia?»

Así, personas de buen corazón, pero por encima de todo buenos patriotas, estoicos, en una palabra, se quedaban dormidos todas las noches de la guerra encima de los millones de su tienda, fortuna francesa.

En los burdeles que frecuentaba de vez en cuando, el Sr. Puta se mostraba exigente y deseoso de que no lo tomaran por un pródigo. «Yo no soy un inglés, nena –avisaba desde el principio–. ¡Sé lo que es trabajar! ¡Soy un soldadito francés sin prisas!» Tal era su declaración preliminar. Las mujeres lo apreciaban mucho por esa forma sensata de abordar el placer. Gozador pero no pardillo, un hombre. Aprovechaba el hecho de conocer su mundo para realizar algunas transacciones de joyas con la ayudante de la patrona, quien no creía en las inversiones en Bolsa. El Sr. Puta progresaba de forma sorprendente desde el punto de vista militar, de licencias temporales a prórrogas definitivas. No tardó en quedar del todo libre, tras no sé cuántas visitas médicas oportunas. Contaba como uno de los goces más altos de su existencia la contemplación y, de ser posible, la palpación de pantorrillas hermosas. Era un placer por el que al menos superaba a su esposa, entregada en exclusiva al comercio. Con calidades iguales, siempre encontramos, al parecer, un poco más de inquietud en el hombre, por limitado que sea, por corrompido que esté, que en la mujer. En resumen, era un artistilla en ciernes, aquel Puta. Muchos hombres, en punto a arte, se quedan siempre, como él, en la manía de las pantorrillas hermosas. La Sra. Puta estaba muy contenta de no tener hijos. Manifestaba con tanta frecuencia su satisfacción por ser estéril, que su marido, a su vez, acabó comunicando su contento común a la ayudante de la patrona. «Sin embargo, por fuerza tienen que ir los hijos de alguien –respondía ésta, a su vez–, ¡pues es un deber!» Es cierto que la guerra imponía deberes.

El ministro al que servía Puta en el automóvil tampoco tenía hijos: los ministros no tienen hijos.

Hacia 1913, otro empleado auxiliar trabajaba conmigo en los pequeños quehaceres de la tienda; era Jean Voireuse, un poco «comparsa» por la noche en los teatrillos y por la tarde repartidor en la tienda de Puta. También él se contentaba con sueldos mínimos. Pero se las arreglaba gracias al metro. Iba casi tan rápido a pie como en metro para hacer los recados. Conque se quedaba con el precio del metro. Todo sisas. Le olían un poco los pies, cierto es, mucho incluso, pero lo sabía y me pedía que le avisara, cuando no había clientes en la tienda, para poder entrar sin perjuicio y hacer las cuentas con la Sra. Puta. Una vez cobrado el dinero, lo enviaban al instante a reunirse conmigo en la trastienda. Los pies le sirvieron mucho durante la guerra. Tenía fama de ser el agente de enlace más rápido de su regimiento. Durante la convalecencia, vino a verme al fuerte de Bicêtre y fue incluso con ocasión de esa visita cuando decidimos ir juntos a dar un sablazo a nuestro antiguo patrón. Dicho y hecho. En el momento en que llegábamos por el Boulevard de la Madeleine, estaban acabando de instalar el escaparate...

«¡Hombre! ¿Vosotros aquí? —se extrañó un poco de vernos el Sr. Puta—. De todos modos, ¡me alegro! ¡Entrad! Tú, Voireuse, ¡tienes buen aspecto! ¡Eso es bueno! Pero tú, Bardamu, ¡pareces enfermo, muchacho! ¡En fin! ¡Eres joven! ¡Ya te recuperarás! A pesar de todo, ¡tenéis potra, chicos! Se diga lo que se diga, estáis viviendo momentos magníficos, ¿eh? ¿Allí arriba? ¡Y al aire! Eso es Historia, amigos, ¡os lo digo yo! ¡Y qué Historia!»

No le respondíamos nada al Sr. Puta, le dejábamos decir todo lo que quisiera antes de darle el sablazo... Conque continuaba:

«¡Ah! ¡Es duro, lo reconozco, estar en las trincheras!... ¡Es cierto! Pero, ¡aquí, verdad, también es duro de lo lindo!... ¿Que a vosotros os han herido? ¡Y yo estoy reventado! ¡Hace dos años que hago servicios de noche por la ciudad! ¿Os dais cuenta? ¡Imaginaos! ¡Absolutamente reventado! ¡Deshecho! ¡Ah, las calles de París por la noche! Sin luz, chicos... ¡Y conduciendo un auto y muchas veces con el ministro! ¡Y, encima, a toda velocidad! ¡No os podéis imaginar!... ¡Como para matarse diez veces todas las noches!...»

«Sí —confirmó la señora Puta—, y a veces conduce a la esposa del ministro también...»

«¡Ah, sí! Y no acaba ahí la cosa...»

«¡Es terrible!», comentamos al unísono.

«¿Y los perros? —preguntó Voireuse para mostrarse educado—. ¿Qué han hecho de ellos? ¿Todavía los llevan a pasear por las Tullerías?»

«¡Los mandé matar! ¡Eran un perjuicio para la tienda!... ¡Pastores alemanes!»

«¡Es una pena! —lamentó su mujer—. Pero los nuevos perros que tenemos ahora son muy agradables, son escoceses... Huelen un poco... Mientras que nuestros pastores alemanes, ¿recuerdas, Voireuse?... Se puede decir que no olían nunca. Podíamos dejarlos encerrados en la tienda, incluso después de la lluvia...»

«¡Ah, sí! —añadió el Sr. Puta—. ¡No como ese jodío Voireuse con sus pies! ¿Aún te huelen los pies, Jean? ¡Anda, jodío Voireuse!»

«Me parece que un poco aún», respondió Voireuse.

En ese momento entraron unos clientes.

«No os retengo más, amigos míos —nos dijo el Sr. Puta, deseoso de eliminar a Jean de la tienda cuanto antes—. ¡Y que haya salud, sobre todo! ¡No os pregunto de dónde venís! ¡Ah, no! La Defensa Nacional ante todo, ¡ésa es mi opinión!»

Al decir «Defensa Nacional», se puso muy serio, Puta, como cuando devolvía el cambio... Así nos despedían. La Sra. Puta nos entregó veinte francos a cada uno, al marcharnos. Ya no nos atrevíamos a cruzar de nuevo la tienda, lustrosa y reluciente como un yate, por nuestros zapatos, que parecían monstruosos sobre la fina alfombra.

«¡Ah! ¡Míralos, a los dos, Roger! ¡Qué graciosos están!... ¡Han perdido la costumbre! ¡Parece que hubieran pisado una mierda!», exclamó la Sra. Puta.

«¡Ya se les pasará!», dijo el Sr. Puta, cordial y bonachón y muy contento de librarse tan pronto de nosotros y por tan poco.

Una vez en la calle, pensamos que no llegaríamos demasiado lejos con veinte francos cada uno, pero Voireuse tenía otra idea.

«Vente —me dijo— a casa de la madre de un amigo que murió cuando estábamos en el Mosa; yo voy todas las semanas, a casa de sus padres, para contarles cómo murió su chaval... Son gente rica... Me da unos cien francos todas las veces, su madre... Dicen que les gusta escucharme... Conque como comprenderás...»

«¿Qué cojones voy a ir yo a hacer en su casa? ¿Qué le voy a decir a la madre?»

«Pues le dices que lo viste, tú también... Te dará cien francos también a ti... ¡Son gente rica de verdad! ¡Te lo digo yo! No se parecen a ese patán de Puta... Ésos no miran el dinero...»

«De acuerdo, pero, ¿estás seguro de que no me va a preguntar detalles?... Porque yo no lo conocí a su hijo, eh... Voy a estar pez, si me pregunta...»

«No, no, no importa, di lo mismo que yo... Di: "sí, sí"... ¡No te preocupes! Está apenada, compréndelo, esa mujer, y como le hablamos de su hijo, se pone contenta... Sólo pide eso... Cualquier cosa... Está chupado...»

Yo no conseguía decidirme, pero deseaba con ganas los cien francos, que me parecían excepcionalmente fáciles de obtener y como providenciales.

«Vale —me decidí al final—. Pero siempre que no tenga que inventar nada, ¡eh! ¡Te aviso! ¿Me lo prometes? Diré lo mismo que tú, nada más... Vamos a ver, ¿cómo murió el chaval?»

«Recibió un obús en plena jeta, chico, y, además, de los grandes, en Garance, así se llamaba el sitio... en el Mosa, al borde de un río... No se encontró "ni esto" del muchacho, ¡fíjate! O sea, que sólo quedó el recuerdo... Y eso que era alto, verdad, y buen mozo, el chaval, y fuerte y deportista, pero contra un obús, ¿no? ¡No hay resistencia!»

«¡Es verdad!»

«Visto y no visto, vamos... ¡A su madre aún le cuesta creerlo hoy! De nada sirve que yo le cuente y vuelva a contar... Cree que sólo ha desaparecido... Es una idea absurda... ¡Desaparecido!... No es culpa suya, nunca ha visto un obús, no puede comprender que alguien se desintegre así, como un pedo, y se acabó, sobre todo porque era su hijo...»

«¡Claro, claro!»

«En fin, hace quince días que no he ido a verlos... Pero vas a ver, cuando llegue, me recibe en seguida, la madre, en el salón, y, además, es que es una casa muy bonita, parece un teatro, de tantas cortinas como hay, alfombras, espejos por todos lados... Cien francos, como comprenderás, no deben de significar nada para ellos... Como para mí un franco, poco más o menos... Hoy hasta puede que me dé doscientos... Hace quince días que no la he visto...Vas a ver a los criados con los botones dorados, chico...»

En la Avenue Henri-Martin, se giraba a la izquierda y después se avanzaba un poco y, por fin, se llegaba ante una verja en medio de los árboles de una pequeña alameda privada.

«¿Ves? —observó Voireuse, cuando estuvimos justo delante—. Es como un castillo...Ya te lo había dicho... El padre es un mandamás en los ferrocarriles, según me han contado... Un baranda...»

«¿No será jefe de estación?», dije en broma.

«Vete a paseo... Míralo, por ahí baja...Viene hacia aquí...»

Pero el hombre de edad al que señalaba no llegó en seguida, caminaba encorvado en torno al césped e iba hablando con un soldado. Nos acercamos. Reconocí al soldado, era el mismo reservista que había encontrado la noche de Noirceur-sur-la-Lys, estando de reconocimiento. Incluso recordé al instante el nombre que me había dicho: Robinson.

«¿Conoces a ese de infantería?», me preguntó Voireuse.

«Sí, lo conozco.»

«Tal vez sea amigo de ellos... Deben de hablar de la madre; ojalá que no nos impidan ir a verla... Porque es ella más bien quien suelta la pasta...»

El anciano se acercó a nosotros. Le temblaba la voz.

«Querido amigo —dijo a Voireuse—, tengo el dolor de comunicarle que después de su última visita mi pobre mujer sucumbió a nuestra inmensa pena... El jueves la habíamos dejado sola un momento, nos lo había pedido... Lloraba...»

No pudo acabar la frase. Se volvió bruscamente y se alejó.

«Te reconozco», dije entonces a Robinson, en cuanto el anciano se hubo alejado lo suficiente de nosotros.

«Yo también te reconozco...»

«Oye, ¿qué le ha ocurrido a la vieja?», le pregunté entonces.

«Pues que se ahorcó ayer, ¡ya ves! —respondió—. ¡Qué mala pata, chico! —añadió incluso al respecto—. ¡La tenía de madrina!... Mira que tengo suerte, ¡eh! ¡Eso es lo que se dice giba! ¡La primera vez que venía de permiso!...Y hacía seis meses que esperaba este día...»

No pudimos reprimir la risa, Voireuse y yo, ante la desgracia de Robinson. Desde luego, era una sorpresa desagradable; sólo, que eso no nos devolvía nuestros doscientos pavos, que hubiera muerto, a nosotros que íbamos a inventarnos una nueva bola para el caso. De repente, no estábamos contentos, ni unos ni otros.

«Conque te las prometías muy felices, ¿eh, cabroncete? —lo chinchábamos, a Robinson, para tomarle el pelo—. Creías que te ibas a dar una comilona de aúpa, ¿eh?, con los viejos. Quizá creyeras que te la ibas a cepillar también, a la madrina... Pues, ¡vas listo, macho!...»

Como, de todos modos, no podíamos quedarnos allí mirando el césped y desternillándonos de risa, nos fuimos los tres juntos hacia Grenelle. Contamos el dinero que teníamos entre los tres, no era mucho. Como teníamos que volver esa misma noche a nuestros hospitales y depósitos respectivos, teníamos lo justo para cenar en una taberna los tres y después tal vez quedara un poquito, pero no bastante, para ir de putas. Sin embargo, fuimos al picadero, pero sólo para tomar una copa abajo.

«A ti me alegro de verte —me anunció Robinson—, pero anda, que la tía ésa, ¡la madre del chaval!... De todos modos, cuando lo pienso, ¡mira que ir a ahorcarse el día mismo que yo llego!... No me lo puedo quitar de la cabeza... ¿Acaso me ahorco yo?... ¿De pena?... Entonces, ¡yo tendría que pasar la vida ahorcándome!... ¿Y tú?»

«La gente rica —dijo Voireuse— es más sensible que los demás.»

Tenía buen corazón, Voireuse. Añadió: «Si tuviera seis francos, subiría con esa morenita de ahí, junto a la máquina tragaperras...»

«Ve —le dijimos nosotros entonces—, y después nos cuentas si chupa bien...»

Sólo, que, por mucho que buscamos, no teníamos bastante, incluida la propina, para que pudiera tirársela. Teníamos lo justo para tomar otro café cada uno y dos copas. Una vez que nos las soplamos, ¡volvimos a salir de paseo!

En la Place Vendôme acabamos separándonos. Cada uno se iba por su lado. Al despedirnos, casi no nos veíamos y hablábamos muy bajo, por los ecos. No había luz, estaba prohibido.

A Jean Voireuse no lo volví a ver nunca. A Robinson volví a encontrármelo muchas veces en adelante. Fueron los gases los que acabaron con Jean Voireuse, en Somme. Fue a acabar al borde del mar, en Bretaña, dos años después, en un sanatorio marino. Al principio me escribió dos veces, luego nada. Nunca había estado junto al mar. «No te puedes imaginar lo bonito que es —me escribía—, tomo algunos baños, es bueno para los pies, pero creo que tengo la voz completamente jodida.» Eso le fastidiaba porque su ambición, en el fondo, era la de poder volver un día a los coros del teatro.

Los coros están mucho mejor pagados y son más artísticos que las simples comparsas.

Los barandas acabaron soltándome y pude salvar el pellejo, pero quedé marcado en la cabeza y para siempre. ¡Qué le íbamos a hacer! «¡Vete!... –me dijeron–. ¡Ya no sirves para nada!...»

«¡A África! –me dije–. Cuanto más lejos, ¡mejor!» Era un barco como los demás de la Compañía de los Corsarios Reunidos el que me llevó. Iba hacia los trópicos, con su carga de cotonadas, oficiales y funcionarios.

Era tan viejo, aquel barco, que le habían quitado hasta la placa de cobre de la cubierta superior, donde en tiempos aparecía escrito el año de nacimiento; databa de tan antiguo su nacimiento, que habría inspirado miedo a los pasajeros y también cachondeo.

Conque me embarcaron en él para que intentara restablecerme en las colonias. Quienes bien me querían deseaban que hiciera fortuna. Por mi parte, yo sólo tenía ganas de irme, pero, como, cuando no eres rico, siempre tienes que parecer útil y como, por otro lado, nunca acababa mis estudios, la cosa no podía continuar así. Tampoco tenía dinero suficiente para ir a América. «Pues, ¡a África!», dije entonces, y me dejé llevar hacia los trópicos, donde, según me aseguraban, bastaba con un poco de templanza y buena conducta para labrarse pronto una situación.

Aquellos pronósticos me dejaban perplejo. No tenía muchas cosas a mi favor, pero, desde luego, tenía buenos modales, de eso no había duda, actitud modesta, deferencia fácil y miedo siempre de no llegar a tiempo y, además, el deseo de no pasar por encima de nadie en la vida, en fin, delicadeza...

Cuando has podido escapar de un matadero internacional enloquecido, no deja de ser una referencia en cuanto a tacto y discreción. Pero volvamos a aquel viaje. Mientras permanecimos en aguas europeas, la cosa no se anunciaba mal. Los pasajeros enmohecían repartidos en la sombra de los entrepuentes, en los WC, en el fumadero, en grupitos suspicaces y gangosos. Todos ellos bien embebidos de *amer picons* y chismes, de la mañana a la noche. Eructaban, dormitaban y vociferaban, sucesivamente, y, al parecer, sin añorar nunca nada de Europa.

Nuestro navío se llamaba el *Amiral-Bragueton*. Debía de mantenerse sobre aquellas aguas tibias sólo gracias a su pintura. Tantas capas acumuladas, como pieles de cebolla, habían acabado constituyendo una especie de segundo casco en el *Amiral-Bragueton*. Bogábamos hacia África, la verdadera, la grande, la de selvas insondables, miasmas deletéreas, soledades invioladas, hacia los grandes tiranos negros repantigados en las confluencias de ríos sin fin. Por un paquete de hojas de afeitar Pilett iba yo a sacarles marfiles así de largos, aves resplandecientes, esclavas menores de edad. Me lo habían prometido. ¡Vida de obispo, vamos! Nada en común con esa África descortezada de las agencias y monumentos, los ferrocarriles y el guirlache. ¡Ah, no! Nosotros íbamos a verla en su jugo, ¡el África auténtica! ¡Nosotros, los pasajeros del *Amiral-Bragueton*, que no dejábamos de darle a la priva!

Pero, tras pasar ante las costas de Portugal, las cosas empezaron a estropearse. Irresistiblemente, cierta mañana, al despertar, nos vimos como dominados por un ambiente de estufa infinitamente tibio, inquietante. El agua en los vasos, el mar, el aire, las sábanas, nuestro sudor, todo, tibio, caliente. En adelante imposible, de noche, de día, tener ya nada fresco en la mano, bajo el trasero, en la garganta, salvo el hielo del bar con el whisky. Entonces una vil desesperación se abatió sobre los pasajeros del *Amiral-Bragueton*, condenados a no alejarse más del bar, embrujados, pegados a los ventiladores, soldados a los cubitos de hielo, intercambiando amenazas después de las cartas y disculpas en cadencias incoherentes.

No hubo que esperar mucho. En aquella estabilidad desesperante de calor, todo el contenido humano del navío se coaguló en una borrachera masiva. Nos movíamos remolones entre los puentes, como pulpos en el fondo de una bañera de agua estancada. Desde aquel momento vimos desplegarse a flor de piel la angustiosa naturaleza de los blancos, provocada, liberada, bien a la vista por fin, su auténtica naturaleza de verdad, igualito que en la guerra. Estufa tropical para instintos, semejantes a los sapos y víboras que salen por fin a la luz, en el mes de agosto, por los flancos agrietados de las cárceles. En el frío de Europa, bajo las púdicas nieblas del norte, aparte de las matanzas, tan sólo se sospecha la hormigueante crueldad de nuestros hermanos, pero, en cuanto los excita la fiebre innoble de los trópicos, su corrupción invade la superficie. Entonces nos destapamos como locos y la porquería triunfa y nos recubre por entero. Es la confesión biológica. Desde el momento en que el trabajo y el frío dejan de coartarnos, aflojan un poco sus tenazas, descubrimos en los blancos lo mismo que en la alegre ribera, una vez que el mar se retira: la verdad, charcas pestilentes, cangrejos, carroña y zurullos.

Así, pasado Portugal, todo el mundo, en el navío, se puso a liberar los instintos con rabia, ayudado por el alcohol y también por esa sensación de satisfacción íntima que procura una gratuidad de viaje absoluta, sobre todo a los militares y funcionarios en activo. Sentirse alimentado, alojado y abrevado gratis durante cuatro semanas seguidas, es bastante, por sí solo, ¿no?, al pensarlo, para delirar de economía. Por consiguiente, yo, el único que pagaba el viaje, parecí, en cuanto se supo esa particularidad, singularmente descarado, del todo insoportable.

Si hubiera tenido alguna experiencia de los medios coloniales, al salir de Marsella, habría ido, compañero indigno, a pedir de rodillas perdón, indulgencia a aquel oficial de infantería colonial que me encontraba por todas partes, el de graduación más alta, y a humillarme, además, tal vez, para mayor seguridad, a los pies del funcionario más antiguo. ¿Quizás entonces me habrían tolerado entre ellos sin inconveniente aquellos pasajeros fantásticos? Pero mi inconsciente pretensión de respirar, ignorante de mí, en torno a ellos estuvo a punto de costarme la vida.

Nunca se es bastante temeroso. Gracias a cierta habilidad, sólo perdí el amor propio que me quedaba. Veamos cómo ocurrió. Algo después de pasar las islas Canarias, supe por un camarero que todos estaban de acuerdo en considerarme presumido, insolente incluso... Que me suponían chulo de putas y al mismo tiempo pederasta... Un poco cocainómano incluso... Pero eso por añadidura... Después se abrió paso la idea de que debía de huir de Francia ante las consecuencias de fechorías de lo más graves. Sin embargo, eso sólo era el comienzo de mis adversidades. Entonces me enteré de la costumbre impuesta en aquella línea: la de no aceptar sino con extrema circunspección, acompañada, por cierto, de novatadas, a los pasajeros que pagaban, es decir, los que no gozaban ni de la gratuidad militar ni de los convenios burocráticos, pues las colonias francesas, como es sabido, eran propiedad exclusiva de la nobleza de los *Anuarios*.*

Al fin y al cabo, existen muy pocas razones válidas para que un civil desconocido se aventure en esa dirección... Espía, sospechoso, encontraron mil razones para mirarme con mala cara, los oficiales a los ojos, las mujeres con sonrisa convenida. Pron-

* Los anuarios en que figuraba el personal titular del Ejército, la Marina y diversas administraciones. *(N. del T.)*

to, hasta los propios criados, alentados, intercambiaban a mi espalda comentarios de lo más cáusticos. Al final, nadie dudaba que yo era el mayor y más insoportable granuja a bordo y, por así decir, el único. La cosa prometía.

Mis vecinos de mesa eran cuatro agentes de correos de Gabón, hepáticos, desdentados. Familiares y cordiales al principio de la travesía, después no me dirigieron ni una triste palabra. Es decir, que, por acuerdo tácito, me colocaron en régimen de vigilancia común. Llegó un momento en que no salía de mi camarote sino con infinitas precauciones. La atmósfera de horno nos pesaba sobre la piel como un cuerpo sólido. En cueros y con el cerrojo echado, ya no me movía e intentaba imaginar qué plan podían haber concebido los diabólicos pasajeros para perderme. No conocía a nadie a bordo y, sin embargo, todo el mundo parecía reconocerme. Mis señas particulares debían de haber quedado grabadas instantáneamente en sus mentes, como las del criminal célebre que se publican en los periódicos.

Desempeñaba, sin quererlo, el papel del indispensable «infame y repugnante canalla», vergüenza del género humano, señalado por todos lados a lo largo de los siglos, del que todo el mundo ha oído hablar, igual que del Diablo y de Dios, pero que siempre es tan distinto, tan huidizo, en la tierra y en la vida, inaprensible, en resumidas cuentas. Habían sido necesarias, para aislarlo, «al canalla», para identificarlo, sujetarlo, las circunstancias excepcionales que sólo se daban en aquel estrecho barco.

Un auténtico regocijo general y moral se anunciaba a bordo del *Amiral-Bragueton*. «El inmundo» no iba a escapar a su suerte. Era yo.

Por sí solo, aquel acontecimiento bien valía el viaje. Recluido entre aquellos enemigos espontáneos, intentaba yo, a duras penas, identificarlos sin que lo advirtieran. Para lograrlo, los espiaba impunemente, sobre todo de mañana, por la ventanilla de mi camarote. Antes del desayuno, tomando el fresco, peludos del pubis a las cejas y del recto a la planta de los pies, en pijama, transparentes al sol; tendidos a lo largo de la borda, con el vaso en la mano, venían a eructar allí, mis enemigos, y amenazaban ya con vomitar alrededor, sobre todo el capitán de ojos saltones e inyectados, a quien el hígado atormentaba de lo lindo, desde la aurora. Al despertar, preguntaba sin falta por mí a los otros guasones, si aún no me habían «tirado por la borda», según decía, «¡como un gargajo!». Para ilustrar lo que quería decir, escupía al mismo tiempo en el mar espumoso. ¡Qué cachondeo!

El *Amiral* apenas avanzaba, se arrastraba más que nada, ronroneando, entre uno y otro balanceo. Ya es que no era un viaje, era una enfermedad. Los miembros de aquel concilio matinal, al examinarlos desde mi rincón, me parecían todos profundamente enfermos, palúdicos, alcohólicos, sifilíticos seguramente; su decadencia, visible a diez metros, me consolaba un poco de mis preocupaciones personales. Al fin y al cabo, ¡eran unos vencidos, tanto como yo, aquellos matones!... ¡Aún fanfarroneaban, simplemente! ¡La única diferencia! Los mosquitos se habían encargado ya de chuparlos y destilarles en plenas venas esos venenos que no desaparecen nunca... El treponema les estaba ya limando las arterias... El alcohol les roía el hígado... El sol les resquebrajaba los riñones... Las ladillas se les pegaban a los pelos y el eczema a la piel del vientre... ¡La luz cegadora acabaría achicharrándoles la retina!... Dentro de poco, ¿qué les iba a quedar? Un trozo de cerebro... ¿Para qué? ¿Me lo queréis decir?... ¿Allí donde iban? ¿Para suicidarse? Sólo podía servirles para eso, un cerebro, allí donde iban... Digan lo que digan, no es divertido envejecer en los países en que no hay distracciones... Te ves obligado a mirarte al espejo, cuyo azogue enmohece, y verte cada vez más decaído, cada vez más feo... No tardas en pudrirte, entre el verdor, sobre todo cuando hace un calor atroz.

Al menos el norte conserva las carnes; la gente del norte es pálida de una vez para siempre. Entre un sueco muerto y un joven que ha dormido mal, poca diferencia hay. Pero el colonial está ya cubierto de gusanos un día después de desembarcar. Los esperaban impacientes, esas vermes infinitamente laboriosas, y no los soltarían hasta mucho después de haber cruzado el límite de la vida. Sacos de larvas.

Nos faltaban aún ocho días de mar antes de hacer escala en Bragamance, primera tierra prometida. Yo tenía la sensación de encontrarme dentro de una caja de explosivos. Ya apenas comía para no acudir a su mesa ni atravesar los entrepuentes en pleno día. Ya no decía ni palabra. Nunca me veían de paseo. Era difícil estar tan poco como yo en el barco, aun viviendo en él.

Mi camarero, padre de familia él, tuvo a bien confiarme que los brillantes oficiales de la colonial habían jurado, con el vaso en la mano, abofetearme a la primera ocasión y después tirarme por la borda. Cuando le preguntaba por qué, no sabía y me preguntaba, a su vez, qué había hecho yo para llegar a ese extremo. Nos quedábamos con la duda. Aquello podía durar mucho tiempo. No gustaba mi jeta y se acabó.

Nunca más se me ocurriría viajar con gente tan difícil de contentar. Estaban tan desocupados, además, encerrados durante treinta días consigo mismos, que les bastaba muy poco para apasionarse. Por lo demás, no hay que olvidar que en la vida corriente cien individuos por lo menos a lo largo de una sola jornada muy ordinaria desean quitarte tu pobre vida: por ejemplo, todos aquellos a quienes molestas, apretujados en la cola del metro detrás de ti, todos aquellos también que pasan delante de tu piso y que no tienen dónde vivir, todos los que esperan a que acabes de hacer pipí para hacerlo ellos, tus hijos, por último, y tantos otros. Es incesante. Te acabas acostumbrando. En el barco el apiñamiento se nota más, conque es más molesto.

En esa olla que cuece a fuego lento, el churre de esos seres escaldados se concentra, los presentimientos de la soledad colonial que los va a sepultar pronto, a ellos y su destino, los hace gemir, ya como agonizantes. Se chocan, muerden, laceran, babean. Mi importancia a bordo aumentaba prodigiosamente de un día para otro. Mis raras llegadas a la mesa, por furtivas y silenciosas que procurara hacerlas, cobraban carácter de auténticos acontecimientos. En cuanto entraba en el comedor, los ciento veinte pasajeros se sobresaltaban, cuchicheaban...

Los oficiales de la colonial, bien cargados de aperitivo tras aperitivo en torno a la mesa del comandante, los recaudadores de impuestos, las institutrices congoleñas sobre todo, de las que el *Amiral-Bragueton* llevaba un buen surtido, habían acabado, entre suposiciones malévolas y deducciones difamatorias, atribuyéndome una importancia infernal.

Al embarcar en Marsella, yo no era sino un soñador insignificante, pero ahora, a consecuencia de aquella concentración irritada de alcohólicos y vaginas impacientes, me encontraba irreconocible, dotado de un prestigio inquietante.

El comandante del navío, gran bribón astuto y verrugoso, que con gusto me estrechaba la mano al comienzo de la travesía cada vez que nos encontrábamos, ahora no parecía ya reconocerme siquiera, igual que se evita a un hombre buscado por un feo asunto, culpable ya... ¿De qué? Cuando el odio de los hombres no entraña riesgo alguno, su estupidez se deja convencer rápido, los motivos vienen solos.

Por lo que me parecía discernir en la malevolencia compacta en que me debatía, una de las señoritas institutrices animaba al elemento femenino de la conjuración. Volvía al Congo, a diñarla, al menos así lo esperaba yo, la muy puta. Apenas se separaba de los oficiales coloniales de torso torneado en la tela resplandeciente y adornados, además, con el juramento que habían pronunciado de machacarme como una infecta babosa, ni más ni menos, mucho antes de la próxima escala. Se preguntaban por turno si yo sería tan repugnante aplastado como entero. En resumen, se divertían. Aquella señorita atizaba su inspiración, reclamaba la borrasca contra mí en el puente del *Amiral-Bragueton*, no quería conocer descanso hasta que por fin me hubieran recogido jadeante, enmendado para siempre de mi impertinencia imaginaria, castigado por haber osado existir, golpeado con rabia, en una palabra, sangrando, magullado, implorando piedad bajo la bota y el puño de uno de aquellos cachas, cuya acción muscular y furia espléndida ardía en deseos de admirar. Escena de alta carnicería en la que sus ajados ovarios presentían un despertar. Valía tanto como ser violada por un gorila. El tiempo pasaba y es peligroso retrasar demasiado las corridas. Yo era el toro. El barco entero lo exigía, estremeciéndose hasta las bodegas.

El mar nos encerraba en aquel ruedo empernado. Hasta los maquinistas estaban al corriente. Y como ya sólo quedaban tres días para la escala, jornadas decisivas, varios toreros se ofrecieron. Y cuanto más huía yo del escándalo, más agresivos e inminentes se volvían conmigo. Ya se entrenaban los sacrificadores. Me acorralaron entre dos camarotes, contra un lienzo de pared. Escapé por los pelos, pero llegó a serme francamente peligroso el simple hecho de ir al retrete. Así, pues, cuando ya sólo teníamos por delante esos tres días de mar, aproveché para renunciar definitivamente a todas mis necesidades naturales. Me bastaban las ventanillas. A mi alrededor todo era agobiante de odio y aburrimiento. Debo decir también que es increíble, ese aburrimiento de a bordo, cósmico, por hablar con franqueza. Cubre el mar, el barco y los cielos. Sería capaz de volver excéntrica a gente sólida, con mayor razón a aquellos brutos quiméricos.

¡Un sacrificio! Me iban a someter a él. Los acontecimientos se precipitaron una noche, después de la cena, a la que, sin embargo, no había podido dejar de acudir, acuciado por el hambre. No había levantado la nariz del plato y ni siquiera me había atrevido a sacar el pañuelo del bolsillo para limpiarme. Nadie ha jalado jamás más discreto que yo en aquella ocasión. De las máquinas te subía, estando sentado, hacia el trasero, una vibración incesante y tenue. Mis vecinos de mesa debían de estar al corriente de lo que habían decidido en relación conmigo, pues para mi sorpresa, se pusieron a hablarme por extenso y con gusto de duelos y estocadas, a hacerme preguntas... En aquel momento también, la institutriz del Congo, la que tenía tan mal aliento, se dirigió hacia el salón. Tuve tiempo de notar que llevaba un vestido de encaje, muy pomposo, y se acercaba al piano con una como prisa crispada, para tocar, si se puede decir así, tonadas que dejaba sin concluir. El ambiente se volvió intensamente nervioso y furtivo.

Di un salto para ir a refugiarme en mi camarote. Estaba a punto de alcanzarlo, cuando uno de los capitanes de la colonial, el más echado para adelante, el más musculoso de todos, me cortó el paso, sin violencia, pero con firmeza. «Subamos al puente», me ordenó. Al instante estábamos arriba. Para aquella ocasión, llevaba su quepis más dorado, se había abotonado enteramente del cuello a la bragueta, cosa que no había hecho desde nuestra partida. Estábamos, pues, en plena ceremonia dramática. No me llegaba la camisa al cuerpo y el corazón me latía a la altura del ombligo.

Aquel preámbulo, aquella impecabilidad anormal, me hicieron presagiar una ejecución lenta y dolorosa. Aquel hombre me daba la sensación de un fragmento de la guerra colocado de repente en mi camino, testarudo, tarado, asesino.

Detrás de él, cerrándome la puerta del entrepuente, se alzaban al tiempo cuatro oficiales subalternos, atentos en extremo, escolta de la fatalidad.

No había, pues, medio de escapar. Aquella interpelación debía de estar minuciosamente preparada. «¡Señor, ante usted el capitán Frémizon de las tropas coloniales! En nombre de mis compañeros y del pasaje de este barco, con razón indignados por su incalificable conducta, ¡tengo el honor de pedirle una explicación!... ¡Ciertas declaraciones que ha hecho usted respecto a nosotros desde la salida de Marsella son inaceptables!... ¡Ha llegado el momento, señor mío, de expresar bien alto sus quejas!... ¡De proclamar lo que vergonzosamente cuenta por lo bajo desde hace veintiún días! De decirnos al fin lo que piensa...»

Al oír aquellas palabras, sentí un inmenso alivio. Había temido una ejecución irremediable, pero, ya que el capitán hablaba, me ofrecían una escapatoria. Me precipité a aprovechar la oportunidad. Toda posibilidad de cobardía se convierte en una esperanza magnífica a quien sabe lo que se trae entre manos. Ésa es mi opinión. No hay que mostrarse nunca delicado respecto al medio de escapar del destripamiento ni perder el tiempo tampoco buscando las razones de la persecución de que sea uno víctima. Al sabio le basta con escapar.

«¡Capitán! –le respondí con todo el convencimiento de voz de que era capaz en aquel momento . ¡Qué extraordinario error iba usted a cometer! ¡Yo! ¿Cómo puede atribuirme, a mí, semejantes sentimientos pérfidos? ¡Es demasiada injusticia, la verdad! ¡Sólo de pensarlo me pongo enfermo! ¡Cómo! ¡Yo, que hace nada era aún defensor de nuestra querida patria! ¡Yo, que he mezclado mi sangre con la de usted durante años en innumerables batallas! ¡Qué injusticia iba a cometer conmigo, capitán!»

Después, dirigiéndome al grupo entero:

«¿Cómo han podido ustedes, señores, creer semejante maledicencia? ¡Llegar hasta el extremo de pensar que yo, hermano de ustedes, en resumidas cuentas, me empeñaba en propalar inmundas calumnias sobre oficiales heroicos! ¡Es el colmo! ¡El colmo, la verdad! ¡Y eso en el momento en que se aprestan, esos valientes, esos valientes incomparables, a reanudar la custodia sagrada de nuestro inmortal imperio colonial! –proseguí–. Allí donde los más magníficos soldados de nuestra raza se han cubierto de gloria eterna. ¡Los Mangin! ¡Los Faidherbe, los Gallieni!... ¡Ah, capitán! ¿Yo? ¿Una cosa así?»

Hice una pausa. Esperaba mostrarme conmovedor. Por fortuna, así fue por un instante. Entonces, sin perder tiempo, aprovechando el armisticio de la cháchara, fui derecho hacia él y le estreché las dos manos con emoción.

Con sus manos encerradas en las mías me sentía un poco más tranquilo. Sin soltarlas, seguí explicándome con locuacidad y, al tiempo que le daba mil veces la razón, le aseguraba que nuestras relaciones debían empezar de nuevo y esa vez sin equívocos. ¡Que mi natural y estúpida timidez era la única causa de aquella fantástica confusión! Que, desde luego, mi conducta se podía haber interpretado como un inconcebible desdén hacia aquel grupo de pasajeros y pasajeras, «héroes y encantadores mezclados... Reunión providencial de grandes caracteres y talentos... Sin olvidar a las damas, intérpretes musicales incomparables, ¡ornato del barco!...». Al tiempo que pedía perdón profusamente, solicité, para acabar, que me admitieran, sin dilación ni restricción alguna, en su alegre grupo patriótico y fraterno... en el que, desde aquel momento y para siempre, deseaba ser amable compañía... Sin soltarle las manos, por supuesto, intensifiqué la elocuencia.

Mientras no mate, el militar es como un niño. Resulta fácil divertirlo. Como no está acostumbrado a pensar, en cuanto le hablas, se ve obligado, para intentar comprenderte, a hacer esfuerzos extenuantes. El capitán Frémizon no me mataba, no estaba bebiendo tampoco, no hacía nada con las manos, ni con los pies, tan sólo intentaba pensar. Eso era superior a sus posibilidades. En el fondo, yo lo tenía sujeto de la cabeza.

Gradualmente, mientras duraba aquella prueba de humillación, yo notaba que mi amor propio estaba listo para dejarme, esfumarse aún más y después soltarme, abandonarme del todo, por así decir, oficialmente. Digan lo que digan, es un momento muy agradable. Después de ese incidente, me volví para siempre infinitamente libre y ligero, moralmente, claro está. Tal vez lo que más se necesite para salir de un apuro en la vida sea el miedo. Por mi parte, desde aquel día nunca he deseado otras armas ni otras virtudes.

Los compañeros del militar indeciso, que habían acudido también a propósito para enjugarme la sangre y jugar a las tabas con mis dientes desparramados, iban a contentarse con el único triunfo de atrapar las palabras en el aire. Los civiles, que habían acudido temblorosos ante el anuncio de una ejecución, tenían cara de pocos amigos. Como yo no sabía exactamente lo que decía, salvo que debía mantenerme a toda costa en el tono lírico, sin soltar las manos del capitán, miré fijamente a un punto ideal en la bruma esponjosa entre la que avanzaba el *Amiral-Bragueton* resoplando y escupiendo a cada impulso de la hélice. Por fin, me arriesgué, para concluir, a hacer girar uno de mis brazos por encima de mi cabeza y soltando una de las manos del capitán, una sola, me lancé a la perorata: «Entre bravos, señores oficiales, ¿no es lógico que acabemos entendiéndonos? ¡Viva Francia, entonces, qué hostia! ¡Viva Francia!». Era el truco del sargento Branledore. También en aquella ocasión dio resultado. Fue el único caso en que Francia me salvó la vida, hasta entonces había sido más bien lo contrario. Observé entre los oyentes un momentito de vacilación, pero, de todos modos, a un oficial, por poco predispuesto que esté, le resulta muy difícil abofetear a un civil, en público, en el momento en que grita tan fuerte como yo acababa de hacerlo: «¡Viva Francia!». Aquella vacilación me salvó.

Cogí dos brazos al azar en el grupo de oficiales e invité a todo el mundo a venir a ponerse las botas en el bar a mi salud y por nuestra reconciliación. Aquellos valientes no resistieron más de un minuto y a continuación bebimos durante dos horas. Sólo las hembras de a bordo nos seguían con los ojos, silenciosas y gradualmente decepcionadas. Por las ventanillas del bar, distinguía yo, entre otras, a la pianista, institutriz testaruda, que pasaba, la hiena, y volvía a pasar en medio de un círculo de pasajeras. Sospechaban, por supuesto, aquellos bichos, que me había escapado de la celada con astucia y se prometían atraparme con algún subterfugio. Entretanto, bebíamos sin cesar entre hombres bajo el inútil pero cansino ventilador, que desde las Canarias intentaba en vano desmigajar el tibio algodón atmosférico. Sin embargo, aún necesitaba yo hacer acopio de inspiración, facundia que pudiera agradar a mis nuevos amigos, la fácil. No cesaba, por miedo a equivocarme, en mi admiración patriótica y pedía una y mil veces a aquellos héroes, por turno, historias y más historias de bravura colonial. Son como los chistes verdes, las historias de bravura, siempre gustan a todos los militares de todos los países. Lo que hace falta, en el fondo, para llegar a una especie de paz con los hombres, oficiales o no, armisticios frágiles, desde luego, pero aun así preciosos, es permitirles en todas las circunstancias tenderse, repantigarse entre las jactancias necias. No hay vanidad inteligente. Es un instinto. Tampoco hay hombre que no sea ante todo vanidoso. El papel de panoli admirativo es prácticamente el único en que se toleran con algo de gusto los humanos. Con aquellos soldados no tenía que hacer excesos de imaginación. Bastaba con que no cesara de mostrarme maravillado. Es fácil pedir una y mil veces historias de guerra. Aquellos compañeros tenían historias a porrillo que contar. Parecía que estuviera de vuelta en los mejores momentos del hospital. Después de cada uno de sus relatos, no olvidaba de indicar mi aprobación, como me había enseñado Branledore, con una frase contundente: «¡Eso es lo que se llama una hermosa página de Historia!». No hay mejor fórmula. El círculo a que acababa de incorporarme tan furtivamente consideró que poco a poco me volvía interesante. Aquellos hombres se pusieron a contar, a propósito de la guerra, tantas trolas como las que en otro tiempo había escuchado yo y, más adelante, había contado, a mi vez, estando en competencia imaginativa con los compañeros del hospital. Sólo, que su ambiente era diferente y sus trolas se agitaban a través de las selvas congoleñas en lugar de en los Vosgos o en Flandes.

Mi capitán Frémizon, el que un instante antes se ofrecía para purificar el barco de mi pútrida presencia, después de haber probado mi forma de escuchar más atento que nadie, empezó a descubrir en mí mil cualidades excelentes. El flujo de sus arterias se veía como aligerado por el efecto de mis originales elogios, su visión se aclaraba, sus ojos estriados y sanguinolentos de alcohólico tenaz acabaron centelleando incluso a través de su embrutecimiento y las pocas dudas profundas que podía haber concebido sobre su propio valor, y que le pasaban por la cabeza aun en los momentos de profunda depresión, se esfumaron por un tiempo, adorablemente, por efecto maravilloso de mis inteligentes y oportunos comentarios.

Evidentemente, ¡yo era un creador de euforia! ¡Se daban palmadas con fuerza en los muslos de gusto! ¡No había nadie como yo para volver agradable la vida, pese a aquella humedad de agonía! Además, ¿es que no escuchaba de maravilla?

Mientras divagábamos así, el *Amiral-Bragueton* reducía aún más la marcha, se retrasaba en su propia salsa; ya no había ni un átomo de aire móvil a nuestro alrededor, debíamos costear y tan despacio, que parecíamos avanzar entre melaza. Melaza también el cielo por encima del barco, reducido ya a un emplasto negro y derretido que yo miraba de reojo y con envidia.

Regresar a la noche era mi gran preferencia, aun sudando y gimiendo y, en fin, ¡en cualquier estado! Frémizon no acababa de contar sus historias. La tierra me parecía muy próxima, pero mi plan de escape me inspiraba mil inquietudes... Poco a poco, nuestro tema de conversación dejó de ser militar para volverse verde y después francamente marrano y, por último, tan deshilvanado, que ya no sabíamos cómo continuar; mis convidados renunciaron, uno tras otro, y se quedaron dormidos y roncando, sueño asqueroso que les raspaba las profundidades de la nariz. Aquél era el momento, o nunca, de desaparecer. No hay que dejar pasar esas treguas de crueldad que impone, pese a todo, la naturaleza a los organismos más viciosos y agresivos de este mundo.

En aquel momento estábamos anclados a muy poca distancia de la costa. Sólo se distinguían algunas luces oscilantes a lo largo de la orilla.

Alrededor del barco vinieron a apretujarse en seguida cien piraguas temblorosas de negros chillones. Aquellos negros asaltaron todos los puentes para ofrecer sus servicios. En pocos segundos llevé hasta la escalera de desembarco mi equipaje preparado furtivamente y me lancé detrás de uno de aquellos barqueros, cuya obscuridad me ocultaba casi enteramente sus facciones y movimientos. Debajo de la pasarela y a ras del agua chapoteante, pregunté, inquieto, por nuestro destino.

«¿Dónde estamos?», le pregunté.

«¡En Bambola-Fort-Gono!», me respondió aquella sombra.

Empezamos a flotar libremente a grandes impulsos de remo. Lo ayudé para avanzar más rápido.

Aún tuve tiempo de distinguir una vez más, al escapar, a mis peligrosos compañeros de a bordo. A la luz de los faroles del entrepuente, vencidos al fin por el agotamiento y la gastritis, seguían fermentando y mascullando en sueños. Ahora, ahítos, tirados, se parecían todos, oficiales, funcionarios, ingenieros y tratantes, granulosos, barrigudos, oliváceos, revueltos, casi idénticos. Los perros, cuando duermen, se parecen a los lobos.

Toqué tierra pocos instantes después y me reuní con la noche, más densa aún bajo los árboles, y, detrás de ella, todas las complicidades del silencio.

En aquella colonia de la Bambola-Bragamance, por encima de todo el mundo sobresalía el gobernador. Sus militares y sus funcionarios apenas osaban respirar, cuando se dignaba mirar bajo el hombro a sus personas.

Muy por debajo aún de aquellos notables, los comerciantes instalados parecían robar y prosperar con mayor facilidad que en Europa. No había nuez de coco ni cacahuete, en todo el territorio, que escapara a su rapiña. Los funcionarios comprendían, a medida que llegaban a estar más cansados y enfermos, que se habían burlado de ellos bien, al mandarlos allí, para no darles otra cosa que galones y formularios que rellenar y casi nada de pasta con ellos. Así se les iban los ojos de envidia tras los comerciantes. El elemento militar, todavía más embrutecido que los otros dos, se alimentaba de gloria colonial y, para mejor tragarla, mucha quinina y kilómetros de reglamentos.

Todo el mundo se volvía, como es fácil de comprender, a fuerza de esperar que el termómetro bajara, cada vez más cabrón. Y las hostilidades particulares y colectivas, interminables y descabelladas, se eternizaban entre los militares y la administración, entre ésta y los comerciantes, entre éstos, aliados momentáneos, y aquéllos y también de todos contra el negro y, por último, entre negros. Así, las escasas energías que escapaban al paludismo, a la sed, al sol, se consumían en odios tan feroces, tan insistentes, que muchos colonos acababan muriéndose allí a consecuencia de ellos, autoenvenenados, como escorpiones.

No obstante, aquella anarquía muy virulenta se encontraba encerrada en un marco de policía hermético, como los cangrejos dentro de un cesto. Se jodían pero bien, y en vano, los funcionarios; el gobernador encontraba para reclutar, a fin de mantener la obediencia en su colonia, a todos los milicianos míseros que necesitaba, negros endeudados a quienes la miseria expulsaba por millares hacia la costa, vencidos por el comercio, en busca de un rancho. A aquellos reclutas les enseñaban el derecho y la forma de admirar al gobernador. Éste parecía pasear sobre su uniforme todo el oro de sus finanzas y, con el sol encima, era como para verlo y no creerlo, sin contar las plumas.

Todos los años se marcaba un viajecito a Vichy, el gobernador, y sólo leía el *Boletín Oficial del Estado*. Numerosos funcionarios habían vivido con la esperanza de que un día se acostara con su mujer, pero al gobernador no le gustaban las mujeres. No le gustaba nada. Sobrevivía a cada nueva epidemia de fiebre amarilla como por encanto, mientras que tantas de las gentes que deseaban enterrarlo la diñaban como moscas a la primera pestilencia.

Recordaban bien que cierto «14 de Julio», cuando pasaba revista a las tropas de la Residencia, caracoleando entre los espahíes de su guardia, en solitario delante de una bandera así de grande, cierto sargento, seguramente exaltado por la fiebre, se arrojó delante de su caballo para gritarle: «¡Atrás, cornudo!». Al parecer, quedó muy afectado, el gobernador, por aquella especie de atentado, que, por cierto, quedó sin explicación.

Resulta difícil mirar en conciencia a la gente y las cosas de los trópicos por los colores que de ellas emanan. Están en embullición, los colores y las cosas. Una latita de sardinas abierta en pleno mediodía sobre la calzada proyecta tantos reflejos diversos, que adquiere ante los ojos la importancia de un accidente. Hay que tener cuidado. No sólo son histéricos los hombres allí, las cosas también. La vida no llega a ser tolerable apenas hasta la caída de la noche, pero, aun así, la obscuridad se ve acaparada casi al instante por los mosquitos en enjambres. No uno, dos, ni cien, sino billones. Salir adelante en esas condiciones llega a ser una auténtica obra de preservación. Carnaval de día, espumadera de noche, la guerra a la chita callando.

Cuando en la cabaña a la que te retiras, y que parece casi propicia, reina por fin el silencio, las termitas vienen a asediarla, ocupadas como están eternamente, las muy inmundas, en comerte los montantes de la cabaña. Como el tornado embista entonces ese encaje traicionero, las calles enteras quedan vaporizadas.

La ciudad de Fort-Gono, donde yo había ido a parar, aparecía así, precaria capital de Bragamance, entre el mar y la selva, pero provista, adornada, sin embargo, con todos los bancos, burdeles, cafés, terrazas que hacen falta e incluso un banderín de enganche, para constituir una pequeña metrópoli, sin olvidar la Place Faidherbe y el Boulevard Bugeaud, para el paseo, conjunto de caserones rutilantes en medio de acantilados rugosos, rellenos de larvas y pateados por generaciones de cabritos de la guarnición y administradores espabilados.

El elemento militar, hacia las cinco, refunfuñaba en torno a los aperitivos, licores cuyo precio, en el momento en que yo llegaba, acababan de aumentar precisamente. Una delegación de clientes iba a solicitar al gobernador una disposición oficial que prohibiera a las tabernas hacer de su capa un sayo con los precios corrientes del ajenjo y el casis. De creer a algunos parroquianos, nuestra colonización se volvía cada vez más ardua por culpa del hielo. La introducción del hielo en las colonias, está demostrado, había sido la señal de la desvirilización del colonizador. En adelante, soldado a su helado aperitivo por la costumbre, iba a renunciar, el colonizador, a dominar el clima mediante su estoicismo exclusivamente. Los Faidherbe, los Stanley, los Marchand, observémoslo de pasada, no se quejaron nunca de la cerveza, el vino y el agua tibia y cenagosa que bebieron durante años. No hay otra explicación. Así se pierden las colonias.

Me enteré de muchas otras cosas al abrigo de las palmeras que, en cambio, prosperaban con savia provocante a lo largo de aquellas calles de viviendas frágiles. Sólo aquella crudeza de verdor inusitado impedía al lugar parecerse enteramente a la Garenne-Bezons.

Al llegar la noche, se producía un hervidero de indígenas que hacían la carrera entre las nubecillas de mosquitos miserables y atiborrados de fiebre amarilla. Un refuerzo de elementos sudaneses ofrecía al paseante todo lo mejor que guardaban bajo los taparrabos. Por precios muy razonables te podías cepillar a una familia entera durante una hora o dos. A mí me habría gustado andar de sexo en sexo, pero por fuerza tuve que decidirme a buscar un lugar donde me dieran currelo.

El director de la Compañía Pordurière del Pequeño Congo buscaba, según me aseguraron, a un empleado principiante para regentar una de sus factorías en la selva. Acudí sin tardar a ofrecerle mis incompetentes pero solícitos servicios. No fue una recepción calurosa la que me reservó el director. Aquel maníaco —hay que llamarlo por su nombre— habitaba, no lejos del Gobierno, un pabellón especial, construido con madera y paja. Antes de haberme mirado siquiera, me hizo algunas preguntas muy brutales sobre mi pasado; después, un poco calmado por mis respuestas de lo más ingenuas, su desprecio hacia mí cobró un cariz bastante indulgente. Sin embargo, aún no consideró conveniente pedirme que me sentara.

«Según sus documentos, sabe usted un poco de medicina», observó.

Le respondí que, en efecto, había hecho algunos estudios en esa materia.

«Entonces, ¡le servirán! —dijo—. ¿Quiere whisky?»

Yo no bebía. «¿Quiere fumar?» También lo rechacé. Aquella abstinencia lo sorprendió. Puso mala cara incluso.

«No me gustan nada los empleados que no beben ni fuman... ¿No será usted pederasta por casualidad?... ¿No? ¡Lástima!... Ésos nos roban menos que los otros... La experiencia me lo ha enseñado... Se encariñan... En fin –tuvo a bien retractarse–, en general me ha parecido notar esa cualidad de los pederastas, a su favor... ¡Tal vez usted nos demuestre lo contrario!... –Y a renglón seguido–: Tiene usted calor, ¿eh? ¡Ya se acostumbrará! De todos modos, ¡no le quedará más remedio que acostumbrarse! Y el viaje, ¿qué tal?»

«¡Desagradable!», le respondí.

«Pues, mire, amigo, eso no es nada, ya verá lo que es bueno, cuando haya pasado un año en Bikomimbo, donde lo voy a enviar para substituir a ese otro farsante...»

Su negra, en cuclillas cerca de la mesa, se hurgaba los pies y se limpiaba las uñas con una astillita.

«¡Vete de aquí, aborto! –le espetó su amo–. ¡Vete a buscar al *boy*! ¡Y hielo también!»

El *boy* solicitado llegó muy despacio. Entonces el director se levantó como un resorte, irritado, y recibió al *boy* con un tremendo par de sonoras bofetadas y dos patadas en el bajo vientre.

«Esta gente me va a matar, ¡ya ve usted! –predijo el director, al tiempo que suspiraba. Se dejó caer de nuevo en su sillón, cubierto de telas amarillas sucias y dadas de sí–. Hágame el favor, amigo –dijo de repente en tono amable y familiar, como desahogado por un rato con la brutalidad que acababa de cometer–, páseme la fusta y la quinina... ahí, sobre la mesa... No debería excitarme así... Es absurdo dejarse llevar por el temperamento...»

Desde su casa dominábamos el puerto fluvial, que relucía por entre un polvo tan denso, tan compacto, que se oían los sonidos de su caótica actividad mejor de lo que se distinguían los detalles. Filas de negros, en la orilla, trajinaban bajo el látigo descargando, bodega tras bodega, los barcos nunca vacíos, subiendo por pasarelas temblorosas y estrechas, con sus grandes cestos llenos a la cabeza, en equilibrio, entre injurias, como hormigas verticales.

Iban y venían, formando rosarios irregulares, por entre un vaho escarlata. Algunas de aquellas formas laboriosas llevaban, además, un puntito negro a la espalda, eran las madres, que acudían a currar como burras, también ellas, cargando sacos de palmitos con el hijo a cuestas, un fardo más. Me pregunto si las hormigas podrán hacer igual.

«¿Verdad que siempre parece domingo aquí?... –prosiguió en broma el director–. ¡Es alegre! ¡Y lleno de color! Las hembras siempre en cueros. ¿Se ha fijado? Y hembras hermosas, ¿eh? Parece extraño, cuando se llega de París, ¿verdad? Y nosotros, ¿qué le parece? ¡Siempre con dril blanco! Ya ve usted, ¡como en los baños de mar! ¿Verdad que estamos guapos así? ¡Como para la primera comunión, vamos! Aquí siempre es fiesta, ¡ya le digo! ¡El día de la Asunción! ¡Y así hasta el Sahara! ¡Imagínese!»

Y después dejaba de hablar, suspiraba, refunfuñaba, volvía a repetir dos, tres veces «¡Me cago en la leche!», se enjugaba la frente y reanudaba la conversación.

«Adonde lo envía a usted la Compañía es en plena selva, es húmedo... Queda a diez jornadas de aquí... Primero el mar... Y luego el río. Un río muy rojo, ya verá... Y al otro lado están los españoles... Aquel a quien va usted a substituir en esa factoría es un perfecto cabrón, sépalo... En confianza... Se lo digo... ¡No hay manera de que nos envíe las cuentas, ese sinvergüenza! ¡No hay manera! ¡De nada sirve que le mande avisos y más avisos!... ¡No le dura mucho la honradez al hombre, cuando está solo!... ¡Quia! ¡Ya verá!... ¡Ya lo verá también usted!... Que está enfermo, nos escribe... ¡No lo dudo! ¡Enfermo! ¡También yo estoy enfermo! ¿Qué quiere decir eso? ¡Todos estamos enfermos! También usted estará enfermo y dentro de muy poco, además. ¡Eso no es una razón! ¡Nos la trae floja que esté enfermo!... ¡La Compañía ante todo! Cuando llegue usted allí, ¡haga el inventario lo primero!... Hay víveres para tres meses en esa factoría y mercancías al menos para un año... ¡No le faltará de nada!... Sobre todo no salga usted de noche... ¡Desconfíe! Los negros que él le envíe para recogerlo en el mar puede que lo tiren al agua. ¡Ha debido de enseñarles! ¡Son tan pillos como él! ¡No me cabe duda! ¡Ha debido de hablarles de usted!... ¡Eso es corriente aquí! Conque coja su propia quinina, antes de marcharse... ¡Es capaz de haber puesto algo en la de él!»

El director se cansó de darme consejos, se levantó para despedirme. El techo de chapa parecía pesar dos mil toneladas por lo menos, de tanto calor como acumulaba la chapa. Los dos poníamos mala cara por el calor. Era como para diñarla al instante. Añadió:

«¡Tal vez no valga la pena que nos volvamos a ver antes de su marcha, Bardamu! ¡Aquí todo cansa! En fin, ¡quizá vaya, de todos modos, a verlo a los cobertizos antes de su partida!... Le escribiremos, cuando esté usted allí... Hay un correo al mes... Sale de aquí, el correo... Conque, ¡buena suerte!...»

Y desapareció en su sombra entre el casco y la chaqueta. Se le veían con toda claridad los tendones del cuello, por detrás, arqueados como dos dedos contra su cabeza. Se volvió otra vez:

«¡Dígale a ese otro punto que vuelva aquí a toda prisa!... ¡Que tengo que hablar con él!... ¡Que no se entretenga por el camino! ¡El muy canalla! ¡Espero que no casque por el camino!... ¡Sería una lástima! ¡Una verdadera lástima! ¡Menudo sinvergüenza!»

Un criado negro me precedía con un gran farol para llevarme al lugar donde debía alojarme hasta mi salida para ese interesante Bikomimbo prometido.

Íbamos por avenidas donde todo el mundo parecía haber bajado a pasear tras el crepúsculo. La noche, resonante de gongs, nos envolvía, entrecortada por cantos apagados e incoherentes como el hipo, la gran noche negra de los países cálidos con su brutal corazón en tam-tam, que siempre late demasiado aprisa.

Mi joven guía caminaba rápido y ágil con los pies descalzos. Debía de haber europeos por la espesura, se los oía por allí, paseándose, con sus voces de blancos, perfectamente reconocibles, agresivas, falsas. Los murciélagos no cesaban de venir a revolotear, de surcar el aire entre los enjambres de insectos que nuestra luz atraía a nuestro paso. Bajo cada hoja de árbol debía de esconderse un grillo al menos, a juzgar por el alboroto ensordecedor que hacían todos juntos.

Un grupo de tiradores indígenas, que discutían junto a un ataúd colocado en el suelo y recubierto con una gran bandera tricolor y ondulante, nos hizo detener en el cruce de dos caminos, a media altura de una elevación.

Era un muerto del hospital que no sabían dónde enterrar. Las órdenes eran imprecisas. Unos querían enterrarlo en uno de los campos de abajo, los otros insistían en hacerlo en un enclave en lo alto de la cuesta. Había que decidirse. Así el *boy* y yo tuvimos que dar nuestra opinión sobre el asunto.

Por fin, optaron, los porteadores, por el cementerio de abajo, en lugar del de arriba, por la bajada. También encontramos por el camino a tres jovencitos blancos de la raza de los que frecuentan los domingos los partidos de rugby en Europa, espectadores apasionados, agresivos y paliduchos. Allí pertenecían, empleados como yo, a la Sociedad Pordurière y me indicaron con toda amabilidad el camino de aquella casa inacabada donde se encontraba, de momento, mi cama desmontable y portátil.

Allí nos dirigimos. La construcción estaba del todo vacía, salvo algunos utensilios de cocina y mi cama, por llamarla de algún modo. En cuanto me hube tumbado sobre aquel chisme filiforme y tembloroso, veinte murciélagos salieron de los rincones y se lanzaron en idas y venidas zumbantes, como salvas de abanico, por encima de mi aprensivo reposo.

El negrito, mi guía, volvía sobre sus pasos para ofrecerme sus servicios íntimos y, como yo no estaba animado aquella noche, se ofreció, al instante, desilusionado, a presentarme a su hermana. Me habría gustado saber cómo habría podido encontrarla, a su hermana, en semejante noche.

El tam-tam de la aldea cercana te hacía saltar la paciencia, cortada en pedacitos menudos. Mil mosquitos diligentes tomaron sin tardar posesión de mis muslos y, aun así, no me atreví a volver a poner los pies en el suelo por los escorpiones y las serpientes venenosas, cuya abominable caza suponía iniciada. Tenían para escoger, las serpientes, en materia de ratas, las oía roer, a las ratas, todo lo imaginable, en la pared, en el suelo, trémulas, en el techo.

Por fin, salió la luna y hubo un poco más de calma en la habitación. En resumen, en las colonias no se estaba bien.

De todos modos, llegó la mañana, una caldera. Fui presa, en cuerpo y espíritu, de unas ganas tremendas de volverme a Europa. Sólo me faltaba el dinero para largarme. Con eso basta. Por otra parte, sólo me quedaba por pasar una semana en Fort-Gono antes de ir a incorporarme a mi puesto, en Bikomimbo, de tan agradable descripción.

El edificio más grande de Fort-Gono, después del palacio del gobernador, era el hospital. Me lo encontraba siempre por el camino; no hacía cien metros en la ciudad sin toparme con uno de sus pabellones, que apestaban desde lejos a ácido fénico. De vez en cuando me aventuraba hasta los muelles de embarque para ver trabajar a mis anémicos colegas que la Compañía Pordurière se procuraba en Francia por patronatos enteros. Parecían ser presa de una prisa belicosa, al no cesar de descargar y recargar cargueros, unos tras otros. «¡Cuesta tanto la estancia de un carguero en el puerto!», repetían, sinceramente preocupados, como si se tratara de su dinero.

Chinchaban a los descargadores negros con frenesí. Celosos cumplidores de su deber eran, sin lugar a dudas, e igual de cobardes y aviesos. Empleados modélicos, en una palabra, bien elegidos, de una inconsciencia y un entusiasmo asombrosos. Un hijo así le habría encantado tener a mi madre, devoto de los patronos, uno para ella sola, del que pudiera estar orgullosa delante de todo el mundo, hijo del todo legítimo.

Habían acudido al África tropical, aquellos pobres abortos, a ofrecerles su carne, a los patronos, su sangre, sus vidas, su juventud, mártires por veintidós francos al día (menos las deducciones), contentos, pese a todo contentos, hasta el último glóbulo rojo acechado por el diezmillonésimo mosquito.

La colonia los hace hincharse o adelgazar, a los empleadillos, pero los conserva; sólo existen dos caminos para cascar bajo el sol, el de la gordura o el de la delgadez. No hay otro. Se podría elegir, si no fuera porque depende de la naturaleza de cada cual, palmarla grueso o reducido a piel y huesos.

El director, allí arriba, en el acantilado rojo, que se agitaba, diabólico, con su negra, bajo el techo de chapa de diez mil kilos de sol, no iba a escapar tampoco al plazo fijado. Era del tipo flaco. Tan sólo se debatía. Parecía dominar el clima. ¡Pura apariencia! En realidad, se desmoronaba aún más que los otros.

Según decían, tenía un plan de estafa magnífico para hacer fortuna en dos años... Pero no iba a tener tiempo de realizar su plan, aun cuando se dedicara a defraudar a la Compañía noche y día. Veintidós directores habían intentado ya antes que él hacer fortuna, todos con su plan, como en la ruleta. Todo aquello lo sabían los accionistas, que lo espiaban desde allí, desde más arriba aún, desde la Rue Moncey de París, al director, y los hacía sonreír. Todo aquello era infantil. Lo sabían de sobra, los accio-

nistas, también ellos, más bandidos que nadie, que estaba sifilítico su director y muy castigado por los trópicos y que tragaba
quinina y bismuto como para reventarse los tímpanos y arséni-
co como para quedarse sin una encía.

En la contabilidad general de la Compañía, los días del director estaban contados, como los meses de un cerdo.

Mis colegas no intercambiaban la menor idea entre sí. Sólo
fórmulas, fijas, fritas y refritas como cuscurros de pensamientos. «¡No hay que apurarse! −decían−. ¡Les vamos a dar para
el pelo!...» «¡El delegado general es un cornudo!...» «¡Con la
piel de los negros hay que hacer petacas!», etc.

Por la noche, nos encontrábamos para el aperitivo, tras haber
acabado las últimas faenas, con un agente auxiliar de la Administración, el Sr. Tandernot, así se llamaba, originario de La
Rochelle. Si se juntaba con los comerciantes, Tandernot, era
para que le pagaran el aperitivo. No quedaba más remedio.
Decadencia. No tenía un céntimo. Su puesto era el más bajo
posible de la jerarquía colonial. Su función consistía en dirigir
la construcción de carreteras en plena selva. Los indígenas trabajaban en ellas bajo el látigo de sus milicianos, evidentemente. Pero como ningún blanco pasaba nunca por las carreteras
nuevas que hacía Tandernot y, por otra parte, los negros preferían sus senderos de la selva para que los descubrieran lo menos
posible, por miedo a los impuestos, y como, en el fondo, no llevaban a ninguna parte, las carreteras de la Administración, obra
de Tandernot, pues... desaparecían muy rápido bajo la vegetación, en realidad de un mes para otro, para ser exactos.

«¡El año pasado perdí 122 kilómetros! −nos recordaba de
buena gana aquel pionero fantástico a propósito de sus carre-
teras−. ¡Aunque no lo crean!...»

Sólo le conocí, durante mi estancia, una fanfarronada, humilde vanidad, a Tandernot, la de ser, él, el único europeo que
podía pescar catarros en Bragamance con 44 grados a la som-

bra... Aquella originalidad lo consolaba de muchas cosas... «¡Ya me he vuelto a constipar como un gilipollas! —anunciaba con bastante orgullo a la hora del aperitivo—. ¡Esto sólo me ocurre a mí!» Entonces los miembros de nuestra enclenque cuadrilla exclamaban: «¡Jolines! ¡Qué tío, este Tandernot!». Era mejor que nada, semejante satisfacción. Cualquier cosa, en materia de vanidad, es mejor que nada.

Una de las otras distracciones del grupo de los modestos asalariados de la Compañía Pordurière consistía en organizar concursos de fiebre. No era difícil, pero nos pasábamos días desafiándonos, lo que servía para matar el tiempo. Al llegar el atardecer y con él la fiebre, casi siempre cotidiana, nos medíamos. «¡Toma ya! ¡Treinta y nueve!...» «Pero, bueno, ¿y qué? ¡Si yo llego a cuarenta como si nada!»

Por lo demás, aquellos resultados eran del todo exactos y regulares. A la luz de los fotóforos, nos comparábamos los termómetros. El vencedor triunfaba temblando. «¡Transpiro tanto, que ya no puedo mear!», observaba fielmente el más demacrado de nosotros, un colega flaco, de Ariège, campeón de la febrilidad, que había ido allí, según me confió, para escapar del seminario, donde «no tenía bastante libertad». Pero el tiempo pasaba y ni unos ni otros de aquellos compañeros podían decirme a qué clase de original pertenecía exactamente el individuo al que yo iba a substituir en Bikomimbo.

«¡Es un tipo curioso!», me advertían, y se acabó.

«Al llegar a la colonia —me aconsejaba el chaval de Ariège, el de la fiebre alta— ¡tienes que hacerte valer! ¡O todo o nada! ¡Serás para el director un tío cojonudo o una mierda de tío! Y, fíjate bien en lo que te digo: ¡te juzgan en seguida!»

En lo que a mí respectaba, tenía mucho miedo de que me clasificaran entre los «mierda de tío» o peor aún.

Aquellos jóvenes negreros, mis amigos, me llevaron a visitar a otro colega de la Compañía Pordurière, que vale la pena recordar de modo especial en este relato. Regentaba un establecimiento en el centro del barrio de los europeos y, enmohecido de fatiga, puro carcamal, churretoso, temía a cualquier clase de luz por sus ojos, que dos años de cocción ininterrumpida bajo las chapas onduladas habían dejado atrozmente secos. Necesitaba, según decía, una buena media hora por la mañana para abrirlos y otra media hora hasta poder ver un poquito con ellos. Todo rayo luminoso lo hería. Un topo enorme era y muy sarnoso.

Asfixiarse y sufrir habían llegado a ser para él como una segunda naturaleza y robar también. Habría quedado bien desamparado, si hubiera recuperado de repente la salud y la honradez. Su odio hacia el delegado general me parece aún hoy, a tanta distancia, una de las pasiones más vivas que he tenido oportunidad de observar nunca en un hombre. Al acordarse de él, era presa de una rabia asombrosa, pese a sus dolores, y a la menor ocasión se ponía de lo más furioso, sin dejar de rascarse, por cierto, de arriba abajo.

No cesaba de rascarse por todo el cuerpo, giratoriamente, por así decir, desde la extremidad de la columna vertebral al nacimiento del cuello. Se surcaba la epidermis e incluso la dermis con rayas de uñas sangrantes, sin por ello dejar de despachar a los clientes, numerosos, negros casi siempre, más o menos desnudos.

Con la mano libre, hurgaba entonces, solícito, en diferentes escondrijos y a derecha e izquierda en la tenebrosa tienda. Sacaba sin equivocarse nunca, con habilidad y presteza asombrosas, la cantidad exacta que necesitaba el parroquiano de tabaco en hojas hediondas, cerillas húmedas, latas de sardinas y grandes cucharadas de melaza, de cerveza superalcohólica en botellas trucadas, que dejaba caer bruscamente, si volvía a ser presa del frenesí de rascarse, por ejemplo, en las profundidades del pantalón. Entonces hundía el brazo entero, que no tardaba en salir por la bragueta, siempre entreabierta por precaución.

Aquella enfermedad que le roía la piel la designaba con un nombre local, «corocoro». «¡Esta cabronada de "corocoro"!... Cuando pienso que ese cerdo del director no ha pescado aún el "corocoro" –decía enfurecido–. ¡Me duele aún más el vientre!... ¡Está inmunizado contra el "corocoro"!... Está demasiado podrido. No es un hombre, ese chulo, ¡es una infección!... ¡Una puta mierda!...»

Al instante toda la asamblea estallaba en carcajadas y los negros clientes también, por emulación. Nos espantaba un poco, aquel compañero. Aun así, tenía un amigo; era un pobre tipo asmático y canoso que conducía un camión para la Compañía Pordurière. Siempre nos traía hielo, robado, evidentemente, por aquí, por allá, en los barcos del muelle.

Bebimos a su salud en la barra en medio de los clientes negros, que babeaban de envidia. Los clientes eran indígenas bastante despiertos como para acercarse a nosotros, los blancos; en una palabra, una selección. Los otros negros, menos avispados, preferían permanecer a distancia. El instinto. Pero los más espabilados, los más contaminados, se convertían en dependientes de tiendas. En éstas se los reconocía porque ponían de vuelta y media a los otros negros. El colega del «corocoro» compraba caucho en bruto, que le traían de la selva, en sacos, en bolas húmedas.

Estando allí, sin cansarnos nunca de escucharlo, una familia de recogedores de caucho, tímida, se quedó parada en el umbral. El padre delante de los demás, arrugado, con un pequeño taparrabos naranja y el largo machete en la mano.

No se atrevía a entrar, el salvaje. Sin embargo, uno de los dependientes indígenas lo invitaba: «¡Ven, moreno! ¡Ven a ver aquí! ¡Nosotros no comer salvajes!». Aquellas palabras acabaron decidiéndolos. Penetraron en aquel horno, en cuyo fondo echaba pestes nuestro hombre del «corocoro».

Al parecer, aquel negro nunca había visto una tienda, ni blancos tal vez. Una de sus mujeres lo seguía, con los ojos bajos, llevando a la cabeza, en equilibrio, el enorme cesto lleno de caucho en bruto.

Los dependientes se apoderaron, imperiosos, del cesto para pesar su contenido en la báscula. El salvaje comprendía tan poco lo de la báscula como lo demás. La mujer seguía sin atreverse a alzar la vista. Los otros negros de la familia los esperaban fuera, con ojos como platos. Los hicieron entrar también, a todos, incluidos los niños, para que no se perdiesen nada del espectáculo.

Era la primera vez que acudían todos así, juntos, desde el bosque hasta la ciudad de los blancos. Debían de haber pasado mucho tiempo, unos y otros, para recoger todo aquel caucho. Conque, por fuerza, el resultado a todos interesaba. Tarda en rezumar, el caucho, en los cubiletes colgados del tronco de los árboles. Muchas veces un vasito no acaba de llenarse en dos meses.

Pesado el cesto, nuestro rascador se llevó al padre, atónito, tras su mostrador y con un lápiz le hizo su cuenta y después le puso en la palma de la mano unas monedas y se la cerró. Y luego: «¡Vete! —le dijo, como si nada—. ¡Ahí tienes tu cuenta!...»

Todos los amigos blancos se tronchaban de risa, ante lo bien que había dirigido su *business*. El negro seguía plantado y corrido ante el mostrador con su calzón naranja en torno al sexo.

«¿Tú no saber dinero? ¿Salvaje, entonces? —le gritó para despertarlo uno de nuestros dependientes, listillo y bien adiestrado seguramente para esas transacciones perentorias—. Tú no hablar "fransé", ¿eh? Tú gorila aún, ¿eh?...Tú, ¿hablar qué? ¿Eh? ¿Kous-Kous? ¿Mabillia? ¿Tú tonto el culo? ¡Bushman! ¡Tonto lo' cojone'!»

Pero seguía delante de nosotros, el salvaje, con las monedas dentro de la mano cerrada. Se habría largado corriendo, si se hubiera atrevido, pero no se atrevía.

«Tú, ¿comprar qué ahora con la pasta? —intervino oportuno, el "rascador"—. La verdad es que hacía mucho que no veía a uno tan gilipollas —tuvo a bien observar—. ¡Debe de venir de lejos éste! ¿Qué quieres? ¡Dame esa pasta!»

Le volvió a coger el dinero, imperioso, y en lugar de las monedas le arrebujó en la mano un gran pañuelo muy verde que había ido a sacar, raudo, de un escondrijo del mostrador.

El viejo negro no se decidía a marcharse con su pañuelo. Entonces el «rascador» hizo algo mejor. Evidentemente, conocía todos los trucos del comercio invasor. Agitando ante los ojos de uno de los negritos el gran pedazo verde de estameña: «¿No te parece bonito? ¿Eh, mocoso? ¿Nunca has visto pañuelos así? ¿Eh, monín? ¡Di, granujilla!» Y se lo anudó en torno al cuello, imperioso, para vestirlo.

La familia salvaje contemplaba ahora al pequeño adornado con aquella gran pieza de algodón verde...Ya no había nada que hacer, puesto que el pañuelo acababa de entrar en la familia. Sólo cabía aceptarlo, tomarlo y marcharse.

Conque todos se pusieron a retroceder despacio, cruzaron la puerta y, en el momento en que el padre se volvía, el último, para decir algo, el dependiente más espabilado, que llevaba zapatos, lo estimuló, al padre, con un patadón en pleno trasero.

Toda la pequeña tribu, reagrupada, silenciosa, al otro lado de la Avenue Faidherbe, bajo la magnolia, nos miró acabar nuestro aperitivo. Parecía que estuvieran intentando comprender lo que acababa de ocurrirles.

Era el hombre del «corocoro» quien nos invitaba. Incluso nos puso su fonógrafo. Había de todo en su tienda. Me recordaba los convoyes de la guerra.

Conque al servicio de la Compañía Pordurière del Pequeño Togo trabajaban, al mismo tiempo que yo, ya lo he dicho, en sus cobertizos y plantaciones, gran número de negros y pobres blancos de mi estilo. Los indígenas, por su parte, no funcionan sino a estacazos, conservan esa dignidad, mientras que los blancos, perfeccionados por la instrucción pública, andan solos.

La estaca acaba cansando a quien la maneja, mientras que la esperanza de llegar a ser poderoso y rico con que están atiborrados los blancos no cuesta nada, absolutamente nada. ¡Que no vengan a alabarnos el mérito de Egipto y de los tiranos tártaros! Estos aficionados antiguos no eran sino unos maletas petulantes en el supremo arte de hacer rendir al animal vertical su mayor esfuerzo en el currelo. No sabían, aquellos primitivos, llamar «Señor» al esclavo, ni hacerle votar de vez en cuando, ni pagarle el jornal, ni, sobre todo, llevarlo a la guerra, para liberarlo de sus pasiones. Un cristiano de veinte siglos, algo sabía yo al respecto, no puede contenerse cuando por delante de él acierta a pasar un regimiento. Le inspira demasiadas ideas.

Por eso, en lo que a mí respectaba, decidí andarme con mucho ojito y, además, aprender a callarme escrupulosamente, a ocultar mi deseo de largarme, a prosperar, por último, de ser posible y pese a todo, gracias a la Compañía Pordurière. No había ni un minuto que perder.

A lo largo de los cobertizos, al ras de las orillas cenagosas, pululaban, solapadas y permanentes, bandas de cocodrilos al acecho. Por ser del género metálico, gozaban con aquel calor hasta el delirio; los negros, también, al parecer.

En pleno mediodía, era como para preguntarse si era posible, toda la agitación de aquellas masas menesterosas a lo largo de los muelles, aquel alboroto de negros superexcitados y gaznápiros.

Para ejercitarme en la numeración de los sacos, antes de partir para la selva, tuve que entrenarme con la asfixia progresiva en el cobertizo central de la Compañía con los demás empleados, entre dos grandes básculas, encajonadas en medio de la multitud alcalina de negros harapientos, pustulosos y cantarines. Cada cual arrastraba tras sí su nubecilla de polvo, que sacudía cadenciosamente. Los golpes sordos de los encargados del transporte se abatían sobre aquellas espaldas magníficas, sin provocar protestas ni quejas. Una pasividad de lelos. El dolor soportado con tanta sencillez como el tórrido aire de aquel horno polvoriento.

El director pasaba de vez en cuando, siempre agresivo, para asegurarse de que yo hacía progresos reales en la técnica de la numeración y del peso trucado.

Se abría paso hasta las básculas, por entre la marejada indígena, a estacazos. «Bardamu —me dijo, una mañana que estaba locuaz—, ve usted esos negros que nos rodean, ¿no?... Bueno, pues, cuando yo llegué al Pequeño Togo, pronto hará treinta años, ¡aún vivían sólo de la caza, la pesca y las matanzas entre tribus, los muy cochinos!... En mis comienzos de pequeño comerciante, los vi, como le digo, volver tras la victoria a su aldea, cargados con más de cien cestos de carne humana, chorreando sangre, ¡para darse una zampada!... ¿Me oye, Bardamu?... ¡Chorreando sangre! ¡La de sus enemigos! ¡Imagínese el banquete!... ¡Hoy ya no hay más victorias! ¡Estamos aquí nosotros! ¡Ni tribus! ¡Ni alboroto! ¡Ni faroladas! ¡Tan sólo mano de obra y cacahuetes! ¡A currelar! ¡Se acabó la caza! ¡Y los fusiles! ¡Cacahuetes y caucho!... ¡Para pagar el impuesto! ¡El impuesto para que nos traigan más caucho y cacahuetes! ¡Así es la vida, Bardamu! ¡Cacahuetes! ¡Cacahuetes y caucho!...Y, además... ¡Hombre! Precisamente ahí viene el general Tombat.»

Venía, en efecto, a nuestro encuentro, el general, un viejo a punto de desplomarse bajo el enorme peso del sol.

Ya no era del todo militar, el general; sin embargo, tampoco civil aún. Era confidente de la Pordurière y servía de enlace entre la Administración y el Comercio. Enlace indispensable, aunque esos dos elementos estuvieran siempre en estado de competencia y hostilidad permanente. Pero el general Tombat maniobraba admirablemente. Acababa de salir, entre otros, de un reciente negocio sucio de venta de bienes enemigos, que en las alturas consideraban sin solución.

Al comienzo de la guerra, le habían rajado un poco la oreja, al general Tombat, lo justo para quedar disponible con honor, después de Charleroi. En seguida la había puesto al servicio de «la más grande Francia», su disponibilidad. Sin embargo, Verdún, que pertenecía a un pasado muy lejano, seguía preocupándole. Enseñaba, en la mano, radiotelegramas. «¡Van a resistir, nuestros soldaditos valientes! ¡Están resistiendo!...» Hacía tanto calor en el cobertizo y estábamos tan lejos de Francia, que dispensábamos al general Tombat de hacer otros pronósticos. De todos modos, repetimos en coro, por cortesía, y el director con nosotros: «¡Son admirables!», y, tras esas palabras, Tombat nos dejó.

Unos instantes después, el director se abrió otro camino violento entre los apretujados torsos y desapareció, a su vez, en el polvo de pimienta.

Aquel hombre, de ojos ardientes como carbones y consumido por la pasión de poseer la Compañía, me espantaba un poco. Me costaba acostumbrarme a su simple presencia. No habría imaginado que existiera en el mundo una osamenta humana capaz de aquella tensión máxima de codicia. Casi nunca nos hablaba en voz alta, sólo con medias palabras; daba la impresión de que no vivía, no pensaba sino para conspirar, espiar, traicionar con pasión. Contaban que robaba, falseaba, escamoteaba, él solo, más que todos los demás empleados juntos, nada holgazanes, por cierto, puedo asegurarlo. Pero no me cuesta creerlo.

Mientras duró mi período de prácticas en Fort-Gono, aún tenía ratos libres para pasearme por aquella ciudad, por llamarla de algún modo, donde, estaba visto, sólo encontraba un lugar de verdad deseable: el hospital.

Cuando llegas a alguna parte, te aparecen ambiciones. Yo tenía la vocación de enfermo y nada más. Cada cual es como es. Me paseaba en torno a aquellos pabellones hospitalarios y prometedores, dolientes, retirados, protegidos y no podía alejarme de ellos y de su antiséptico dominio sin pesar. Aquel recinto estaba rodeado de extensiones de césped, alegradas por pajarillos furtivos y lagartos inquietos y multicolores. Estilo «Paraíso terrenal».

En cuanto a los negros, en seguida te acostumbras a ellos, a su cachaza sonriente, a sus gestos demasiado lentos y a los pletóricos vientres de sus mujeres. La negritud hiede a miseria, a vanidades interminables, a resignaciones inmundas; igual que los pobres de nuestro hemisferio, en una palabra, pero con más hijos aún y menos ropa sucia y vino tinto.

Cuando había acabado de inhalar el hospital, de olfatearlo así, profundamente, iba, tras la multitud indígena, a inmovilizarme un momento ante aquella especie de pagoda erigida cerca del Fort por un figonero para la diversión de los juerguistas eróticos de la colonia.

Los blancos acaudalados de Fort-Gono paraban allí por la noche, se emperraban en el juego, al tiempo que pimplaban de lo lindo y bostezaban y eructaban a más y mejor. Por doscientos francos se podía uno cepillar a la bella patrona. Se las veían y se las deseaban, aquellos juerguistas, para conseguir rascarse, pues no cesaban de escapárseles los tirantes.

Por la noche, salía un gentío de las chozas de la ciudad indígena y se congregaba ante la pagoda, sin hartarse nunca de ver y oír a los blancos moviendo el esqueleto en torno al organillo, de cuerdas enmohecidas, que emitía valses desafinados. La patrona hacía ademanes, al escuchar la música, como si deseara bailar, transportada de placer.

Tras varios días de tanteos, acabé teniendo charlas furtivas con ella. Sus reglas, me confió, no le duraban menos de tres semanas. Efecto de los trópicos. Además, sus consumidores la dejaban exhausta. No es que hiciesen el amor con frecuencia, pero, como los aperitivos eran bastante caros en la pagoda, intentaban sacarle el jugo a su dinero al mismo tiempo, y le daban unos pellizcos que para qué en el culo, antes de irse. A eso se debía sobre todo su fatiga. Aquella comerciante conocía todas las historias de la colonia y los amores que se trababan, desesperados, entre los oficiales, atormentados por las fiebres, y las escasas esposas de funcionarios, que se derretían, también ellas, con reglas interminables, desconsoladas y hundidas, junto a los miradores, en butacas permanentemente inclinadas.

Los paseos, las oficinas, las tiendas de Fort-Gono rezumaban deseos mutilados. Hacer todo lo que se hace en Europa parecía ser la obsesión máxima, la satisfacción, la mueca a toda costa de aquellos dementes, pese a la abominable temperatura y al apoltronamiento en aumento, invencible.

La tupida vegetación de los jardines se mantenía a duras penas, agresiva, feroz, entre las empalizadas, follaje rebosante que formaba lechugas delirantes en torno a cada casa, enorme clara de huevo sólida y avellanada en la que acababa de pudrirse una yemita europea. Así, había tantas ensaladeras completas como funcionarios a lo largo de la Avenue Fachoda, la más animada, la más frecuentada de Fort-Gono.

Cada noche volvía a mi morada, inacabable seguramente, donde el perverso *boy* me había hecho la cama, un esqueletito enteramente. Me tendía trampas, el *boy*, era lascivo como un gato, quería entrar en mi familia. Sin embargo, me asediaban otras preocupaciones muy distintas y mucho más vivas y sobre todo el proyecto de refugiarme por un tiempo más en el hospital, único armisticio a mi alcance en aquel carnaval tórrido.

Ni en la paz ni en la guerra sentía yo la menor inclinación hacia las futilidades. E incluso otras ofertas que me llegaron de otra procedencia, por mediación de un cocinero del patrón, de nuevo y muy sinceramente obscenas, me parecieron incoloras.

Por última vez hice la ronda de mis compañeros de la Pordurière para intentar informarme acerca de aquel empleado infiel, aquel al que yo debía, según las órdenes, ir a substituir, a toda costa, en su selva. Cháchara vana.

El Café Faidherbe, al final de la Avenue Fachoda, que zumbaba a la hora del crepúsculo con mil maledicencias, chismes y calumnias, tampoco me aportaba nada substancial. Sólo impresiones. En aquella penumbra salpicada de farolillos multicolores se vertían bidones de basura llenos de impresiones. Sacudiendo el encaje de las palmeras gigantes, el viento abatía nubes de mosquitos en las tazas. El gobernador, en la charla ambiente, quedaba para el arrastre. Su imperdonable grosería constituía el fondo de la gran conversación aperitiva en que el hígado colonial, tan nauseabundo, se descarga antes de la cena.

Todos los automóviles de Fort-Gono, una decena en total, pasaban y volvían a pasar en aquel momento por delante de la terraza. Nunca parecían ir demasiado lejos, los automóviles. La Place Faidherbe tenía un ambiente muy característico, con su recargada decoración, su superabundancia vegetal y verbal de ciudad provinciana y enloquecida del Mediodía de Francia. Los diez autos no abandonaban la Place Faidherbe sino para volver a ella cinco minutos después, realizando una vez más el mismo periplo con su cargamento de anemias europeas desteñidas, envueltas en tela gris, seres frágiles y quebradizos como sorbetes amenazados.

Pasaban así, durante semanas y años, unos delante de los otros, los colonos, hasta el momento en que ya ni se miraban, de tan hartos que estaban de detestarse. Algunos oficiales llevaban de paseo a su familia, atenta a los saludos militares y civiles, la esposa embutida en sus paños higiénicos especiales; por su parte, los niños, lastimosos ejemplares de gruesos gusanos blancos europeos, se disolvían, por el calor, en diarrea permanente.

No basta con llevar quepis para mandar, también hay que tener tropas. Bajo el clima de Fort-Gono, los mandos europeos se derretían más deprisa que la mantequilla. Allí un batallón era algo así como un terrón de azúcar en el café: cuanto más mirabas, menos lo veías. La mayoría del contingente estaba siempre en el hospital, durmiendo la mona del paludismo, atiborrado de parásitos por todos los pelos y todos los pliegues, escuadrones enteros tendidos entre pitillos y moscas, masturbándose sobre las sábanas enmohecidas, inventando trolas infinitas, de fiebre en accesos, escrupulosamente provocados y mimados. Las pasaban putas, aquellos pobres tunelas, pléyade vergonzosa, en la dulce penumbra de los postigos verdes, chusqueros pronto desencantados, mezclados —el hospital era mixto— con los modestos dependientes de comercio, que huían, unos y otros, acosados, de la selva y los patronos.

En el embotamiento de las largas siestas palúdicas, hace tanto calor que hasta las moscas reposan. En el extremo de los brazos exangües y peludos cuelgan las novelas mugrientas a ambos lados de las camas, siempre descabaladas las novelas: la mitad de las hojas faltan por culpa de los disentéricos, que nunca tienen suficiente papel, y también de las hermanas de mal humor, que censuran a su modo las obras en que Dios no aparece respetado. Las ladillas de la tropa las atormentan también, como a todo el mundo, a las hermanas. Para rascarse mejor, van a alzarse las faldas al abrigo de los biombos, tras los cuales el muerto de esa mañana no llega a enfriarse, de tanto calor como tiene aún, él también.

Por lúgubre que fuese el hospital, aun así era el único lugar de la colonia donde podías sentirte un poco olvidado, al abrigo de los hombres de fuera, de los jefes. Vacaciones de esclavo; lo esencial, en una palabra, y la única dicha a mi alcance.

Me informaba sobre las condiciones de entrada, las costumbres de los médicos, sus manías. Ya sólo veía con desesperación y rebeldía mi marcha para la selva y me prometía ya contraer cuanto antes todas las fiebres que pasaran a mi alcance, para volver a Fort-Gono enfermo y tan descarnado, tan repugnante, que habrían de internarme y también repatriarme. Trucos para estar enfermo ya conocía, y excelentes, y aprendí otros nuevos, especiales, para las colonias.

Me aprestaba a vencer mil dificultades, pues ni los directores de la Compañía Pordurière ni los jefes de batallón se preocupan demasiado de acosar a sus flacas presas, transidas de tanto jugar a las cartas entre las camas meadas.

Me encontrarían dispuesto a pudrirme con lo que hiciera falta. Además, en general pasabas temporadas cortas en el hospital, a menos que acabaras en él de una vez por todas tu carrera colonial. Los más sutiles, los más tunelas, los mejor armados de carácter de entre los febriles conseguían a veces colarse en un transporte para la metrópoli. Era el milagro bendito. La mayoría de los enfermos hospitalizados se confesaban incapaces de nuevas astucias, vencidos por los reglamentos, y volvían a perder en la selva sus últimos kilos. Si la quinina los entregaba por completo a los gusanos estando en régimen hospitalario, el capellán les cerraba los ojos simplemente hacia las seis de la tarde y cuatro senegaleses de servicio embalaban esos restos exangües hacia el cercado de arcillas rojas, junto a la iglesia de Fort-Gono, tan caliente, ésa, bajo las chapas onduladas, que nunca entrabas en ella dos veces seguidas, más tropical que los trópicos. Para mantenerse en pie, en la iglesia, habría habido que jadear como un perro.

Así se van los hombres, a quienes, está visto, cuesta mucho hacer todo lo que les exigen: de mariposa durante la juventud y de gusano para acabar.

Intentaba aún conseguir, por aquí, por allá, algunos detalles, informaciones para hacerme una idea. Lo que me había descrito de Bikomimbo el director me parecía, de todos modos, increíble. En una palabra, se trataba de una factoría experimental, de un intento de penetración lejos de la costa, a diez jornadas por lo menos, aislada en medio de los indígenas, de su selva, que me presentaban como una inmensa reserva pululante de animales y enfermedades.

Me preguntaba si no estarían simplemente envidiosos de mi suerte, los otros, aquellos compañeros de la Pordurière, que pasaban por alternancias de abatimiento y agresividad. Su estupidez (lo único que tenían) dependía de la calidad del alcohol que acabaran de ingerir, de las cartas que recibiesen, de la mayor o menor cantidad de esperanza que hubieran perdido en la jornada. Por regla general, cuanto más se deterioraban, más galleaban. Eran fantasmas (como Ortolan en guerra) y habrían sido capaces de cualquier audacia.

El aperitivo nos duraba tres buenas horas. Siempre se hablaba del gobernador, pivote de todas las conversaciones, y también de los robos de objetos posibles e imposibles y, por último, de la sexualidad: los tres colores de la bandera colonial. Los funcionarios presentes acusaban sin rodeos a los militares de repantigarse en la concusión y el abuso de autoridad, pero los militares les devolvían la pelota con creces. Los comerciantes, por su parte, consideraban a aquellos prebendados hipócritas impostores y saqueadores. En cuanto al gobernador, desde hacía diez buenos años circulaba cada mañana el rumor de su revocación y, sin embargo, el telegrama tan interesante de esa caída en desgracia nunca llegaba y ello a pesar de las dos cartas anónimas, por lo menos, que volaban cada semana, desde siempre, dirigidas al ministro, y que referían mil sartas de horrores muy precisos imputables al tirano local.

Los negros tienen potra con su piel parecida a la de la cebolla; por su parte, el blanco se envenena, entabicado como está entre su ácido jugo y su camiseta de punto. Por eso, ¡ay de quien se le acerque! Lo del *Amiral-Bragueton* me había servido de lección.

En el plazo de pocos días, me enteré de detalles de lo más escandalosos a propósito de mi propio director. Sobre su pasado, lleno de más canalladas que una prisión de puerto de guerra. Se descubría de todo en su pasado e incluso, supongo, magníficos errores judiciales. Es cierto que su rostro lo traicionaba, innegable, angustiosa cara de asesino o, mejor dicho, para no señalar a nadie, de hombre imprudente, con una urgencia enorme de realizarse, lo que equivale a lo mismo.

A la hora de la siesta, se veía, al pasar, desplomadas a la sombra de sus hotelitos del Boulevard Faidherbe, a algunas blancas aquí y allá, esposas de oficiales, de colonos, a las que el clima demacraba mucho más aún que a los hombres, vocecillas graciosamente vacilantes, sonrisas enormemente indulgentes, maquilladas sobre toda su palidez como agónicas contentas. Daban menos muestras de valor y dignidad, aquellas burguesas trasplantadas, que la patrona de la pagoda, que sólo podía contar consigo misma. Por su parte, la Compañía Pordurière consumía a muchos empleadillos blancos de mi estilo; cada temporada perdía decenas de esos subhombres, en sus factorías de la selva, cerca de los pantanos. Eran pioneros.

Todas las mañanas, el Ejército y el Comercio acudían a lloriquear por sus contingentes hasta las propias oficinas del hospital. No pasaba día sin que un capitán amenazara, lanzando rayos y truenos, al gerente para que le devolvieran a toda prisa sus tres sargentos jugadores de cartas y palúdicos y los dos cabos sifilíticos, mandos que le faltaban precisamente para organizar una compañía. Si le respondían que habían muerto, esos holgazanes, entonces dejaba en paz a los administradores y se volvía, por su parte, a beber un poco más a la pagoda.

Apenas te daba tiempo de verlos desaparecer, hombres, días y cosas, en aquel verdor, aquel clima, calor y mosquitos. Todo se iba, era algo repugnante, en trozos, frases, miembros, penas, glóbulos, se perdían al sol, se derretían en el torrente de la luz y los colores y con ellos el gusto y el tiempo, todo se iba. En el aire no había sino angustia centelleante.

Por fin, el pequeño carguero que debía llevarme, costeando, hasta las cercanías de mi puesto, fondeó a la vista de Fort-Gono. El *Papaoutah*, se llamaba. Un barquito de casco muy plano, construido así para los estuarios. Lo alimentaban con leña. Yo era el único blanco a bordo y me concedieron un rincón entre la cocina y los retretes. Íbamos tan despacio por el mar, que al principio pensé que se trataba de una precaución para salir de la ensenada. Pero nunca aumentó la velocidad. Aquel *Papaoutah* tenía poquísima potencia. Avanzamos así, a la vista de la costa, faja gris infinita y tupida de arbolitos en medio de los danzarines vahos del calor. ¡Qué paseo! *Papaoutah* hendía el agua como si la hubiera sudado toda él mismo, con dolor. Deshacía una olita tras otra con precauciones de enfermera haciendo una cura. El piloto debía de ser, me parecía desde lejos, un mulato; digo «me parecía» porque nunca encontraba las fuerzas necesarias para subir arriba, a cubierta, a cerciorarme en persona. Me quedaba confinado con los negros, únicos pasajeros, a la sombra de la crujía, mientras el sol bañaba el puente, hasta las cinco. Para que no te queme la cabeza por los ojos, el sol, hay que pestañear como una rata. A partir de las cinco puedes echar un vistazo al horizonte, la buena vida. Aquella franja gris, el país tupido a ras del agua, allí, especie de sobaquera aplastada, no me decía nada. Era repugnante respirar aquel aire, aun de noche, tan tibio, marino enmohecido. Toda aquella insipidez deprimía, con el olor de la máquina, además, y, de día, las olas demasiado ocres por aquí y demasiado azules por el otro lado. Se estaba peor aún que en el *Amiral-Bragueton*, exceptuando a los asesinos militares, por supuesto.

Por fin, nos acercamos al puerto de mi destino. Me recordaron su nombre: «Topo». A fuerza de toser, expectorar, temblar, durante tres veces el trascurso de cuatro comidas a base de conservas, sobre aquellas aguas aceitosas como de haber lavado los platos, el *Papaoutah* acabó atracando.

En la pilosa orilla se destacaban tres enormes chozas techadas con paja. De lejos, cobraba, al primer vistazo, un aspecto bastante atrayente. La desembocadura de un gran río arenoso, el mío, según me explicaron, por donde debía yo remontar, en barca, para llegar al centro mismo de mi selva. En Topo, puesto al borde del mar, debía quedarme sólo unos días, según lo previsto, el tiempo necesario para adoptar mis últimas resoluciones coloniales.

Pusimos rumbo a un embarcadero liviano y el *Papaoutah*, antes de llegar a él, se llevó por delante, con su grueso vientre, la barra. De bambú era el embarcadero, lo recuerdo bien. Tenía su historia, lo rehacían cada mes, me enteré, a causa de los moluscos, ágiles y vivos, que acudían a millares a jalárselo, a medida que lo arreglaban. Esa construcción infinita era incluso una de las ocupaciones desesperantes que había de sufrir el teniente Grappa, comandante del puesto de Topo y de las regiones vecinas. El *Papaoutah* sólo hacía la travesía una vez al mes, pero los moluscos no tardaban más de un mes en jalarse su desembarcadero.

A la llegada, el teniente Grappa cogió mis papeles, verificó su autenticidad, los copió en un registro virgen y me ofreció el aperitivo. Yo era el primer viajero, me confió, que acudía a Topo por espacio de más de dos años. Nadie iba a Topo. No había ninguna razón para ir a Topo. A las órdenes del teniente Grappa servía el sargento Alcide. En su aislamiento, no se estimaban nada. «Tengo que desconfiar siempre de mi subalterno —me comunicó también el teniente Grappa ya en nuestro primer contacto—. ¡Tiene cierta tendencia a la familiaridad!»

Como, en aquella desolación, si hubiera habido que imaginar acontecimientos, habrían resultado demasiado inverosímiles, pues el ambiente no se prestaba, el sargento Alcide preparaba por adelantado informes de «Sin novedad», que Grappa firmaba sin tardar y que el *Papaoutah* llevaba, puntual, al gobernador general.

Entre las lagunas de los alrededores y en lo más recóndito de la selva vegetaban algunas tribus enmohecidas, diezmadas, torturadas por el tripanosoma y la miseria crónica; aun así, aportaban un pequeño impuesto y a estacazos, por supuesto. Entre sus jóvenes reclutaban también a algunos milicianos para manejar por delegación esa misma estaca. Los efectivos de la milicia ascendían a doce hombres.

Puedo hablar de ellos, los conocí bien. El teniente Grappa los equipaba a su modo, a aquellos potrudos, y los alimentaba regularmente con arroz. Un fusil para doce y una banderita para todos. Sin zapatos. Pero, como todo es relativo en este mundo y comparativo, a los reclutas indígenas les parecía que Grappa hacía las cosas muy bien. Incluso tenía que rechazar voluntarios todos los días y entusiastas, hijos de la selva hastiados.

La caza era escasa en los alrededores de la ciudad y, a falta de gacelas, se comían al menos una abuela por semana. Todas las mañanas, a partir de las siete, los milicianos de Alcide se ponían a hacer la instrucción. Como yo me alojaba en un rincón de su choza, que me había cedido, me encontraba en primera fila para asistir a aquella algarada. En ningún otro ejército del mundo figuraron nunca soldados con mejor voluntad. A la llamada de Alcide, y recorriendo la arena en fila de cuatro, de ocho y luego de doce, aquellos primitivos se desvivían con creces imaginando sacos, zapatos, bayonetas incluso, y, lo que es más, haciendo como que los utilizaban. Recién salidos de la naturaleza tan vigorosa y tan próxima, iban vestidos sólo con una apariencia de calzoncillo caqui. Todo lo demás debían imaginarlo y así lo hacían. A la orden de Alcide, perentoria, aquellos ingeniosos guerreros, dejando en el suelo sus ficticios sacos, corrían en el vacío al ataque de enemigos imaginarios con estocadas imaginarias. Tras haber hecho como que se desabrochaban, formaban montones de ropa invisible y, ante otra señal, se apasionaban en abstracciones de mosquetería. Verlos diseminarse, gesticular minuciosamente y perderse en encajes de movimientos bruscos y prodigiosamente inútiles era deprimente hasta el marasmo. Sobre todo porque en Topo el calor brutal y la asfixia, perfectamente concentrados por la arena entre los espejos del mar y del río, pulidos y conjugados, eran como para jurar por tu trasero que te encontrabas sentado por la fuerza sobre un pedazo de sol recién caído.

Pero aquellas condiciones implacables no impedían a Alcide gritar: al contrario. Sus alaridos tronaban por encima de aquel ejercicio fantástico y llegaban muy lejos, hasta la cresta de los augustos cedros del lindero tropical. Más lejos aún retumbaban incluso sus «¡firmes!».

Mientras tanto, el teniente Grappa preparaba su justicia. Ya volveremos a hablar de eso. También vigilaba sin cesar desde lejos, desde la sombra de su choza, la fugaz construcción del embarcadero maldito. A cada llegada del *Papaoutah* iba a esperar, optimista y escéptico, equipos completos para sus efectivos.

En vano los reclamaba desde hacía dos años, sus equipos completos. Como era corso, Grappa se sentía tal vez más humillado que nadie al observar que sus milicianos seguían desnudos.

En nuestra choza, la de Alcide, se practicaba un pequeño comercio, apenas clandestino, de cosillas y restos diversos. Por lo demás, todo el tráfico de Topo pasaba por Alcide, ya que tenía una pequeña provisión, la única, de tabaco en hoja y en paquetes, algunos litros de alcohol y algunos metros de algodón.

Los doce milicianos de Topo, sentían, era evidente, hacia Alcide auténtica simpatía y ello pese a que los abroncaba sin límites y les daba patadas en el trasero injustamente. Pero habían advertido en él, aquellos militares nudistas, elementos innegables del gran parentesco, el de la miseria incurable, innata. El tabaco los hacía sentirse unidos, por muy negros que fueran, por la fuerza de las cosas. Yo había llevado conmigo algunos periódicos de Europa. Alcide los hojeó con el deseo de interesarse por las noticias, pero, pese a intentar por tres veces centrar su atención en las columnas inconexas, no consiguió acabarlas. «Ahora —me confesó tras ese vano intento—, en el fondo, ¡me importan un bledo las noticias! ¡Hace tres años que estoy aquí!» Eso no quería decir que Alcide pretendiera sorprenderme dándoselas de ermitaño, no, sino que la brutalidad, la indiferencia demostrada del mundo entero hacia él lo obligaba, a su vez, a considerar, en su calidad de sargento reenganchado, el mundo entero, fuera de Topo, como una Luna.

Por cierto, que era un buen muchacho, Alcide, servicial y generoso y todo. Lo comprendí más adelante, demasiado tarde. Su formidable resignación lo aplastaba, esa cualidad básica que vuelve a la pobre gente, del ejército o de fuera de él, tan dispuesta a matar como a dar vida. Nunca, o casi nunca, preguntan el porqué, los humildes, de lo que deben soportar. Se odian unos a otros, eso basta.

En torno a nuestra choza crecían, diseminadas, en plena laguna de arena tórrida, despiadada, esas curiosas florecillas frescas y breves, color verde, rosa o púrpura, que en Europa sólo se ven pintadas y en ciertas porcelanas, especie de campanillas primitivas y sin cursilería. Soportaban la larga jornada abominable, cerradas en su tallo, y, al abrirse por la noche, se ponían a temblar, graciosas, con las primeras brisas tibias.

Un día en que Alcide me vio ocupado en coger un ramillete, me avisó: «Cógelas, si quieres, pero no las riegues, a esas jodías, que se mueren... Son de lo más frágil, ¡no se parecen a los girasoles de cuyo cuidado encargábamos a los quintos en Rambouillet! ¡Se les podía mear encima!... ¡Se lo bebían todo!... Además, las flores son como los hombres... ¡Cuanto más grandes, más inútiles son!». Eso iba dirigido al teniente Grappa, evidentemente, cuyo cuerpo era grande y calamitoso, de manos breves, purpúreas, terribles. Manos de quien nunca entendería nada. Por lo demás, Grappa no intentaba entender.

Pasé dos semanas en Topo, durante las cuales compartí no sólo la existencia y el papeo con Alcide, sus chinches (las de cama y las de arena), sino también su quinina y el agua del pozo cercano, inexorablemente tibia y diarreica.

Un día el teniente Grappa, sintiéndose amable, me invitó, por excepción, a ir a tomar café a su casa. Era celoso, Grappa, y nunca enseñaba su concubina indígena a nadie. Así, pues, había elegido, para invitarme, un día en que su negra iba a visitar a sus padres a la aldea. También era el día de audiencia en su tribunal. Quería impresionarme.

En torno a su cabaña, esperando desde la mañana temprano, se apiñaban los querellantes, masa heterogénea y abigarrada de taparrabos y testigos chillones. Pleiteantes y público de pie, mezclados en el mismo círculo, todos con fuerte olor a ajo, sándalo, mantequilla rancia, sudor azafranado. Como los milicianos de Alcide, todos aquellos seres parecían interesados ante todo en agitarse frenéticos en la ficción; alborotaban a su alrededor en un idioma de castañuelas, al tiempo que blandían por encima de sus cabezas manos crispadas en un vendaval de argumentos.

El teniente Grappa, hundido en su sillón de mimbre, crujiente y quejumbroso, sonreía ante todas aquellas incoherencias reunidas. Se fiaba, para guiarse, del intérprete del puesto, que le respondía, a voz en grito, con demandas increíbles.

Se trataba tal vez de un cordero tuerto que unos padres se negaban a restituir, pese a que su hija, vendida legalmente, no había sido entregada al marido, por culpa de un crimen que su hermano había encontrado medio de cometer, entretanto, en la persona de la hermana de éste, que guardaba el cordero. Y muchas otras y más complicadas quejas.

A nuestra altura, cien rostros apasionados por aquellos problemas de intereses y costumbres enseñaban los dientes al emitir jijeitos secos o gluglús sonoros, palabras de negros.

El calor era máximo. Atisbabas el cielo por el ángulo del techo para ver si no se avecinaría una catástrofe. Ni siquiera una tormenta.

«¡Voy a ponerlos de acuerdo a todos en seguida! –decidió finalmente Grappa, a quien la temperatura y la palabrería inducían a las resoluciones–. ¿Dónde está el padre de la novia?... ¡Que me lo traigan!»

«¡Aquí está!», respondieron veinte compinches, al tiempo que empujaban a primera fila a un viejo negro bastante marchito, envuelto en un taparrabos amarillo que lo cubría con mucha dignidad, a la romana. Acompasaba, el viejales, todo lo que contaban a su alrededor, con el puño cerrado. No parecía en absoluto haber acudido allí para quejarse, sino para distraerse un poco con ocasión de un proceso del que ya no esperaba, desde hacía mucho, resultados positivos.

«¡Venga! –mandó Grappa–. ¡Veinte latigazos! ¡Acabemos de una vez! ¡Veinte latigazos a ese viejo macarra!... ¡Así aprenderá a venir a fastidiarme todos los jueves desde hace dos meses con su historia de corderos de chicha y nabo!»

El viejo vio a los cuatro milicianos musculosos acercársele. Al principio, no entendía lo que querían de él y después puso ojos como platos, inyectados en sangre como los de un viejo animal horrorizado, al que nunca hubieran pegado. No intentaba resistirse en realidad, pero tampoco sabía cómo colocarse para recibir con el menor dolor posible aquella zurra de la justicia.

Los milicianos le tiraban de la tela. Dos de ellos querían a toda costa que se arrodillara, los otros le ordenaban, al contrario, que se tumbara boca abajo. Por fin, se pusieron de acuerdo para dejarlo como estaba, simplemente, en el suelo, con el taparrabos alzado y recibió de entrada en espalda y marchitas nalgas una somanta de vergajazos como para hacer bramar a una burra robusta durante ocho días. Se retorcía y la fina arena mezclada con sangre salpicaba en torno a su vientre; escupía arena al gritar, parecía una perra pachona encinta, enorme, a la que torturaran con ganas.

Los asistentes permanecieron en silencio mientras duró la escena. Sólo se oían los ruidos del castigo. Ejecutado éste, el viejo, bien vapuleado, intentaba levantarse y rodearse con el taparrabos, a la romana. Sangraba en abundancia por la boca, por la nariz y sobre todo a lo largo de la espalda. La multitud se lo llevó con un murmullo de mil chismes y comentarios en tono de entierro.

El teniente Grappa volvió a encender su puro. Delante de mí, quería mantenerse distante de aquellas cosas. No es, creo, que fuera más neroniano que otro, sólo que no le gustaba tampoco que lo obligaran a pensar. Eso le fastidiaba. Lo que lo volvía irritable en sus funciones judiciales eran las preguntas que le hacían.

Ese mismo día asistimos también a otras dos correcciones memorables, consecutivas a otras historias desconcertantes, de dotes arrebatadas, promesas de envenenamiento... compromisos equívocos... hijos dudosos...

«¡Ah! Si supieran, todos, lo poco que me importan sus litigios, ¡no abandonarían su selva para venir a fastidiarme así con sus gilipolleces!... ¿Acaso los tengo yo al corriente de mis asuntos? —concluía Grappa—. Sin embargo —prosiguió—, ¡voy a acabar creyendo que le han cogido gusto a mi justicia, esos marranos!... Hace dos años que intento asquearlos y, sin embargo, cada jueves vuelven... Créame, si quiere, joven, ¡casi siempre vuelven los mismos!... ¡Unos viciosos, vamos!...»

Después la conversación versó sobre Toulouse, donde pasaba sin falta sus vacaciones y donde pensaba retirarse Grappa, al cabo de seis años, con su pensión. ¡Así lo tenía previsto! Estábamos tomando, tan a gusto, el «calvados», cuando nos vimos de nuevo molestados por un negro condenado a no sé qué pena y que llegaba con retraso para purgarla. Acudía espontáneamente, dos horas después que los otros, a ofrecerse para recibir la somanta. Como había realizado un recorrido de dos días y dos noches desde su aldea y por el bosque con ese fin, no estaba dispuesto a regresar con las manos vacías. Pero llegaba tarde y Grappa era intransigente en relación con la puntualidad penal. «¡Peor para él! ¡Que no se hubiera marchado la última vez!... ¡El jueves pasado fue cuando lo condené a cincuenta vergajazos, a ese cochino!»

El cliente protestaba, de todos modos, porque tenía una buena excusa: había tenido que volver a su aldea a toda prisa para enterrar a su madre. Tenía tres o cuatro madres para él solo. Discusiones...

«¡Habrá que dejarlo para la próxima audiencia!»

Pero apenas tenía tiempo, aquel cliente, para ir a su aldea y volver, de entonces hasta el jueves próximo. Protestaba. Se emperraba. Hubo que echarlo, a aquel masoquista, del campo a patadas en el culo. Eso le dio placer, de todos modos, pero no suficiente... En fin, acabó donde Alcide, quien aprovechó para venderle todo un surtido de tabaco en hoja, al masoquista, en paquete y en polvo para aspirar.

Muy divertido con aquellos múltiples incidentes, me despedí de Grappa, quien precisamente se retiraba, para la siesta, a su choza, donde ya se encontraba descansando su ama indígena, de vuelta de la aldea. Un par de chucháis espléndidos, aquella negra, bien educada por las hermanas de Gabón. No sólo sabía la joven hablar francés ceceando, sino también presentar la quinina en la mermelada y sacar las niguas de la planta de los pies. Sabía ser agradable de cien modos al colonial, sin fatigarlo o fatigándolo, según su preferencia.

Alcide estaba esperándome, un poco molesto. Aquella invitación con que acababa de honrarme el teniente Grappa fue lo que le decidió seguramente a hacerme confidencias. Y eran subidas de tono, sus confidencias. Me hizo, sin que se lo pidiera, un retrato exprés de Grappa con caca humeante. Le respondí a todo que era de la misma opinión. El punto débil de Alcide era que traficaba, pese a los reglamentos militares, absolutamente contrarios, con los negros de la selva circundante y también con los doce tiradores de su milicia. Abastecía de tabaco a toda aquella gente, sin piedad. Cuando los milicianos habían recibido su parte de tabaco, no les quedaba nada de la paga; se la habían fumado. Se la fumaban por adelantado incluso. Esa modesta práctica, en vista de la escasez de numerario en la región, perjudicaba, según Grappa, a la recaudación de impuestos.

El teniente Grappa, prudente, no quería provocar bajo su gobierno un escándalo en Topo, pero en fin, celoso tal vez, ponía mala cara. Le habría gustado que todas las minúsculas disponibilidades indígenas estuvieran destinadas, como es lógico, a los impuestos. Cada cual con su estilo y sus modestas ambiciones.

Al principio, la práctica del crédito en función del salario les había parecido un poco extraña e incluso dura, a los tiradores, que trabajaban únicamente para fumar el tabaco de Alcide, pero se habían acostumbrado a fuerza de patadas en el culo. Ahora ya ni siquiera intentaban ir a cobrar su paga, se la fumaban por adelantado, tranquilamente, junto a la choza de Alcide, entre las vivaces florecillas, entre dos ejercicios de imaginación.

En resumen, en Topo, por minúsculo que fuera el lugar, había, pese a todo, sitio para dos sistemas de civilización, la del teniente Grappa, más bien a la romana, que azotaba al sumiso para extraerle simplemente el tributo, del que, según la afirmación de Alcide, retenía una parte vergonzosa y personal, y el sistema de Alcide propiamente dicho, más complicado, en el que se vislumbraban ya los signos de la segunda etapa civilizadora, el nacimiento en cada tirador de un cliente, combinación comercialo-militar, en una palabra, mucho más moderna, más hipócrita, la nuestra.

En lo relativo a la geografía, el teniente Grappa calculaba apenas, con ayuda de algunos mapas muy aproximativos que tenía en el puesto, los vastos territorios confiados a su custodia. Tampoco tenía demasiado deseo de saber más sobre aquellos territorios. Los árboles, la selva ya se sabe, al fin y al cabo, lo que son, se los ve muy bien desde lejos.

Ocultas entre el follaje y los recovecos de aquella inmensa tisana, algunas tribus extraordinariamente diseminadas se pudrían aquí y allá entre sus pulgas y sus moscas, embrutecidas por los tótems y atiborrándose de mandioca podrida... Pueblos de una ingenuidad perfecta y un canibalismo cándido, azotados por la miseria, devastados por mil pestes. Nada por lo que valiera la pena acercarse a ellos. Nada justificaba una expedición administrativa dolorosa y sin eco. Cuando había acabado de imponer la ley, Grappa prefería volverse hacia el mar y con-

templar aquel horizonte por el que cierto día había aparecido él y por el que cierto día desaparecería, si todo iba bien...

Pese a que aquel lugar había llegado a serme familiar y, al
final, agradable, tuve, sin embargo, que pensar en abandonar
por fin Topo para dirigirme a la tienda que me estaba prometida al cabo de unos días de navegación fluvial y de peregrinaciones selváticas.

Alcide y yo habíamos llegado a entendernos muy bien.
Intentábamos juntos pescar peces-sierra, especie de tiburones
que pululaban delante de la choza. Él era tan poco hábil para
ese juego como yo. No pescábamos nada.

Su choza estaba amueblada sólo con su cama desmontable, la mía y algunas cajas vacías o llenas. Me parecía que debía
de ahorrar bastante dinero gracias a su modesto comercio.

«¿Dónde lo metes?... –le pregunté en varias ocasiones–.
¿Dónde lo escondes, tu asqueroso parné? –Era para hacerle
rabiar–. Menuda vidorra te vas a dar, cuando regreses.» Yo lo
pinchaba. Y veinte veces por lo menos, mientras nos poníamos
a comer el inevitable «tomate en conserva», imaginaba, para su
regocijo, las peripecias de un periplo fenomenal, a su regreso
a Burdeos, de burdel en burdel. No me respondía nada. Se limitaba a reírse, como si le divirtiera que le dijese esas cosas.

Aparte de la instrucción y las sesiones de justicia, no ocurría nada, la verdad, en Topo, conque, por fuerza, yo repetía lo
más a menudo posible mi chiste de siempre, a falta de otros
temas.

Hacia el final, una vez me dieron ganas de escribir al
Sr. Puta, para darle un sablazo. Alcide se encargaría de echar
al correo mi carta en el próximo *Papaoutah*. El material de escri-
tura de Alcide estaba guardado en una cajita de galletas, como
la de Branledore, la misma exactamente. Así, pues, todos los sargentos reenganchados tenían la misma costumbre. Pero, cuando me vio abrir la caja, Alcide hizo un gesto que me sorpren-

dió, para impedírmelo. Me sentí violento. No sabía por qué me lo impedía; volví, pues, a dejarla sobre la mesa. «¡Bah! ¡Ábrela, anda! —dijo por fin—. ¡No tiene importancia!» Al instante vi, pegada al reverso de la tapa, la foto de una niña. Sólo la cabeza, una carita muy dulce, por cierto, con largos bucles, como se llevaban en aquella época. Cogí el papel y la pluma y volví a cerrar rápido la caja. Me sentía muy violento por mi indiscreción, pero también me preguntaba por qué lo habría turbado tanto aquello.

Al instante imaginé que se trataba de una hija suya, de la que no había querido hablarme hasta entonces. Yo no quería saber más, pero le oí detrás, a mi espalda, intentando contarme algo en relación con la foto, con voz extraña, que nunca le había oído hasta entonces. Farfullaba. Yo quería que me tragara la tierra. Tenía que ayudarlo a hacerme su confidencia. No sabía qué hacer para pasar aquel momento. Iba a ser una confidencia penosa, estaba seguro. La verdad es que no deseaba escucharla.

«¡No tiene importancia! —oí que decía por fin—. Es la hija de mi hermano... Murieron los dos...»

«¿Sus padres?...»

«Sí, sus padres...»

«Entonces, ¿quién la cría ahora? ¿Tu madre?», le pregunté, por decir algo, por manifestar interés.

«¿Mi madre? También murió...»

«Entonces, ¿quién?»

«¡Pues yo!»

Lanzó una risita, Alcide, carmesí, como si acabara de hacer algo indecoroso. Se apresuró a proseguir:

«Mira, te voy a explicar... Está en un colegio de monjas de Burdeos... Pero no de las hermanitas de los pobres, ¿eh?... Las monjas "bien"... Como soy yo quien me ocupo de ello, no hay cuidado. ¡No quiero que le falte de nada! Ginette, se llama... Es una niña muy buena... Como su madre, por cierto... Suele escribirme a menudo, progresa; sólo, que los pensionados así, verdad, son caros... Sobre todo porque ahora ya tiene diez años... Quiero que aprenda piano al mismo tiempo... ¿Qué opinión tienes tú del piano?... Está bien, ¿eh?, el piano para las chicas... ¿No crees?... ¿Y el inglés? ¿Es útil también el inglés?... ¿Lo sabes tú el inglés?...»

Me puse a mirarlo más de cerca, a Alcide, a medida que iba confesando la culpa de no ser demasiado generoso, con su bigotito cosmético, sus cejas de excéntrico, su piel calcinada. ¡Púdico Alcide! ¡Qué de economías debía de haber hecho sobre su mísera paga... sobre sus famélicas primas y su minúsculo comercio clandestino... durante meses, años, en aquel Topo infernal!... Yo no sabía qué responderle, no me sentía competente, pero me superaba tanto, en corazón, que me puse colorado como un tomate... Al lado de Alcide, un simple patán impotente, yo, basto y vano... De nada servía simular. Estaba claro.

Ya no me atrevía a hablarle, me sentía de pronto absolutamente indigno de hablarle. Yo que el simple día antes no le hacía demasiado caso e incluso lo despreciaba un poco, a Alcide.

«No he tenido potra —prosiguió, sin darse cuenta de que me ponía violento con sus confidencias— Imagínate que hace dos años le dio la parálisis infantil... Figúrate... ¿Sabes tú lo que es la parálisis infantil?»

Entonces me explicó que la pierna izquierda de la niña permanecía atrofiada y que seguía un tratamiento a base de electricidad en Burdeos, con un especialista.

«¿Crees tú que la podrá recuperar?...», me preguntaba inquieto.

Le aseguré que se podía recuperar perfectamente, del todo, con el tiempo y la electricidad. Hablaba de su madre, que había muerto, y de la enfermedad de la pequeña con muchas precauciones. Temía, incluso de lejos, hacerle daño.

«¿Has ido a verla después de la enfermedad?»

«No... estaba aquí.»

«¿Vas a ir a verla pronto?»

«Creo que no voy a poder hasta dentro de tres años... Date cuenta, aquí hago un poco de comercio... Conque eso la ayuda... Si me marchara de permiso ahora, al regreso me habrían cogido el puesto... sobre todo por ese otro cabrón...»

Así, Alcide sólo pedía la posibilidad de ampliar su estancia al doble, cumplir seis años seguidos en Topo, en lugar de tres, por su sobrinita, de la que sólo tenía unas cartas y el retratito. «Lo que me preocupa –prosiguió, cuando nos acostamos– es que no tenga a nadie allí para las vacaciones... Es duro para una niña...»

Evidentemente, Alcide evolucionaba en lo sublime con facilidad y, por así decir, con familiaridad, tuteaba a los ángeles, aquel muchacho, y parecía un mosquita muerta. Había ofrecido, casi sin darse cuenta, a una niña vagamente emparentada, años de tortura, la aniquilación de su pobre vida en aquella monotonía tórrida, sin condiciones, sin regateo, sin otro interés que el de su buen corazón. Ofrecía a aquella niña lejana ternura suficiente para rehacer un mundo entero y era algo que no se veía.

Se quedó dormido de repente, a la luz de la vela. Acabé levantándome para mirar en detalle sus facciones a la luz. Dormía como todo el mundo. Tenía aspecto muy corriente. Sin embargo, no sería ninguna tontería que hubiera algo para distinguir a los buenos de los malos.

Hay dos métodos para penetrar en la selva, o bien abrir un túnel en ella, como las ratas en los haces de heno. Ése es el método asfixiante. No me hacía ninguna gracia. O bien soportar la subida río arriba, encogidito en el fondo de un tronco de árbol, impulsado con pagaya entre recodos y boscajes, y, acechando así el fin de días y días, ofrecerse de plano al resplandor, sin recurso. Y después, atontado por los aullidos de los negros, llegar adonde vayas hecho una lástima.

Todas las veces, al arrancar, para coger el ritmo, necesitan tiempo, los remeros. La disputa. Primero una pala entra en el agua y después dos o tres alaridos acompasados y la selva responde, remolinos, te deslizas, dos remos, luego tres, todavía descompasados, olas, titubeos, una mirada atrás te devuelve al mar, que se extiende allá, se aleja, y ante ti la larga extensión lisa que se va labrando, y luego Alcide aún, un poco, sobre el embarcadero, al que veo lejos, casi oculto por los vahos del río, bajo su enorme casco, en forma de campana, un trocito de cabeza, de cara, como un quesito, y el resto de Alcide debajo flotando en su túnica, como perdido ya en un recuerdo extraño con pantalones blancos.

Eso es todo lo que me queda de aquel lugar, de aquel Topo.

¿Habrán podido defenderla aún por mucho tiempo, aquella aldea ardiente, de la guadaña solapada del río de aguas color canela? Y sus tres chozas pulgosas, ¿seguirán aún en pie? ¿Habrá nuevos Grappas y Alcides entrenando a tiradores recientes en esos combates inconsistentes? ¿Seguirán ejerciendo aquella justicia sin pretensiones? ¿Seguirá tan rancia el agua que intenten beber? ¿Tan tibia? Como para asquearte de tu propia boca durante ocho días después de cada ronda... ¿Seguirán sin nevera? ¿Y los combates de oído que libran contra las moscas los infatigables abejorros de la quinina? ¿Sulfato? ¿Clorhidrato?... Pero, antes que nada, ¿existirán aún negros pustulentos desecándose en aquella estufa? Muy bien puede ser que no...

Tal vez nada de eso exista ya, quizás el pequeño Congo haya lamido Topo de un gran lengüetazo cenagoso una noche de tornado, al pasar, y ya no quede nada, haya desaparecido de los mapas hasta el nombre, ya sólo quede yo, en una palabra, para recordar aún a Alcide... Tal vez lo haya olvidado su sobrina también. Puede que el teniente Grappa no haya vuelto a ver su Toulouse... Que la selva que acechaba desde siempre la duna, al regreso de la estación de las lluvias, haya invadido todo, haya aplastado todo bajo la sombra de las inmensas caobas, todo, hasta las florecillas imprevistas de la arena, que, según Alcide, no había que regar... Que ya no exista nada.

Lo que fueron los diez días de ascenso río arriba es algo que no olvidaré por mucho tiempo... Transcurridos vigilando los remolinos cenagosos, en el hueco de la piragua, eligiendo un paso furtivo tras otro, entre los ramajes enormes a la deriva, evitados con agilidad. Trabajo de forzados evadidos.

Después de cada crepúsculo, nos deteníamos en un promontorio rocoso. Una mañana, abandonamos por fin aquella sucia lancha salvaje para entrar en la selva por un sendero oculto que se insinuaba en la penumbra verde y húmeda, iluminado sólo a ratos por un rayo de sol que caía desde lo alto de aquella infinita catedral de hojas. Monstruosos árboles caídos obligaban a nuestro grupo a dar muchos rodeos. En su hueco un metro entero habría maniobrado a sus anchas.

En determinado momento volvió la luz deslumbrante, habíamos llegado ante un espacio desbrozado, tuvimos que subir aún, otro esfuerzo. La eminencia que alcanzamos coronaba la infinita selva, encrespada con cimas amarillas, rojas y verdes, que poblaba, estrujaba montes y valles, monstruosamente abundante como el ciclo y el agua. El hombre cuya vivienda buscábamos vivía, me indicaron con señas, un poco más lejos... en otro vallecito. Allí nos esperaba, el hombre.

Entre dos grandes rocas se había construido una especie de refugio, al abrigo, me hizo observar, de los tornados del este, los peores, los más iracundos. No tuve inconveniente en reconocer que era una ventaja, pero en cuanto a la choza misma pertenecía con toda seguridad a la última categoría, la más astrosa, vivienda casi teórica, deshilachada por todos lados. Me esperaba sin falta algo por el estilo en punto a vivienda, pero, aun así, la realidad superaba mis previsiones.

Debí de parecerle por completo desconsolado al tipo aquel, pues se dirigió a mí con bastante brusquedad para hacerme salir de mis reflexiones. «¡Ande, hombre, que no estará usted tan mal aquí como en la guerra! Al fin y al cabo, ¡aquí puede uno salir adelante! Se jala mal, de acuerdo, y para beber, auténtico lodo, pero se puede dormir cuanto se quiera... ¡Aquí, amigo, no hay cañones! ¡Ni balas tampoco! En una palabra, ¡es buen asunto!» Hablaba un poco en el mismo tono que el delegado general, pero tenía ojos pálidos como los de Alcide.

Debía de andar por los treinta años y era barbudo... No lo había mirado bien, al llegar, de tan desconcertado como estaba, al llegar, con la pobreza de su instalación, la que debía legarme y que había de acogerme durante años tal vez... Pero, al observarlo, después, más adelante, le vi cara de aventurero innegable, cara muy angulosa e incluso rebelde, de esas que entran a saco en la existencia en lugar de colarse por ella, con gruesa nariz redonda, por ejemplo, y mejillas llenas en forma de gabarras, que van a chapotear contra el destino con un ruido de parloteo. Aquél era un desdichado.

«¡Es cierto! –dije–. ¡Nada hay peor que la guerra!»

Ya era bastante de momento, en punto a confidencias, yo no tenía ganas de decir nada más. Pero fue él quien continuó sobre el mismo tema:

«Sobre todo ahora que las hacen tan largas, las guerras... –añadió–. En fin, ya verá, amigo, que esto no es demasiado divertido, ¡y se acabó! No hay nada que hacer... Es como unas vacaciones... Pero es que, ¡vacaciones aquí! ¿No?... En fin, tal vez dependa del carácter, no puedo decir...»

«¿Y el agua?», pregunté. La que veía en mi cubilete, que me había vertido yo mismo, me inquietaba, amarillenta; bebí, nauseabunda y caliente como la de Topo. Al tercer día tenía posos.

«¿Es ésta el agua?» La tortura del agua volvía a empezar.

«Sí, es la única que hay por aquí y, además, la de la lluvia... Sólo, que, cuando llueva, la cabaña no resistirá mucho tiempo. ¿Ve usted en qué estado se encuentra la cabaña?» Veía, en efecto.

«Para comer –siguió diciendo– sólo hay conservas, hace un año que no jalo otra cosa... ¡Y no me he muerto!... En un sentido es muy cómodo, pero el cuerpo no lo retiene; los indígenas jalan mandioca podrida, allá ellos, les gusta... Desde hace tres meses lo devuelvo todo... La diarrea. Tal vez la fiebre también; tengo las dos cosas... Y hasta veo más claro hacia las cinco de la tarde... Por eso noto que tengo fiebre, porque, por el calor, verdad, ¡es difícil tener más temperatura que la que se tiene aquí sólo con el calor del ambiente!... En una palabra, los escalofríos son los que te avisan de que tienes fiebre... Y también porque te aburres menos... Pero también eso debe de depender del carácter de cada uno... quizá podría uno beber alcohol para animarse, pero a mí no me gusta el alcohol... No lo soporto...»

Me parecía que tenía mucho respeto por lo que él llamaba «el carácter».

Y después, ya que estaba, me dio otras informaciones atractivas: «Por el día el calor, pero es que por la noche es el ruido lo que resulta más difícil de soportar... Es increíble... Son los bichos de la aldea que se persiguen para cepillarse o jalarse vivos a otros, no sé, eso es lo que me han dicho... el caso es que entonces, ¡se arma un jaleo!...Y las más ruidosas, ¡son también las hienas!... Llegan hasta ahí, muy cerca de la cabaña...Ya las oirá usted... No puede equivocarse... No son como los ruidos de la quinina...A veces se puede uno equivocar con las aves, los moscones y la quinina...A veces pasa... Mientras que las hienas se ríen de lo lindo... Olfatean la carne de uno... ¡Eso las hace reír!... ¡Tienen prisa por verte cascar, esos bichos!... Según dicen, hasta se les puede ver los ojos brillar... Les gusta la carroña...Yo no las he mirado a los ojos... En cierto modo lo siento...».

«Pues, ¡sí que está esto divertido!», fui y respondí.

Pero aún faltaba algo para el encanto de las noches.

«Y, además, la aldea —añadió—. No hay ni cien negros en ella, pero arman un tiberio, los maricones, ¡como si fueran dos mil!... ¡Ya verá usted también lo que son ésos! ¡Ah! Si ha venido usted por el tam-tam, ¡no se ha equivocado de colonia!... Porque aquí lo tocan porque hay luna y después porque no la hay...Y luego porque esperan la luna... En fin, ¡siempre por algo! ¡Parece como si se entendieran con los bichos para fastidiarte, esos cabrones! Como para volverse loco, ¡se lo aseguro!Yo me los cargaba a todos de una vez, ¡si no estuviera tan cansado!... Pero prefiero ponerme algodón en los oídos... Antes, cuando aún me quedaba vaselina en el botiquín, me la ponía, en el algodón, ahora pongo grasa de plátano en su lugar.También va bien, la grasa de plátano...Así, ¡ya se pueden correr de gusto con todos los truenos del cielo, esos maricones, si eso los excita! ¡A mí me la trae floja, con mi algodón engrasado! ¡No oigo nada! Los negros, se dará usted cuenta en seguida, ¡están hechos una mierda!... Pasan el día en cuclillas, parecen incapaces de levantarse para ir a mear siquiera contra un árbol y después, en cuanto se hace de noche, ¡menudo! ¡Se vuelven viciosos! ¡Puro nervio! ¡Histéricos! ¡Pedazos de noche atacados de histeria! Ya ve usted cómo son los negros, ¡se lo digo yo! En fin, una panda de asquerosos... ¡Degenerados, vamos!...»

«¿Vienen a menudo a comprar?»

«¿A comprar? ¡Figúrese usted! Hay que robarles antes que le roben a uno, ¡eso es el comercio y se acabó! Por cierto que conmigo, durante la noche, no se andan con chiquitas, lógicamente con mi algodón bien engrasado en cada oído, ¿no? ¿Para qué van a andarse con remilgos? ¿Verdad?...Y, además, como ve, tampoco tengo puertas en la choza, conque vienen y se sirven, ¿no?, puede usted estar seguro... Menuda vida se pegan aquí ellos...»

«Pero, ¿y el inventario? —pregunté, presa del mayor asombro ante aquellas precisiones—. El director general me recomendó con insistencia que estableciera el inventario nada más llegar ¡y minuciosamente!»

«A mí —fue y me respondió con perfecta calma— el director general me la trae floja... Tengo el gusto de decírselo...»

«Pero, ¿va usted a verlo, al pasar otra vez por Fort-Gono?»

«No voy a ver nunca más ni Fort-Gono ni al director... La selva es grande, amigo mío...»

«Pero, entonces, ¿adónde irá usted?»

«Si se lo preguntan, ¡responda que no lo sabe! Pero, como parece usted curioso, déjeme, ahora que aún está a tiempo, darle un puñetero consejo, ¡y muy útil! Mande a tomar por culo a la Compañía Pordurière como ella lo manda a usted y, si se da tanta prisa como ella, ¡le aseguro desde ahora mismo que ganará usted sin duda el Gran Premio!... ¡Conténtese, pues, con que yo le deje un poco de dinero en metálico y no pida más!... En cuanto a las mercancías, si es cierto que le ha recomendado hacerse cargo de ellas... respóndale al director que no quedaba nada, ¡y se acabó!... Si se niega a creerlo, pues, ¡tampoco importará demasiado!... ¡Ya nos consideran, convencidos, ladrones a todos, en cualquier caso! Conque no va a cambiar nada la opinión pública y para una vez que le vamos a sacar algo... Además, no tema, ¡el director sabe más que nadie de chanchullos y no vale la pena contradecirlo! ¡Ésa es mi opinión! ¿Y la de usted? Ya se sabe que para venir aquí, verdad, ¡hay que estar dispuesto a matar a padre y madre! Conque...»

Yo no estaba del todo seguro de que fuera cierto, todo lo que me contaba, pero el caso es que aquel predecesor me pareció al instante un pirata de mucho cuidado.

Nada, pero es que nada, tranquilo me sentía yo. «Ya me he metido en otro lío de la hostia», me dije a mí mismo y cada vez más convencido. Dejé de conversar con aquel bandido. En un rincón, en desorden, descubrí a la buena de Dios las mercancías que tenía a bien dejarme, cotonadas insignificantes... Pero, en cambio, taparrabos y sandalias por docenas, pimienta en botes, farolillos, un irrigador y, sobre todo, una cantidad alarmante de latas de fabada «estilo de Burdeos» y, por último, una tarjeta postal en color: la Place Clichy.

«Junto al poste encontrará el caucho y el marfil que he comprado a los negros... Al principio, perdía el culo, y después, ya ve, tome, trescientos francos... ¡Ésa es la cuenta!»

Yo no sabía de qué cuenta se trataba, pero renuncié a preguntárselo.

«Quizá tendrá aún que hacer algunos trueques con mercancías —me avisó—, porque el dinero aquí, verdad, no se necesita para nada, sólo puede servir para largarse, el dinero...»

Y se echó a reír. Como tampoco quería yo contrariarlo por el momento, lo imité y me reí con él como si estuviera muy contento.

A pesar de la indigencia en que se veía estancado desde hacía meses, se había rodeado de una servidumbre muy complicada, compuesta de chavales sobre todo, muy solícitos a la hora de presentarle la única cuchara de la casa o el vaso sin pareja o también extraerle de la planta del pie, con delicadeza, las incesantes y clásicas niguas penetrantes. A cambio, les pasaba, benévolo, la mano entre los muslos a cada instante. El único trabajo que le vi emprender era el de rascarse personalmente; ahora que a ése se entregaba, como el tendero de Fort-Gono, con una agilidad maravillosa, que, sólo se observa, está visto, en las colonias.

El mobiliario que me legó me reveló todo lo que el ingenio podía conseguir con cajas de jabón rotas en materia de sillas, veladores y sillones. También me enseñó, aquel tipo sombrío, a proyectar a lo lejos, para distraerse, de un solo golpe breve, con la punta del pie pronta, las pesadas orugas con caparazón, que subían sin cesar, nuevas, trémulas y babosas, al asalto de nuestra choza selvática. Si, por torpeza, las aplastas, ¡pobre de ti! Te ves castigado con ocho días consecutivos de hedor extremo, que se desprende despacio de su papilla inolvidable. Él había leído en alguna parte que esos pesados horrores representaban, en el terreno de los animales, lo más antiguo que había en el mundo. Databan, según afirmaba, ¡del segundo período geológico! «Cuando nosotros tengamos la misma antigüedad que ellas, ¡qué peste no echaremos!» Así mismo.

Los crepúsculos en aquel infierno africano eran espléndidos. No había modo de evitarlos. Trágicos todas las veces como tremendos asesinatos del sol. Una farolada inmensa. Sólo, que era demasiada admiración para un solo hombre. El cielo, durante una hora, se pavoneaba salpicado de un extremo a otro de escarlata en delirio, luego estallaba el verde en medio de los árboles y subía del suelo en estelas trémulas hasta las primeras estrellas. Después, el gris volvía a ocupar todo el horizonte y luego el rojo también, pero entonces fatigado, el rojo, y por poco tiempo. Terminaba así. Todos los colores recaían en jirones, marchitos, sobre la selva, como oropeles al cabo de cien representaciones. Cada día hacia las seis en punto ocurría.

Y la noche con todos sus monstruos entraba entonces en danza, entre miles y miles de berridos de sapos.

Ésa era la señal que esperaba la selva para ponerse a trepidar, silbar, bramar desde todas sus profundidades. Una enorme estación del amor y sin luz, llena hasta reventar. Árboles enteros atestados de francachelas vivas, de erecciones mutiladas, de horror. Acabábamos no pudiendo oírnos en nuestra choza. Tenía que gritar, a mi vez, por encima de la mesa como un autillo para que el compañero me entendiera. Estaba listo, yo que no apreciaba el campo.

«¿Cómo se llama usted? ¿No me acaba de decir Robinson?», le pregunté.

Estaba repitiéndome, el compañero, que los indígenas en aquellos parajes sufrían hasta el marasmo de todas las enfermedades posibles y que su estado era tan lastimoso, que no estaban en condiciones de dedicarse a comercio alguno. Mientras hablábamos de los negros, moscas e insectos, tan grandes, tan numerosos, vinieron a lanzarse en torno al farol, en ráfagas tan densas, que hubo que apagarlo.

La figura de aquel Robinson se me apareció una vez más, antes de apagar, cubierta por aquella rejilla de insectos. Tal vez por eso sus rasgos se grabaron de modo más sutil en mi memoria, mientras que antes no me recordaban nada preciso. En la obscuridad seguía hablándome, mientras yo me remontaba por mi pasado, con el tono de su voz como una llamada, ante las puertas de los años y después de los meses y luego de los días, para preguntar dónde había podido conocer a aquel individuo. Pero no encontraba nada. No me respondían. Se puede uno perder yendo a tientas entre las formas del pasado. Es espantoso la de cosas y personas que permanecen inmóviles en el pasado de uno. Los vivos que extraviamos en las criptas del tiempo duermen tan bien con los muertos, que una misma sombra los confunde ya.

No sabes ya a quién despertar, si a los vivos o a los muertos.

Estaba intentando identificar a aquel Robinson, cuando unas carcajadas atrozmente exageradas, a poca distancia y en la obscuridad, me sobresaltaron. Y se callaron. Ya me había avisado, las hienas seguramente.

Y después sólo los negros de la aldea y su tam-tam, percusión desatinada sobre madera hueca, termitas del viento.

El propio nombre de Robinson me preocupaba sobre todo, cada vez más claramente. Nos pusimos a hablar de Europa en nuestra obscuridad, de las comidas que puedes pedir allá, cuando tienes dinero, y de las bebidas, ¡madre mía, tan frescas! No hablábamos del día siguiente, en que me quedaría solo, allí, durante años tal vez, allí, con todas las fabadas... ¿Había que preferir la guerra? Desde luego, era peor. ¡Era peor!... Él mismo lo reconocía... También él había estado en la guerra... Y, sin embargo, se marchaba de allí... Estaba harto de la selva, pese a todo... Yo intentaba hacerlo volver sobre el tema de la guerra. Pero ahora él lo eludía.

Por último, en el momento en que nos acostábamos cada uno en un rincón de aquella ruina formada por hojas y mamparas, me confesó sin rodeos que, pensándolo bien, prefería arriesgarse a comparecer ante un tribunal civil por estafa a soportar por más tiempo la vida, a base de fabada, que llevaba allí desde hacía casi un año. Ya sabía a qué atenerme.

«¿No tiene algodón para los oídos?... –me preguntó–. Si no tiene, hágase uno con pelos de la manta y grasa de plátano. Así se hacen unos taponcitos perfectos... ¡No quiero oírlos berrear, a esos cerdos!»

Había de todo en aquella tormenta, excepto cerdos, pero se empeñaba en usar ese término impropio y genérico.

La cuestión del algodón me impresionó de repente, como si ocultara alguna astucia abominable por su parte. No podía evitar un miedo cerval a que me asesinara allí, sobre la «plegable», antes de marcharse con lo que quedaba en la choza... Esa idea me tenía petrificado. Pero, ¿qué hacer? ¿Llamar? ¿A quién? ¿A los antropófagos de la aldea?... ¿Desaparecido? ¡Ya lo estaba casi, en realidad! En París, sin fortuna, sin deudas, sin herencia, ya apenas existes, cuesta mucho no estar ya desaparecido... Conque, ¿allí? ¿Quién iba a tomarse la molestia de ir hasta Bikomimbo, aunque sólo fuera a escupir en el agua, para honrar mi recuerdo? Nadie, evidentemente.

Pasaron horas cargadas de respiros y angustias. Él no roncaba. Todos aquellos ruidos, aquellas llamadas que llegaban del bosque me impedían oír su resuello. No hacía falta algodón. Sin embargo, a fuerza de tenacidad, aquel nombre de Robinson acabó revelándome un cuerpo, una facha, una voz incluso que había conocido...Y después, en el momento en que iba a abandonarme al sueño, el individuo entero se alzó ante mi cama, capté su recuerdo, no él, desde luego, sino el recuerdo precisamente de aquel Robinson, el hombre de Noirceur-sur-la-Lys, allí, en Flandes, a quien había acompañado aquella noche en que buscábamos juntos un agujero para escapar de la guerra y después también él más adelante en París... Reapareció todo... Acababan de pasar años en un instante. Yo había estado muy enfermo de la cabeza, me costaba... Ahora que sabía, que lo había identificado, no podía por menos de sentir pánico. ¿Me habría reconocido él? En cualquier caso, podía contar con mi silencio y mi complicidad.

«¡Robinson! ¡Robinson! –lo llamé, contento, como para anunciarle una buena noticia–. ¡Oye, chaval! ¡Oye, Robinson!...» Sin respuesta.

Con el corazón latiéndome como loco, me levanté y me preparé para recibir un buen golpe en el estómago... Nada.

Entonces, con no poca audacia, me aventuré, a ciegas, hasta el otro extremo de la choza, donde lo había visto acostarse. Se había marchado.

Esperé la llegada del día encendiendo una cerilla de vez en cuando. El día llegó en una tromba de luz y después aparecieron los criados negros para ofrecerme, sonrientes, su enorme inutilidad, salvo que eran alegres. Ya intentaban enseñarme la despreocupación. En vano procuraba, mediante una serie de gestos muy meditados, hacerles comprender hasta qué punto me inquietaba la desaparición de Robinson, no por ello parecía que dejara de importarles tres cojones. No cabe duda, es una locura completa ocuparse de algo distinto de lo que se tiene ante los ojos. En fin, yo lo que sentía sobre todo en aquel caso era la desaparición de la caja. Pero no es frecuente volver a ver a la gente que se marcha con la caja... Esa circunstancia me hizo suponer que Robinson renunciaría a volver sólo para asesinarme. Menos mal.

¡Para mí solo el paisaje, pues! En adelante iba a tener todo el tiempo del mundo, pensé, para volver a ocuparme de la superficie, de la profundidad de aquel inmenso follaje, de aquel océano de rojo, de amarillo jaspeado, de salazones flameantes, magníficos, seguramente, para quienes amen la naturaleza. Yo, desde luego, no la amaba. La poesía de los trópicos me repugnaba. La mirada, el pensamiento sobre aquellos conjuntos me repetían, como sardinas. Digan lo que digan, siempre será un país para mosquitos y panteras. Cada cual en su sitio.

Prefería volver de nuevo a mi choza y apuntalarla en previsión del tornado, que no podía tardar. Pero también tuve que renunciar bastante pronto a mi empresa de consolidación. Lo que de trivial había en aquella estructura podía aún desplomarse, pero no volvería a alzarse nunca; la paja, infestada de parásitos, se deshilachaba; la verdad es que con mi vivienda no se habría podido hacer un urinario decente.

Tras haber descrito, con paso inseguro, unos círculos en la selva, tuve que volver a tumbarme y callarme, por el sol. Siempre el sol. Todo calla, todo tiene miedo a arder hacia el mediodía; basta, por cierto, con un tris, hierbas, animales y hombres en su punto de calor. Es la apoplejía meridiana.

Mi pollo, el único, la temía también, esa hora, volvía a la choza conmigo, él, el único, legado por Robinson. Vivió así conmigo tres semanas, el pollo, paseándose, siguiéndome como un perro, cloqueando por cualquier cosa, viendo serpientes por todos lados. Un día de aburrimiento mortal me lo comí. No sabía a nada, su carne desteñida al sol como una tela de algodón. Tal vez fuera eso lo que me sentara mal. El caso es que el día siguiente de haberlo comido no podía levantarme. Hacia el mediodía, me arrastré atontado hacia la cajita de las medicinas. Sólo quedaba tintura de yodo y un plano de la línea de metro norte-sur de París. Aún no había visto clientes en la factoría, sólo mirones negros, que no cesaban de gesticular y masticar cola, eróticos y palúdicos. Ahora se presentaban en círculo en torno a mí, los negros, parecían discutir sobre mi mala cara. Estaba muy enfermo, hasta el punto de que me parecía que ya no necesitaba las piernas, colgaban tan sólo al borde de la cama como cosas despreciables y algo cómicas.

De Fort-Gono, del director, no me llegaban, mediante corredores nativos, sino cartas apestosas con broncas y estupideces, amenazadoras también. Los comerciantes, que se creen, todos, astutos de profesión, resultan en la práctica la mayoría de las veces ineptos insuperables. Mi madre, desde Francia, me instaba a cuidar la salud, como en la guerra. Bajo la guillotina, mi madre habría sido capaz de reñirme por haber olvidado la bufanda. No perdía oportunidad, mi madre, para intentar hacerme creer que el mundo era benévolo y que había hecho bien al concebirme. Es el gran subterfugio de la incuria materna, esa supuesta providencia. Por lo demás, me resultaba muy fácil no responder a todos aquellos cuentos del patrón y de mi madre y nunca contestaba. Sólo, que esa actitud no mejoraba tampoco la situación.

Robinson había robado casi todo lo que había habido en aquel establecimiento frágil, ¿y quién me creería, si fuera a decirlo? ¿Escribirlo? ¿Para qué? ¿A quién? ¿Al patrón? Todas las tardes, hacia las cinco, tiritaba de fiebre, a mi vez, pero es que con ganas, hasta el punto de que mi crujiente cama temblaba como si estuviera cascándomela. Negros de la aldea se habían apoderado, sin cumplidos, de mi servicio y mi choza; no los había llamado, pero ya sólo mandarles marcharse exigía demasiado esfuerzo. Se peleaban en torno a lo que quedaba de la factoría, metiendo mano con ganas en los barriles de tabaco, probándose los últimos taparrabos, apreciándolos, llevándoselos, contribuyendo aún más, de ser posible, al desorden de mi instalación. El caucho, tirado por el suelo, mezclaba su jugo con los melones de la selva, las dulzonas papayas con sabor a peras orinadas, cuyo recuerdo, quince años después, de tantas como jalé en lugar de las judías, aún me da asco.

Intentaba hacerme idea del nivel de impotencia en el que había caído, pero no lo lograba. «¡Todo el mundo roba!», me había repetido por tres veces Robinson, antes de desaparecer. Ésa era también la opinión del delegado general. Con la fiebre, esas palabras me obsesionaban. «¡Tienes que espabilarte!»... me había dicho también Robinson. Intentaba levantarme. Tampoco lo conseguía. Sobre lo del agua de beber, tenía razón, lodo era; peor, posos. Unos negritos me traían muchos plátanos, grandes y pequeños, y naranjas sanguinas y siempre aquellas «papayas», pero, ¡me dolía tanto el vientre con todo aquello y con todo! Habría podido vomitar la tierra entera.

En cuanto notaba un poco de mejoría, me sentía menos atontado, el abominable miedo volvía a apoderarse de mí por entero, el de tener que rendir cuentas a la Sociedad Pordurière. ¿Qué iba a decir, a aquella gente maléfica? ¿Me creerían? Me mandarían detener, ¡seguro! ¿Quién me juzgaría, entonces? Tipos especiales, armados de leyes terribles, sacadas de quién sabe dónde, como el consejo de guerra, pero cuyas verdaderas intenciones nunca te comunican y que se divierten haciéndote escalar con ellas a cuestas, sangrando, el sendero a pico por encima del infierno, el camino que conduce a los pobres al hoyo. La ley es el gran parque de atracciones del dolor. Cuando el pelagatos se deja atrapar por ella, se le oye aún gritar siglos y más siglos después.

Prefería quedarme pasmado allí, temblando, babeando con los 40 grados, que verme forzado, lúcido, a imaginar lo que me esperaba en Fort-Gono. Llegó un momento en que ya no tomaba quinina para dejar que la fiebre me ocultara la vida. Te embriagas con lo que puedes. Mientras me cocía así, a fuego lento, durante días y semanas, se me acabaron las cerillas. Robinson no me había dejado otra cosa que fabada «estilo de Burdeos». Ahora que de ésta me dejó la tira, la verdad. Vomité latas enteras. Y, para llegar a ese resultado, aún había que calentarlas.

Esa penuria de cerillas me proporcionó una pequeña distracción, la de contemplar a mi cocinero encender el fuego con dos piedras en eslabón y hierbas secas. Al verlo hacer así, se me ocurrió hacer lo mismo. Además, tenía mucha fiebre y la idea cobró singular consistencia. Pese a ser torpe por naturaleza, tras una semana de aplicación, también yo sabía, igualito que un negro, prender el fuego entre dos piedras puntiagudas. En una palabra, empezaba a espabilarme en el estado primitivo. El fuego es lo principal; luego queda la caza, pero yo no tenía ambición. El fuego del sílex me bastaba. Me ejercitaba concienzudo. Sólo tenía eso que hacer, día tras día. En el juego de rechazar las orugas del «secundario» no había adquirido tanta habilidad. Aún no había aprendido el truco. Aplastaba muchas orugas. Perdía interés. Las dejaba entrar con libertad en mi choza, como amigas. Se produjeron dos grandes tormentas sucesivas, la segunda duró tres días enteros y, sobre todo, tres noches. Por fin pude beber agua de lluvia en el bidón, tibia, claro, pero en fin... Bajo los aguaceros las telas en existencia empezaron a deshacerse, sin remedio, mezclándose unas con otras, mercancía inmunda.

Negros serviciales me fueron a buscar, muy dentro de la selva, manojos de lianas para amarrar mi choza al suelo, pero en vano, el follaje de las mamparas, al menor soplo de viento, se ponía a batir enloquecido, por encima del techo, como alas heridas. No hubo solución. Todo por divertirse, en suma.

Los negros, pequeños y grandes, decidieron vivir en mi ruina con total familiaridad. Estaban joviales. Gran distracción. Entraban y salían de mi casa (si así podemos llamarla) como Pedro por la suya. Libertad. Nos entendíamos por señas. Si no hubiera tenido fiebre, tal vez me habría puesto a aprender su lengua. Me faltó tiempo. En cuanto al encendido con piedras, pese a mis progresos, aún no había adquirido su mejor estilo, el expeditivo. Aún me saltaban muchas chispas a los ojos y eso hacía reír mucho a los negros.

Cuando no estaba enmoheciendo de fiebre en mi «plegable» o dándole al mechero primitivo, no pensaba sino en las cuentas de la Pordurière. Es curioso lo que cuesta liberarse del terror a la irregularidad en las cuentas. Desde luego, ese terror debía de venirme de mi madre, que me había contaminado con su tradición: «Primero robas un huevo... y después un talego y acabas asesinando a tu madre». De esas cosas nos cuesta a todos mucho liberarnos. Las hemos aprendido siendo demasiado pequeños y acuden a aterrarnos, más adelante, en los momentos decisivos. ¡Qué debilidades! Sólo podemos contar, para librarnos de ellas, con las circunstancias. Por fortuna, son imperiosas, las circunstancias. Entretanto, nos hundíamos, la factoría y yo. Íbamos a desaparecer en el barro tras cada aguacero más viscoso, más espeso. La estación de las lluvias. Lo que ayer parecía una roca hoy no era sino melaza pastosa. Desde las ramas balanceantes el agua tibia te perseguía en cascadas, se derramaba por la choza y los alrededores, como en el lecho de un antiguo río abandonado. Todo se fundía en papilla de baratijas, esperanzas y cuentas y en la fiebre también, húmeda también. Aquella lluvia tan densa, que te cerraba la boca, cuando te agredía, como con una mordaza tibia. Aquel diluvio no impedía a los animales seguir persiguiéndose, los ruiseñores se pusieron a hacer tanto ruido como los chacales. La anarquía por todos lados y en el arca, yo, Noé, medio lelo. Me pareció llegado el momento de poner fin a aquella vida.

Mi madre no sabía sólo refranes sobre la honradez; también decía, recordé oportunamente, cuando quemaba en casa las vendas viejas: «¡El fuego lo purifica todo!». Encuentras de todo en casa de tu madre, para todas las ocasiones del destino. Basta con saber escoger.

Llegó el momento. Mis sílex no eran los más apropiados, sin punta suficiente, la mayoría de las chispas se me quedaban en las manos. Aun así, al fin las primeras mercancías prendieron pese a la humedad. Se trataba de una provisión de calcetines absolutamente empapados. Era después de la puesta del sol. Las llamas se elevaron rápidas, fogosas. Los indígenas de la aldea acudieron a agruparse en torno al fogón, parloteando con furia de cotorras. El caucho en bruto que había comprado Robinson chisporroteaba en el centro y su olor me recordaba invariablemente el célebre incendio de la Compañía Telefónica, en Quai de Grenelle, que fui a ver con mi tío Charles, quien tan bien cantaba romanzas. Era el año antes de la Exposición, la Grande, cuando yo era aún muy pequeño.[*] Nada fuerza a los

---

[*] No hemos encontrado mención alguna de ese «célebre incendio». En *L'Illustration*, por ejemplo, que registra habitualmente ese tipo de sucesos, no aparece ni en el año 1899 ni en los inmediatamente anteriores o posteriores. Uno de los tíos de Céline, René Destouches, trabajaba en la Compañía de Teléfonos. *(N. del T.)*

recuerdos a aparecer como los olores y las llamas. Mi choza, por su parte, olía exactamente igual. Pese a estar empapada, ardió enterita, con mercancías y todo. Ya estaban hechas las cuentas. La selva calló por una vez. Completo silencio. Debían de estar deslumbrados búhos, leopardos, sapos y papagayos. Es lo que necesitan para quedarse pasmados. Como nosotros con la guerra. Ahora la selva podía volver a apoderarse de los restos bajo su alud de hojas. Yo sólo había salvado mi modesto equipaje, la cama plegable, los trescientos francos y, por supuesto, algunas fabadas, ¡qué remedio!, para el camino.

Tras una hora de incendio, ya no quedaba nada de mi edículo. Algunas pavesas bajo la lluvia y algunos negros incoherentes que hurgaban las cenizas con la punta de la lanza en medio de tufaradas de ese olor fiel a todas las miserias, olor desprendido de todos los desastres de este mundo, el olor a pólvora humeante.

Ya era hora de largarme a escape. ¿Regresar a Fort-Gono? ¿Intentar explicarles mi conducta y las circunstancias de aquella aventura? Vacilé... Por poco tiempo. No hay que explicar nada. El mundo sólo sabe matarte como un durmiente, cuando se vuelve, el mundo, hacia ti, igual que un durmiente se mata las pulgas. La verdad es que sería una muerte muy tonta, me dije, como la de todo el mundo, vamos. Confiar en los hombres es ya dejarse matar un poco.

Pese al estado en que me encontraba, decidí internarme por la selva en la dirección que había seguido aquel Robinson de mis desdichas.

Por el camino, seguí escuchando con frecuencia a los animales de la selva, con sus quejas, trémolos y llamadas, pero casi nunca los veía, excepto un cochinillo salvaje al que en cierta ocasión estuve a punto de pisar cerca de mi abrigo. Por aquellas ráfagas de gritos, llamadas, aullidos, era como para pensar que estaban muy cerca, centenares, millares, hormigueando, los animales. Sin embargo, en cuanto te acercabas al lugar de que partía el jaleo, ni uno, excepto enormes pintadas azules, enredadas en su plumaje como para una boda y tan torpes, que, cuando saltaban tosiendo de una rama a otra, parecía que acababa de ocurrirles un accidente.

Más abajo, en el moho de la maleza, mariposas enormes y pesadas, y ribeteadas como «esquelas», templequeaban sin poder abrirse y, más abajo aún, íbamos nosotros, chapoteando en el barro amarillo. Avanzábamos a duras penas, sobre todo porque los negros me llevaban en parihuelas, hechas con sacos cosidos por los extremos. Habrían podido muy bien tirarme a la pañí, los porteadores, mientras cruzábamos un brazo de río. ¿Por qué no lo hicieron? Más adelante lo supe. ¿O por qué no se me jalaron, ya que entraba dentro de sus costumbres?

De vez en cuando, les hacía preguntas con voz pastosa, a aquellos compañeros, y siempre me respondían: sí, sí. Bastante complacientes, en una palabra. Buena gente. Cuando la diarrea me dejaba un respiro, volvía a ser presa de la fiebre al instante. Era increíble lo enfermo que había llegado a estar con aquella vida.

Incluso empezaba a no ver claro o, mejor dicho, veía todo en verde. Por la noche, cuando todos los animales de la tierra acudían a acechar nuestro campamento, encendíamos un fuego. Y aquí y allá un grito atravesaba, pese a todo, el enorme toldo negro que nos asfixiaba. Un animal degollado que, pese a su horror de los hombres y del fuego, acudía a quejarse ante nosotros, allí, muy cerca.

A partir del cuarto día, dejé incluso de intentar reconocer lo real de entre las cosas absurdas de la fiebre que entraban en mi cabeza unas dentro de otras, al tiempo que trozos de personas y, además, retazos de resoluciones y desesperaciones sin fin.

Pero, aun así, debió de existir, me digo hoy, cuando lo pienso, aquel blanco barbudo que encontramos una mañana sobre un promontorio de piedras en la confluencia de los dos ríos. Y, además, se oía, muy cerca, el estruendo de una catarata. Era un tipo del estilo de Alcide, pero en sargento español. Acabábamos de pasar, a fuerza de ir de un sendero a otro, así, mal que bien a la colonia de Río del Río, antigua posesión de la Corona de Castilla. Aquel español, pobre militar, poseía una choza también él. Se rió con ganas, me parece, cuando le conté todas mis desgracias y lo que había hecho yo con mi choza. La suya, cierto es, se presentaba un poco mejor, pero no mucho. Su tormento especial eran las hormigas rojas. Habían elegido su choza para pasar, en su migración anual, las muy putas, y no cesaban de cruzarla desde hacía casi dos meses.

Ocupaban casi todo el sitio; costaba moverse y, además, si las molestabas, picaban fuerte.

Se puso muy contento cuando le di mi fabada, pues él sólo comía tomate, desde hacía tres años. No hacía falta que me contara. Ya había consumido, me dijo, más de tres mil latas él solo. Cansado de aderezarlo de diferentes formas, ahora lo sorbía, de la forma más sencilla del mundo: por dos pequeños orificios practicados en la tapa, como si se tratara de huevos.

Las hormigas rojas, en cuanto se enteraron de que había nuevas conservas, montaron guardia en torno a sus fabadas.

Había que tener cuidado de no dejar tirada una sola lata, abierta, pues en ese caso habrían hecho entrar a la raza entera de las hormigas rojas en la choza. No hay mayor comunista. Y se habrían jalado también al español.

Me enteré por aquel anfitrión de que la capital de Río del Río se llamaba San Tapeta, ciudad y puerto célebre en toda la costa e incluso más lejos, porque allí se armaban las galeras para travesías largas.

La pista que seguíamos conducía allí precisamente, era el camino bueno, bastaba con continuar así durante tres días más y tres noches. Pregunté a aquel español si no conocía por casualidad alguna buena medicina indígena que pudiera apañarme. La cabeza me atormentaba atrozmente. Pero él no quería ni oír hablar de esos mejunjes. Para ser un español colonizador, era sorprendentemente africanófobo, hasta el punto de que se negaba a utilizar en el retrete, cuando iba, hojas de plátano y tenía a su disposición, cortados para ese uso, toda una pila de ejemplares del *Boletín de Asturias*, expresamente. Tampoco leía ya el periódico, exactamente igual que Alcide también.

Hacía tres años que vivía allí, solo con las hormigas, algunas manías y sus periódicos viejos, y también con ese terrible acento español, que es como una especie de segunda persona, de tan fuerte que es; costaba mucho excitarlo. Cuando abroncaba a sus negros, era como una tormenta, por ejemplo. A mala hostia, Alcide no le llegaba ni a la altura del betún. Tanto me gustaba, aquel español, que acabé cediéndole toda mi fabada. Como prueba de agradecimiento, me extendió un pasaporte muy bello sobre papel granuloso con las armas de Castilla y una firma tan labrada, que para su minuciosa ejecución tardó diez buenos minutos.

Para San Tapeta, no podíamos perdernos, pues; estaba en lo cierto, había que seguir todo recto. Ya no sé cómo llegamos, pero de una cosa estoy seguro, y es que, nada más llegar, me pusieron en manos de un cura, tan chocho, me pareció, que de notarlo a mi lado sentí una especie de ánimo comparativo. No por mucho tiempo.

La ciudad de San Tapeta se alzaba en el flanco de una roca y justo enfrente del mar y era de un verde, que había que verlo para creerlo. Un espectáculo magnífico, seguramente, visto desde la ensenada, algo suntuoso, de lejos, pero de cerca sólo carnes exhaustas como en Fort-Gono, permanentemente cubiertas de pústulas y achicharradas. En cuanto a los negros de mi pequeña caravana, en un breve instante de lucidez los despedí. Habían atravesado una gran extensión de selva y temían por su vida al regreso, según decían. Lloraban ya de antemano, al despedirse de mí, pero a mí me faltaban fuerzas para compadecerlos. Había sufrido y transpirado demasiado. Sin fin.

Por lo que puedo recordar, muchos seres cacareantes, que, por lo visto, abundaban en aquella población, vinieron día y noche a partir de aquel momento a ajetrearse en torno a mi lecho, que habían instalado especialmente en el presbiterio, pues las distracciones eran escasas en San Tapeta. El cura me atiborraba de tisanas, una larga cruz dorada oscilaba sobre su vientre y de las profundidades de su sotana subía, cuando se acercaba a mi cabecera, gran tintineo de monedas. Pero no había ni que pensar en conversar con aquella gente, el simple hecho de farfullar me agotaba más de lo imaginable.

Estaba convencido de que era el fin, intenté mirar aún un poco lo que podía distinguir de este mundo por la ventana del cura. No me atrevería a afirmar que pueda hoy describir aquellos jardines sin cometer errores groseros y fantásticos. Sol había, eso seguro, siempre el mismo, como si te abriesen una amplia caldera siempre en plena cara y luego, debajo, más sol y unos árboles disparatados y también paseos, con árboles que parecían lechugas tan desarrolladas como robles y una especie de cardillos, tres o cuatro de los cuales bastarían para hacer un hermoso castaño corriente de los de Europa. Añádase un sapo o dos al montón, del tamaño de podencos, saltando desesperados de un macizo a otro.

Por los olores es como acaban las personas, los países y las cosas. Todas las aventuras se van por la nariz. Cerré los ojos, porque, la verdad, ya no podía abrirlos. Entonces el acre olor de África, noche tras noche, se esfumó. Llegó a serme cada vez más difícil percibir su tufo, mezcla de tierra muerta, entrepiernas y azafrán machacado.

Pasó tiempo, volvió el pasado, y más tiempo aún y después llegó un momento en que sufrí varios choques y nuevas revulsiones y después sacudidas más regulares, como en una cuna...

Acostado seguía, desde luego, pero sobre una materia en movimiento. Me dejaba llevar y después vomitaba y volvía a despertarme y me dormía otra vez. Estaba en el mar. Tan molido me sentía, que apenas tenía fuerzas para conservar el nuevo olor a jarcias y alquitrán. Hacía frío en el rincón marinero donde me encontraba apretujado justo bajo un ojo de buey abierto de par en par. Me habían dejado solo. El viaje continuaba, evidentemente... Pero, ¿cuál? Oía pasos por el puente, un puente de madera, por encima de mi cabeza, y voces y las olas que venían a chapotear y romper contra la borda.

Es muy raro que la vida vuelva a tu cabecera, estés donde estés, si no es en forma de putada. La que me había hecho aquella gente de San Tapeta era de aúpa. ¡Pues no habían aprovechado mi estado para venderme, alelado como estaba, al patrón de una galera! Una hermosa galera, la verdad, de bordas altas y con muchos remos, coronada con bonitas velas purpúreas, un castillo dorado, un barco de lo más acolchado en los lugares destinados a los oficiales, con un soberbio cuadro en la proa pintado con aceite de hígado de bacalao y que representaba a la *Infanta Combitta* en traje de polo. Según me explicaron más adelante, aquella alteza patrocinaba, con su nombre, sus chucháis y su honor real, el navío que nos llevaba. Era halagador.

Al fin y al cabo, meditaba a propósito de mi aventura, si me hubiera quedado en San Tapeta, aún estoy enfermo como un perro, la cabeza me da vueltas, seguro que habría cascado en casa de aquel cura, donde me habían dejado los negros...¿Volver a Fort-Gono? En ese caso no me libraba de mis «quince años» por lo de las cuentas...Allí al menos estaba en movimiento y ya eso era una esperanza...Pensándolo bien, aquel capitán de la *Infanta Combitta* había tenido audacia al comprarme, aun a bajo precio, al cura en el momento de levar anclas. Arriesgaba todo su dinero en aquella transacción, el capitán. Podría haberlo perdido todo. Había especulado con la acción benéfica del aire del mar para reanimarme. Merecía su recompensa. Iba a ganar, pues ya me encontraba mejor y lo veía muy contento por ello. Aún deliraba mucho, pero con cierta lógica...A partir del momento en que abrí los ojos, vino con frecuencia a visitarme a mi cuchitril y engalanado con su sombrero de plumas. Así me parecía.

Se divertía mucho al verme alzarme sobre el jergón, pese a la fiebre, que no me abandonaba. Vomitaba. «Vamos, mierdica, ¡pronto podrás remar con los demás!», me predijo. Era muy amable por su parte y se reía a carcajadas, al tiempo que me daba ligeros latigazos, pero entonces muy amistosos, y en la nuca, no en las nalgas. Quería que me divirtiera yo también, que me alegrase con él del espléndido negocio que acababa de hacer al adquirirme.

La comida de a bordo me pareció muy aceptable. Yo no cesaba de farfullar. Rápido, como había previsto el capitán, recuperé fuerzas suficientes para ir a remar de vez en cuando con los compañeros. Pero donde había diez, de éstos, yo veía cien: la alucinación.

Nos fatigábamos bastante poco durante aquella travesía, porque la mayoría del tiempo navegábamos a vela. Nuestra condición en el entrepuente no era más nauseabunda que la de los viajeros corrientes de clase baja en un vagón de domingo y menos peligrosa que la que había soportado en el *Amiral-Bragueton*. Tuvimos siempre mucha ventilación durante aquel paso del este al oeste del Atlántico. La temperatura bajó. En los entrepuentes nadie se quejaba. Nos parecía tan sólo un poco largo. Por mi parte, me había hartado de espectáculos del mar y de la selva para una eternidad.

Me habría gustado preguntar detalles al capitán sobre los fines y los medios de nuestra navegación, pero desde que me encontraba mejor había dejado de interesarse por mi suerte. Además, yo desatinaba demasiado para una conversación, la verdad. Ya sólo lo veía de lejos, como a un patrón de verdad.

A bordo, me puse a buscar a Robinson entre los galeotes y en varias ocasiones durante la noche, en pleno silencio, lo llamé en alta voz. No hubo respuesta, salvo algunas injurias y amenazas: la chusma.

Sin embargo, cuanto más pensaba en los detalles y las circunstancias de mi aventura, más probable me parecía que le hubieran hecho también a él la faena de San Tapeta. Sólo que Robinson debía de remar ahora en otra galera. Los negros de la selva debían de estar todos metidos en el comercio y el chanchullo. A cada cual su turno, era normal. Tienes que vivir y coger para vender las cosas y las personas que no vayas a comer enseguida. La relativa amabilidad de los indígenas hacia mí se explicaba del modo más indecente.

La *Infanta Combitta* siguió navegando semanas y más semanas por entre el oleaje atlántico, de mareo en acceso, y después una noche todo se calmó a nuestro alrededor. Yo había dejado de delirar. Estábamos balanceándonos en torno al ancla. El día siguiente, al despertarnos, comprendimos, al abrir los ojos de buey, que acabábamos de llegar a nuestro destino. ¡Era un espectáculo morrocotudo!

¡Menuda sorpresa! Por entre la bruma, era tan asombroso lo que descubríamos de pronto, que al principio nos negamos a creerlo, pero luego, cuando nos encontramos a huevo delante de aquello, por muy galeotes que fuéramos, nos entró un cachondeo de la leche, al verlo, vertical ante nosotros...

Figuraos que estaba de pie, la ciudad aquella, absolutamente vertical. Nueva York es una ciudad de pie. Ya habíamos visto la tira de ciudades, claro está, y bellas, además, y puertos y famosos incluso. Pero en nuestros pagos, verdad, están acostadas, las ciudades, al borde del mar o a la orilla de ríos, se extienden sobre el paisaje, esperan al viajero, mientras que aquélla, la americana, no se despatarraba, no, se mantenía bien estirada, ahí, nada cachonda, estirada como para asustar.

Conque nos cachondeamos como lelos. Hace gracia, por fuerza, una ciudad construida vertical. Pero sólo podíamos cachondearnos del espectáculo, nosotros, del cuello para arriba, por el frío que en aquel momento venía de alta mar a través de una densa bruma gris y rosa, rápida y penetrante, al asalto de nuestros pantalones y de las grietas de aquella muralla, las calles de la ciudad, donde las nubes se precipitaban también, empujadas por el viento. Nuestra galera dejaba su leve estela justo al ras de la escollera, donde iba a desembocar un agua color caca, que no dejaba de chapotear con una sarta de barquillas y remolcadores ávidos y cornudos.

Para un pelagatos nunca es cómodo desembarcar en ninguna parte, pero para un galeote es mucho peor aún, sobre todo porque los americanos no aprecian lo más mínimo a los galeotes procedentes de Europa. «Son todos unos anarquistas», dicen. En una palabra, sólo quieren recibir en sus tierras a los curiosos que les aporten parné, porque todos los dineros de Europa son hijos de Dólar.

Tal vez podría haber intentado, como otros lo habían logrado ya, atravesar el puerto a nado y después, una vez en el muelle, ponerme a gritar: «¡Viva Dólar! ¡Viva Dólar!». Es un buen truco. Mucha gente ha desembarcado de ese modo y después han hecho fortuna. No es seguro, es lo que cuentan sólo. En los sueños ocurren cosas peores. Yo tenía otro plan en la cabeza, además de la fiebre.

Como había aprendido en la galera a contar bien las pulgas (no sólo a atraparlas, sino también a sumarlas, a restarlas, en una palabra, a hacer estadísticas), oficio delicado, que parece cosa de nada, pero constituye toda una técnica, quería aprovecharlo. Los americanos serán lo que sean, pero en materia de técnica son unos entendidos. Les iba a gustar con locura mi forma de contar las pulgas, estaba seguro por adelantado. No podía fallar, en mi opinión.

Iba a ir a ofrecerles mis servicios, cuando, de pronto, dieron orden a nuestra galera de ir a pasar cuarentena en una ensenada contigua, al abrigo, a tiro de piedra de un pueblecito reservado, en el fondo de una bahía tranquila, a dos millas al este de Nueva York.

Y nos quedamos allí, todos, en observación durante semanas y semanas, hasta el punto de que fuimos adquiriendo hábitos. Así, todas las noches, después del rancho el equipo de aprovisionamiento bajaba del barco para ir al pueblo. Para lograr mis fines tenía que formar parte de aquel equipo.

Los compañeros sabían perfectamente lo que me proponía, pero a ellos no los tentaba la aventura. «Está loco —decían—, pero no es peligroso.» En la *Infanta Combitta* no se comía mal, les daban algún palo que otro, pero no demasiados; en una palabra,

podía pasar. Era un currelo aceptable. Y, además, ventaja sublime, nunca los echaban de la galera y hasta les había prometido
el Rey, para cuando tuvieran sesenta y dos años, un pequeño
retiro. Esa perspectiva los hacía felices, así tenían algo con lo que
soñar y, encima, el domingo, para sentirse libres, jugaban a votar.

Durante las semanas en que nos impusieron la cuarentena, gritaban todos juntos como descosidos en el entrepuente, se peleaban y se daban por culo también por turno. Y, en
definitiva, lo que les impedía escapar conmigo era sobre todo
que no querían ni oír hablar ni saber nada de aquella América, que a mí me apasionaba. Cada cual con sus monstruos
y para ellos América era el Coco. Incluso intentaron asquearme por completo. En vano les decía que tenía amigos en aquel
país, mi querida Lola entre otros, quien debía de ser muy rica
ahora, y, además, el Robinson, seguramente, que debía de
haberse hecho una posición en los negocios, no querían dar
su brazo a torcer y seguían con su aversión hacia Estados Unidos, su asco, su odio: «Siempre serás un chiflado», me decían.
Un día hice como que iba con ellos a la fuente del pueblo
y después les dije que no volvía a la galera. ¡Abur!

Eran buenos chavales, en el fondo, buenos trabajadores y me
repitieron una vez más que no lo aprobaban, pero, aun así,
me desearon ánimo, suerte y felicidad, pero a su manera. «¡Anda!
—me dijeron—. ¡Ve! Pero luego no digas que no te hemos avisado: para ser un piojoso, ¡tienes gustos raros! ¡Estás majareta
de la fiebre! ¡Ya volverás de tu América y en un estado peor
que el nuestro! ¡Tus gustos van a ser tu perdición! ¿Qué quieres aprender? ¡Ya sabes demasiado para ser lo que eres!»

En vano les respondía que tenía amigos allí y que me esperaban. Como si hablara en chino.

«¿Amigos? —decían—. ¿Amigos? Pero, ¡si les importas tres
cojones a tus amigos! ¡Hace mucho que te han olvidado, tus
amigos!...»

«Pero, ¡es que quiero ver a los americanos! –les repetía en vano–. Y, además, ¡mujeres como las de aquí no se encuentran en ninguna parte!...»

«¡No seas chorra y vuelve con nosotros! –me respondían–. ¿No ves que no vale la pena? ¡Te vas a poner más enfermo de lo que estás! ¡Te lo vamos a decir ahora mismo, nosotros, lo que son los americanos! ¡O millonarios o muertos de hambre! ¡No hay término medio! ¡Seguro que no los vas a ver tú, a los millonarios, en el estado en que llegas! Pero con los muertos de hambre, ¡te vas a enterar tú de lo que vale un peine! ¡Descuida! ¡Y en seguidita!...»

Para que veáis cómo me trataron, los compañeros. Al final, me horripilaban todos, unos frustrados, soplapollas, subhombres. «¡Iros a tomar por culo todos! –fui y les respondí–. ¡Lo que pasa es que os morís de envidia! ¡Ya lo veremos eso de que los americanos me van a dar para el pelo! Pero, ¡lo que es seguro es que todos vosotros tenéis menos cojones que un pajarito!»

¡Para que se enteraran! Entonces, ¡me quedé a gusto!

Como caía la noche, les silbaron desde la galera. Se pusieron otra vez a remar todos a compás, menos uno, yo. Esperé hasta que no se los oyera, pero es que nada, después conté hasta cien y entonces corrí con todas mis fuerzas hasta el pueblo. Era un sitio muy mono, el pueblo, bien iluminado, con casas de madera, que esperaban a que te sirvieses, dispuestas a derecha e izquierda de una capilla, en completo silencio también, sólo que yo era presa de escalofríos, el paludismo y, además, el miedo. Por aquí y por allá, te encontrabas un marino de aquella guarnición, que no parecía apurarse, e incluso niños y luego una niña de lo más musculosa: ¡América! Yo había llegado. Eso es lo que da gusto ver tras tantas aventuras amargas. Te vuelven las ganas de vivir, como al comer fruta. Había ido a parar al único pueblo que no servía para nada. Una pequeña guarnición de familias de marinos lo mantenía en buen estado con todas sus instalaciones para el posible día en que llegara una peste feroz en un barco como el nuestro y amenazase al gran puerto.

Sería en aquellas instalaciones en las que harían cascar al mayor número posible de extranjeros para que los otros de la ciudad no se contagiaran. Tenían incluso un cementerio muy mono preparado en las cercanías y todo cubierto de flores. Esperaban. Hacía sesenta años que esperaban, no hacían otra cosa que esperar.

Encontré una pequeña cabaña vacía y me colé en ella y al instante me quedé dormido y desde por la mañana no se veía otra cosa que marineros por las callejuelas, con traje corto, cuadrados y bien plantados, cosa fina, dándole a la escoba y al cubo de agua en torno a mi refugio y por todas las encrucijadas de aquel pueblo teórico. De nada me sirvió aparentar indiferencia, tenía tanta hambre, que, pese a todo, me acerqué a un lugar en que olía a cocina.

Allí fue donde me descubrieron y arrinconaron entre dos escuadrones decididos a identificarme. En seguida se habló de lanzarme al agua. Cuando me llevaron por el conducto más rápido ante el director de la Cuarentena, no me llegaba la camisa al cuerpo y, aunque la constante adversidad me había enseñado el desparpajo, me sentía aún demasiado embebido por la fiebre como para arriesgarme a una improvisación brillante. No, me puse a divagar y sin convicción.

Más valía perder el conocimiento. Eso fue lo que me ocurrió. En su despacho, donde más tarde lo recobré, unas damas vestidas de colores claros habían substituido a los hombres a mi alrededor y me sometieron a un interrogatorio vago y benévolo, con el que me habría contentado de muy buena gana. Pero ninguna indulgencia dura en este mundo y el día siguiente mismo los hombres se pusieron a hablarme de nuevo de la cárcel. Aproveché, por mi parte, para hablarles de pulgas, así, como quien no quiere la cosa... Que si sabía atraparlas... Contarlas... Que si era mi especialidad, y también agrupar esos parásitos en auténticas estadísticas. Veía perfectamente que mis actitudes les interesaban, les hacían poner mala cara, a mis guardianes. Me escuchaban. Pero de eso a creerme iba un trecho largo.

Por fin, apareció el comandante del puesto en persona. Se llamaba «Surgeon General», lo que no estaría mal de nombre para un pez. Se mostró grosero, pero más decidido que los otros. «¿Cómo dices, muchacho? —me dijo—. ¿Que sabes contar las pulgas? ¡Vaya, vaya!...» Se creía que me iba a confundir con un vacile así. Pero le devolví la pelota recitándole el pequeño alegato que había preparado. «¡Yo creo en el censo de las pulgas! Es un factor de civilización, porque el censo es la base de un material de estadística de los más preciosos... Un país progresista debe conocer el número de sus pulgas, clasificadas por sexos, grupos de edad, años y estaciones...»

«¡Vamos, vamos! ¡Basta de palabras, joven! —me cortó el Surgeon General—. Antes que tú, ya han venido aquí muchos otros vivales de Europa, que nos han contado patrañas de esa clase, pero, en definitiva, eran unos anarquistas como los otros, peor que los otros... ¡Ya ni siquiera creían en la Anarquía! ¡Basta de fanfarronadas!... Mañana te pondremos a prueba con los emigrantes de ahí enfrente, en la Ellis Island, ¡en el servicio de duchas! El doctor Mischief, mi ayudante, me dirá si mientes. Hace dos meses que el Sr. Mischief me pide un agente "cuentapulgas". ¡Vas a ir con él de prueba! ¡Ya puedes dar media vuelta! Y si nos has engañado, ¡te tiraremos al agua! ¡Media vuelta! ¡Y mucho ojo!»

Supe dar media vuelta ante aquella autoridad americana, como lo había hecho ante tantas otras autoridades, es decir, presentándole primero la verga y después el trasero, tras haber girado, ágil, en semicírculo, todo ello acompañado del saludo militar.

Pensé que ese método de las estadísticas debía de ser tan bueno como cualquier otro para acercarme a Nueva York. El día siguiente mismo, Mischief, el médico militar de marras, me puso en pocas palabras al corriente de mi servicio; grueso y amarillento era aquel hombre y miope con avaricia y, además, llevaba enormes gafas ahumadas. Debía de reconocerme por el modo como los animales salvajes reconocen su caza, por el aspecto general, porque lo que es por los detalles era imposible con gafas como las que llevaba.

Nos entendimos sin problemas en relación con el currelo y creo incluso que, hacia el final de mi período de prueba, Mischief me tenía mucha simpatía. No verse es ya una buena razón para simpatizar y, además, sobre todo mi extraordinaria habilidad para atrapar las pulgas lo seducía. No había otro como yo en todo el puesto, para encerrarlas en cajas, las más rebeldes, las más queratinizadas, las más impacientes; era capaz de seleccionarlas según el sexo sobre el propio emigrante. Era un trabajo estupendo, puedo asegurarlo... Mischief había acabado fiándose por entero de mi destreza.

Hacia la noche, a fuerza de aplastar pulgas, tenía las uñas del pulgar y del índice magulladas y, sin embargo, no había acabado con mi tarea, ya que me faltaba aún lo más importante, ordenar por columnas los datos de su filiación: pulgas de Polonia, por una parte, de Yugoslavia... de España... Ladillas de Crimea... Sarnas de Perú... Todo lo que viaja, furtivo y picador, sobre la humanidad me pasaba por las uñas. Era, como se ve, una obra a la vez monumental y meticulosa. Las sumas se hacían en Nueva York, en un servicio especial dotado de máquinas eléctricas cuentapulgas. Todos los días, el pequeño remolcador de la Cuarentena atravesaba la ensenada de un extremo a otro para llevar allí nuestras sumas por hacer o por verificar.

Así pasaron días y días, recobraba un poco la salud, pero, a medida que perdía el delirio y la fiebre en aquella comodidad, recuperé, imperioso, el gusto por la aventura y por nuevas imprudencias. Con 37 grados todo se vuelve trivial.

Sin embargo, habría podido quedarme allí, tranquilo, para siempre, bien alimentado con la manduca del puesto, y con tanta mayor razón cuanto que la hija del Dr. Mischief, aún la recuerdo, gloriosa en su decimoquinto año, venía, a partir de las cinco, a jugar al tenis, vestida con faldas cortísimas, ante la ventana de nuestra oficina. En punto a piernas, raras veces he visto nada mejor, todavía un poco masculinas y, sin embargo, ya muy delicadas, una belleza de carne en sazón. Una auténtica provocación a la felicidad, promesas como para gritar de gozo. Los jóvenes alféreces del destacamento no la dejaban ni a sol ni a sombra.

¡Los muy bribones no tenían que justificarse como yo con trabajos útiles! Yo no me perdía un detalle de sus manejos en torno a mi idolito. Varias veces al día me hacían palidecer. Acabé diciéndome que por la noche también yo podría pasar tal vez por marino. Acariciaba esas esperanzas, cuando un sábado de la vigésima tercera semana se precipitaron los acontecimientos. El compañero encargado de llevar las estadísticas, un armenio, fue ascendido de improviso a agente cuentapulgas en Alaska para los perros de los prospectores.

Era un ascenso de primera y, por cierto, que él estaba encantado. En efecto, los perros de Alaska son preciosos. Siempre hacen falta. Los cuidan bien. Mientras que los emigrantes importan tres cojones. Siempre hay demasiados.

Como en adelante no teníamos a nadie a mano para llevar las sumas a Nueva York, en la oficina no se andaron con remilgos a la hora de nombrarme a mí. Mischief, mi patrón, me estrechó la mano en el momento de partir, al tiempo que me recomendaba portarme muy bien en la ciudad. Fue el último consejo que me dio, aquel hombre honrado, y no volvió a verme nunca, pero es que nunca. En cuanto llegamos al muelle, una tromba de lluvia empezó a caernos encima y después me caló mi fina chaqueta y me empapó también las estadísticas, que fueron deshaciéndoseme poco a poco en la mano. Sin embargo, me guardé unas pocas con tampón bien grande sobresaliendo del bolsillo para tener aspecto, más o menos, de hombre de negocios en la ciudad y, presa del temor y la emoción, me precipité hacia otras aventuras.

Al alzar la nariz hacia toda aquella muralla, experimenté una especie de vértigo al revés, por las ventanas demasiado numerosas y tan parecidas por todos lados, que daban náuseas.

Vestido precariamente y aterido, me apresuré hacia la hendidura más sombría que se pudiera descubrir en aquella fachada gigantesca, con la esperanza de que los peatones no me viesen apenas entre ellos. Vergüenza superflua. No tenía nada que temer. En la calle que había elegido, la más estrecha de todas, la verdad, no más ancha que un arroyo de nuestros pagos, y bien mugrienta en el fondo, bien húmeda, llena de tinieblas, caminaban ya tantos otros, pequeños y grandes, que me llevaron consigo como una sombra. Subían como yo a la ciudad, hacia el currelo seguramente, con la nariz gacha. Eran los pobres de todas partes.

Como si supiera adónde iba, hice como que elegía otra vez y cambié de camino, seguí a mi derecha otra calle, mejor iluminada, Broadway se llamaba. El nombre lo leí en una placa. Muy por encima de los últimos pisos, arriba, estaba la luz del día junto con gaviotas y pedazos de cielo. Nosotros avanzábamos en la luz de abajo, enferma como la de la selva y tan gris, que la calle estaba llena de ella, como un gran amasijo de algodón sucio.

Era como una herida triste, la calle, que no acababa nunca, con nosotros al fondo, de un lado al otro, de una pena a otra, hacia el extremo fin, que no se ve nunca, el fin de todas las calles del mundo.

No pasaban coches, sólo gente y más gente todavía.

Era el barrio precioso, me explicaron más adelante, el barrio del oro: Manhattan. Sólo se entra a pie, como a la iglesia. Es el corazón mismo, en Banco, del mundo de hoy. Sin embargo, hay quienes escupen al suelo al pasar. Hay que ser atrevido.

Es un barrio lleno de oro, un auténtico milagro, y hasta se puede oír el milagro, a través de las puertas, con el ruido de dólares estrujados, el siempre tan ligero, el Dólar, auténtico Espíritu Santo, más precioso que la sangre.

De todos modos, tuve tiempo de ir a verlos e incluso hablarles, a aquellos empleados que guardaban la liquidez. Son tristes y están mal pagados.

Cuando los fieles entran en su Banco, no hay que creer que puedan servirse así como así, a capricho. En absoluto. Hablan a Dólar susurrándole cosas a través de una rejilla, se confiesan, vamos. Poco ruido, luces indirectas, una ventanilla minúscula entre altos arcos y se acabó. No se tragan la Hostia. Se la ponen sobre el corazón. No podía quedarme largo rato admirándolos. Tenía que seguir a la gente de la calle entre las paredes de sombra lisa.

De repente, se ensanchó nuestra calle como una grieta que acabara en un estanque de luz. Nos encontramos ante un gran charco de claridad verdosa entre monstruos y monstruos de casas. En el centro de aquel claro, un pabellón de aire campestre y rodeado de infelices céspedes.

Pregunté a varios vecinos de la muchedumbre qué era aquel edificio que se veía, pero la mayoría fingieron no oírme. No tenían tiempo que perder. Un jovencito que pasaba muy cerca tuvo la gentileza de decirme que era la Alcaldía, antiguo monumento de la época colonial, según añadió, lo único histórico que había... que habían dejado allí... El perímetro de aquel oasis formaba una plaza, con bancos y hasta se estaba muy bien para contemplar la Alcaldía, sentado. No había casi ninguna otra cosa que ver en el momento en que llegué.

Esperé una buena media hora en el mismo sitio y, después, de aquella penumbra, de aquella muchedumbre en marcha, discontinua, taciturna, surgió hacia mediodía, innegable, una brusca avalancha de mujeres absolutamente bellas.

¡Qué descubrimiento! ¡Qué América! ¡Qué arrobamiento! ¡Recuerdo de Lola! ¡Su ejemplo no me había engañado! Era cierto.

Llegaba al centro de mi peregrinaje. Y, si no hubiera sufrido al mismo tiempo las continuas punzadas del hambre, me habría creído en uno de esos momentos de revelación estética sobrenatural. Las bellezas que descubría, incesantes, con un poco de confianza y comodidad me habrían arrebatado a mi condición trivialmente humana. En una palabra, sólo me faltaba un bocadillo para creerme en pleno milagro. Pero, ¡cómo sentía la falta de ese bocadillo!

Sin embargo, ¡qué gracia de movimientos! ¡Qué increíble delicadeza! ¡Qué hallazgos de armonía! ¡Matices peligrosos! ¡Todas las tentaciones más logradas! ¡Todas las promesas posibles del rostro y del cuerpo entre tantas rubias! ¡Y unas morenas! ¡Y qué Ticianos! ¡Y más que se acercaban! ¿Será, pensé, Grecia que renace? ¡Llegaba en el momento oportuno!

Me parecieron tanto más divinas, aquellas apariciones, cuanto que no parecían advertir lo más mínimo que yo existiera, allí, al lado, en aquel banco, completamente lelo, babeante de admiración erótico-mística, de quinina y también de hambre, hay que reconocerlo. Si fuera posible salir de la propia piel, yo habría salido en aquel preciso momento, de una vez por todas. Ya nada me retenía.

Podían transportarme, sublimarme, aquellas modistillas inverosímiles, bastaba con que hicieran un gesto, con que dijesen una palabra y pasaría al instante y por entero al mundo del ensueño, pero seguramente tenían otras misiones que cumplir.

Una hora, dos horas pasé así, presa de la estupefacción. Ya no esperaba nada más.

No hay que olvidar las tripas. ¿Habéis visto la broma que gastan, por nuestros pagos, en el campo a los vagabundos? Les llenan un monedero viejo con las tripas podridas de un pollo. Bueno, pues, un hombre, os lo digo yo, es exactamente igual, sólo que más grande, móvil y voraz y con un sueño dentro.

Había que pensar en las cosas serias, no empezar a gastar en seguida mi pequeña reserva de dinero. No tenía mucho. Ni siquiera me atrevía a contarlo. Por lo demás, no habría podido, veía doble. Me limitaba a palparlos, escasos y tímidos, los billetes, a través de la ropa, en el bolsillo, al alcance de la mano, junto con las estadísticas para el paripé.

También pasaban por allí hombres, jóvenes sobre todo, con cabezas como de palo de rosa, miradas secas y monótonas, mandíbulas nada corrientes, tan grandes, tan bastas... En fin, seguramente así es como sus mujeres las prefieren, las mandíbulas. Los sexos parecían ir cada uno por su lado en la calle. Las mujeres, por su parte, sólo miraban los escaparates de las tiendas, del todo acaparadas por el atractivo de los bolsos, los chales, las cositas de seda, expuestas, pocas a la vez, en cada vitrina, pero de forma precisa, categórica. No aparecían muchos viejos en aquella multitud. Pocas parejas también. A nadie parecía extrañar que yo me quedara allí, solo, parado durante horas, en aquel banco, mirando pasar a todo el mundo. No obstante, en determinado momento, el *policeman* del centro de la calzada, colocado ahí como un tintero, empezó a sospechar que yo tenía proyectos chungos. Era evidente.

Dondequiera que estés, en cuanto llamas la atención de las autoridades, lo mejor es desaparecer y a toda velocidad. Nada de explicaciones. ¡Al agujero!, me dije.

A la derecha de mi banco se abría precisamente un agujero, amplio, en plena acera, del estilo del metro en nuestros pagos. Aquel agujero me pareció propicio, vasto como era, con una escalera dentro toda ella de mármol rosa. Ya había visto a mucha gente de la calle desaparecer en él y después volver a salir. En aquel subterráneo iban a hacer sus necesidades. Me di cuenta en seguida. De mármol también la sala donde se producía la escena. Una especie de piscina, pero vacía, una piscina infecta, ocupada sólo por una luz filtrada, mortecina, que iba a dar allí, sobre los hombres desabrochados en medio de sus olores y rojos como tomates con el esfuerzo de soltar sus porquerías delante de todo el mundo, con ruidos bárbaros.

Entre hombres, así, a la pata la llana, ante las risas de todos los que había alrededor, acompañados por las expresiones de aliento que se dirigían, como en el fútbol. Primero se quitaban la chaqueta, al llegar, como para hacer un ejercicio de fuerza. En una palabra, se ponían el uniforme, era el rito.

Y después, bien despechugados, soltando eructos y cosas peores, gesticulando como en el patio de un manicomio, se instalaban en la caverna fecal. Los recién llegados debían responder a mil bromas asquerosas mientras bajaban los escalones de la calle, pero, aun así, parecían encantados, todos.

Así como arriba, en la acera, mantenían una actitud decorosa, los hombres, y estricta y triste incluso, así también la perspectiva de tener que vaciar las tripas en compañía tumultuosa parecía liberarlos y regocijarlos íntimamente.

Las puertas de los retretes, cubiertas de garabatos, colgaban, arrancadas de los goznes. Se pasaba de una a otra celda para charlar un poco; los que esperaban a encontrar un sitio libre fumaban puros enormes, al tiempo que daban palmaditas en el hombro al ocupante, en plena faena éste, obstinado, con la cara crispada y cubierta con las manos. Muchos gemían con ganas, como los heridos y las parturientas. A los estreñidos los amenazaban con torturas ingeniosas.

Cuando el sonido de una cadena anunciaba una vacante, redoblaban los clamores en torno al alvéolo libre, cuya posesión se jugaban muchas veces a cara o cruz. Los periódicos, nada más leídos, pese a ser espesos como cojines, eran deshojados al instante por aquella jauría de trabajadores rectales. El humo no dejaba ver las caras. Yo no me atrevía a acercarme demasiado a ellos por sus olores.

Aquel contraste parecía a propósito para desconcertar a un extranjero. Todo aquel despechugamiento íntimo, aquella tremenda familiaridad intestinal, ¡y en la calle una discreción tan perfecta! Yo no salía de mi asombro.

Volví a subir a la luz por las mismas escaleras para descansar en el mismo banco. Repentino desenfreno de digestiones y vulgaridad. Descubrimiento del alegre comunismo de la caca.

Dejaba por separado los aspectos tan desconcertantes de la misma aventura. No tenía fuerzas para analizarlos ni realizar su síntesis. Lo que deseaba, imperiosamente, era dormir. ¡Delicioso y raro frenesí!

Conque volví a seguir a la fila de peatones que se adentraban en una de las calles adyacentes y avanzamos a trompicones por culpa de las tiendas, cada uno de cuyos escaparates fragmentaba la multitud. La puerta de un hotel se abría ahí y creaba un gran remolino. La gente salía despedida a la acera por la vasta puerta giratoria y yo me vi engullido en sentido inverso hasta el gran vestíbulo del interior.

Asombroso, antes que nada... Había que adivinarlo todo, imaginar la majestuosidad del edificio, la amplitud de sus proporciones, porque todo sucedía en torno a bombillas tan veladas, que tardabas un tiempo en acostumbrarte.

Muchas mujeres jóvenes en aquella penumbra, hundidas en sillones profundos, como en estuches. Alrededor hombres atentos, pasando y volviendo a pasar, en silencio, a cierta distancia de ellas, curiosos y tímidos, a lo largo de la hilera de piernas cruzadas a magníficas alturas de seda. Me parecían, aquellas maravillosas, esperar allí acontecimientos muy graves y costosos. Evidentemente, no estaban pensando en mí. Así, pues, pasé, a mi vez, ante aquella larga tentación palpable, del modo más furtivo.

Como eran al menos un centenar, aquellas prestigiosas remangadas, dispuestas en una línea única de sillones, llegué a la recepción tan perplejo, tras haber absorbido una ración de belleza tan fuerte para mi temperamento, que iba tambaleándome.

En el mostrador, un dependiente engomado me ofreció con violencia una habitación. Me decidí por la más pequeña del hotel. En aquel momento debía de poseer unos cincuenta dólares, casi ninguna idea y ni la menor confianza.

Esperaba que fuera de verdad la habitación más pequeña de América la que me ofreciese el empleado, pues su hotel, el Laugh Calvin, se anunciaba como el mejor surtido entre los más suntuosos del continente.

Por encima de mí, ¡qué infinito de locales amueblados! Y muy cerca, en aquellos sillones, ¡qué tentación de violaciones en serie! ¡Qué abismos! ¡Qué peligros! Entonces, ¿el suplicio estético del pobre es interminable? ¿Más tenaz aún que su hambre? Pero no tuve tiempo de sucumbir; los de la recepción se habían apresurado a entregarme una llave, que me pesaba en la mano. No me atrevía a moverme.

Un chaval avispado, vestido como un general de brigada muy joven, surgió de la sombra ante mis ojos, imperativo comandante. El lustroso empleado de la recepción pulsó tres veces el timbre metálico y mi chaval se puso a silbar. Me despedían. Era la señal de partida. Nos largamos.

Primero, por un pasillo, a buen paso, íbamos negros y decididos como un metro. Él conducía, el muchacho. Otra esquina, una vuelta y luego otra. Perdiendo el culo. Curvamos un poco nuestra trayectoria. Y pasamos. Ahí estaba el ascensor. Aspirados. ¿Ya estábamos? No. Otro pasillo. Más sombrío aún, ébano mural, me pareció, en todas las paredes. No tuve tiempo de examinarlo. El chaval silbaba, cargaba con mi ligera maleta. Yo no me atrevía a preguntarle nada. Había que avanzar, me daba cuenta perfectamente. En las tinieblas, aquí y allá, a nuestro paso, una bombilla roja y verde propagaba una orden. Largos trozos de oro señalaban las puertas. Hacía rato que habíamos pasado los números 1800 y después los 3000 y, sin embargo, seguíamos arrebatados por el mismo destino nuestro invencible. Seguía, el pequeño cazador con galones, al innominado en la sombra, como a su propio instinto. Nada en aquel antro parecía cogerlo desprevenido. Su silbido modulaba un tono lastimero, cuando nos cruzábamos con un negro, una camarera, negra también. Y nada más.

Con el esfuerzo por acelerar, yo había perdido a lo largo de aquellos pasillos uniformes el poco aplomo que me quedaba al escapar de la Cuarentena. Me iba deshilachando como había visto hacerlo a mi choza con el viento de África entre los diluvios de agua tibia. Allí era presa, por mi parte, de un torrente de sensaciones desconocidas. Llega un momento, entre dos tipos de humanidad, en que te ves debatiéndote en el vacío.

De repente, el chaval, sin avisar, giró. Acabábamos de llegar. Me di de bruces contra una puerta; era mi habitación, una gran caja con paredes de ébano. Sólo encima de la mesa un poco de luz rodeaba una lámpara tímida y verdosa. El director del hotel Laugh Calvin avisaba al viajero que podía contar con su amistad y que se encargaría, él personalmente, de hacer grata la estancia del viajero en Nueva York. La lectura de aquel anuncio, colocado en lugar bien visible, debió de contribuir aún más, de ser posible, a mi marasmo.

Una vez solo, fue mucho peor. Toda aquella América venía a inquietarme, a hacerme preguntas tremendas y a inspirarme de nuevo malos presentimientos, allí mismo, en aquella habitación.

Sobre la cama, ansioso, intentaba familiarizarme, para empezar, con la penumbra de aquel recinto. Las murallas temblaban con un estruendo periódico por el lado de mi ventana. El paso del metro elevado. Se abalanzaba enfrente, entre dos calles, como un obús, lleno de carnes trémulas y picadas; pasaba a tirones por la lunática ciudad, de barrio en barrio. Se lo veía allá ir a lanzarse con el armazón estremecido justo por encima de un torrente de largueros, cuyo eco retumbaba aún muy atrás, de una muralla a otra, cuando había pasado a cien por hora. La hora de la cena me sorprendió durante aquella postración y la de ir a la cama también.

Había sido el metro, sobre todo, lo que me había dejado atontado. Al otro lado del patio, que parecía un pozo, la pared se iluminó con una habitación, luego dos, y después decenas. En algunas de ellas distinguía lo que pasaba. Eran parejas que se acostaban. Parecían tan decaídos como por nuestros pagos, los americanos, tras las horas verticales. Las mujeres tenían los muslos muy llenos y muy pálidos, al menos las que pude ver bien. La mayoría de los hombres se afeitaban, al tiempo que fumaban un puro, antes de acostarse.

En la cama se quitaban las gafas primero y después la dentadura postiza, que metían en un vaso, y dejaban todo a la vista. No parecían hablarse entre sí, entre sexos, exactamente como en la calle. Parecían animales grandes y muy dóciles, muy acostumbrados a aburrirse. Sólo vi, en total, a dos parejas que se hicieran, a la luz, las cosas que yo me esperaba y sin la menor violencia, por cierto. Las otras mujeres, por su parte, comían caramelos en la cama en espera de que el marido acabara de asearse. Y después todo el mundo apagó.

Es triste el espectáculo de la gente al acostarse; se ve claro que les importa tres cojones cómo vayan las cosas, se ve claro que no intentan comprender, ésos, el porqué de que estemos aquí. Les trae sin cuidado. Duermen de cualquier manera, son unos calzonazos, unos zopencos, sin susceptibilidad, americanos o no. Siempre tienen la conciencia tranquila.

Yo había visto demasiadas cosas poco claras como para estar contento. Sabía demasiado y no suficiente. Hay que salir, me dije, volver a salir. Tal vez lo encuentres, a Robinson. Era una idea idiota, evidentemente, pero recurría a ella para tener un pretexto a fin de salir otra vez, tanto más cuanto que en vano daba vueltas y más vueltas sobre aquella piltra tan pequeña, no lograba pegar ojo ni un instante. Ni siquiera masturbándote, en casos así, experimentas consuelo ni distracción. Conque te entra una desesperación que para qué.

Lo peor es que te preguntas de dónde vas a sacar bastantes fuerzas la mañana siguiente para seguir haciendo lo que has hecho la víspera y desde hace ya tanto tiempo, de dónde vas a sacar fuerzas para ese trajinar absurdo, para esos mil proyectos que nunca salen bien, esos intentos por salir de la necesidad agobiante, intentos siempre abortados, y todo ello para acabar convenciéndote una vez más de que el destino es invencible, de que hay que volver a caer al pie de la muralla, todas las noches, con la angustia del día siguiente, cada vez más precario, más sórdido.

Es la edad también que se acerca tal vez, traidora, y nos amenaza con lo peor. Ya no nos queda demasiada música dentro para hacer bailar a la vida: ahí está. Toda la juventud ha ido a morir al fin del mundo en el silencio de la verdad. ¿Y adónde ir, fuera, decidme, cuando no llevas contigo la suma suficiente de delirio? La verdad es una agonía ya interminable. La verdad de este mundo es la muerte. Hay que escoger: morir o mentir. Yo nunca me he podido matar.

Conque lo mejor era salir a la calle, pequeño suicidio. Cada cual tiene sus modestos dones, su método para conquistar el sueño y jalar. Tenía que dormir para recuperar fuerzas suficientes a fin de ganarme el cocido el día siguiente. Recuperar la energía suficiente para encontrar un currelo mañana y atravesar en seguida, entretanto, el obscuro túnel del sueño. No hay que creer que sea fácil dormirse, una vez que se ha puesto uno a dudar de todo, por tantos miedos sobre todo como te han hecho sentir.

Me vestí y mal que bien llegué al ascensor, pero un poco atontado. Tuve que volver a pasar en el vestíbulo ante otras hileras, otros enigmas arrebatadores de piernas tan tentadoras, de caras tan delicadas y severas. Diosas, en una palabra, diosas busconas. Habríamos podido intentar llegar a un acuerdo. Pero temía que me detuvieran. Complicaciones. Casi todos los deseos del pobre están castigados con la cárcel. Y volví a engolfarme en la calle. No era la misma multitud de antes. Ésta manifestaba un poco más de audacia, en su aborregamiento por las aceras, como si hubiese llegado, aquella multitud, a un país menos árido, el de la distracción, el país de la noche.

Avanzaba la gente hacia las luces colgadas en la noche y a lo lejos, serpiente agitada y multicolor. De todas las calles de los alrededores afluía. Forma un buen montón de dólares, pensé, una multitud así, ¡sólo en pañuelos, por ejemplo, o en medias de seda! ¡E incluso en pitillos sólo! ¡Y pensar que, aunque te pasees en medio de todo ese dinero, no consigues ni un céntimo más, ni para ir a comer siquiera! Es desesperante, cuando lo piensas, lo defendidos que van los hombres, unos de otros, como casas.

También yo fui callejeando hasta las luces, un cine y después otro y luego otro al lado y así toda la calle arriba. Perdíamos grandes pedazos de multitud delante de cada uno de ellos. Elegí uno en cuyas fotos había mujeres en combinación, ¡y qué muslos, amigos! ¡Firmes! ¡Amplios! ¡Precisos! Y, además, cabecitas muy monas por encima, como dibujadas en contraste, delicadas, frágiles, a lápiz, sin retoques, perfectas, ni un descuido, ni una mancha de tinta, perfectas, repito, monas pero firmes y concisas al mismo tiempo. Todo lo más peligroso que la vida puede desarrollar, auténticas imprudencias de belleza, esas indiscreciones sobre las divinas y profundas armonías posibles.

Se estaba bien, en aquel cine, cómodo y cálido. Órganos voluminosos de lo más tierno, como en una basílica, pero con calefacción, órganos como muslos. Ni un momento perdido. Te sumerges de lleno en el perdón tibio. Habría bastado con dejarse llevar para pensar que el mundo acababa tal vez de convertirse por fin a la indulgencia. Ya casi estabas en ella.

Entonces los sueños suben en la noche para ir a abrasarse en el espejismo de la luz en movimiento. No está del todo vivo lo que sucede en las pantallas, queda dentro un gran espacio confuso, para los pobres, para los sueños y para los muertos. Tienes que atiborrarte rápido de sueños para atravesar la vida que te aguarda fuera, a la salida del cine, resistir unos días más esa atrocidad de cosas y hombres. Eliges, de entre los sueños, los que más te reaniman el alma. Para mí, eran, lo confieso, los de cochinadas. No hay que ser orgulloso, le sacas, a un milagro, lo que puedes retener. Una rubia con unos chucháis y una nuca inolvidables creyó oportuno venir a romper el silencio de la pantalla con una canción sobre su soledad. Habría sido capaz de llorar con ella.

¡Eso es lo bueno! ¡Qué ánimos te da! El valor, lo sentía ya, me iba a durar dos días por lo menos. No esperé siquiera a que volviesen a iluminar la sala. Estaba listo para todas las resoluciones del sueño, ahora que había absorbido un poco de ese admirable delirio del alma.

De regreso al Laugh Calvin, el portero, pese a haberlo saludado yo, no se dignó darme las buenas noches, como los de nuestros pagos, pero ahora me la sudaba su desprecio. Una vida interior intensa se basta a sí misma y podría fundir veinte años de hielo. Eso es.

En mi habitación, apenas había cerrado los ojos, cuando la rubia del cine vino a cantarme de nuevo y al instante, para mí solo ahora, toda la melodía de su angustia. Yo la ayudaba, por así decir, a dormirme y lo conseguí bastante bien...Ya no estaba del todo solo... Es imposible dormir solo...

Para alimentarte económicamente en América, puedes ir a comprarte un panecillo caliente con una salchicha dentro; es cómodo, se vende en las esquinas y es baratito. Comer en el barrio de los pobres no me importaba en absoluto, la verdad, pero no volver a encontrar nunca a aquellas hermosas criaturas para ricos, eso sí que resultaba muy duro. En ese caso ya no vale la pena jalar siquiera.

En el Laugh Calvin aún podía, por aquellas alfombras espesas, parecer que buscaba a alguien entre las bellísimas mujeres de la entrada, envalentonarme poco a poco en su equívoco ambiente. Al pensar en eso, me confesé que habían tenido razón, los de la *Infanta Combitta*, ahora me daba cuenta, con la experiencia: para ser un pelagatos yo no tenía gustos serios. Habían hecho bien, los compañeros de la galera, al meterse conmigo. Sin embargo, seguí sin recuperar el valor. Volvía a tomar dosis y más dosis de cine, aquí y allá, pero apenas bastaban para recuperar el ánimo necesario con que dar un paseo o dos. Nada más. En África, había conocido, desde luego, un tipo de soledad bastante brutal, pero el aislamiento en aquel hormiguero americano cobraba un cariz más abrumador aún.

Siempre había temido estar casi vacío, no tener, en una palabra, razón seria alguna para existir. Ahora, ante la evidencia de los hechos, estaba bien convencido de mi nulidad personal. En aquel medio demasiado diferente de aquel en que tenía mezquinas costumbres, me había como disuelto al instante. Me sentía muy próximo a dejar de existir, pura y simplemente. Así, ahora lo descubría, en cuanto habían dejado de hablarme de las cosas familiares, ya nada me impedía hundirme en una especie de hastío irresistible, en una forma de catástrofe dulzona y espantosa. Una asquerosidad.

La víspera de dejar mi último dólar en aquella aventura, seguía hastiado y tan profundamente, que me negaba incluso a examinar las necesidades más urgentes. Somos, por naturaleza, tan fútiles, que sólo las distracciones pueden impedirnos de verdad morir. Yo, por mi parte, me aferraba al cine con un fervor desesperado.

Al salir de las tinieblas delirantes de mi hotel, probaba aún a hacer algunas excursiones por las calles principales de los alrededores, carnaval insípido de casas vertiginosas. Mi hastío se agravaba ante aquellas extensiones de fachadas, aquella monotonía llena de adoquines, ladrillos y bovedillas y comercio y más comercio, chancro del mundo, que prorrumpía en anuncios prometedores y pustulentos. Cien mil mentiras meningíticas.

Por el lado del río, recorrí otras callejuelas y más callejuelas, cuyas dimensiones se volvían más corrientes, es decir, que se habría podido, por ejemplo, desde la acera en que me encontraba, romper todos los cristales de un mismo inmueble de enfrente.

Los tufos de una fritura continua llenaban aquellos barrios, las tiendas ya no montaban los escaparates, por los robos. Todo me recordaba los alrededores de mi hospital en Villejuif, hasta los niños de grandes rodillas patizambas por las aceras y también los organillos. Con gusto me habría quedado con ellos, pero tampoco me habrían alimentado, los pobres, y los habría visto a todos todo el tiempo y su tremenda miseria me daba miedo. Conque, al final, volví hacia la ciudad alta. «¡Serás cabrón! —me decía entonces—. ¡La verdad es que no tienes perdón de Dios!» Tenemos que resignarnos a conocernos cada día un poco mejor, ya que nos falta el valor para acabar con nuestros propios lloriqueos de una vez por todas.

Un tranvía pasaba por la orilla del Hudson hacia el centro de la ciudad, un vehículo viejo que temblaba con todas sus ruedas y su armazón inquieto. Tardaba una buena hora en hacer su recorrido. Sus viajeros se sometían con paciencia a un complicado rito de pago mediante una especie de molinillo de café para monedas colocado a la entrada del vagón. El revisor los miraba pagar, vestido como uno de los nuestros, con uniforme de «miliciano balcánico prisionero».

Por fin llegábamos, molidos; volvía a pasar, al regreso de aquellas excursiones populistas, ante la inagotable y doble hilera de las bellezas de mi vestíbulo tantálico y volvía a pasar otra vez y siempre pensativo y deseoso.

Mi indigencia era tal, que ya no me atrevía a hurgarme en los bolsillos para cerciorarme. ¡Con tal de que Lola no hubiera decidido ausentarse en aquel momento!, pensaba... Pero, antes que nada, ¿querría recibirme? ¿Le daría un sablazo de cincuenta o de cien dólares, para empezar?... Vacilaba, sentía que no iba a tener todo el valor, salvo si comía y dormía bien, por una vez. Y después, si me salía bien aquella primera entrevista para el sablazo, me pondría al instante a buscar a Robinson, es decir, en cuanto hubiese recuperado suficientes fuerzas. ¡No era un tipo de mi estilo, él, Robinson! ¡Era un decidido, él, al menos! ¡Un bravo! ¡Ah, qué de trucos y triquiñuelas sobre América debía de conocer! Tal vez dispusiera de un medio para adquirir esa certidumbre, esa tranquilidad que tanta falta me hacían a mí...

Si también él había desembarcado de una galera como me imaginaba y había pisado aquella orilla mucho antes que yo, ¡seguro que ahora ya se habría hecho una situación en América! ¡La impasible agitación de aquellos chiflados no debía de afectarlo, a él! Tal vez yo también, pensándolo mejor, habría podido encontrar un empleo en una de aquellas oficinas, cuyos resplandecientes rótulos leía desde fuera... Pero la idea de tener que penetrar en una de aquellas casas me espantaba y me vencía la timidez. Mi hotel me bastaba. Tumba gigantesca y odiosamente animada.

¿Sería tal vez que a los habituados no les causaban el mismo efecto que a mí aquellos amontonamientos de materia y alvéolos comerciales? ¿Aquellas organizaciones de largueros hasta el infinito? Para ellos tal vez fuese la seguridad todo aquel diluvio en suspenso, mientras que para mí no era sino un sistema abominable de coacciones, en forma de ladrillos, pasillos, cerrojos, ventanillas, una tortura arquitectónica gigantesca, inexpiable.

Filosofar no es sino otra forma de tener miedo y no conduce sino a simulacros cobardes.

Como ya sólo me quedaban tres dólares en el bolsillo, fui a verlos agitarse en la palma de mi mano, mis dólares, a la luz de los anuncios de Times Square, placita asombrosa donde la publicidad salpica por encima de la multitud ocupada en elegir un cine. Me busqué un restaurante muy económico y acabé en uno de esos refectorios públicos racionalizados donde el servicio se reduce al mínimo y el rito alimentario está simplificado a la medida exacta de la necesidad natural.

En la entrada misma te ponen una bandeja en la mano y vas a ocupar tu sitio en la fila. A esperar. Vecinas muy agradables, candidatas a la cena como yo, no me decían ni pío... Debe de causar una sensación extraña, pensaba, poder permitirse abordar así a una de esas señoritas de nariz precisa y linda. «Señorita —le dirías—, soy rico, muy rico... dígame a qué podría invitarla...»

Entonces todo se vuelve sencillo al instante, divinamente, todo lo que era tan complicado un momento antes... Todo se transforma y el mundo tremendamente hostil rueda al instante a tus pies en forma de bola hipócrita, dócil y aterciopelada. Tal vez entonces pierdas al mismo tiempo la agotadora costumbre de pensar en los triunfadores, en las fortunas felices, ya que puedes tocar con los dedos todo eso. La vida de la gente sin medios no es sino un largo rechazo en un largo delirio y sólo se conoce de verdad, sólo se supera de verdad, lo que se posee. Yo, por mi parte, tenía, a fuerza de coger y dejar sueños, la conciencia a merced de las corrientes de aire, toda hendida por mil grietas y trastornada de modo repugnante.

Entretanto, no me atrevía a iniciar con aquellas jóvenes del restaurante la más anodina conversación. Sostenía, discreto y silencioso, mi bandeja. Cuando me llegó el turno de pasar ante las fuentes de loza llenas de salchichas y alubias, tomé todo lo que daban. Aquel refectorio estaba tan limpio, tan bien iluminado, que te sentías como transportado a la superficie de su mosaico, cual mosca sobre leche. Las dependientas, estilo enfermeras, se encontraban tras las pastas, el arroz, la compota. Cada una con su especialidad. Me atiborré con lo que distribuían las más amables. Por desgracia, no dirigían sonrisas a los clientes. En cuanto te servían, tenías que ir a sentarte a la chita callando y dejar el sitio a otro. Andabas a pasitos cortos con tu bandeja en equilibrio como por una sala de operaciones. Era un cambio respecto a mi Laugh Calvin y mi cuartito ébano con ribetes de oro.

Pero si nos inundaban así, a los clientes, con tal profusión de luz, si nos arrancaban por un momento de la noche habitual a nuestra condición, era porque formaba parte de un plan. Alguna idea del propietario. Yo desconfiaba. Causa un efecto muy raro, después de tantos días de sombra, verse bañado de una vez en torrentes de iluminación. A mí aquello me producía una especie de pequeño delirio suplementario. No necesitaba mucho, la verdad.

Bajo la mesita que me había correspondido, de lava inmaculada, no conseguía esconder los pies; me desbordaban por todos lados. Me habría gustado que estuvieran en otra parte, mis pies, de momento, porque desde el otro lado del escaparate éramos observados por la gente de la fila que acabábamos de abandonar en la calle. Esperaban a que hubiésemos acabado, nosotros, de jalar, para venir a instalarse, a su vez. Precisamente para ese fin y para mantenerlos con apetito era para lo que nosotros nos encontrábamos tan bien iluminados y resaltados, a título de publicidad gratuita. Las fresas de mi pastel estaban acaparadas por tantos reflejos centelleantes, que no podía decidirme a comérmelas.

No hay modo de escapar al comercio americano.

No obstante, pese al deslumbramiento de aquellas ascuas y a aquella sujeción, advertí las idas y venidas por nuestros alrededores inmediatos de una camarera muy amable y decidí no perderme ni uno de sus lindos gestos.

Cuando me llegó el turno de que me cambiara el cubierto, tomé buena nota de la forma imprevista de sus ojos, cuyo ángulo externo era mucho más agudo, ascendiente, que los de las mujeres de nuestros pagos. Los párpados ondulaban también muy ligeramente hacia la ceja por el lado de las sienes. Crueldad, en una palabra, pero justo la necesaria, una crueldad que se puede besar, amargura insidiosa como la de los vinos del Rin, agradable a nuestro pesar.

Cuando estuvo cerca de mí, me puse a hacerle señitas de inteligencia, por así decir, a la camarera, como si la reconociese. Ella me examinó sin la menor complacencia, como un animal, si bien con curiosidad. «Ésta es —me dije— la primera americana que, mira por dónde, se ve obligada a mirarme.»

Tras haber acabado la tarta luminosa, no me quedó más remedio que dejar el sitio a otro. Entonces, titubeando un poco, en lugar de seguir el camino bien indicado que conducía, derecho, a la salida, me armé de audacia y, dejando de lado al hombre de la caja que nos esperaba a todos con nuestro parné, me dirigí hacia ella, la rubia, con lo que me destacaba, totalmente insólito, entre los raudales de luz disciplinada.

Las veinticinco dependientas, en su puesto tras las cosas de comer, me hicieron señas, todas al mismo tiempo, de que me equivocaba de camino, me desviaba. Advertí una gran agitación de formas en la vitrina de la gente que esperaba y los que debían ponerse a jalar detrás de mí vacilaron a la hora de sentarse. Acababa de romper el orden de cosas. Todo el mundo a mi alrededor estaba profundamente asombrado: «¡Debe de ser otro extranjero!», decían.

Pero yo tenía mi idea, buena o mala, y no quería soltar a la bella que me había servido. Me había mirado, la monina, conque peor para ella. ¡Estaba harto de estar solo! ¡Basta de sueños! ¡Simpatía! ¡Contacto! «Señorita, me conoce usted muy poco, pero yo la amo, ¿quiere usted casarse conmigo?...» De este modo, el más honrado, me dirigí a ella.

Su respuesta no me llegó nunca, pues un guarda gigante, vestido por completo de blanco también, apareció en aquel preciso instante y me empujó hacia fuera, exacta, sencillamente, sin injurias ni brutalidad, hacia la noche, como a un perro que acaba de desmandarse.

Todo aquello se desarrollaba con normalidad, yo no tenía nada que decir.

Volví hacia el Laugh Calvin.

En mi habitación los mismos fragores de siempre venían a estrellarse con su eco, a trombas, primero el estruendo del metro, que parecía lanzarse sobre nosotros desde muy lejos, llevándose, cada vez que pasaba, todos sus acueductos para romper la ciudad con ellos, y después, en los intervalos, llamadas incoherentes de los mecanismos de allá abajo, que subían de la calle y, además, ese rumor difuso de la multitud agitada, vacilante, fastidiosa siempre, siempre marchándose y vacilando otra vez y volviendo. La gran mermelada de los hombres en la ciudad.

Desde donde yo estaba, allí arriba, se les podía gritar todo lo que se quisiera. Lo intenté. Me daban asco todos. No tenía descaro para decírselo de día, cuando los tenía delante, pero desde donde estaba no corría ningún riesgo; les grité: «¡Socorro! ¡Socorro!», sólo para ver si reaccionaban. Ni lo más mínimo. Empujaban la vida y la noche y el día delante de ellos, los hombres. La vida esconde todo a los hombres. En su propio ruido no oyen nada. Se la suda. Y cuanto mayor y más alta es la ciudad, más se la suda. Os lo digo yo, que lo he intentado. No vale la pena.

Fue sólo por razones crematísticas, si bien de lo más urgentes e imperiosas, por lo que me puse a buscar a Lola. De no haber sido por esa lastimosa necesidad, ¡menudo si la habría dejado envejecer y desaparecer sin volver a verla nunca, a aquella puta! Al fin y al cabo, conmigo, no me cabía la menor duda, pensándolo bien, se había comportado del modo más descarado y asqueroso.

El egoísmo de las personas que han tenido algo que ver en tu vida, cuando lo piensas, pasados los años, resulta innegable, tal como fue, es decir, de acero, de platino y mucho más duradero aún que el tiempo mismo.

Durante la juventud, a las indiferencias más áridas, a las granujadas más cínicas, llegas a encontrarles excusas de chifladuras pasionales y también qué sé yo qué signos de romanticismo inexperto. Pero, más adelante, cuando la vida te ha demostrado de sobra la cantidad de cautela, crueldad y malicia que exige simplemente para mantenerla bien que mal, a 37 grados, te das cuenta, te empapas, estás en condiciones de comprender todas las guarradas que contiene un pasado. Basta con que te contemples escrupulosamente a ti mismo y lo que has llegado a ser en punto a inmundicia. No queda misterio ni bobería, te has jalado toda la poesía por haber vivido hasta entonces. Un tango, la vida.

A la granujilla de mi amiga acabé descubriéndola, tras muchas dificultades, en el vigesimotercer piso de una Calle 77. Es increíble lo que pueden asquearte las personas a las que te dispones a pedir un favor. Era una casa señorial y de buen tono, la suya, como me había imaginado.

Por haber tomado previamente grandes dosis de cine, me encontraba casi dispuesto mentalmente, saliendo del marasmo en que me debatía desde mi desembarco en Nueva York, y el primer contacto fue menos desagradable de lo que había previsto. No pareció experimentar viva sorpresa siquiera al volver a verme, Lola, sólo un poco de desagrado al reconocerme.

Intenté, a modo de preámbulo, esbozar una conversación anodina con ayuda de los temas de nuestro pasado común y ello, por supuesto, en los términos más prudentes posibles, y mencioné, entre otros, pero sin insistir, la guerra como episodio. En eso metí la pata bien. Ella no quería volver a oír hablar nunca más de la guerra, en absoluto. La envejecía. Me devolvió, molesta, la pelota confiándome que la edad me había arrugado, inflado y caricaturizado tanto, que no me habría reconocido en la calle. Intercambiábamos cortesías. ¡Si la muy puta se imaginaba que me iba a herir con semejantes pijaditas...! Ni siquiera me digné responder a tan viles impertinencias.

Su mobiliario no era nada del otro jueves, pero era alegre, de todos modos, soportable, al menos así me pareció al salir de mi Laugh Calvin.

El método, los detalles de una fortuna rápida te dan siempre una impresión de magia. Desde la ascensión de Musyne y de la Sra. Herote, yo sabía que la jodienda es la pequeña mina de oro del pobre. Esas bruscas mudanzas femeninas me encantaban y habría dado, por ejemplo, mi último dólar a la portera de Lola sólo por tirarla de la lengua.

Pero no había portera en su casa. No había una sola portera en la ciudad. Una ciudad sin portera es algo sin historia, sin gusto, insípido como una sopa sin pimienta ni sal, una bazofia informe. ¡Ah, qué sabrosos los restos! Desperdicios, rebabas que rezuman de la alcoba, la cocina, las buhardillas, chorrean en cascadas por la portería, el centro de la vida, ¡qué sabroso infierno! Ciertas porteras de nuestros pagos sucumben a su tarea, se las ve lacónicas, tose que tose, deleitadas, pasmadas; es que están abrumadas, las pobres mártires, consumidas por tanta verdad.

Contra la abominación de ser pobre, conviene, confesémoslo, es un deber, intentarlo todo, embriagarse con cualquier cosa, vino, del baratito, masturbación, cine. No hay que mostrarse difícil. Nuestras porteras suministran hasta en años de mala cosecha, admitámoslo, a quienes saben tomarlo y recalentarlo, más cerca del corazón, odio para todos los gustos y gratis, el suficiente para hacer saltar un mundo. En Nueva York te encuentras atrozmente desprovisto de esa guindilla vital, sórdida pero viva, irrefutable, sin la cual el espíritu se asfixia y se condena a no murmurar sino vagamente y farfullar pálidas calumnias. Nada que corroa, vulnere, saje, moleste, obsesione, sin portera, y añada leña al fuego del odio universal, lo avive con sus mil detalles innegables.

Desconcierto tanto más sensible cuanto que Lola, sorprendida en su medio, me provocaba precisamente una nueva repugnancia, tenía unas ganas irreprimibles de vomitar sobre la vulgaridad de su éxito, de su orgullo, únicamente trivial y repulsivo, pero, ¿con qué? Por efecto de un contagio instantáneo, el recuerdo de Musyne se me volvió en el mismo instante igual de hostil y repugnante. Un odio intenso nació en mí hacia aquellas dos mujeres, aún dura, se incorporó a mi razón de ser. Me faltó toda una documentación para librarme a tiempo y por fin de toda indulgencia presente y futura hacia Lola. No se puede rehacer lo vivido.

El valor no consiste en perdonar, ¡siempre perdonamos más de la cuenta! Y eso no sirve de nada, está demostrado. Detrás de todos los seres humanos, en la última fila, ¡se ha colocado a la criada! Por algo será. No lo olvidemos nunca. Una noche habrá que adormecer para siempre a la gente feliz, mientras duermen, os lo digo yo, y acabar con ella y con su felicidad de una vez por todas. El día siguiente no se hablará más de su felicidad y habremos conseguido la libertad de ser desgraciados cuanto queramos, igual que la criada. Pero sigo con mi relato: iba y venía, pues, por la habitación, Lola, sin demasiada ropa encima y su cuerpo me parecía, de todos modos, muy apetecible aún. Un cuerpo lujoso siempre es una violación posible, una efracción preciosa, directa, íntima en el cogollo de la riqueza, del lujo y sin desquite posible.

Tal vez sólo esperara un gesto mío para despedirme. En fin fue sobre todo la puñetera gusa la que me inspiró prudencia. Primero, jalar. Y, además, no cesaba de contarme las futilidades de su existencia. Habría que cerrar el mundo, está visto, durante dos o tres generaciones al menos, si ya no hubiera mentiras que contar. Ya no tendríamos nada o casi que decirnos. Pasó a preguntarme lo que pensaba yo de su América. Le confié que había llegado a ese punto de debilidad y angustia en que casi cualquiera y cualquier cosa te resulta temible y, en cuanto a su país, sencillamente me espantaba más que todo el conjunto de amenazas directas, ocultas e imprevisibles que en él encontraba, sobre todo por la enorme indiferencia hacia mí, que lo resumía, a mi parecer.

Tenía que ganarme el cocido, le confesé también, por lo que en breve plazo debía superar todas aquellas sensiblerías. En ese sentido me encontraba muy atrasado y le garanticé mi más sincero agradecimiento, si tenía la amabilidad de recomendarme a algún posible empresario... entre sus relaciones... Pero lo más rápido posible... Me contentaría perfectamente con un salario muy modesto... Y fui y le solté muchas otras zalamerías y sandeces. Le cayó bastante mal aquella propuesta humilde pero indiscreta. Desde el primer momento se mostró desalentadora. No conocía absolutamente a nadie que pudiera darme un currelo o una ayuda, respondió. Pasamos a hablar, por fuerza, de la vida en general y después de la suya en particular.

Estábamos espiándonos así, moral y físicamente, cuando llamaron al timbre. Y, después, casi sin transición ni pausa, entraron en la habitación cuatro mujeres, maquilladas, maduras, carnosas, músculo y joyas, muy íntimas con Lola. Tras presentármelas sin demasiados detalles, Lola, muy violenta (era visible), intentaba llevárselas a otro cuarto, pero ellas, poco complacientes, se pusieron a acaparar mi atención todas juntas, para contarme todo lo que sabían sobre Europa. Viejo jardín, Europa, atestado de locos anticuados, eróticos y rapaces. Recitaban de memoria el Chabanais y los Inválidos.

Yo, por mi parte, no había visitado ninguno de esos dos lugares. Demasiado caro el primero, demasiado lejano el segundo. A modo de réplica, fui presa de un arranque de patriotismo automático y fatigado, más necio aún que el que te asalta en esas ocasiones. Les repliqué, enérgico, que su ciudad me deprimía. Una especie de feria aburrida, les dije, cuyos encargados se empeñaban, de todos modos, en hacerla parecer divertida...

Al tiempo que peroraba así, artificial y convencional, no podía dejar de percibir con mayor claridad aún otras razones, además del paludismo, para la depresión física y moral que me abrumaba. Se trataba, por lo demás, de un cambio de costumbres, tenía que aprender una vez más a reconocer nuevos rostros en un medio nuevo, otras formas de hablar y mentir. La pereza es casi tan fuerte como la vida. La trivialidad de la nueva farsa que has de interpretar te agobia y, en resumidas cuentas, necesitas aún más cobardía que valor para volver a empezar. Eso es el exilio, el extranjero, esa inexorable observación de la existencia, tal como es de verdad, durante esas largas horas lúcidas, excepcionales, en la trama del tiempo humano, en que las costumbres del país precedente te abandonan, sin que las otras, las nuevas, te hayan embrutecido aún lo suficiente.

Todo en esos momentos viene a sumarse a tu inmundo desamparo para forzarte, impotente, a discernir las cosas, las personas y el porvenir tales como son, es decir, esqueletos, simples nulidades, que, sin embargo, deberás amar, querer, defender, animar, como si existieran.

Otro país, otras gentes a tu alrededor, agitadas de forma un poco extraña, algunas pequeñas vanidades menos disipadas, cierto orgullo ya sin su razón de ser, sin su mentira, sin su eco familiar: con eso basta, la cabeza te da vueltas, la duda te atrae y el infinito, un humilde y ridículo infinito, se abre sólo para ti y caes en él...

El viaje es la búsqueda de esa nulidad, de ese modesto vértigo para gilipollas...

Se reían con ganas, las cuatro visitantes de Lola, al oírme pronunciar así mi rimbombante confesión de Jean-Jacques de pacotilla ante ellas. Me aplicaron un montón de nombres que, con las deformaciones americanas de su habla zalamera e indecente, apenas comprendí. Chorbas patéticas.

Cuando entró el criado negro para servir el té, guardamos silencio.

Sin embargo, una de aquellas visitantes debía de tener más vista que las demás, pues anunció en voz bien alta que yo estaba temblando de fiebre y que debía de padecer también una sed fuera de lo normal. La merienda que sirvieron me gustó mucho, pese a mi tembleque. Aquellos sándwiches me salvaron la vida, puedo asegurarlo.

Siguió una conversación sobre los méritos comparativos de las casas de tolerancia parisinas, sin que yo me tomara la molestia de participar en ella. Aquellas bellezas probaron muchos más licores complicados y después, totalmente animadas y confidenciales bajo su influencia, enrojecieron hablando de «matrimonios». Pese a estar muy ocupado con la manducatoria, no pude dejar de notar al tiempo que se trataba de matrimonios muy especiales, debían de ser incluso uniones entre sujetos muy jóvenes, entre niños, por los cuales recibían comisiones.

Lola advirtió que yo seguía la conversación con atención y curiosidad. Me lanzaba miradas bastante severas. Había dejado de beber. Los hombres que conocía allí, Lola, los americanos, no pecaban, como yo, de curiosos, nunca. Me mantuve con cierta dificultad dentro de los límites de su vigilancia. Tenía ganas de hacer mil preguntas a aquellas mujeres.

Por fin, las invitadas acabaron dejándonos, se marcharon con movimientos torpes, exaltadas por el alcohol y sexualmente reavivadas. Se excitaban perorando con un erotismo curioso: elegante y cínico. Yo presentía en aquello un regusto isabelino cuyas vibraciones me habría gustado mucho sentir yo también, muy preciosas, desde luego, y concentradas al máximo en la punta de mi órgano. Pero aquella comunión biológica, decisiva durante un viaje, aquel mensaje vital, tan sólo pude presentirlos, con gran disgusto, por cierto, y tristeza acrecentada. Incurable melancolía.

En cuanto hubieron cruzado la puerta, las amigas, Lola se mostró francamente excitada. Aquel intermedio le había desagradado profundamente. Yo no dije ni pío.

«¡Qué brujas!», renegó unos minutos después.

«¿De qué las conoces?», le pregunté.

«Son amigas de toda la vida...»

No estaba dispuesta a hacer más confidencias por el momento.

Por sus modales, bastante arrogantes, para con ella, me había parecido que aquellas mujeres tenían, en cierto medio, ascendiente sobre Lola e incluso una autoridad bastante grande, innegable, indiscutible. Nunca iba a saber yo nada más.

Lola dijo que debía salir, pero me invitó a quedarme esperándola allí, en su casa, y comiendo un poco, si aún tenía hambre. Como había abandonado el Laugh Calvin sin pagar la cuenta y sin intención tampoco de volver, ni mucho menos, me alegró mucho la autorización que me concedía, unos momentos más de calorcito antes de ir a afrontar la calle, ¡y qué calle, señores!...

En cuanto me quedé solo, me dirigí por un pasillo hacia el lugar de donde había visto salir al negro a su servicio. A medio camino del *office*, nos encontramos y le estreché la mano. Me condujo, confiado, a su cocina, lindo lugar bien ordenado, mucho más lógico y vistoso que el salón.

Al instante, se puso a escupir ante mí sobre el magnífico embaldosado y como sólo los negros saben hacerlo, lejos, copiosa, perfectamente. También yo escupí por cortesía, pero como pude. En seguida entramos en confidencias. Lola, según me informó, poseía un barco-salón en el río, dos autos en la carretera y una bodega con licores de todos los países del mundo. Recibía catálogos de los grandes almacenes de París. Así mismo. Se puso a repetirme sin fin aquellas mismas informaciones escuetas. Dejé de escucharlo.

Mientras dormitaba junto a él, me vino a la memoria el pasado, los tiempos en que Lola me había dejado en el París de la guerra. Aquella caza, persecución, emboscada, verbosa, falsa, cauta, Musyne, los argentinos, sus barcos llenos de carne, Topo, las cohortes de destripados de la Place Clichy, Robinson, las olas, el mar, la miseria, la cocina tan blanca de Lola, su negro y nada más y yo en medio como cualquier otro. Todo podía continuar. La guerra había quemado a unos, calentado a otros, igual que el fuego tortura o conforta, según estés dentro o delante de él. Hay que espabilarse y se acabó.

También era cierto lo que decía, que yo había cambiado mucho. La existencia es que te retuerce y tritura el rostro. A ella también le había triturado el rostro, pero menos, mucho menos. Los pobres van dados. La miseria es gigantesca, utiliza tu cara, como una bayeta, para limpiar las basuras del mundo. Algo queda. Sin embargo, yo creía haber notado en Lola algo nuevo, instantes de depresión, de melancolía, lagunas en su optimista necedad, instantes de esos en que la persona ha de hacer acopio de energía para llevar un poco más adelante lo conseguido en su vida, en sus años, ya demasiado pesados, a pesar suyo, para el ánimo que aún tiene, su cochina poesía.

De repente, su negro se puso de nuevo a agitarse. Volvía a darle la manía. Como nuevo amigo, quería atiborrarme de pasteles, cargarme de puros. Al final, sacó, con infinitas precauciones, de un cajón una masa redonda y emplomada.

«¡La bomba! —me anunció, furioso. Retrocedí—. *Libertà! Libertà!*», vociferaba, jovial.

Volvió a guardar todo en su sitio y escupió espléndidamente otra vez. ¡Qué emoción! Estaba radiante. Su risa me asombró también, un cólico de sensaciones. Un gesto más o menos, me decía yo, apenas tiene importancia. Cuando Lola volvió, por fin, de sus recados, nos encontró juntos en el salón, en pleno fumeque y cachondeo. Hizo como que no notaba nada.

El negro se largó a escape; a mí ella me llevó a su habitación. La encontré triste, pálida y temblorosa. ¿De dónde volvería? Empezaba a hacerse muy tarde. Era la hora en que los americanos se sienten desamparados porque la vida sólo vibra ya a cámara lenta a su alrededor. En el garaje, un auto de cada dos. Es el momento de las confidencias a medias. Pero hay que apresurarse a aprovecharlo. Me preparaba interrogándome, pero el tono que eligió para hacerme ciertas preguntas sobre la vida que llevaba yo en Europa me irritó profundamente.

No ocultó que me consideraba capaz de todas las bajezas. Esa hipótesis no me ofendía, sólo me molestaba. Presentía perfectamente que yo había ido a verla para pedirle dinero y ya eso solo creaba entre nosotros una animosidad muy natural. Todos esos sentimientos rayan en el crimen. Seguíamos en el nivel de las trivialidades y yo hacía lo imposible para que no se produjera una bronca definitiva entre nosotros. Se interesó, entre otras cosas, por los detalles de mis travesuras genitales, me preguntó si no habría abandonado en algún sitio, durante mis vagabundeos, a un niño que ella pudiera adoptar. Extraña idea que se le había ocurrido. Era su manía, la adopción de un niño. Pensaba, con bastante simpleza, que un fracasado de mi estilo debía de haber plantado raíces clandestinas casi por todas las latitudes. Ella era rica, me confió, y se moría por poder dedicarse a un niño, pero no lo conseguía. Había leído todas las obras de puericultura y sobre todo las que se ponen líricas hasta el pasmo al hablar de las maternidades, libros que, si los asimilas del todo, te quitan las ganas de copular, para siempre. Toda virtud tiene su literatura inmunda.

Como ella deseaba sacrificarse exclusivamente por un «chiquitín», a mí no me acompañaba la suerte. Sólo podía ofrecerle el grandullón que yo era, absolutamente repulsivo para ella. Sólo valen, en una palabra, las miserias bien presentadas para tener éxito, las que van bien preparadas por la imaginación. Nuestra charla languideció: «Mira, Ferdinand –me propuso, al final–, ya hemos hablado bastante, te voy a llevar al otro extremo de Nueva York, para visitar a mi protegido, un pequeño del que me ocupo con mucho gusto, aunque su madre me fastidia...». ¡Vaya unas horas! Por el camino, en el coche, hablamos de su catastrófico negro.

«¿Te ha enseñado sus bombas?», me preguntó. Le confesé que me había sometido a esa dura prueba.

«Mira, Ferdinand, no es peligroso, ese maníaco. Carga sus bombas con mis facturas viejas... En tiempos formaba parte, en Chicago, de una sociedad secreta, muy temible, para la emancipación de los negros... Eran, por lo que me han contado, gente horrible... La banda fue disuelta por las autoridades, pero ha conservado ese gusto por las bombas, mi negro... Nunca las carga con pólvora... Le basta el espíritu... En el fondo, no es sino un artista... Nunca acabará de hacer la revolución... Pero lo conservo, ¡es un doméstico excelente! Y, al fin y al cabo, tal vez sea más honrado que los otros, que no hacen la revolución...»

Y volvió a su manía de la adopción.

«Es una lástima, la verdad, que no tengas una hija en alguna parte, Ferdinand, un estilo soñador como el tuyo iría muy bien a una mujer, mientras que a un hombre no le queda nada bien...»

La lluvia, al azotarlo, volvía a cerrar la noche sobre nuestro auto, que se deslizaba sobre la larga cinta de cemento liso. Todo me resultaba hostil y frío, hasta su mano, pese a mantenerla bien cogida en la mía. Todo nos separaba. Llegamos ante una casa muy diferente por el aspecto de la que acabábamos de abandonar. En un piso de una primera planta, un niño de diez años más o menos nos esperaba junto a su madre. El mobiliario de aquellos cuartos imitaba el estilo Luis XV, olían a guiso reciente. El niño fue a sentarse en las rodillas de Lola y la besó con mucha ternura. La madre me pareció también de lo más cariñosa con Lola y, mientras ésta charlaba con el pequeño, yo me las arreglé para llevarme a la madre a la habitación contigua.

Cuando volvimos, el niño estaba ensayando un paso de baile que acababa de aprender en las clases del Conservatorio. «Tiene que recibir algunas lecciones particulares más —concluyó Lola—, ¡y quizá pueda presentarlo al Théâtre du Globe, amiga Vera! ¡Tal vez tenga un brillante porvenir, este niño!» La madre, tras esas palabras alentadoras, se deshizo en lágrimas de agradecimiento. Al mismo tiempo recibió un pequeño fajo de billetes verdes, que guardó en el pecho, como si fueran una carta de amor.

«El pequeño me gusta bastante —observó Lola, cuando estuvimos de nuevo fuera—, pero tengo que soportar también a la madre y no me gustan las madres demasiado astutas... Y, además, es que ese pequeño es demasiado vicioso... No es ésa la clase de cariño que deseo... Quisiera experimentar un sentimiento absolutamente maternal... ¿Me comprendes, Ferdinand?...» Con tal de poder jalar, comprendo todo lo que quieran; lo mío ya no es inteligencia, es caucho.

No se apeaba de su deseo de pureza. Cuando hubimos llegado, unas calles más adelante, me preguntó dónde iba yo a dormir aquella noche y me acompañó unos pasos más por la acera. Le respondí que, si no encontraba unos dólares en aquel mismo momento, no podría acostarme en ninguna parte.

«De acuerdo —respondió ella—. Acompáñame hasta mi casa y te daré un poco de dinero y después te vas a donde quieras.»

Quería dejarme tirado en plena noche y lo antes posible. Cosa normal. De tanto verte expulsado así, a la noche, has de acabar por fuerza en alguna parte, me decía yo. Era el consuelo. «Ánimo, Ferdinand —me repetía a mí mismo, para alentarme—, a fuerza de verte echado a la calle en todas partes, seguro que acabarás descubriendo lo que da tanto miedo a todos, a todos esos cabrones, y que debe de encontrarse al fin de la noche. ¡Por eso no van ellos hasta el fin de la noche!»

Después todo fue frialdad entre nosotros, en su auto. Las calles que cruzábamos nos amenazaban con todo su silencio armado hasta arriba de piedra, hasta el infinito, con una especie de diluvio en suspenso. Una ciudad al acecho, monstruo lleno de sorpresas, viscoso de asfalto y lluvias. Por fin, aminoramos la marcha. Lola me precedió hacia su portal.

«¡Sube! —me invitó—. ¡Sígueme!»

Otra vez su salón. Yo me preguntaba cuánto iría a darme para acabar de una vez y librarse de mí. Estaba buscando billetes en un bolsillo colocado sobre un mueble. Oí el intenso crujido de los billetes arrugados. ¡Qué segundos! Ya sólo se oía en la ciudad aquel ruido. Sin embargo, me sentía tan violento aún, que le pregunté, no sé por qué, tan inoportuno, cómo estaba su madre, de quien me había olvidado.

«Está enferma, mi madre», dijo, al tiempo que se volvía para mirarme a la cara.

«Entonces, ¿dónde está ahora?»

«En Chicago.»

«¿Qué enfermedad tiene?»

«Cáncer de hígado... La he llevado a los mejores especialistas de la ciudad... Su tratamiento me cuesta muy caro, pero la salvarán. Me lo han prometido.»

Precipitadamente, me dio muchos otros detalles relativos al estado de su madre en Chicago. De golpe se puso de lo más tierna y familiar y ya no pudo por menos de pedirme un consuelo íntimo. Estaba en mis manos.

«Y tú, Ferdinand, piensas también que la curarán, ¿verdad?»

«No —respondí muy franco, muy categórico—, los cánceres de hígado son absolutamente incurables.»

De pronto, palideció hasta el blanco de los ojos. Era la primera, pero es que la primera, vez que la veía yo desconcertada, a aquella puta, por algo.

«Pero, Ferdinand, ¡si los especialistas me han asegurado que curaría! Me lo han garantizado... ¡Por escrito!... Son, verdad, unas eminencias...»

«Por la pasta, Lola, habrá siempre, por fortuna, eminencias médicas... Yo haría lo mismo, si estuviera en su lugar... Y tú también, Lola, harías lo mismo...»

Lo que le decía le pareció, de pronto, tan innegable, tan evidente, que no intentó discutir más.

Por una vez, por primera vez quizás en su vida, le iba a faltar desparpajo.

«Oye, Ferdinand, me estás causando una pena infinita, ¿te das cuenta?... Quiero con locura a mi madre, lo sabes, ¿no?, que la quiero con locura...»

¡Muy a propósito! ¡Huy, la Virgen! Pero, ¿qué cojones puede importarle al mundo? ¿Que quiera uno o no a su madre?

Sollozaba, sumida en su vacío, Lola.

«Ferdinand, tú eres un fracasado despreciable —prosiguió furiosa— ¡y un malvado horrible!... Te estás vengando así, del modo más cobarde posible, por tu desesperada situación, viniendo a decirme cosas espantosas... ¡Estoy segura incluso de que estás haciendo mucho daño a mi madre al hablar así!...»

En su desesperación había resabios del método Coué.*

Su excitación no me daba, ni mucho menos, el miedo que la de los oficiales del *Amiral-Brageton,* los que pretendían liquidarme para distraer a las damas ociosas.

Miraba yo atento a Lola, mientras me ponía verde, y sentía algo de orgullo, al comprobar, en cambio, que mi indiferencia o, mejor dicho, mi alegría, iba en aumento, a medida que me insultaba más. Por dentro somos amables.

«Para deshacerse de mí —calculé— va a tener que darme ahora por lo menos veinte dólares... Tal vez más incluso...»

Tomé la ofensiva: «Lola, préstame, por favor, el dinero que me has prometido o, si no, me quedo a dormir aquí y me vas a oír repetir todo lo que sé sobre el cáncer, sus complicaciones, sus trasmisiones por herencia, pues el cáncer es, por si no lo sabías, hereditario, Lola. ¡No hay que olvidarlo!»

A medida que yo recalcaba, perfilaba los detalles sobre el caso de su madre, la veía palidecer ante mí, a Lola, flaquear, debilitarse. «¡Toma, puta! —me decía yo—. ¡Duro ahí, Ferdinand! ¡Para una vez que tienes la sartén por el mango!... No la sueltes... ¡Tardarás mucho en encontrar uno tan sólido!...»

«¡Toma! —dijo, completamente crispada—. ¡Aquí tienes tus cien dólares! ¡Lárgate y no vuelvas nunca! ¿Me oyes? ¡Nunca!... *Out! Out! Out!* ¡Cerdo asqueroso!...»

---

* Método de curación por sugestión inventado y vulgarizado por Émile Coué (1857-1926). *(N. del T.)*

«Pero, dame un besito, Lola, a pesar de todo. ¡Anda!... ¡No estamos enfadados!», propuse para ver hasta qué extremo podría asquearla. Entonces sacó un revólver del cajón y no precisamente en broma. La escalera me bastó, ni siquiera llamé al ascensor.

De todos modos, aquel broncazo me devolvió las ganas de trabajar y el valor. El día siguiente mismo cogí el tren para Detroit, donde, según me aseguraron, era fácil encontrar muchos currelillos no demasiado duros y bien pagados.

La gente me decía por la calle lo mismo que el sargento en el bosque. «¡Mire! —me decían—. No tiene pérdida, es justo enfrente.»

Y vi, en efecto, los grandes edificios rechonchos y acristalados, a modo de jaulas sin fin para moscas, en las que se veían hombres moviéndose, pero muy lentos, como si ya sólo forcejearan muy débilmente con yo qué sé qué imposible. ¿Eso era Ford? Y, además, por todos lados y por encima, hasta el cielo, un estruendo múltiple y sordo de torrentes de aparatos, duro, la obstinación de las máquinas girando, rodando, gimiendo, siempre a punto de romperse y sin romperse nunca.

«Conque es aquí… —me dije—. No es apasionante…» Era incluso peor que todo lo demás. Me acerqué más, hasta la puerta, donde en una pizarra decía que necesitaban gente.

No era yo el único que esperaba. Uno de los que aguardaban me dijo que llevaba dos días allí y aún en el mismo sitio. Había venido desde Yugoslavia, aquel borrego, a pedir trabajo. Otro pelagatos me dirigió la palabra, venía a currelar, según decía, sólo por gusto, un maníaco, un fantasma.

En aquella multitud casi nadie hablaba inglés. Se espiaban entre sí como animales desconfiados, apaleados con frecuencia. De su masa subía el olor de entrepiernas orinadas, como en el hospital. Cuando te hablaban, esquivabas la boca, porque el interior de los pobres huele ya a muerte.

Llovía sobre nuestro gentío. Las filas se comprimían bajo los canalones. Se comprime con facilidad la gente que busca currelo. Lo que les gustaba de Ford, fue y me explicó el viejo ruso, dado a las confidencias, era que contrataban a cualquiera y cualquier cosa. «Sólo, que ándate con ojo –añadió, para que supiera a qué atenerme–, no hay que ponerse chulito en esta casa, porque, si te pones chulito, en un dos por tres te pondrán en la calle y te substituirá, en un dos por tres también, una máquina de las que tienen siempre listas y, si quieres volver, ¡te dirán que nanay!» Hablaba castizo, aquel ruso, porque había estado años en el «taxi» y lo habían echado a consecuencia de un asunto de tráfico de cocaína en Bezons y, para colmo, se había jugado el coche a los dados con un cliente en Biarritz y lo había perdido.

Era cierto lo que me explicaba de que cogían a cualquiera en la casa Ford. No había mentido. Aun así, yo no acababa de creérmelo, porque los pelagatos deliran con facilidad. Llega un momento, en la miseria, en que el alma abandona el cuerpo en ocasiones. Se encuentra muy mal en él, la verdad. Ya casi es un alma la que te habla. Y no es responsable, un alma.

En pelotas nos pusieron, claro está, para empezar. El reconocimiento se hacía como en un laboratorio. Desfilábamos despacio. «Estás hecho una braga –comentó antes que nada el enfermero al mirarme–, pero no importa.»

¡Y yo que había temido que no me dieran el currelo en cuanto notaran que había tenido las fiebres de África, si por casualidad me palpaban el hígado! Pero, al contrario, parecían muy contentos de encontrar a feos y lisiados en nuestra tanda.

«Para lo que vas a hacer aquí, ¡no tiene importancia la constitución!», me tranquilizó el médico examinador, en seguida.

«Me alegro –respondí yo–, pero, mire, señor, tengo instrucción yo e incluso empecé en tiempos los estudios de medicina...»

De repente, me miró con muy mala leche. Tuve la sensación de haber vuelto a meter la pata y en mi contra.

«¡No te van a servir de nada aquí los estudios, chico! No has venido aquí para pensar, sino para hacer los gestos que te ordenen ejecutar... En nuestra fábrica no necesitamos a imaginativos. Lo que necesitamos son chimpancés... Y otro consejo. ¡No vuelvas a hablarnos de tu inteligencia! ¡Ya pensaremos por ti, amigo! Ya lo sabes.»

Tenía razón en avisarme. Más valía que supiera a qué atenerme sobre las costumbres de la casa. Tonterías ya había hecho bastantes para diez años por lo menos. En adelante me interesaba pasar por un calzonazos. Una vez vestidos, nos repartieron en filas cansinas, en grupos vacilantes de refuerzo hacia los lugares de donde nos llegaban los estrépitos de las máquinas. Todo temblaba en el inmenso edificio y nosotros mismos de los pies a las orejas, atrapados por el temblor, que llegaba de los cristales, el suelo y la chatarra, en sacudidas, vibraciones de arriba abajo. Te volvías máquina tú mismo a la fuerza, con toda la carne aún temblequeante, entre aquel ruido furioso, tremendo, que se te metía dentro y te envolvía la cabeza y más abajo, te agitaba las tripas y volvía a subir hasta los ojos con un ritmo precipitado, infinito, incansable. A medida que avanzábamos, perdíamos a los compañeros. Les sonreíamos un poquito a ésos, al separarnos, como si todo lo que sucedía fuera muy agradable. Ya no podíamos hablarnos ni oírnos. Todas las veces se quedaban tres o cuatro en torno a una máquina.

De todos modos, resistías, te costaba asquearte de tu propia substancia, habrías querido detener todo aquello para reflexionar y oír latir en ti el corazón con facilidad, pero ya no podías. Aquello ya no podía acabar. Era como un cataclismo, aquella caja infinita de aceros, y nosotros girábamos dentro con las máquinas y con la tierra. ¡Todos juntos! Y los mil rodillos y pilones que nunca caían a un tiempo, con ruidos que se atropellaban unos contra otros y algunos tan violentos, que desencadenaban a su alrededor como silencios que te aliviaban un poco.

La vagoneta llena de chatarra apenas podía pasar entre las máquinas. ¡Que se apartaran todos! Que saltasen para que pudiera arrancar de nuevo, aquella histérica. Y, ¡hale!, iba a agitarse más adelante, la muy loca, traqueteando entre poleas y volantes, a llevar a los hombres sus raciones de grilletes.

Los obreros inclinados, atentos a dar todo el placer posible a las máquinas, daban asco, venga pasarles pernos y más pernos, en lugar de acabar de una vez por todas, con aquel olor a aceite, aquel vaho que te quemaba los tímpanos y el interior de los oídos por la garganta. No era por vergüenza por lo que bajaban la cabeza. Cedías ante el ruido como ante la guerra. Te abandonabas ante las máquinas con las tres ideas que te quedaban vacilando en lo alto, detrás de la frente. Se acabó. Miraras donde mirases, ahora todo lo que la mano tocaba era duro. Y todo lo que aún conseguías recordar un poco estaba rígido también como el hierro y ya no tenía sabor en el pensamiento.

Habías envejecido más que la hostia de una vez.

Había que abolir la vida de fuera, convertirla también en acero, en algo útil. No nos gustaba bastante tal como era, por eso. Había que convertirla, pues, en un objeto, en algo sólido, ésa era la regla.

Intenté hablarle, al encargado, al oído, me respondió con un gruñido de cerdo y sólo con gestos me enseñó, muy paciente, la sencillísima maniobra que yo debía realizar en adelante y para siempre. Mis minutos, mis horas, el resto de mi tiempo, como los demás, se consumirían en pasar clavijas pequeñas al ciego de al lado, que las calibraba, ése, desde hacía años, las clavijas, las mismas. Yo en seguida empecé a cometer graves errores. No me regañaron, pero, tras tres días de aquel trabajo inicial, me destinaron, como un fracasado ya, a conducir la carretilla llena de arandelas, la que iba traqueteando de una máquina a otra. Aquí dejaba tres; allí, doce; allá, cinco sólo. Nadie me hablaba. Ya sólo existíamos gracias a una como vacilación entre el embotamiento y el delirio. Ya sólo importaba la continuidad estrepitosa de los miles y miles de instrumentos que mandaban a los hombres.

Cuando a las seis todo se detenía, te llevabas contigo el ruido en la cabeza; yo lo conservaba la noche entera, el ruido y el olor a aceite también, como si me hubiesen puesto una nariz nueva, un cerebro nuevo para siempre.

Conque, a fuerza de renunciar, poco a poco, me convertí en otro... Un nuevo Ferdinand. Al cabo de unas semanas. Aun así, volvía a sentir deseos de ver de nuevo a personas de fuera. No las del taller, por supuesto, que no eran sino ecos y olores de máquinas como yo, carnes en vibración hasta el infinito, mis compañeros. Un cuerpo auténtico era lo que quería yo tocar, un cuerpo rosa de auténtica vida silenciosa y suave.

Yo no conocía a nadie en aquella ciudad y sobre todo a ninguna mujer. Con mucha dificultad conseguí averiguar la dirección de una «Casa», un burdel clandestino, en el barrio septentrional de la ciudad. Fui a pasearme por allí algunas tardes seguidas, después de la fábrica, en reconocimiento. Aquella calle se parecía a cualquier otra, aunque más limpia tal vez que la mía.

Había localizado el hotelito, rodeado de jardines, donde pasaba lo que pasaba. Había que entrar rápido para que el guripa que hacía guardia cerca de la puerta pudiera hacer como que no había visto nada. Fue el primer lugar de América en que me recibieron sin brutalidad, con amabilidad incluso, por mis cinco dólares. Y había las chavalas bellas, llenitas, tersas de salud y fuerza graciosa, casi tan bellas, al fin y al cabo, como las del Laugh Calvin.

Y, además, a aquellas podías tocarlas sin rodeos. No pude por menos de volverme un parroquiano de aquel lugar. En él acababa toda mi paga. Necesitaba, al llegar la noche, las promiscuidades eróticas de aquellas criaturas tan espléndidas y acogedoras para recuperar el alma. El cine ya no me bastaba, antídoto benigno, sin efecto real contra la atrocidad material de la fábrica. Había que recurrir, para seguir adelante, a los tónicos potentes, desmadrados, a métodos más drásticos. A mí sólo me exigían cánones módicos en aquella casa, arreglos de amigos, porque les había traído de Francia, a aquellas damas, algunas cosillas. Sólo que el sábado por la noche, no había nada que hacer, había un llenazo y yo dejaba todo el sitio a los equipos de béisbol que habían salido de juerga, con vigor magnífico, tíos cachas a quienes la felicidad parecía resultar tan fácil como respirar.

Mientras disfrutaban los equipos, yo, por mi parte, escribía relatos cortos en la cocina y para mí sólo. El entusiasmo de aquellos deportistas por las criaturas del lugar no alcanzaba, desde luego, al fervor, un poco impotente, del mío. Aquellos atletas tranquilos en su fuerza estaban hartos de perfección física. La belleza es como el alcohol o el confort, te acostumbras a ella y dejas de prestarle atención.

Iban sobre todo, ellos, al picadero, por el cachondeo. Muchas veces acababan dándose unas hostias que para qué. Entonces llegaba la policía en tromba y se llevaba a todo el mundo en camionetas.

Hacia una de las jóvenes del lugar, Molly, no tardé en experimentar un sentimiento excepcional de confianza, que, en los seres atemorizados, hace las veces de amor. Recuerdo, como si fuera ayer, sus atenciones, sus piernas largas y rubias, magníficamente finas y musculosas, piernas nobles. La auténtica aristocracia humana la confieren, digan lo que digan, las piernas, eso por descontado.

Llegamos a ser íntimos en cuerpo y espíritu y todas las semanas íbamos juntos a pasearnos unas horas por la ciudad. Tenía posibles, aquella amiga, ya que se hacía unos cien dólares al día en la casa, mientras que yo, en Ford, apenas ganaba diez. El amor que hacía para vivir apenas la fatigaba. Los americanos lo hacen como los pájaros.

Por la noche, tras haber conducido mi carrito ambulante, me imponía a mí mismo la obligación de aparecer, después de cenar, con cara amable para ella. Hay que ser alegre con las mujeres, al menos en los comienzos. Sentía un deseo vago y lancinante de proponerle cosas, pero ya no me quedaban fuerzas. Comprendía perfectamente el desánimo industrial, Molly, estaba acostumbrada a tratar con obreros.

Una tarde, sin más ni más, me ofreció cincuenta dólares. Primero la miré. No me atrevía. Pensaba en lo que habría dicho mi madre en un caso así. Y después pensé que mi madre, la pobre, nunca me había ofrecido tanto. Para agradar a Molly, fui, al instante, a comprar con sus dólares un bonito traje de color beige pastel *(four piece suit)*, como estaban de moda en la primavera de aquel año. Nunca me habían visto llegar tan peripuesto al picadero. La patrona puso en marcha su enorme gramófono, con el exclusivo fin de enseñarme a bailar.

Después, fuimos al cine, Molly y yo, para estrenar mi traje nuevo. Por el camino me preguntaba si estaba celoso, porque el traje me daba aspecto triste y ganas también de no volver nunca más a la fábrica. Un traje nuevo es algo que te trastorna las ideas. Ella daba besitos apasionados a mi traje, cuando la gente no nos miraba. Yo intentaba pensar en otra cosa.

De todos modos, ¡qué mujer, aquella Molly! ¡Qué generosa! ¡Qué carnes! ¡Qué plenitud juvenil! Un festín de deseos. Y me volvía la aprensión. ¿Chulo de putas?... pensaba.

«¡No vayas más a la Ford —me desanimaba, además, Molly–. Búscate mejor un empleíllo en una oficina... De traductor, por ejemplo, es tu estilo... A ti los libros te gustan...»

Así me aconsejaba, con mucho cariño, quería que yo fuese feliz. Por primera vez un ser humano se interesaba por mí, desde dentro, podríamos decir, por mi egoísmo, se ponía en mi lugar y no se limitaba a juzgarme desde el suyo, como todos los demás.

¡Ah, si la hubiera conocido antes, a Molly, cuando aún estaba a tiempo de seguir un camino y no otro! ¡Antes de perder mi entusiasmo con la puta de Musyne y el bicho de Lola! Pero era demasiado tarde para rehacer la juventud. ¡Ya no creía en ella! En seguida te vuelves viejo y de forma irremediable. Lo notas porque has aprendido a amar tu desgracia, a tu pesar. Es la naturaleza, que es más fuerte que tú, y se acabó. Nos ensaya en un género y ya no podemos salir de él. Yo había seguido la dirección de la inquietud. Te tomas en serio tu papel y tu destino poco a poco y luego, cuando te quieres dar cuenta, es demasiado tarde para cambiarlos. Te has vuelto inquieto y así te quedas para siempre.

Intentaba con mucha amabilidad retenerme junto a ella, Molly, disuadirme... «Mira, Ferdinand, ¡la vida aquí es igual que en Europa! No vamos a ser infelices juntos. —Y tenía razón en un sentido—. Invertiremos los ahorros... compraremos un comercio... Seremos como todo el mundo...» Lo decía para calmar mis escrúpulos. Proyectos. Yo le daba la razón. Me daba vergüenza incluso que hiciera tantos esfuerzos por conservarme. Yo la amaba, desde luego, pero más aún amaba mi vicio, aquel deseo de huir de todas partes, en busca de no sé qué, por orgullo tonto seguramente, por convicción de una especie de superioridad.

Yo no quería herirla, ella comprendía y se adelantaba a tranquilizarme. Era tan cariñosa, que acabé confesándole la manía que me aquejaba de largarme de todos lados. Me escuchó durante días y días explayarme y explicarme hasta el hastío, debatiéndome entre fantasmas y orgullos, y no se impacientaba: al contrario. Sólo intentaba ayudarme a vencer aquella angustia vana y boba. No comprendía muy bien adónde quería yo ir a parar con mis divagaciones, pero me daba la razón, de todos modos, contra los fantasmas o con los fantasmas, a mi gusto. A fuerza de dulzura persuasiva, su bondad llegó a serme familiar y casi personal. Pero me parecía que yo empezaba entonces a hacer trampa con mi dichoso destino, con mi razón de ser, como yo la llamaba, y de repente cesé de contarle todo lo que pensaba. Volví solo a mi interior, muy contento de ser aún más desgraciado que antes porque había llevado hasta mi soledad una nueva forma de angustia y algo que se parecía al sentimiento auténtico.

Todo esto es trivial. Pero Molly estaba dotada de una paciencia angélica, precisamente creía a pie juntillas en las vocaciones. A su hermana menor, por ejemplo, en la Universidad de Arizona, le había dado la manía de fotografiar los pájaros en sus nidos y las rapaces en sus guaridas. Conque, para que pudiera continuar asistiendo a los extraños cursos de aquella técnica especial, Molly le enviaba regularmente, a su hermana fotógrafa, cincuenta dólares al mes.

Un corazón infinito, la verdad, con sublimidad auténtica dentro, que puede transformarse en parné, no en fantasmadas como el mío y tantos otros. En cuanto a mí, Molly estaba más que deseosa de interesarse pecuniariamente en mi mediocre aventura. Aunque por momentos le pareciera un muchacho bastante atolondrado, mi convicción le parecía real y digna de estímulo. Sólo me invitaba a establecer como un pequeño balance para una pensión presupuestaria que quería concederme. Yo no podía decidirme a aceptar aquella dádiva. Un último resabio de delicadeza me impedía aprovechar más, especular con aquella naturaleza demasiado espiritual y cariñosa, la verdad. Por eso, entré deliberadamente en conflicto con la Providencia.

Di incluso, avengonzado, algunos pasos para volver a la Ford. Pequeños heroísmos sin resultado, por cierto. Llegué justo hasta la puerta de la fábrica, pero me quedé paralizado en aquel lugar liminar, y la perspectiva de todas aquellas máquinas que me esperaban girando eliminó en mí sin remedio aquellas veleidades laborales.

Me coloqué ante la gran cristalera del generador eléctrico, gigante multiforme que bramaba al absorber y repeler no sabía yo de dónde, no sabía yo qué, por mil tubos relucientes, intrincados y viciosos como lianas. Una mañana que estaba así, contemplando boquiabierto, pasó por casualidad el ruso del taxi. «Chico –me dijo–, ¡ya te puedes despedir!... Hace tres semanas que no vienes... Ya te han substituido por una máquina... Y eso que te había avisado...»

«Así –me dije entonces–, al menos se acabó... Ya no tengo que volver...» Y salí de vuelta para la ciudad. Al llegar, volví a pasar por el consulado, para preguntar si habían oído hablar por casualidad de un francés llamado Robinson.

«¡Pues claro! ¡Claro que sí! –me respondieron los cónsules–. Incluso vino a vernos dos veces y aún tenía documentación falsa. Por cierto, ¡que la policía lo busca! ¿Lo conoce usted?...» No insistí.

Desde entonces me esperaba encontrarlo a cada momento, al Robinson. Sentía que estaba al caer. Molly seguía tan tierna y cariñosa. Más cariñosa incluso que antes estaba, desde que se había convencido de que yo quería irme definitivamente. De nada servía que fuera cariñosa conmigo.

Molly y yo recorríamos con frecuencia los alrededores de la ciudad, las tardes que ella libraba. Colinitas peladas, bosquecillos de abedules en torno a lagos minúsculos, gente, aquí y allá, leyendo revistas insulsas bajo el pesado cielo de nubes plomizas. Evitábamos, Molly y yo, las confidencias complicadas. Además, ella ya sabía a qué atenerse. Era demasiado sincera como para tener demasiadas cosas que decir sobre una pena. Lo que ocurría dentro le bastaba, en su corazón. Nos besábamos. Pero yo no la besaba bien, como debería haberlo hecho, de rodillas, en realidad. Siempre pensaba en otra cosa a la vez, en no perder tiempo ni ternura, como si quisiera guardar todo para algo, no sé qué, magnífico, sublime, para más adelante, pero no para Molly, no para aquello. Como si la vida fuera a llevarse, a ocultarme, lo que yo quería saber de ella, de la vida en el fondo de las tinieblas, mientras perdiese fervor abrazado a Molly, y entonces ya no fuera a quedar bastante, fuese a haber perdido todo, a fin de cuentas, por falta de fuerza, la vida fuera a haberme engañado como a todos los demás, la Vida, la auténtica querida de los hombres de verdad.

Volvíamos hacia la muchedumbre y después yo la dejaba delante de su casa, porque por la noche estaba ocupada con la clientela hasta la madrugada. Mientras se encargaba de sus clientes, yo sentía pena, de todos modos, y aquella pena me hablaba de ella tan bien, que la sentía aún más cerca de mí que en la realidad. Entraba en un cine para pasar el rato. A la salida del cine, montaba a un tranvía, aquí y allá, y deambulaba en la noche. Después de dar las dos, subían los viajeros tímidos de una clase que no se encuentra ni antes ni después de esa hora, tan pálidos siempre y somnolientos, en grupos dóciles, hasta los suburbios.

Con ellos se llegaba lejos. Mucho más lejos que las fábricas, hacia colonias imprecisas, callejuelas de casas indistintas. Sobre el pavimento resbaladizo por las finas lluvias del amanecer, el día brillaba con tonos azules. Mis compañeros del tranvía desaparecían al mismo tiempo que sus sombras. Cerraban los ojos con el día. Costaba trabajo hacerles hablar, a aquellos taciturnos. Demasiada fatiga. No se quejaban, no, ellos eran quienes limpiaban durante la noche tiendas y más tiendas y las oficinas de toda la ciudad, después del cierre. Parecían menos inquietos que nosotros, los de la jornada diurna. Tal vez porque habían llegado, ellos, al nivel más bajo de los hombres y las cosas.

Una de aquellas noches, cuando habíamos llegado al final del trayecto y estábamos apeándonos en silencio, me pareció que me llamaban por mi nombre: «¡Ferdinand! ¡Eh, Ferdinand!». Fue como un escándalo, por fuerza, en aquella penumbra. No me gustó nada. Por encima de los tejados, el cielo empezaba a aparecer de nuevo en pequeños claros muy fríos, recortados por los aleros. Ya lo creo que me llamaban. Al volverme, lo reconocí al instante, a Léon. Se me acercó susurrando y entonces nos pusimos a hablar.

También él volvía de limpiar una oficina como los otros. Era lo único que había encontrado para ir tirando. Caminaba con mucha calma, con cierta majestad auténtica, como si acabara de realizar acciones peligrosas y, por así decir, sagradas en la ciudad. Por cierto, que ésa era la actitud que adoptaban todos aquellos limpiadores nocturnos, ya lo había notado yo. En la fatiga y la soledad se manifiesta lo divino en los hombres. Lo manifestaba con ganas en los ojos, también él, cuando los abría mucho más de lo habitual, en la penumbra azulada en que nos encontrábamos. También él había limpiado ya filas y filas, sin fin, de lavabos y había dejado relucientes auténticas montañas de pisos y más pisos de silencio.

Añadió: «¡Te he reconocido en seguida, Ferdinand! Por tu forma de subir al tranvía... Figúrate, sólo de ver que te has puesto triste al descubrir que no había ninguna mujer. ¿Eh? ¿A que es propio de ti?». Era verdad que era propio de mí. Estaba visto, tenía el alma hecha una braga. No había, pues, motivo para que me sorprendiera aquella observación correcta. Pero lo que me sorprendió más bien fue que tampoco él hubiese triunfado en América. No era lo que había yo previsto.

Le hablé de la faena de la galera en San Tapeta. Pero no comprendía lo que quería decir. «¡Tienes fiebre!», se limitó a responderme. En un carguero había llegado él. Con gusto habría intentado colocarse en la Ford, pero no se había atrevido por sus papeles, demasiado falsos para enseñarlos. «Tan sólo sirven para llevarlos en el bolsillo», comentaba. Para los equipos de limpieza, no eran demasiado exigentes respecto al estado civil. Tampoco pagaban demasiado, pero hacían la vista gorda. Era una especie de legión extranjera de la noche.

«Y tú, ¿qué haces? —me preguntó entonces—. ¿Sigues chiflado, entonces? ¿Aún no te has cansado de estas historias? ¿Aún sigues queriendo viajar?»

«Quiero volver a Francia —fui y le dije—. Ya he visto bastante, tienes razón, ya vale...»

«Mejor será —me respondió—, porque para nosotros no hay nada que arrascar... Hemos envejecido sin enterarnos, ya sé yo lo que es eso... A mí también me gustaría volver, pero sigo con el problema de los papeles... Voy a esperar un poco para conseguirme unos buenos... No se puede decir que sea malo nuestro currelo. Los hay peores. Pero no aprendo el inglés... Hay gente que lleva treinta años en la limpieza y sólo ha aprendido en total *Exit*, porque está escrito en las puertas que limpiamos, y además *Lavatory*. ¿Comprendes?»

Comprendía. Si alguna vez hubiera llegado a faltarme Molly, me habría visto obligado a coger también aquel currelo nocturno.

No hay razón para que la cosa acabe.

En una palabra, mientras estás en la guerra, dices que será mejor con la paz y después te tragas esa esperanza, como si fuera un caramelo, y luego resulta que es mierda pura. No te atreves a decirlo al principio para no fastidiar a nadie. Te muestras amable, en una palabra. Y después un buen día acabas descubriendo el pastel delante de todo el mundo. Estás hasta los huevos de revolverte en la mierda. Pero de repente pareces muy mal educado a todo el mundo. Y se acabó.

En dos o tres ocasiones después de aquélla, nos citamos, Robinson y yo. Tenía muy mala pinta. Un desertor francés que fabricaba licores ilegales para los tunelas de Detroit le había cedido un rinconcito en su *business*. Eso lo tentaba, a Robinson. «Yo también haría un poco de "priva" para esos cerdos —me confiaba—, pero es que ya no tengo cojones... Siento que en cuanto el primer poli me dé para el pelo, me rajo... He visto demasiado...Y, además, tengo sueño todo el tiempo... Por fuerza: dormir de día no es dormir...Y eso sin contar el polvo de las oficinas que te llena los pulmones... ¿Te das cuenta?... Acaba con cualquiera...»

Nos citamos para otra noche. Fui a reunirme con Molly y le conté todo. Para ocultarme la pena que le causaba, hizo muchos esfuerzos, pero no era difícil ver, de todos modos, que sufría. Ahora la besaba yo más a menudo, pero la suya era una pena profunda, más auténtica que la nuestra, porque nosotros más bien tenemos la costumbre de exagerarla. Las americanas, al contrario. No nos atrevemos a comprender, a admitirla. Es un poco humillante, pero, aun así, es pena sin duda, no es orgullo, no son celos tampoco, ni escenas, sólo la pena de verdad del corazón y no nos queda más remedio que reconocer que todo eso no existe en nuestro interior, que para el placer de sentir pena estamos secos. Nos da vergüenza no ser más ricos de corazón y de todo y también haber juzgado, de todos modos, a la humanidad más vil de lo que en el fondo es.

De vez en cuando, cedía a la tentación, Molly, de hacerme un pequeño reproche, pero siempre en términos mesurados, muy amables.

«Eres muy cariñoso, Ferdinand —me decía—, y sé que haces esfuerzos para no volverte tan malvado como los demás, sólo que no sé si sabes bien lo que deseas en el fondo... ¡Piénsalo bien! Por fuerza tendrás que buscarte el sustento allá, Ferdinand...Y, además, no vas a poder pasearte como aquí soñando despierto noche tras noche... Como tanto te gusta hacer... Mientras yo trabajo... ¿Has pensado en eso, Ferdinand?»

En un sentido tenía mil veces razón, pero cada cual con su naturaleza.Yo tenía miedo a herirla. Sobre todo porque era fácil de herir.

«Te aseguro que te quiero, Molly, y te querré siempre... como puedo... a mi modo.»

Mi modo no era demasiado. Y, sin embargo, estaba buena, Molly, muy apetitosa. Pero yo sentía también aquella estúpida inclinación por los fantasmas. Tal vez no fuera del todo culpa mía. La vida te obliga a quedarte demasiado tiempo con los fantasmas.

«Eres muy afectuoso, Ferdinand —me tranquilizaba ella—, no llores por mí... Estás como enfermo por tu deseo de saber siempre más... Eso es todo... En fin, debe de ser ése tu camino... Por ahí, solo... El viajero solitario es el que llega más lejos... ¿Vas a marcharte pronto, entonces?»

«Sí, voy a acabar mis estudios en Francia y después volveré», le aseguré con mucho rostro.

«No, Ferdinand, no volverás... Y, además, yo ya no estaré aquí tampoco...»

No se dejaba engañar.

Llegó el momento de la marcha. Fuimos una tarde hacia la estación un poco antes de la hora en que ella entraba a trabajar. Antes yo había ido a despedirme de Robinson. Tampoco él estaba contento de que lo dejara. Me pasaba la vida abandonando a todo el mundo. En el andén de la estación, mientras Molly y yo esperábamos el tren, pasaron hombres que fingieron no reconocerla, pero murmuraban.

«Ya estás lejos, Ferdinand. Haces exactamente lo que deseas hacer, ¿no, Ferdinand? Eso es lo importante... Lo único que cuenta...»

Entró el tren en la estación. Yo ya no estaba demasiado seguro de mi aventura, cuando vi la máquina. Besé a Molly con todo el valor que me quedaba en el cuerpo. Me daba pena, pena de verdad, por una vez, todo el mundo, ella, todos los hombres.

Tal vez sea eso lo que busquemos a lo largo de la vida, nada más que eso, la mayor pena posible para llegar a ser uno mismo antes de morir.

Años pasaron desde aquella marcha y más años... Escribí con frecuencia a Detroit y después a todas las direcciones que recordaba y donde podían conocerla, a Molly, saber de su vida. Nunca recibí respuesta.

Ahora la casa está cerrada. Eso es lo único que he sabido. Buena, admirable Molly, si aún puede leerme, desde un lugar que no conozco, quiero que sepa sin duda que yo no he cambiado para ella, que sigo amándola y siempre la amaré a mi modo, que puede venir aquí, cuando quiera compartir mi pan y mi furtivo destino. Si ya no es bella, ¡mala suerte! ¡Nos arreglaremos! He guardado tanta belleza de ella en mí, tan viva, tan cálida, que aún me queda para los dos y para por lo menos veinte años aún, el tiempo de llegar al fin.

Para dejarla, necesité, desde luego, mucha locura y un carácter chungo y frío. Aun así, he defendido mi alma hasta ahora y Molly me regaló tanto cariño y ensueño en aquellos meses de América, que, si viniera mañana la muerte a buscarme, nunca llegaría a estar, estoy seguro, tan frío, ruin y grosero como los otros.

¡No acaba todo con haber regresado del Otro Mundo! Te vuelves a encontrar con el hilo de los días tirado por ahí, pringoso, precario. Te espera.

Anduve aún semanas y meses por los alrededores de la Place Clichy, de donde había salido, y por las cercanías también, haciendo trabajillos para vivir, por Batignolles. ¡Mejor no contarlo! Bajo la lluvia o en el calor de los autos, en pleno junio, un calor que te quema la garganta y el interior de la nariz, casi como en la Ford. Miraba para distraerme pasar y pasar, a la gente, camino del teatro o del Bois, al atardecer.

Siempre más o menos solo durante las horas libres, pasaba el rato con libros y periódicos y también con todas las cosas que había visto. Reanudados los estudios, fui pasando los exámenes a trancas y barrancas, al tiempo que me ganaba las habichuelas. Está bien defendida la Ciencia, os lo aseguro; la Facultad es un armario bien cerrado. Muchos tarros y poca confitura. De todos modos, cuando hube terminado mis cinco o seis años de tribulaciones académicas, obtuve mi título, muy rimbombante. Entonces me apalanqué en los suburbios, como correspondía a mi estilo, en La Garenne-Rancy, ahí, a la salida de París, justo después de la Porte Brancion.

Yo no tenía pretensiones ni ambición tampoco, sólo el deseo de respirar un poco y de jalar algo mejor. Tras poner la placa en la puerta, esperé.

La gente del barrio vino, recelosa, a contemplar mi placa. Fueron incluso a preguntar en la comisaría de policía si era yo médico de verdad. Sí, les respondieron. Tiene el título, lo es.

Entonces se repitió por todo Rancy que acababa de instalarse un médico de verdad, además de los otros. «¡Se va a morir de hambre! –predijo en seguida mi portera–. ¡Ya hay pero que demasiados médicos por aquí!» Y era una observación exacta.

En los suburbios, la vida llega, por la mañana, sobre todo en los tranvías. Pasaban a montones con multitudes de atontolinados bamboleantes, desde el amanecer, por el Boulevard Minotaure, que bajaban hacia el currelo.

Los jóvenes parecían incluso contentos de ir al currelo. Aceleraban el tráfico, se aferraban a los estribos, los monines, cachondeándose. Hay que ver. Pero, cuando hace veinte años que conoces la cabina telefónica de la tasca, por ejemplo, tan sucia, que siempre la confundes con el retrete, se te quitan las ganas de bromear con las cosas serias y con Rancy, en particular. Entonces comprendes dónde te han metido. Las casas te obsesionan, impregnadas todas de orines y con fachadas tétricas; su corazón es del propietario. A ése no lo ves nunca. No se atrevería a aparecer. Envía a su administrador, el muy cabrón. Sin embargo, en el barrio dicen que se muestra muy amable, el casero, cuando se lo encuentran. Eso no compromete a nada.

La luz del cielo en Rancy es la misma que en Detroit, jugo de humo que empapa la llanura desde Levallois. Un desecho de casas destartaladas y sostenidas en el suelo por montañas de basura negra. Las chimeneas, altas y bajas, se parecen de lejos a los postes hundidos en el cieno a la orilla del mar. Ahí dentro estamos nosotros.

Hay que tener el valor de los cangrejos también, en Rancy, sobre todo cuando te vas haciendo mayor y estás seguro de que no volverás a salir de allí. Junto a la última parada del tranvía, ahí queda el puente pringoso que se lanza por encima del Sena, enorme cloaca al desnudo. A lo largo de las orillas, los domingos y por las noches la gente trepa a los ribazos para hacer pipí. A los hombres eso los pone meditabundos, sentirse ante el agua que pasa. Orinan con un sentimiento de eternidad, como marinos. Las mujeres, ésas no meditan nunca. Con Sena o sin Sena. Por la mañana, el tranvía lleva, pues, a su multitud a apretujarse en el metro. Parece, al verlos escapar a todos en esa dirección, como si les hubiese ocurrido una catástrofe hacia Argenteuil, como si ardiera su tierra. Después de cada aurora, vuelve a darles, se aferran por racimos a las portezuelas, a las barandillas. Gran desbarajuste. Y, sin embargo, lo que van a buscar a París es un patrón, el que te salva de cascar de hambre, tienen un miedo cerval a perderlo, los muy cobardes. Ahora bien, te la hace transpirar, su pitanza, el patrón. Apestas durante diez años, veinte años y más. No es de balde.

Ya en el tranvía, para hacer boca, unas broncas que para qué. Las mujeres son aún más protestonas que los mocosos. Por colarse sin pagar, serían capaces de paralizar toda la línea. Es cierto que algunas de las pasajeras van ya borrachas, sobre todo las que bajan al mercado hacia Saint-Ouen, las de «quiero y no puedo». «¿A cuánto van las zanahorias?», van y preguntan mucho antes de llegar para hacer ver que tienen con qué.

Comprimidos como basuras en la caja de hierro, atravesamos todo Rancy y con un olor que echa para atrás, sobre todo en verano. En las fortificaciones, se amenazan, se insultan una última vez y después se pierden de vista, el metro se traga a todos y todo, trajes empapados, vestidos arrugados, medias de seda, metritis y pies sucios como calcetines, cuellos indesgastables y rígidos como vencimientos, abortos en curso, héroes de guerra, todo eso baja chorreando por la escalera con olor a alquitrán y ácido fénico y hasta la obscuridad, con el billete de vuelta, que cuesta, él solo, tanto como dos barritas de pan.

La lenta angustia del despido sin explicaciones (con un simple certificado) siempre acechando a los que llegan tarde, cuando el patrón quiera reducir sus gastos generales. Recuerdos de la «crisis» a flor de piel, de la última vez en el desempleo, de todos los periódicos con anuncios que se hubo de leer, cinco reales, cinco reales... de las esperas para buscar currelo. Esos recuerdos bastan para estrangular a un hombre, por muy abrigado que vaya en su gabán «para todas las estaciones».

La ciudad oculta como puede sus muchedumbres de pies sucios en sus largas cloacas eléctricas. No volverán a la superficie hasta el domingo. Entonces, cuando estén fuera, más valdrá quedarse en casa. Un solo domingo viéndolas distraerse bastaría para quitarte para siempre las ganas de broma. En torno al metro, cerca de los bastiones, cruje, endémico, el olor de las guerras que colean, de los tufos de aldeas a medio quemar, a medio cocer, de las revoluciones que abortan, de los comercios en quiebra. Los traperos de la zona llevan siglos quemando los mismos montoncitos húmedos en las zanjas al abrigo del viento. Son unos bárbaros maletas, esos traperos, presa de la priva y la fatiga. Van a toser al dispensario contiguo, en lugar de tirar los tranvías por los taludes e ir a echar una buena meada en la oficina de arbitrios. Ya no hay cojones. Digan lo que digan. Cuando vuelva la guerra, la próxima, volverán a hacer fortuna vendiendo pieles de ratas, cocaína, máscaras de chapa ondulada.

Yo había encontrado, para ejercer la profesión, un pisito cerca de las chabolas, desde donde veía bien los taludes y al obrero que siempre está en lo alto, mirando al vacío, con el brazo en cabestrillo, herido en accidente laboral, que ya no sabe qué hacer ni en qué pensar y que no tiene bastante para ir a beber y llenarse la conciencia.

Molly tenía más razón que una santa, empezaba yo a comprenderla. Los estudios te cambian, te infunden orgullo. Hay que pasar sin falta por ellos para entrar en el fondo de la vida. Antes, lo único que haces es dar vueltas en torno a ella. Te consideras hombre libre, pero tropiezas con naderías. Sueñas demasiado. Patinas con todas las palabras. No es eso, no es eso. Sólo son intenciones, apariencias. El decidido necesita otra cosa. Con la medicina, yo, no demasiado capaz, me había aproximado bastante, de todos modos, a los hombres, a los animales, a todo. Ahora lo único que había que hacer era lanzarse sin dudar al montón. La muerte corre tras ti, tienes que darte prisa y comer también, mientras buscas, y, encima, esquivar la guerra. La tira de cosas que realizar. No es fácil.

Entretanto, pacientes no eran muchos precisamente los que acudían. Hace falta tiempo para arrancar, me decían para tranquilizarme. El enfermo, por el momento, era sobre todo yo.

No hay nada más lamentable que La Garenne-Rancy, me parecía, cuando no tienes clientes. La pura verdad. Valdría más no pensar en esos lugares, ¡y yo que había ido precisamente para pensar tranquilo y desde el otro extremo de la tierra! Estaba guapo. ¡Pobre orgulloso! Se me cayó el mundo encima, pesado y negro... No era como para echarse a reír y, además, no había modo de quitármelo de encima. Menudo tirano es el cerebro, no hay otro igual.

En la planta baja de mi casa vivía Bézin, el modesto chamarilero que me decía siempre, cuando me detenía ante su tienda: «¡Hay que elegir, doctor! ¡Apostar en las carreras o tomar el aperitivo! ¡Una cosa u otra!... ¡Todo no se puede hacer!... ¡Yo el aperitivo es lo que prefiero! No me gusta el juego...»

El aperitivo que prefería era el de «genciana-casis». No era mal tipo, por lo general, pero, después de darle a la priva, un poco atravesado... Cuando iba a abastecerse al Mercado de las Pulgas, se pasaba tres días sin volver a casa, en «expedición», como él decía. Lo volvían a traer. Entonces profetizaba:

«El porvenir ya veo yo cómo va a ser... Como una orgía interminable va a ser... Y con cine dentro... Basta con ver cómo es ya...»

Veía más lejos incluso en esos casos: «Veo también que habrán dejado de beber... Soy el último, yo, que bebe en el porvenir... Tengo que darme prisa... Conozco mi vicio...»

Todo el mundo tosía en mi calle. Eso mantiene ocupada a la gente. Para ver el sol, hay que subir por lo menos hasta el Sacré-Coeur, por culpa de los humos.

Desde allí sí que hay una vista magnífica; te dabas cuenta de que allá, en el fondo de la llanura, estábamos nosotros y las casas donde vivíamos. Pero, cuando las buscabas con detalle, no las encontrabas, ni siquiera la tuya, de tan feo que era, tan feo y tan parecido, todo lo que veías.

Más al fondo aún, el Sena, que no deja de circular, como un gran moco en zigzag de un puente a otro.

Cuando vives en Rancy, ya ni siquiera te das cuenta de que te has vuelto triste. Ya no te quedan ganas de hacer gran cosa y se acabó. A fuerza de hacer economías en todo, por todo, se te han pasado todos los deseos.

Durante meses, pedí dinero prestado aquí y allá. La gente era tan pobre y desconfiada en mi barrio, que había de ser de noche para que se decidieran a llamarme, a mí, pese a ser médico barato. Pasé así noches y más noches buscando diez francos o quince francos por los patinillos sin luna.

Por la mañana, la calle se volvía como un gran tambor de alfombras sacudidas.

Aquella mañana, me encontré a Bébert en la acera, estaba guardando la portería de su tía, que había salido a hacer la compra. También él levantaba una nube de la acera con una escoba, Bébert.

Quien no levantara polvo por aquellos andurriales, hacia las siete de la mañana, sería un guarro de tomo y lomo para los de su propia calle. Alfombras sacudidas, señal de limpieza, casa decente. Con eso basta. Ya te puede apestar la boca, que, después de eso, estás tranquilo. Bébert se tragaba todo el polvo que levantaba y también el que le enviaban desde los pisos. Sin embargo, llegaban hasta los adoquines algunas manchas de sol, pero como en el interior de una iglesia, pálidas y tamizadas, místicas.

Bébert me había visto llegar. Yo era el médico de la esquina, donde para el autobús. Piel demasiado verdusca, manzana que nunca maduraría, Bébert. Se rascaba y de verlo me daban ganas a mí también, de rascarme. Es que también yo tenía pulgas, cierto es, que me pegaban los enfermos por las noches. Te saltan con gusto al abrigo, porque es el lugar más caliente y húmedo que se presenta. Eso te lo enseñan en la facultad.

Bébert abandonó su alfombra para darme los buenos días. Desde todas las ventanas nos miraban hablar.

Mientras haya que amar a alguien, se corre menos riesgo con los niños que con los hombres, tienes al menos la excusa de esperar que sean menos cabrones que nosotros más adelante. Qué poco sabíamos.

Por su cara lívida bailaba aquella infinita sonrisa de afecto puro que nunca he podido olvidar. Una alegría para el universo.

Pocos seres, pasados los veinte años, conservan aún un poquito de ese afecto fácil, el de los animales. ¡El mundo no es lo que creíamos! ¡Y se acabó! Conque, ¡hemos cambiado de jeta! ¡Y menudo cambio! ¡Por habernos equivocado! ¡Perfectos cabrones nos volvemos en un dos por tres! ¡Eso es lo que nos queda en la cara pasados los veinte años! ¡Un error! Nuestra cara es un puro error.

«¡Eh —va y me dice Bébert—, doctor! ¿A que han recogido a uno en la Place des Fêtes esta noche? ¿A que le habían cortado el cuello con una navaja? Era usted el que estaba de servicio, ¿verdad?»

«No, no estaba yo de servicio, Bébert, yo no, era el doctor Frolichon...»

«¡Qué pena! Porque mi tía ha dicho que le habría gustado que hubiera sido usted... Que se lo habría contado todo...»

«Habrá que esperar a la próxima vez, Bébert.»

«Pasa mucho, ¿eh?, eso de que maten a gente por aquí», comentó también Bébert.

Atravesé su polvo, pero en aquel preciso instante pasaba la máquina barredora municipal, zumbando, y un gran tifón saltó del arroyo y colmó toda la calle de más nubes aún, más densas, de color pimienta. Ya no nos veíamos. Bébert saltaba de derecha a izquierda, estornudando y gritando, contento. Su cara ojerosa, sus cabellos pringosos, sus piernas de mono tísico, todo eso bailaba, convulsivo, en la punta de la escoba.

La tía de Bébert volvía de la compra, ya había pimplado lo suyo, también hemos de decir que aspiraba un poco el éter, hábito contraído cuando servía en casa de un médico y había sufrido mucho con las muelas del juicio. Ya sólo le quedaban dos de los dientes delanteros, pero siempre se los lavaba sin falta. «Cuando, como yo, se ha servido en casa de un médico, se sabe lo que es la higiene.» Daba consultas médicas por el vecindario e incluso bastante lejos, hasta Bezons.

Me habría gustado saber si alguna vez pensaba en algo, la tía de Bébert. No, no pensaba en nada. Hablaba sin parar y sin pensar nunca. Cuando estábamos a solas, sin indiscretos alrededor, me hacía una consulta de balde. Era halagador, en cierto sentido.

«Mire, doctor, tengo que decírselo, ya que es usted médico, ¡Bébert es un cochino!...“Se toca” Me di cuenta hace dos meses y me gustaría saber quién ha podido enseñarle esas guarrerías... ¡Y eso que lo he educado bien! Se lo prohíbo... Pero vuelve a empezar...»

«Dígale que se volverá loco», le aconsejé, clásico.

Bébert, que nos estaba escuchando, no estaba de acuerdo.

«No me toco, no es verdad, fue ese chavea, el de los Gagat, quien me propuso...»

«¿Ve usted? Ya sospechaba yo —dijo la tía—. Los Gagat, ya sabe usted quiénes digo, los del quinto... Son todos unos viciosos.

Al abuelo parece ser que le iba la marcha... ¿Eh? ¡Fíjese usted!... Oiga, doctor, ya que estamos, ¿no podría recetarle un jarabe para que no se toque?...»

La seguí hasta la portería para prescribir un jarabe antivicio para el chavalín Bébert. Yo era demasiado complaciente con todo el mundo y lo sabía de sobra. Nadie me pagaba. Visitaba de balde, sobre todo por curiosidad. Es un error. La gente se venga de los favores que le haces. La tía de Bébert aprovechó, como los demás, mi desinterés orgulloso. Abusó incluso más que la hostia. Yo me hacía el tonto, les dejaba mentirme. Les seguía la corriente. Me tenían en sus manos, lloriqueaban, los enfermos, cada día más, me tenían a su merced. Al mismo tiempo, me mostraban, bajeza tras bajeza, todo lo que disimulaban en la trastienda de su alma y que no enseñaban a nadie, salvo a mí. No hay dinero para pagar esos horrores. Se te cuelan entre los dedos como serpientes viscosas.

Un día lo contaré todo, si llego a vivir bastante.

«¡Mirad, asquerosos! Dejadme ser amable algunos años más aún. No me matéis todavía. Dejadme parecer servil y desgraciado, lo contaré todo. Os lo aseguro, y entonces os doblaréis de golpe, como las orugas babosas que en África venían a cagarse en mi choza, y os volveré más sutilmente cobardes e inmundos aún, tanto, pero es que tanto, que tal vez la diñéis, por fin».

«¿Es dulce?», preguntaba Bébert a propósito del jarabe.

«Sobre todo, no se lo recete dulce –recomendó la tía– a este pillo... No merece que sea dulce y, además, ¡bastante azúcar me roba ya! Tiene todos los vicios, ¡una cara muy dura! ¡Acabará asesinando a su madre!»

«Pero, ¡si no tengo madre!», replicó, rotundo, Bébert, siempre tan campante.

«¡Me cago en la leche! –dijo entonces la tía–. Como me contestes, te voy a dar una tunda, ¡que vas a saber tú lo que es bueno!» Y fue y se dirigió hacia él, pero Bébert había salido ya corriendo hacia la calle. «¡Viciosa!», le gritó en pleno corredor. La tía se puso colorada como un tomate y volvió hacia mí. Cambiamos de conversación.

«Tal vez debiera usted, doctor, ir a ver a los del entresuelo del 4 de la Rue des Mineures... Es un antiguo empleado de notaría, le han hablado de usted... Yo le he dicho que era el médico más amable con los enfermos que conozco.»

Al instante supe que me estaba mintiendo, la tía. Su médico preferido era Frolichon. Era el que recomendaba siempre, cuando podía; a mí, al contrario, me ponía verde en todo momento. Mi humanitarismo provocaba en ella un odio animal. Era un bicho, no hay que olvidarlo. Sólo, que Frolichon, a quien ella admiraba, le hacía pagar al contado, conque iba y me consultaba de balde. Para que me hubiera recomendado, tenía que ser, pues, otra consulta gratuita o, si no, un asunto muy sucio. Al marcharme, pensé, de todos modos, en Bébert.

«Hay que sacarlo —le dije—, no sale bastante ese niño...»

«¿Adónde quiere que vayamos? Con la portería no puedo ir demasiado lejos...»

«Llévelo por lo menos al parque, los domingos...»

«Pero si hay más gente y polvo que aquí, en el parque... Parecemos sardinas en lata.»

Su observación era pertinente. Busqué otro lugar que aconsejarle.

Tímidamente, le propuse el cementerio.

El cementerio de La Garenne-Rancy es el único espacio un poco arbolado y de cierta extensión por esa zona.

«¡Hombre, es verdad! No se me había ocurrido. ¡Podríamos ir allí!»

Justo entonces volvía Bébert.

«¿Y a ti, Bébert? ¿Te gustaría ir de paseo al cementerio? Tengo que preguntárselo, doctor, porque para los paseos también es terco como una mula, ¡se lo aseguro!...»

Precisamente Bébert carecía de opinión. Pero la idea gustó a la tía y eso bastaba. Sentía debilidad por los cementerios, la tía, como todos los parisinos. Parecía como si, a propósito de eso, se fuera a poner por fin a pensar. Examinaba los pros y los contras. Las fortificaciones están llenas de golfos... En el parque hay demasiado polvo, eso desde luego... Mientras que en el cementerio, es verdad, no se está mal... Y, además, la que allí va los domingos es gente bastante decente y que sabe comportarse... Y, además, lo que es muy cómodo es que se puede hacer la compra de vuelta por el Boulevard de la Liberté, donde aún hay tiendas abiertas los domingos.

Y concluyó: «Bébert, lleva al doctor a casa de la señora Henrouille, Rue des Mineures... ¿Sabes dónde vive, eh, Bébert, la señora Henrouille?»

Bébert sabía dónde estaba todo, con tal de que fuera oportunidad para dar un garbeo.

Entre la Rue Ventru y la Place Lénine ya casi todas eran casas de alquiler. Los constructores habían cogido casi todo el campo que aún había allí, Les Garennes, como lo llamaban. Ya sólo quedaba un poquito, hacia el final, algunos solares, después del último farol de gas.

Encajonados entre los edificios, enmohecían así algunos hotelitos resistentes, cuatro habitaciones con una gran estufa en el pasillo de abajo; apenas encendían el fuego, cierto es, por economizar. Humea con la humedad. Eran hotelitos de rentistas, los que quedaban. En cuanto entrabas, tosías con el humo. No eran rentistas ricos los que habían quedado por allí, no, sobre todo los Henrouille, donde me habían enviado. Pero, aun así, eran gente que poseía alguna cosilla.

Al entrar, olía de lo lindo, en casa de los Henrouille, además del humo, el retrete y el guiso. Acababan de pagar su hotelito. Eso representaba sus cincuenta buenos años de economías. En cuanto entrabas en su casa y los veías, te preguntabas qué les pasaba, a los dos. Bueno, pues, lo que les pasaba, a los Henrouille, lo que en ellos parecía natural, era que nunca habían gastado, durante cincuenta años, un solo céntimo, ninguno de los dos, sin haberlo lamentado. Con su carne y su espíritu habían adquirido su casa, como el caracol. Pero el caracol lo hace sin darse cuenta.

Los Henrouille, en cambio, no salían de su asombro por haber pasado por la vida nada más que para tener una casa e, igual que las personas a las que acaban de sacar de un encierro entre cuatro paredes, les resultaba extraño. Debe de poner una cara muy rara la gente, cuando la sacan de una mazmorra.

Desde antes de casarse, ya pensaban, los Henrouille, en comprarse una casa. Por separado, primero, y, después, juntos. Se habían negado a pensar en otra cosa durante medio siglo y, cuando la vida los había obligado a pensar en otra cosa, en la guerra, por ejemplo, y sobre todo en su hijo, se habían puesto enfermos a morir.

Cuando se habían instalado en su hotelito, recién casados, con sus diez años ya de ahorros cada uno, no estaba acabado del todo. Estaba situado aún en medio del campo, el hotelito. Para llegar hasta él, en invierno, había que coger los zuecos; los dejaban en la frutería de la esquina de la Révolte,* al ir, por la mañana, al currelo, a las seis, en la parada del tranvía tirado por caballos, para París, a tres kilómetros de allí, por veinte céntimos.

Hace falta buena salud para perseverar toda una vida en régimen semejante. Su retrato estaba encima de la cama, en el primer piso, sacado el día de la boda. También estaban pagados la alcoba y los muebles y desde hacía mucho incluso. Por cierto, que todas las facturas pagadas desde hace diez, veinte, cuarenta años estaban guardadas juntas y grapadas en el cajón de arriba de la cómoda y el libro de cuentas, totalmente al día, estaba abajo, en el comedor, donde nunca se comía. Henrouille te lo podía enseñar todo aquello, si lo deseabas. El sábado era él quien se encargaba de hacer el balance de cuentas en el comedor. Ellos siempre habían comido en la cocina.

Fui enterándome de todo aquello, poco a poco, por ellos y por otros y también por la tía de Bébert. Cuando los conocí mejor, me contaron ellos mismos su terror, el de toda su

---

* La Révolte, es decir, no exactamente el «bulevar de la Révolte», sino la «carretera de la Révolte», que Luis XV mandó abrir después de la rebelión de los parisinos en mayo de 1750 para ir de Versalles a Saint-Dénis sin pasar por París. La parte de su recorrido que cruzaba Clichy correspondía a los actuales bulevares de Douaumont y Victor-Hugo. *(N. del T.)*

vida, el de que su hijo único, lanzado al comercio, hiciera malos negocios. Durante treinta años los había hecho despertarse casi cada noche, poco o mucho, ese siniestro pensamiento. ¡Una tienda de plumas, tenía el chico! ¡Imaginaos si ha habido crisis en el ramo de las plumas desde hace treinta años! Tal vez no haya habido un negocio peor que el de la pluma, más inseguro.

Hay negocios tan malos, que ni siquiera se le ocurre a uno pedir dinero prestado para sacarlos a flote, pero hay otros que siempre andan con préstamos a vueltas. Cuando pensaban en un préstamo así, aun ahora con la casa pagada y todo, se levantaban de sus sillas, los Henrouille, y se miraban rojos como tomates. ¿Qué habrían hecho ellos en un caso así? Se habrían negado.

Habían decidido desde siempre negarse a cualquier préstamo... Por los principios, para guardarle un peculio, una herencia y una casa, a su hijo, el Patrimonio. Así razonaban. Hijo serio, desde luego, el suyo, pero en los negocios puedes verte arrastrado...

A todas las preguntas respondía yo igual que ellos.

Mi madre, también, se dedicaba al comercio; nunca nos había aportado otra cosa que miserias, su comercio, un poco de pan y muchos quebraderos de cabeza. Conque a mí no me gustaban tampoco, los negocios. El riesgo de ese hijo, el peligro de esa idea de préstamo, que habría podido, en último caso, acariciar, en caso de dificultades con un vencimiento, lo comprendía a la primera. No hacía falta explicarme. Él, Henrouille padre, había sido pasante de un notario en el Boulevard Sébastopol durante cincuenta años. Conque, ¡menudo si conocía historias de dilapidación de fortunas! Incluso me contó algunas tremendas. La de su propio padre, en primer lugar; e incluso por la quiebra de su propio padre precisamente no había podido hacer la carrera de profesor, Henrouille, después del bachillerato, y había tenido que colocarse en seguida de escribiente. Son cosas que no se olvidan.

Por fin, con la casa pagada, suya y bien suya, sin un céntimo de deudas, ¡ya no tenían que preocuparse, los dos, por la seguridad! Habían cumplido los sesenta y seis años.

Y, mira por dónde, fue él, entonces, y empezó a sentirse indispuesto o, mejor dicho, hacía mucho que la sentía, esa indisposición, pero antes no hacía caso, con lo de la casa por pagar. Una vez que ésta fue asunto liquidado y concluido, firmado y bien firmado, se puso a pensar en su dichosa indisposición. Como mareos y después pitidos de vapor en cada oído le daban.

Fue también por aquella época cuando empezó a comprar el periódico, ¡ya que en adelante podían muy bien permitirse ese lujo! Precisamente en el periódico aparecía escrito y descrito todo lo que él sentía, Henrouille, en los oídos. Conque compró el medicamento que recomendaba el anuncio, pero no había experimentado el menor cambio; al contrario: parecían habérsele intensificado los pitidos. ¿Tal vez sólo de pensarlo? De todos modos, fueron juntos a consultar al médico del dispensario. «Es la presión arterial», les dijo éste.

La frase le había impresionado. Pero, en el fondo, aquella obsesión le aparecía en momento muy oportuno. Se había quemado la sangre tanto y durante tantos años, por la casa y los vencimientos de su hijo, que había algo así como un espacio libre de repente en la trama de angustias que lo tenían acogotado desde hacía cuarenta años con los vencimientos y alimentaban su constante fervor temeroso. Ahora que el médico le había hablado de su presión arterial, la escuchaba, su tensión, latir contra la almohada, en el fondo de su oído. Se levantaba incluso para tomarse el pulso y después se quedaba muy inmóvil, junto a la cama, de noche, mucho rato, para sentir su cuerpo estremecerse con leves sacudidas, cada vez que latía su corazón. Era su muerte, se decía, todo aquello, siempre había tenido miedo a la vida, ahora vinculaba su miedo a algo, a la muerte, a su tensión, igual que lo había vinculado durante cuarenta años al peligro de no poder acabar de pagar la casa.

Seguía siendo desgraciado, igual, pero ahora tenía que apresurarse a buscar una nueva razón válida para serlo. No es tan fácil como parece. No basta con decirse: «Soy desgraciado». Además, hay que demostrárselo, convencerse sin remedio. No pedía otra cosa él: poder encontrar para el miedo que sentía un motivo bien sólido y válido de verdad. Tenía 22 de tensión, según el médico. No es moco de pavo 22. El médico le había enseñado a encontrar el camino de su muerte.

El dichoso hijo, comerciante en plumas, casi nunca aparecía. Una o dos veces por Año Nuevo. Y se acabó. Pero ahora, ¡ya podía venir, ya, el comerciante en plumas! Ya no había nada que pedir prestado a papá y mamá. Conque ya apenas iba a verlos, el hijo.

A la señora Henrouille, en cambio, tardé algún tiempo más en llegar a conocerla; ella, en cambio, no sufría de ninguna angustia, ni siquiera la de su muerte, que no era capaz de imaginar. Se quejaba sólo de su edad, pero sin pensarlo de verdad, por hacer como todo el mundo, y también de que la vida «subía». Su difícil misión estaba cumplida. La casa pagada. Para liquidar las letras más rápido, las últimas, se había puesto incluso a coser botones en chalecos para unos grandes almacenes. «Lo que hay que coser por cinco francos, ¡es que parece increíble!» Y para ir a entregar el currelo, siempre tenía líos en el autobús; una tarde hasta le habían pegado. Una extranjera había sido, la primera extranjera, la única, a la que había hablado en su vida, para insultarla.

Las paredes del hotelito se conservaban aún bien secas en tiempos, cuando el aire circulaba alrededor, pero, ahora que las altas casas de alquiler la rodeaban, todo chorreaba humedad, hasta las cortinas, que se manchaban de moho.

Comprada la casa, la señora Henrouille se había mostrado, durante todo el mes siguiente, risueña, perfecta, encantada, como una religiosa después de la comunión. Había sido ella incluso quien había propuesto a Henrouille: «Mira, Jules, a partir de hoy vamos a comprarnos el periódico todos los días, podemos permitírnoslo...» Así mismo. Acababa de pensar en él, de mirar a su marido, y después había mirado a su alrededor y, al final, había pensado en su madre, la suegra Henrouille. Se había vuelto a poner seria, al instante, la hija, como antes de que hubieran acabado de pagar. Y así fue como volvió todo a empezar, con aquel pensamiento, porque aún había que hacer economías en relación con la madre de su marido, la vieja esa, de la que no hablaba a menudo el matrimonio, ni a nadie de fuera.

En el fondo del jardín estaba, en el cercado en que se acumulaban las escobas viejas, las jaulas viejas de gallinas y todas las sombras de los edificios de alrededor. Vivía en una planta baja de la que casi nunca salía. Y, por cierto, que sólo para pasarle la comida era el cuento de nunca acabar. No quería dejar entrar a nadie en su reducto, ni siquiera a su hijo. Tenía miedo de que la asesinaran, según decía.

Cuando se le ocurrió la idea, a la nuera, de emprender nuevas economías, habló primero con su marido, para tantearlo, para ver si no podrían ingresar, por ejemplo, a la vieja donde las hermanitas de San Vicente, religiosas que precisamente se ocupaban de esas viejas chochas en su asilo. Él no respondió ni que sí ni que no. Era otra cosa lo que lo tenía ocupado en aquel momento, los zumbidos en el oído, que no cesaban. A fuerza de pensarlo, de escucharlos, aquellos ruidos, se había dicho que le impedirían dormir, aquellos ruidos abominables. Y los escuchaba, en efecto, en lugar de dormir, silbidos, tambores, runruns... Era un nuevo suplicio. No podía quitárselo de la cabeza ni de día ni de noche. Llevaba todos los ruidos dentro.

Poco a poco, de todos modos, al cabo de unos meses así, la angustia se fue consumiendo y ya no le quedaba bastante para ocuparse sólo de ella. Conque volvió al mercado de Saint-Ouen con su mujer. Era, según decían, el más económico de los alrededores, el mercado de Saint-Ouen. Salían por la mañana para todo el día, por los cálculos y comentarios que iban a tener que cambiar sobre los precios de las cosas y las economías que acaso habrían podido hacer con esto en lugar de con lo otro... Hacia las once de la noche, en casa, volvía a darles el miedo a ser asesinados. Era un miedo regular. Él menos que su mujer. Él, sobre todo, los ruidos de los oídos, a los que, hacia esa hora, cuando la calle estaba del todo silenciosa, volvía a aferrarse desesperado. «¡Con esto no voy a poder dormir! –se repetía en voz alta para angustiarse mucho más–. ¡No te puedes hacer idea!»

Pero ella nunca había intentado entender lo que quería decir ni imaginar lo que lo atormentaba con sus problemas de oídos. «Pero, ¿me oyes bien?», iba y le preguntaba.

«Sí», le respondía él.

«Pues entonces, ¡no hay problema!... Más valdría que pensaras en lo de tu madre, que nos cuesta tan cara, y, además, que la vida sube todos los días... ¡Y es que su vivienda se ha vuelto una leonera!...»

La asistenta iba a su casa tres horas por semana para lavar, era la única visita que habían recibido durante muchos años. Ayudaba también a la señora Henrouille a hacer su cama y, para que la asistenta tuviera muchos deseos de repetirlo por el barrio, cada vez que daban la vuelta al colchón juntas desde hacía diez años, la señora Henrouille anunciaba con la voz más alta posible: «¡En esta casa nunca hay dinero!». Como indicación y precaución, así, para desanimar a los posibles ladrones y asesinos.

Antes de subir a su alcoba, juntos, cerraban con mucho cuidado todas las salidas, sin quitarse ojo mutuamente. Y después iban a echar una mirada hasta la vivienda de la suegra, al fondo del jardín, para ver si su lámpara seguía encendida. Era la señal de que aún vivía. ¡Gastaba una de petróleo! Nunca apagaba la lámpara. Tenía miedo de los asesinos, también ella, y de sus hijos al mismo tiempo. Desde que vivía allí, hacía veinte años, nunca había abierto las ventanas, ni en invierno ni en verano, y tampoco había apagado nunca la lámpara.

Su hijo le guardaba el dinero, a la madre, pequeñas rentas. Él se encargaba. Le dejaban la comida delante de la puerta. Guardaban su dinero. Como Dios manda. Pero ella se quejaba de esas diversas disposiciones y no sólo de ellas, de todo se quejaba. A través de la puerta, ponía de vuelta y media a todos los que se acercaban a su cuarto. «No es culpa mía que se haga usted vieja, abuela —intentaba parlamentar la nuera—. Tiene usted dolores como todas las personas ancianas...»

«¡Anciana lo serás tú! ¡Cacho sinvergüenza! ¡So guarra! ¡Vosotros sois los que me haréis cascar con vuestros asquerosos embustes!...»

Negaba la edad con furor, la vieja Henrouille...Y se debatía, irreconciliable, a través de su puerta, contra los azotes del mundo entero. Rechazaba como asquerosa impostura el contacto, las fatalidades y las resignaciones de la vida exterior. No quería ni oír hablar de todo aquello. «¡Son engaños! —gritaba—. ¡Y vosotros mismos los habéis inventado!»

De todo lo que sucedía fuera de su casucha se defendía atrozmente y de todas las tentaciones de acercamiento y conciliación también. Tenía la certeza de que, si abría la puerta, las fuerzas hostiles acudirían en tropel hasta dentro de su casa, se apoderarían de ella y sería el fin una vez por todas.

«Ahora son astutos —gritaba—. Tienen ojos por toda la cabeza y bocas hasta el ojo del culo y más y sólo para mentir...Así son...»

No tenía pelos en la lengua, así había aprendido a hablar en París, en el mercado de Temple, donde había sido chamarilera como su madre, de muy joven... Era de una época en que la gente humilde aún no había aprendido a escucharse envejecer.

«¡Si no quieres darme dinero, me pongo a trabajar! —gritaba a su nuera—. ¿Oyes, bribona? ¡Me pongo a trabajar!»

«Pero, ¡si ya no puede usted trabajar, abuela!»

«Conque no puedo, ¿eh? ¡Intenta entrar aquí y verás! ¡Te voy a enseñar si puedo o no puedo!»

Y volvían a dejarla protegida en su reducto. De todos modos, querían enseñármela a toda costa, a la vieja, para eso me habían llamado, y para que nos recibiera, ¡menudas artimañas hubo que utilizar! Pero, en fin, yo no acababa de entender del todo para qué me querían. La portera, la tía de Bébert, había sido quien les había dicho y repetido que yo era un médico muy agradable, muy amable, muy complaciente... Querían saber si podía conseguir mantenerla tranquila, a su vieja, sólo con medicamentos... Pero lo que deseaban aún más, en el fondo (y, sobre todo, la nuera), era que la mandase internar de una vez por todas, a la vieja... Después de llamar a la puerta durante una buena media hora, abrió, por fin y de repente, y me la encontré ahí, delante, con los ojos ribeteados de serosidades rosadas. Pero su mirada bailaba, muy vivaracha, de todos modos, por encima de sus mejillas fláccidas y grises, una mirada que te atraía la atención y te hacía olvidar todo el resto, por el placer que te hacía sentir, a tu pesar, y que intentabas retener después por instinto, la juventud.

Aquella mirada alegre animaba todo a su alrededor, en la sombra, con un júbilo juvenil, con una animación mínima, pero pura, de la que ahora carecemos; su cascada voz, cuando vociferaba, repetía, alegre, las palabras, cuando se dignaba hablar como todo el mundo y te las hacía brincar entonces, frases y oraciones, caracolear y todo y rebotar vivas con mucha gracia, como sabía la gente hacer con la voz y las cosas de su entorno en los tiempos en que no darse maña para contar y cantar, una cosa tras otra, con habilidad, era vergonzoso, propio de bobos y enfermos.

La edad la había cubierto, como a un árbol viejo y tembloroso, de ramas alegres.

Era alegre, la vieja Henrouille, cascarrabias, cochambrosa, pero alegre. La indigencia en que vivía desde hacía más de veinte años no había dejado marca en su alma. Al contrario, se había encogido para defenderse del exterior, como si el frío, todo lo horrible y la muerte sólo debieran venir de él, no de dentro. De dentro nada parecía temer, parecía absolutamente segura de su cabeza, como de algo innegable y comprendido, de una vez por todas.

Y yo que corría tanto tras la mía y en torno del mundo, además.

«Loca» la llamaban, a la vieja; es muy fácil de decir, eso de «loca». No había salido de aquel reducto más de tres veces en doce años, ¡y se acabó! Tal vez tuviera sus razones... No quería perder nada... No iba a decírnoslas a nosotros, que habíamos perdido la inspiración de la vida.

La nuera volvía a su proyecto de internamiento. «¿No le parece, doctor, que está loca?... ¡Ya no hay modo de hacerla salir!... Sin embargo, ¡le sentaría bien de vez en cuando!... ¡pues claro, abuela, que le sentaría bien!... No diga que no... ¡Le sentaría bien!... Se lo aseguro.» La vieja sacudía la cabeza, cerrada, tozuda, salvaje, cuando la invitaban así...

«No quiere que se ocupen de ella... Prefiere andar ahí, arrinconada... Hace frío en su cuarto y no hay fuego... No puede ser, vamos, que siga así... ¿Verdad, doctor, que no puede ser?...»

Yo hacía como que no entendía. Henrouille, por su parte, se había quedado junto a la estufa, prefería no saber exactamente lo que andábamos tramando, su mujer, su madre y yo...

La vieja volvió a encolerizarse.

«Entonces, ¡devolvedme todo lo que me pertenece y me iré de aquí!... ¡Yo tengo para vivir!... ¡Y es que no volveréis a oír hablar de mí!... ¡De una vez por todas!...»

«¿Para vivir? Pero, bueno, abuela, ¡si con sus tres mil francos al año no puede vivir!.... ¡La vida ha subido desde la última vez que salió usted!... ¿Verdad, doctor, que sería mucho mejor que fuera al asilo de las hermanitas, como le decimos?... ¿Que la atenderán bien, las hermanitas?... Son muy buenas, las hermanitas...»

«¿Al asilo?... ¿Al asilo?... –se rebeló al instante–. ¡No he estado nunca en el asilo!... ¿Y por qué no a casa del cura, ya que estamos?... ¿Eh? Si no tengo bastante dinero, como decís, pues, ¡me pondré a trabajar!...»

«¿A trabajar? Pero, ¡abuela! ¿Dónde? ¡Ay, doctor! Mire usted qué idea: ¡trabajar! ¡A su edad! ¡Cuando va a cumplir los ochenta años! ¡Es una locura, doctor! ¿Quién iba a aceptarla? Pero, abuela, ¡usted está loca!...»

«¡Loca! ¡Ni hablar! ¡En ningún sitio!... Pero tú sí que sí, ¡en algún lado!... ¡Cacho canalla!...»

«¡Escúchela, doctor, cómo delira y me insulta ahora! ¿Cómo quiere usted que sigamos teniéndola aquí?»

La vieja se volvió entonces, me plantó cara a mí, su nuevo peligro.

«¿Qué sabe ése si yo estoy loca? ¿Acaso está dentro de mi cabeza? ¿O de la vuestra? ¡Tendría que estarlo para saberlo!... Conque, ¡largaos los dos!... ¡Marchaos de mi casa!... ¡Sois peores que el invierno de seis meses para amargarme!... Más vale que vaya a ver a mi hijo, ¡en lugar de andar de cháchara por aquí! ¡Necesita mucho más que yo un médico, ése! ¡Que ya ni le quedan dientes! ¡Y eso que los tenía bien bonitos, cuando yo me ocupaba de él!... Hale, venga, ¡largo de aquí los dos!» Y nos dio con la puerta en las narices.

Seguía espiándonos aún con su lámpara, cuando nos alejábamos por el patio. Cuando lo hubimos atravesado, cuando ya estuvimos bastante lejos, volvió a echarse a reír. Se había defendido bien.

Al regreso de aquella excursión enojosa, Henrouille seguía junto a la estufa y dándonos la espalda. Sin embargo, su mujer no cesaba de acribillarme a preguntas y siempre en el mismo sentido... Tenía cara muy morena y taimada, la nuera. No separaba apenas los codos del cuerpo, cuando hablaba. No gesticulaba nada. De todos modos, estaba empeñada en que aquella visita del médico no fuera inútil, pudiese servir para algo... El coste de la vida aumentaba sin cesar... La pensión de la suegra no bastaba... Al fin y al cabo, también ellos envejecían... No podían seguir viviendo como antes, siempre con el miedo a que la vieja muriera desatendida... Provocara un incendio, por ejemplo... Entre sus pulgas y su suciedad... En lugar de ir a un asilo decente, donde se ocuparían muy bien de ella...

Como yo aparenté ser de su opinión, se volvieron aún más amables los dos... prometieron elogiarme mucho por el barrio. Si aceptaba ayudarlos... Compadecerme de ellos... Librarlos de la vieja... Tan desgraciada también ella, en las condiciones en que se empeñaba en vivir...

«Y, además, es que podríamos alquilar su vivienda», sugirió el marido, despertando de repente... Había metido la pata bien, al hablar de eso delante de mí. Su mujer le dio un pisotón por debajo de la mesa. Él no entendía por qué.

Mientras se peleaban, yo me imaginaba el billete de mil francos que podría ganarme sólo con extender el certificado de internamiento. Parecían desearlo con ganas... Seguramente la tía de Bébert les había informado en confianza sobre mí y les había contado que en todo Rancy no había un médico tan boqueras como yo... Que conseguirían de mí lo que quisiesen... ¡No iban a ofrecer a Frolichon semejante papeleta! ¡Era un virtuoso, ése!

Estaba absorto en esas reflexiones, cuando la vieja irrumpió en la habitación donde conspirábamos. Parecía que se lo oliera. ¡Qué sorpresa! Se había remangado las harapientas faldas contra el vientre y ahí estaba poniéndonos verdes de repente y a mí en particular. Había venido sólo para eso desde el fondo del patio.

«¡Granuja! —me decía a mí directamente—. ¡Ya te puedes largar! ¡Fuera de aquí, te digo! ¡No vale la pena que te quedes!... ¡No voy a ir al manicomio!...Y a donde las monjas tampoco, ¡para que te enteres!... ¡De nada te va a servir hablar y mentir!... ¡No vas a poder conmigo, vendido!... ¡Irán ellos antes que yo, esos cabrones, que abusan de una vieja!...Y tú también, canalla, irás a la cárcel. ¡Te lo digo yo! ¡Y dentro de poco, además!»

Estaba visto, no tenía potra yo. ¡Para una vez que se podían ganar mil francos de golpe! Me fui con viento fresco.

En la calle se asomaba aún por encima del pequeño peristilo para insultarme de lejos, en plena negrura, en la que yo me había refugiado: «¡Canalla!... ¡Canalla!», gritaba. Resonaba bien. ¡Qué lluvia! Corrí de un farol a otro hasta el urinario de la Place des Fêtes. Primer refugio.

En el edículo, a la altura de las piernas, me encontré a Bébert precisamente. Había entrado para protegerse también él. Me había visto correr, al salir de la casa de los Henrouille. «¿Viene usted de su casa? —me preguntó—. Ahora tendrá usted que subir al quinto de nuestra casa, a ver a la hija...» A aquella clienta, de la que me hablaba, la conocía yo bien, la de las caderas anchas... La de los hermosos muslos largos y suaves... Había un no sé qué de ternura, voluntad y gracia en sus movimientos, propio de las mujeres sexualmente equilibradas. Había venido a consultarme varias veces por el dolor de vientre que no se le iba. A los veinticinco años, con tres abortos a las espaldas, sufría de complicaciones y su familia lo llamaba anemia.

Había que ver lo sólida y bien hecha que estaba, con un gusto por los coitos como pocas mujeres tienen. Discreta en la vida, de modales y expresión razonables. Nada histérica. Pero bien dotada, bien alimentada, bien equilibrada, auténtica campeona de su clase, así mismo. Una hermosa atleta para el placer. Nada había malo en eso. Sólo a hombres casados frecuentaba. Y sólo entendidos, hombres que sabían reconocer y apreciar los hermosos logros naturales y que no consideraban buen asunto a una viciosilla cualquiera. No, su piel trigueña, su sonrisa amable, sus andares y la amplitud noblemente móvil de sus caderas le valían entusiasmos profundos, merecidos, por parte de ciertos jefes de oficina que sabían lo que querían.

Sólo, que, claro está, no podían, de todos modos, divorciarse por eso, los jefes de negociado. Al contrario, era una razón para seguir felices en su matrimonio. Conque, todas las veces, al tercer mes de estar encinta, iba, sin falta, a buscar a la comadrona. Cuando se tiene temperamento pero no un cornudo a mano, no todos los días hay diversión.

Su madre me entreabrió la puerta con precauciones de asesinato. Susurraba, la madre, pero tan fuerte, con tal intensidad, que era peor que las imprecaciones.

«¿Qué he podido hacer al cielo, doctor, para tener una hija así? Ah, por lo menos, ¡no diga nada en el barrio, doctor!... ¡Confío en usted!» No cesaba de agitar su espanto ni de correrse de gusto con lo que podrían pensar sobre el caso los vecinos y las vecinas. En trance de tontería inquieta estaba. Duran mucho esos estados.

Me iba dejando acostumbrarme a la penumbra del pasillo, al olor de los puerros para la sopa, al empapelado de las paredes, a los ramajes absurdos de éstas, a su voz de estrangulada. Por fin, de farfulleos en exclamaciones, llegamos junto a la cama de la hija, postrada, la enferma, a la deriva. Quise examinarla, pero perdía tanta sangre, era tal papilla, que no se le podía ver ni un centímetro de vagina. Cuajarones. Hacía «gluglú» entre sus piernas como en el cuello cortado del coronel en la guerra. Me limité a colocarle de nuevo el algodón y a arroparla.

La madre no miraba nada, sólo se oía a sí misma. «¡Me voy a morir, doctor! —clamaba—. ¡Me voy a morir de vergüenza!» No intenté disuadirla en absoluto. No sabía qué hacer. En el pequeño comedor contiguo, veíamos al padre, que se paseaba de un extremo a otro. Él no debía de tener preparada aún su actitud para el caso. Tal vez esperara a que los acontecimientos se concretasen antes de elegir una actitud. Se encontraba en una especie de limbo. Las personas van de una comedia a otra. Mientras no esté montada la obra y no distingan aún sus contornos, su papel propicio, permanecen ahí, con los brazos caídos, ante el acontecimiento, y los instintos replegados como un paraguas, bamboleándose de incoherencia, reducidos a sí mismos, es decir, a nada. Cabrones sin ánimos.

Pero la madre, ésa sí, lo desempeñaba, el papel principal, entre la hija y yo. El teatro podía desplomarse, le importaba tres cojones, se encontraba a gusto en él, buena y bella.

Yo sólo podía contar con mis propias fuerzas para deshacer la mierda del hechizo.

Aventuré el consejo de que la trasladaran de inmediato a un hospital para que la operasen rápido.

¡Ah, desgraciado de mí! Con ello le proporcioné su más hermosa réplica, la que estaba esperando.

«¡Qué vergüenza! ¡El hospital! ¡Qué vergüenza, doctor! ¡A nosotros! ¡Ya sólo nos faltaba esto! ¡El colmo!»

Yo no tenía nada más que decir. Me senté, pues, y escuché a la madre debatirse aún más tumultuosa, liada en los camelos trágicos. Demasiada humillación, demasiado apuro conducen a la inercia definitiva. El mundo es demasiado pesado para uno. Abandonas. Mientras invocaba, provocaba al cielo y al infierno, atronaba con su desgracia, yo bajaba la nariz y, al hacerlo, destrozado, veía formarse bajo la cama de la hija un charquito de sangre; un reguerito chorreaba despacio de ella a lo largo de la pared y hacia la puerta. Una gota, desde el somier, caía con regularidad. ¡Plaf! ¡Plaf! Las toallas entre las piernas rebosaban de rojo. Pregunté, de todos modos, con voz tímida si ya había expulsado toda la placenta. Las manos de la muchacha, pálidas y azuladas en los extremos, colgaban a cada lado de la cama, sin fuerza. Ante mi pregunta, fue la madre de nuevo la que respondió con un torrente de jeremiadas repulsivas. Pero reaccionar era, después de todo, demasiado para mí.

Estaba tan obsesionado, yo mismo, desde hacía tanto, por la mala suerte, dormía tan mal, que ya no tenía el menor interés, en aquella deriva, por que sucediera esto en lugar de lo otro. Me limitaba a pensar que para escuchar a aquella madre vociferante se estaba mejor sentado que de pie. Cualquier cosa basta, cuando has llegado a estar del todo resignado, para darte placer. Y, además, ¡qué fuerza no me habría hecho falta para interrumpir a aquella salvaje en el preciso momento en que no sabía «cómo salvar el honor de la familia»! ¡Qué papelón! Y, además, ¡es que seguía gritándolo! Tras cada aborto, yo lo sabía por experiencia, se explayaba del mismo modo, entrenada, claro está, para hacerlo cada vez mejor. ¡Iba a durar lo que ella quisiera! Aquella vez me parecía dispuesta a decuplicar sus efectos.

Ella también, pensaba yo, debía de haber sido una criatura hermosa, la madre, bien pulposa en su tiempo, pero más verbal, de todos modos, derrochadora de energía, más demostrativa que la hija, cuya concentrada intimidad había sido un auténtico y admirable logro de la naturaleza. Esas cosas no se han estudiado aún maravillosamente, como merecen. La madre adivinaba esa superioridad animal de la hija sobre ella y, celosa, reprobaba todo por instinto, su forma de dejarse cepillar hasta profundidades inolvidables y de gozar como un continente.

El aspecto teatral del desastre la entusiasmaba, en cualquier caso. Acaparaba con sus dolorosos trémolos el reducido mundillo en que estábamos enfangados por su culpa. Tampoco podíamos pensar en alejarla. Sin embargo, yo debería haberlo intentado. Haber hecho algo... Era mi deber, como se suele decir. Pero me encontraba demasiado bien sentado y demasiado mal de pie.

Su casa era un poco más alegre que la de los Henrouille, igual de fea, pero más confortable. Había buena temperatura. No era siniestro, como allá abajo, sólo feo, tranquilamente.

Atontado de fatiga, mis miradas vagaban por las cosas de la habitación. Cosillas sin valor que había poseído desde siempre la familia, sobre todo el tapete de la chimenea con borlas de terciopelo rosa, de las que ya no se encuentran en los almacenes, y ese napolitano de porcelana y el costurero con espejo biselado, cuya réplica debía de tener una tía de provincias. No avisé a la madre sobre el charco de sangre que veía formarse bajo la cama ni sobre las gotas que seguían cayendo puntuales, habría gritado aún más fuerte sin por ello escucharme. No iba a acabar nunca de quejarse e indignarse. Tenía vocación.

Más valía callarse y mirar afuera, por la ventana, los terciopelos grises de la tarde que se apoderaban ya de la avenida de enfrente, casa por casa, primero las más pequeñas y luego las demás, las grandes, y después la gente que se agitaba entre ellas, cada vez más débiles, equívocos y desdibujados, vacilando de una acera a otra antes de ir a hundirse en la obscuridad.

Más lejos, mucho más lejos que las fortificaciones, filas e hileras de lucecitas dispersas por toda la sombra como clavos, para tender el olvido sobre la ciudad, y otras lucecitas más que centelleaban entre ellas, verdes, pestañeaban, rojas, venga barcos y más barcos, toda una escuadra venida allí de todas partes para esperar, trémula, a que se abriesen tras la Torre las enormes puertas de la Noche.

Si aquella madre se hubiera tomado un respiro, hubiese guardado silencio un momento, habríamos podido por lo menos abandonarnos, renunciar a todo, intentar olvidar que había que vivir. Pero me acosaba.

«¿Y si le diera una lavativa, doctor? ¿Qué le parece?» No respondí ni que sí ni que no, pero aconsejé una vez más, ya que tenía la palabra, que la enviaran de inmediato al hospital. Otros aullidos, aún más agudos, más decididos, más estridentes, como respuesta. Era inútil.

Me dirigí despacio hacia la puerta, a la chita callando.

Ahora la sombra nos separaba de la cama.

Ya casi no distinguía las manos de la muchacha, colocadas sobre las sábanas, a causa de su palidez semejante.

Volví a tomarle el pulso, más débil, más furtivo que antes. Su respiración era entrecortada. Seguía oyendo perfectamente, yo, la sangre que caía sobre el entarimado, como el tenue tictac de un reloj cada vez más lento. Era inútil. La madre me precedió hacia la puerta.

«Sobre todo —me recomendó, transida—, doctor, ¡prométame que no dirá nada a nadie! —suplicó—. ¿Me lo jura?»

Yo prometía todo lo que quisieran. Tendí la mano. Fueron veinte francos. Volvió a cerrar la puerta tras mí, poco a poco.

Abajo, la tía de Bébert me esperaba con su cara de circunstancias. «¿Cómo va? ¿Mal?», preguntó. Comprendí que llevaba media hora ya, esperando allí, abajo, para recibir su comisión habitual: dos francos. No me fuera yo a escapar. «Y en casa de los Henrouille, ¿qué tal ha ido?», quiso saber. Esperaba recibir una propina por aquéllos también. «No me han pagado», respondí. Además, era cierto. La sonrisa preparada de la tía se volvió una mueca de desagrado. Desconfiaba de mí.

«¡Mira que es desgracia, doctor, no saber cobrar! ¿Cómo quiere que le respete la gente?... ¡Hoy se paga al contado o nunca!» También eso era cierto. Me largué. Había puesto las judías a cocer antes de salir. Era el momento, caída la noche, de ir a comprar la leche. Durante el día, la gente sonreía al cruzarse conmigo con la botella en la mano. Lógico. No tenía criada.

Y después el invierno se alargó, se extendió durante meses y semanas aún. Ya no salíamos de la bruma y la lluvia en que estábamos inmersos.

Enfermos no faltaban, pero no había muchos que pudieran o quisiesen pagar. La medicina es un oficio ingrato. Cuando los ricos te honran, pareces un criado; con los pobres, un ladrón. ¿«Honorarios»? ¡Bonita palabra! Ya no tienen bastante para jalar ni para ir al cine, ¿y aún vas a cogerles pasta para hacer unos «honorarios»? Sobre todo en el preciso momento en que la cascan. No es fácil. Lo dejas pasar. Te vuelves bueno. Y te arruinas.

Para pagar el mes de enero vendí primero mi aparador, para hacer sitio, expliqué en el barrio, y transformar mi comedor en estudio de cultura física. ¿Quién me creyó? En el mes de febrero, para liquidar las contribuciones, me pulí también la bicicleta y el gramófono, que me había dado Molly al marcharme. Tocaba *No More Worries!** Aún recuerdo incluso la tonada. Es lo único que me queda. Mis discos Bézin los tuvo mucho tiempo en su tienda y por fin los vendió.

Para parecer aún más rico conté entonces que iba a comprarme una moto, en cuanto empezara el buen tiempo, y que por eso me estaba procurando un poco de dinero contante. Lo que me faltaba, en el fondo, era cara dura para ejercer la medicina en serio. Cuando me acompañaban hasta la puerta, después de haber dado a la familia los consejos y entregado la receta, me ponía a hacer toda clase de comentarios sólo para eludir unos minutos más el instante del pago. No sabía hacer de puta. Tenían aspecto tan miserable, tan apestoso, la mayoría de mis clientes, tan torvo también, que siempre me preguntaba de dónde iban a sacar los veinte francos que habían de darme y si no irían a matarme, para desquitarse. Me hacían, de todos modos, mucha falta, a mí, los veinte francos. ¡Qué vergüenza! Podría no haber acabado nunca de enrojecer.

«¡Honorarios!...» Así seguían llamándolos, los colegas. ¡Tan campantes! Como si la palabra fuese algo bien entendido y que

---

* No parece existir una canción que lleve exactamente ese título, pero podría tratarse de *Pack up your troubles in your old kit-bag,* que era una de las canciones más célebres en Londres en 1915, en la época en que Céline vivía en esa ciudad:

> *Pack up your troubles in your old kit-bag*
> *While you've a lucifer to light your fag*
> *Smile boys, that's the style*
> *What's the use of worrying?*
> *It never was worthwhile, so*
> *Pack up your troubles in your old kit-bag*
> *And smile, smile, smile.*

ya no hiciera falta explicar... ¡Qué vergüenza!, no podía dejar de decirme y no había salida. Todo se explica, lo sé bien. Pero, ¡no por ello deja de ser para siempre un desgraciado de aúpa el que ha recibido los cinco francos del pobre y del mindundi! Desde aquella época estoy seguro incluso de ser tan desgraciado como cualquiera. No es que hiciese orgías y locuras con sus cinco francos y sus diez francos. ¡No! Pues el casero se me llevaba la mayor parte, pero, aun así, tampoco eso es excusa. Nos gustaría que fuera una excusa, pero aún no lo es. El casero es peor que la mierda. Y se acabó.

A fuerza de quemarme la sangre y de pasar entre los aguaceros helados de aquella estación, estaba adquiriendo más bien aspecto de tuberculoso, a mi vez. Fatalmente. Es lo que ocurre cuando hay que renunciar a casi todos los placeres. De vez en cuando, compraba huevos, aquí, allá, pero mi dieta esencial eran, en suma, las legumbres. Tardan mucho en cocer. Pasaba horas en la cocina vigilando su ebullición, después de la consulta, y, como vivía en el primer piso, tenía desde allí una buena vista del patio. Los patios son las mazmorras de las casas de pisos. Tuve la tira de tiempo, para mirarlo, mi patio, y sobre todo para oírlo.

Allí iban a caer, crujir, rebotar los gritos, las llamadas de las veinte casas del perímetro, hasta los desesperados pajaritos de las porteras, que enmohecían piando por la primavera, que no volverían a ver nunca en sus jaulas, junto a los retretes, todos agrupados, los retretes, allí, en el fondo de sombra, con sus puertas siempre desvencijadas y colgantes. Cien borrachos, hombres y mujeres, poblaban aquellos ladrillos y llenaban el eco con sus pendencias jactanciosas, sus blasfemias inseguras y desaforadas, tras las comidas de los sábados sobre todo. Era el momento intenso en la vida de las familias. Desafíos a berridos tras darle a la priva bien. Papá manejaba la silla, que había que ver, como un hacha, y mamá el tizón como un sable.

¡Ay de los débiles, entonces! El pequeño era quien cobraba. Los guantazos aplastaban contra la pared a todos los que no podían defenderse y responder: niños, perros o gatos. A partir del tercer vaso de vino, el tinto, el peor, el perro era el que empezaba a sufrir, le aplastaban la pata de un gran pisotón. Así aprendería a tener hambre al mismo tiempo que los hombres. Menudo cachondeo, al verlo desaparecer aullando bajo la cama como un destripado. Era la señal. Nada estimula tanto a las mujeres piripis como el dolor de los animales, no siempre se tienen toros a mano. Se reanudaba la discusión en tono vindicativo, imperiosa como un delirio, la esposa era la que dirigía, lanzando al macho una serie de llamadas estridentes a la lucha. Y después venía la refriega, los objetos rotos quedaban hechos añicos. El patio recogía el estrépito, cuyo eco resonaba por la sombra. Los niños chillaban horrorizados. ¡Descubrían todo lo que había dentro de papá y mamá! Con los gritos atraían su ira.

Yo pasaba muchos días esperando que ocurriera lo que de vez en cuando sucedía al final de aquellas escenas domésticas.

En el tercero, delante de mi ventana, ocurría, en la casa de enfrente.

No podía ver yo nada, pero lo oía bien.

Todo tiene su final. No siempre es la muerte, muchas veces es algo distinto y bastante peor, sobre todo para los niños.

Vivían ahí, aquellos inquilinos, justo a la altura del patio en que la sombra empezaba a ceder. Cuando estaban solos el padre y la madre, los días que eso sucedía, se peleaban primero largo rato y después se hacía un largo silencio. Se estaba preparando la cosa. La tomaban con la niña primero, la hacían venir. Ella lo sabía. Se ponía a lloriquear al instante. Sabía lo que le esperaba. Por la voz, debía de tener por lo menos diez años. Después de muchas veces, acabé comprendiendo lo que hacían, aquellos dos.

Primero la ataban, tardaban la tira, en atarla, como para una operación. Eso los excitaba. «¡Vas a ver tú, granuja!», rugía él. «¡La muy cochina!», decía la madre. «¡Te vamos a enseñar, cochina!», iban y gritaban juntos y cosas y más cosas que le reprochaban al mismo tiempo, cosas que debían de imaginar. Debían de atarla a los barrotes de la cama. Mientras tanto, la niña se quejaba como un ratón cogido en la trampa. «Ya puedes llorar, ya, so guarra, que de ésta no te libras. ¡Anda, que de ésta no te libras!», proseguía la madre y después toda una andanada de insultos, como para un caballo. Excitadísima. «¡Cállate, mamá! –respondía la pequeña bajito–. ¡Cállate, mamá! ¡Pégame, pero cállate, mamá!» No se libraba, desde luego, y menuda tunda recibía. Yo escuchaba hasta el final para estar bien seguro de que no me equivocaba, de que era eso sin duda lo que sucedía. No habría podido comer mis judías, mientras ocurría. Tampoco podía cerrar la ventana. No era capaz de nada. No podía hacer nada. Me limitaba a seguir escuchando como siempre, en todas partes. Sin embargo, creo que me venían fuerzas, al escuchar cosas así, fuerzas para seguir adelante, unas fuerzas extrañas, y entonces, la próxima vez, podría caer aún más bajo, la próxima vez, escuchar otras quejas que aún no había oído o que antes me costaba comprender, porque parece que siempre hay más quejas aún, que todavía no hemos oído ni comprendido.

Cuando le habían pegado tanto, que ya no podía lanzar más alaridos, su hija, gritaba un poco aún, de todos modos, cada vez que respiraba, un gritito apagado.

Oía entonces al hombre decir en ese momento: «¡Ven tú, tía buena! ¡Rápido! ¡Ven para acá!». Muy feliz.

A la madre hablaba así y después se cerraba tras ellos con un porrazo la puerta contigua. Un día, ella le dijo, lo oí: «¡Ah! Te quiero, Jules, tanto, que me jalaría tu mierda, aunque hicieses chorizos así de grandes...».

Así hacían el amor los dos, me explicó su portera. En la cocina lo hacían, contra el fregadero. Si no, no podían.

Poco a poco me fui enterando de todas aquellas cosas sobre ellos, en la calle. Cuando me los encontraba, a los tres juntos, no tenían nada de particular. Se paseaban, como una familia de verdad. A él, el padre, lo veía también, cuando pasaba por delante del escaparate de su almacén, en la esquina del Boulevard Poincaré, en la casa de «Zapatos para pies sensibles», donde era primer dependiente.

La mayoría de las veces nuestro patio no ofrecía sino horrores sin relieve, sobre todo en verano, resonaba con amenazas, ecos, golpes, caídas e injurias indistintas. El sol nunca llegaba hasta el fondo. Estaba como pintado de sombras azules, el patio, bien espesas, sobre todo en los ángulos. Los porteros tenían en él sus pequeños retretes, como colmenas. Por la noche, cuando iban a hacer pipí, los porteros tropezaban contra los cubos de la basura, lo que resonaba en el patio como un trueno.

La ropa intentaba secarse tendida de una ventana a otra.

Después de la cena, lo que se oían más que nada eran discusiones sobre las carreras, las noches que no les daba por hacer brutalidades. Pero muchas veces también aquellas polémicas deportivas terminaban bastante mal, a guantazos, y siempre, por lo menos detrás de una de las ventanas, acababan, por un motivo o por otro, dándose de hostias.

En verano todo olía también que apestaba. Ya no había aire en el patio, sólo olores. El que supera, y fácilmente, a todos los demás es el de la coliflor. Una coliflor equivale a diez retretes, aun rebosantes. Eso está claro. Los del segundo rebosaban con frecuencia. La portera del 8, la tía Cézanne, acudía entonces con la varilla de desatrancar. Yo la observaba hacer esfuerzos. Así acabamos teniendo conversaciones. «Yo que usted –me aconsejaba– haría abortos, a la chita callando, a las embarazadas... Pues no hay mujeres en este barrio ni nada de la vida...

¡Si es que parece increíble!... ¡Y estarían encantadas de solici-
tarle sus servicios!... ¡Se lo digo yo! Siempre será mejor que
curarles las varices a los chupatintas... Sobre todo porque eso
se paga al contado.»

La tía Cézanne sentía un gran desprecio de aristócrata, que
no sé de dónde le vendría, hacia toda la gente que trabajaba...

«Nunca están contentos, los inquilinos, parecen presos, ¡siempre tienen que estar jeringando a todo el mundo!... Que si se
les atasca el retrete... Otro día, que si hay un escape de gas...
¡Que si les abren las cartas!... Siempre con tiquismiquis... Siempre jodiendo la marrana, ¡vamos!... Uno ha llegado incluso a
escupirme en el sobre del alquiler... ¿Se da usted cuenta?...»

Muchas veces tenía que renunciar incluso, a desatrancar los
retretes, la tía Cézanne, de tan difícil que era. «No sé qué será
lo que echan ahí, pero, sobre todo, ¡no hay que dejarlo secar!...
Ya sé yo lo que es... ¡Siempre te avisan demasiado tarde!...
Y, además, ¡lo hacen a propósito!... Donde estaba antes, hubo
incluso que fundir un tubo, ¡de lo duro que estaba!... No sé
qué jalarán... ¡Es cosa fina!»

No habrá quien me quite de la cabeza que, si volvió a darme, fue sobre todo por culpa de Robinson. Al principio, yo no había hecho demasiado caso de mis trastornos. Iba tirando, así así, de un enfermo a otro, pero me había vuelto más inquieto aún que antes, cada vez más, como en Nueva York, y también empecé otra vez a dormir peor que de costumbre.

Conque volvérmelo a encontrar, a Robinson, había sido un duro golpe y sentía otra vez como una enfermedad.

Con su jeta toda embadurnada de pena, era como si me devolviese a una pesadilla, de la que no conseguía librarme desde hacía ya demasiados años. No daba pie con bola.

Había ido a reaparecer ahí, delante de mí. El cuento de nunca acabar. Seguro que me había buscado por allí. Yo no intentaba ir a verlo de nuevo, desde luego... Seguro que volvería y me obligaría a pensar otra vez en sus asuntos. Por lo demás, todo me hacía volver a pensar ahora en su cochina persona. Hasta la gente que veía por la ventana, que caminaban, como si tal cosa, por la calle, charlaban en los portales, se rozaban unos con otros, me hacían pensar en él. Yo sabía lo que pretendían, lo que ocultaban, como si tal cosa. Matar y matarse, eso querían, no de una vez, claro está, sino poco a poco, como Robinson, con todo lo que encontraban, penas antiguas, nuevas miserias, odios aún sin nombre, cuando no era la guerra, pura y simple, y que todo sucediese aún más rápido que de costumbre.

Ya ni siquiera me atrevía a salir por miedo a encontrármelo.

Tenían que mandarme llamar dos o tres veces seguidas para que me decidiera a responder a los enfermos. Y entonces, la mayoría de las veces, cuando llegaba, ya habían ido a buscar a otro. Era presa del desorden en la cabeza, como en la vida. En aquella Rue Saint-Vincent, adonde sólo había ido una vez, me mandaron llamar los del tercero del número 12. Fueron incluso a buscarme en coche. Lo reconocí en seguida, al abuelo, persona furtiva, gris y encorvada: susurraba, se limpiaba largo rato los pies en mi felpudo. Por su nieto era por quien quería que me apresurara.

Recordaba yo bien a su hija también, otra de vida alegre, marchita ya, pero sólida y silenciosa, que había vuelto para abortar, en varias ocasiones, a casa de sus padres. No le reprochaban nada, a ésa. Sólo habrían deseado que acabara casándose, a fin de cuentas, sobre todo porque tenía ya un niño de dos años, que vivía con los abuelos.

Estaba enfermo, ese niño, cada dos por tres, y, cuando estaba enfermo, el abuelo, la abuela, la madre lloraban juntos, de lo lindo, y sobre todo porque no tenía padre legítimo. En esos momentos se sienten más afectadas, las familias, por las situaciones irregulares. Creían, los abuelos, sin reconocerlo del todo, que los hijos naturales son más frágiles y se ponen enfermos con mayor frecuencia que los otros.

En fin, el padre, el que creían que lo era, se había marchado y para siempre. Le habían hablado tanto de matrimonio, a aquel hombre, que había acabado cansándose. Debía de estar lejos ahora, si aún corría. Nadie había comprendido aquel abandono, sobre todo la propia hija, porque había disfrutado lo suyo jodiendo con ella.

Conque, desde que se había marchado, el veleidoso, contemplaban los tres al niño y lloriqueaban y así. Ella se había entregado a aquel hombre, como ella decía, «en cuerpo y alma». Tenía que ocurrir y, según ella, eso explicaba todo. El pequeño había salido de su cuerpo y de una vez y la había dejado toda arrugada por las caderas. El espíritu se contenta con frases; el cuerpo es distinto, ése es más difícil, necesita músculos. Es siempre algo verdadero, un cuerpo; por eso ofrece casi siempre un espectáculo triste y repulsivo. He visto, también es cierto, pocas maternidades llevarse tanta juventud de una vez. Ya no le quedaban, por así decir, sino sentimientos, a aquella madre, y un alma. Nadie quería ya saber nada con ella.

Antes de aquel nacimiento clandestino, la familia vivía en el barrio de las «Filles du Calvaire» y desde hacía muchos años. Si habían venido todos a exiliarse a Rancy, no había sido por gusto, sino para ocultarse, caer en el olvido, desaparecer en grupo.

En cuanto resultó imposible disimular aquel embarazo a los vecinos, se habían decidido a abandonar su barrio de París para evitar todos los comentarios. Mudanza de honor.

En Rancy, la consideración de los vecinos no era indispensable y, además, allí eran unos desconocidos y la municipalidad de aquella zona practicaba precisamente una política abominable, anarquista, en una palabra, de la que se hablaba en toda Francia, una política de golfos. En aquel medio de réprobos, el juicio de los demás no podía contar.

La familia se había castigado espontáneamente, había roto toda relación con los parientes y los amigos de antes. Un drama había sido, un drama lo que se dice completo. Ya no tenían nada más que perder. Desclasados. Cuando quiere uno desacreditarse, se mezcla con el pueblo.

No formulaban ningún reproche contra nadie. Sólo intentaban descubrir, por pequeños arranques de rebeldías inválidas, qué podía haber bebido el Destino el día que les había hecho una putada semejante, a ellos.

La hija experimentaba, por vivir en Rancy, un solo consuelo, pero muy importante, el de poder en adelante hablar con libertad a todo el mundo de «sus nuevas responsabilidades». Su amante, al abandonarla, había despertado un deseo profundo de su naturaleza, imbuida de heroísmo y singularidad. En cuanto estuvo segura para el resto de sus días de que no iba a tener nunca una suerte absolutamente idéntica a la mayoría de las mujeres de su clase y de su medio y de que iba a poder recurrir siempre a la novela de su vida destrozada desde sus primeros amores, se conformó, encantada, con la gran desgracia de que era víctima y los estragos de la suerte fueron, en resumen, dramáticamente bienvenidos. Se pavoneaba en el papel de madre soltera.

En su comedor, cuando entramos, su padre y yo, un alumbrado económico apenas permitía distinguir las caras sino como manchas pálidas, carnes repitiendo, machaconas, palabras que se quedaban rondando en la penumbra, cargada con ese olor a pimienta pasada que desprenden todos los muebles de familia.

Sobre la mesa, en el centro, boca arriba, el niño, entre las mantillas, se dejaba palpar. Le apreté, para empezar, el vientre, con mucha precaución, poco a poco, desde el ombligo hasta los testículos, y después lo ausculté, aún con mucha seriedad.

Su corazón latía con el ritmo de un gatito, seco y loco. Y después se hartó, el niño, del manoseo de mis dedos y de mis maniobras y se puso a dar alaridos, como pueden hacerlo los de su edad, inconcebiblemente. Era demasiado. Desde el regreso de Robinson, había empezado a sentirme muy extraño en la cabeza y en el cuerpo y los gritos de aquel nene inocente me causaron una impresión abominable. ¡Qué gritos, Dios mío! ¡Qué gritos! No podía soportarlos un instante más.

Otra idea, seguramente, debió de determinar también mi absurda conducta. Crispado como estaba, no pude por menos de comunicarles en voz alta el rencor y el hastío que experimentaba desde hacía mucho, para mis adentros.

«¡Eh —respondí, al nene aullador—, menos prisas, tontín! ¡Ya tendrás tiempo de sobra de berrear! ¡No te va a faltar, no temas, bobito! ¡No gastes todas las fuerzas! ¡No van a faltar desgracias para consumirte los ojos y la cabeza también y aun el resto, si no te andas con cuidado!»

«¿Qué dice usted, doctor?», se sobresaltó la abuela. Me limité a repetir: «¡No van a faltar, ni mucho menos!»

«¿Qué? ¿Qué es lo que no falta?», preguntaba, horrorizada...

«¡Intenten comprender! –le respondí–. ¡Intenten comprender! ¡Hay que explicarles demasiadas cosas! ¡Eso es lo malo! ¡Intenten comprender! ¡Hagan un esfuerzo!»

«¿Qué es lo que no falta?... ¿Qué dice?» Y de repente se preguntaban, los tres, y la hija de las «responsabilidades» puso unos ojos muy raros y empezó a lanzar, también ella, unos gritos de aúpa. Acababa de encontrar una ocasión cojonuda para un ataque. No iba a desaprovecharla. ¡Era la guerra! ¡Y venga patalear! ¡Y ahogos! ¡Y estrabismos horrendos! ¡Estaba yo bueno! ¡Había que verlo! «¡Está loco, mamá! –gritaba asfixiándose–. ¡El doctor se ha vuelto loco! ¡Quítale a mi niño, mamá!» Salvaba a su hijo.

Nunca sabré por qué, pero estaba tan excitada, que empezó a hablar con acento vasco. «¡Dice cosas espantosas! ¡Mamá!... ¡Es un demente!...»

Me arrancaron el niño de las manos, como si lo hubieran sacado de las llamas. El abuelo, tan tímido antes, descolgó entonces su enorme termómetro de caoba, como una maza...Y me acompañó a distancia, hacia la puerta, cuyo batiente arrojó contra mí, con violencia, de un patadón.

Por supuesto, aprovecharon para no pagarme la visita...

Cuando volví a verme en la calle, no me sentía demasiado orgulloso de lo que acababa de ocurrirme. No tanto por mi reputación, que no podía ser peor en el barrio que la que ya me habían asignado, y sin que por ello hubiera necesitado yo intervenir, cuanto por Robinson, otra vez, del que había esperado librarme con un arrebato de franqueza, encontrando en el escándalo voluntario la resolución de no volver a recibirlo, haciéndome como una escena brutal a mí mismo.

Así, había yo calculado: ¡Voy a ver, a título experimental, todo el escándalo que puede llegar a hacerse de una sola vez! Sólo, que no se acaba nunca con el escándalo y la emoción, no se sabe nunca hasta dónde habrá que llegar con la franqueza... Lo que los hombres te ocultan aún... Lo que te mostrarán aún... Si vives lo suficiente... Si profundizas bastante en sus mandangas... Había que empezar otra vez desde el principio.

Tenía prisa por ir a ocultarme, yo también, de momento. Me metí, para volver a casa, por el callejón Gibet y después por la Rue des Valentines. Es un buen trecho de camino. Tienes tiempo de cambiar de opinión. Iba hacia las luces. En la Place Transitoire me encontré a Péridon, el farolero. Cambiamos unas palabras anodinas. «¿Va usted al cine, doctor?», me preguntó. Me dio una idea. Me pareció buena.

En autobús se llega antes que en metro. Tras aquel intermedio vergonzoso, con gusto me habría marchado de Rancy de una vez y para siempre, si hubiera podido.

A medida que te quedas en un sitio, las cosas y las personas se van destapando, pudriéndose, y se ponen a apestar a propósito para ti.

De todos modos, hice bien en volver a Rancy, el día siguiente mismo, por Bébert, que cayó enfermo justo entonces. El colega Frolichon acababa de marcharse de vacaciones, la tía dudó y, al final, me pidió, de todos modos, que me ocupara de su sobrino, seguramente porque yo era el menos caro de los médicos que conocía.

Ocurrió después de Semana Santa. Empezaba a hacer bueno. Pasaban sobre Rancy los primeros vientos del sur, los mismos que dejan caer todos los hollines de las fábricas sobre las ventanas.

Duró semanas, la enfermedad de Bébert. Yo iba dos veces al día, a verlo. La gente del barrio me esperaba delante de la portería, como si tal cosa, y en los portales los vecinos también. Era como una distracción para ellos. Acudían de lejos para enterarse de si iba peor o mejor. El sol que pasa a través de demasiadas cosas no deja nunca en la calle sino una luz de otoño con pesares y nubes.

Consejos recibí muchos a propósito de Bébert. Todo el barrio, en realidad, se interesaba por su caso. Hablaban a favor y después en contra de mi inteligencia. Cuando entraba yo en la portería, se hacía un silencio crítico y bastante hostil, de una estupidez abrumadora sobre todo. Estaba siempre llena de comadres amigas, la portería, las íntimas, conque apestaba a enaguas y a orina. Cada cual defendía su médico preferido, siempre más sutil, más sabio. Yo sólo presentaba una ventaja, en suma, pero justo la que difícilmente te perdonan, la de ser casi gratuito; perjudica al enfermo y a su familia, por pobre que ésta sea, un médico gratuito.

Bébert no deliraba aún, simplemente ya no tenía las menores ganas de moverse. Empezó a perder peso todos los días. Un
poco de carne amarillenta y fláccida le cubría el cuerpo, temblando de arriba abajo, cada vez que latía su corazón. Parecía
que estuviera por todo el cuerpo, su corazón, bajo la piel, de
tan delgado que se había quedado, Bébert, en más de un mes
de enfermedad. Me dirigía sonrisas de niño bueno, cuando iba
a verlo. Superó así, muy amable, los 39 grados y después los
40 grados y se quedó ahí durante días y después semanas, pensativo.

La tía de Bébert había acabado callándose y dejándonos tranquilos. Había dicho todo lo que sabía, conque se iba a lloriquear, desconcertada, a los rincones de su portería, uno tras
otro. La pena se le había presentado, por fin, al acabársele las
palabras, ya no parecía saber qué hacer con la pena, intentaba
quitársela sonándose los mocos, pero le volvía, su pena, a la garganta y con ella las lágrimas y volvía a empezar. Se ponía per-
dida y así llegaba a estar un poco más sucia aún que de costumbre y se asombraba: «¡Dios mío! ¡Dios mío!», decía. Y se
acabó. Había llegado al límite de sí misma, a fuerza de llorar,
y los brazos se le volvían a caer y se quedaba muy alelada, delante de mí.

Volvía, de todos modos, hacia atrás en su pena y después
volvía a decidirse y se ponía a sollozar otra vez. Así, semanas
duraron aquellas idas y venidas en su pena. Había que prever
un desenlace fatal para aquella enfermedad. Una especie de
tifoidea maligna era, contra la cual acababa estrellándose todo
lo que yo probaba, los baños, el suero... el régimen seco... las
vacunas... Nada daba resultado. De nada servía que me afana-
ra, todo era en vano. Bébert se moría, irresistiblemente arrastrado, sonriente. Se mantenía en lo alto de su fiebre como en
equilibrio y yo abajo no daba pie con bola. Por supuesto, casi
todo el mundo, e imperiosamente, aconsejó a la tía que me des-

pidiera sin rodeos y recurriese rápido a otro médico, más experto, más serio.

El incidente de la hija de las «responsabilidades» se había sabido en todas partes y se había comentado de lo lindo. Se relamían con él en el barrio.

Pero, como los demás médicos avisados sobre la naturaleza del caso de Bébert se escabulleron, al final seguí yo. Puesto que a mí me había tocado, el caso de Bébert, debía continuar yo, pensaban, con toda lógica, los colegas.

Ya no me quedaba otro recurso que ir hasta la tasca a telefonear de vez en cuando a otros facultativos, aquí y allá, que conocía más o menos bien, lejos, en París, en los hospitales, para preguntarles lo que harían ellos, los listos y considerados, ante una tifoidea como la que me traía de cabeza. Me daban buenos consejos, todos, en respuesta, buenos consejos inoperantes, pero, aun así, me daba gusto oírlos esforzarse de ese modo, y gratis por fin, por el pequeño desconocido al que yo protegía. Acabas alegrándote con cualquier cosilla de nada, con el poquito consuelo que la vida se digna dejarte.

Mientras yo afinaba así, la tía de Bébert se desplomaba a derecha e izquierda por sillas y escaleras, no salía de su alelamiento sino para comer. Pero nunca, eso sí que no, se saltó una sola comida, todo hay que decirlo. Por lo demás, no le habrían dejado olvidarse. Sus vecinos velaban por ella. La cebaban entre los sollozos. «¡Da fuerzas!», le decían. Y hasta empezó a engordar.

Tocante a olor de coles de Bruselas, en el momento álgido de la enfermedad de Bébert, hubo en la portería auténticas orgías. Era la temporada y le llegaban de todas partes, regaladas, coles de Bruselas, cocidas, humeantes. «Me dan fuerzas, ¡es verdad!... —reconocía de buena gana—. ¡Y hacen orinar bien!»

Antes de que llegara la noche, por los timbrazos, para tener un sueño más ligero y oír en seguida la primera llamada, se atiborraba de café, así los inquilinos no despertaban a Bébert, llamando dos o tres veces seguidas. Al pasar por delante de la casa, por la noche, entraba yo a ver si por casualidad había acabado aquello. «¿No cree usted que cogió la enfermedad con la manzanilla al ron que se empeñó en beber en la frutería el día de la carrera ciclista?», suponía en voz alta, la tía. Esa idea la traía de cabeza desde el principio. Idiota.

«¡Manzanilla!», murmuraba débilmente Bébert, como un eco perdido en la fiebre. ¿Para qué disuadirla? Yo realizaba una vez más los dos o tres simulacros profesionales que esperaban de mí y después volvía a reunirme con la noche, nada orgulloso, porque, igual que mi madre, nunca conseguía sentirme del todo inocente de las desgracias que sucedían.

Hacia el decimoséptimo día, me dije, de todos modos, que haría bien en ir a preguntar qué pensaban en el Instituto Bioduret Joseph, de un caso de tifoidea de ese género, y pedirles, al tiempo, un consejo y tal vez una vacuna incluso, que me recomendarían. Así, lo habría hecho todo, lo habría probado todo, hasta las extravagancias, y, si moría Bébert, pues... tal vez no tuvieran nada que reprocharme. Llegué allí al Instituto, en el otro extremo de París, detrás de la Villette, una mañana hacia las once. Primero me hicieron pasearme por laboratorios y más laboratorios en busca de un sabio. Aún no había nadie, en aquellos laboratorios, ni sabios ni público, sólo objetos volcados en gran desorden, pequeños cadáveres de animales destripados, colillas, espitas de gas desportilladas, jaulas y tarros con ratones asfixiándose dentro, retortas, vejigas por allí tiradas, banquetas rotas, libros y polvo, más y más colillas por todos lados, con predominio del olor de éstas y el de urinario. Como había llegado muy temprano, decidí ir a dar una vuelta, ya que estaba, hasta la tumba del gran sabio Bioduret Joseph, que se encontraba en los propios sótanos del Instituto entre oros y mármoles. Fantasía burgueso-bizantina de refinado gusto. La colecta se hacía al salir del panteón, el guardián estaba refunfuñando incluso por una moneda belga que le habían endosado. A ese Bioduret se debe que muchos jóvenes optaran desde hace medio siglo por la carrera científica. Resultaron tantos fracasados como a la salida del Conservatorio. Acabamos todos, por lo demás, pareciéndonos tras algunos años de no haber logrado nada. En las zanjas de la gran derrota, un «laureado de facultad» vale lo mismo que un «Premio de Roma». Lo que pasa es que no cogen el autobús a la misma hora. Y se acabó.

Tuve que esperar bastante tiempo aún en los jardines del Instituto, pequeña combinación de cárcel y plaza pública, jardines, flores colocadas con cuidado a lo largo de aquellas paredes adornadas con mala intención.

De todos modos, algunos jóvenes del personal acabaron llegando los primeros, muchos de ellos traían ya provisiones del mercado cercano, en grandes redecillas y parecían estar boqueras. Y después los sabios cruzaron, a su vez, la verja, más lentos y reticentes que sus modestos subalternos, en grupitos mal afeitados y cuchicheantes. Iban a dispersarse al fondo de los corredores y descascarillando la pintura de las paredes. La entrada de viejos escolares entrecanos, con paraguas, atontados por la rutina meticulosa, las manipulaciones desesperadamente repulsivas, atados por salarios de hambre durante toda su madurez a aquellas cocinillas de microbios, recalentando aquel guiso interminable de legumbres, cobayas asfícticos y otras porquerías inidentificables.

Ya no eran, a fin de cuentas, ellos mismos sino viejos roedores domésticos, monstruosos, con abrigo. La gloria en nuestro tiempo apenas sonríe sino a los ricos, sabios o no. Los plebeyos de la Investigación no podían contar, para seguir manteniéndose vivos, sino con su propio miedo a perder la plaza en aquel cubo de basura caliente, ilustre y compartimentado. Se aferraban esencialmente al título de sabio oficial. Título gracias al cual los farmacéuticos de la ciudad seguían confiándoles los análisis (mezquinamente retribuidos, por cierto) de las orinas y los esputos de la clientela. Raquíticos y azarosos ingresos de sabio.

En cuanto llegaba, el investigador metódico iba a inclinarse ritualmente unos minutos sobre las tripas biliosas y corrompidas del conejo de la semana pasada, el que se exponía de modo permanente, en un rincón del cuarto, benditera de inmundicias. Cuando su olor llegaba a ser irresistible de verdad, sacrificaban otro conejo, pero antes no, por las economías en que el profesor Jaunisset, ilustre secretario del Instituto, se empeñaba en aquella época con mano fanática.

Ciertas podredumbres animales sufrían, por esa razón, por economía, increíbles degradaciones y prolongaciones. Todo es cuestión de costumbre. Algunos ayudantes de laboratorio bien entrenados habrían cocinado perfectamente dentro de un ataúd en actividad, pues ya la putrefacción y sus tufos no les afectaban. Aquellos modestos ayudantes de la gran investigación científica llegaban incluso, en ese sentido, a superar en economía al propio profesor Jaunisset, pese a ser éste de una sordidez proverbial, y lo vencían en su propio juego, al aprovechar el gas de sus estufas, por ejemplo, para prepararse numerosos cocidos personales y muchos otros guisos lentos, más peligrosos aún.

Cuando los sabios habían acabado de realizar el examen distraído de las tripas del cobaya y del conejo ritual, habían llegado despacito al segundo acto de su vida científica cotidiana, el del pitillo. Intento de neutralización de los hedores ambientes y del hastío mediante el humo del tabaco. De colilla en colilla, los sabios acababan, de todos modos, su jornada, hacia las cinco de la tarde. Volvían entonces a poner con mucho cuidado las putrefacciones a templar en la estufa bamboleante. Octave, el ayudante, ocultaba sus judías cocidas en un periódico para mejor pasar con ellas impunemente por delante de la portera. Fintas. Preparadita se llevaba la cena, a Gargan. El sabio, su maestro, añadía unas líneas al libro de experimentos, tímidamente, como una duda, con vistas a una próxima comunicación totalmente ociosa, pero justificativa de su presencia en el Instituto y de las escasas ventajas que entrañaba, incordio que tendría que decidirse, de todos modos, a acometer en breve ante alguna academia infinitamente imparcial y desinteresada.

El sabio auténtico tarda veinte buenos años, por término medio, en realizar el gran descubrimiento, el que consiste en convencerse de que el delirio de unos no hace, ni mucho menos, la felicidad de los otros y de que a cada cual, aquí abajo, incomodan las manías del vecino.

El delirio científico, más razonado y frío que los otros, es al mismo tiempo el menos tolerable de todos. Pero cuando has conseguido algunas facilidades para subsistir, aunque sea miserablemente, en determinado lugar, con ayuda de ciertos paripés, no te queda más remedio que perseverar o resignarte a cascar como un cobaya. Las costumbres se adquieren más rápido que el valor y sobre todo la de jalar.

Conque iba yo buscando a mi Parapine por el Instituto, ya que había acudido a propósito desde Rancy para verlo. Debía, pues, perseverar en mi búsqueda. No era fácil. Tuve que volver a empezar varias veces, vacilando largo rato entre tantos pasillos y puertas.

No almorzaba, aquel solterón, y sólo cenaba dos o tres veces por semana como máximo, pero entonces con avaricia, con el frenesí de los estudiantes rusos, todas cuyas caprichosas costumbres conservaba.

Tenía fama, aquel Parapine, en su medio especializado, de la más alta competencia. Todo lo relativo a las enfermedades tifoideas le era familiar, tanto las animales como las humanas. Su fama databa de veinte años antes, de la época en que ciertos autores alemanes afirmaron un buen día haber aislado vibriones de Eberth* en el exudado vaginal de una niña de dieciocho meses. Se armó un gran alboroto en el dominio de la verdad. Parapine, encantado, respondió sin demora en nombre del Instituto Nacional y superó a la primera a aquel teutón farolero cultivando, por su parte, el mismo germen pero en estado puro y en el esperma de un inválido de setenta y dos años. Se hizo célebre al instante, con lo que ya le bastaba, hasta su muerte, con emborronar regularmente algunas columnas ilegibles en diversas publicaciones especializadas para mantenerse en candelero. Cosa que hizo sin dificultad, por lo demás, desde aquel día de audacia y fortuna.

Ahora el público científico serio le daba crédito y confianza. Eso dispensaba al público serio de leerlo.

Si se pusiera a criticar, dicho público, no habría progreso posible. Se perdería un año con cada página.

Cuando llegué ante la puerta de su celda, Serge Parapine estaba escupiendo a los cuatro ángulos del laboratorio con una saliva incesante y una mueca tan asqueada, que daba que pensar. Se afeitaba de vez en cuando, Parapine, pero, aun así, conservaba en las mejillas bastantes pelos como para tener aspecto de evadido. Tiritaba sin cesar o, al menos, eso parecía, pese a no quitarse nunca el abrigo, bien surtido de manchas y sobre todo de caspa, que dispersaba después con toquecitos de las uñas en derredor, al tiempo que el mechón, siempre oscilante, le caía sobre la nariz, verde y rosa.

Durante mi período de prácticas en la facultad, Parapine me había dado algunas lecciones de microscopio y pruebas en diversas ocasiones de auténtica benevolencia. Yo esperaba que, des-

---

* El bacilo de Eberth es el germen de la fiebre tifoidea, descubierto en 1881 por Karl Eberth. *(N del T.)*

de aquella época tan lejana, no me hubiera olvidado del todo y estuviera en condiciones de darme tal vez un consejo terapéutico de primerísimo orden para el caso de Bébert, que me obsesionaba de verdad.

Estaba claro, salvar a Bébert era mucho más importante para mí que impedir la muerte de un adulto. Nunca acaba de desagradarte del todo que un adulto se vaya, siempre es un cabrón menos sobre la tierra, te dices, mientras que en el caso de un niño no estás, ni mucho menos, tan seguro. Está el futuro por delante.

Enterado Parapine de mis dificultades, se mostró deseoso de ayudarme y orientar mi terapéutica peligrosa, sólo que él había aprendido, en veinte años, tantas y tan diversas cosas, y con demasiada frecuencia tan contradictorias, sobre la tifoidea, que había llegado a serle muy difícil ahora y, como quien dice, imposible formular, en relación con esa afección tan corriente y su tratamiento, la menor opinión concreta o categórica.

«Ante todo, ¿cree usted, querido colega, en los sueros? —empezó preguntándome—. ¿Eh? ¿Qué me dice usted?...Y las vacunas, ¿qué?... En una palabra, ¿cuál es su impresión?... Inteligencias preclaras ya no quieren ni oír hablar en la actualidad de las vacunas... Es audaz, colega, desde luego... También a mí me lo parece... Pero en fin... ¿Eh? ¿De todos modos? ¿No le parece que algo de cierto hay en ese negativismo?... ¿Qué opina usted?»

Las frases salían de su boca a saltos terribles entre avalanchas de erres enormes.

Mientras se debatía, como un león, entre otras hipótesis furiosas y desesperadas, Jaunisset, que aún vivía en aquella época, el grande e ilustre secretario, fue a pasar justo bajo nuestras ventanas, puntual y altanero.

Al verlo, Parapine palideció aún más, de ser posible, y cambió, nervioso, de conversación, impaciente por manifestarme al instante el asco que le provocaba la simple visión cotidiana de aquel Jaunisset, gloria universal, por cierto. Me lo calificó, al famoso Jaunisset, en un instante de falsario, maníaco de la especie más temible, y le atribuyó, además, más crímenes monstruosos, inéditos y secretos que los necesarios para poblar un presidio entero durante un siglo.

Y yo ya no podía impedir que me diera, Parapine, cien mil detalles odiosos sobre el grotesco oficio de investigador, al que se veía obligado a atenerse, para poder jalar, odio más preciso, más científico, la verdad, que los emanados por los otros hombres colocados en condiciones semejantes en oficinas o almacenes.

Emitía aquellas opiniones en voz muy alta y a mí me asombraba su franqueza. Su ayudante de laboratorio nos escuchaba. Había terminado, también él, su cocinilla y se ajetreaba, por cubrir el expediente, entre estufas y probetas, pero estaba tan acostumbrado, el ayudante, a oír a Parapine con sus maldiciones, por así decir, cotidianas, que ahora esas palabras, por exorbitantes que fueran, le parecían absolutamente académicas e insignificantes. Ciertos modestos experimentos personales que llevaba a cabo con mucha seriedad, el ayudante, en una de las estufas del laboratorio, le parecían, contrariamente a lo que contaba Parapine, prodigiosos y deliciosamente instructivos. Los furores de Parapine no conseguían distraerlo. Antes de irse, cerraba la puerta de la estufa sobre sus microbios personales, como sobre un tabernáculo, tierna, escrupulosamente.

«¿Ha visto usted a mi ayudante, colega? ¿Ha visto usted a ese viejo y cretino ayudante? —dijo Parapine, sobre él, en cuanto hubo salido—. Bueno, pues, pronto hará treinta años que no oye hablar a su alrededor, mientras barre mis basuras, sino de ciencia y de lo lindo y sinceramente, la verdad... y, sin embargo, lejos de estar asqueado, ¡él es ahora el único que ha acabado creyendo en ella aquí mismo! A fuerza de manosear mis cultivos, ¡le parecen maravillosos! Se relame... ¡La más insignificante de mis chorradas lo embriaga! Por lo demás, ¿no ocurre así en todas las religiones? ¿Acaso no hace siglos que el sacerdote piensa en cualquier otra cosa menos en Dios, mientras que su varaplata aún cree en él?... ¿Y a pie juntillas? ¡Es como para vomitar, la verdad!... ¡Pues no llega este bruto hasta el ridículo extremo de copiar al gran Bioduret Joseph en el traje y la perilla! ¿Se ha fijado usted?... A propósito, le diré, en confianza, que el gran Bioduret no difería de mi ayudante sino por su reputación mundial y la intensidad de sus caprichos... Con su manía de aclarar perfectamente las botellas y vigilar desde una proximidad increíble el nacimiento de las polillas, siempre me pareció monstruosamente vulgar, a mí, ese inmenso genio experimental... Quítele al gran Bioduret su prodigiosa mezquindad doméstica y dígame, haga el favor, qué queda de admirable. ¿Qué? Una figura hostil de portero quisquilloso y malévolo. Y se acabó. Además, lo demostró de sobra en la Academia, lo cerdo que era, durante los veinte años que pasó en ella, detestado por casi todo el mundo; tuvo encontronazos con casi todos y la tira de veces... Era un megalómano ingenioso... Y se acabó.»

Parapine se disponía a su vez, con calma, a marcharse. Lo ayudé a pasarse una especie de bufanda en torno al cuello y encima de la caspa de siempre una especie de mantilla también. Entonces se acordó de que yo había ido a verlo a propósito de algo concreto y urgente. «Es verdad –dijo– que estaba aburriéndolo con mis asuntillos y me olvidaba de su enfermo. ¡Perdóneme y volvamos rápido a su tema! Pero, ¿qué decirle, a fin de cuentas, que no sepa usted ya? Entre tantas teorías vacilantes, experiencias indiscutibles, ¡lo racional sería, en el fondo, no elegir! Conque haga lo que pueda, ¡ande, colega! Ya que debe usted hacer algo, ¡haga lo que pueda! Por cierto que a mí, puedo asegurárselo confidencialmente, ¡esa afección tífica ha llegado a asquearme hasta grados indecibles! ¡Inimaginables incluso! Cuando yo la abordé en mi juventud, la tifoidea, tan sólo éramos unos pocos los que investigábamos ese terreno, es decir, que sabíamos exactamente cuántos éramos y podíamos realzarnos mutuamente... Mientras que ahora, ¿qué decirle? ¡Llegan de Laponia, amigo! ¡de Perú! ¡Cada día más! ¡Llegan de todas partes especialistas! ¡Los fabrican en serie en Japón! En el plazo de unos años he visto el mundo inundado con un auténtico diluvio de publicaciones universales y descabelladas sobre ese mismo tema tan machacado. Me resigno, para conservar mi plaza y defenderla, desde luego, bien que mal, a producir y reproducir mi articulito, siempre el mismo, de un congreso a otro, de una revista a otra, al que me limito a aportar, hacia el final de cada temporada, algunas modificaciones sutiles y anodinas, del todo accesorias... Pero, aun así, créame, colega, la tifoidea, en nuestros días, es algo tan trillado como la mandolina o el banjo. ¡Es como para morirse, ya digo! Cada cual quiere tocar una tonadilla a su manera. No, prefiero confesárselo, no me siento con fuerzas para preocuparme más; lo que busco para acabar mi existencia es un rinconcito de investigaciones muy tranquilas, con las que no me granjee ni enemigos ni discípulos, sino esa mediocre notoriedad sin envidias con la que me contento y que tanto necesito. Entre otras paparruchas, se me ha ocurrido el estudio de la influencia comparativa de la calefacción central en las hemorroides de los países septentrionales y meridionales. ¿Qué le parece? ¿Higiene? ¿Régimen? Están de moda, esos cuentos, ¿verdad? Semejante estudio, convenientemente encarrilado y prolongado lo suyo, me valdrá el favor de la Academia, no me cabe duda, que cuenta con una mayoría de vejestorios, a quienes esos problemas de calefacción y hemorroides no pueden dejar indiferentes. ¡Fíjese lo que han hecho por el cáncer, que tan de cerca los afecta!... ¿Que después la Academia me honra con uno de sus premios sobre higiene? ¿Qué sé yo? ¿Diez mil francos? ¿Eh? Pues tendré para pagarme un viaje a Venecia... En mi juventud fui con frecuencia a Venecia, mi joven amigo... ¡Pues sí! Se muere de hambre allí igual que en otros sitios... Pero se respira allí un olor a muerte suntuoso, que no es fácil de olvidar después...»

En la calle, tuvimos que volver, veloces, sobre nuestros pasos para buscar sus chanclos, que había olvidado. Con eso nos retrasamos. Y después nos apresuramos hacia un sitio, no me dijo cuál.

Por la larga Rue de Vaugirard, salpicada de legumbres y estorbos, llegamos a la entrada de una plaza rodeada de castaños y agentes de policía. Nos colamos hasta la sala trasera de un pequeño café, donde Parapine se apostó detrás de un cristal, protegido por un visillo.

«¡Demasiado tarde! —dijo, despechado—. ¡Ya han salido!»

«¿Quiénes?»

«Las alumnitas del instituto... Mire, hay algunas encantadoras... Me conozco sus piernas de memoria. No puedo imaginar nada mejor para acabar el día... ¡Vámonos! Otro día será...»

Y nos separamos muy amigos.

Habría preferido no tener que volver nunca a Rancy. Desde aquella misma mañana que me había marchado de allí, casi había olvidado mis preocupaciones habituales; estaban aún tan incrustadas en Rancy, que no me seguían. Se habrían muerto allí, tal vez, mis preocupaciones, de abandono, como Bébert, si yo no hubiese regresado. Eran preocupaciones de suburbio. Sin embargo, por la Rue Bonaparte, me volvió la reflexión, la triste. Y, sin embargo, es una calle como para dar placer, más bien, al transeúnte. Pocas hay tan acogedoras y agradables. Pero, al acercarme al río, me iba entrando miedo, de todos modos. Empecé a dar vueltas. No conseguía decidirme a cruzar el Sena. ¡Todo el mundo no es César! Al otro lado, en la otra orilla, comenzaban mis penas. Decidí esperar así, a la orilla izquierda, hasta la noche. En último caso, unas horas de sol ganadas, me decía.

El agua venía a chapotear junto a los pescadores y me senté a ver lo que hacían. La verdad es que no tenía ninguna prisa yo tampoco, tan poca como ellos. Me parecía haber llegado al momento, a la edad tal vez, en que sabes perfectamente lo que pierdes cada hora que pasa. Pero aún no has adquirido la sabiduría necesaria para pararte en seco en el camino del tiempo, pero es que, si te detuvieras, no sabrías qué hacer tampoco, sin esa locura por avanzar que te embarga y que admiras durante toda la juventud. Ya te sientes menos orgulloso, de tu juventud, aún no te atreves a reconocerlo en público, que acaso no sea sino eso, tu juventud, el entusiasmo por envejecer.

Descubres en tu ridículo pasado tanta ridiculez, engaño y credulidad, que desearías acaso dejar de ser joven al instante, esperar a que se aparte, la juventud, esperar a que te adelante, verla irse, alejarse, contemplar toda tu vanidad, llevarte la mano a tu vacío, verla pasar de nuevo ante ti, y después marcharte tú, estar seguro de que se ha ido de una vez, tu juventud, y, tranquilo entonces, por tu parte, volver a pasar muy despacio al otro lado del Tiempo para ver, de verdad, cómo son la gente y las cosas.

A la orilla del río, los pescadores no se estrenaban. Ni siquiera parecía importarles demasiado pescar o no. Los peces debían de conocerlos. Se quedaban allí, todos, haciendo como que pescaban. Los últimos rayos de sol, deliciosos, mantenían aún un poco de calorcito a nuestro alrededor y hacían saltar sobre el agua pequeños reflejos entreverados de azul y oro. Viento llegaba muy fresco de enfrente por entre los altos árboles, muy sonriente, el viento, asomándose por entre mil hojas, en ráfagas suaves. Se estaba bien. Dos buenas horas permanecimos así, sin pescar nada, sin hacer nada. Y después el Sena se obscureció y la esquina del puente se puso roja con el crepúsculo. El mundo, al pasar por el muelle, nos había olvidado allí, entre la orilla y el agua.

La noche salió de debajo de los arcos, subió a lo largo del castillo,* tomó la fachada, las ventanas, una tras otra, que flameaban ante la sombra. Y después se apagaron también, las ventanas.

Ya sólo quedaba marcharse una vez más.

Los libreros de lance de las orillas del río estaban cerrando sus cajas. «¿Vienes?», fue y gritó la mujer, por encima del pretil a su marido, a mi lado, quien, por su parte, cerraba sus instrumentos y la silla de tijera y los gusanos. Refunfuñó y todos los demás pescadores refunfuñaron tras él y volvimos a subir,

---

* El «castillo», es decir, el Louvre, visible en la orilla derecha del Sena, cuando se llega de la Rue Bonaparte. (N. del T.)

yo también, arriba, refunfuñando hacia donde pasaba la gente. Hablé a su mujer, sólo para decirle algo amable, antes de que cayese la noche por todas partes. Al instante, quiso venderme un libro. Era uno que había olvidado meter en la caja, según decía. «Conque se lo daría más barato, regalado...», añadió. Un Montaigne viejo, uno de verdad, sólo por un franco. No tuve inconveniente en dar gusto a aquella mujer por tan poco dinero. Me lo quedé, su Montaigne.

Bajo el puente, el agua se había vuelto muy espesa. Yo ya no tenía el menor deseo de avanzar. En los bulevares, me tomé un café con leche y abrí aquel libro que me había vendido. Al abrirlo, me encontré con una carta que escribía a su mujer, el Montaigne, precisamente con motivo de la muerte de uno de sus hijos. Me interesó de inmediato, aquel pasaje, probablemente porque lo relacioné al instante con Bébert. «*¡Ah!* —iba y le decía el Montaigne, más o menos así, a su esposa—: *No te preocupes, ¡anda, querida esposa! ¡Tienes que consolarte!... ¡Todo se arreglará!... Todo se arregla en la vida... Por cierto, que* —le decía también— *precisamente ayer encontré entre los papeles viejos de un amigo mío una carta que Plutarco envió, también él, a su mujer en circunstancias idénticas a las nuestras... Y, como me ha parecido pero que muy bien escrita, su carta, querida esposa, ¡cojo y te la envío!... ¡Es una carta hermosa! Además, no quiero privarte de ella por más tiempo, ¡ya verás tú como te cura la pena!... ¡Mi querida esposa! ¡Te la envío, esa hermosa carta! Es una carta, pero, ¡lo que se dice una carta, esa de Plutarco!... ¡Eso desde luego! ¡Vas a ver tú como te va a interesar!... ¡Ya lo creo! ¡No dejes de consultarla enterita, querida esposa! ¡Léela bien! Enséñasela a los amigos. ¡Y vuelve a leerla! ¡Ahora me siento del todo tranquilo! ¡Estoy seguro de que te va a devolver el aplomo!... Tu amante esposo. Michel.*» Eso es, me dije, lo que se llama un trabajo de primera. Su mujer debía de estar orgullosa de tener un marido como su Michel, que no se preocupaba. En fin, era asunto de aquella gente. Tal vez nos equivoquemos siempre, a la hora de juzgar el corazón de los demás. ¿Acaso no sentían pena de verdad? ¿Pena de la época?

Pero, en lo relativo a Bébert, había sido un día como para cortársela. No tenía potra yo con Bébert, vivo o muerto. Me parecía que no había nada para él en la tierra, ni siquiera en Montaigne. Tal vez sea igual para todo el mundo, por lo demás; en cuanto insistes un poco, el vacío. El caso es que yo había salido de Rancy por la mañana y tenía que volver y regresaba con las manos vacías. Nada absolutamente traía para ofrecerle, ni a la tía tampoco.

Una vueltecita por la Place Blanche antes de regresar.

Vi gente por toda la Rue Lepic, aún más que de costumbre. Conque subí yo también, a ver. Delante de una carnicería, había una multitud. Había que apretujarse para ver lo que pasaba, en círculo. Un cerdo era, uno gordo, enorme. Gemía también él, en medio del círculo, como un hombre molestado, pero es que con ganas. Y, además, es que no paraban de hacerle rabiar. La gente le retorcía las orejas, para oírlo gritar. Culebreaba y se ponía patas arriba, el cerdo, a fuerza de intentar escapar tirando de la cuerda, otros lo chinchaban y lanzaba alaridos aún más fuertes de dolor. Y se reían aún más.

No sabía cómo esconderse, el grueso cerdo, en la poca paja que le habían dejado y que se volaba, cuando gruñía y resoplaba. No sabía cómo escapar de los hombres. Lo comprendía. Orinaba, al mismo tiempo, todo lo que podía, pero eso no servía de nada tampoco. Gruñir, aullar tampoco. No había nada que hacer. Se reían. El chacinero, dentro de su tienda, intercambiaba señas y bromas con los clientes y hacía gestos con un gran cuchillo.

Estaba contento él también. Había comprado el cerdo y lo había atado para hacer propaganda. En la boda de su hija no se divertiría tanto.

Seguía llegando y llegando gente ante la tienda para ver desplomarse el cerdo, con sus gruesos pliegues rosados, tras cada esfuerzo por escapar. Sin embargo, no era bastante aún. Hicieron que se le subiese encima un perrito arisco, al que azuzaban para que saltara y lo mordiese hasta en la carne, dilatada por la gordura. Entonces se divertían tanto, que ya no se podía avanzar. Vino la policía para dispersar los grupos.

Cuando llegas a esas horas a lo alto del puente de Caulaincourt, distingues, más allá del gran lago de noche que hay sobre el cementerio, las primeras luces de Rancy. Está en la otra orilla, Rancy. Hay que dar toda la vuelta para llegar. ¡Está tan lejos! Tanto tiempo hay que andar y tantos pasos que dar en torno al cementerio para llegar a las fortificaciones, que parece como si dieras la vuelta a la noche misma.

Y después, tras llegar a la puerta, en la oficina de arbitrios, pasas aún ante la oficina enmohecida en que vegeta el chupatintas verde. Entonces ya falta muy poco. Los perros de la zona están en su puesto, ladrando. Bajo un farol de gas, hay flores, a pesar de todo, las de la vendedora que espera siempre ahí, a los muertos que pasan día tras día, hora tras hora. El cementerio, otro, al lado, y después el Boulevard de la Révolte. Sube con todos sus faroles derecho y ancho hasta el centro de la noche. Basta con seguir, a la izquierda. Ésa era mi calle. No había nadie, la verdad, con quien encontrarse. Aun así, me habría gustado estar en otra parte y lejos. También me habría gustado ir en zapatillas para que no me oyeran volver a casa. Y, sin embargo, nada tenía que ver, yo, con que Bébert empeorara. Había hecho todo lo posible. No tenía nada que reprocharme. No era culpa mía que no se pudiese hacer nada en casos así. Llegué hasta delante de su puerta y, me pareció, sin que me vieran. Y después, tras haber subido, miré, sin abrir las persianas, por las rendijas para ver si aún había gente hablando ante la casa de Bébert. Salían aún algunos visitantes de la casa, pero no tenían el mismo aspecto que el día anterior, los visitantes. Una asistenta del barrio, a la que yo conocía bien, lloriqueaba al salir. «Está visto que está aún peor —me decía yo—. En cualquier caso, seguro que no va mejor... ¿Se habrá muerto ya? —me decía yo—. ¡Puesto que hay una que llora ya!...» El día había acabado.

Me preguntaba, de todos modos, si no tenía yo nada que ver con aquello. Mi casa estaba fría y silenciosa. Como una pequeña noche en un rincón de la grande, a propósito para mí solito.

De vez en cuando llegaban ruidos de pasos y el eco entraba cada vez más fuerte en mi habitación, zumbaba, se extinguía... Silencio. Volví a mirar si pasaba algo fuera, enfrente. Sólo en mí pasaba, siempre haciéndome la misma pregunta.

Acabé quedándome dormido con la pregunta, en mi noche propia, aquel ataúd, de tan cansado que estaba de andar y no encontrar nada.

Más vale no hacerse ilusiones, la gente nada tiene que decirse, sólo se hablan de sus propias penas, está claro. Cada cual a lo suyo, la tierra para todos. Intentan deshacerse de su pena y pasársela al otro, en el momento del amor, pero no da resultado y, por mucho que hagan, la conservan entera, su pena, y vuelven a empezar, intentan otra vez endosársela a alguien. «Es usted muy guapa, señorita», van y dicen. Y reanudan la vida, hasta la próxima vez, en que volverán a probar el mismo truquillo. «¡Es usted guapísima, señorita!...»

Y después venga jactarte, entretanto, de haberte librado de tu pena, pero todo el mundo sabe, verdad, que no es cierto y que te la has guardado pura y simplemente para ti solito. Como te vuelves cada vez más feo y repugnante con ese juego, al envejecer, ya ni siquiera puedes disimularla, tu pena, tu fracaso, acabas con la cara cubierta de esa fea mueca que tarda veinte, treinta años y más en subir, por fin, del vientre al rostro. Para eso sirve, y para eso sólo, un hombre, una mueca, que tarda toda una vida en fabricarse y ni siquiera llega siempre a terminarla, de tan pesada y complicada que es, la mueca que habría de poner para expresar toda su alma de verdad sin perderse nada.

La mía estaba precisamente perfilándomela bien, con facturas que no lograba pagar, poco elevadas, sin embargo, el alquiler imposible, el abrigo demasiado fino para la temporada y el frutero que se reía por la comisura de los labios al verme contar el dinero, vacilar ante el queso, enrojecer en el momento en que las uvas empezaban a costar caras. Y también por los enfermos, que nunca estaban contentos. Tampoco el golpe de la muerte de Bébert me había beneficia-do, en el barrio. Sin embargo, la tía no estaba resentida con-migo. No se podía decir que se hubiera portado mal, la tía, en aquella circunstancia, no. Más bien por el lado de los Hen-rouille, en su hotelito, empecé a cosechar de repente la tira de problemas y a concebir temores.

Un día, la vieja Henrouille, sin más ni más, salió de su cuar-to, dejó a su hijo, a su nuera, y se decidió a venir ella sola a visi-tarme. No era mala idea. Y después volvió a menudo para pre-guntarme si de verdad creía yo que estaba loca. Era como una distracción para aquella vieja, venir a propósito a preguntarme eso. Me esperaba en el cuarto que me servía de sala de espe-ra. Tres sillas y un velador.

Y cuando volví a casa aquella noche, me la encontré en la sala de espera consolando a la tía de Bébert, contándole todo lo que había perdido ella, la vieja Henrouille, en punto a parien-tes por el camino, antes de llegar a su edad, sobrinas por doce-nas, tíos por aquí, por allá, un padre muy lejos, allí, a mitad del siglo pasado, y más tías y, además, sus propias hijas, desapa-recidas, ésas, casi por todas partes, que ya no sabía muy bien ni dónde ni cómo, tan desdibujadas, tan vagarosas, sus propias hijas, que casi se veía obligada a imaginarlas ahora y con mucho esfuerzo aún, cuando quería hablar de ellas a los demás. Ya no eran del todo recuerdos siquiera, sus propios hijos. Arrastraba toda una tribu de defunciones antiguas y humildes en torno a sus viejos flancos, sombras mudas desde hacía mucho, penas imperceptibles que, de todos modos, intentaba aún remover un poco, con mucha dificultad, para consuelo, cuando yo llegué, de la tía de Bébert.

Y después vino a verme Robinson, a su vez. Le presenté a todos. Amigos.

Fue incluso aquel día, lo recordé más adelante, cuando adqui-rió la costumbre Robinson de encontrarse en mi sala de espera con la vieja Henrouille. Se hablaban. El día siguiente era el entierro de Bébert. «¿Irá usted? —preguntaba la tía a todos los que encontraba—. Me alegraría mucho que fuera usted...»

«Ya lo creo que iré —respondió la vieja—. Da gusto en esos momentos tener gente alrededor.» Ya no se la podía retener en su cuchitril. Se había vuelto una pindonga.

«¡Ah, entonces muy bien, si viene usted! —le daba las gracias la tía—. Y usted, señor, ¿vendrá también?», preguntó a Robinson.

«A mí los entierros me dan miedo, señora, no me lo tome en cuenta», respondió él para escabullirse.

Y después cada uno de ellos habló aún lo suyo, sólo de sus asuntos, casi con violencia, incluso la muy vieja Henrouille, que se metió en la conversación. Demasiado alto hablaban todos, como en el manicomio.

Entonces fui a buscar a la vieja para llevarla al cuarto contiguo, donde pasaba consulta.

No tenía gran cosa que decirle. Era ella más bien la que me preguntaba cosas. Le prometí que no insistiría con lo del certificado. Volvimos a la otra habitación a sentarnos con Robinson y la tía y discutimos todos durante una buena hora el infortunado caso de Bébert. Todo el mundo era de la misma opinión, no había duda, en el barrio: que si yo me había esforzado por salvar al pequeño Bébert, que si sólo era una fatalidad, que si me había portado bien, en una palabra, lo que era casi una sorpresa para todo el mundo. La vieja Henrouille, cuando le dijeron la edad del niño, siete años, pareció sentirse mejor y como tranquilizada. La muerte de un niño tan pequeño le parecía sólo un auténtico accidente, no una muerte normal y que pudiera hacerla reflexionar, a ella.

Robinson se puso a contarnos una vez más que los ácidos le quemaban el estómago y los pulmones, lo asfixiaban y le hacían escupir muy negro. Pero la vieja Henrouille, por su parte, no escupía, no trabajaba en los ácidos, conque lo que Robinson contaba sobre ese tema no podía interesarle. Había venido sólo para saber bien a qué atenerse respecto a mí. Me miraba por el rabillo del ojo, mientras yo hablaba, con sus pequeñas pupilas ágiles y azuladas y Robinson no perdía ripio de toda aquella inquietud latente entre nosotros. Estaba obscura mi sala de espera, la alta casa de la otra acera palidecía enteramente antes de ceder ante la noche. Después, sólo se oyeron nuestras voces y todo lo que siempre parecen ir a decir, las voces, y nunca dicen.

Cuando me quedé solo con él, intenté hacerle comprender que no quería volver a verlo en absoluto, a Robinson, pero, aun así, volvió hacia fines de mes y después casi todas las tardes. Es cierto que no se encontraba nada bien del pecho.

«El Sr. Robinson ha vuelto a preguntar por usted... —me recordaba mi portera, que se interesaba por él—. No saldrá de ésta, ¿verdad?... —añadía—. Seguía tosiendo, cuando ha venido...» Sabía muy bien que me irritaba que me hablara de eso.

Es cierto que tosía. «No hay manera —predecía él mismo—, no voy a levantar cabeza nunca...»

«¡Espera al verano próximo! ¡Un poco de paciencia! Ya verás... Se irá solo...»

En fin, lo que se dice en esos casos. Yo no podía curarlo, mientras trabajara con los ácidos... Aun así, intentaba reanimarlo.

«¿Que me voy a curar solo? —respondía—. ¡Me tienes contento!... Como si fuera fácil respirar como yo respiro... A ti me gustaría verte con algo así en el pecho... Te desinflas con una cosa como la que yo tengo en el pecho... Conque ya lo sabes...»

«Estás deprimido, estás pasando por un mal momento, pero cuando te encuentres mejor... Aunque sólo sea un poco, verás...»

«¿Un poco mejor? ¡Al hoyo voy a ir un poco mejor! ¡Mejor me habría ido, sobre todo, quedándome en la guerra! ¡Eso desde luego! A ti sí que te va bien, desde que has vuelto... ¡No puedes quejarte!»

Los hombres se aferran a sus cochinos recuerdos, a todas sus desgracias, y no hay quien los saque de ahí. Con eso ocupan el alma. Se vengan de la injusticia de su presente trabajándose en lo más hondo de su interior con mierda. Justos y cobardes son, en lo más hondo. Es su naturaleza.

Yo ya no le respondía nada. Conque se cabreaba conmigo.

«¡Ya ves que tú también eres de la misma opinión!»

Para estar tranquilo, iba a buscarle un jarabe contra la tos. Es que sus vecinos se quejaban de que no paraba de toser y no podían dormir. Mientras le llenaba la botella, se preguntaba aún dónde había podido pescarla, aquella tos invencible. Me pedía también que le pusiera inyecciones: con sales de oro.

«Si la palmo con las inyecciones, pues mira, ¡no habré perdido nada!»

Pero yo me negaba, por supuesto, a emprender una terapéutica heroica cualquiera. Quería, ante todo, que se fuese.

Yo había perdido los ánimos sólo de verlo andar por la casa. Esfuerzos indecibles me costaba ya no abandonarme a mi propia miseria, no ceder al deseo de cerrar la puerta una vez por todas y veinte veces al día me repetía: «¿Para qué?» Conque escuchar encima sus jeremiadas era demasiado, la verdad.

«¡No tienes valor, Robinson! —acababa diciéndole—. Deberías casarte, tal vez recuperarías el gusto por la vida...»

Si hubiera tomado esposa, me habría dejado en paz un poco. Al oír eso, se iba muy ofendido. No le gustaban mis consejos, sobre todo ésos. Ni siquiera me respondía sobre esa cuestión del matrimonio. Era, también es verdad, un consejo muy tonto, el que yo le daba.

Un domingo, en que yo no estaba de servicio, salimos juntos. En la esquina del Boulevard Magnanime, fuimos a la terraza a tomar un casis y un refresco. No hablábamos demasiado, ya no teníamos gran cosa que decirnos. En primer lugar, ¿de qué sirven las palabras, cuando ya sabes a qué atenerte? Para reñir y se acabó. No pasan muchos autobuses los domingos. Desde la terraza es casi un placer ver el bulevar tan limpio, tan descansado también, delante. Oíamos el gramófono de la tasca detrás.

«¿Oyes? —va y me dice Robinson—. Toca canciones de América, ese gramófono; las reconozco, esas canciones, son las mismas que oíamos en Detroit, en casa de Molly...»

Durante los dos años que había pasado allí, no se había enterado apenas de la vida de los americanos; ahora, que le había gustado, de todos modos, su música, con la que intentan evadirse, también ellos, de su terrible rutina y del pesar aplastante de hacer todos los días la misma cosa y gracias a la cual se contonean con la vida, que no tiene sentido, un poco, mientras suena. Osos, aquí, allá.

No se acababa su bebida, de tanto pensar en todo aquello. Un poco de polvo se elevaba por todos lados. En torno a los plátanos, corretean los niños, embadurnados y ventrudos, atraídos, también ellos, por el disco. Nadie se resiste, en el fondo, a la música. No tiene uno nada que hacer con su corazón, lo entrega con gusto. Hay que oír en el fondo de todas las músicas la tonada sin notas, compuesta para nosotros, la melodía de la Muerte.

Algunas tiendas abren también el domingo por cabezonería: la vendedora de zapatillas sale y pasea, parloteando, de un escaparate vecino a otro, sus kilos de varices en las piernas.

En el quiosco, los periódicos de la mañana cuelgan deformados y un poco amarillos ya, formidable alcachofa de noticias ya casi rancia. Un perro se mea, rápido, encima; la vendedora dormita.

Un autobús vacío corre hacia su cochera. Las ideas también acaban teniendo su domingo, te sientes más atontado aún que de costumbre. Estás ahí, vacío. Dan ganas de charlar. Estás contento. No tienes nada de que hablar, porque en el fondo no te sucede nada, eres demasiado pobre. ¿Habrás asqueado a la existencia? Sería normal.

«¿No se te ocurre algo, a ti, que pudiera yo hacer, para dejar mi oficio, que me está matando?»

Salía de su reflexión.

«Me gustaría dejarlo, ¿comprendes? Estoy harto de matarme a currelar como un mulo... Quiero ir a pasearme, yo también... ¿No conocerás a alguien que necesite a un chófer, por casualidad?... Conoces la tira de gente, tú.»

Eran ideas de domingo, ideas de caballero, las que se le ocurrían. Yo no me atrevía a disuadirlo, a insinuarle que con una cara de asesino boqueras como la suya nadie le confiaría nunca su automóvil, que siempre conservaría su pinta extraña, con o sin librea.

«La verdad es que no me das muchos ánimos. Entonces, según tú, ¿no voy a librarme nunca?... O sea, ¿que no vale la pena siquiera que lo intente?... En América no corría demasiado, me decías... En África, el calor me mataba... Aquí, no soy bastante inteligente... El caso es que en todas partes algo me sobra o me falta... Pero todo eso, ya lo veo, ¡son cuentos! ¡Ah, si tuviera pasta!... Todo el mundo me consideraría muy simpático aquí... allá... Y en todas partes... En América incluso... ¿Acaso no es verdad lo que digo? ¿Y tú?... Lo que nos haría falta es ser propietarios de una casita de pisos con seis inquilinos que pagaran puntuales...»

«Eso sí que es verdad», respondí.

No salía de su asombro por haber llegado a esa importante conclusión él solo. Conque me echó una mirada rara, como si de repente descubriera en mí un aspecto insólito de desgraciado.

«La verdad es que tú, cuando lo pienso, eres capitán general. Vendes tus trolas a los que están cascando y todo lo demás te la trae floja… Nadie te controla, nada… Llegas y te marchas cuando quieres; en una palabra, tienes libertad… Pareces amable, pero, ¡menudo cabrón estás hecho tú, en el fondo!…»

«¡Eres injusto, Robinson!»

«Oye, búscame algo, ¡anda!»

Estaba decidido a dejar para otros su trabajo con los ácidos…

Nos marchamos por las callejuelas laterales. Al atardecer, aún se podría pensar que es un pueblo Rancy. Las puertas de los huertos están entornadas. El gran patio está vacío. La casita del perro, también. Una tarde, como ésta, hace ya mucho, los campesinos se marcharon de su casa, expulsados por la ciudad, que salía de París. Ya sólo quedan uno o dos comercios de aquellos tiempos, invendibles y enmohecidos e invadidos ya por las glicinas fláccidas, que cuelgan por las paredes, carmesíes de tanto anuncio pegado. La rastra colgada entre dos canalones ya no puede herrumbrarse más. Es un pasado que ya nadie toca. Se va solito. Los inquilinos de ahora están demasiado cansados por la tarde como para ponerse a arreglar nada delante de sus casas, cuando regresan. Se limitan a ir con sus mujeres a apretujarse en las tascas que quedan y beber. El techo muestra las marcas del humo de los quinqués colgantes de entonces. Todo el barrio tremblequea sin quejarse con el continuo runrún de la nueva fábrica. Las tejas musgosas caen rodando sobre los salientes adoquines, como sólo existen ya en Versalles y en las prisiones venerables.

Robinson me acompañó hasta el parquecillo municipal, totalmente rodeado de almacenes, adonde van a olvidarse sobre los céspedes tiñosos todos los abandonados de los alrededores, entre la bolera para los viejos chochos, la Venus raquítica y el montículo de arena para jugar a hacer pis.

Nos pusimos a hablar otra vez de esto y lo otro.

«Mira, lo que siento es no poder soportar la bebida. —Su obsesión—. Cuando bebo, me da un dolor de estómago, que es que me muero. ¡Peor aún! —Y me demostraba al instante, con una serie de eructos, que ni siquiera había soportado bien la bebida de aquella misma tarde—. ¿Ves? Así.»

Delante de su portal, se despidió de mí. «El Castillo de las Corrientes de Aire», como él decía. Desapareció. Yo creía que no iba a volver a verlo por un tiempo.

Mis negocios parecieron recuperarse un poco y justo aquella misma noche.

Simplemente, de la casa donde estaba la comisaría me llegaron dos llamadas urgentes. El domingo por la noche todos los suspiros, las emociones, las impaciencias se desmadran. El amor propio está de vacaciones y además achispado. Tras una jornada entera de libertad alcohólica, los esclavos, mira por dónde, se estremecen un poco, cuesta trabajo hacerlos comportarse, resoplan, bufan y hacen sonar sus cadenas.

Tan sólo en la casa en la que estaba la comisaría, se desarrollaban dos dramas a la vez. En el primero agonizaba un canceroso, mientras que en el tercero había un aborto y la comadrona no conseguía ventilarlo. Daba, aquella matrona, consejos absurdos a todo el mundo, al tiempo que enjuagaba toallas y más toallas. Y después, entre dos inyecciones, se escapaba para ir a pinchar al canceroso de abajo, a diez francos la ampolla de aceite de alcanfor; baratito, ¿no? Para ella la jornada no tenía desperdicio.

Todas las familias de aquella casa habían pasado el domingo en camisón y en mangas de camisa haciendo frente a los acontecimientos y bien reforzadas, las familias, por alimentos salpimentados. Apestaba a ajo y a olores aún más sabrosos por los pasillos y la escalera. Los perros se divertían haciendo cabriolas hasta el sexto. La portera quería enterarse de todo. Te la encontrabas por todos lados. Sólo bebía blanco, ésa, porque el tinto prolonga la regla.

La comadrona, enorme y con bata, ponía en escena los dos dramas, en el primero, en el tercero, saltarina, transpirante, arrebatada y vindicativa. Mi llegada la irritó. Ella que tenía a su público bien cogido, la diva.

En vano me las ingenié para tratarla con tino, para hacerme notar lo menos posible, considerar todo bien (cuando, en realidad, no había hecho, en su misión, sino abominables torpezas); mi llegada, mis palabras, la horrorizaban. No había nada que hacer. Una comadrona vigilada es tan amable como un panadizo. Ya no sabes dónde ponerla para que te perjudique lo menos posible. Las familias desbordaban por el piso, desde la cocina hasta los primeros peldaños, mezclándose con los otros parientes de la casa. ¡Y menudo si había parientes! Gordos y flacos aglomerados en racimos somnolientos bajo las luces de los quinqués colgantes. Pasaba el tiempo y llegaban más, de provincias, donde la gente se acuesta antes que en París. Ésos ya estaban hartos. Todo lo que yo les contaba, a aquellos parientes del drama de abajo como a los del de arriba, se lo tomaban a mal.

La agonía del primer piso duró poco. Tanto mejor y tanto peor. En el preciso momento en que le subía el último suspiro, su médico de cabecera, el doctor Omanon, subió, mira por dónde, como si tal cosa, para ver si había muerto, su cliente, y me echó una bronca él también, o casi, porque me encontró a su cabecera. Entonces le expliqué, a Omanon, que estaba de servicio municipal del domingo y que mi presencia era muy natural y volví a subir al tercero con mucha dignidad.

La mujer de arriba seguía sangrando por el chichi. Poco le faltaba para ponerse a morir también sin tardanza. Un minuto para ponerle una inyección y ahí me teníais otra vez, abajo, junto al tipo de Omanon. Todo había terminado. Omanon acababa de marcharse. Pero, de todos modos, se había quedado con mis veinte francos, el muy cabrón. Un fracaso. Conque no quise perderme el sitio que había conseguido en la casa del aborto. Así es que subí a escape.

Ante la vulva sangrante, expliqué más cosas aún a la familia. La comadrona, evidentemente, no opinaba como yo. Parecía casi que se ganara su parné contradiciéndome. Pero yo estaba allí, mala suerte, ¡allá películas si le gustaba o no! ¡Se acabaron las fantasías! ¡Me iba a ganar por lo menos cien pavos, si sabía montármelo y persistir! Calma de nuevo y ciencia, ¡qué leche! Resistir los asaltos en forma de comentarios y preguntas llenas de vino blanco que se cruzan implacables por encima de tu cabeza inocente es un currelo que para qué, nada cómodo. La familia decía lo que pensaba entre suspiros y eructos. La comadrona esperaba, por su parte, que yo metiera la pata bien, que me largase y le dejase los cien francos. Pero, ¡ya podía esperar sentada, la comadrona! Y mi alquiler, ¿qué? ¿Quién lo pagaría? Aquel parto iba de culo desde por la mañana, ya lo creo. Sangraba de lo lindo, ya lo creo también, pero no salía, ¡y había que saber aguantar!

Ahora que el otro canceroso había muerto abajo, su público de agonía subía, furtivo, aquí. Puestos a pasar la noche en blanco, hecho ya el sacrificio, había que aprovechar para no perderse ninguna de las distracciones de los alrededores. La familia de abajo vino a ver si la cosa iba a terminar allí tan mal como en su casa. Dos muertos en la misma noche, en la misma casa, ¡iba a ser una emoción para toda la vida! ¡Ni más ni menos! Se oía, por los cascabeles, a los perros de todo el mundo saltando y haciendo cabriolas por las escaleras. Subían también, ésos. Gente venida de lejos entraba, con lo que ya no se cabía, susurrando. Las jovencitas aprendían de repente «las cosas de la vida», como dicen las madres; ponían, tiernas, cara de enteradas ante la desgracia. El instinto femenino de consolar. Un primo, que las espiaba desde por la mañana, estaba muy sorprendido. Ya no las dejaba ni a sol ni a sombra. Era una revelación en su fatiga. Todo el mundo estaba descamisado. Se casaría con una de ellas, el primo, pero le habría gustado verles las piernas también, ya que estaba, para poder elegir mejor.

Aquella expulsión de feto no avanzaba, el conducto debía de estar seco, no se deslizaba, sólo seguía sangrando. Iba a ser su sexto hijo. ¿Dónde estaba el marido? Lo mandé llamar.

Había que encontrar al marido para poder enviar a su mujer al hospital. Una parienta me lo había propuesto, que la enviara al hospital. Una madre de familia que quería irse a acostar, qué caramba, por los niños. Pero, cuando se habló del hospital, ya no se ponían de acuerdo. A unos les parecía bien lo del hospital, otros se mostraban absolutamente contrarios, por las conveniencias. No querían ni siquiera oír hablar de eso. Incluso se dijeron al respecto palabras duras, entre parientes, que no olvidarían nunca. Pasaron a la familia. La comadrona despreciaba a todo el mundo. Pero era al marido a quien yo, por mi parte, quería encontrar para poder consultarlo, para que nos decidiéramos, por fin, en un sentido o en otro. Entonces va y sale de entre un grupo, más indeciso aún que todos los demás, el marido. Y, sin embargo, era él quien tenía que decidir. ¿El hospital? ¿O no? ¿Qué quería? No sabía. Quería mirar. Conque fue y miró. Le destapé el agujero de su mujer, de donde chorreaban coágulos y después gluglús y luego toda su mujer entera, que mirara. Su mujer, que gemía como un perro enorme al que hubiera pillado un auto. No sabía, en una palabra, lo que quería. Le pasaron un vaso de blanco para darle fuerzas. Se sentó.

Aun así, no se le ocurría nada. Era un hombre, aquel, que trabajaba con ganas durante el día. Todo el mundo lo conocía bien en el mercado y en la estación sobre todo, donde cargaba sacos de los hortelanos, y no pequeños, grandes y pesados, desde hacía quince años. Era famoso. Llevaba pantalones anchos, vagarosos, y la chaqueta también. No los perdía, pero no parecían importarle demasiado, la chaqueta y los pantalones. Sólo la tierra y seguir derecho en pie sobre ella parecía importarle, con los dos pies separados, como si se fuera a poner a temblar, la tierra, de un momento a otro, debajo. Pierre se llamaba.

Esperamos. «¿Qué te parece, Pierre?», le preguntaron por turnos todos. Se rascó y después fue a sentarse, aquel Pierre, a la cabecera de su mujer, como si le costara reconocerla, ella que no paraba de traer al mundo dolores, y después lloró, algo así como una lágrima, Pierre, y después se volvió a levantar. Entonces volvieron a hacerle la misma pregunta. Fui preparando un volante para ingreso en el hospital. «¡Vamos, piensa, Pierre!», le pedía todo el mundo. Lo intentaba, desde luego, pero hacía señas de que no le venía. Se levantó y fue a vacilar hacia la cocina llevándose el vaso. ¿Para qué esperarlo? Habría podido durar el resto de la noche, su vacilación de marido, todo el mundo lo comprendía perfectamente. Mejor irse a otra parte.

Cien francos perdidos para mí, ¡y se acabó! Pero, de todos modos, con aquella comadrona habría tenido problemas... Estaba visto. Y, además, ¡que no me iba a meter en maniobras operatorias delante de todo el mundo, con lo cansado que estaba! «¡Mala suerte! —me dije—. ¡Vámonos! Otra vez será... ¡Resignación! ¡Dejemos a la puta de la naturaleza en paz!»

Apenas había llegado al descansillo, cuando ya me buscaban todos y el marido perdiendo el culo tras mí.

«¡Eh, doctor! —fue y me gritó—. ¡No se vaya!»

«¿Qué quiere usted que haga?», le respondí.

«¡Espere! ¡Lo acompaño, doctor!... ¡Por favor, señor doctor!...»

«De acuerdo», le dije, y entonces le dejé acompañarme hasta abajo. Y fuimos y bajamos. Al pasar por el primero, entré, de todos modos, a decir adiós a la familia del muerto canceroso. El marido entró conmigo en la habitación, volvimos a salir. En la calle, caminaba a mi paso. Fuera hacía un frío que pelaba.

Encontramos un perrito que se entrenaba a responder a los otros de la zona con largos aullidos. Y menudo si era cabezón y lastimero. Ya sabía ladrar con ganas. Pronto sería un perro de verdad.

«Hombre, pero si es "Yema de huevo" –observó el marido; muy contento de reconocerlo y cambiar de conversación–. Lo criaron con biberón las hijas del lavandero de la Rue des Gonesses, este jodío, siempre salido... ¿Las conoce usted, a las hijas del lavandero?»

«Sí», respondí.

Sin dejar de caminar, se puso a contarme, entonces, las formas que había de criar a los perros con leche sin que saliera demasiado caro. De todos modos, seguía, detrás de aquellas palabras, buscando una idea en relación con lo de su mujer.

Había una tasca abierta cerca del portal.

«¿Entra usted, doctor? Le invito a un café...»

No iba yo a despreciárselo. «¡Entremos! –dije–. Dos con leche.» Y aproveché para hablarle otra vez de su mujer. Eso le ponía muy serio, que le hablara de ella, pero yo seguía sin conseguir que se decidiera. Sobre la barra sobresalía un ramo de flores. Por el santo del dueño de la tasca, Martrodin. «¡Un regalo de los chavales!», nos anunció en persona. Conque tomamos un vermut con él, para no despreciárselo. Por encima de la barra se veía aún el texto de la ley sobre la embriaguez y un certificado de estudios enmarcado. De repente, al ver aquello, el marido se empeñó en que Martrodin le recitara los nombres de todas las subprefecturas de Loiret-Cher, porque él se los había aprendido y aún se los sabía. Después, se empeñó en que el nombre que figuraba en el certificado no era el del dueño de la tasca y entonces se enfadaron y volvió a sentarse a mi lado, el marido. La duda se apoderó de él por entero. Tanto le preocupaba, que ni siquiera me vio marchar...

Nunca volví a verlo, al marido. Nunca. Me sentía muy decepcionado por todo lo que había sucedido aquel domingo y, además, muy fatigado.

En la calle, apenas había hecho cien metros, cuando me vi a Robinson, que venía hacia mí, cargado con toda clase de tablas, pequeñas y grandes. A pesar de la obscuridad, lo reconocí. Muy molesto por haberme encontrado, se escabullía, pero lo detuve.

«Conque, ¿no has ido a acostarte?», le dije.

«¡Un momento!... —me respondió—. ¡Vuelvo de las obras!»

«¿Qué vas a hacer con toda esa madera? ¿Obras también?... ¿Un ataúd?... ¿Las has robado al menos?...»

«No, una conejera...»

«¿Crías conejos ahora?»

«No, es para los Henrouille...»

«¿Los Henrouille? ¿Tienen conejos?»

«Sí, tres, que van a poner en el patio, ya sabes, donde vive la vieja...»

«Pues, ¡vaya unas horas de hacer conejeras!...»

«Es una idea de su mujer...»

«Pues, ¡menuda idea!... ¿Qué quiere hacer con los conejos? ¿Venderlos? ¿Sombreros de copa?...»

«Mira, eso se lo preguntas, cuando la veas; a mí con que me dé los cien francos...»

Aquella idea me parecía muy rara, la verdad, así, de noche. Insistí.

Entonces cambió de conversación.

«Pero, ¿cómo es que has ido a su casa? —volví a preguntarle—. Tú no los conocías, a los Henrouille.»

«Me llevó la vieja a su casa, el día que la conocí en tu consulta... Es una charlatana, esa vieja, cuando se pone... No te puedes hacer idea... No hay quien la haga callar... Conque se hizo como amiga mía y después ellos también... Hay gente que me aprecia, ¡para que veas!...»

«Nunca me habías contado nada de eso a mí... Pero, ya que vas a su casa, debes de saber si la van a mandar internar, a la vieja.»

«No, por lo que me han dicho, no han podido...»

Aquella conversación no le hacía ninguna gracia, lo notaba, yo, no sabía cómo librarse de mí. Pero cuanto más se escabullía más me empeñaba yo en enterarme...

«La verdad es que la vida es dura, ¿no te parece? Hay que recurrir a unas cosas, ¿eh?», repetía con vaguedad. Pero yo volvía al tema. Estaba decidido a no dejarle escurrir el bulto...

«Dicen que tienen más dinero de lo que parece, los Henrouille. ¿Qué piensas tú, ahora que vas a su casa?»

«Sí, es muy posible que tengan, pero, de todos modos, ¡les encantaría deshacerse de la vieja!»

El disimulo no había sido nunca su fuerte.

«Es que como la vida, verdad, está cada día más cara, les gustaría deshacerse de ella. Me dijeron que tú no querías certificar que estaba loca... ¿Es verdad?»

Y, sin esperar a mi respuesta, me preguntó con mucho interés hacia dónde me dirigía.

«¿Y tú? ¿Vuelves de una visita?»

Le conté un poco mi aventura con el marido que acababa de perder por el camino. Eso le hizo reír con ganas; sólo, que al mismo tiempo le hizo toser.

Se encogía tanto, en la obscuridad, para toser, que casi no lo veía yo, aun tan cerca; las manos, sólo, le veía un poco, que se juntaban despacio como una gran flor pálida delante de la boca y temblando en la obscuridad. No cesaba nunca. «¡Son las corrientes de aire!», dijo, por fin, al acabar de toser, cuando llegábamos ante su casa.

«Eso sí, ¡menudo si hay corrientes de aire en mi casa! ¡Y pulgas también! ¿Tienes tú también pulgas en tu casa?...»

Tenía, en efecto. «Pues, claro —le respondí—. Las cojo en casa de los enfermos.»

«¿No te parece que huele a meado en las casas de los enfermos?», me preguntó entonces.

«Sí y a sudor también...»

«De todos modos —dijo despacio, tras haberlo pensado—, me habría gustado mucho, a mí, ser enfermero.»

«¿Por qué?»

«Porque, digan lo que digan, los hombres, verdad, cuando están sanos, dan miedo... Sobre todo desde la guerra... Yo sé en qué piensan... No siempre se dan cuenta de ello... Pero yo sé ahora en qué piensan... Cuando están de pie, piensan en matarte... Mientras que, digan lo que digan, cuando están enfermos no dan tanto miedo... Ya te digo, puedes esperarte cualquier cosa, cuando están de pie. ¿No es verdad?»

«¡Ya lo creo que es verdad!», no me quedó más remedio que decir.

«¿Y tú? ¿No fue por eso también por lo que te hiciste médico?», me preguntó, además.

Después de pensarlo, me di cuenta de que tal vez tuviera razón Robinson. Pero en seguida le dieron nuevos ataques de tos.

«Tienes los pies mojados, vas a coger una pleuresía, andando por ahí de noche... Anda, vete a casa —le aconsejé—. Ve a acostarte...»

De tanto toser, se ponía nervioso.

«La vieja Henrouille, ¡a ésa sí que le van a dar para el pelo!», fue y me dijo, tosiendo y riendo, al oído.

«¿Cómo así?»

«¡Ya verás!...», fue y me dijo.

«¿Qué están tramando?»

«No te puedo decir nada más... Ya verás...»

«Venga, cuéntame, Robinson, no seas desgraciado, ya sabes que yo no repito nada a nadie...»

Ahora, de repente, sentía deseos de contármelo todo, tal vez para demostrarme al mismo tiempo que no había que considerarlo tan resignado y rajado como parecía.

«¡Anda! –lo insté en voz muy baja–. Sabes de sobra que yo no hablo nunca...»

Era la excusa que necesitaba para confesarse.

«Eso no se puede negar, sabes callarte», reconoció. Y entonces fue y se puso en serio a cantar de plano...

Estábamos solos, a aquella hora, en el Boulevard Contumance.

«¿Recuerdas –comenzó–, la historia de los vendedores de zanahorias?»

Al principio, yo no recordaba aquella historia.

«¡Que sí, hombre! –insistió–. ¡Si me la contaste tú mismo!...»

«¡Ah, sí!...» Y de repente la recordé con claridad.

«¿El ferroviario de la Rue des Brumaires?... ¿El que recibió un petardo en los testículos, al ir a robar los conejos?...»

«Sí, en la frutería del Quai d'Argenteuil...»

«¡Es cierto!... Ahora caigo –dije–. ¿Y qué?» Porque aún no veía yo qué tenía que ver aquella historia con el caso de la vieja Henrouille.

No tardó en concretar.

«¿Es que no comprendes?»

«No», dije... Pero después no quise comprender más.

«Pues, ¡anda que no tardas tú ni nada!...»

«Es que me parece que vas por mal camino, pero que muy malo... –No pude por menos de observar–. ¿No iréis a asesinar a la vieja Henrouille ahora para complacer a la nuera?»

«Mira, yo me limito a hacer la conejera que me han pedido... Del petardo serán ellos quienes se ocupen... si quieren...»

«¿Cuánto te han dado por eso?»

«Cien francos por la madera más doscientos cincuenta francos por el trabajo y luego mil francos más por el asunto simplemente...Y como comprenderás... Esto es sólo el comienzo... Es una historia que, bien contada, ¡es como una renta!... Eh, chaval, ¿te das cuenta?...»

Me daba cuenta, en efecto, y no me sorprendía demasiado. Me entristecía y se acabó, un poco más. Todo lo que se dice para disuadir a la gente en esos casos es insignificante siempre. ¿Acaso la vida es considerada con ellos? ¿De quién o de qué van a tener piedad, entonces? ¿Para qué? ¿De los demás? ¿Se ha visto alguna vez a alguien bajar al infierno a substituir a otro? Nunca. Se ve enviar a otros a él. Y se acabó.

La vocación de asesino que de repente se había apoderado de Robinson me parecía, en resumidas cuentas, como una especie de progreso más bien frente a lo que había observado hasta entonces en la otra gente, siempre dividida entre el odio y el cariño, siempre aburrida por la imprecisión de sus tendencias. Desde luego, por haber seguido en la noche a Robinson hasta donde habíamos llegado, yo había aprendido cosas, la verdad.

Pero había un peligro: la Ley. «Es peligrosa —observé— la Ley. Si te cogen, con tu salud, vas dado... No saldrás de la cárcel... ¡No resistirás!...»

«Mala suerte, entonces —me respondió—. Estoy demasiado harto de la vida normal, de todo el mundo... Eres viejo, esperas aún tu ocasión de divertirte y cuando llega... después de mucha paciencia, si llega... estás muerto y enterrado desde hace mucho... Son para los inocentes, los oficios honrados, como se suele decir... Además, tú lo sabes tan bien como yo...»

«Puede ser... Pero los otros, los golpes duros, todo el mundo los probaría, si no hubiera riesgos... Y la policía tiene mala leche, ya lo sabes... Hay sus pros y sus contras...» Examinábamos la situación.

«No te digo que no, pero, como comprenderás, trabajando como yo trabajo, en las condiciones en que estoy, sin dormir, tosiendo, en currelos que no aguantaría una mula...Ahora nada peor me puede ocurrir... En mi opinión... Nada...»

No me atrevía a decirle que, a fin de cuentas, tenía razón, por los reproches que podría haberme hecho más adelante, si el nuevo plan llegaba a fracasar.

Para animarme, me enumeró algunos buenos motivos para no preocuparme de la vieja, porque, para empezar, no le quedaban, al fin y al cabo, muchos años de vida, en cualquier caso, por ser ya muy mayor. En resumidas cuentas, iba a preparar su marcha y se acabó.

De todos modos, era un asunto muy feo, pero que muy feo. Habían convenido todos los detalles, entre él y los hijos: como la vieja había vuelto a adoptar la costumbre de salir de su casa, una noche la enviarían a llevar la comida a los conejos... El petardo estaría preparado... Le estallaría en plena cara en cuanto tocase la puerta... Exactamente así había sido en la frutería... Ya tenía fama de loca en el barrio, el accidente no sorprendería a nadie... Dirían que se le había avisado para que no se acercara nunca a la conejera... Que había desobedecido...Y a su edad, seguro que no saldría con vida de un petardazo como el que le iban a preparar... así, en plena jeta.

Buena la había hecho yo, la verdad, contando aquella historia a Robinson.

Y volvió la música con la verbena, la que acompaña al recuerdo más lejano, desde la infancia, la que no cesa nunca, aquí y allá, en los rincones de la ciudad, en los lugarejos del campo, en todos los sitios donde los pobres van a sentarse el fin de semana, para saber qué ha sido de ellos. ¡El Paraíso!, les dicen. Y después se toca música para ellos, ora aquí ora allá, de una estación del año a otra, que con su sonido ramplón fusila todas las melodías que bailaban el año anterior los ricos. Es la música de organillo que sale del tiovivo, de los automóviles que no lo son, en realidad, de las montañas en absoluto rusas y del tablado del luchador que no tiene bíceps ni viene de Marsella, de la mujer que no tiene barba, del mago que es cornudo, del órgano que no es de oro, detrás del tiro al blanco cuyos huevos están vacíos. Es la fiesta para engañar a la gente el fin de semana.

¡Y a beber la cerveza sin espuma! Pero al camarero, por su parte, le apesta el aliento, la verdad, bajo los falsos bosquecillos. Y el cambio que devuelve contiene monedas extrañas, tan extrañas, que, semanas y semanas más tarde, aún no has acabado de examinarlas y te cuesta mucho trabajo deshacerte de ellas, al dar limosna. La verbena, vamos. Hay que divertirse como se pueda, entre el hambre y la cárcel, y tomar las cosas como vengan. Si estás sentado, no tienes motivo para quejarte. Algo es algo. «Le Tir des Nations», el mismo, volví a verlo, el que Lola había descubierto, tantos años antes, en las avenidas del parque de Saint-Cloud. Se vuelve a ver de todo en las verbenas; eructos de alegría, las verbenas. Desde entonces debían de haber vuelto a pasearse las muchedumbres en la gran avenida de Saint-

Cloud... Los paseantes. La guerra había terminado. Por cierto, ¿sería el mismo propietario? ¿Habría vuelto de la guerra ése? Todo me interesaba. Reconocí los blancos, pero ahora disparaban, además, contra aeroplanos. Novedad. El progreso. La moda. La boda seguía allí, los soldados también y la Alcaldía con su bandera. Todo, en una palabra. Con muchas más cosas a las que disparar incluso que antes.

Pero la gente se divertía mucho más con los coches de choque, invención reciente, por los accidentes que no cesaban de suceder en ellos y las espantosas sacudidas que te producen en la cabeza y en las tripas. No cesaban de llegar otros atontados y boceras para chocar salvajemente, amontonarse en desorden una y otra vez y destrozarse el bazo dentro de los coches. Y no había manera de hacerlos desistir. Nunca pedían clemencia, jamás parecían haber sido tan felices. Algunos es que deliraban. Había que arrancarlos a sus catástrofes. Si les hubieran dado la muerte en premio por un franco, se habrían precipitado sobre los coches igual. Hacia las cuatro debía tocar, a mitad de la fiesta, la banda. Para reunir la banda, costaba Dios y ayuda, a causa de las tascas que los acaparaban a todos, por turno, a los músicos. Siempre faltaba uno. Lo esperaban. Iban a buscarlo. Mientras lo esperaban, mientras regresaban, volvía a darles sed y otros dos que desaparecían. Y vuelta a empezar.

Las rosquillas, estropeadas con tanto polvo, se volvían reliquias y daban una sed atroz a los ganadores.

Las familias, por su parte, esperaban a los fuegos artificiales para ir a acostarse. Esperar forma parte también de la fiesta. En la sombra tiritaban mil botellas, que a cada instante vibraban bajo las mesas. Pies que se agitaban para consentir o rebelarse. Ya no se oye la música, de tan conocidas que son las melodías, ni los asmáticos cilindros de los motores tras las barracas donde se mueven las atracciones que se pueden ver por dos francos. El corazón, cuando estás un poco bebido de fatiga, te resuena en las sienes. ¡Bim! ¡Bim! Así hace contra la especie de terciopelo ajustado a la cabeza y en el fondo de los oídos. Así es como llegas a estallar un día. ¡Así sea! Un día en que el movimiento de dentro se une al de fuera y en que todas tus ideas se desparraman entonces y van a divertirse por fin con las estrellas.

Había muchos lloros en toda la feria, por los niños pisoteados, aquí y allá, entre las sillas, sin querer, y también por aquellos a los que enseñaban a dominar los deseos, los inocentes e inmensos goces de montar una y mil veces en el tiovivo. Hay que aprovechar la verbena para formar el carácter. Nunca es demasiado pronto para empezar. No saben aún, esos monines, que todo se paga. Creen que es por simpatía por lo que las personas mayores detrás de las taquillas iluminadas incitan a los clientes a gozar de las maravillas que atesoran, dominan y defienden con sonrisas vociferantes. No conocen la ley, los niños. A tortazos se la enseñan los padres, la ley, y los defienden contra los placeres.

La única verbena auténtica es la del comercio, profunda y secreta, además. Por la noche es cuando goza el comercio, cuando todos los inconscientes, los clientes, bobos paganos, se han marchado, cuando ha vuelto el silencio sobre la explanada y el último perro ha proyectado por fin su última gota de orina contra el billar japonés. Entonces pueden iniciarse las cuentas. Es el momento en que el comercio hace el recuento de sus fuerzas y sus víctimas con los cuartos.

El último domingo de verbena por la noche, la criada de Martrodin, el tabernero, se hizo una herida bastante profunda en la mano, al cortar salchichón.

Hacia las últimas horas de aquella misma noche todo a nuestro alrededor se volvió bastante claro, como si las cosas se hubieran hartado de rodar de una orilla a otra del destino, indecisas, hubiesen salido todas a un tiempo de la sombra y se hubieran puesto a hablarme. Pero hay que desconfiar de las cosas y de las personas en esos momentos. Crees que van a hablar, las cosas, y resulta que no dicen nada y vuelven a hundirse en la noche, muchas veces sin que hayas podido comprender lo que tenían que contarte. Ésa es, al menos, mi experiencia.

En fin, el caso es que volví a ver a Robinson en el café de Martrodin aquella misma noche, justo cuando iba a curar a la criada del tabernero. Recuerdo con exactitud las circunstancias. A nuestro lado había unos árabes, apretados en las banquetas y somnolientos. No parecía interesarles en absoluto lo que ocurría a su alrededor. Al hablar con Robinson, yo procuraba no volver a la conversación de la otra noche, cuando lo había sorprendido transportando tablas. La herida de la criada era difícil de coser y en el fondo del local no veía demasiado bien. Con tanta atención, no podía hablar. En cuanto hube acabado, Robinson me llevó a un rincón y me confirmó, él mismo, que estaba decidido, su asunto, y pronto iba a ser. Una confidencia así me molestaba mucho y habría preferido no recibirla.

«Pronto, ¿qué?»

«Ya sabes lo que quiero decir...»

«¿Sigues con eso?...»

«¡Adivina cuánto me dan ahora!»

Yo no tenía el menor interés en adivinar.

«¡Diez mil!... Sólo por guardar silencio...»

«¡Una bonita suma!»

«Ya me veo libre de apuros, ni más ni menos —añadió—. ¡Son los diez mil francos que siempre me habían faltado!... ¡Los diez mil francos del comienzo, vamos!... ¿Comprendes?... A decir verdad, yo nunca he tenido un oficio, pero, ¡con diez mil francos!...»

Ya debía de haberles hecho chantaje...

Quería que me diera cuenta de todo lo que iba a poder hacer, emprender, con aquellos diez mil francos... Me dejaba tiempo para pensarlo, apoyado él en la pared, en la penumbra. Un mundo nuevo. ¡Diez mil francos!

De todos modos, al volver a pensar en su asunto, yo me preguntaba si no correría algún riesgo yo personalmente, si no me estaba dejando llevar a una como complicidad, al no hacer ver al instante que desaprobaba su plan. Debería haberlo denunciado incluso. La moral de la Humanidad, a mí, me la trae floja, como a todo el mundo, por cierto. ¿Qué puedo hacer? Pero no hay que olvidar las cochinas historias y complicaciones que remueve la Justicia en el momento de un crimen sólo para divertir a los viciosos de los contribuyentes... Entonces ya no sabes cómo escapar... Ya lo había visto yo, eso. A la hora de escoger una miseria u otra, yo prefería la que no arma escándalo a la que se expone en los periódicos.

En resumidas cuentas, me sentía intrigado y fastidiado a un tiempo. Tras haber llegado hasta allí, me faltaba valor para seguir de verdad hasta el fondo del asunto. Ahora que había que abrir los ojos en la noche, casi prefería mantenerlos cerrados. Pero Robinson parecía interesado en que los abriera, en que me diese cuenta.

Para cambiar de conversación un poco, sin dejar de caminar, saqué a colación el tema de las mujeres. No le gustaban demasiado a él, las mujeres.

«Mira, de mujeres, yo paso, la verdad —decía—, con sus hermosos traseros, sus muslos gruesos, sus bocas en forma de corazón y sus vientres, en los que siempre crece algo, unas veces mocosos y otras enfermedades... ¡Con sus sonrisas no se paga el alquiler! ¿No? Ni siquiera a mí, en mi chabola, me serviría de nada, si tuviese una mujer, enseñar su culo al propietario a principios de mes, ¡no me iba a hacer una rebaja por eso!...»

La independencia era su debilidad, para Robinson. Él mismo lo decía. Pero el patrón, Martrodin, ya estaba cansado de nuestros «apartes» y nuestras intrigas en los rincones.

«¡Robinson, los vasos! ¡Joder! —ordenó—. ¿Es que voy a tener que lavarlos yo?»

Robinson dio un salto.

«Es que —me informó— trabajo unas horas aquí.»

Era la verbena, no había duda. Martrodin encontraba mil dificultades para acabar de contar su caja, eso le irritaba. Los árabes se fueron, salvo los dos que dormitaban aún contra la puerta.

«¿A qué esperan, ésos?»

«¡A la criada!», me respondió el patrón.

«¿Qué tal, los negocios?», fui y le pregunté entonces, por decir algo.

«Así así... Pero, ¡cuesta lo suyo! Mire, doctor, este local lo compré por sesenta billetes, al contado, antes de la crisis. Tendría que sacarle al menos doscientos... ¿Se da usted cuenta?... Es cierto que se llena, pero de árabes sobre todo... Ahora, que esa gente no bebe... Aún no tienen costumbre... Tendrían que venir polacos. Ésos, doctor, ésos sí que beben, la verdad... Donde estaba yo antes, en las Ardenas, menudo si tenía polacos, y que venían de los hornos de esmalte, no le digo más, ¿eh? ¡Venían ardiendo, de los hornos!... ¡Eso es lo que necesitaríamos aquí!... ¡La sed!... Y el sábado tiraban la casa por la ventana... ¡La Virgen! ¡Eso era currelar! ¡La paga entera! ¡Tracatrá!... Éstos, los moros, no es beber lo que les interesa, sino darse por culo... está prohibido beber en su religión, por lo visto, pero darse por culo no...»

Los despreciaba, Martrodin, a los moros. «¡Unos cabrones, vamos! ¡Hasta parece que se lo hacen a mi criada!... Son unos degenerados, ¿eh? ¡Vaya unas ideas! ¿Eh, doctor? ¿Qué le parece?»

El patrón, Martrodin, se apretaba con sus cortos dedos las bolsitas serosas que tenía bajo los ojos. «¿Qué tal los riñones? —le pregunté, al verle hacer eso. Yo lo trataba de los riñones—. Al menos, ya no tomará usted sal.»

«¡Albúmina otra vez, doctor! Antes de ayer encargué el análisis al farmacéutico... Oh, me importa tres cojones diñarla —añadió— de albúmina o de otra cosa, pero lo que me fastidia es trabajar como trabajo... ¡para sacar tan poco!...»

La criada había acabado de lavar los platos, pero la venda le había quedado tan sucia con los restos de comida, que hube de volver a hacérsela. Me ofreció un billete de cinco francos. Yo no quería aceptarlos, sus cinco francos, pero se empeñó en dármelos. Sévérine, se llamaba.

«¿Te has cortado el pelo, Sévérine?», comenté.

«¡Qué remedio! ¡Está de moda! —dijo—. Y, además, que el pelo largo con la cocina de aquí coge todos los olores...»

«¡Tu culo huele mucho peor! —la interrumpió Martrodin, que no podía hacer sus cuentas con nuestra cháchara—. Y eso no impide a tus clientes...»

«Sí, pero no es igual —replicó la Sévérine, muy ofendida—. Una cosa es el olor del pelo y otra el del culo...Y usted, patrón, ¿quiere que le diga a qué huele usted?... ¿No en una parte del cuerpo, sino en todo él?»

Estaba muy irritada, Sévérine. Martrodin no quiso oír el resto. Volvió a sus cochinas cuentas refunfuñando.

Sévérine no conseguía quitarse las zapatillas, con los pies hinchados por el servicio, para ponerse los zapatos. Conque se las dejó puestas para marcharse.

«¡Pues dormiré con ellas!», comentó incluso en voz alta al final.

«¡Venga, vete a apagar la luz al fondo! —le ordenó Martrodin—. ¡Cómo se ve que no me la pagas tú, la electricidad!»

«Con ellas dormiré», gimió Sévérine otra vez, al levantarse.

Martrodin no acababa nunca con sus sumas. Se había quitado el delantal y después el chaleco para mejor contar. Las pasaba canutas. Del fondo invisible del local nos llegaba un tintineo de platos, la tarea de Robinson y del otro lavaplatos. Martrodin trazaba grandes cifras infantiles con un lápiz azul que aplastaba entre sus gruesos dedos de asesino. La criada sobaba delante de nosotros, desgalichada en la silla. De vez en cuando, recuperaba un poco la conciencia en el sueño.

«¡Ay, mis pies! ¡Ay, mis pies!», decía entonces, y después volvía a caer en la somnolencia.

Pero Martrodin se puso a despertarla con un buen berrido:

«¡Eh, Sévérine! ¡Llévate afuera a tus moros, venga! ¡Ya estoy harto!... ¡Daros el piro todos, hostias! Que ya es hora.»

Ellos, los árabes, no parecían tener la menor prisa, a pesar de la hora. Sévérine se despertó, por fin. «¡Es verdad que tengo que irme! –convino–. ¡Gracias, patrón!» Se llevó consigo a los dos moros. Se habían juntado para pagarle.

«Me los ventilo a los dos esta noche –me explicó, al marcharse–. Porque el domingo que viene no voy a poder, voy a Achares a ver a mi niño. Es que el sábado que viene es el día que libra la nodriza.»

Los árabes se levantaron para seguirla. No parecían nada sinvergüenzas. De todos modos, Sévérine los miraba un poco de soslayo, por el cansancio. «Yo no soy de la opinión del patrón, ¡yo prefiero a los moros! No son brutales como los polacos, los moros, pero son viciosos... De eso no hay duda, son unos viciosos... En fin, que hagan todo lo que quieran, ¡no creo que eso me quite el sueño! ¡Venga! –les llamó–. ¡Vamos, chicos!»

Y se marcharon los tres, ella unos pasos delante. Los vimos cruzar la plaza apagada, salpicada con los restos de la verbena; el último farol iluminó el grupo brevemente y después se hundieron en la noche. Oímos un poco aún sus voces y después ya nada. Ya no había nada.

Salí de la tasca, a mi vez, sin haber vuelto a hablar con Robinson. El patrón me deseó un montón de cosas. Un agente de policía recorría el bulevar. Al pasar, animábamos el silencio. Un comerciante, aquí, allá, se sobresaltaba, liado con su cálculo agresivo, como un perro royendo un hueso. Una familia de juerga ocupaba toda la calle berreando en la esquina de la Place Jean-Jaurès, ya no avanzaba, ni un paso, aquella familia, vacilaba ante una callejuela, como una flotilla de pesca en plena tormenta. El padre tropezaba de una acera a otra y no paraba de orinar.

La noche estaba en casa.

Recuerdo también otra noche, por aquella época, a causa de las circunstancias. En primer lugar, un poco después de la hora de cenar, oí un estruendo de cubos de basura. Sucedía con frecuencia en mi escalera, que zarandearan los cubos de la basura. Y después, los gemidos de una mujer, quejas. Entorné mi puerta, pero sin moverme.

Si salía espontáneamente en el momento de un accidente, tal vez me hubieran considerado un simple vecino y mi socorro médico habría parecido gratuito. Si me necesitaban, ya podían llamarme como Dios manda y entonces les costaría veinte francos. La miseria persigue implacable y minuciosa al altruismo y las iniciativas más amables reciben su castigo implacable. Conque esperé a que vinieran a llamar, pero nadie vino. Para economizar seguramente.

Sin embargo, casi había dejado de esperar, cuando apareció una niña ante mi puerta, estaba leyendo los nombres en los timbres... En definitiva, era a mí a quien venía a buscar de parte de la Sra. Henrouille.

«¿Quién está enfermo en casa de los Henrouille?», le pregunté.

«Es para un señor que se ha herido en su casa...»

«¿Un señor?» En seguida pensé en el propio Henrouille.

«¿Él?... ¿El Sr. Henrouille?»

«No... Un amigo que está en su casa...»

«¿Lo conoces, tú?»

«No.» Nunca lo había visto, a ese amigo.

Fuera hacía frío, la niña corría, yo andaba de prisa.

«¿Cómo ha ocurrido?»

«Eso no lo sé.»

Costeamos otro jardincillo, último recinto de un antiguo bosque, donde por la noche venían a enredarse entre los árboles las largas brumas de invierno, suaves y lentas. Callejuelas, una tras otra. En unos instantes llegamos hasta su hotelito. La niña me dijo adiós. Tenía miedo de acercarse más. Henrouille nuera me esperaba en la escalera con marquesina. Su quinqué de petróleo vacilaba al viento.

«¡Por aquí, doctor! ¡Por aquí!», me llamó.

Yo le pregunté, al instante: «¿Es su marido quien se ha herido?»

«¡Entre, entre!», me dijo bastante brusca, sin darme tiempo a pensar. Y me tropecé con la vieja, que desde el pasillo se puso a chillar y acosarme. Una andanada.

«¡Si serán cabrones! ¡Si serán bandidos! ¡Doctor! ¡Han intentado matarme!»

Conque habían fracasado.

«¿Matarla? —dije yo, como muy sorprendido—. ¿Y por qué?»

«Porque no me decidía a diñarla bastante rápido, ¡no te fastidia! ¡Ni más ni menos! ¡La madre de Dios! ¡Ya lo creo que no quiero morirme!»

«¡Mamá! ¡Mamá! —la interrumpía la nuera—. ¡No está usted en su sano juicio! Pero, bueno, mamá, ¡le está usted contando cosas horribles al doctor!...»

«Cosas horribles, ¿verdad? Pues, mira, bicho, ¡tienes una cara como un templo! Conque no estoy en mi sano juicio, ¿eh? ¡Aún me queda bastante juicio para mandaros a todos a la horca! ¡Para que te enteres!»

«Pero, ¿quién es el herido? ¿Dónde está?»

«¡Ahora lo verá usted! —me cortó la vieja—. ¡Está ahí arriba, en la cama, el asesino! Y, además, la ha ensuciado bien, la cama, ¿eh, bicho? ¡Lo ha ensuciado bien, tu asqueroso colchón, con su cochina sangre! ¡Y no con la mía! ¡Sangre que debe de ser como basura! ¡No lo vas a acabar de lavar nunca! Va a apestar durante siglos a sangre de asesino, ¡ya verás tú! ¡Ah! ¡Hay gente que va al teatro en busca de emociones! Pero, mire, ¡está aquí, el teatro! ¡Está aquí, doctor! ¡Ahí arriba! ¡Y un teatro de verdad! ¡No fingido! ¡No vaya a quedarse sin sitio! ¡Suba rápido! ¡Tal vez esté muerto, ese cochino canalla, cuando llegue usted! Conque, ¡no va usted a ver nada!»

La nuera temía que la oyesen desde la calle y le ordenaba callar. Pese a las circunstancias, no me parecía demasiado desconcertada, la nuera, muy contrariada sólo porque las cosas hubiesen salido torcidas, pero seguía con su idea. Incluso estaba absolutamente convencida de haber tenido razón.

«Pero, bueno, ¿ha escuchado usted eso, doctor? Fíjese, ¡lo que hay que oír! ¡Yo que, al contrario, siempre he intentado facilitarle la vida! Bien lo sabe usted... Yo que siempre le he propuesto ingresarla en el asilo de las hermanitas...»

Sólo le faltaba eso, a la vieja, oír hablar otra vez de las hermanitas.

«¡Al Paraíso! Sí, puta, ¡allí queríais enviarme todos! ¡La muy canalla! ¡Y para eso lo hicisteis venir, tu marido y tú, al sinvergüenza ese de ahí arriba! Para matarme, ya lo creo, y no para enviarme con las hermanitas, ¡si lo sabré yo! Le ha salido el tiro por la culata, eso sí que sí, ¡que lo había preparado bien mal! Vaya, doctor, a ver cómo ha quedado, ese cabrón, y, además, ¡él solito se lo ha hecho!... ¡Y es de esperar que reviente! ¡Vaya, doctor! ¡Vaya a verlo, mientras está aún a tiempo!...»

Si la nuera no parecía desanimada, la vieja aún menos. Y eso que había estado a punto de no contarlo, pero no estaba tan indignada como aparentaba. Camelo. Aquel asesinato fallido la había estimulado más bien, la había sacado de aquella como tumba sombría en que se había recluido desde hacía tantos años, en el fondo del jardín enmohecido. A su edad, una vitalidad tenaz volvía a embargarla. Gozaba de modo indecente con su victoria y también con el placer de disponer de un medio de fastidiar, para siempre, a la agarrada de su nuera. Ahora la tenía en sus manos. No quería que se ocultara ni un solo detalle de aquel atentado fallido y de cómo había sucedido.

«Y, además —proseguía, dirigiéndose a mí, en el mismo tono exaltado—, fue en casa de usted, verdad, donde lo conocí, al asesino, en su casa de usted, señor doctor... ¡Y eso que desconfiaba de él!... ¡Vaya si desconfiaba!... ¿Sabes lo que me propuso primero? ¡Liquidarte a ti, chica! ¡A ti, bicho! ¡Y barato también! ¡Te lo aseguro! ¡Es que propone lo mismo a todo el mundo! ¡Ya se sabe!... Conque ya ves, desgraciada, ¡si sé yo bien a lo que se dedicaba tu compinche! ¡Si estoy informada, eh! ¡Robinson se llama!... ¿A ver si no? ¡Anda, di que no se llama así! En cuanto lo vi rondando por aquí con vosotros, sospeché en seguida... ¡Y bien que hice! ¿Dónde estaría ahora, si no hubiera desconfiado?»

Y la vieja me contó una y otra vez cómo había sucedido todo. El conejo se había movido, mientras él ataba el petardo junto a la puerta de la jaula. Entretanto, ella, la vieja, lo observaba desde su refugio, «¡en primera fila!», como ella decía. Y el petardo con todas las postas le había explotado en plena cara, mientras preparaba su truco, en sus propios ojos. «No se está tranquilo, al hacer un asesinato. ¡Como es lógico!», concluyó.

En fin, que había sido el colmo de la torpeza y del fracaso.

«¡Así los han vuelto, a los hombres de ahora! ¡Exacto! ¡A eso los acostumbran! —insistía la vieja—. ¡Ahora tienen que matar para comer! Ya no les basta con robar su pan sólo... ¡Y matar a abuelas, además!... Eso nunca se había visto... ¡Nunca!... ¡Es el fin del mundo! ¡Ya sólo piensan en hacer daño! Pero, ¡ahora estáis todos hasta el cuello en ese maleficio!... ¡Y ése está cie-

go ahora! ¡Y vais a tener que cargar con él para siempre!...
¿Eh?... ¡Y no vais a acabar de aprender bribonadas!...»

La nuera no rechistaba, pero ya debía de haber preparado su plan para salir del paso. Era una canalla reconcentrada. Mientras nosotros nos entregábamos a las reflexiones, la vieja se puso a buscar a su hijo por las habitaciones.

«Y, además, es cierto, ¡tengo un hijo, doctor! ¿Dónde se habrá ido a meter? ¿Qué más estará tramando?»

Oscilaba por el pasillo, presa de unas carcajadas que no acababan nunca.

Que un viejo se ría, y tan fuerte, es algo que apenas ocurre salvo en los manicomios. Es como para preguntarse, al oírlo, adónde vamos a ir a parar. Pero estaba empeñada en encontrar a su hijo. Se había escapado a la calle. «¡Muy bien! ¡Que se esconda y que viva mucho aún! ¡Le está bien empleado verse obligado a vivir con ese otro que está ahí arriba! ¡A vivir los dos juntos, con ése, que no va a ver más! ¡A alimentarlo! ¡Es que le ha explotado en plena jeta, su petardo! ¡Lo he visto yo! ¡Lo he visto todo! Así, ¡bum! ¡Es que lo he visto todo! Y no era un conejo, ¡se lo aseguro! ¡Huy, la Virgen! Pero, ¿dónde está mi hijo, doctor? ¿Dónde está? ¿No lo ha visto usted? Es un canalla de mucho cuidado, también ése, que siempre ha sido un hipócrita peor aún que el otro, pero ahora todo el horror ha acabado saliendo de su cochina persona, ¡menudo! ¡Ah! Tarda mucho en salir, ¡qué leche!, de una persona tan horrible. Pero, cuando sale, ¡es que ya es putrefacción de verdad! ¡No hay que darle vueltas, doctor! ¡No se lo pierda!» Y seguía divirtiéndose. También quería asombrarme con su superioridad ante los acontecimientos y confundirnos a todos de una vez, humillarnos, en una palabra.

Se había hecho con un papel favorable, que le proporcionaba emoción. Una felicidad inagotable. Mientras eres capaz aún de desempeñar un papel, tienes asegurada la felicidad. Las jeremiadas, para vejestorios, lo que le habían ofrecido desde hacía veinte años, la tenían harta, a la vieja Henrouille. Ese papel, que le habían brindado en bandeja, virulento, inesperado, ya no lo soltaba. Ser viejo es no encontrar ya un papel vehemente que desempeñar, es caer en un eterno e insípido «día sin función», donde ya sólo se espera la muerte. El gusto por la vida recuperaba, la vieja, de pronto, con un papel vehemente de revancha. De pronto, ya no quería morir, nunca. Con ese deseo de supervivencia, con esa afirmación, estaba radiante. Recuperar el fuego, un fuego de verdad en el drama.

Se caldeaba, ya no quería abandonarlo, el fuego nuevo, abandonarnos. Durante mucho tiempo, había dejado casi de creer en él. Había llegado a un punto en que ya no sabía qué hacer para no abandonarse a la muerte en el fondo de su absurdo jardín y, de repente, se veía envuelta, mira por dónde, en una tremenda tormenta de actualidad dura, bien a lo vivo.

«¡Mi muerte! –gritaba ahora la vieja Henrouille–. ¡Quiero verla, mi muerte! ¿Me oyes? ¡Tengo ojos, yo, para verla! ¿Me oyes? ¡Aún tengo ojos, yo! ¡Quiero verla bien!»

Ya no quería morir, nunca. Estaba claro. Ya no creía en su muerte.

Ya se sabe que esas cosas son siempre difíciles de arreglar y que arreglarlas cuesta siempre muy caro. Para empezar, no sabían siquiera dónde meter a Robinson. ¿En el hospital? Eso podía provocar mil habladurías, evidentemente, chismes... ¿Enviarlo a su casa? No había ni que pensar en eso tampoco, por el estado en que tenía la cara. Conque, con gusto o no, los Henrouille se vieron obligados a guardarlo en su casa.

A él, en la cama de la habitación de arriba, no le llegaba la camisa al cuerpo. Auténtico terror sentía de que lo pusieran en la puerta y lo denunciasen. Era comprensible. Era una de esas historias que no se podían, la verdad, contar a nadie. Mantenían las persianas de su cuarto bien cerradas, pero la gente, los vecinos, empezaron a pasar por la calle más a menudo que de costumbre, sólo para mirar los postigos y preguntar por el herido. Les daban noticias, les contaban trolas. Pero, ¿cómo impedir que se extrañaran? ¿Que chismorreasen? Conque exageraban la historia. ¿Cómo evitar las suposiciones? Por fortuna, aún no se había presentado ninguna denuncia concreta ante los tribunales. Ya era algo. En cuanto a su cara, yo hice lo que pude. No apareció ninguna infección y eso que la herida fue de lo más anfractuosa y sucia. En cuanto a los ojos, hasta en la córnea, yo preveía la existencia de cicatrices, a través de las cuales la luz no pasaría sino con mucha dificultad, si es que llegaba a pasar otra vez, la luz.

Ya buscaríamos un medio de arreglarle, mal que bien, la visión, si es que le quedaba algo que se pudiera arreglar. De momento, había que remediar la urgencia y sobre todo evitar que la vieja llegara a comprometernos a todos con sus chungos chillidos ante los vecinos y los curiosos. Ya podía pasar por loca, que eso no siempre explica todo.

Si la policía se ponía a examinar nuestras aventuras, sabe Dios adónde nos arrastraría, la policía. Impedir ahora a la vieja que se comportara escandalosamente en su patinillo constituía una empresa delicada. Teníamos que intentar calmarla, por turnos. No podíamos tratarla con violencia, pero la suavidad tampoco daba resultado siempre. Ahora la embargaba un sentimiento de venganza, nos hacía chantaje, sencillamente.

Yo iba a ver a Robinson, dos veces al día por lo menos. Gemía bajo las vendas, en cuanto me oía subir la escalera. Sufría, desde luego, pero no tanto como intentaba aparentar. Ya iba a tener motivos para afligirse, preveía yo, y mucho más aún cuando se diera cuenta exacta de cómo le habían quedado los ojos... Yo me mostraba bastante evasivo en relación con el porvenir. Los párpados le ardían mucho. Se imaginaba que era por esa comezón por lo que no veía.

Los Henrouille se habían puesto a cuidarlo muy escrupulosamente, según mis indicaciones. Por ese lado no había problema.

Ya no se hablaba del intento. Tampoco se hablaba del futuro. Cuando yo me despedía de ellos por la noche, nos mirábamos todos por turno y con tal insistencia todas las veces, que siempre me parecía inminente la posibilidad de que se suprimieran de una vez por todas unos a otros. Ese fin, pensándolo bien, me parecía lógico y oportuno. Las noches de aquella casa me resultaban difíciles de imaginar. Sin embargo, volvía a encontrármelos por la mañana y continuábamos juntos con las personas y las cosas donde nos habíamos quedado la noche anterior. La Sra. Henrouille me ayudaba a renovar el apósito con permanganato y entreabríamos un poco las persianas, para probar.

Todas las veces en vano. Robinson no advertía siquiera que acabábamos de entreabrirlas...

Así gira el mundo a través de la noche amenazadora y silenciosa.

Y el hijo me recibía todas las mañanas con una observación campesina: «Fíjese, doctor... ¡Ya son las últimas heladas!», comentaba lanzando los ojos al cielo bajo el pequeño peristilo. Como si eso tuviera importancia, el tiempo que hacía. Su mujer iba a intentar una vez más parlamentar con la suegra a través de la puerta atrancada y lo único que conseguía era aumentar su furia.

Mientras estuvo vendado, Robinson me contó cómo se había iniciado en la vida. En el comercio. Sus padres lo habían colocado, ya a los once años, en una zapatería de lujo para hacer recados. Un día que fue a entregar, una clienta lo invitó a gustar un placer que hasta entonces sólo había imaginado. No había vuelto nunca a casa del patrón, de tan abominable que le había parecido su propia conducta. En efecto, follarse a una clienta en la época de que hablaba era aún un acto imperdonable. Sobre todo la camisa de aquella clienta, de muselina pura, le había causado una impresión extraordinaria. Treinta años después, la recordaba exactamente, aquella camisa. Con la dama de los frufrús en su piso atestado de cojines y de cortinas con flecos, su carne rosa y perfumada, el pequeño Robinson se había llevado elementos para posteriores comparaciones desesperadas e interminables.

Sin embargo, muchas cosas habían sucedido después. Había visto continentes, guerras enteras, pero nunca se había recuperado del todo de aquella revelación. Pero le divertía volver a pensar en ello, volver a contarme esa especie de minuto de juventud que había tenido con la clienta. «Tener los ojos cerrados así hace pensar —comentaba—. Es como un desfile... Parece que tuvieras un cine en la chola...» Yo no me atrevía aún a decirle que iba a tener tiempo de cansarse de su cinillo. Como todos los pensamientos conducen a la muerte, llegaría un momento en que sólo la vería a ésa, en su cine.

Justo al lado del hotelito de los Henrouille funcionaba ahora una pequeña fábrica con un gran motor dentro. Hacía temblar el hotelito de la mañana a la noche. Y otras fábricas, un poco más allá, que martilleaban sin cesar, cosas y más cosas, hasta de noche. «Cuando caiga la choza, ¡ya no estaremos! —bromeaba Henrouille al respecto, un poco inquieto, de todos modos—. ¡Por fuerza acabará cayendo!» Era cierto que el techo se desgranaba ya sobre el suelo en cascotes pequeños. Por mucho que un arquitecto los hubiera tranquilizado, en cuanto te parabas a escuchar las cosas del mundo te sentías en su casa como en un barco, un barco que fuera de un temor a otro. Pasajeros encerrados y que pasaban mucho tiempo haciendo proyectos aún más tristes que la vida y economías también y, recelosos, además, de la luz y también de la noche.

Henrouille subía al cuarto después de comer para leerle un poco a Robinson, como yo le había pedido. Pasaban los días. La historia de aquella maravillosa clienta que había poseído en la época de su aprendizaje se la contó también a Henrouille. Y acabó siendo un motivo de risa general, la historia, para todo el mundo en la casa. Así acaban nuestros secretos, en cuanto los aireamos en público. Lo único terrible en nosotros y en la tierra y en el cielo acaso es lo que aún no se ha dicho. No estaremos tranquilos hasta que no hayamos dicho todo, de una vez por todas, entonces quedaremos en silencio por fin y ya no tendremos miedo a callar. Listo.

Durante las semanas que aún duró la supuración de los párpados, pude entretenerlo con cuentos sobre sus ojos y el porvenir. Unas veces decíamos que la ventana estaba cerrada, cuando, en realidad, estaba abierta de par en par; otras veces, que estaba muy obscuro fuera.

Sin embargo, un día, estando yo vuelto de espaldas, fue hasta la ventana él mismo para darse cuenta y, antes de que yo pudiera impedírselo, se había quitado las vendas de los ojos. Vaciló un momento. Tocaba, a derecha e izquierda, los montantes de la ventana, se negaba a creer, al principio, y, después, no le quedó más remedio que creer, de todos modos. Qué remedio.

«¡Bardamu! —me gritó entonces—. ¡Bardamu! ¡Está abierta, la ventana! ¡Te digo que está abierta!» Yo no sabía qué responderle, me quedé como un imbécil allí delante. Tenía los dos brazos extendidos por la ventana, al aire fresco. No veía nada, evidentemente, pero sentía el aire. Los alargaba entonces, sus brazos, así, en su obscuridad, todo lo que podía, como para tocar el final. No lo quería creer. Obscuridad para él solito. Volví a conducirlo hasta la cama y le di nuevos consuelos, pero ya no me creía. Lloraba. Había llegado al final él también. Ya no se le podía decir nada. Llega un momento en que estás completamente solo, cuando has alcanzado el fin de todo lo que te puede suceder. Es el fin del mundo. La propia pena, la tuya, ya no te responde nada y tienes que volver atrás entonces, entre los hombres, sean cuales fueren. No eres exigente en esos momentos, pues hasta para llorar hay que volver adonde todo vuelve a empezar, hay que volver a reunirse con ellos.

«Entonces, ¿qué van a hacer ustedes con él, cuando mejore?», pregunté a la nuera durante el almuerzo que siguió a aquella escena. Precisamente me habían pedido que me quedara a comer con ellos, en la cocina. En el fondo, no sabían demasiado bien, ninguno de los dos, cómo salir de aquella situación. El desembolso de una pensión los espantaba, sobre todo a ella, mejor informada aún que él sobre los precios de los subsidios para impedidos. Incluso había hecho ya algunas gestiones ante la Asistencia Pública. Gestiones de las que procuraban no hablarme.

Una noche, después de mi segunda visita, Robinson intentó retenerme junto a él por todos los medios, para que me fuera un poco más tarde aún. No acababa de contar todo lo que se le ocurría, recuerdos de las cosas y los viajes que habíamos hecho juntos, incluso de lo que aún no habíamos intentado recordar. Se acordaba de cosas que aún no habíamos tenido tiempo de evocar. En su retiro, el mundo que habíamos recorrido parecía afluir con todas las quejas, las amabilidades, los trajes viejos, los amigos de los que nos habíamos separado, una auténtica leonera de emociones trasnochadas que inauguraba en su cabeza sin ojos.

«¡Me voy a matar!», me avisaba, cuando su pena le parecía demasiado grande. Y después conseguía avanzar un poco más, de todos modos, con su pena, como una carga demasiado pesada para él, infinitamente inútil, por un camino en el que no encontraba a nadie a quien hablar de ella, de tan enorme y múltiple que era. No habría sabido explicarla, era una pena que superaba su instrucción.

Cobarde como era, yo lo sabía, y él también, por naturaleza, aún abrigaba la esperanza de que lo salvaran de la verdad, pero, por otro lado, yo empezaba a preguntarme si existía en alguna parte gente cobarde de verdad... Parece que siempre se puede encontrar, para cualquier hombre, un tipo de cosas por las que está dispuesto a morir y al instante y bien contento, además. Sólo, que no siempre se presenta su ocasión, de morir tan ricamente, la ocasión a su gusto. Entonces se va a morir como puede, en alguna parte... Se queda ahí, el hombre, en la tierra con aspecto de alelado, además, y de cobarde para todo el mundo, pero sin convencimiento, y se acabó. Es sólo apariencia, la cobardía.

Robinson no estaba dispuesto a morir en la ocasión que se le presentaba. Tal vez presentada de otro modo le hubiera gustado mucho más.

En resumen, la muerte es algo así como una boda.

Esa muerte no le gustaba en absoluto y se acabó. No había más que hablar.

Conque iba a tener que resignarse a aceptar su hundimiento y desamparo. Pero de momento estaba del todo ocupado, del todo apasionado, embadurnándose el alma de modo repulsivo con su desgracia y su desamparo. Más adelante, pondría orden en su desgracia y entonces empezaría una nueva vida de verdad. Qué remedio.

«Créeme, si quieres —me recordaba, zurciendo retazos de memoria así, por la noche, después de cenar—, pero, mira, en inglés, aunque nunca he tenido demasiada facilidad para las lenguas, había llegado, de todos modos, a poder sostener una pequeña conversación, al final, en Detroit... Bueno, pues, ahora ya casi he olvidado todo, todo salvo una cosa... Dos palabras... Que me vienen a la cabeza todo el tiempo desde que me ocurrió esto en los ojos: *Gentlemen first!* Es casi lo único que puedo decir ahora de inglés, no sé por qué... Desde luego, es fácil de recordar... *Gentlemen first!* Y, para intentar hacerlo cambiar de ideas, nos divertíamos hablando juntos inglés de nuevo. Entonces repetíamos, pero a menudo: *Gentlemen first!* a tontas y a locas, como idiotas. Un chiste exclusivo para nosotros. Acabamos enseñándoselo al propio Henrouille, que subía de vez en cuando a vigilarnos.

Al remover los recuerdos, nos preguntábamos qué quedaría aún de todo aquello... Lo que habíamos conocido juntos... Nos preguntábamos qué habría sido de Molly, nuestra buena Molly... A Lola, en cambio, quería olvidarla, pero, a fin de cuentas, me habría gustado tener noticias de todas, aun así, de la pequeña Musyne también, de paso... Que no debía de vivir demasiado lejos, en París, ahora. Al lado, vamos... Pero habría tenido que emprender auténticas expediciones, de todos modos, para tener noticias de Musyne... Entre tanta gente, cuyos nombres, trajes, costumbres, direcciones había olvidado y cuyas amabilidades y sonrisas incluso, después de tantos años de preocupaciones, de ansias de comida, debían de haberse vuelto como quesos viejos a fuerza de muecas penosas... Los propios recuerdos tienen su juventud... Se convierten, cuando los dejas enmohecer, en fantasmas repulsivos, que no rezuman sino egoísmo, vanidades y mentiras... Se pudren como manzanas... Conque nos hablábamos de nuestra juventud, la saboreábamos y volvíamos a saborear. Desconfiábamos. A mi madre, por cierto, llevaba mucho sin ir a verla... Y esas visitas no me sentaban nada bien en el sistema nervioso... Era peor que yo, para la tristeza, mi madre... Siempre en el cuchitril de su tienda, parecía acumular todas las decepciones que podía a su alrededor después de tantos y tantos años... Cuando iba a verla, me contaba: «Mira, la tía Hortense murió hace dos meses en Coutances... Ya podrías haber ido... Y Clémentin, ¿sabes quién digo?... ¿El encerador que jugaba contigo, cuando eras pequeño?... Bueno, pues, a ése lo recogieron antes de ayer en la Rue d'Aboukir... No había comido desde hacía tres días...».

La infancia, la suya, no sabía Robinson por dónde cogerla, cuando pensaba en ella, pues menos alegre era difícil de imaginar. Aparte del episodio con la clienta, no encontraba en ella nada que no lo desesperara hasta vomitar en los rincones, como en una casa donde no hubiera sino cosas repugnantes y que apestasen, escobas, cubos, adefesios, bofetadas... El señor Henrouille no tenía nada que contar de la suya hasta la mili, salvo que en aquella época le habían hecho la foto de chorchi con borla y que seguía aún ahora, esa foto, justo encima del armario de luna.

Cuando Henrouille había vuelto a bajar, Robinson me comunicaba su miedo a no cobrar ahora sus diez mil francos prometidos... «En efecto, ¡no cuentes demasiado con ellos!», le decía yo mismo. Prefería prepararlo para esa otra decepción.

Trocitos de plomo, lo que quedaba de la descarga, afloraban en los bordes de las heridas. Yo se los quitaba por etapas, unos pocos cada día. Le hacía mucho daño, cuando le hurgaba así justo por encima de las conjuntivas.

En vano habíamos tomado toda clase de precauciones, la gente del barrio se había puesto a hablar, de todos modos, con ganas. Por fortuna, Robinson no tenía idea de esas habladurías, se habría puesto aún más enfermo. Estábamos, ni que decir tiene, envueltos en sospechas. Henrouille hija hacía cada vez menos ruido al recorrer la casa en zapatillas. No contabas con ella y te la encontrabas a tu lado.

Ahora que estábamos en medio de los arrecifes, la menor duda bastaría ahora para hacernos zozobrar a todos. Todo iría entonces a reventar, resquebrajarse, chocar, deshacerse y desparramarse por la orilla. Robinson, la abuela, el petardo, el conejo, los ojos, el hijo inverosímil, la nuera asesina, quedaríamos desplegados ahí, entre todas nuestras basuras y nuestros cochinos pudores, ante los curiosos estremecidos. Yo no las tenía todas conmigo. No es que hubiera hecho nada, yo, verdaderamente criminal. Era sobre todo culpable por desear en el fondo que todo aquello continuara. E incluso no veía ya inconveniente en que nos fuéramos todos juntos a pasear cada vez más lejos en la noche.

Pero es que no había necesidad siquiera de desear, la cosa seguía sola, ¡y a escape, además!

Los ricos no necesitan matar en persona para jalar. Dan trabajo a los demás, como ellos dicen. No hacen el mal en persona, los ricos. Pagan. Se hace todo lo posible para complacerlos y todo el mundo muy contento. Mientras que sus mujeres son bellas, las de los pobres son feas. Es así desde hace siglos, aparte de los vestidos elegantes. Preciosas, bien alimentadas, bien lavadas. Desde que el mundo es mundo, no se ha llegado a otra cosa.

En cuanto al resto, en vano te esfuerzas, resbalas, patinas, vuelves a caer en el alcohol, que conserva a los vivos y a los muertos, no llegas a nada. Está más que demostrado. Y desde hace tantos siglos que podemos observar nuestros animales nacer, penar y cascar ante nosotros, sin que les haya ocurrido, tampoco a ellos, nada extraordinario nunca, salvo reanudar sin cesar el mismo fracaso insípido donde tantos otros animales lo habían dejado. Sin embargo, deberíamos haber comprendido lo que ocurría. Oleadas incesantes de seres inútiles vienen desde el fondo de los tiempos a morir sin cesar ante nosotros y, sin embargo, seguimos ahí, esperando cosas... Ni siquiera para pensar la muerte servimos.

Las mujeres de los ricos, bien alimentadas, bien engañadas, bien descansadas, ésas, se vuelven bonitas. Eso es cierto. Al fin y al cabo, tal vez eso baste. No se sabe. Sería al menos una razón para existir.

«Las mujeres en América, ¿no te parece que eran más bellas que las de aquí?» Cosas así me preguntaba, Robinson, desde que daba vueltas a los recuerdos de los viajes. Sentía curiosidades, se ponía a hablar incluso de las mujeres.

Ahora yo iba a verlo un poco menos a menudo, porque fue por aquella época cuando me destinaron a la consulta de un pequeño dispensario para tuberculosos de la vecindad. Hay que llamar las cosas por su nombre, con eso me ganaba ochocientos francos al mes. Los enfermos eran sobre todo gente de las chabolas, esa como aldea que nunca consigue desprenderse del todo del barro, encajonada entre las basuras y bordeada de senderos donde las chavalas demasiado despiertas y mocosas hacen novillos para pescar, junto a las vallas, de un sátiro a otro, un franco, patatas fritas y la blenorragia. País de cine de vanguardia, donde la ropa sucia infesta los árboles y todas las ensaladas chorrean orina los sábados por la noche. En mi terreno, no hice, durante aquellos meses de práctica especializada, ningún milagro. Y, sin embargo, había gran necesidad de milagros. Pero a mis clientes no les interesaba que yo hiciera milagros; contaban, al contrario, con su tuberculosis para que los pasaran del estado de miseria absoluta en que se asfixiaban desde siempre al de miseria relativa que confieren las minúsculas pensiones del Estado. Arrastraban sus esputos más o menos positivos de licencia en licencia desde la guerra. Adelgazaban a fuerza de fiebre mantenida por la poca comida, los muchos vómitos, la enormidad de vino y el trabajo, de todos modos, un día de cada tres, a decir verdad.

La esperanza de la pensión los poseía en cuerpo y alma. Les llegaría un día, como la gracia, la pensión, con tal de que tuvieran fuerza para esperar un poco aún, antes de cascarla del todo. No se sabe lo que es volver y esperar algo hasta que no se ha observado lo que pueden llegar a esperar y volver los pobres que esperan una pensión.

Pasaban tardes y semanas enteras esperando, en la entrada y en el umbral de mi miserable dispensario, mientras fuera llovía, y removiendo sus esperanzas de porcentajes, sus deseos de esputos francamente bacilares, esputos de verdad, esputos tuberculosos «ciento por ciento». La curación venía mucho después que la pensión en sus esperanzas; también pensaban, desde luego, en la curación, pero apenas, hasta tal punto los embelesaba el deseo de ser rentistas, un poquito rentistas, en cualesquiera condiciones. Ya no podían existir en ellos, aparte de ese deseo intransigente, definitivo, sino pequeños deseos subalternos y su propia muerte se volvía, en comparación, algo bastante accesorio, un riesgo deportivo como máximo. La muerte, al fin y al cabo, no es sino cuestión de unas horas, de minutos incluso, mientras que una renta es como la miseria, algo que dura toda la vida. Los ricos se emborrachan de otro modo y no pueden llegar a comprender esos frenesíes por la seguridad. Ser rico es otra embriaguez, es olvidar. Para eso incluso es para lo que se llega a rico, para olvidar.

Poco a poco había perdido yo la costumbre de prometerles la salud, a mis enfermos. No podía alegrarlos demasiado, la perspectiva de estar bien de salud. Al fin y al cabo, estar bien de salud no es sino un apaño. Sirve para trabajar, la salud, ¿y qué más? Mientras que una pensión del Estado, aun ínfima, es algo divino, pura y simplemente.

Cuando no se tiene dinero para ofrecer a los pobres, más vale callarse. Cuando se les habla de otra cosa, y no de dinero, se los engaña, se miente, casi siempre. Los ricos son fáciles de divertir, con simples espejos, por ejemplo, para que en ellos se contemplen, ya que no hay nada mejor en el mundo para mirar que los ricos. Para reanimarlos, se los eleva, a los ricos, cada diez años, a un grado más de la Legión de Honor, como una teta vieja, y ya los tenemos ocupados durante otros diez años. Y listo. Mis clientes, en cambio, eran unos egoístas, pobres, materialistas encerrados en sus cochinos proyectos de retiro, mediante el esputo sangrante y positivo. El resto les daba por completo igual. Hasta las estaciones les daban igual. De las estaciones sólo sentían y querían saber lo relativo a la tos y la enfermedad, que en invierno, por ejemplo, te acatarras mucho más que en verano, pero que en primavera, en cambio, escupes sangre con facilidad y que durante los calores puedes llegar a perder tres kilos por semana... A veces los oía hablarse entre ellos, cuando creían que yo no estaba, mientras esperaban su turno. Contaban sobre mí horrores sin fin y mentiras como para quedarse turulato. Criticarme así debía de animarlos, infundirles qué sé yo qué valor misterioso, que necesitaban para ser cada vez más implacables, resistentes y malvados pero bien, para durar, para resistir. Hablar mal así, maldecir, menospreciar, amenazar, les sentaba bien, era como para pensarlo. Y, sin embargo, había hecho todo lo posible, yo, para serles agradable, por todos los medios; estaba de su parte e intentaba serles útil, les daba mucho yoduro para hacerles escupir sus cochinos bacilos y todo ello sin conseguir nunca neutralizar su mala leche...

Se quedaban ahí delante de mí, sonrientes como criados, cuando les hacía preguntas, pero no me querían, en primer lugar porque los ayudaba, y también porque no era rico y recibir mis cuidados quería decir recibirlos gratis y eso nunca es halagador para un enfermo, ni siquiera para el que está pendiente de conseguir una pensión. Por detrás no había, pues, perrerías que no hubiesen propagado sobre mí. Tampoco tenía auto yo, al contrario que la mayoría de los demás médicos de los alrededores, y era también como una invalidez, en su opinión, que fuese a pie. En cuanto los excitaban un poco, a mis enfermos, y los colegas no perdían ocasión de hacerlo, se vengaban, parecía, de toda mi amabilidad, de que fuera tan servicial, tan solícito. Todo eso es normal. El tiempo pasaba, de todos modos.

Una noche, cuando mi sala de espera estaba casi vacía, entró un sacerdote a hablar conmigo. Yo no lo conocía, a aquel cura, estuve a punto de ponerlo de patitas en la calle. No me gustaban los curas, tenía mis razones, sobre todo desde que me habían hecho la faena del embarque en San Tapeta. Pero aquél, en vano me esforzaba por reconocerlo, para darle un rapapolvo a ciencia cierta, la verdad es que no lo había visto nunca. Y, sin embargo, de noche debía de circular con frecuencia por Rancy, pues era de la vecindad. ¿Sería que me evitaba cuando salía? Lo pensé. En fin, debían de haberle avisado de que a mí no me gustaban los curas. Se notaba por el modo furtivo como inició el palique. Conque nunca nos habíamos tropezado en torno a los mismos enfermos. Servía en una iglesia de allí al lado, desde hacía veinte años, según me dijo. Fieles había a montones, pero no muchos que le pagaran. Pordiosero, más que nada, en una palabra. Eso nos aproximaba. La sotana que lo cubría me pareció un ropaje muy incómodo para deambular en el fango de las chabolas. Se lo comenté. Insistí incluso en la extravagante incomodidad de semejante atuendo.

«¡Se acostumbra uno!», me respondió.

La impertinencia de mi comentario no le quitó las ganas de mostrarse más amable aún. Evidentemente, venía a pedirme algo. Su voz apenas se elevaba sobre una monotonía confidencial, que se debía, así me imaginé al menos, a su profesión. Mientras hablaba, prudente y preliminar, yo intentaba imaginarme lo que debía de hacer, aquel cura, para ganarse sus calorías, montones de muccas y promesas, del estilo de las mías... Y después me lo imaginaba, para divertirme, desnudo ante su altar... Así es como hay que acostumbrarse a transponer desde el primer momento a los hombres que vienen a visitarte, los comprendes mucho más rápido después, disciernes al instante en cualquier personaje su realidad de enorme y ávido gusano. Es un buen truco de la imaginación. Su cochino prestigio se disipa, se evapora. Desnudo ante ti ya no es, en una palabra, sino una alforja petulante y jactanciosa que se afana farfullando, fútil, en un estilo o en otro. Nada resiste a esa prueba. Sabes a qué atenerte al instante. Ya sólo quedan las ideas y las ideas nunca dan miedo. Con ellas nada está perdido, todo se arregla. Mientras que a veces es difícil soportar el prestigio de un hombre vestido. Conserva la tira de pestes y misterios en la ropa.

Tenía dientes pésimos, el padre, podridos, ennegrecidos y rodeados de sarro verdusco, una piorrea alveolar curiosita, en una palabra. Iba yo a hablarle de su piorrea, pero estaba demasiado ocupado contándome cosas. No cesaban de rezumar, las cosas que me decía, contra sus raigones, a impulsos de una lengua todos cuyos movimientos espiaba yo. Lengua desollada, la suya, en numerosas zonas minúsculas de sus sanguinolentos bordes.

Yo tenía la costumbre, e incluso el placer, de esas observaciones íntimas y meticulosas. Cuando te detienes a observar, por ejemplo, el modo como se forman y profieren las palabras, no resisten nuestras frases al desastre de su baboso decorado. Es más complicado y más penoso que la defecación, nuestro esfuerzo mecánico de la conversación. Esa corola de carne abotargada, la boca, que se agita silbando, aspira y se debate, lanza toda clase de sonidos viscosos a través de la hedionda barrera de la caries dental, ¡qué castigo! Y, sin embargo, eso es lo que nos exhortan a transponer en ideal. Es difícil. Puesto que no somos sino recintos de tripas tibias y a medio pudrir, siempre tendremos dificultades con el sentimiento. Enamorarse no es nada, permanecer juntos es lo difícil. La basura, en cambio, no pretende durar ni crecer. En ese sentido, somos mucho más desgraciados que la mierda, ese empeño de perseverar en nuestro estado constituye la increíble tortura.

Está visto que no adoramos nada más divino que nuestro olor. Toda nuestra desgracia se debe a que debemos seguir siendo Jean, Pierre o Gaston, a toda costa, durante años y años. Este cuerpo nuestro, disfrazado de moléculas agitadas y triviales, se revela todo el tiempo contra esta farsa atroz del durar. Quieren ir a perderse, nuestras moléculas, ¡ricuras!, lo más rápido posible, en el universo. Sufren por ser sólo «nosotros», cornudos del infinito. Estallaríamos, si tuviéramos valor; no hacemos sino flaquear día tras día. Nuestra tortura querida está encerrada ahí, atómica, en nuestra propia piel, con nuestro orgullo.

Como yo callaba, consternado por la evocación de esas ignominias biológicas, el padre creyó tenerme en el bote y aprovechó incluso para mostrarse de lo más condescendiente y familiar conmigo. Evidentemente, se había informado sobre mí por adelantado. Con infinitas precauciones, abordó el vidrioso tema de mi reputación médica en la vecindad. Habría podido ser mejor, me dio a entender, mi reputación, si hubiera actuado de modo muy distinto al instalarme y ello desde los primeros momentos de mi ejercicio en Rancy. «Los enfermos, querido doctor, no lo olvidemos nunca, son en principio conservadores... Temen, como es fácil de comprender, que lleguen a faltarles la tierra y el cielo...»

Según él, yo debería, pues, haberme aproximado desde el principio a la Iglesia. Tal era su conclusión de orden espiritual y práctico también. No era mala idea. Yo me guardaba bien de interrumpirlo, pero esperaba con paciencia que fuera al grano respecto a los motivos de su visita.

Para un tiempo triste y confidencial no se podía pedir nada mejor que el que hacía fuera. Era tan feo el tiempo, y de modo tan frío, tan insistente, como para pensar que ya no volveríamos a ver nunca el resto del mundo al salir, que se habría deshecho, el mundo, asqueado.

Mi enfermera había logrado, por fin, rellenar sus fichas, todas sus fichas, hasta la última. Ya no tenía excusa alguna para quedarse allí escuchándonos. Conque se marchó, pero muy molesta, dando un portazo tras sí, a través de una furiosa bocanada de lluvia.

Durante la conversación, aquel cura dio su nombre, padre Protiste se llamaba. Me comunicó, de reticencias en reticencias, que hacía ya un tiempo que realizaba gestiones junto con Henrouille hija con vistas a colocar a la vieja y a Robinson, los dos juntos, en una comunidad religiosa, una barata. Aún estaban buscando.

Mirándolo bien, habría podido pasar, el padre Protiste, por un empleado de comercio, como los demás, tal vez incluso por un jefe de departamento, mojado, verdoso y resecado cien veces. Era plebeyo de verdad por la humildad de sus insinuaciones. Por el aliento también. Yo no me equivocaba casi nunca con los alientos. Era un hombre que comía demasiado de prisa y bebía vino blanco.

Henrouille nuera, me contó, para empezar, había ido a verlo al presbiterio, poco después del atentado, para que los sacara del tremendo apuro en que acababan de meterse. A mí me parecía, mientras contaba eso, que buscaba excusas, explicaciones, parecía como avergonzarse de aquella colaboración. No valía la pena, la verdad, que se andara con remilgos por mí. Comprende uno las cosas. Había venido a vernos de noche. Y se acabó. ¡Peor para él, además! Una como cochina audacia se había apoderado de él también, poco a poco, con el dinero. ¡Allá él! Como todo mi dispensario estaba en completo silencio y la noche caía sobre las chabolas, bajó entonces la voz del todo para hacerme sus confidencias sólo a mí. Pero, de todos modos, en vano susurraba, todo lo que me contaba me parecía, pese a todo, inmenso, insoportable, por la calma, seguramente, que nos rodeaba, como llena de ecos. ¿Acaso dentro de mí sólo? ¡Chsss!, me daban ganas de apuntarle todo el tiempo, en el intervalo entre las palabras que pronunciaba. De miedo me temblaban un poco los labios incluso y al final de las frases dejaba de pensar.

Ahora que se había unido a nuestra angustia, ya no sabía demasiado cómo hacer, el cura, para avanzar detrás de nosotros cuatro en la negrura. Una pequeña pandilla. ¿Quería saber cuántos éramos ya en la aventura? ¿Adónde íbamos? Para poder, también él, coger la mano de los nuevos amigos hacia ese final que tendríamos que alcanzar todos juntos o nunca. Ahora éramos del mismo viaje. Aprendía a andar en la noche, el cura, como nosotros, como los otros. Tropezaba aún. Me preguntaba qué debía hacer para no caer. ¡Que no viniera, si tenía miedo! Llegaríamos al final juntos y entonces sabríamos lo que habíamos ido a buscar en la aventura. La vida es eso, un cabo de luz que acaba en la noche.

Y, además, puede que no lo supiéramos nunca, que no encontrásemos nada. Eso es la muerte.

La cuestión de momento era avanzar bien a tientas. Por lo demás, desde el punto al que habíamos llegado ya no podíamos retroceder. No había opción. Su cochina justicia con sus leyes estaba por todos lados, en la esquina de cada corredor. Henrouille hija llevaba de la mano a la vieja y su hijo y yo a ellas y a Robinson también. Estábamos juntos. Exacto. Le expliqué todo eso en seguida al cura. Y comprendió.

Quisiéramos o no, en el punto en que nos encontrábamos ahora, no habría sido plato de gusto que nos hubieran sorprendido y descubierto los transeúntes, le dije también al cura, e insistí mucho en eso. Si nos encontrábamos con alguien, tendríamos que aparentar que íbamos de paseo, como si tal cosa. Ésa era la consigna. Conservar la naturalidad. Así, pues, el cura ahora sabía todo, comprendía todo. Me estrechaba la mano con fuerza, a su vez. Tenía mucho miedo, como es lógico, él también. Los comienzos. Vacilaba, farfullaba incluso como un inocente. Ya no había camino ni luz en el punto en que nos encontrábamos, sólo prudencia en su lugar y que nos pasábamos de unos a otros y en la que no creíamos demasiado tampoco. Nada recoge las palabras que se dicen en esos casos para tranquilizarse. El eco no devuelve nada, has salido de la Sociedad. El miedo no dice ni sí ni no. Recoge todo lo que se dice, el miedo, todo lo que se piensa, todo.

Ni siquiera sirve en esos casos desorbitar los ojos en la obscuridad. Es horror inútil y se acabó. Se ha apoderado de todo, la noche, y hasta de las miradas. Te deja vacío. Hay que cogerse de la mano, de todos modos, para no caer. La gente de la luz ya no te comprende. Estás separado de ella por todo el miedo y permaneces aplastado por él hasta el momento en que la cosa acaba de un modo o de otro y entonces puedes reunirte por fin con esos cabrones de todo un mundo en la muerte o en la vida.

Lo que tenía que hacer el padre de momento era ayudarnos y espabilarse para aprender, era su currelo. Y, además, que había venido, sólo para eso, ocuparse de la colocación de la tía Henrouille, para empezar, y a escape, y de Robinson también, al tiempo, en donde las hermanitas de provincias. Le parecía posible, y a mí también, por cierto, ese arreglo. Sólo, que habría que esperar meses para una vacante y nosotros no podíamos esperar más. Hartos estábamos.

La nuera tenía toda la razón: cuanto antes, mejor. ¡Que se fueran! ¡Que nos viésemos libres de ellos! Conque Protiste estaba probando otro arreglo. Parecía, reconocí al instante, de lo más ingenioso. Y, además, que entrañaba una comisión para los dos, para el cura y para mí. El arreglo tenía que decidirse sin tardanza y yo debía desempeñar mi modesto papel. El consistente en convencer a Robinson para que se marchara al Mediodía, aconsejarlo al respecto y de forma totalmente amistosa, por supuesto, pero apremiante, de todos modos.

Al no conocer todos los entresijos del arreglo de que hablaba el cura, tal vez debería haberme reservado la opinión, haber exigido garantías para mi amigo, por ejemplo... Pues, al fin y al cabo, era, pensándolo bien, un arreglo muy raro el que nos presentaba, el padre Protiste. Pero estábamos todos tan apremiados por las circunstancias, que lo esencial era no perder tiempo. Prometí todo lo que deseaban, mi apoyo y el secreto. Aquel Protiste parecía estar de lo más acostumbrado a las circunstancias delicadas de ese género y yo tenía la sensación de que me iba a facilitar mucho las cosas.

¿Por dónde empezar, ante todo? Había que organizar una marcha discreta para el Mediodía. ¿Qué pensaría, Robinson, del Mediodía? Y, además, la marcha con la vieja, a la que había estado a punto de asesinar... Yo insistiría... ¡Y listo!... No le quedaba más remedio que aceptar, y por toda clase de razones, no todas demasiado positivas, pero sólidas todas.

Para oficio raro, el que les habían buscado a Robinson y a la vieja en el Mediodía lo era y raro de verdad. En Toulouse era. ¡Ciudad bonita, Toulouse! Por cierto, ¡que la íbamos a ver! ¡Íbamos a ir a verlos, allí! Quedamos en que yo iría a Toulouse, en cuanto estuvieran instalados, en su casa y en su currelo y todo.

Y después, pensándolo bien, me fastidiaba que se marchara tan pronto Robinson, allí, y al mismo tiempo me daba mucho gusto, sobre todo porque por una vez me ganaba un beneficio curiosito y de verdad. Me iban a dar mil francos. Así estaba convenido también. Lo único que tenía que hacer era convencer a Robinson para que se fuese al Mediodía, asegurándole que no había clima mejor para las heridas de sus ojos, que allí estaría la mar de bien y que, en una palabra, tenía una potra que para qué de salir tan bien librado. Era el modo de decidirlo.

Tras cinco minutos de reflexionar así, ya estaba yo del todo convencido y preparado para una entrevista decisiva. A hierro caliente, batir de repente, ésa es mi opinión. Al fin y al cabo, no iba a estar peor allí que aquí. La idea que había tenido aquel Protiste parecía, pensándolo bien, muy razonable, la verdad. Esos curas saben, qué caramba, apagar los peores escándalos.

Un comercio tan decente como cualquier otro, eso era lo que les ofrecían a Robinson y a la vieja en definitiva. Una especie de sótano con momias era, si no había entendido yo mal. Dejaban visitarlo, el sótano bajo una iglesia, a cambio de un óbolo. Turistas. Y todo un negocio, me aseguraba Protiste. Ya estaba yo casi convencido y al instante un poco envidioso. No se presenta todos los días la oportunidad de hacer trabajar a los muertos.

Cerré el dispensario y nos dirigimos a casa de los Henrouille, bien decididos, el cura y yo, por entre los charcos. Era una novedad, pero lo que se dice una novedad. ¡Mil francos de esperanza! Yo había cambiado de opinión sobre el cura. Al llegar al hotelito, encontramos a los esposos Henrouille junto a Robinson, en la alcoba del primer piso. Pero, ¡en qué estado, Robinson!

«¡Ya estás aquí! —fue y me dijo con el alma en vilo, en cuanto me oyó subir—. ¡Siento que va a pasar algo!... ¿Es verdad?», me preguntó jadeando.

Y ya lo teníamos otra vez lloriqueando antes de que yo hubiese podido decir una palabra siquiera. Los otros, los Henrouille, me hacían señas, mientras Robinson pedía socorro: «¡Menudo lío! —me dije—. ¡Qué prisas tienen ésos!... ¡Siempre con excesivas prisas! ¿Habrán levantado la liebre así, en frío?... ¿Sin preparación? ¿Sin esperarme?...»

Por fortuna, pude presentar de nuevo, por así decir, el asunto con otras palabras. No pedía otra cosa tampoco Robinson, un nuevo aspecto de las mismas cosas. Eso bastaba. El cura seguía en el pasillo, no se atrevía a entrar en la habitación. Iba y venía, sin parar, de canguelo.

«¡Entre! —le invitó, sin embargo, la hija, al final—. ¡Entre, hombre! ¡No molesta usted ni mucho menos, padre! Sorprende usted a una pobre familia en plena desgracia, ¡nada más!... ¡El médico y el cura! ¿Acaso no es así siempre en los momentos dolorosos de la vida?»

Se ponía a hacer frases grandilocuentes. Las nuevas esperanzas de salir del tomate y de la noche eran las que la volvían lírica, a aquella puta, a su cochina manera.

El desamparado cura había perdido todos sus recursos y se puso a farfullar de nuevo, al tiempo que permanecía a cierta distancia del enfermo. Su emocionado farfulleo se le pegó a Robinson, quien volvió a entrar en trance: «¡Me engañan! ¡Me engañan todos!», gritaba.

Cháchara, vamos, y, además, sobre simples apariencias. Emociones. Siempre lo mismo. Pero eso me reanimó a mí, me devolvió la cara dura. Me llevé a Henrouille hija a un rincón y le puse francamente las cartas boca arriba, porque veía que el único hombre allí capaz de sacarlos del apuro era de nuevo mi menda, a fin de cuentas. «¡Un anticipo! —fui y le dije a la hija—. Y ahora mismo, ¡mi anticipo!» Cuando ya se ha perdido la confianza, no hay razón para andarse con rodeos, como se suele decir. Comprendió y me puso un billete de mil francos en toda la mano y otro más para mayor seguridad. Me había impuesto con autoridad. Entonces me puse a convencerlo, a Robinson, ya que estaba. Tenía que resignarse a marchar al Mediodía.

Traicionar, se dice pronto. Pero es que hay que aprovechar la ocasión. Es como abrir una ventana en una cárcel, traicionar. Todo el mundo lo desea, pero es raro que se consiga.

Una vez que Robinson se hubo marchado de Rancy, estuve convencido de que la vida iba a cambiar, de que tendría, por ejemplo, unos pocos más enfermos que de costumbre, y resulta que no. Primero, sobrevino el paro, la crisis, en la vecindad y eso es lo peor. Y, además, el tiempo se volvió, pese al invierno, suave y seco, mientras que el húmedo y frío es el que necesitamos para la medicina. Epidemias tampoco; en fin, una estación contraria, un buen fracaso.

Vi incluso a colegas que iban a hacer sus visitas a pie, con eso está dicho todo, divertidos en apariencia con el paseo, pero muy molestos, en realidad, y sólo por no sacar los autos, por economía. Por mi parte, yo sólo tenía un impermeable para salir. ¿Sería por eso por lo que pesqué un catarro tan tenaz? ¿O era que me había acostumbrado de verdad a comer demasiado poco? Todo era posible. ¿Sería que me habían vuelto las fiebres? En fin, el caso es que, por haber cogido un poco de frío, justo antes de la primavera, me puse a toser sin parar, más enfermo que la leche. Un desastre. Una mañana me resultó del todo imposible levantarme. Justo entonces pasaba por delante de mi puerta la tía de Bébert. La mandé llamar. Subió. La envié al instante a cobrar una pequeña cantidad que aún me debían en el barrio. La única, la última. Esa suma recuperada a medias me duró diez días, en cama.

Se tiene tiempo de pensar, durante diez días tumbado. En cuanto me encontrara mejor, me iría de Rancy, eso era lo que había decidido. Dos mensualidades atrasadas ya, por cierto... ¡Adiós, pues, a mis cuatro muebles! Sin decir nada a nadie, por supuesto, me largaría, a hurtadillas, y no me volverían a ver nunca en La Garenne-Rancy. Me marcharía sin dejar rastro ni dirección. Cuando te acosa la fiera hedionda de la miseria, ¿para qué discutir? Un tunela no dice nada y se da el piro.

Con mi título podía establecerme en cualquier parte, cierto... Pero no iba a ser ni más agradable ni peor... Un poco mejor, el sitio, al comienzo, lógicamente, porque siempre hace falta un poco de tiempo para que la gente llegue a conocerte y para que se ponga manos a la obra y encuentre el truco con el que hacerte daño. Mientras aún te buscan el punto más flaco, disfrutas de un poco de tranquilidad, pero, en cuanto lo han encontrado, vuelve a ser la misma historia de siempre, como en todas partes. En una palabra, el corto período durante el que eres desconocido en cada sitio nuevo es el más agradable. Después, vuelta a empezar con la misma mala leche. Son así. Lo importante es no esperar demasiado a que te hayan descubierto, pero bien, la debilidad, los gachós. Hay que aplastar las chinches antes de que se hayan metido en sus agujeros, ¿no?

En cuanto a los enfermos, los clientes, no me hacía ilusiones al respecto... No iban a ser en otro barrio ni menos rapaces, ni menos burros, ni menos cobardes que los de aquí. La misma priva, el mismo cine, los mismos chismes deportivos, la misma sumisión entusiasta a las necesidades naturales, de jalar y cagar, los convertirían, allá como aquí, en la misma horda embrutecida, cateta, titubeante de una trola a otra, farolera siempre, chapucera, mal intencionada, agresiva entre dos pánicos.

Pero, ya que el enfermo, por su parte, no deja de cambiar de costado en su cama, en la vida tenemos también derecho a pasar de un flanco a otro, es lo único que podemos hacer y la única defensa que hemos descubierto contra el propio Destino. Hay que abandonar la esperanza de dejar la pena en algún sitio por el camino. Es como una mujer horrorosa, la pena, y con la que te hubieras casado. ¿No será mejor tal vez acabar amándola un poco que agotarse azotándola toda la vida, puesto que no te la puedes cargar?

El caso es que me largué a hurtadillas de mi entresuelo de Rancy. Estaban en corro en torno al vino de mesa y las castañas, la portera y compañía, cuando pasé por delante de su chiscón por última vez. Ni visto ni oído. Ella se rascaba y él, inclinado sobre la estufa, abotargado por el calor, estaba ya tan bebido, que se le cerraban los ojos.

Para aquella gente, yo me colaba en lo desconocido como en un gran túnel sin fin. Da gusto, tres personas menos que te conocen y, por tanto, tres menos para espiarte y hacerte daño, que ni siquiera saben en absoluto qué ha sido de ti. ¡Qué bien! Tres, porque cuento también a su hija, su hija Thérèse, que se hacía heridas hasta supurar de forúnculos, de tanto como le picaban pulgas y chinches. Es cierto que picaban tanto, en su casa, que, al entrar en su chiscón, tenías la sensación de penetrar poco a poco en un cepillo.

El largo dedo del gas en la entrada, crudo y silbante, se apoyaba sobre los transeúntes al borde de la acera y los convertía, de golpe, en fantasmas extraviados en el negro marco del portal. A continuación iban a buscarse un poco de calor, los transeúntes, aquí y allá, delante de las otras ventanas y las farolas y al final se perdían como yo en la noche, negros y difusos.

Ni siquiera estabas obligado a reconocerlos, a los transeúntes. Y, sin embargo, me habría gustado detenerlos en su vago deambular, un segundito, el tiempo justo para decirles, de una vez por todas, que me iba a perderme, al diablo, que me marchaba, pero tan lejos, que ya podían darles por culo y que ya no podían hacerme nada, ni unos ni otros, intentar nada...

Al llegar al Boulevard de la Liberté, los camiones de legumbres subían temblando hacia París. Seguí su ruta. En una palabra, ya casi me había marchado del todo de Rancy. Hacía bastante fresco. Conque, para calentarme, di un pequeño rodeo hasta el chiscón de la tía de Bébert. Su lámpara era un puntito de luz al fondo del pasillo. «Para acabar —me dije— tengo que decirle "adiós" a la tía.»

Estaba en su silla, como de costumbre, entre los olores del chiscón, y la estufita calentando todo aquello y su vieja figura ahora siempre lista para llorar desde que Bébert había muerto y, además, en la pared, por encima de la caja de costura, una gran foto escolar de Bébert, con su delantal, una boina y la cruz. Era una «ampliación» conseguida con los cupones del café. La desperté.

«Hola, doctor —dijo sobresaltada. Aún recuerdo muy bien lo que me dijo—. ¡Tiene usted mala cara! —observó en seguida—. Siéntese... Yo tampoco me encuentro demasiado bien...»

«He salido a dar un paseo», respondí, para despistar.

«Es muy tarde —dijo— para dar un paseo, sobre todo si va usted hacia la Place Clichy... ¡A esta hora sopla un viento muy frío por la avenida!»

Entonces se levantó y, tropezando por aquí y por allá, se puso a hacernos un ponche y a hablar en seguida de todo al mismo tiempo y de los Henrouille y de Bébert, como es lógico.

No había forma de impedirle hablar de Bébert y eso que le causaba pena y la hacía sufrir y, además, lo sabía. Yo la escuchaba sin interrumpirla en ningún momento, estaba como embotado. Ella intentaba recordarme todas las buenas cualidades que había tenido Bébert y las exponía con mucho esfuerzo, porque no había que olvidar ninguna de sus cualidades, y volvía a empezar y después, cuando me había contado todas las circunstancias de su cría con biberón, recordaba otra cualidad más de Bébert que había que añadir a las demás, conque volvía a empezar la historia desde el principio y, sin embargo, se le olvidaban algunas, de todos modos, y al final no le quedaba más remedio que lloriquear un poco, de impotencia. Se equivocaba de cansancio. Se quedaba dormida sollozando. Ya no le quedaban fuerzas para sacar de la sombra el recuerdo del pequeño Bébert, al que tanto había querido. La nada estaba siempre cerca de ella y sobre ella ya un poco. Un poco de ponche y de fatiga y ya estaba, se dormía roncando como un avioncito lejano que se llevan las nubes. Ya no le quedaba nadie en la tierra.

Mientras estaba así, desplomada entre los olores, yo pensaba que me iba y que seguramente no volvería a verla nunca, a la tía de Bébert, que Bébert se había ido, por su parte, sin remilgos y para siempre, que también ella, la tía, se marcharía para seguirlo y dentro de poco tiempo. Para empezar, su corazón estaba enfermo y muy viejo. Bombeaba sangre como podía, su corazón, en sus arterias, le costaba subir por las venas. Se iría al gran cementerio de al lado, la tía, donde los muertos son como una multitud que espera. Allí era donde llevaba a jugar a Bébert, antes de que cayese enfermo, al cementerio. Y después de eso se habría acabado para siempre. Vendrían a pintar de nuevo su chiscón y se podría decir que nos habíamos reunido de nuevo todos, como las bolas del juego, que temblequean un poco al borde del agujero, que hacen remilgos antes de acabar de una vez.

Salen muy violentas y gruñonas, las bolas también, y no van nunca a ninguna parte, en definitiva. Nosotros tampoco y toda la tierra no sirve sino para eso, para hacer que nos reencontremos todos. Ya no le faltaba mucho, a la tía de Bébert, ahora, ya no le quedaba casi empuje. No podemos reencontrarnos mientras estamos en la vida. Hay demasiados colores que nos distraen y demasiada gente que se mueve alrededor. Sólo nos reencontramos en el silencio, cuando es demasiado tarde, como los muertos. Yo también tenía que moverme de nuevo y marcharme a otro sitio. De nada me servía hacer, saber... No podía quedarme allí con la tía.

Mi diploma en el bolsillo abultaba mucho, mucho más que el dinero y los documentos de identidad. Delante del puesto de policía, el agente de guardia esperaba el relevo de medianoche y escupía también de lo lindo. Nos dimos las buenas noches.

Después de la gasolinera, en la esquina del bulevar, venía la oficina de arbitrios y sus encargados, verdosos en su jaula de cristal. Los tranvías ya no circulaban. Era el mejor momento para hablarles de la vida, a los encargados, de la vida, cada vez más difícil, más cara. Eran dos allí, un joven y un viejo, con caspa los dos, inclinados sobre registros así de grandes. A través de su cristal, podían verse las grandes sombras de las fortificaciones del malecón, que se alzaban en la noche para esperar barcos procedentes de tan lejos, navíos tan nobles, que nunca se verán barcos así. Seguro. Los esperan.

Conque charlamos un rato, los encargados de arbitrios y yo, y hasta tomamos un cafelito que se calentaba en el cazo. Me preguntaron si me marchaba de vacaciones por casualidad, en broma, así, de noche, con mi paquetito en la mano. «Exacto», les respondí. Era inútil explicarles cosas poco comunes a los encargados de arbitrios. No podían ayudarme a comprender. Y un poco ofendido por su observación, me dieron ganas, de todos modos, de hacerme el interesante, de asombrarles, y me puse a hablar como un cohete, como si tal cosa, de la campaña de 1816, en la que los cosacos llegaron precisamente hasta el lugar en que nos encontrábamos, hasta el fielato, pisando los talones a Napoleón.

Evocado, todo ello, con desenvoltura, por supuesto. Tras haberlos convencido con pocas palabras, a aquellos dos sórdidos, de mi superioridad cultural, de mi espontánea erudición, cogí y me marché sosegado hacia la Place Clichy por la avenida que sube.

Habréis notado que siempre hay dos prostitutas esperando en la esquina de la Rue des Dames. Ocupan las pocas horas consumidas que separan la medianoche del amanecer. Gracias a ellas, la vida continúa a través de las sombras. Hacen de enlace con el bolso atestado de recetas, pañuelos para todo uso y fotos de hijos en el campo. Cuando te acercas a ellas en la sombra, has de tener cuidado, porque casi no existen, esas mujeres, de tan especializadas que están, vivas lo justo para responder a dos o tres frases que resumen todo lo que se puede hacer con ellas. Son espíritus de insectos dentro de botines con botones.

No hay que decirles nada, acercarse lo menos posible. Son malas. Me sobraba espacio. Eché a correr entre los raíles. La avenida es larga.

Al fondo se encuentra la estatua del mariscal Moncey. Sigue defendiendo la Place Clichy desde 1816 contra recuerdos y olvido,[*] contra nada, con una corona de perlas baratas. Llegué yo también cerca de él corriendo con ciento doce años de retraso por la avenida tan vacía. Ni rusos ya, ni batallas, ni cosacos, ni soldados, nada que tomar ya en la plaza sino un reborde del pedestal bajo la corona. Y el fuego de un pequeño brasero con tres ateridos en torno a los que el apestoso fuego hacía bizquear. No daban ganas de quedarse.

Algunos autos escapaban a toda velocidad, mientras podían, hacia las salidas.

En casos de urgencia recuerdas los grandes bulevares como un lugar menos frío que otros. Mi cabeza ya sólo funcionaba a fuerza de voluntad, por la fiebre. Sostenido por el ponche de la tía, bajé huyendo delante del viento, menos frío cuando lo recibes por detrás. Una anciana con gorrito, cerca del metro

---

[*] En el centro de la Place Clichy se alza desde 1869 el monumento al mariscal Moncey: encima de un pedestal de seis metros de alto, un grupo de bronce de ocho metros representa la defensa de París por Moncey. En la noche del 29 al 30 de marzo de 1814 (y no 1816), el mariscal Moncey fortificó como pudo la barrera de Clichy y dispuso a sus hombres (jóvenes de la Escuela Politécnica y guardias nacionales). El 30, defendieron heroicamente esa entrada de París frente a los cosacos que mandaba un emigrado, el general conde de Langeron. *(N. del T.)*

Saint-Georges, lloraba por la suerte de su nieta enferma en el hospital, de meningitis, según decía. Aprovechaba para pedir limosna. Conmigo iba dada.

Le ofrecí unas palabras. Le hablé también yo del pequeño Bébert y de otra niña que había tratado en la ciudad, siendo estudiante, y que había muerto, de meningitis también. Tres semanas había durado su agonía y su madre, en la cama de al lado, ya no podía dormir de pena, conque se masturbaba, su madre, todo el tiempo durante las tres semanas de agonía y hasta después, cuando todo hubo acabado, ya no había forma de detenerla.

Eso demuestra que no se puede existir sin placer, ni siquiera un segundo, y que es muy difícil tener pena de verdad. Así es la existencia.

Nos despedimos, la anciana apenada y yo, delante de las Galerías. Tenía que descargar zanahorias por Les Halles. Seguía el camino de las legumbres, como yo, el mismo.

Pero el Tarapout me atrajo. Está situado sobre el bulevar como un gran pastel de luz. Y la gente acude a él de todas partes y a toda prisa, como larvas. Sale de la noche circundante, la gente, con ojos desorbitados ya para ir a llenárselos de imágenes. Es que no cesa, el éxtasis. Son los mismos del metro de por la mañana. Pero ahí, delante del Tarapout, están contentos, como en Nueva York, se rascan el vientre delante de la caja, apoquinan un poco de dinero y ahí van al instante muy decididos y se precipitan alegres a los agujeros de la luz. Estábamos como desvestidos por la luz, de tanta como había sobre la gente, los movimientos, las cosas, guirnaldas y lámparas y más lámparas. No se habría podido hablar de un asunto personal en aquella entrada, era como todo lo contrario de la noche.

Muy aturdido yo también, me metí en una tasca vecina. En la mesa contigua a la mía, miré y me vi a Parapine, mi antiguo profesor, que estaba tomando un ponche con su caspa y todo.

Nos encontramos. Nos alegramos. Se habían producido grandes cambios en su vida, según me dijo. Necesitó diez minutos para contármelos. No eran divertidos. El profesor Jaunisset en el Instituto se había vuelto tan duro con él, lo había perseguido tanto, que había tenido que irse, Parapine, dimitir y abandonar su laboratorio y luego también las madres de las colegialas habían ido, a su vez, a esperarlo a la puerta del Instituto y romperle la cara. Historias. Investigaciones. Angustias.

En el último momento, mediante un anuncio ambiguo en una revista médica, había podido aferrarse por los pelos a otro modesto medio de subsistencia. No gran cosa, evidentemente, pero, de todos modos, un apaño descansado y de su especialidad. Se trataba de la astuta aplicación de las teorías recientes del profesor Baryton sobre el desarrollo de niños cretinos mediante el cine. Un gran paso adelante en el subconsciente. No se hablaba de otra cosa en la ciudad. Era moderno.

Parapine acompañaba a sus clientes especiales al moderno Tarapout. Pasaba a recogerlos a la moderna casa de salud de Baryton, en las afueras, y luego los volvía a acompañar después del espectáculo, alelados, ahítos de visiones, felices y salvos y más modernos aún. Y listo. Nada más sentarse ante la pantalla, ya no había necesidad de ocuparse de ellos. Un público de oro. Todo el mundo contento, la misma película diez veces seguidas les encantaba. No tenían memoria. Sus familias, encantadas. Parapine también. Yo también. Nos reíamos de gusto y venga ponches y más ponches para celebrar aquella reconstitución material de Parapine en el plano de la modernidad. Decidimos no movernos de allí hasta las dos de la mañana, tras la última sesión del Tarapout, para ir a buscar a sus cretinos, reunirlos y llevarlos a escape en auto a la casa del doctor Baryton en Vigny-sur-Seine. Un chollo.

Como estábamos contentos ambos de volvernos a ver, nos pusimos a hablar sólo por el placer de decirnos fantasías y en primer lugar sobre los viajes que habíamos hecho y después sobre Napoleón, que salió a relucir a propósito de Moncey, el de la Place Clichy. Todo se vuelve placer, cuando el único objetivo es estar bien juntos, porque entonces parece como si por fin fuéramos libres. Olvidas tu propia vida, es decir, las cosas del parné.

Burla burlando, hasta sobre Napoleón se nos ocurrieron chistes que contar. Parapine se la conocía bien, la historia de Napoleón. Le había apasionado en tiempos, me contó, en Polonia, cuando aún estaba en el instituto de bachillerato. Había recibido buena educación, Parapine, no como yo.

Así, me contó, al respecto, que, durante la retirada de Rusia, a los generales de Napoleón les había costado Dios y ayuda impedirle ir a Varsovia para que la polaca de su corazón le hiciese la última mamada suprema. Era así, Napoleón, hasta en plenos reveses e infortunios. No era serio, en una palabra. ¡Ni siquiera él, el águila de su Josefina! Más cachondo que una mona, la verdad, contra viento y marea. Por lo demás, no hay nada que hacer, mientras se conserve el gusto por el goce y el cachondeo y es un gusto que todos tenemos. Eso es lo más triste. ¡Sólo pensamos en eso! En la cuna, en el café, en el trono, en el retrete. ¡En todas partes! ¡En todas partes! ¡La pilila! ¡Napoleón o no! ¡Cornudo o no! Lo primero, ¡el placer! ¡Anda y que la diñen los cuatrocientos mil pobres diablos empantanados hasta el penacho!, se decía el gran vencido, ¡con tal de que Poleón eche otro polvo! ¡Qué cabrón! ¡Y hale! ¡La vida misma! ¡Así acaba todo! ¡No es serio! El tirano siente hastío de la obra que representa mucho antes que los espectadores. Se va a follar, cuando está harto de segregar delirios para el público. Entonces, ¡va de ala! ¡El Destino lo deja caer en menos que canta un gallo! ¡No son las matanzas a base de bien lo que le reprochan los entusiastas! ¡Qué va! ¡Eso no es nada! ¡Vaya si se las perdonarían! Sino que se volviera aburrido de repente, eso es lo que no le perdonan. Lo serio sólo se tolera cuando es un camelo. Las epidemias no cesan hasta el momento en que los microbios sienten asco de sus toxinas. A Robespierre lo guillotinaron porque siempre repetía la misma cosa y Napoleón, por su parte, no resistió a más de diez años de una inflación de Legión de Honor. La tortura de ese loco fue verse obligado a inspirar deseos de aventuras a la mitad de la Europa sentada. Oficio imposible. Lo llevó a la tumba.

Mientras que el cine, nuevo y modesto asalariado de nuestros sueños, podemos comprarlo, en cambio, procurárnoslo por una hora o dos, como una prostituta.

Y, además, en nuestros días, se ha distribuido a artistas por todos lados, por precaución, en vista de tanto aburrimiento. Hasta en los burdeles te los encuentras, a los artistas, con sus escalofríos desmadrándose por todos lados y sus sinceridades chorreando por los pisos. Hacen vibrar las puertas. A ver quién se estremece más y con más descaro, más ternura, y se abandona con mayor intensidad que el vecino. Hoy igual de bien decoran los retretes que los mataderos y el Monte de Piedad también, todo para divertirnos, para distraernos, hacernos salir de nuestro destino.

Vivir por vivir, ¡qué trena! La vida es una clase cuyo celador es el aburrimiento; está ahí todo el tiempo espiándote; por lo demás, hay que hacer todo lo posible para aparentar estar ocupado, a toda costa, con algo apasionante; si no, llega y se te jala el cerebro. Un día que sólo sea una jornada de veinticuatro horas no es tolerable. Ha de ser por fuerza un largo placer casi insoportable, una jornada; un largo coito, una jornada, de grado o por fuerza.

Se te ocurren así ideas repulsivas, estando aturdido por la necesidad, cuando en cada uno de tus segundos se estrella un deseo de mil otras cosas y lugares.

Robinson era un tío preocupado por el infinito también, en su género, antes de que le ocurriese el accidente, pero ahora ya había recibido para el pelo bien. Al menos, eso creía yo.

Aproveché que estábamos en el café, tranquilos, para contar, yo también, a Parapine todo lo que me había ocurrido desde nuestra separación. Él comprendía las cosas, e incluso las mías, y le confesé que acababa de arruinar mi carrera médica al abandonar Rancy de modo insólito. Así hay que decirlo. Y no era cosa de broma. No había ni que pensar en volver a Rancy, en vista de las circunstancias. Así le parecía también a él.

Mientras conversábamos con gusto así, nos confesábamos, en una palabra, se produjo el entreacto del Tarapout y llegaron en masa a la tasca los músicos del cine. Tomamos una copa a coro. Parapine era muy conocido de los músicos.

Burla burlando, me enteré por ellos de que precisamente buscaban un «pachá» para la comparsa del intermedio. Un papel mudo. Se había marchado, el que hacía de «pachá», sin avisar. Un papel bonito y bien pagado, además, en un preludio. Sin esfuerzo. Y, además, no hay que olvidarlo, con la picarona compañía de una magnífica bandada de bailarinas inglesas, miles de músculos agitados y precisos. Mi estilo y necesidad exactamente.

Me hice el simpático y esperé las propuestas del director. En una palabra, me presenté. Como era tan tarde y no tenían tiempo de ir a buscar a otro figurante hasta la Porte Saint-Martin, el director se alegró mucho de tenerme a mano. Le evitaba engorros. A mí también. Casi ni me examinó. Conque me aceptó sin más pegas. Me contrataron. Con tal de que no cojeara, valía y aún...

Penetré en los bellos sótanos, cálidos y acolchados, del cine Tarapout. Una auténtica colmena de camerinos perfumados, donde las inglesas, en espera del espectáculo, descansaban diciendo tacos y haciendo cabalgatas ambiguas. Exultante por tener de nuevo forma de ganarme las habichuelas, me apresuré a entrar en relaciones con aquellas compañeras jóvenes y desenvueltas. Por cierto, que me hicieron los honores de grupo con la mayor amabilidad del mundo. Ángeles. Ángeles discretos. Da gusto no sentirse ni confesado ni despreciado, así es en Inglaterra.

Substanciosas recaudaciones, las del Tarapout. Hasta entre bastidores todo era lujo, comodidad, muslos, luces, jabones, mediasnoches. El tema del intermedio en que aparecíamos se situaba, creo, en el Turquestán. Era un pretexto para pamplinas coreográficas, contoneos musicales y violentos tamborileos.

Mi papel, breve pero esencial. Al principio, hinchado de oro y plata, experimenté cierta dificultad para instalarme entre tantos bastidores y lámparas inestables, pero me acostumbré y, una vez en el sitio, graciosamente realzado, ya sólo me quedaba dejarme llevar por mis sueños bajo los focos opalinos.

Durante un buen cuarto de hora, veinte bayaderas londinenses se meneaban en melodías y bacanales impetuosas para convencerme, al parecer, de la realidad de sus atractivos. Yo no pedía tanto y pensaba que repetir cinco veces al día aquella actuación era mucho para mujeres, y, además, sin flaquear, nunca, una vez tras otra, contoneando implacables el trasero con esa energía de raza un poco aburrida, esa continuidad intransigente de los barcos en ruta, las estraves, en su infinito trajinar por los océanos...

No vale la pena debatirse, esperar basta, ya que todo acabará pasando por la calle. Ella sola cuenta, en el fondo. No hay nada que decir. Nos espera. Habrá que bajar a la calle, decidirse, no uno, ni dos, ni tres de nosotros, sino todos. Estamos ahí delante, haciendo remilgos y melindres, pero ya llegará.

En las casas, nada bueno. En cuanto una puerta se cierra tras un hombre, empieza a oler en seguida y todo lo que lleva huele también. Pasa de moda en el sitio, en cuerpo y alma. Se pudre. Si apestan, los hombres, nos está bien empleado. ¡Debíamos ocuparnos de ello! Debíamos sacarlos, expulsarlos, exponerlos. Todo lo que apesta está en la habitación y adornado, pero hediondo, de todos modos.

Hablando de familias, conozco a un farmacéutico, en la Avenue de Saint-Ouen, que tiene un hermoso rótulo en el escaparate, un bonito anuncio: ¡tres francos la caja para purgar a toda la familia! ¡Un chollo! ¡Eructan! Obran juntos, en familia. Se odian con avaricia, en un hogar de verdad, pero nadie protesta, porque, de todos modos, es menos caro que ir a vivir a un hotel.

El hotel, ya que hablamos, es más inquieto, no tiene las pretensiones de un piso, te sientes menos culpable en él. La raza humana nunca está tranquila y para descender al juicio final, que se celebrará en la calle, evidentemente estás más cerca en el hotel. Ya pueden venir, los ángeles con trompetas, que estaremos los primeros, nosotros, nada más bajar del hotel.

Intentas no llamar la atención demasiado, en el hotel. No sirve de nada. Ya sólo con gritar un poco fuerte o demasiado a menudo, mal asunto, te fichan. Al final, apenas te atreves a mear en el lavabo, pues todo se oye de una habitación a otra. Acabas adquiriendo por fuerza los buenos modales, como los oficiales en la marina de guerra. Todo puede ponerse a temblar de la tierra al cielo de un momento a otro, estamos listos, nos la suda, puesto que nos «perdonamos» ya diez veces al día tan sólo al encontrarnos en los pasillos, en el hotel.

Hay que aprender a reconocer, en los retretes, el olor de cada uno de los vecinos de la planta, es cómodo. Resulta difícil hacerse ilusiones en una pensión. Los clientes no son chulitos. A hurtadillas viajan por la vida un día tras otro sin llamar la atención, en el hotel, como en un barco que estuviera un poco podrido y lleno de agujeros y lo supiesen.

Aquel al que fui a alojarme atraía sobre todo a los estudiantes de provincias. Olía a colillas viejas y desayunos, desde los primeros escalones. Lo reconocías desde lejos, de noche, por la luz grisácea que tenía encima de la puerta y las letras melladas, de oro, que le colgaban del balcón como una enorme dentadura vieja. Un monstruo de alojamiento abotargado de apaños miserables.

De unas habitaciones a otras nos visitábamos por el pasillo. Tras años de empresas miserables en la vida práctica, aventuras, como se suele decir, volvía yo con los estudiantes.

Sus deseos eran siempre los mismos, sólidos y rancios, ni más ni menos insípidos que en la época en que me había separado de ellos. Los individuos habían cambiado, pero las ideas no. Seguían yendo, como siempre, unos y otros, a apacentarse más o menos con medicina, retazos de química, comprimidos de derecho y zoologías enteras, a horas más o menos regulares, en el otro extremo del barrio. La guerra, al pasar por su quinta, no había transformado nada en ellos y, cuando te metías en sus sueños, por simpatía, te llevaban derecho a sus cuarenta años. Se daban así veinte años por delante, doscientos cuarenta meses de economías tenaces, para fabricarse una felicidad.

Era un cromo, la imagen que tenían de la felicidad como del éxito, pero bien graduado, esmerado. Se veían en el último peldaño, rodeados de una familia poco numerosa pero incomparable y preciosa hasta el delirio. Y, sin embargo, nunca habrían echado, por así decir, un vistazo a su familia. No valía la pena. Está hecha para todo, menos para ser contemplada, la familia. Ante todo, la fuerza del padre, su felicidad, consiste en besar a su familia sin mirarla nunca, su poesía.

La novedad sería ir a Niza en automóvil con la esposa, provista de dote, y tal vez adoptar los cheques para las transferencias bancarias. Para las partes vergonzosas del alma, seguramente llevar también a la esposa una noche al picadero. No más. El resto del mundo se encuentra encerrado en los periódicos y custodiado por la policía.

La estancia en el hotel de las pulgas los avergonzaba un poco de momento y los volvía fácilmente irritables, a mis compañeros. El jovencito burgués en el hotel, el estudiante, se siente en penitencia y, como aún no puede, naturalmente, ahorrar, reclama bohemia para aturdirse y más bohemia, desesperación con café y leche.

Hacia primeros de mes pasábamos por una breve y auténtica crisis de erotismo, todo el hotel vibraba. Nos lavábamos los pies. Organizábamos una expedición amorosa. La llegada de los giros de provincias nos decidía. Yo, por mi parte, habría podido obtener los mismos coitos en el Tarapout con mis inglesas del baile y, además, gratis, pero pensándolo bien, renuncié a esa facilidad por evitar líos y por los amigos, chulos desgraciados y celosos, que andan siempre entre bastidores tras las bailarinas.

Como leíamos muchas revistas obscenas en nuestro hotel, ¡conocíamos la tira de trucos y direcciones para follar en París! Hay que reconocer que las direcciones son divertidas. Te dejas llevar; incluso a mí, que había vivido en el Passage des Bérésinas y había viajado y conocido muchas complicaciones de la vida indecente, el capítulo de las confidencias nunca me parecía del todo agotado. Subsiste en uno siempre un poquito de curiosidad de reserva para la cuestión de la jodienda. Te dices que ya no vas a aprender nada nuevo, sobre la jodienda, que ya no debes perder ni un minuto con ella, y después vuelves a empezar, sin embargo, otra vez sólo para cerciorarte de verdad de que es algo vacío y aprendes, de todos modos, algo nuevo al respecto y eso te basta para recuperar el optimismo.

Te recuperas, piensas con mayor claridad que antes, cobras nuevas esperanzas, cuando precisamente ya no te quedaba la menor esperanza, y vuelves fatalmente a la jodienda por el mismo precio. En una palabra, siempre hay cosas que descubrir en una vagina para todas las edades. Bueno, pues, una tarde, voy a contar lo que pasó, salimos tres huéspedes del hotel en busca de una aventura barata. Era fácil gracias a las relaciones de Pomone, que tenía una agencia con todo lo que se puede desear en materia de ajustes y compromisos eróticos, en su barrio de Batignoles. Su registro abundaba en invitaciones de diversos precios, funcionaba, aquel hombre providencial, sin fasto alguno, en el fondo de un pequeño patio de una casa modesta, tan poco alumbrada, que para guiarte necesitabas tanto tacto y consideración como en un urinario desconocido. Varias colgaduras que habías de apartar te inquietaban antes de llegar hasta aquel proxeneta, sentado siempre en una penumbra para confidencias.

Por culpa de aquella penumbra, nunca pude, a decir verdad, observar cómodamente a Pomone y, pese a haber tenido largas conversaciones juntos, a haber colaborado incluso durante un tiempo y a haberme hecho toda clase de proposiciones y toda clase de otras confidencias peligrosas, me resultaría imposible reconocerlo hoy, si me lo encontrara en el infierno.

Recuerdo sólo que los aficionados furtivos que esperaban su turno en el salón se mantenían siempre muy circunspectos, ninguna familiaridad entre ellos, hay que reconocerlo, la reserva en persona, como en la consulta de un dentista al que no le gustara nada el ruido ni la luz.

Fue gracias a un estudiante de medicina como conocí a Pomone. Frecuentaba la casa, el estudiante, para ganarse un complemento, gracias a que tenía, el muy potrudo, un pene formidable. Lo llamaban, al estudiante, para animar con su estupendo chuzo veladas muy íntimas, en las afueras. Sobre todo las damas, las que no creían que se pudiera tener «uno así de gordo», lo festejaban. Divagaciones de chiquillas aventajadas. En los registros de la policía figuraba, nuestro estudiante, con un seudónimo terrible: ¡Baltasar!

Los clientes que esperaban difícilmente trababan conversación. El dolor se exhibe, mientras que el placer y la necesidad dan vergüenza.

Es pecado, quieras que no, ser putero y pobre. Cuando Pomone se enteró de mi estado actual y de mi pasado médico, abandonó su reserva y me confió su tormento. Un vicio lo agotaba. Lo había contraído «tocándose» de continuo bajo su mesa durante las conversaciones que sostenía con sus clientes, investigadores, obsesionados del perineo. «Es mi oficio, ¡compréndalo! No es fácil abstenerse... ¡Con todo lo que vienen a contarme, esos cabrones!...» En una palabra, la clientela lo arrastraba a los abusos, como esos carniceros demasiado gruesos que siempre tienen tendencia a atiborrarse de carnes. Además, estoy convencido de que tenía el bajo vientre permanentemente recalentado por una traidora fiebre que le venía de los pulmones. Por cierto, que unos años después la tuberculosis se lo llevó al otro mundo. La cháchara infinita de las clientas presuntuosas lo agotaba también en otro sentido, siempre tramposas, creadoras de montones de líos y alborotos por nada y por sus chichis, que, según ellas, no tenían igual en las cuatro partes del mundo.

A los hombres había que presentarles sobre todo admiradoras que tragaran para sus caprichos apasionados. Tantos como los de la Sra. Herote. En un solo correo matinal de la agencia Pomone llegaba bastante amor insatisfecho como para extinguir todas las guerras de este mundo. Pero es que esos diluvios sentimentales nunca trascienden la jodienda. Eso es lo malo.

Su mesa desaparecía bajo aquel revoltijo repulsivo de trivialidades ardientes. Con mi deseo de saber más, decidí interesarme durante un tiempo por la clasificación de ese tremendo tejemaneje epistolar. Se ordenaba, me explicó, por clases de afectos, como con las corbatas o las enfermedades, los delirios primero, por un lado, y después los masoquistas y los viciosos, por otro, los flagelantes por aquí, los de «estilo aya» en otra página y así con todos. No tardan demasiado en convertirse en cargas, las distracciones. ¡Nos expulsaron, pero bien, del Paraíso! ¡De eso no cabe duda! Pomone era de esa opinión también con sus manos húmedas y su vicio interminable, que le infligía a un tiempo placer y penitencia. Al cabo de unos meses me harté de él y de su comercio. Espacié mis visitas.

En el Tarapout seguían considerándome muy decente, muy tranquilo, figurante puntual, pero, tras unas semanas de calma, la desgracia me volvió por el conducto más inesperado y me vi obligado, también de repente, a abandonar la compañía para continuar mi puñetero camino.

Considerados a distancia, aquellos tiempos del Tarapout no fueron, en resumen, sino una especie de escala prohibida y solapada. Siempre bien vestido, lo reconozco, durante aquellos cuatro meses, tan pronto de príncipe, dos veces de centurión, otro día aviador, y pagado generosa y regularmente. Comí en el Tarapout para años. Una vida de rentista sin las rentas. ¡Traición! ¡Desastre! Una noche, no sé por qué razón, cambiaron nuestro número. El nuevo preludio representaba los muelles de Londres. En seguida, me dio mala espina, nuestras inglesas tenían que cantar, desafinando y, en apariencia, a las orillas del Támesis, de noche, y yo hacía de *policeman*, papel del todo mudo, deambular de izquierda a derecha por delante del pretil. De pronto, cuando menos lo pensaba, su canción se volvió más fuerte que la vida y hasta dio un vuelco al destino y lo inclinó hacia la desgracia. Conque, mientras cantaban, yo ya no podía pensar en otra cosa que en toda la miseria del pobre mundo y en la mía, sobre todo, porque la canción de aquellas putas me repetía en el corazón, como el atún en el estómago. ¡Y eso que creía haberlo digerido, haber olvidado lo más duro! Pero lo peor de todo era que se trataba de una canción que quería ser alegre y no lo conseguía. Y se contoneaban, mis compañeras, al tiempo que cantaban, para que lo pareciese. Entonces sí que sí, la verdad, era como si pregonáramos la miseria, las angustias... ¡Exacto! ¡De paseo por la niebla con el alma en pena! Se deshacían en lamentos, envejecíamos por momentos con ellas. El decorado rezumaba también pánico con avaricia. Y, sin embargo, continuaban, las chatis. No parecían comprender los tremendos efectos de pena que sobre todos nosotros provocaba su canción... Se quejaban de toda su vida, moviendo el esqueleto, riendo, al compás... Cuando viene de tan lejos, con tal seguridad, no puedes equivocarte ni resistirte.

Estábamos rodeados de miseria, pese al lujo que había en la sala, sobre nosotros, sobre el decorado, desbordaba, chorreaba por toda la tierra, de todos modos. Eran artistas como la copa de un pino... Exhalaban pena, sin que quisiesen impedirlo ni comprenderlo siquiera. Sólo sus ojos eran tristes. No basta con los ojos. Cantaban el fracaso de la vida sin comprender. Seguían confundiéndolo con el amor, con puro y mero amor, no les habían enseñado el resto, a aquellas chavalitas. ¡Una penita cantaban, en apariencia! ¡Así lo llamaban! Todo parece penas de amor, cuando se es joven y no se sabe...

> *Where I go... where I look...*
> *It's only for you... ou...*
> *Only for you... ou...*

Así cantaban.

Es la manía de los jóvenes de identificar toda la Humanidad con un chichi, uno solo, el sueño sagrado, la pasión de amor. Más adelante aprenderían tal vez, adónde iba a acabar todo eso, cuando ya no fueran rosas, cuando la miseria de verdad de su puñetero país las hubiera atrapado, a las dieciséis, con sus gruesos muslos de yegua, sus tetas saltarinas... Por lo demás, estaban ya de miseria hasta el cuello, hundidas, las ricuras, no se iban a librar. A las entrañas, a la garganta, se les aferraba ya, la miseria, por todas las cuerdas de sus voces finas y falsas también.

La llevaban dentro. No hay traje, ni lentejuelas, ni luz, ni sonrisas que valgan para engañarla, para despistarla, respecto a los suyos, los encuentra donde se escondan, los suyos; se divierte haciéndoles cantar simplemente, en espera de su turno, todas las tonterías de la esperanza. Eso la despierta, la mece y la excita, a la miseria.

Nuestra pena es así, la grande, una distracción.

Conque, ¡allá el que canta canciones de amor! El amor es ella, la miseria, y nada más que ella, ella siempre, que viene a mentir en nuestra boca, mierda pura, y se acabó. Está en todas partes, la muy puta, no hay que despertarla, la miseria propia, ni en broma. No entiende las bromas. Y, sin embargo, tres veces al día lo repetían, mis inglesas, delante del decorado y con melodías de acordeón. Por fuerza tenía que acabar muy mal.

Yo no me metía en nada, pero puedo asegurar que la vi venir, la catástrofe.

Primero, una de las chavalitas cayó enferma. ¡Muerte a las ricuras que provocan las desgracias! ¡Allá ellas y que la diñen! A propósito, tampoco hay que detenerse en las esquinas de las calles detrás de los acordeones, con frecuencia es ahí donde se pesca la enfermedad, el acceso de verdad. Conque vino una polaca para substituir a la que estaba enferma, en su cantinela. Tosía también, la polaca, en los entreactos. Una chica alta, fuerte y pálida era. En seguida nos hicimos confidencias. En dos horas conocí su alma entera, para el cuerpo esperé aún un poco. La manía de aquella polaca era mutilarse el sistema nervioso con amores imposibles. Como es lógico, había entrado en la puñetera canción de las inglesas como una seda, con su dolor y todo. Comenzaba con un tonillo simpático, su canción, como si nada, como todas las bailables, y después, mira por dónde, te encogía el corazón a fuerza de ponerte triste, como si, al oírla, fueses a perder las ganas de vivir, pues no podía ser más cierto que todo se acaba, juventud y demás, entonces te inclinabas, después de que se hubieran extinguido canción y melodía, para acostarte en la cama auténtica, la tuya, la de verdad de la buena, la del agujero para acabar de una vez. Dos estribillos y casi ansiabas irte al plácido país de la muerte, el país de la ternura eterna y el olvido instantáneo como una niebla. Eran voces de niebla, las suyas, en una palabra.

Coreábamos todos el lamento del reproche, contra los que andan aún por ahí, con la vida a cuestas, que esperan a lo largo de los muelles, de todos los muelles del mundo, a que acabe de pasar la vida, mientras se entretienen de cualquier modo, vendiendo cosas y naranjas a los otros fantasmas e informes y monedas falsas, policía, viciosos, penas, contando chismes, en esa bruma de paciencia que nunca acabará...

Tania se llamaba mi nueva amiga de Polonia. Llevaba una vida febril de momento, lo comprendí, por un empleadillo de banca cuadragenario que conocía desde Berlín. Deseaba ardientemente regresar, a su Berlín, y amarlo pese a todo y a cualquier precio. Para volver a estar con él allí, sería capaz de hacer cualquier cosa.

Perseguía a los agentes teatrales, los que prometen contratos, hasta el fondo de sus escaleras apestosas. Le daban pellizcos en los muslos, los guarros, mientras esperaba respuestas que nunca llegaban. Pero apenas si notaba sus manipulaciones, de tan embargada que estaba por su amor lejano. No pasó una semana en tales condiciones sin que sucediera una catástrofe de aúpa. Había atiborrado el Destino de tentaciones desde hacía semanas y meses, como un cañón.

La gripe se llevó a su prodigioso amante. Nos enteramos de la desgracia un sábado por la noche. Nada más recibir la noticia, me arrastró, desmelenada, extraviada, al asalto de la Gare du Nord. Eso no era nada aún, pero con su delirio pretendía ante la taquilla llegar a tiempo a Berlín para el entierro. Fueron necesarios dos jefes de estación para disuadirla, hacerle comprender que era demasiado tarde.

En el estado en que se encontraba, yo no podía pensar en abandonarla. Por lo demás, se aferraba a su tragedia, quería a toda costa mostrármela en pleno trance. ¡Qué ocasión! Los amores contrariados por la miseria y la distancia son como los amores de marinero, son, digan lo que digan, irrefutables y logrados. En primer lugar, cuando no se tiene ocasión de verse con frecuencia, no se puede regañar y eso ya es una gran ventaja. Como la vida no es sino un delirio atestado de mentiras, cuanto más lejos estás más mentiras puedes añadir y más contento estás entonces, es lógico y normal. La verdad no hay quien la trague.

Por ejemplo, ahora es fácil contar cosas sobre Jesucristo. ¿Es que iba al retrete delante de todo el mundo, Jesucristo? Se me ocurre que no le habría durado demasiado el cuento, si hubiera hecho caca en público. Muy poca presencia, ésa es la cosa, sobre todo para el amor.

Una vez bien asegurados, Tania y yo, de que no había tren posible para Berlín, nos desquitamos con los telegramas. En la oficina de la Bolsa, redactamos uno muy largo, pero para enviarlo había otra dificultad, ya no sabíamos adónde enviarlo. No conocíamos a nadie en Berlín, salvo al muerto. A partir de aquel momento, sólo pudimos cambiar palabras sobre el deceso. Nos sirvieron, las palabras, para dar dos o tres veces más la vuelta a la Bolsa y después, como teníamos que adormecer el dolor, de todos modos, subimos despacio hacia Montmartre, al tiempo que farfullábamos pesares.

A partir de la Rue Lepic, empiezas a encontrar gente que va a buscar alegría a la parte alta de la ciudad. Se apresuran. Llegados al Sacré-Coeur, se ponen a mirar la noche, abajo, que forma un gran hueco con todas las casas amontonadas en el fondo.

En la placita, en el café que nos pareció, por las apariencias, el menos caro, entramos. Tania me dejaba, por el consuelo y el agradecimiento, besarla donde quisiera. Le gustaba mucho beber también. En las banquetas a nuestro alrededor, dormían ya juerguistas un poco borrachos. El reloj de la pequeña iglesia se puso a dar las horas y después más horas hasta nunca acabar. Acabábamos de llegar al final del mundo, estaba cada vez más claro. No se podía ir más lejos, porque después de aquello ya sólo había los muertos.

Empezaban en la Place du Tertre, al lado, los muertos. Estábamos bien situados para localizarlos. Pasaban justo por encima de las Galeries Dufayel,* al este, por consiguiente.

---

* El Palacio Dufayel (posteriormente Grandes Almacenes Dufayel y después Palacio de la Novedad) era, en el decenio de 1920, uno de los principales grandes almacenes de París, situado en el distrito XVIII, en el Boulevard Barbès, y su entrada principal se encontraba en la Rue Clignancourt. El edificio, que tiene interés arquitectónico, está coronado por una cúpula monumental visible desde lejos. *(N. del T.)*

Pero, aun así, hay que saber encontrarlos, es decir, desde dentro y con los ojos casi cerrados, porque los grandes haces de luz de los anuncios molestan mucho, aun a través de las nubes, a la hora de divisarlos, a los muertos. Con ellos, los muertos, comprendí en seguida, habían admitido a Bébert, incluso nos hicimos una señita los dos, Bébert y yo, y también, no lejos de él, la chica tan pálida, abortada por fin, la de Rancy, bien vaciada esa vez de todas sus tripas.

Había la tira de otros antiguos clientes míos, por aquí, por allá, y clientas en las que ya no pensaba nunca, y otros más, el negro en una nube blanca, solo, al que habían azotado más de la cuenta, allá, lo reconocí, en Topo, y el tío Grappa, ¡el viejo teniente de la selva virgen! De ésos me había acordado de vez en cuando, del teniente, del negro torturado y también de mi español, el cura; había venido, el cura, con los muertos aquella noche para las oraciones del cielo y su cruz de oro le molestaba mucho para revolotear de un cielo a otro. Se aferraba con su cruz a las nubes, a las más sucias y amarillas, y fui reconociendo a muchos otros desaparecidos, muchos, muchos otros... Tan numerosos, que da vergüenza, la verdad, no haber tenido tiempo de mirarlos mientras viven ahí, a tu lado, durante años...

Nunca se tiene bastante tiempo, es cierto, ni siquiera para pensar en uno mismo.

En fin, ¡todos aquellos cabrones se habían vuelto ángeles sin que me hubiera dado cuenta! Ahora había la tira de nubes llenas de ángeles y extravagantes e indecentes, por todos lados. ¡De paseo por encima de la ciudad! Busqué a Molly entre ellos, era el momento, mi amable, mi única amiga, pero no había venido con ellos... Debía de tener un cielo para ella solita, cerca de Dios, de tan buena que había sido siempre, Molly... Me dio gusto no encontrarla con aquellos golfos, porque eran sin duda unos muertos golfos aquéllos, unos pillos, sólo la chusma y la pandilla de los fantasmas se habían reunido aquella noche por encima de la ciudad. Del cementerio de al lado, sobre todo, venían sin parar y nada distinguidos. Y eso que era un cementerio pequeño; comuneros, incluso, todos sangrando, que abrían la boca como para gritar aún y que ya no podían...* Esperaban, los comuneros, con los otros, esperaban a La Pérouse, el de las Islas,** que los mandaba a todos aquella noche para la reunión... No acababa, La Pérouse, de prepararse, por culpa de la pata de palo que se le torcía... y, además, que siempre le había costado ponérsela, la pata de palo, y también por culpa de sus grandes anteojos, que no aparecían.

No quería salir a las nubes sin llevar en torno al cuello sus anteojos; una idea, su famoso catalejo de aventuras, un auténtico cachondeo, el que te hace ver a la gente y las cosas de lejos, cada vez más lejos por el agujerito y cada vez más deseables, por fuera, a medida que te acercas y pese a ello. Cosacos enterrados cerca del Moulin no conseguían salir de sus tumbas.*** Hacían esfuerzos espantosos, pero lo habían intentado ya muchas veces... Volvían a caer siempre en el fondo de sus tumbas, aún estaban borrachos desde 1820.

---

* El «pequeño cementerio» situado cerca de la Place du Tertre es el de San Pedro o del Calvario. Es el cementerio más antiguo de Montmartre y ningún comunero de 1871 podría estar enterrado en él, ya que está cerrado desde 1823. En cambio, había acogido en una fosa común a casi mil soldados franceses, rusos y alemanes muertos en marzo de 1814. *(N. del T.)*
** El cementerio de San Pedro no contiene la sepultura de La Pérouse, cosa imposible, pues La Pérouse murió en el Pacífico en 1788. Varias expediciones en pos de sus restos trajeron algunos vestigios de su barco, que posteriormente se expusieron en el Museo de la Marina. En cambio, yace en el cementerio de San Pedro, en la sepultura familiar, el corazón de Bougainville. En una carta enviada desde Dinamarca a su amigo de Montmartre Victor Carré, Céline preguntaba: «¿Cuál es el navegante famoso enterrado en el cementerio de San Pedro?». En 1930 habían aparecido dos reediciones del *Viaje* de Bougainville. *(N. del T.)*
*** No se sabe si fueron enterrados cosacos cerca del molino de la Galette, pero lo que es seguro es que la colina de Montmartre fue teatro, el 30 de marzo de 1814, de los últimos combates de la toma de París por los ejércitos aliados. Los cosacos del conde Langeron encontraron una fuerte resistencia. Unos molineros propietarios del molino de Blute-Fin participaron en la resistencia. Uno de ellos transformó en 1833 el molino en baile público, con el nombre de molino de la Galette. *(N. del T.)*

Aun así, un chaparrón los hizo saltar, a ellos también, serenados por fin, muy por encima de la ciudad. Entonces se disgregaron en su ronda y abigarraron la noche con su turbulencia, de una nube a otra... La Ópera, sobre todo, los atraía, al parecer, su gran brasero de anuncios en el medio; salpicaban, los aparecidos, para saltar a otro extremo del cielo y tan agitados y numerosos, que te nublaban la vista. La Pérouse, equipado por fin, quiso que lo izaran vertical al sonar las cuatro, lo sostuvieron y lo montaron a horcajadas y derecho. Una vez instalado por fin, a horcajadas, aún gesticulaba, de todos modos, y se movía. Las campanadas de las cuatro lo sacudieron, mientras se abotonaba. Detrás de La Pérouse, la gran avalancha del cielo. Una desbandada abominable, llegaban arremolinándose fantasmas, de los cuatro puntos cardinales, todos los aparecidos de todas las epopeyas... Se perseguían, se desafiaban y cargaban siglos contra siglos. El norte permaneció mucho tiempo recargado con su abominable barahúnda. El horizonte se despejó azulado y el día se alzó al fin por un gran agujero que habían hecho pinchando la noche para escapar.

Después, encontrarlos de nuevo resulta muy difícil. Hay que saber salir del tiempo.

Por el lado de Inglaterra te los encuentras de nuevo, cuando llegas, pero por ese lado la niebla es todo el tiempo tan densa, tan compacta, que es como auténticas velas que suben unas delante de las otras desde la tierra hasta lo más alto del cielo y para siempre. Con hábito y atención se puede llegar a encontrarlos de nuevo, de todos modos, pero nunca durante mucho tiempo por culpa del viento que no cesa de traer nuevas ráfagas y brumas de alta mar.

La gran mujer que está ahí, que guarda la Isla, es la última. Su cabeza está mucho más alta aún que las brumas más altas. Ella es lo único un poco vivo de la Isla. Sus cabellos rojos, por encima de todo, doran un poco aún las nubes, es lo único que queda del sol.

Intenta hacerse té, según explican.

Tiene que intentarlo, pues está ahí para la eternidad. Nunca acabará de hacerlo hervir, su té, por culpa de la niebla, que se ha vuelto demasiado densa y penetrante. El casco de un barco utiliza de tetera, el más bello, el mayor de los barcos, el último que ha podido encontrar en Southampton, se calienta el té, oleadas y más oleadas... Remueve... Da vueltas todo con un remo enorme... Con eso se entretiene.

No mira nada más, seria para siempre e inclinada.

La ronda ha pasado por encima de ella, pero ni siquiera se ha movido, está acostumbrada a que vengan todos los fantasmas del continente a perderse por allí... Se acabó.

Le basta con hurgar el fuego que hay bajo la ceniza, entre dos bosques muertos, con los dedos.

Intenta reavivarlo, todo le pertenece ahora, pero su té no hervirá nunca más.

Ya no hay vida para las llamas.

Ya no hay vida en el mundo para nadie, salvo un poquito para ella y todo está casi acabado...

Tania me despertó en la habitación donde habíamos acabado acostándonos. Eran las diez de la mañana. Para deshacerme de ella, le conté que no me sentía bien y que me iba a quedar un poco más en la cama.

La vida se reanudaba. Fingió creerme. En cuanto ella hubo bajado, me puse en camino, a mi vez. Tenía algo que hacer, en verdad. La zarabanda de la noche anterior me había dejado como una extraña sensación de remordimiento. El recuerdo de Robinson venía a preocuparme. Era cierto que yo lo había abandonado a su suerte, a ése; peor aún, en manos del padre Protiste. Con eso estaba dicho todo. Desde luego, me habían contado que todo iba de perilla allí abajo, en Toulouse, y que la vieja Henrouille se había vuelto incluso de lo más amable con él. Claro, que, en ciertos casos, verdad, sólo oyes lo que quieres oír y lo que más te conviene... En el fondo, esas vagas indicaciones no demostraban nada.

Inquieto y curioso, me dirigí hacia Rancy en busca de noticias, pero exactas, precisas. Para llegar allí, había que volver a pasar por la Rue des Batignolles, donde vivía Pomone. Era mi camino. Al llegar cerca de su casa, me extrañó mucho vérmelo en la esquina de su calle, a Pomone, como siguiendo a un señor bajito a cierta distancia. Para él, Pomone, que no salía nunca, debía de ser un auténtico acontecimiento. Lo reconocí también, al tipo que seguía, era un cliente, el Cid se hacía llamar en la correspondencia. Pero sabíamos también, por informes confidenciales, que trabajaba en Correos, el Cid.

Desde hacía años no dejaba en paz a Pomone para que le encontrara una amiguita bien educada, su sueño. Pero las señoritas que le presentaban nunca estaban bastante bien educadas para su gusto. Cometían faltas, según decía. Conque la cosa no marchaba. Pensándolo bien, existen dos grandes especies de chorbitas, las que tienen «amplitud de miras» y las que han recibido «una buena educación católica». Dos formas, para las pelanas, de sentirse superiores, dos formas también de excitar a los inquietos y los insatisfechos, el estilo «pajolero» y el estilo «mujer libre».

Todas las economías del Cid habían acabado, mes tras mes, en esas búsquedas. Ahora había llegado, con Pomone, a quedarse sin recursos y sin esperanza también. Más adelante, me enteré de que había ido a suicidarse, el Cid, aquella misma noche en un solar. Por lo demás, en cuanto había yo visto a Pomone salir de su casa, había sospechado que ocurría algo extraordinario. Conque los seguí largo rato por aquel barrio en el que las tiendas van desapareciendo calle adelante y hasta los colores, uno tras otro, para acabar en tascas precarias hasta los límites justos del fielato. Cuando no tienes prisa, te pierdes con facilidad en esas calles, despistado primero por la tristeza y por la demasiada indiferencia del lugar. Si tuvieras un poco de dinero, cogerías un taxi al instante para escapar de tanto hastío. La gente que encuentras arrastra un destino tan pesado, que lo sientes por ellos. Tras las ventanas con visillos, pequeños rentistas han dejado el gas abierto, seguro. No hay nada que hacer. «¡Me cago en la leche!», dices, lo que no sirve de nada.

Y, además, ni un banco para sentarse. Marrón y gris por todos lados. Cuando llueve, cae de todas partes también, de frente y de lado, y la calle resbala entonces como el dorso de un gran pez con una raya de lluvia en medio. No se puede decir siquiera que sea un desorden ese barrio, es más bien como una cárcel, casi bien conservada, una cárcel que no necesita puertas.

Callejeando así, acabé perdiendo de vista a Pomone y a su suicidado después de la Rue des Vinaigriers. Así, había llegado tan cerca de la Garenne-Rancy, que no pude por menos de ir a echar un vistazo por encima de las fortificaciones.

De lejos, es atractiva, la Garenne-Rancy, no se puede negar, por los árboles del gran cementerio. Poco falta para que te dejes engañar y jures que estás en el Bois de Boulogne.

Cuando se desean a toda costa noticias de alguien, hay que ir a preguntarlas a quienes las tienen. Al fin y al cabo, me dije entonces, no puedo perder gran cosa haciéndoles una visita, a los Henrouille. Debían de saber cómo iban las cosas en Toulouse. Y, mira por donde, fue una imprudencia de lo lindo la que cometí. Se fía uno demasiado. No sabes que has llegado y, sin embargo, estás ya metido de lleno en las cochinas regiones de la noche. No tarda en sucederte una desgracia entonces. Basta con poco y, además, es que no había que ir a ver de nuevo a cierta gente, sobre todo a ésos. Después es el cuento de nunca acabar.

De rodeos en rodeos, me vi como guiado de nuevo por la costumbre hasta poca distancia del hotelito. Casi no podía creerlo, al verlo en el mismo sitio, su hotelito. Empezó a llover. Ya no había nadie en la calle, excepto yo, que no me atrevía a avanzar más. Iba incluso a dar la vuelta sin insistir, cuando se entreabrió la puerta del hotelito, lo justo para que me hiciera señas de que me acercase, la hija. Ella, por supuesto, veía todo. Me había divisado, vacilante, en la acera de enfrente. Yo ya no deseaba acercarme, pero ella insistía y hasta me llamaba por mi nombre.

«¡Doctor!... ¡Venga, rápido!»

Así me llamaba, con autoridad... Yo temía llamar la atención. Conque me apresuré a subir su pequeña escalinata y a encontrarme de nuevo en el pasillito con la estufa y volver a ver todo el decorado. Volví a sentir una extraña inquietud, de todos modos.

Y después se puso a contarme que su marido llevaba dos meses muy enfermo e incluso que empeoraba cada vez más.

Al instante, desconfié, por supuesto.

«¿Y Robinson?», me apresuré a preguntar.

Al principio, eludió mi pregunta. Por fin, se decidió. «Están bien, los dos… Su arreglo funciona en Toulouse», acabó respondiendo, pero así, rápido. Y, sin más ni más, va y me asedia de nuevo a propósito de su marido, enfermo. Quería que fuese a ocuparme de él al instante, de su marido, y sin perder un minuto más. Que si yo era tan servicial… Que si conocía tan bien a su marido… Y que si patatín y que si patatán… Que si él sólo tenía confianza en mí… Que si no había querido que lo visitaran otros médicos… Que si no sabían mi dirección… En fin, zalamerías.

Yo tenía muchas razones para temer que esa enfermedad del marido tuviera también orígenes extraños. Me conocía a la dama y también los usos de la casa. De todos modos, una maldita curiosidad me hizo subir a la habitación.

Estaba acostado precisamente en la misma cama en que había atendido yo a Robinson después de su accidente, unos meses antes.

En unos meses cambia una habitación, aun sin mover nada de su sitio. Por viejas que sean las cosas, por gastadas que estén, encuentran aún, no se sabe cómo, fuerzas para envejecer. Todo había cambiado ya a nuestro alrededor. No los objetos de lugar, claro está, sino las cosas mismas, en profundidad. Son otras, las cosas, cuando las vuelves a ver; tienen, parece, más fuerza para penetrar en nuestro interior con mayor tristeza, con mayor profundidad aún, con mayor suavidad que antes, fundirse en esa especie de muerte que se forma en nosotros despacio, con delicadeza, día tras día, cobardemente, ante la cual cada día nos acostumbramos a defendernos un poco menos que la víspera. De una vez para otra, la vemos ablandarse, arrugarse en nosotros mismos, la vida, y las personas y las cosas con ella, que habíamos dejado triviales, preciosas, temibles a veces. El miedo a acabar ha marcado todo eso con sus arrugas mientras corríamos por la ciudad tras el placer o el pan.

Pronto no quedarán sino personas y cosas inofensivas, lastimosas y desarmadas en torno a nuestro pasado, tan sólo errores enmudecidos.

La mujer nos dejó solos, al marido y a mí. No estaba hecho un pimpollo precisamente, el marido. Ya le fallaba la circulación. Era del corazón.

«Me voy a morir», repetía, con toda simpleza, por cierto.

Era lo que se dice potra, la mía, para verme en casos de ese estilo. Escuchaba latir su corazón, para adoptar una actitud de circunstancias, los gestos que esperaban de mí. Corría su corazón, no había duda, detrás de sus costillas, encerrado, corría tras la vida, a tirones, pero en vano saltaba, no iba a alcanzarla. Estaba aviado. Pronto, a fuerza de tropezar, caería en la podredumbre, su corazón, chorreando, rojo, y babeando como una vieja granada aplastada. Así aparecería su corazón, fláccido, sobre el mármol, cortado por el bisturí después de la autopsia, al cabo de unos días. Pues todo aquello acabaría en una linda autopsia judicial. Yo lo preveía, en vista de que todo el mundo en el barrio iba a contar cosas sabrosas a propósito de aquella muerte, que no iban a considerar normal tampoco, después de lo otro.

La estaban esperando con ganas en el barrio, a su mujer, con todos los chismes acumulados y pendientes del caso anterior. Eso iba a ser un poco más tarde. Por el momento, el marido ya no sabía qué hacer ni cómo morir. Ya estaba como un poco fuera de la vida, pero no conseguía, de todos modos, deshacerse de sus pulmones. Expulsaba el aire y el aire volvía. Le habría gustado abandonar, pero tenía que vivir, de todos modos, hasta el final. Era un currelo bien atroz, que lo hacía bizquear.

«Ya no siento los pies... –gemía–. Tengo frío hasta las rodillas...» Quería tocárselos, los pies, pero ya no podía.

Beber tampoco podía. Estaba casi acabado. Al pasarle la tisana preparada por su mujer, yo me preguntaba qué le habría puesto dentro. No olía demasiado bien, la tisana, pero el olor no es una prueba, la valeriana huele muy mal por sí sola. Y, además, que, asfixiándose como se asfixiaba, el marido, ya no importaba demasiado que fuera extraña la tisana. Y, sin embargo, se esforzaba mucho, trabajaba de lo lindo, con todos los músculos que le quedaban bajo la piel, para seguir sufriendo y respirando. Se debatía tanto contra la vida como contra la muerte. Sería justo estallar en casos así. Cuando a la naturaleza le importa tres cojones algo así, parece que ya no hay límites. Detrás de la puerta, su mujer escuchaba la consulta, pero yo me la conocía bien, a su mujer. A hurtadillas, fui a sorprenderla. «¡Cu! ¡Cu!», le dije. No se ofendió lo más mínimo e incluso vino a hablarme al oído:

«Debería usted —me susurró— hacerle quitarse la dentadura postiza... Debe de molestarlo para respirar, la dentadura...» En efecto, yo no tenía inconveniente en que se la quitara, la dentadura.

«Pero, ¡dígaselo usted misma!», le aconsejé. En su estado, era un encargo delicado.

«¡No! ¡No! ¡Es mejor que sea usted! —insistió—. No le va a gustar saber que estoy enterada...»

«¡Ah! —me sorprendí—. ¿Por qué?»

«Hace treinta años que la lleva y nunca me ha hablado de ella...»

«Entonces, tal vez podríamos dejársela —le propuse—. Ya que tiene la costumbre de respirar con ella...»

«¡Oh, no, yo no podría perdonármelo nunca!», me respondió con cierta emoción en la voz...

Entonces volví a hurtadillas a la habitación. Me oyó volver a su lado, el marido. Le agradaba que yo volviera. Entre los sofocos, me hablaba aún, intentaba incluso mostrarse un poco amable conmigo. Me preguntaba cómo me iba, si había encontrado otra clientela... «Sí, sí», le respondía yo a todas las preguntas. Habría sido demasiado largo y complicado explicarle los detalles. No era el momento adecuado. Disimulada tras la puerta, su mujer me hacía señas para que le volviera a pedir que se quitara la dentadura postiza. Conque me acerqué al oído del marido y le aconsejé en voz baja que se la quitase. ¡Qué plancha! «¡La he tirado por el retrete!...», dijo entonces con mayor espanto aún en los ojos. Una coquetería, en una palabra. Y después de eso se puso a lanzar estertores un buen rato.

Se es artista con lo que se puede. Él, en relación con la dentadura postiza, había hecho un esfuerzo estético toda su vida.

El momento de las confesiones. Me habría gustado que aprovechara para darme su opinión sobre lo que había ocurrido con su madre. Pero ya no podía. Desvariaba. Se puso a babear en abundancia. El fin. Ya no se le podía sacar ni una frase. Le sequé la boca y volví a bajar. Su mujer, abajo, en el pasillo, no estaba nada contenta y casi me regañó por lo de la dentadura postiza, como si fuera culpa mía.

«¡De oro era, doctor!... ¡Yo lo sé! ¡Sé cuánto pagó por ella!... ¡Ya no las hacen así!...» Menuda historia. «No tengo inconveniente en subir a intentarlo otra vez», le propuse, de tan violento que me sentía. Pero, con ella; si no, ¡no!

Esa vez ya casi no nos reconocía, el marido. Un poquito sólo. Los estertores eran menos fuertes, cuando estábamos cerca, como si quisiera oír todo lo que hablábamos, su mujer y yo.

No fui al entierro. No hubo autopsia, como yo me había temido un poco. Se hizo todo a la chita callando. Pero eso no quita para que nos hubiéramos enfadado a base de bien, la viuda Henrouille y yo, a propósito de la dentadura postiza.

Los jóvenes tienen tanta prisa siempre por ir a hacer el amor, se apresuran tanto a coger todo lo que les dan a creer, para divertirse, que en materia de sensaciones no se lo piensan dos veces. Es un poco como esos viajeros que van a jalar todo lo que les sirvan en la cantina de la estación, entre dos pitidos. Con tal de que se les proporcione también, a los jóvenes, las dos o tres cantinelas que animan las conversaciones para follar, les basta, y ya los tenemos tan contentos. Se alegran con facilidad, los jóvenes; claro, que gozan como si tal cosa, ¡cierto es!

Toda la juventud acaba en la playa gloriosa, al borde del agua, allí donde las mujeres parecen libres por fin, donde están tan bellas, que ni siquiera necesitan ya la mentira de nuestros sueños.

Conque, por supuesto, llegado el invierno, cuesta regresar, decirse que se acabó, reconocerlo. Nos gustaría quedarnos aún, con el frío, con la edad, no hemos perdido la esperanza. Eso es comprensible. Somos innobles. No hay que culpar a nadie. Goce y felicidad ante todo. Ésa es mi opinión. Y después, cuando empiezas a apartarte de los demás, es señal de que tienes miedo a divertirte con ellos. Es una enfermedad. Habría que saber por qué se empeña uno en no curar de la soledad. Otro tipo que conocí en la guerra, en el hospital, un cabo, me había hablado un poco de esos sentimientos. ¡Lástima que no volviera a verlo nunca, a aquel muchacho! «¡La tierra es muerte!... —me había explicado—. No somos sino gusanos encima de ella, nosotros, gusanos sobre su repugnante y enorme cadáver, jalándole todo el tiempo las tripas y sólo sus venenos... No tenemos remedio. Todos podridos desde el nacimiento... ¡Y se acabó!»

Eso no impidió que se lo llevaran una noche a toda prisa a los bastiones, a aquel pensador, lo que demuestra que aún servía para ser fusilado. Fueron dos guindillas incluso los que se lo llevaron, uno alto y otro bajo. Lo recuerdo bien. Un anarquista, dijeron de él en el consejo de guerra.

Años después, cuando lo piensas, resulta que te gustaría mucho recuperar las palabras que dijeron ciertas personas y a las propias personas para preguntarles qué querían decir... Pero, ¡se marcharon para siempre!... No tenías bastante instrucción para comprenderlas... Te gustaría saber si no cambiarían tal vez de opinión más adelante... Pero es demasiado tarde... ¡Se acabó!... Nadie sabe ya nada de ellas. Conque tienes que continuar tu camino solo, en la noche. Has perdido a tus compañeros de verdad. No les hiciste la pregunta adecuada, la auténtica, cuando aún estabas a tiempo. Cuando estabas junto a ellos, no sabías. Hombre perdido. Siempre estás atrasado. Se trata de lamentos inútiles.

En fin, menos mal que el padre Protiste vino, al menos, a verme una hermosa mañana para que nos repartiéramos la comisión, la que nos correspondía por el asunto del panteón de la tía Henrouille. Yo ya ni siquiera contaba con el cura. Era como si me cayese del cielo... ¡Mil quinientos francos nos correspondían a cada uno! Al mismo tiempo, traía buenas noticias de Robinson. Tenía los ojos mucho mejor, al parecer. Ya ni siquiera le supuraban los párpados. Y todos los de allí abajo querían que yo fuese. Por lo demás, había prometido ir a verlos. El propio Protiste insistía.

Según lo que me contó, comprendí, además, que Robinson iba a casarse pronto con la hija de la vendedora de velas de la iglesia contigua al panteón, aquella de la que dependían las momias de la tía Henrouille. Era casi cosa hecha, ese matrimonio.

Como es lógico, todo eso nos condujo a hablar un poco del deceso del Sr. Henrouille, pero sin insistir, y la conversación cobró un cariz más agradable al tratar del futuro de Robinson y, después, de esa propia ciudad de Toulouse, que yo no conocía y de la que Grappa me había hablado en tiempos, y luego del comercio que hacían allí, la vieja y él, y, por último, de la muchacha que se iba a casar con Robinson. Un poco sobre todos los temas, en una palabra, y a propósito de todo, charlamos... ¡Mil quinientos francos! Eso me volvía indulgente y, por así decir, optimista. Todos los proyectos de Robinson que me comunicó me parecieron de lo más prudentes, sensatos y juiciosos y muy adaptados a las circunstancias... La cosa se iba a arreglar. Al menos, yo lo creía. Y después nos pusimos a discurrir sobre la cuestión de las edades, el cura y yo. Habíamos superado, los dos, los treinta años hacía ya bastante. Se alejaban en el pasado, nuestros treinta años, en riberas crueles y poco añoradas. Ni siquiera valía la pena volverse para reconocerlas, esas riberas. No habíamos perdido gran cosa al envejecer. «¡Hay que ser muy vil, al fin y al cabo —concluí—, para añorar tal año más que los demás!... ¡Con entusiasmo podemos envejecer nosotros, señor cura, y con decisión, además! ¿Fue acaso divertido ayer? ¿Y el año pasado?... ¿Qué le pareció?...Añorar, ¿qué?... ¡Dígame! ¿La juventud?... Pero, ¡si no tuvimos juventud nosotros!...»

«Rejuvenecen, es verdad, más que nada, por dentro, a medida que avanzan, los pobres, y, al acercarse a su fin, con tal de que hayan intentado perder por el camino toda la mentira y el miedo y el innoble deseo de obedecer que les han infundido al nacer, son, en una palabra, menos repulsivos que al comienzo. ¡El resto de lo que existe en la tierra no es para ellos! ¡No les incumbe! Su misión, la única, es la de vaciarse de su obediencia, vomitarla. Si lo consiguen del todo antes de cascarla, entonces pueden jactarse de que su vida no ha sido inútil!»

Estaba yo animado, la verdad... Aquellos mil quinientos francos me excitaban la imaginación; continué: «La juventud auténtica, la única, señor cura, es amar a todo el mundo sin distinción, eso es lo único cierto, eso es lo único joven y nuevo. Pues bien, ¿conoce usted, señor cura, a muchos jóvenes así? Yo, ¡no!... No veo por todos lados sino necedades sórdidas y viejas que fermentan en cuerpos más o menos recientes y cuanto más fermentan, esas sordideces, más les obsesionan, a los jóvenes, ¡y más fingen entonces ser tremendamente jóvenes! Pero no es verdad, son cuentos... Son jóvenes sólo al modo de los furúnculos, por el pus que les hace daño dentro y los hincha».

Incomodaba a Protiste que le hablara así... Para no ponerlo más nervioso, cambié de conversación... Sobre todo porque acababa de mostrarse muy amable conmigo e incluso providencial... Es de lo más difícil abstenerse de insistir en un tema que te obsesiona tanto como aquél me obsesionaba a mí. Te abruma el tema de tu vida entera, cuando vives solo. Te agobia. Para quitártelo de encima un poco, intentas pringar con él un poco a toda la gente que viene a verte y eso les fastidia. Estar solo es arrastrarse a la muerte. «Habrá que morir —le dije también— más copiosamente que un perro y tardaremos mil minutos en cascarla y cada minuto será nuevo, de todos modos, y ribeteado con suficiente angustia como para hacernos olvidar mil veces todo el placer que podríamos haber tenido haciendo el amor durante mil años de vida... La felicidad en la tierra sería morir con placer, en pleno placer... El resto no es nada, es miedo que no nos atrevemos a confesar, es arte.»

Protiste, al oírme divagar así, pensó que yo acababa de caer enfermo de nuevo. Tal vez tuviera razón y yo me equivocase por completo en todo. En mi retiro, buscando un castigo para el egoísmo universal, me hacía pajas mentales, en verdad, ¡iba a buscarlo hasta la nada, el castigo! Te diviertes como puedes, cuando las ocasiones de salir son escasas, por la falta de dinero, y más escasas aún las ocasiones de salir de ti mismo y de follar.

Reconozco que no tenía del todo razón para fastidiarlo, a Protiste, con mis filosofías contrarias a sus convicciones religiosas, pero es que había en su persona, de todos modos, un cochino regusto de superioridad, que debía de crispar los nervios a mucha gente. Según su idea, estábamos, todos los humanos, en una especie de sala de espera de eternidad en la tierra con números. El número de él era excelente, por supuesto, y para el Paraíso. Lo demás se la sudaba.

Convicciones así son insoportables. En cambio, cuando se ofreció, aquel mismo día por la noche, a adelantarme la suma que necesitaba para el viaje a Toulouse, cesé por completo de importunarlo y de contradecirle. El canguelo que me daba tener que volver a ver a Tania en el Tarapout con su fantasma me hizo aceptar su invitación sin discutir más. En último caso, ¡una o dos semanas de buena vida!, me dije. ¡El diablo conoce todos los trucos para tentarte! Nunca acabaremos de conocerlos. Si viviéramos el tiempo suficiente, no sabríamos ya adónde ir para buscar de nuevo la felicidad. Habríamos dejado abortos de felicidad por todos lados, apestando en los rincones de la tierra, y ya no podríamos ni respirar. Los que están en los museos, los abortos de verdad, hay gente que se pone enferma sólo de verlos y a punto de vomitar. Nuestros intentos también, tan repulsivos, de ser felices, son como para ponerse enfermo, de tan frustrados, y mucho antes de morir para siempre.

No cesaríamos de marchitarnos, si no los olvidáramos. Sin contar los esfuerzos que hemos hecho para llegar adonde estamos, para volver apasionantes nuestras esperanzas, nuestras degeneradas dichas, nuestros fervores y embustes... ¡La tira! Y nuestro dinero, ¿eh? Y modales modernos al tiempo y eternidades para dar y tomar... Y las cosas que nos obligamos a jurar y que juramos y que, según creímos, los demás no habían dicho ni jurado nunca antes de que nos llenaran la cabeza y la boca y perfumes, caricias y mímicas, toda clase de cosas, en una palabra, para acabar ocultándolo lo más posible, para no hablar más, de vergüenza y miedo a que nos vuelva como un vómito. Conque no es empeño lo que nos falta, no, sino más bien estar en el buen camino que conduce a la muerte tranquila.

Ir a Toulouse era, en resumen, otra tontería más. Al reflexionar, no me cupo la menor duda. Conque no tenía excusas. Pero, de seguir a Robinson así, entre sus aventuras, le había yo cogido gusto a los asuntos turbios. Ya en Nueva York, cuando me tenía quitado el sueño, había empezado a atormentarme la cuestión de si podría acompañar más adelante, y aún más, a Robinson. Te hundes, te espantas, primero, en la noche, pero quieres comprender, de todos modos, y entonces ya no sales de las profundidades. Pero hay demasiadas cosas que comprender a un tiempo. La vida es demasiado corta. No quisieras ser injusto con nadie. Tienes escrúpulos, vacilas a la hora de juzgar todo eso de golpe y temes sobre todo morir mientras vacilas, porque entonces habrías venido a la tierra para nada. De lo malo lo peor.

Tienes que darte prisa, no debes fallar tu propia muerte. La enfermedad, la miseria que te dispersa las horas, los años, el insomnio que te pintarrajea de gris días, semanas enteras, y el cáncer que tal vez te suba ya, meticuloso y sanguinolento, del recto.

¡No voy a tener nunca tiempo!, te dices. Sin contar la guerra, lista siempre también ella, en el hastío criminal de los hombres, para subir del sótano donde se encierran los pobres. ¿Se mata a bastantes pobres? No es seguro... Lo pregunto. ¿No habría tal vez que degollar a todos los que no comprendan? Y que nazcan otros, nuevos pobres y siempre así hasta que aparezcan los que comprendan bien la broma, toda la broma... Igual que se siega el césped hasta el momento en que la hierba es la buena de verdad, la tierna.

Al apearme en Toulouse, me encontré ante la estación bastante indeciso. Una cerveza en la cantina y ya me veía, de todos modos, deambulando por las calles. ¡Es divertido ir por ciudades desconocidas! Es el momento y el lugar en que puedes suponer que toda la gente que encuentras es amable. Es el momento del sueño. Puedes aprovechar que es el sueño para ir a matar un poco de tiempo al jardín público. Sin embargo, pasada cierta edad, a menos que haya razones familiares excelentes, tienes apariencia, como Parapine, de buscar a las niñas en el jardín público, has de andarte con ojo. Es preferible la pastelería, justo antes de cruzar la verja del jardín, bello establecimiento de la esquina decorado como un burdel con pajaritos que cubren los espejos de amplios biseles. Te ves en él comiendo, pensativo, infinitas garrapiñadas. Refugio para serafines. Las señoritas del establecimiento charlan a hurtadillas de sus asuntos del corazón así:

«Entonces le dije que podía venir a buscarme el domingo... Mi tía me oyó y me hizo una escena a causa de mi padre...»

«Pero, ¿no se volvió a casar tu padre?», la interrumpió la amiga.

«¿Qué tiene que ver que volviera a casarse?... Tiene derecho, de todos modos, a saber con quién sale su hija, ¿no?...»

Ésa era también la opinión de la otra señorita de la tienda. Lo que produjo una controversia apasionada entre todas las dependientas. En vano me mantenía yo en mi rincón, para no molestarlas, atiborrándome, sin interrumpirlas, de pastas y trozos de tarta, que, por cierto, no pagué, con la esperanza de que consiguieran resolver antes aquellos delicados problemas de precedencias familiares, seguían igual. Nada aclaraban. Su impotencia especulativa las hacía limitarse a odiar en plena confusión. Reventaban de irracionalidad, vanidad e ignorancia, las señoritas del establecimiento, y echaban chispas susurrándose mil injurias.

Pese a todo, me quedé fascinado con su cochina miseria. Me lancé por los borrachos. Ya es que ni los contaba. Ellas tampoco. Esperaba no tener que irme antes de que hubieran llegado a una conclusión... Pero la pasión las volvía sordas y luego mudas, a mi lado.

Agotada la hiel, se contenían, crispadas, al abrigo del mostrador de los pasteles, cada una de ellas invencible, cerrada, reprimida, cavilando el modo de sacarlo a relucir en otra ocasión, con mayor mala leche, de soltar, a la primera de cambio y con rabia, las memeces rabiosas e hirientes que supiesen de su compañera. Ocasión que, por cierto, no tardaría en presentarse, que provocarían... Desechos de argumentos al asalto de nada en absoluto. Había acabado sentándome para que me aturdieran mejor con el ruido incesante de las palabras, de los abortos de pensamiento, como en una orilla en que las olitas de pasiones incesantes nunca llegaran a organizarse...

Escuchas, esperas, confías, aquí, allá, en el tren, en el café, en la calle, en el salón, en la portería, escuchas, esperas que la mala leche se organice, como en la guerra, pero se limita a agitarse y nunca ocurre nada, ni en el caso de esas pobres señoritas ni en los demás tampoco. Nadie viene a ayudarte. Una cháchara inmensa se extiende, gris y monótona, por encima de la vida como un espejismo de lo más desalentador. Dos damas entraron entonces y se rompió el deslucido encanto creado entre las señoritas y yo por la ineficaz conversación. Las clientas fueron objeto de la diligencia inmediata de todo el personal. Se adelantaban a servirles antes de que pidieran. Eligieron, aquí y allá, picaron pastas y tartas para llevar. En el momento de pagar aún se deshacían en cumplidos y pretendieron invitarse mutuamente a hojaldres «para tomar».

Una de ellas rehusó dando mil veces las gracias y explicando por los codos y en confianza, a las otras damas, muy interesadas, que su médico le había prohibido toda clase de dulces, que era maravilloso, su médico, que ya había hecho milagros con el estreñimiento en la ciudad y en otros lugares y que estaba curándola, a ella, entre otras, de una retención de caca que padecía desde hacía más de diez años, gracias a un régimen de lo más especial, gracias también a un medicamento maravilloso conocido sólo por él. Las damas no estaban dispuestas a dejarse superar tan fácilmente en el terreno del estreñimiento. Padecían más que nadie de estreñimiento. Protestaban. Exigían pruebas. La dama en tela de juicio se limitó a añadir que ahora hacía unas ventosidades, al ir al retrete, que eran como fuegos artificiales... que con sus nuevas deposiciones, todas muy bien construidas, muy resistentes, había de tener más cautela... A veces eran tan duras, las nuevas deposiciones maravillosas, que sentía un daño atroz en el trascro... Se le desgarraba... Conque se veía obligada a ponerse vaselina antes de ir al retrete. Era irrefutable.

Así salieron totalmente convencidas, aquellas clientas tan charlatanas, acompañadas hasta la puerta de la pastelería Aux Petits Oiseaux por todas las sonrisas del establecimiento.

El jardín público de enfrente me pareció apropiado para hacer un alto, en actitud de recogimiento, el tiempo justo de recobrar el ánimo antes de salir en busca de mi amigo Robinson.

En los parques provinciales los bancos permanecen casi todo el tiempo vacíos durante las mañanas laborables, junto a macizos repletos de cañacoros y margaritas. Cerca de los grutescos, sobre aguas totalmente cautivas, una barquita de zinc, rodeada de cenizas ligeras, se mantenía sujeta a la orilla con una cuerda enmohecida. El esquife navegaba el domingo, estaba anunciado en un cartel y el precio de la vuelta al lago también: «Dos francos».

¿Cuántos años? ¿Estudiantes? ¿Fantasmas?

En todos los rincones de los jardines públicos hay, olvidados así, montones de sepulcritos cubiertos con las flores del ideal, bosquecillos llenos de promesas y pañuelos llenos de todo. Nada es serio.

De todos modos, ¡basta de quimeras! En marcha, me dije, en busca de Robinson y su iglesia de Sainte-Eponime y de ese panteón cuyas momias guardaba junto con la vieja. Yo había ido a ver todo aquello, tenía que decidirme.

Con un simón empecé a dar vueltas al trote, por el hueco de las umbrosas calles del casco antiguo, donde el día se queda enredado entre los tejados. Armábamos mucho escándalo con las ruedas tras el caballo, todo pezuña, de calzadas a pasarelas. Hace mucho que no se queman ciudades en el Mediodía. Nunca habían sido tan antiguas. Las guerras ya no pasan por allí.

Llegamos ante la iglesia de Sainte-Eponime, cuando daban las doce. El panteón estaba un poco más lejos, bajo un calvario. Me indicaron su emplazamiento en el centro de un jardincillo muy seco. Se entraba a aquella cripta por una especie de agujero con parapeto. De lejos divisé a la guardiana del panteón, una chica joven. Me apresuré a preguntarle por mi amigo Robinson. Estaba cerrando la puerta, aquella muchacha. Me sonrió muy amable para responderme y al instante me dio noticias y buenas.

Con la claridad del mediodía, desde el lugar donde nos encontrábamos, todo se volvía rosa a nuestro alrededor y las piedras desgastadas subían hacia el cielo a lo largo de la iglesia, como dispuestas a ir a fundirse en el aire, por fin, a su vez.

Debía de tener unos veinte años, la amiguita de Robinson, piernas muy firmes y prietas, busto chiquito de lo más agradable y cabecita menuda encima, bien dibujada, preciosa, de ojos tal vez demasiado negros y atentos, para mi gusto. De estilo nada soñador. Ella era quien escribía las cartas de Robinson, las que yo recibía. Me precedió con sus andares seguros hacia el panteón, pies, tobillos bien dibujados y también ligamentos de cachonda que debía de arquearse bien en el momento culminante. Manos breves, duras, firmes, manos de obrera ambiciosa. Giró la llave con un gestito seco. El calor bailaba a nuestro alrededor y temblaba por encima del piso. Hablamos de esto y aquello y después, abierta la puerta, se decidió, de todos modos, a enseñarme el panteón, pese a ser la hora del almuerzo. Yo empezaba a sentirme a gusto. Penetrábamos en el frescor en aumento tras su farol. Era muy agradable. Hice como que tropezaba entre dos peldaños para cogerme a su brazo, lo que nos hizo bromear y, al llegar a la tierra batida abajo, le di un besito en el cuello. Protestó al principio, pero no demasiado.

Al cabo de un momentito de afecto, me retorcí en torno a su vientre como un auténtico gusano enamorado. Nos mojábamos y remojábamos, viciosos, los labios, para la conversación de las almas. Le subí una mano despacio por los muslos arqueados; es agradable, con el farol en el suelo, porque se pueden contemplar al mismo tiempo los relieves en movimiento a lo largo de la pierna. Es una posición recomendable. ¡Ah! ¡No hay que perderse nada de momentos así! Bizqueas de gusto. Te sientes bien recompensado. ¡Qué impulso! ¡Qué buen humor de repente! La conversación se reanudó en otro tono, de confianza y sencillez. Éramos amigos. Lo primero, ¡darle al asunto! Acabábamos de economizar diez años.

«¿Acompañas a menudo a las visitas? —le pregunté entre resoplidos y con descaro. Pero al instante proseguí—: Es tu madre, ¿verdad?, la que vende las velas en la iglesia de al lado... El padre Protiste me habló también de ella.»

«Substituyo a la Sra. Henrouille sólo al mediodía... —respondió—. Por las tardes trabajo en una casa de modas... en la Rue du Théâtre... ¿Has pasado por delante del Teatro al venir?»

Me tranquilizó una vez más respecto a Robinson: se encontraba mucho mejor e incluso el especialista de los ojos pensaba que pronto vería lo bastante como para ir solo por la calle.

Ya lo había intentado incluso. Era un presagio excelente. La tía Henrouille, por su parte, se declaraba encantada con la cripta. Hacía negocio y economías. Un único inconveniente: en la casa en que vivían, las chinches no dejaban dormir a nadie, sobre todo durante las noches de tormenta. Conque quemaban azufre. Al parecer, Robinson hablaba con frecuencia de mí y en términos aún elogiosos. De una cosa a otra, pasamos a la historia y las circunstancias de la boda.

Es cierto que con todo aquello aún no le había preguntado yo cómo se llamaba. Madelon se llamaba. Había nacido durante la guerra. Su proyecto de boda, al fin y al cabo, me venía muy bien. Madelon era nombre fácil de recordar. Seguro que sabía lo que hacía casándose con Robinson... A pesar de sus progresos, iba a ser siempre un inválido, en una palabra... Y, además, ella creía que sólo le había afectado a los ojos... Pero tenía los nervios enfermos, ¡y el ánimo, pues, y lo demás! Estuve a punto de decírselo, de avisarla... Las conversaciones sobre matrimonios nunca he sabido yo cómo orientarlas ni cómo salir de ellas.

Para cambiar de tema, sentí gran interés repentino por las cosas de la cripta y, puesto que venía de muy lejos para verla, era el momento de ocuparse de ella.

Con su farolito, Madelon y yo los hicimos salir de la sombra, a los cadáveres, de la pared, uno por uno. ¡Debían de hacerlos reflexionar, a los turistas! Pegados a la pared, como fusilados, estaban aquellos muertos hacía tiempo... No les quedaba ya ni piel ni huesos ni ropa... Un poco sólo de todo ello... En estado lamentable y agujereados por todas partes... El tiempo, que llevaba años royéndoles la piel, seguía sin soltarlos... Aún les desgarraba trozos de rostro, aquí y allá, el tiempo... Les agrandaba todos los agujeros y les encontraba aún largos cabos de epidermis, que la muerte había olvidado sobre los cartílagos. El vientre se les había vaciado de todo, pero ahora parecían tener una cunita de sombra en lugar de ombligo.

Madelon me explicó que en un cementerio de cal viva habían esperado más de quinientos años, los muertos, para llegar a aquel estado. No se habría podido decir que fueran cadáveres. La época de cadáveres había acabado de una vez por todas para ellos. Habían llegado a los confines del polvo, despacito.

Los había, en aquel panteón, grandes y pequeños, veintiséis en total, deseosos de entrar en la Eternidad. Aún no les dejaban. Mujeres con cofias colocadas en lo alto del esqueleto, un jorobado, un gigante e incluso un niño de pecho, muy acabadito, también él, con una especie de babero de encaje en torno al cuello, faltaría más, y un jirón de pañal.

Ganaba mucho dinero, la tía Henrouille, con aquellos restos de siglos. Cuando pienso que yo la había conocido, a ella, casi igual a aquellos fantasmas... Así volvimos a pasar despacio ante todos ellos, Madelon y yo. Una a una, sus cabezas, por llamarlas de algún modo, fueron apareciendo en silencio en el círculo de cruda luz de la lámpara. No es exactamente noche lo que tienen en el fondo de las órbitas, es aún una mirada casi, pero más dulce, como la de las personas que saben. Lo que molesta más que nada es su olor a polvo, que te retiene por la punta de la nariz.

La tía Henrouille no se perdía una visita con los turistas. Los hacía trabajar, a los muertos, como en un circo. Cien francos al día le proporcionaban en la temporada alta.

«¿Verdad que no tienen aspecto triste?», me preguntó Madelon. La pregunta era ritual.

La muerte no le decía nada, a aquella monina. Había nacido durante la guerra, época de muerte fácil. Yo sabía bien cómo se muere. Lo había aprendido. Hace sufrir atrozmente. Se puede contar a los turistas que esos muertos están contentos. No tienen nada que decir. La tía Henrouille les daba incluso palmaditas en el vientre, cuando aún les quedaba bastante pergamino encima y resonaban: «bum, bum». Pero eso tampoco es prueba de que todo vaya bien.

Por fin, volvimos a nuestros asuntos, Madelon y yo. Así, que era totalmente cierto que se encontraba mejor, Robinson. Yo, encantado. ¡Parecía impaciente por casarse, la amiguita! Debía de aburrirse de lo lindo en Toulouse. Allí eran raras las ocasiones de conocer a un muchacho que hubiese viajado tanto como Robinson. ¡Menudo si sabía historias! Verdaderas y no tan verdaderas también. Ya le había hablado mucho, por cierto, de América y de los trópicos. Era perfecto.

Yo también había estado, en América y en los trópicos. Yo también sabía historias. Me proponía contarlas. A fuerza de viajar juntos era como nos habíamos hecho amigos incluso, Robinson y yo. El farol se estaba apagando. Volvimos a encenderlo diez veces, mientras arreglábamos el pasado con el porvenir. Ella me negaba los senos, demasiado sensibles.

De todos modos, como la tía Henrouille iba a regresar de un momento a otro del almuerzo, tuvimos que volver a la luz del día por la escalerita empinada y frágil y difícil como una escala. Lo noté.

Por culpa de aquella escalerita tan estrecha y traidora, Robinson bajaba pocas veces a la cripta de las momias. A decir verdad, se quedaba más bien ante la puerta, charlando un poco con los turistas y entrenándose para encontrar la luz, por aquí y por allá, y a través de los ojos.

En las profundidades, entretanto, se espabilaba la tía Henrouille. Trabajaba por dos, en realidad, con las momias. Amenizaba la visita de los turistas con un discursito sobre sus muertos de pergamino. «No son asquerosos, ni mucho menos, señoras y señores, ya que han estado conservados en cal viva, como ven, y desde hace más de cinco siglos... Nuestra colección es única en el mundo... La carne ha desaparecido, desde luego... Sólo les ha quedado la piel, pero está curtida... Están desnudos, pero no indecentes... Como verán, a un niño lo enterraron al tiempo que a su madre... Está muy conservado también, el niño... Y ese grande, con su camisa y su encaje, que viene después... Tiene todos los dientes... Como ven... —Volvía a darles palmaditas en el pecho, a todos, para acabar y sonaban como un tambor—. Ya ven, señoras y señores, que a éste sólo le queda un ojo... sequito... y la lengua... ¡que se ha vuelto como cuero también! —Se la sacaba—. Saca la lengua, pero no es repugnante... Pueden dejar la voluntad, al marcharse, señoras y señores, pero se suelen dejar dos francos por persona y la mitad por los niños... Pueden tocarlos antes de irse... Darse cuenta por sí mismos... Pero háganlo con cuidado... Se lo recomiendo... Son de lo más frágil...»

La tía Henrouille, nada más llegar, había pensado aumentar los precios, era cosa de entenderse con el obispado. Pero no era tan fácil por culpa del cura de Sainte-Eponime, que quería quedarse con la tercera parte de la recaudación, para él solito, y también de Robinson, que protestaba continuamente porque ella no le daba bastante comisión, le parecía a él.

«Ya me he dejado engañar –decía– como un pardillo... Otra vez... ¡Tengo la negra!... ¡Y eso que es buen asunto, la cripta de la vieja!...Y se forra, la tía puta esa, te lo digo yo.»

«Pero, ¡tú no pusiste dinero en el negocio!... –le objetaba yo para calmarlo y hacerle comprender–. ¡Y estás bien alimentado!... ¡Y te cuidan!...»

Pero era obstinado como un abejorro, Robinson, auténtica naturaleza de perseguido. No quería comprender, ni resignarse.

«Al fin y al cabo, ¡te has librado bastante bien de un asunto muy sucio! ¡Te lo aseguro!... ¡No te quejes! Ibas derechito a Cayena,* si no te hubiéramos echado una mano... ¡Y te hemos buscado un sitio tranquilito!...Y, además, has conocido a Madelon, que es buena y te quiere... ¡Enfermo como estás!... Conque, ¿de qué vienes a quejarte?... ¡Sobre todo ahora que has mejorado de los ojos!...»

«Pareces querer decir que no sé de qué me quejo, ¿eh? –me respondía entonces–. Pero siento, de todos modos, que debo quejarme...Así es...Ya sólo me queda eso...Voy a decirte una cosa... Es lo único que me permiten... No están obligados a escucharme.»

En realidad, no cesaba de quejarse, en cuanto nos quedábamos solos.Yo había llegado a temer esos momentos de confianza. Lo veía con sus ojos parpadeantes, aún un poco supurantes al sol, y me decía que, después de todo, no era simpático,

---

* A la colonia penitenciaria o presidio de Cayena, suprimida desde aquella época. *(N. de la T.)*

Robinson. Hay animales hechos así; de nada sirve que sean inocentes e infelices y demás, lo sabemos y, aun así, nos caen mal. Les falta algo.

«Podías haberte podrido en la cárcel...», volvía yo a la carga, para hacerlo reflexionar de nuevo.

«Pero, ¡si ya he estado en la cárcel!... ¡No es peor que como estoy ahora!... ¡Tú qué sabes!...»

No me había contado que hubiese estado en la cárcel. Debía de haber sido antes de que nos conociéramos, antes de la guerra. Insistía y concluía: «Sólo hay una libertad, te lo digo yo, una sola. Ver claro, en primer lugar, y después estar forrado de pasta, ¡lo demás son cuentos!...».

«Entonces, ¿adónde quieres llegar?», le decía yo. Cuando se lo instaba así, a decidirse, a pronunciarse de una vez, se desinflaba. Sin embargo, era cuando podría haber sido interesante...

Mientras Madelon se iba, por el día, a su taller y la tía Henrouille enseñaba sus restos a los clientes, íbamos, nosotros, al café bajo los árboles. Ése era un rincón que le gustaba mucho, el café bajo los árboles, a Robinson. Probablemente por el ruido que hacían por encima los pájaros. ¡Qué cantidad de pájaros! Sobre todo hacia las cinco, cuando volvían al nido, muy excitados por el verano. Caían entonces sobre la plaza como una tormenta. Contaban incluso que un peluquero, que tenía su establecimiento junto al jardín, se había vuelto loco, sólo de oírlos piar todos juntos durante años. Es cierto que ya no nos oíamos, al hablar. Pero era alegre, de todos modos, le parecía a Robinson.

«Si al menos me diera veinte céntimos por visitante, ¡me parecería bien!»

Volvía, cada cinco minutos más o menos, a su preocupación. Entretanto, los colores del tiempo pasado parecían volverle a la cabeza, pese a todo, historias también, las de la Compañía Pordurière en África, entre otras, que habíamos conocido muy bien los dos, ¡qué caramba!, e historias verdes que aún no me había contado nunca. Tal vez no se hubiese atrevido. Era bastante reservado, en el fondo, misterioso incluso.

En punto a tiempo perdido, de Molly sobre todo era de quien me acordaba bien, yo, cuando me sentía tierno, como del eco de una hora dada a lo lejos, y, cuando pensaba en algo agradable, en seguida pensaba en ella.

Al fin y al cabo, cuando el egoísmo cede un poco, cuando el momento de acabar de una vez llega, en punto a recuerdos no conservamos en el corazón sino el de las mujeres que amaban de verdad un poco a los hombres, no sólo a uno, aunque fueras tú, sino a todos.

Al volver por la noche del café, no habíamos hecho nada, como suboficiales jubilados.

Durante la temporada alta, los turistas no cesaban de acudir. Rondaban por la cripta y la tía Henrouille conseguía hacerlos reír. Al cura no le hacían demasiada gracia, aquellas bromas, pero, como recibía más de lo que le correspondía, no abría la boca y, además, es que, en materia de chocarrerías, no entendía. Y, sin embargo, valía la pena, ver y oír a la tía Henrouille, en medio de sus cadáveres. Se los miraba fijamente a la cara, ella que no tenía miedo a la muerte, pese a estar tan arrugada, tan apergaminada ya, también ella, que era como uno de ellos, con su farol, que fuese a charlar delante de sus narices, por llamarlas de algún modo.

Cuando regresábamos a la casa y nos reuníamos para cenar, volvía a hablarse de la recaudación y, además, la tía Henrouille me llamaba su «doctor chacal» por lo que había ocurrido entre nosotros en Rancy. Pero todo ello en broma, por supuesto. Madelon se ajetreaba en la cocina. Aquella vivienda en que nos alojábamos recibía una luz muy mortecina, dependencia de la sacristía, muy estrecha, llena de viguetas y recovecos polvorientos. «De todos modos —comentaba la vieja–, aunque sea de noche, por así decir, todo el tiempo, encuentras la cama, el bolsillo y la boca, ¡y con eso basta y sobra!»

Tras la muerte de su hijo, no había sufrido demasiado tiempo. «Siempre estuvo muy delicado –me contaba una noche, hablando de él–, y yo, fíjese, que ya tengo setenta y siete años, ¡nunca me he quejado de nada!... Él siempre estaba quejándose, era su forma de ser, exactamente como Robinson... por citar un ejemplo. Así, que la escalerita de la cripta es dura, ¿eh?... ¿La conoce usted?... Me cansa, desde luego, pero hay días en que me produce hasta dos francos por escalón... Los he contado... Bueno, pues, por ese precio, ¡subiría, si me lo pidieran, hasta el cielo!»

Ponía muchas especias en la comida, la Madelon, y tomate también. Comida rica. Y vino rosado. Hasta a Robinson le había dado por el vino, a fuerza de vivir en el Mediodía. Ya me lo había contado todo, Robinson, lo que había ocurrido desde su llegada a Toulouse. Yo ya no lo escuchaba. Me decepcionaba y me disgustaba un poco, en una palabra. «Eres un burgués –esa conclusión acabé sacando (porque para mí no había peor injuria en aquella época)–. No piensas, en definitiva, sino en el dinero... Cuando recuperes la vista, ¡te habrás vuelto peor que los demás!»

Las broncas lo dejaban frío. Daba incluso la impresión de que le infundían valor. Además, sabía que era verdad. Ese chico, me decía yo, ya está encarrilado, ya no hay que preocuparse por él... Una mujercita un poco violenta y un poco viciosa, digan lo que digan, te transforma a un hombre, que no lo reconoces... A Robinson, me decía yo también... lo tomé mucho tiempo por un aventurero, pero no es sino un calzonazos, cornudo o no, ciego o no... Y se acabó.

Además, la vieja Henrouille lo había contaminado en seguida, con su pasión por las economías, y también la Madelon, con sus ganas de casarse. Conque sólo faltaba eso. No sabía él lo que le esperaba. Sobre todo porque le iba a coger gusto, a la chavala. Que me lo dijeran a mí. Sería mentira, lo primero, decir que yo no estaba un poco celoso, no sería justo. Madelon y yo nos veíamos un momentito de vez en cuando, antes de cenar, en su habitación. Pero no eran fáciles de organizar, aquellas entrevistas. No decíamos nada. Éramos los más discretos del mundo.

No por ello debe pensarse que no lo amara, a su Robinson. No tenía nada que ver. Sólo que él jugaba al noviazgo, conque ella también, naturalmente, jugaba a las fidelidades. Ése era el sentimiento entre ellos. Lo principal en esos casos es entenderse. Esperaba a casarse para meterle mano, me había confiado. Ésa era su idea. Para él la eternidad, pues, y para mí la inmediatez. Por lo demás, me había hablado de un proyecto que tenía, además, para establecerse en un pequeño restaurante, con ella, y plantar a la vieja Henrouille. Todo en serio, pues. «Es agradable, gustará a la clientela —preveía en sus mejores momentos—. Y, además, ya has visto cómo cocina, ¿eh? ¡No tiene que envidiar a nadie, con el papeo!»

Pensaba incluso que podría sablearle un capitalito inicial, a la tía Henrouille. A mí me parecía bien, pero preveía que le costaría mucho convencerla. «Tú ves todo de color de rosa», le comentaba yo, para calmarlo y hacerle reflexionar un poco. De pronto se echaba a llorar y me llamaba desgraciado. En una palabra, que no hay que desanimar a nadie; al instante, reconocía yo estar equivocado y que lo que me había perdido, en el fondo, había sido el desánimo. Lo que sabía hacer antes de la guerra, Robinson, era el grabado en cobre, pero no quería volver a probarlo, a ningún precio. Era muy dueño. «Con mis pulmones el aire libre es lo que necesito, compréndelo, y, además, que mis ojos no van a ser nunca como antes.» No dejaba de tener razón, en un sentido.

No había nada que replicar. Cuando paseábamos juntos por las calles frecuentadas, la gente se volvía para compadecer al ciego. Tiene piedad, la gente, de los inválidos y los ciegos y se puede decir que tienen amor en reserva. Yo lo había sentido, muchas veces, el amor en reserva. Hay en cantidad. No se puede negar. Sólo, que es una pena que siga siendo tan cabrona, la gente, con tanto amor en reserva. No sale y se acabó. Se les queda ahí dentro, no les sirve de nada. Revientan, de amor, dentro.

Después de la cena, Madelon se ocupaba de él, de su Léon, como lo llamaba ella. Le leía el periódico. Él se pirraba por la política ahora y los periódicos del Mediodía apestan a política y de la animada.

A nuestro alrededor, por la noche, la casa se hundía en el tostadero de los siglos. Era el momento, después de cenar, en que las chinches van a explayarse, el momento también de probar con ellas, las chinches, los efectos de una solución corrosiva que yo quería ceder después a un farmacéutico por un pequeño beneficio. Un apañito. A la tía Henrouille la distraía, mi experimento, y me ayudaba. Íbamos juntos de nido en nido, por las rendijas, los rincones, vaporizando sus enjambres con mi vitriolo. Bullían y se desvanecían bajo la vela que me sujetaba, muy atenta, la tía Henrouille.

Mientras trabajábamos, hablábamos de Rancy. Sólo de pensar en eso, en ese lugar, me daban ganas de vomitar, me habría quedado con gusto en Toulouse el resto de mi vida. No pedía otra cosa, en el fondo, papeo asegurado y tiempo libre. La felicidad, vamos. Pero tuve que pensar, de todos modos, en la vuelta y el currelo. El tiempo pasaba y la prima del cura también y los ahorros.

Antes de marcharme, quise dar unas lecciones y consejos a Madelon. Más vale, desde luego, dar dinero, cuando se puede y se quiere hacer el bien. Pero también puede ser útil ser prevenido y saber bien a qué atenerse exactamente y sobre todo el riesgo que se corre jodiendo a diestro y siniestro. Era eso lo que yo me decía, sobre todo porque en materia de enfermedades me daba un poco de miedo Madelon. Espabilada, desde luego, pero lo más ignorante del mundo sobre microbios. Conque fui y me lancé a explicaciones muy detalladas sobre lo que debía mirar detenidamente antes de responder a cumplidos. Si estaba roja... si había una gota en la puntita... En fin, cosas clásicas que se deben saber y de lo más útiles... Tras haberme escuchado atenta y haberme dejado hablar, protestó, por cumplir. Me hizo incluso una escena... Que si ella era formal... Que si era una vergüenza por mi parte... Que quién me había creído que era... Que no porque conmigo... Que si la estaba insultando... Que si los hombres eran todos unos asquerosos...

En fin, todo lo que dicen, todas las damas, en casos así. Era de esperar. El paripé. Lo principal, para mí, era que hubiese escuchado bien mis consejos y hubiera asimilado lo esencial. Lo demás no tenía la menor importancia. Tras haberme oído atenta, lo que en el fondo la entristecía era pensar que se pudiese pescar todo lo que yo le contaba sólo por la ternura y el placer. Aunque fuese cosa de la naturaleza, yo le parecía tan asqueroso como la naturaleza y se sentía insultada. No insistí más, salvo para hablarle un poco de los condones, tan cómodos. Por último, para dárnoslas de psicólogos, intentamos analizar un poco el carácter de Robinson. «No es celoso precisamente –me dijo entonces–, pero tiene momentos difíciles.»

«¡Vale, vale!...», le respondí, y me lancé a una definición de su carácter, de Robinson, como si lo conociera, yo, su carácter, pero al instante me di cuenta de que no lo conocía apenas, a Robinson, salvo algunas evidencias groseras de su temperamento. Nada más.

Es asombroso cuánto cuesta imaginar lo que puede volver a una persona agradable para los demás...Y, sin embargo, quieres servirle, serle favorable, y farfullas... Es lastimoso, desde las primeras palabras... Estás pez.

En nuestros días, hacer de La Bruyère no es cómodo. Descubres el pastel del inconsciente, en cuanto te aproximas.

Cuando iba a ir a comprar el billete, me retuvieron una semana más, en eso quedamos. Para enseñarme los alrededores de Toulouse, las orillas del río, muy fresquitas, de que me habían hablado mucho, y llevarme a visitar sobre todo los bonitos viñedos de los alrededores, de los que todo el mundo en la ciudad parecía orgulloso y contento, como si fueran ya todos propietarios. No podía irme así, tras haber visitado sólo los cadáveres de la tía Henrouille. ¡No podía ser! En fin, cumplidos...

Tanta amabilidad me desarmaba. No me atrevía a insistir demasiado en quedarme por mi intimidad con la Madelon, intimidad que estaba volviéndose un poco peligrosa. La vieja empezaba a sospechar que había algo entre nosotros. Un estorbo.

Pero no iba a acompañarnos, la vieja, en aquel paseo. En primer lugar, no quería cerrar la cripta, ni siquiera por un solo día. Conque acepté quedarme y un hermoso domingo por la mañana nos pusimos en camino hacia el campo. A él, Robinson, lo llevábamos del brazo entre los dos. En la estación cogimos billetes de segunda. Olía de lo lindo a salchichón, de todos modos, en el compartimento, como en tercera. En un lugar que se llamaba Saint-Jean nos apeamos. Madelon parecía conocer bien la región y, además, en seguida se encontró con conocidos procedentes de todos los rincones. Se anunciaba un bonito día de verano, eso seguro. Mientras paseábamos, habíamos de contar todo lo que veíamos a Robinson. «Aquí hay un jardín... Ahí, mira, un puente y debajo un pescador... No pesca nada... Cuidado con esa bici...» Ahora, que el olor de las patatas fritas lo guiaba perfectamente. Fue él incluso quien nos llevó hasta la freiduría, donde las hacían, las patatas fritas, a cincuenta céntimos la ración. Siempre le habían gustado, las patatas fritas, desde que yo lo conocía, a Robinson, igual que a mí, por cierto. Es muy parisino, el gusto por las patatas fritas. Madelon, por su parte, prefería el vermut, seco y solo.

Los ríos lo pasan mal en el Mediodía. Parece que sufren, siempre están secándose. Colinas, sol, pescadores, peces, barcos, zanjas, lavaderos, viñas, sauces llorones, todo el mundo los quiere, todo los reclama. Les exigen demasiada agua, conque queda poca en el lecho del río. Parece en algunos puntos un camino un poco inundado más que un río de verdad. Como habíamos salido en busca de diversión, teníamos que apresurarnos para encontrarla. En cuanto acabamos las patatas fritas, decidimos dar una vuelta en barca, que nos distraería antes del almuerzo, yo remando, claro está, y ellos dos frente a mí, cogidos de la mano, Robinson y Madelon.

Conque salimos surcando las aguas, como se suele decir, y rozando el fondo aquí y allá, ella lanzando grititos y él no demasiado seguro tampoco. Moscas y más moscas. Libélulas que vigilaban el río con sus enormes ojos por doquier y moviendo la cola, temerosas. Un calor asombroso, como para hacer humear todas las superficies. Nos deslizábamos desde los anchos remolinos planos hasta las ramas muertas...Al ras de riberas ardientes pasamos, en busca de bocanadas de sombra que atrapábamos como podíamos detrás de árboles no demasiado acribillados por el sol. Hablar daba más calor aún, de ser posible. No nos atrevíamos a decir que nos sentíamos mal.

Robinson se cansó el primero, cosa natural, de la navegación. Entonces propuse que atracáramos delante de un restaurante. No éramos los únicos que habíamos tenido esa idea. Todos los pescadores de aquel tramo, la verdad, se habían instalado ya en la taberna, antes que nosotros, ávidos de aperitivos y parapetados tras sus sifones. Robinson no se atrevía a preguntarme si era cara, aquella tasca, que yo había elegido, pero al instante le quité esa preocupación asegurándole que todos los precios estaban anunciados y eran muy razonables. Era cierto. Ya no soltaba la mano de su Madelon.

Puedo decir ahora que pagamos en aquel restaurante como si hubiéramos comido, pero sólo habíamos intentado jalar. Más vale no hablar de los platos que nos sirvieron. Aún siguen allí.

Para pasar la tarde, después, organizar una sesión de pesca con Robinson era demasiado complicado y le habríamos apenado, pues ni siquiera habría visto el flotador. Pero a mí, por otro lado, la idea de remar, después del trago de la mañana, me ponía enfermo. Ya tenía bastante. Había perdido el entrenamiento de los ríos de África. Había envejecido en eso como en todo.

Para cambiar, de todos modos, de ejercicio, dije entonces que un paseíto a pie, simplemente, a lo largo de la orilla, nos sentaría pero que muy bien, al menos hasta aquellas hierbas altas que se veían a menos de un kilómetro de distancia, cerca de una cortina de álamos.

Ahí nos teníais de nuevo, a Robinson y a mí, en marcha y cogidos del brazo, mientras que Madelon nos precedía unos pasos más adelante. Era más cómodo para avanzar entre las hierbas. En un recodo del río oímos las notas de un acordeón. De una gabarra procedía, el sonido, una hermosa gabarra amarrada en aquel punto del río. La música hizo detener a Robinson. Era muy comprensible en su caso y, además, que siempre había sentido debilidad por la música. Conque, contentos de haber encontrado algo que lo divirtiera, nos sentamos en aquel césped mismo, menos polvoriento que el de la orilla en declive de al lado. Se veía que no era una gabarra corriente. Muy limpia y cuidada estaba, una gabarra para vivienda exclusivamente, no para carga, toda llena de flores y con una casilla muy peripuesta y todo, para el perro. Le describimos la gabarra, a Robinson. Quería enterarse de todo.

«Me gustaría mucho, a mí también, vivir en un barco como ése —dijo entonces—. ¿Y a ti?», fue y preguntó a Madelon.

«¡Anda, que ya sé adónde quieres ir a parar! —respondió ella—. Pero, ¡eso es muy caro, Léon! ¡Es mucho más caro aún, estoy segura, que una casa de alquiler!»

Nos pusimos, los tres, a pensar en lo que podía costar una gabarra así y no nos salía el cálculo... Cada uno daba una cifra. Por la costumbre que teníamos de contar en voz alta todo... La música del acordeón nos llegaba muy melosa, entretanto, e incluso la letra de una canción de acompañamiento... Al final, coincidimos en que debía de costar, tal cual, por lo menos cien mil francos, la gabarra. Como para dejarlo a uno turulato...

Ferme tes jolis yeux, car les heures sont brèves...
Au pays merveilleux, au doux pays du rê-ê-êve

Eso era lo que cantaban en el interior, voces de hombres y mujeres mezcladas, desafinando un poco, pero muy agradables, de todos modos, gracias al lugar. No desentonaba con el calor, el campo, la hora que era y el río.

Robinson se empeñaba en contar miles y cientos. Le parecía que valía más aún, tal como se la habíamos descrito, la gabarra... Porque tenía una claraboya para ver mejor dentro y cobres por todos lados: lujo, vamos...

«Léon, no te canses —intentaba calmarlo Madelon—, túmbate en la hierba, que está muy mullida, y descansa un poco... Cien mil o quinientos mil, no está a nuestro alcance, ¿no?... Conque no vale la pena, verdad, que te hagas ilusiones...»

Pero estaba tumbado y se hacía ilusiones, de todos modos, con el precio, y quería enterarse a toda costa e intentar verla, la gabarra que valía tan cara...

«¿Tiene motor?», preguntaba... Nosotros no sabíamos.

Fui a mirar por detrás, ya que insistía, sólo por complacerlo, para ver si veía el tubo de un motorcito.

Ferme tes jolis yeux, car la vie n'est qu'un songe...
L'amour n'est qu'un menson-on-on-ge...
Ferme tes jolis yeuuuuuuux![*]

Seguían así cantando, dentro. Nosotros, por fin, caímos rendidos de cansancio... Nos adormilaban.

En determinado momento, el podenco de la casilla saltó afuera y fue a ladrar sobre la pasarela en nuestra dirección. Despertamos sobresaltados y nos pusimos a gritarle, al podenco. Miedo de Robinson.

Un tipo que parecía el propietario salió entonces al puente por la portezuela de la gabarra. ¡No quería que gritáramos a su perro y tuvimos unas palabras! Pero, cuando comprendió que Robinson estaba, por así decir, ciego, se calmó al instante, aquel hombre, e incluso se mostró como un chorra. Dio marcha atrás y hasta se dejó llamar grosero para arreglar las cosas... Para resarcirnos, nos rogó que fuésemos a tomar café con él, en su gabarra, porque era su santo, fue y añadió. No quería que siguiésemos ahí, al sol, achicharrándonos, y que si patatín y que si patatán... Y que si veníamos al pelo, precisamente, porque eran trece a la mesa... Hombre joven era, el

---

[*] *Ferme tes jolis yeux* es el título de un vals, cantado por Berthe Sylva. Su estribillo es:

Ferme tes jolis yeux,
Car les heures son brèves
Au pays merveilleux,
Au beau pays du rêve;
Ferme tes jolis yeux,
Car tout n'est que mensonge,
Le bonheur est un songe,
Ferme tes jolis yeux.

patrón, un fantasioso. Le gustaban los barcos, fue y nos explicó también... Comprendimos en seguida. Pero a su mujer le daba miedo el mar, conque habían amarrado allí, por así decir, sobre los guijarros. En la gabarra, parecieron muy contentos de recibirnos. Su esposa, en primer lugar, mujer bella que tocaba el acordeón como un ángel. Y, además, ¡que eso de habernos invitado a tomar café era amable, de todos modos, de su parte! ¡Podríamos haber sido sabe Dios qué! Era, en una palabra, una prueba de confianza por su parte... En seguida comprendimos que no debíamos desairar a aquellos encantadores anfitriones... Sobre todo ante sus invitados... Robinson tenía muchos defectos, pero era, de ordinario, un muchacho sensible. Para sus adentros, sólo por las voces, comprendió que había que comportarse bien y no soltar groserías. No íbamos bien vestidos, bien es verdad, pero sí muy limpios y decentes, de todos modos. El patrón de la gabarra, lo examiné de más cerca, debía de tener unos treinta años, con hermosos cabellos castaños y poéticos y un traje muy mono de estilo marinero, pero relamido. Su bella esposa tenía, por cierto, auténticos ojos «aterciopelados».

Acababan de terminar su almuerzo. Los restos eran copiosos. No rechazamos el trozo de tarta, ¡ni hablar! Ni el oporto para acompañarlo. Desde hacía mucho tiempo, no había oído yo voces tan distinguidas. Tienen una forma de hablar, las personas distinguidas, que te intimida y a mí me asusta, sencillamente, sobre todo sus mujeres, y, sin embargo, son simples frases mal paridas y presuntuosas, pero, eso sí, bruñidas como muebles antiguos. Dan miedo, sus frases, aun anodinas. Temes patinar encima de ellas, al responderles simplemente. Y hasta cuando cobran tono barriobajero para cantar canciones de pobres por diversión, lo conservan, ese acento distinguido, que te inspira recelo y asco, un acento en el que parece vibrar un latiguillo, siempre, el que se necesita, siempre, para hablar a los criados. Es excitante, pero al mismo tiempo te incita a cepillarte a sus mujeres, sólo para verla derretirse, su dignidad, como ellos la llaman...

Expliqué en voz baja a Robinson el mobiliario que había a nuestro alrededor, todo él antiguo. Me recordaba un poco la tienda de mi madre, pero más limpio y mejor arreglado, evidentemente. En casa de mi madre siempre olía a rancio.

Y, además, colgados en los tabiques, cuadros del patrón, infinidad. Pintor él. Fue su mujer la que me lo reveló y con mil remilgos, encima. Su mujer lo amaba, se veía, a su hombre. Era un artista, el patrón, hermoso sexo, hermosos cabellos, hermosas rentas, todo lo necesario para ser feliz; y, encima, el acordeón, amigos, ensueños en el barco, sobre las aguas escasas y que se arremolinaban, muy contentos de no partir nunca... Tenían todo aquello en su casa con toda la dulzura y el frescor precioso del mundo entre los visillos y el hálito del ventilador y la divina seguridad.

Puesto que habíamos acudido, debíamos ponernos en consonancia. Bebidas heladas y fresas con nata, primero, mi postre preferido. Madelon se moría de ganas de repetir. También ella se dejaba conquistar ahora por los buenos modales. Los hombres la consideraban simpática, a Madelon, el suegro sobre todo, ricachón él, parecía muy contento de tenerla a su lado, a Madelon, y venga desvivirse para agradarle. Venga buscar por toda la mesa más golosinas, sólo para ella, que estaba dándose una panzada, de nata. Por lo que decía, era viudo, el suegro. ¡Menudo si lo había olvidado! Al cabo de poco, con los licores, Madelon tenía una curda de cuidado. El traje que llevaba Robinson y el mío también chorreaban fatiga y temporadas y más temporadas, pero en el refugio en que nos encontrábamos podía ser que no se viera. De todos modos, yo me sentía un poco humillado en medio de los demás, tan respetables en todo, limpios como americanos, tan bien lavados, tan bien educados, listos para concursos de elegancia.

Madelon, ya piripi, no se contenía demasiado bien. Con su fino perfil puntiagudo dirigido a las pinturas, contaba tonterías; la anfitriona, que se daba cuenta un poco, volvió al acordeón para remediarlo, mientras todos cantaban y nosotros también en sordina, pero desafinando y sin gracia, la misma canción que un poco antes oíamos fuera y después otra.

Robinson había encontrado el medio de entablar conversación con un señor anciano que parecía conocerlo todo sobre la cultura del cacao. Tema apropiado. Un colonial, dos coloniales. «Cuando estaba yo en África –oí, para mi gran sorpresa, afirmar a Robinson–, cuando era ingeniero agrónomo de la Compañía Pordurière –repetía–, ponía a cosechar a la población entera de una aldea... etc.» No podía verme, conque se despachaba a gusto... Con ganas... Falsos recuerdos... Deslumbraba al señor anciano... ¡Mentiras! Lo único que se le ocurría para ponerse a la altura del anciano competente. Él siempre tan reservado, Robinson, en su lenguaje, me irritaba y afligía al divagar así.

Lo habían instalado, con todos los honores, en un gran diván lleno de perfumes, con una copa de coñac en la mano derecha, mientras que con la otra evocaba con gestos ampulosos la majestad de las junglas vírgenes y los furores de los tornados ecuatoriales. Estaba disparado, disparado de lo lindo... Alcide se habría tronchado de risa, si hubiera estado allí, en un rincón. ¡Pobre Alcide!

No se puede negar, estábamos lo que se dice a gusto, en su gabarra. Sobre todo porque empezaba a alzarse una brisita del río y en los marcos de las ventanas flotaban los visillos encañonados como banderitas alegres.

Otra ronda de helados y después champán. Era su santo, lo había repetido cien veces, el patrón. Se había propuesto obsequiar por una vez a todos e incluso a los transeúntes. A nosotros por una vez. Durante una hora, dos, tres tal vez, estaríamos todos reconciliados bajo su batuta, seríamos todos amigos, los conocidos y los demás e incluso los extraños, e incluso nosotros tres, a quienes habían recogido en la ribera, a falta de algo mejor, para no ser trece a la mesa. Iba a ponerme a cantar mi cancioncilla de alborozo y después cambié de parecer, demasiado orgulloso de pronto, consciente. Conque me pareció oportuno revelarles, para justificar mi invitación, pese a todo, en un arranque impulsivo, ¡que acababan de invitar en mi persona a uno de los médicos más distinguidos de la región parisina! ¡No podía sospecharlo, aquella gente, por mi pinta, evidentemente! ¡Ni por la mediocridad de mis compañeros! Pero, en cuanto supieron mi rango, se declararon encantados, halagados y, sin más tardar, todos y cada uno se pusieron a iniciarme en las desdichas particulares de su cuerpo; aproveché para aproximarme a la hija de un empresario, una primita muy robusta que padecía precisamente urticaria y eructos agrios a la más mínima.

Cuando no estás acostumbrado a los primores de la mesa y del bienestar, te embriagan fácilmente. La verdad pierde el culo para abandonarte. Basta con muy poquito siempre para que te deje libre. No te aferras a la verdad. En esa abundancia repentina de placeres, eres, antes de que te des cuenta, presa del delirio megalómano. Yo me puse a divagar, a mi vez, mientras hablaba de urticaria a la primita. Sales de las humillaciones cotidianas intentando, como Robinson, ponerte en consonancia con los ricos, mediante las mentiras, monedas del pobre. A todos nos da vergüenza nuestra carne mal presentada, nuestra osamenta deficitaria. No podía decidirme a mostrarles mi verdad; era indigna de ellos, como mi trasero. Tenía que causar, a toda costa, buena impresión.

A sus preguntas me puse a responder con ocurrencias, como antes Robinson al anciano señor. ¡Me sentí, a mi vez, embargado por la soberbia!... ¡Que si mi numerosa clientela!... ¡Que si el exceso de trabajo!... Que si mi amigo Robinson... el ingeniero, que me había ofrecido hospitalidad en su hotelito tolosano...

Y es que, además, cuando ha comido y bebido bien, el anfitrión es fácil de convencer. ¡Por fortuna! ¡Todo cuela! Robinson me había precedido en la dicha furtiva de las trolas improvisadas; seguirlo no exigía ya apenas esfuerzo.

Con las gafas ahumadas que llevaba, Robinson, no se podía apreciar bien el estado de sus ojos. Atribuimos, generosos, su desgracia a la guerra. Desde ese momento, nos vimos acomodados, realzados social y patrióticamente hasta la altura de ellos, nuestros anfitriones, sorprendidos un poco, al principio, por la fantasía del marido, el pintor, a quien su situación de artista mundano forzaba, de todos modos, a algunas acciones insólitas de vez en cuando... Se pusieron, los invitados, a considerarnos de verdad a los tres de lo más amables e interesantes.

En su calidad de prometida, Madelon tal vez no desempeñara su papel todo lo púdicamente que requería la ocasión; excitaba a todo el mundo, incluidas las mujeres, hasta el punto de que yo me preguntaba si no iría a acabar todo aquello en una orgía. No. La conversación fue languideciendo, rota por el esfuerzo baboso de ir más allá de las palabras. No ocurrió nada.

Seguíamos aferrados a las frases y clavados a los cojines, muy atontados por el intento común de hacernos felices, más profunda, más calurosamente y aún un poco más, unos a otros, con el cuerpo ahíto, con el espíritu exclusivamente, haciendo todo lo posible para mantener todo el placer del mundo en el presente, todo lo maravilloso que conocíamos en nosotros y en el mundo, para que el vecino empezara a disfrutarlo también y nos confesara, el vecino, que era eso, exacto, lo que buscaba, tan admirable, que sólo le faltaba esa dádiva nuestra precisamente, desde hacía tantos y tantos años, para ser por fin perfectamente feliz, ¡y para siempre! ¡Que por fin le habíamos revelado su propia razón de ser! Y que había que ir a decírselo a todo el mundo entonces, ¡que había encontrado su razón de ser! ¡Y que bebiéramos otra copa juntos para festejar y celebrar aquella delectación y que durase siempre así! ¡Que no cambiáramos nunca más de encanto! ¡Que sobre todo no volviéramos a los tiempos abominables, a los tiempos sin milagros, a los tiempos de antes de conocernos!... ¡Todos juntos en adelante! ¡Por fin! ¡Siempre!...

El patrón, por su parte, no pudo por menos de romper el encanto.

Tenía la manía de hablarnos de su pintura, que lo traía por la calle de la amargura, de sus cuadros, a todo trance y con cualquier motivo. Así, por su imbecilidad obstinada, aun ebrios, la trivialidad volvió a embargarnos, abrumadora. Vencido ya, fui a dirigirle algunos cumplidos muy sinceros y resplandecientes, al patrón, felicidad en frases para los artistas. Eso era lo que necesitaba. En cuanto los hubo recibido, mis cumplidos, fue como un coito. Se dejó caer en uno de los sofás hinchados de a bordo y se quedó dormido en seguida, muy a gusto, feliz evidentemente. Los invitados, entretanto, se acariciaban mutuamente las facciones con miradas plomizas y mutuamente fascinadas, indecisos entre el sueño casi invencible y las delicias de una digestión milagrosa.

Yo, por mi parte, economicé ese deseo de dormitar y me lo reservé para la noche. Los miedos, supervivientes de la jornada, alejan demasiado a menudo el sueño y, cuando tienes la potra de hacerte, mientras puedes, con una pequeña provisión de beatitud, habrías de ser muy imbécil para desperdiciarla en fútiles cabezadas previas. ¡Todo para la noche! ¡Es mi lema! Hay que pensar todo el tiempo en la noche. Y, además, que estábamos invitados también para la cena, era el momento de recuperar el apetito...

Aprovechamos el sopor reinante para escabullirnos. Realizamos los tres una salida de lo más discreta, evitando a los invitados adormecidos y agradablemente desparramados en torno al acordeón de la patrona. Los ojos de ésta, dulcificados por la música, pestañeaban en busca de la sombra. «Hasta luego», nos dijo, cuando pasamos junto a ella, y su sonrisa se acabó en un sueño.

No fuimos demasiado lejos, los tres, sólo hasta el lugar que yo había descubierto, en que el río hacía un recodo entre dos filas de álamos, altos álamos muy puntiagudos. Se veía desde allí todo el valle e incluso el pueblecito, a lo lejos, en su hueco, arrugado en torno al campanario plantado como un claro en el rojo del cielo.

«¿A qué hora tenemos un tren para volver?», se inquietó al instante Madelon.

«¡No te preocupes! –la tranquilizó él–. Nos van a acompañar en coche, así hemos quedado... Lo ha dicho el patrón... Tienen coche...»

Madelon no volvió a insistir. Seguía ensimismada de placer. Una jornada de verdad excelente.

«Y tus ojos, Léon, ¿qué tal?», le preguntó entonces.

«Mucho mejor. No quería decirte nada aún, porque no estaba seguro, pero creo que sobre todo con el izquierdo empiezo a poder contar incluso las botellas sobre la mesa... He bebido de lo lindo, ¿te has fijado? ¡Y estaba bueno!...»

«El izquierdo es el lado del corazón», observó Madelon, dichosa. Estaba muy contenta, es comprensible, de que mejoraran los ojos de él.

«¡Bésame, entonces, y déjame besarte!», le propuso él. Yo empezaba a sentirme de sobra junto a sus efusiones. Sin embargo, me resultaba difícil alejarme, porque no sabía bien por dónde irme. Hice como que iba a hacer una necesidad detrás del árbol, en espera de que se les pasara. Eran cosas tiernas las que se decían. Yo los oía. Los diálogos de amor más insulsos son siempre, de todos modos, un poco graciosos, cuando conoces a las personas. Y, además, que nunca les había oído decir cosas así.

«¿Es verdad que me quieres?», le preguntaba ella.

«¡Tanto como a mis ojos!», le respondía él.

«¡No es poco lo que acabas de decir, Léon!... Pero, ¡aún no me has visto, Léon!... Tal vez cuando me veas con tus propios ojos y no sólo con los de los demás, ya no me quieras... Entonces volverás a ver a las otras mujeres y a lo mejor las amarás a todas... ¿Como tus amigos?...»

Esa observación, como quien no quiere la cosa, iba por mí. No me equivocaba yo... Creía que estaba lejos y no podía oírla... Así, que echó el resto... No perdía el tiempo... Él, el amigo, se puso a protestar. «Pero, ¡bueno!...», decía. ¡Y que si todo eso eran simples suposiciones! Calumnias...

«Yo, Madelon, ¡ni mucho menos! —se defendía—. ¡Yo no soy de ese estilo! ¿Qué es lo que te hace pensar que soy como él?... ¿Con lo buena que has sido conmigo, además?... ¡Yo me encariño! ¡Yo no soy un cabrón! Es para siempre, ya te lo he dicho, ¡sólo tengo una palabra! ¡Es para siempre! Tú eres bonita, ya lo sé, pero lo serás aún más cuando te haya visto... ¿Qué? ¿Estás contenta ahora? ¿Ya no lloras? ¡Más que eso no puedo decirte!»

«¡Eso sí que es bonito, Léon!», le respondía ella entonces, al tiempo que se apretaba contra él. Estaban haciéndose juramentos, ya no había quien los detuviese, el cielo no era ya bastante grande.

«Me gustaría que fueses siempre feliz conmigo... —le decía él, muy dulce, después—. Que no tuvieras nada que hacer y que tuvieses, sin embargo, todo lo que necesitaras...»

«¡Ah, qué bueno eres, Léon! Eres mejor de lo que pensaba... ¡Eres tierno! ¡Eres fiel! ¡Todo lo mejorcito!...»

«Es porque te adoro, cariñito mío...»

Y se excitaban aún más, con magreos. Y después, como para mantenerme alejado de su felicidad, volvían a dejarme como un trapo a mí.

Primero ella. «El doctor, tu amigo, es simpático, ¿verdad? —Volvía a la carga, como si no hubiera podido tragarme—. ¡Es simpático!... No quiero hablar mal de él, ya que es un amigo tuyo... Pero es un hombre que parece brutal, de todos modos, con las mujeres... No quiero hablar mal de él, porque creo que es verdad que te aprecia... Pero, en fin, no es mi estilo... Voy a decirte una cosa... No te enfadarás, ¿verdad? —No, no se enfadaba por nada, Léon—. Pues mira, me parece que le gustan, al doctor, como demasiado, las mujeres... Como los perros un poco, ¿me comprendes?... ¿No te parece a ti?... ¡Es como si les saltara encima, parece, siempre! Hace daño y se va... ¿No te parece? ¿Que es así?»

Le parecía, al cabronazo, le parecía todo lo que ella quisiese, le parecía incluso que lo que ella decía era de lo más exacto y gracioso. De lo más divertido. La animaba a continuar, se relamía de gusto.

«Sí, es muy cierto, eso que has notado en él, Madelon; es buena persona, Ferdinand, pero lo que se dice delicadeza no es que tenga, eso desde luego, y fidelidad tampoco, por cierto... ¡De eso estoy seguro!...»

«Has debido de conocerle amigas, ¿eh, Léon?»

Se informaba, la muy puta.

«¡La tira! —le respondió él, convencido—. Pero es que... mira... Para empezar... ¡No es exigente!...»

Había que sacar una conclusión de esas afirmaciones, de lo cual se encargó Madelon.

«Los médicos, ya es sabido, son todos unos guarros... La mayoría de las veces... Pero es que él, ¡me parece que es cosa mala en ese estilo!...»

«Ni que lo jures —aprobó él, mi buen, mi feliz amigo, y continuó—: Hasta tal punto, que muchas veces he pensado, de tan aficionado que lo he visto a eso, que tomaba drogas... Y, además, ¡es que tiene un aparato! ¡Si vieras qué tamaño! ¡No es natural...!»

«¡Ah, ah! —dijo Madelon, perpleja de pronto e intentando recordar mi aparato—. ¿Tú crees que tendrá enfermedades entonces?» Estaba muy inquieta, afligida de repente por esas informaciones íntimas.

«Eso no sé —se vio obligado a reconocer él, con pena—, no puedo asegurarlo... Pero no me extrañaría con la vida que lleva.»

«De todos modos, tienes razón, debe de tomar drogas... Debe de ser por eso por lo que es tan extraño a veces...»

Y de repente la cabecita de Madelon se puso a cavilar. Añadió: «En el futuro tendremos que desconfiar un poco de él...».

«¿No tendrás miedo, de todos modos? —le preguntó él—. No es nada tuyo, al menos... ¿No se te habrá insinuado?»

«Ah, eso no, vamos, ¡me habría negado! Pero nunca se sabe lo que se le puede ocurrir... Supónte, por ejemplo, que le da un ataque... ¡Les dan ataques, a esa gente que toma drogas!... Desde luego, ¡no sería yo quien fuera a su consulta!...»

«¡Yo tampoco, ahora que lo dices!», aprobó Robinson. Y más ternura y caricias...

«¡Cielito!... ¡Cielito mío!...» Lo acunaba...

«¡Mi niña!... ¡Mi niña!...», le respondía él. Y después silencios interrumpidos por arranques de besos.

«Dime en seguida que me quieres todas las veces que puedas, mientras te beso hasta el hombro...»

Empezaba en el cuello el jueguecito.

«¡Qué sofocada estoy!... —exclamaba ella resoplando—. ¡Me asfixio! ¡Dame aire!» Pero él no la dejaba respirar. Volvía a empezar. Yo, en el césped de al lado, intentaba ver lo que iba a ocurrir. Él le cogía los pezones entre los labios y jugueteaba con ellos. Jueguecitos, vamos. Yo también estaba sofocadísimo, embargado por un montón de emociones y maravillado, además, de mi indiscreción.

«Vamos a ser muy felices, ¿eh? Dime, Léon. Dime que estás bien seguro de que vamos a ser felices.»

Eso era el entreacto. Y después más proyectos para el futuro que no acababan nunca, como para rehacer todo un mundo con ellos, pero un mundo sólo para ellos dos, ¡ya lo creo! Fuera yo, sobre todo, de él. Parecía que no pudiesen acabar nunca de deshacerse de mí, de despejar su intimidad de mi asquerosa evocación.

«¿Hace mucho que sois amigos, Ferdinand y tú?»

Eso la inquietaba...

«Años, sí... Aquí... Allá... –respondió él–. Nos conocimos por casualidad, en los viajes... Él es un tipo al que le gusta conocer países... A mí también, en cierto sentido, conque es como si hubiéramos viajado juntos desde hace mucho... ¿Comprendes?...» Reducía así nuestra vida a trivialidades ínfimas.

«Bueno, pues, ¡vais a tener que dejar de ser tan amiguitos, cariño! ¡Y desde ahora, además!... –le respondió ella, muy decidida, rotunda–. ¡Esto se va a acabar!... ¿Verdad, cariño, que se va a acabar?... Conmigo solita vas a viajar tú ahora... ¿Me has entendido?... ¿Eh, cariño?...»

«Entonces, ¿estás celosa de él?», preguntó un poco desconcertado, de todos modos, el muy gilipollas.

«¡No! No estoy celosa de él, pero te quiero demasiado, verdad, Léon mío, quiero tenerte enterito para mí... No quiero compartirte con nadie... Y, además, es que ahora que yo te quiero, Léon mío, no es la clase de compañía que necesitas... Es demasiado vicioso... ¿Comprendes? ¡Dime que me adoras, Léon! ¡Y que me entiendes!»

«Te adoro.»

«Bien.»

Volvimos todos a Toulouse, aquella misma noche.

Dos días después se produjo el accidente. Tenía que marcharme, de todos modos, y, justo cuando estaba acabando la maleta para irme a la estación, oí a alguien gritar algo delante de la casa. Escuché... Tenía que bajar corriendo al panteón... Yo no veía a la persona que me llamaba así... Pero por el tono de voz debía de ser pero que muy urgente... Era urgente que acudiera, al parecer.

«¿No puedo esperar ni un minuto?», respondí, para no precipitarme... Debía de ser hacia las seis, justo antes de cenar. Íbamos a despedirnos en la estación, así habíamos quedado. Nos iba bien a todos así, porque la vieja tenía que volver un poco después a casa. Precisamente esa noche, por un grupo de peregrinos que esperaba en el panteón.

«¡Venga rápido, doctor!... —insistía la persona de la calle—. ¡Acaba de ocurrir una desgracia a la Sra. Henrouille!»

«¡Bueno, bueno!... —dije—. ¡Voy en seguida! ¡Entendido!... ¡Bajo ahora mismo!»

Pero para tener tiempo de serenarme un poco: «Vaya usted delante —añadí—. Dígales que ya llego... Que voy corriendo... El tiempo de ponerme los pantalones...»

«Pero, ¡es que es muy urgente! —insistía aún la persona—. ¡Le repito que ha perdido el conocimiento!... ¡Se ha abierto la cabeza, al parecer!... ¡Se ha caído por las escaleras del panteón!... ¡Rodando hasta abajo ha caído!...»

«¡Listo!», me dije para mis adentros al oír aquella bonita historia, y no necesité pensarlo más. Me largué, derechito, a la estación. No necesitaba saber más.

Cogí el tren de las 7.15, a pesar de todo, pero por los pelos. No nos despedimos.

A Parapine lo que le pareció, ante todo, al volver a verme, fue que yo tenía mala cara.

«Debiste de cansarte mucho en Toulouse», observó, receloso, como siempre.

Es cierto que habíamos tenido emociones allá, en Toulouse, pero en fin, no había por qué quejarse, ya que me había librado de una buena, eso esperaba al menos, de los líos de verdad, al largarme en el momento crítico.

Conque le expliqué la aventura con detalle y también mis sospechas, a Parapine. Pero no le parecía ni mucho menos que yo hubiera actuado con demasiado acierto en aquella ocasión... De todos modos, no tuvimos tiempo de discutir el asunto, porque la cuestión de conseguir un currelo para mí se había vuelto en aquel momento tan urgente, que no podía pensar en otra cosa. No había, pues, tiempo que perder en comentarios...Ya sólo me quedaban ciento cincuenta francos de economías y no sabía adónde ir ya a colocarme. ¿En el Tarapout?...Ya no contrataban a nadie. La crisis. ¿Volver a La Garenne-Rancy, entonces? ¿Volver a probar con la clientela? Lo pensé, desde luego, por un momento, pese a todo, pero como último recurso y de muy mala gana. Nada se apaga como un fuego sagrado.

Fue él, Parapine, quien me echó al final un buen cable con una modesta plaza que descubrió para mí en un manicomio, precisamente, donde trabajaba desde hacía ya unos meses.

Las cosas iban aún bastante bien. En aquel manicomio, Parapine se ocupaba no sólo de llevar a los alienados al cine, sino también del tratamiento eléctrico. A horas determinadas, dos veces por semana, desencadenaba auténticas tormentas magnéticas por encima de las cabezas de los melancólicos reunidos a propósito en una habitación cerrada y muy obscura. Deporte mental, en una palabra, y la realización de la hermosa idea del doctor Baryton, su patrón. Roñoso él, por cierto, el compadre, que me admitió a cambio de un salario mínimo, pero con un contrato y cláusulas así de largas, todas ventajosas para él, evidentemente. Un patrono, en una palabra.

La remuneración en aquel manicomio era mínima, cierto es, pero, en cambio, la alimentación era bastante buena y el alojamiento perfecto. También podíamos tirarnos a las enfermeras. Estaba permitido y reconocido tácitamente. Baryton, el patrón, no tenía nada en contra de esas diversiones e incluso había comentado que esas facilidades eróticas mantenían el apego del personal a la casa. Ni tonto ni severo.

Y, además, que no era el momento de poner, para empezar, pegas ni condiciones, cuando me ofrecían un filete, que me venía más que de perilla. Pensándolo bien, yo no lograba comprender del todo por qué me había dado Parapine de repente muestras de tan vivo interés. Su actitud para conmigo me inquietaba. Atribuirle a él, a Parapine, sentimientos fraternos... Era demasiado bello, la verdad, para ser cierto... Debía de ser algo más complicado. Pero todo llega...

A mediodía nos encontrábamos a la mesa, era la costumbre, reunidos en torno a Baryton, nuestro patrón, alienista veterano, barba en punta, muslos cortos y carnosos, muy amable, asuntos económicos aparte, capítulo a propósito del cual se mostraba de lo más asqueroso cada vez que le proporcionábamos pretexto y ocasión.

Tocante a tallarines y vinos ásperos, nos mimaba, desde luego. Según nos explicó, había heredado todo un viñedo. ¡Peor para nosotros! Era un vino muy modesto, lo aseguro.

Su manicomio de Vigny-sur-Seine estaba siempre lleno. Lo llamaban «Casa de salud» en los anuncios, por un gran jardín que lo rodeaba, donde nuestros locos se paseaban los días en que hacía bueno. Se paseaban por él, los locos, con aspecto de mantener con dificultad la cabeza en equilibrio sobre los hombros, como si tuvieran miedo constantemente de que se les desparramara por el suelo, el contenido, al tropezar. Ahí dentro se entrechocaban toda clase de cosas saltarinas y extravagantes, a las que se sentían horriblemente apegados.

No nos hablaban de sus tesoros mentales, los alienados, sino con infinidad de contorsiones espantadas o aires condescendientes y protectores, al modo de administradores meticulosos y prepotentes. Ni por un imperio se habría podido sacarlos de sus cabezas. Un loco no es sino las ideas corrientes de un hombre pero bien encerradas en una cabeza. El mundo no pasa a través de su cabeza y se acabó. Se vuelve como un lago sin ribera, una cabeza cerrada, una infección.

Baryton se abastecía de tallarines y legumbres en París, al por mayor. Por eso, no nos apreciaban nada los comerciantes de Vigny-sur-Seine. Nos tenían fila incluso, los comerciantes, estaba más claro que el agua. No nos quitaba el apetito, aquella animosidad. En la mesa, al comienzo de mi período de prueba, Baryton sacaba sin falta las conclusiones y la filosofía de nuestras deshilvanadas conversaciones. Pero, por haberse pasado la vida entre los alienados, ganándose las habichuelas con aquel tráfico, compartiendo su rancho, neutralizando mal que bien sus insanias, nada le parecía más aburrido que tener, además, que hablar a veces de sus manías durante nuestras comidas. «¡No deben figurar en las conversaciones de la gente normal!», afirmaba defensivo y perentorio. Personalmente, se atenía a esa higiene mental.

A él le gustaba la conversación y de modo casi inquieto, le gustaba divertida y sobre todo tranquilizadora y muy sensata.

Sobre los chiflados no deseaba explayarse. Una antipatía instintiva hacia ellos le bastaba y le sobraba. En cambio, nuestros relatos de viajes le encantaban. Nunca se cansaba de oírlos. Parapine, desde mi llegada, se vio liberado de su cháchara. Yo había venido al pelo para distraer a nuestro patrón durante las comidas. Todas mis peregrinaciones salieron a colación, relatadas por extenso, retocadas, por supuesto, literaturizadas como Dios manda, agradables. Baryton, al comer, hacía, con la lengua y la boca, mucho ruido. Su hija se mantenía siempre a su diestra. Pese a contar sólo diez años, parecía ya marchita para siempre, su hija Aimée. Algo inanimado, una tez grisácea incurable desdibujaba a Aimée ante nuestra vista, como si nubecillas malsanas le pasaran de continuo por delante de la cara.

Entre Parapine y Baryton surgían pequeños roces. Sin embargo, Baryton no guardaba el menor rencor a nadie, siempre que no se inmiscuyera en los beneficios de su empresa. Sus cuentas constituyeron durante mucho tiempo el único aspecto sagrado de su existencia.

Un día, Parapine, en la época en que aún le hablaba, le había declarado con toda crudeza en la mesa que carecía de ética. Al principio, esa observación lo había ofendido, a Baryton. Y después todo se había arreglado. No se enfada uno por tan poca cosa. Con el relato de mis viajes Baryton experimentaba no sólo una emoción novelesca, sino también la sensación de hacer economías. «Después de haberlo oído a usted, Ferdinand, con lo bien que lo cuenta, ¡ya no le quedan a uno ganas de ir a verlos, esos países!» No podía ocurrírsele un cumplido más amable. En su manicomio se recibía sólo a los locos fáciles de vigilar, nunca a los alienados muy aviesos y de claras tendencias homicidas. Su manicomio no era un lugar siniestro en absoluto. Pocas rejas, sólo algunas celdas. El asunto más inquietante era tal vez, de entre todos, la pequeña Aimée, su propia hija. No se contaba entre los enfermos, la niña, pero el ambiente la atormentaba.

Algunos alaridos, de vez en cuando, llegaban hasta nuestro comedor, pero el origen de esos gritos era siempre bastante fútil. Duraban poco, por lo demás. Observábamos también largas y bruscas oleadas de frenesí, que sacudían de vez en cuando a los grupos de alienados, por un quítame allá esas pajas, durante sus interminables paseos entre los bosquecillos y los macizos de begonias. Acababan sin demasiados cuentos ni alarmas con baños calientes tibios y damajuanas de tebaína.

A las escasas ventanas de los refectorios que daban a la calle iban los locos a veces a gritar y alborotar al vecindario, pero el horror se les quedaba más bien en el interior. Conservaban y se ocupaban personalmente de su horror, contra nuestras empresas terapéuticas. Les apasionaba, esa resistencia.

Al pensar ahora en todos los locos que conocí en casa del tío Baryton, no puedo por menos de poner en duda que existan otras realizaciones auténticas de nuestros temperamentos profundos que la guerra y la enfermedad, infinitos de pesadilla.

La gran fatiga de la existencia tal vez no sea, en una palabra, sino ese enorme esfuerzo que realizamos para seguir siendo veinte años, cuarenta, más aún, razonables, para no ser simple, profundamente nosotros mismos, es decir, inmundos, atroces, absurdos. La pesadilla de tener que presentar siempre como un ideal universal, superhombre de la mañana a la noche, el subhombre claudicante que nos dieron.

Enfermos teníamos de todos los precios en el manicomio y los más opulentos vivían en habitaciones Luis XV bien acolchadas. A éstos Baryton les hacía la visita diaria de alto precio. Ellos lo esperaban. De vez en cuando recibía un par de señoras bofetadas, Baryton, formidables, la verdad, largo tiempo meditadas. En seguida las apuntaba a la cuenta en concepto de tratamiento especial.

En la mesa Parapine se mantenía reservado; no es que mis éxitos oratorios ante Baryton lo hirieran ni mucho menos; al contrario, parecía bastante menos preocupado que antes, en la época de los microbios, y, en definitiva, casi contento. Conviene observar que había pasado un miedo de aúpa con sus historias de menores. Seguía un poco desconcertado respecto al sexo. En las horas libres vagaba por el césped del manicomio, también él, como un enfermo, y, cuando yo pasaba junto a él, me dirigía sonrisitas, pero tan indecisas, tan pálidas, aquellas sonrisas, que se podrían haber considerado despedidas.

Al admitirnos a los dos en su personal técnico, Baryton hacía una buena adquisición, ya que le habíamos aportado no sólo la entrega de todo nuestro tiempo, sino también distracción y ecos de aventuras a las que era muy aficionado y de las que se veía privado. Por eso, con frecuencia tenía el gusto de manifestarnos su contento. No obstante, expresaba algunas reservas respecto a Parapine.

Nunca se había sentido del todo cómodo con Parapine. «Mire usted, Ferdinand... –me dijo un día, confidencial–, ¡es ruso!» Ser ruso, para Baryton, era algo tan descriptivo, tan morfológico, irremisible, como «diabético» o «negro». Lanzado a propósito de ese tema, que lo ponía nervioso desde hacía muchos meses, se puso a cavilar de lo lindo ante mí y para mí... Yo no lo reconocía, a Baryton. Precisamente íbamos juntos al estanco del pueblo a buscar cigarrillos.

«Parapine me parece, verdad, Ferdinand, de lo más inteligente, eso desde luego... Pero, de todos modos, ¡tiene una inteligencia enteramente arbitraria, ese muchacho! ¿No le parece a usted, Ferdinand? En primer lugar, no quiere adaptarse... Se le nota en seguida... Ni siquiera está a gusto con su trabajo... ¡Ni siquiera está a gusto en este mundo!... ¡Reconózcalo!... ¡Y en eso se equivoca! ¡Completamente!... ¡Porque sufre!... ¡Ésa es la prueba! ¡Mire cómo me adapto yo, Ferdinand!... (Se daba golpes en el esternón.) ¿Que mañana la Tierra se pone a girar en sentido contrario? Bueno, pues, ¡yo me adaptaré, Ferdinand!

Y, además, ¡en seguida! ¿Y sabe usted cómo, Ferdinand? Dormiré de un tirón doce horas más, ¡y listo! ¡Y se acabó! ¡Hale! ¡Es así de sencillo! ¡Y ya estará hecho! ¡Estaré adaptado! Mientras que ese Parapine, ¿sabe usted lo que hará en semejante aventura? ¡Rumiará proyectos y amarguras durante cien años más!... ¡Estoy seguro! ¡Se lo digo yo!... ¿Acaso no es verdad? ¡Perderá el sueño porque la tierra gire en sentido contrario!... ¡Le parecerá yo qué sé qué injusticia especial!... ¡Demasiada injusticia!... ¡Es su manía, por cierto, la injusticia!... Me hablaba y no paraba, de la injusticia, en la época en que se dignaba dirigirme la palabra... ¿Y cree usted que se contentará con lloriquear? ¡Eso sólo sería un mal menor!... Pero, ¡no! ¡Buscará en seguida un medio de hacer saltar la Tierra! ¡Para vengarse, Ferdinand! Y lo peor, se lo voy a decir yo, Ferdinand, lo peor... Pero que esto quede entre nosotros... Pues, bien, es que lo encontrará, ¡el medio!... ¡Como se lo digo yo! ¡Ah! Mire, Ferdinand, intente comprender bien lo que voy a explicarle... Existe una clase de locos simples y otra clase, los torturados por la manía de la civilización... ¡Me horroriza pensar que Parapine sea uno de éstos!... ¿Sabe usted lo que me dijo un día?»

«No, señor...»

«Pues me dijo: "¡Entre el pene y las matemáticas, señor Baryton, no existe nada! ¡Nada! ¡El vacío!". Y agárrese... ¿Sabe usted a qué está esperando para volver a hablarme?»

«No, señor Baryton, no tengo la menor idea...»

«Entonces, ¿no se lo ha contado?»

«No, aún no...»

«Pues a mí sí que me lo ha dicho... ¡Espera el advenimiento de la era de las matemáticas! ¡Sencillamente! ¡Está absolutamente decidido! ¿Qué le parece ese impertinente comportamiento hacia mí? ¿Que soy mayor que él? ¿Su jefe?...»

No me quedaba más remedio que echarme a reír un poquito ante tal fantasía exorbitante. Pero a Baryton no le parecía broma. Encontraba motivos incluso para indignarse por muchas otras cosas...

«¡Ah, Ferdinand! Ya veo que todo esto le parece anodino... Palabras inocentes, cuentos extravagantes entre tantos otros... Esa parece ser la conclusión de usted... Eso sólo, ¿verdad?... ¡Oh, imprudente Ferdinand! Al contrario, ¡permítame ponerlo en guardia contra esos extravíos, fútiles sólo en apariencia! ¡Está usted totalmente equivocado!... ¡Totalmente!... ¡Mil veces, en verdad!... A lo largo de mi carrera, ¡convendrá usted en que he oído casi todo lo que se puede oír, aquí y en otros sitios, en cuestión de delirios de todas clases! ¡No me he perdido ni uno!... No me lo va usted a negar, ¿verdad, Ferdinand?... Y yo no doy la impresión de ser propenso a las angustias, como no habrá usted dejado de observar, Ferdinand... Ni a las exageraciones... ¿No es así? Ante mi juicio, muy poca es la fuerza de una palabra e incluso de varias palabras, ¡e incluso de frases y discursos enteros!... Soy bastante sencillo de nacimiento y por naturaleza, ¡y no se me puede negar que soy uno de esos seres humanos a quienes las palabras no dan miedo!... Bueno, pues, tras un análisis concienzudo, Ferdinand, ¡me he visto obligado, en relación con Parapine, a mantenerme en guardia!... Formular las más claras reservas... Su extravagancia no se parece a ninguna de las inofensivas y corrientes... Pertenece más bien, me ha parecido, a una de las raras formas temibles de originalidad, a una de esas manías fácilmente contagiosas: ¡sociales y triunfantes, en una palabra!... Tal vez no se trate aún de locura del todo en el caso de su amigo... ¡No! Tal vez sólo sea convicción exagerada... Pero yo me conozco el percal, tocante a demencias contagiosas... ¡Nada es más grave que la convicción exagerada!... ¡He conocido muchos, Ferdinand, de esa clase de convencidos y de diversas procedencias, además!... ¡Los que hablan de justicia me han parecido, en definitiva, los más fanáticos!... Al principio, esos justicieros me interesaron un poco, lo confieso... Ahora me ponen negro, me irritan a más no poder, esos maníacos... ¿Opina usted igual?... Descubre uno en los hombres no sé qué facilidad de transmisión por ese lado que me espanta y en todos los hombres, ¿me oye usted?... ¡Fíjese, Ferdinand! ¡En todos! Como con el alcohol o el erotismo... La misma predisposición... La misma fatalidad... Infinitamente extendida... ¿Se ríe usted, Ferdinand? ¡Ahora me espanta usted también! ¡Frágil! ¡Vulnerable! ¡Inconsistente! ¡Peligroso Ferdinand! ¡Cuando pienso que me parecía usted serio!... No olvide que soy viejo, Ferdinand, ¡podría permitirme el lujo de cachondearme del porvenir! ¡Me estaría permitido! Pero, ¡usted!»

En principio, para siempre y en todas las cosas yo opinaba igual que mi patrón. No había hecho grandes progresos prácticos a lo largo de mi aperreada existencia, pero había aprendido, de todos modos, los principios adecuados de etiqueta propios de la servidumbre. Gracias a esas disposiciones, Baryton y yo nos habíamos hecho muy amigos en seguida, yo nunca le contrariaba, comía poco en la mesa. Un ayudante simpático, en una palabra, de lo más económico y nada ambicioso, nada amenazador.

Vigny-sur-Seine se presenta entre dos esclusas, entre sus dos oteros desprovistos de vegetación, es un pueblo que se transforma en suburbio. París va a absorberlo.

Pierde un jardín por mes. La publicidad, desde la entrada, lo vuelve abigarrado como un ballet ruso. La hija del ordenanza sabe hacer cócteles. Sólo el tranvía se empeña en pasar a la historia, no se irá sin revolución. La gente está inquieta, los hijos ya no tienen el mismo acento que sus padres. Te encuentras como incómodo, al pensarlo, de ser aún de Seine-et-Oise. Se está produciendo el milagro. El último parterre desapareció con la llegada de Laval al Ministerio y las asistentas cobran veinte céntimos más por hora desde las vacaciones. Se ha establecido un *bookmaker*. La empleada de la estafeta de correos compra novelas pederásticas e imagina otras mucho más realistas. El cura dice «mierda» cada dos por tres y da consejos sobre la Bolsa a los que son buenos. El Sena ha matado sus peces y se americaniza entre una fila doble de volquetes-tractores-remolcadores que le forman al ras de las riberas una terrible dentadura postiza de basuras y chatarra. Tres agentes inmobiliarios acaban de ir a la cárcel. Nos vamos organizando.

Esa transformación local del terreno no pasó inadvertida a Baryton. Lamentaba con amargura que no se le hubiera ocurrido comprar otros terrenos más en el valle contiguo veinte años antes, cuando aún te rogaban que te los quedaras por veinte céntimos el metro, como una tarta rancia. Los buenos tiempos pasados. Por fortuna, su Instituto Psicoterapéutico se defendía aún muy bien. Pero no sin problemas. Las insaciables familias no cesaban de reclamarle, de exigirle, una y mil veces sistemas más modernos de cura, más eléctricos, más misteriosos, más todo... Mecanismos más modernos sobre todo, aparatos más impresionantes y al minuto, además, y no le quedaba más remedio que adoptarlos, so pena de verse superado por la competencia... por esas casas similares emboscadas en los oquedales vecinos de Asnières, Passy, Montretout, al acecho, también ellas, de todos los viejos chochos de lujo.

Se apresuraba, Baryton, guiado por Parapine, a adaptarse al gusto del momento, al mejor precio, por supuesto, en rebajas, en tiendas de ocasión, en saldos, pero sin cesar, a base de nuevos artefactos eléctricos, neumáticos, hidráulicos, a fin de parecer así cada vez mejor equipado para correr tras las chifladuras de los quisquillosos y acaudalados internos. Gemía por verse obligado a utilizar esos aparatos inútiles... a granjearse el favor de los propios locos...

«Cuando abrí mi manicomio —me confiaba un día, desahogándose por sus pesares— era justo antes de la Exposición, la grande... Éramos, constituíamos, los alienistas, un número muy limitado de facultativos y mucho menos curiosos y depravados que hoy, ¡le ruego que me crea!... Ninguno de nosotros intentaba entonces estar tan loco como el cliente... Aún no había aparecido la moda de delirar con el pretexto de curar mejor, moda obscena, fíjese, como casi todo lo que nos llega del extranjero...

»En los tiempos en que me inicié, los médicos franceses, Ferdinand, ¡aún se respetaban! No se creían obligados a desatinar al mismo tiempo que sus enfermos... ¿Para ponerse a tono seguramente?... ¿Qué sé yo? ¡Complacerlos! ¿Adónde nos va a conducir eso?... ¡Dígame usted!... A fuerza de ser más astutos, más mórbidos, más perversos que los perseguidos más transtornados de nuestros manicomios, de revolcarnos con una especie de nuevo orgullo fangoso en todas las insanias que nos presentan, ¿adónde vamos?... ¿Está usted en condiciones de tranquilizarme, Ferdinand, sobre la suerte de nuestra razón?... ¿E incluso del simple sentido común?... A este ritmo, ¿qué nos va a quedar del sentido común? ¡Nada! ¡Es de prever! ¡Absolutamente nada! Puedo predecírselo... Es evidente...

»En primer lugar, Ferdinand, ¿es que ante una inteligencia realmente moderna no acaba todo valiendo lo mismo? ¡Ya no hay blanco! ¡Ni negro tampoco! ¡Todo se deshilacha!... ¡Es el nuevo estilo! ¡La moda! ¿Por qué, entonces, no volvernos locos nosotros mismos?... ¡Al instante! ¡Para empezar! ¡Y jactarnos de ello, además! ¡Proclamar el gran pitote espiritual! ¡Hacernos publicidad con nuestra demencia! ¿Quién puede contenernos? ¡Dígame, Ferdinand! ¿Algunos escrúpulos humanos, supremos y superfluos?... ¿Y qué insípidas timideces más? ¿Eh?... Mire, Ferdinand, cuando escucho a algunos de nuestros colegas y, fíjese bien, algunos de los más estimados, los más buscados por la clientela y las academias, ¡llego a preguntarme adónde nos conducen!... ¡Es infernal, la verdad! ¡Esos insensatos me desconciertan, me angustian, me demonizan y sobre todo me asquean! Sólo de oírlos comunicar, durante uno de esos congresos modernos, los resultados de sus investigaciones familiares, ¡soy presa de un terror pánico, Ferdinand! Mi razón me traiciona sólo de escucharlos... Poseídos, viciosos, capciosos y marrulleros, esos favoritos de la psiquiatría reciente, a fuerza de análisis superconscientes nos precipitan a los abismos... ¡A los abismos, sencillamente! Una mañana, si no reaccionan ustedes, los jóvenes, vamos a pasar, entiéndame bien, Ferdinand, vamos a pasar... a fuerza de estirarnos, de sublimarnos, de calentarnos el entendimiento... al otro lado de la inteligencia, al lado infernal, ¡al lado del que no se vuelve!... Por lo demás, ¡parece como si ya estuvieran encerrados, esos listillos, en el sótano de los condenados, a fuerza de masturbarse el caletre día y noche!

»Digo bien, día y noche, ¡porque ya sabe usted, Ferdinand, que ya ni siquiera por la noche cesan de fornicarse en todos los sueños, esos asquerosos!... ¡Con eso está dicho todo!... ¡Y venga devanarse el caletre! ¡Y venga dilatarlo! ¡Y venga tiranizármelo!...Y ya no hay, a su alrededor, sino una bazofia asquerosa de desechos orgánicos, una papilla de síntomas de delirios en compota, que les chorrea y gotea por todos lados...Tenemos las manos pringadas de lo que queda del espíritu, pegajosas, estamos grotescos, de desprecio, de hedor. Todo va a desplomarse, Ferdinand, todo se desploma, se lo predigo yo, el viejo Baryton, ¡y dentro de muy poco!... ¡Y ya verá usted, Ferdinand, la inmensa desbandada! ¡Porque usted es joven aún! ¡Ya la verá!... ¡Ah! ¡Prepárese para los goces! ¡Pasarán todos ustedes a casa del vecino! ¡Hala! ¡De un buen ataque de delirio más! ¡Uno de más! ¡Y brum! ¡Derechitos al manicomio! ¡Por fin! ¡Se verán liberados, como dicen! ¡Hace mucho que los ha tentado demasiado! ¡Una audacia de aúpa va a ser! Pero, cuando estén en el manicomio, amigos míos, ¡les aseguro que se quedarán en él!

»Recuerde bien esto, Ferdinand, ¡el comienzo del fin de todo es la desmesura! Yo estoy en buenas condiciones de contarle cómo empezó la gran desbandada... ¡Por las fantasías desmesuradas comenzó! ¡Por las exageraciones extranjeras! ¡Ni mesura ni fuerza ya! ¡Estaba escrito! Entonces, ¿a la nada todo el mundo? ¿Por qué no? ¿Todos? ¡Pues claro que sí! Por lo demás, no es que vayamos, ¡es que corremos hacia ella! ¡Una auténtica avalancha! ¡Yo lo he visto, Ferdinand, el espíritu, ceder poco a poco su equilibrio y después disolverse en la gran empresa de las ambiciones apocalípticas! Eso comenzó hacia 1900... ¡Ésa es la fecha! A partir de esa época, ya no hubo en el mundo en general y en la psiquiatría en particular sino una carrera frenética a ver quién se volvía más perverso, más salaz, más original, más repugnante, más creador, como dicen, que el compañero... ¡Bonito batiburrillo!... ¡A ver quién se encomendaría lo más pronto posible al monstruo, a la bestia sin corazón y sin comedimiento!... Nos comerá a todos, la bestia, Ferdinand, ¡está claro y lo apruebo!... ¿La bestia? ¡Una gran cabeza que avanza como quiere!... ¡Sus guerras y sus babas llamean ya hacia nosotros y desde todas partes!... ¡Ya estamos en pleno diluvio! ¡Sencillamente! ¡Ah, nos aburríamos, al parecer, en el consciente! ¡Ya no nos aburriremos más! Empezamos a darnos por culo, para variar...Y entonces nos pusimos al instante a sentir las "impresiones" y las "intuiciones"... ¡Como mujeres!...

»Por lo demás, ¿acaso es necesario aún, en el extremo a que hemos llegado, molestarse en utilizar término tan traicionero como el de "lógica"?... ¡Pues claro que no! Más bien es como un estorbo, la lógica, ante sabios psicólogos infinitamente sutiles como los que nuestra época produce, progresistas de verdad... ¡No me atribuya usted por ello desprecio de las mujeres! ¡Ni mucho menos! ¡Bien lo sabe usted! Pero, ¡no me gustan sus impresiones! Yo soy un animal de testículos, Ferdinand, y, cuando tengo un hecho, me cuesta soltarlo... Hombre, mire, el otro día me ocurrió una buena en ese sentido... Me pidieron que ingresara a un escritor... Desatinaba, el escritor... ¿Sabe usted lo que gritaba desde hacía más de un mes? "¡Se liquida!... ¡Se liquida!..." ¡Así vociferaba, por toda la casa! Ése sí que sí... No había duda... ¡Había pasado al otro lado de la inteligencia!... Pero es que precisamente le costaba lo indecible liquidar... Un antiguo estrechamiento lo intoxicaba con orina, le atrancaba la vejiga...Yo no acababa nunca de sondarlo, de descargarle gota a gota... La familia insistía en que eso le venía, pese a todo, de su genio... De nada servía que les explicara, a la familia, que era más bien la vejiga la que tenía enferma, el escritor, seguían en sus trece... Para ellos, había sucumbido a un momento de exceso de genio y se acabó... No me quedó más remedio que adherirme a su opinión al final. Sabe usted, ¿verdad?, lo que es una familia. Imposible hacer comprender a una familia que un hombre, pariente o no, no es, al fin y al cabo, sino podredumbre en suspenso... Se negaría a pagar por una podredumbre en suspenso.»

Desde hacía más de veinte años, Baryton no acababa nunca de satisfacerlas en sus vanidades puntillosas, a las familias. Le amargaban la vida. Pese a ser paciente y muy equilibrado, tal como yo lo conocí, conservaba en el corazón un antiguo resto de odio muy rancio hacia las familias... En el momento en que yo vivía junto a él, estaba harto e intentaba en secreto y con tesón liberarse, substraerse, de una vez por todas de la tiranía de las familias, de un modo o de otro... Cada cual tiene sus razones para evadirse de su miseria íntima y cada uno de nosotros, para conseguirlo, saca de sus circunstancias un camino ingenioso. ¡Felices aquellos que tienen bastante con el burdel!

Parapine, por su parte, parecía feliz de haber elegido el camino del silencio. En cambio, Baryton, hasta más adelante no lo comprendí, se preguntaba en conciencia si conseguiría alguna vez deshacerse de las familias, de su sujeción, de las mil trivialidades repugnantes de la psiquiatría alimentaria, de su estado, en una palabra. Tenía tal deseo de cosas absolutamente nuevas y diferentes, que estaba maduro en el fondo para la huida y la evasión, lo que explica seguramente sus peroratas críticas... Su egoísmo reventaba bajo las rutinas. Ya no podía sublimar nada, quería irse simplemente, llevarse su cuerpo a otra parte. No tenía nada de músico, Baryton, conque necesitaba derribar todo como un oso, para acabar de una vez.

Se liberó, él, que se creía razonable, mediante un escándalo de lo más lamentable. Más adelante intentaré contar, con detalle, cómo sucedió.

En lo que a mí respectaba, por el momento, el oficio de ayudante en su casa me parecía perfectamente aceptable.

Las rutinas del tratamiento no eran nada pesadas, si bien de vez en cuando era presa de cierto desasosiego, evidentemente; cuando, por ejemplo, había conversado demasiado tiempo con los internos, me arrastraba entonces como un vértigo, como si me hubieran llevado lejos de mi orilla habitual, los internos, consigo, como quien no quiere la cosa, de una frase corriente a otra, con palabras inocentes, hasta el centro mismo de su delirio. Me preguntaba, por un breve instante, cómo salir de él y si por ventura no estaba encerrado de una vez por todas con su locura, sin sospecharlo.

Me mantenía en el peligroso borde de los locos, en su lindero, por así decir, a fuerza de ser siempre amable con ellos, mi carácter. No zozobraba, pero me sentía todo el tiempo en peligro, como si me hubieran atraído solapadamente a los barrios de su ciudad desconocida. Una ciudad cuyas calles se volvían cada vez más difusas, a medida que avanzabas entre sus borrosas casas, las ventanas desdibujadas y mal cerradas, entre rumores ambiguos. Las puertas, el suelo en movimiento... Te daban ganas, de todos modos, de ir un poco más allá a fin de saber si tendrías fuerza para recuperar la razón, de todos modos, entre los escombros. No tarda en volverse vicio, la razón, como el buen humor y el sueño, en los neurasténicos. Ya no puedes pensar sino en tu razón. Ya todo va mal. Se acabó la diversión.

Todo iba, pues, así, de dudas en dudas, cuando llegamos a la fecha del 4 de mayo. Fecha famosa, aquel 4 de mayo. Me sentía por casualidad tan bien aquel día, que era como un milagro. Setenta y ocho pulsaciones. Como después de un buen almuerzo. ¡Cuando, mira por dónde, todo se puso a dar vueltas! Me agarré. Todo se volvía bilis. Las personas empezaron a poner caras muy extrañas. Me parecían haberse vuelto ásperas como limones y más malintencionadas aún que antes. Por haber trepado demasiado alto, seguramente, demasiado imprudente, a lo alto de la salud, había recaído ante el espejo, a mirarme envejecer, con pasión.

Son incontables los hastíos, las fatigas, cuando llegan esos días mierderos, acumulados entre la nariz y los ojos; hay sitio, en ellos, para años de varios hombres. Más que de sobra para un hombre.

Pensándolo bien, de repente habría preferido volver al instante al Tarapout. Sobre todo porque Parapine había dejado de hablarme, a mí también. Pero ya no tenía nada que hacer en el Tarapout. Es duro que el único consuelo material y espiritual que te quede sea tu patrón, sobre todo cuando es un alienista y no estás ya demasiado seguro de tu propia cabeza. Hay que resistir. No decir nada. Aún podíamos hablar de mujeres; era un tema inofensivo gracias al cual confiaba aún en poder divertirlo de vez en cuando. En ese sentido, concedía cierto crédito a mi experiencia, modesta y asquerosa competencia.

No era malo que Baryton me considerara en conjunto con algo de desprecio. Un patrón se siente siempre un poco tranquilizado por la ignominia de su personal. El esclavo debe ser, a toda costa, un poco despreciable e incluso mucho. Un conjunto de pequeñas taras crónicas, morales y físicas, justifica la suerte que lo abruma. La tierra gira mejor así, ya que cada cual se encuentra en el lugar que merece.

La persona a la que utilizas debe ser vil, vulgar, condenada a la ruina, eso alivia; sobre todo porque nos pagaba muy mal, Baryton. En esos casos de avaricias agudas, los patronos se muestran siempre un poco recelosos e inquietos. Fracasado, degenerado, golfo, servicial, todo se explicaba, se justificaba y se armonizaba, en una palabra. No le habría desagradado, a Baryton, que me hubiera buscado un poco la policía. Eso es lo que te vuelve servicial.

Por lo demás, yo había renunciado, desde hacía mucho, a cualquier clase de amor propio. Ese sentimiento me había parecido siempre superior a mi condición, mil veces demasiado dispendioso para mis recursos. Me sentía muy bien por haberlo sacrificado de una vez por todas.

Ahora me bastaba con mantenerme en un equilibrio soportable, alimentario y físico. El resto, la verdad, ya no me importaba en absoluto. Pero, de todos modos, me costaba mucho trabajo surcar ciertas noches, sobre todo cuando el recuerdo de lo que había ocurrido en Toulouse venía a despertarme durante horas enteras.

Imaginaba entonces, no podía evitarlo, toda clase de continuaciones dramáticas de la caída de la tía Henrouille en su fosa de las momias y el miedo me subía desde los intestinos, me atenazaba el corazón y me lo mantenía, latiendo, hasta hacerme saltar fuera de la piltra para recorrer mi habitación en un sentido y luego en el otro hasta el fondo de la sombra y hasta la mañana. Durante esos ataques, llegaba a perder la esperanza de recuperar alguna vez bastante despreocupación como para poder quedarme dormido de nuevo. Así, pues, no creáis nunca de entrada en la desgracia de los hombres. Limitaos a preguntarles si aún pueden dormir... En caso de que sí, todo va bien. Con eso basta.

Yo no iba a conseguir nunca más dormir del todo. Había perdido, como de costumbre, esa confianza, la que hay que tener, realmente inmensa, para quedarse dormido del todo entre los hombres. Habría necesitado al menos una enfermedad, una fiebre, una catástrofe concreta, para poder recuperar un poco esa indiferencia, neutralizar mi inquietud y recuperar la tranquilidad idiota y divina. Los únicos días soportables que puedo recordar a lo largo de muchos años fueron los de una gripe con mucha fiebre.

Baryton no me preguntaba nunca por mi salud. Por lo demás, procuraba también no ocuparse de la suya. «¡La ciencia y la vida forman mezclas desastrosas, Ferdinand! Procure siempre no cuidarse, créame... Toda pregunta hecha al cuerpo se convierte en una brecha... Un comienzo de inquietud, una obsesión...» Tales eran sus principios biológicos simplistas y favoritos. En una palabra, se hacía el listo. «¡Con lo conocido tengo bastante!», decía también con frecuencia. Para deslumbrarme.

Nunca me hablaba de dinero, pero era para más pensar en él, en la intimidad.

Yo guardaba en la conciencia, sin comprenderlos aún del todo, los enredos de Robinson con la familia Henrouille y con frecuencia intentaba contarle aspectos y episodios de ellos a Baryton. Pero eso no le interesaba en absoluto. Prefería mis historias de África, sobre todo las relativas a los colegas que había conocido casi por todas partes, a sus prácticas médicas poco comunes, extrañas o equívocas.

De vez en cuando, en el manicomio, teníamos una alarma a causa de su hija, Aimée. De repente, a la hora de la cena no aparecía ni en el jardín ni en su habitación. Por mi parte, yo siempre me esperaba encontrarla un buen día descuartizada detrás de un bosquecillo. Con nuestros locos andando por todos lados, le podía suceder lo peor. Por lo demás, había escapado por los pelos a la violación, muchas veces ya. Y entonces venían los gritos, las duchas, las aclaraciones interminables. De nada servía prohibirle que pasara por ciertas avenidas demasiado ocultas; volvía a ellas, aquella niña, sin remedio, a los recovecos. Su padre no dejaba de azotarla todas las veces y de modo memorable. De nada servía. Creo que le gustaba todo aquello.

Al cruzarnos con los locos por los pasillos, al adelantarlos, nosotros, el personal, teníamos que ir un poco en guardia. A los alienados les resulta aún más fácil matar que a los hombres normales. Conque se había vuelto como una costumbre colocarnos, para cruzarnos con ellos, con la espalda contra la pared, siempre listos para recibirlos con un patadón en el bajo vientre, al primer gesto. Te espiaban, pasaban. Locura aparte, nos comprendíamos perfectamente.

Baryton deploraba que ninguno de nosotros supiera jugar al ajedrez. Tuve que ponerme a aprender ese juego sólo por complacerlo.

Durante el día, se distinguía, Baryton, por una actividad fastidiosa y minúscula, que volvía la vida muy cansina a su alrededor. Todas las mañanas se le ocurría una idea de índole trivialmente práctica. Substituir el papel en rollos de los retretes por papel en folios desplegables nos obligó a pensar durante toda una semana, que desperdiciamos en resoluciones contradictorias. Por último, se decidió que esperaríamos al mes de los saldos para dar una vuelta por los almacenes. Después de eso, surgió otra preocupación ociosa, la de los chalecos de franela... ¿Había que llevarlos debajo?... ¿O encima de la camisa?... ¿Y la forma de administrar el sulfato de sodio?... Parapine eludía, mediante un silencio tenaz, esas controversias subintelectuales.

Estimulado por el aburrimiento, yo había acabado contando a Baryton muchas más aventuras que las que había conocido en todos mis viajes, ¡estaba agotado! Y entonces le tocó el turno a él de ocupar enteramente la conversación vacante sólo con sus propuestas y reticencias minúsculas. No había escapatoria. Me había podido por agotamiento. Y yo no disponía, como Parapine, de una indiferencia absoluta para defenderme. Al contrario, tenía que responderle a pesar mío. Ya no podía por menos de discutir por motivos fútiles, hasta el infinito, sobre los méritos comparativos del cacao y el café con leche... Me hechizaba a base de tontería.

Volvíamos a empezar a propósito de cualquier cosa, de las medias para varices, de la corriente farádica óptima, del tratamiento de las celulitis en la región del codo... Yo había llegado a farfullar exactamente de acuerdo con sus indicaciones y sus inclinaciones, a propósito de cualquier cosa, como un técnico de verdad. Me acompañaba, me precedía en ese paseo infinitamente meningítico, Baryton; me saturó la conversación para la eternidad. Parapine se reía con ganas para sus adentros, al oírnos desfilar entre nuestras porfías, que duraban lo que los tallarines, al tiempo que espurreaba el mantel con perdigones del burdeos del patrón.

Pero, ¡paz para el recuerdo del Sr. Baryton, el muy cabrón! Acabé, de todos modos, haciéndolo desaparecer. ¡Me hizo falta mucho genio!

Entre las clientas cuya custodia me habían confiado en especial, las más pejigueras me daban una lata que para qué. Sus duchas por aquí... Sus sondas por allá... Sus vicios, sevicias, y sus grandes agujeros, que había que tener siempre limpios... Una de las jóvenes pacientes era la causa de bastantes de las reprimendas que me echaba el patrón. Destruía el jardín arrancando las flores, era su manía, y a mí no me gustaban las reprimendas del patrón...

«La novia», como la llamábamos, una argentina, de físico no estaba nada mal, pero, en lo moral, sólo tenía una idea, la de casarse con su padre. Conque las flores iban todas, una tras otra, a parar, cosidas, al gran velo blanco que llevaba día y noche, a todas partes. Un caso del que su familia, religiosa fanática, se avergonzaba horriblemente. Ocultaban su hija al mundo y con ella su idea. Según Baryton, sucumbía a las inconsecuencias de una educación demasiado rígida, demasiado severa, de una moral absoluta, que, por así decir, le había estallado en la cabeza.

A la hora del crepúsculo, hacíamos regresar a todos, después de mucho llamarlos, y, además, pasábamos por las habitaciones sobre todo para impedirles, a los excitados, tocarse demasiado frenéticamente antes de dormirse. El sábado por la noche era muy importante moderarlos y prestar mucha atención, porque el domingo, cuando venían los parientes, les causaba muy mala impresión encontrarlos pálidos, a los pacientes, de tanto masturbarse.

Todo aquello me recordaba el caso de Bébert y el jarabe. En Vigny administraba grandes cantidades de aquel jarabe. Había conservado la fórmula. Había acabado creyendo en él.

La portera del manicomio tenía un pequeño comercio de caramelos, con su marido, auténtico cachas, al que recurríamos de vez en cuando, para los casos duros.

Así pasaban las cosas y los meses, bastante agradables, en resumen, y no habría habido demasiados motivos para quejarse, si a Baryton no se le hubiera ocurrido de pronto otra dichosa idea nueva.

Desde hacía mucho, seguramente, se preguntaba si no podría tal vez utilizarme más y mejor aún por el mismo precio. Conque había acabado encontrando el modo.

Un día, tras el almuerzo, sacó su idea. Primero hizo que nos sirvieran una fuente llena de mi postre favorito, fresas con nata. Aquello me pareció de lo más sospechoso. En efecto, apenas había acabado de jalarme su última fresa, cuando me abordó imperioso.

«Ferdinand —me dijo—, me pregunto si le parecería a usted bien dar unas lecciones de inglés a mi hijita Aimée... ¿Qué me dice usted?... Sé que tiene usted un acento excelente... Y en el inglés, verdad, ¡el acento es esencial!... Y, además, sin intención de halagarlo, es usted, Ferdinand, la complacencia en persona.»

«Pues, claro que sí, señor Baryton», le respondí, desprevenido.

Y quedamos, en el acto, en que daría a Aimée, la mañana siguiente, su primera lección de inglés. Y siguieron otras, así sucesivamente, durante semanas...

A partir de aquellas lecciones de inglés fue cuando entramos todos en un período absolutamente turbio, equívoco, durante el cual los acontecimientos se sucedieron a un ritmo que ya no era, ni mucho menos, el de la vida corriente.

Baryton quiso asistir a todas las lecciones que yo daba a su hija. Pese a toda mi solicitud inquieta, a la pobre Aimée no se le daba, a decir verdad, nada bien el inglés. En el fondo, no le importaba, a la pobre Aimée, saber lo que todas aquellas palabras nuevas querían decir. Se preguntaba incluso qué queríamos de ella todos, al insistir, viciosos, así para que retuviera realmente su significado. No lloraba, pero le faltaba muy poco. Habría preferido, Aimée, que la dejaran arreglárselas con el poquito francés que ya sabía, cuyas dificultades y facilidades le bastaban de sobra para ocupar su vida entera.

Pero su padre, por su parte, no lo veía así. «¡Tienes que llegar a ser una joven moderna, Aimée!... –la animaba, incansable, para consolarla–. Yo, tu padre, he sufrido mucho por no haber sabido bastante inglés para desenvolverme como Dios manda entre la clientela extranjera... ¡Anda! ¡No llores, querida!... Escucha al Sr. Bardamu, tan paciente, tan amable y, cuando sepas, a tu vez, pronunciar los *the* con la lengua como él te muestra, te regalaré, te lo prometo, una bonita bicicleta ni-que-la-da...»

Pero no tenía deseos de pronunciar los *the* ni los *enough*, Aimée, pero es que ninguno... Era él, el patrón, quien los pronunciaba por ella, los *the* y los *rough*, y hacía muchos otros progresos, pese a su acento de Burdeos y su manía por la lógica, gran obstáculo para el inglés. Durante un mes, dos meses así. A medida que se desarrollaba en el padre la pasión por aprender el inglés, Aimée tenía cada vez menos ocasión de forcejear con las vocales. Baryton me acaparaba, ya no me soltaba, me sorbía todo mi inglés. Como nuestras habitaciones eran contiguas, por la mañana podía oírlo, mientras se vestía, transformar ya su vida íntima en inglés. *The coffee is black... My shirt is white... The garden is green... How are you today Bardamu?*, gritaba a través del tabique. Muy pronto cogió gusto a las formas más elípticas de la lengua.

Con aquella perversión iba a llevarnos muy lejos... En cuanto hubo tomado contacto con la literatura importante, nos fue imposible parar... Tras ocho meses de progresos tan anormales, había llegado casi a reconstituirse enteramente en el plano anglosajón. Así consiguió al tiempo asquearme del todo, dos veces seguidas.

Poco a poco habíamos ido dejando a la pequeña Aimée fuera de las conversaciones y, por tanto, cada vez más tranquila. Volvió, apacible, entre sus nubes, sin pedir explicaciones. No iba a aprender el inglés, ¡y se acabó! ¡Todo para Baryton!

Volvió el invierno. Llegó la Navidad. En las agencias anunciaban billetes de ida y vuelta para Inglaterra a precio reducido... Al pasar por los bulevares con Parapine, cuando lo acompañaba al cine, los había visto yo, esos anuncios... Había entrado incluso en una de las agencias para informarme sobre los precios.

Y después en la mesa, entre otras cosas, dije dos palabras a Baryton sobre el asunto. Al principio no pareció interesarle, mi información. La dejó pasar. Yo estaba convencido incluso de que la había olvidado del todo, cuando una noche fue él mismo quien se puso a hablarme de ello para rogarme que le trajera los prospectos.

Entre sesión y sesión de literatura inglesa, jugábamos muchas veces al billar japonés y al chito en una de las celdas de aislamiento, bien provista de barrotes sólidos, situada justo encima del chiscón de la portera.

Baryton destacaba en los juegos de destreza. Parapine apostaba a menudo el aperitivo con él y lo perdía todas las veces. Pasábamos en aquella salita de juegos improvisada veladas enteras, sobre todo durante el invierno, cuando llovía, para no estropearle los salones al patrón. En ocasiones, si bien raras, colocaban, en aquella misma salita de juego, a un agitado en observación.

Mientras rivalizaban en destreza, Parapine y el patrón, jugando al chito sobre el tapiz o sobre el suelo, yo me divertía, si puedo expresarme así, intentando experimentar las mismas sensaciones que un preso en su celda. Era una sensación que me faltaba. Con voluntad puedes llegar a sentir amistad por los tipos raros que pasan por los barrios de los suburbios. Al final de la jornada sientes piedad ante la barahúnda que forman los tranvías al traer de París, a los empleados, de vuelta a casa en grupitos dóciles. Al primer desvío, después de la tienda de comestibles, se acabó su derrota. Van a derramarse despacio en la noche. Apenas te da tiempo a contarlos. Pero raras veces me dejaba Baryton soñar a gusto. En plena partida de chito seguía, petulante, con sus insólitas interrogaciones.

«*How do yo say* "imposible" en *english*, Ferdinand?...»

En una palabra, nunca se cansaba de hacer progresos. Tendía con toda su estupidez hacia la perfección. Ni siquiera quería oír hablar de aproximaciones ni de concesiones. Por fortuna, una crisis me libró de él. Veamos lo esencial.

A medida que avanzábamos en la lectura de la *Historia de Inglaterra*, le vi perder un poco su seguridad y, al final, lo mejor de su optimismo. En el momento en que abordamos a los poetas isabelinos, su espíritu y su persona experimentaron grandes cambios inmateriales. Al principio me costó un poco convencerme, pero no me quedó más remedio, al final, como a todo el mundo, que aceptarlo tal como se había vuelto, Baryton, lamentable, la verdad. Su atención, antes precisa y severa, flotaba ahora, arrastrada hacia digresiones fabulosas, interminables. Y entonces le tocó el turno a él de permanecer horas enteras, en su propia casa, ahí, ante nosotros, soñador, lejano ya... Aunque me había asqueado por mucho tiempo y con ganas, sentía algo de remordimiento al verlo así, disgregarse, a Baryton. Yo me consideraba un poco responsable de ese derrumbamiento... Su desconcierto espiritual no me era del todo ajeno... Hasta tal punto, que le propuse un día interrumpir por un tiempo nuestros ejercicios de literatura con el pretexto de que un intermedio nos proporcionaría tiempo y ocasión para renovar nuestros recursos documentales... No se dejó engañar por astucia tan débil y opuso, en el acto, una negativa, benévola, bien es verdad, pero del todo categórica... Estaba decidido a proseguir conmigo sin cesar el descubrimiento de la Inglaterra espiritual...Tal como lo había emprendido...Yo no podía responder nada... Me incliné. Temía incluso no disponer de bastantes horas de vida para lograrlo del todo... En una palabra, pese a que yo ya presentía lo peor, hubo que continuar con él, mal que bien, aquella peregrinación académica y desolada.

La verdad es que Baryton había dejado de ser el que era. A nuestro alrededor, personas y cosas perdían, peregrinas y paulatinas, su importancia ya e incluso los colores con que las habíamos conocido adquirían una suavidad soñadora de lo más equívoca...

Ya no daba muestras, Baryton, sino de un interés ocasional y cada vez más lánguido por los detalles administrativos de su propia casa, obra suya, sin embargo, por la que había sentido durante más de treinta años auténtica pasión. Dejaba toda la responsabilidad de los servicios administrativos en manos de Parapine. El desconcierto cada vez mayor de sus convicciones, que aún intentaba disimular púdicamente en público, estaba llegando a ser evidente para nosotros, irrefutable, físico.

Gustave Mandamour, el agente de policía que conocíamos en Vigny porque a veces lo utilizábamos en los trabajos pesados de la casa y que era sin lugar a dudas el ser menos perspicaz que he tenido oportunidad de conocer entre tantos otros del mismo orden, me preguntó un día, por aquella época, si no habría tenido tal vez muy malas noticias el patrón... Lo tranquilicé lo mejor que pude, pero sin demasiado convencimiento.

Todos esos chismes ya no interesaban a Baryton. Lo único que quería era que no se lo molestara con ningún pretexto... Al comienzo de nuestros estudios, de acuerdo con su deseo, habíamos recorrido demasiado rápido la gran *Historia de Inglaterra* de Macaulay, obra capital en dieciséis volúmenes.* Reanudamos, por orden suya, esa dichosa lectura y ello en condiciones morales de lo más inquietantes. Capítulo tras capítulo.

Baryton me parecía cada vez más pérfidamente contaminado por la meditación. Cuando llegamos al pasaje, implacable como ninguno, en que Monmouth el Pretendiente acaba de desembarcar en las orillas imprecisas de Kent... En el momento en que su aventura empieza a girar en el vacío... En que Monmouth el Pretendiente no sabe ya muy bien lo que pretende... Lo que quiere hacer. Lo que ha ido a hacer... En que empieza a decirse que le gustaría marcharse, pero ya no sabe adónde ni cómo... Cuando la derrota se alza ante él... En la palidez de la mañana... Cuando el mar se lleva sus últimos navíos... Cuando Monmouth se pone a pensar por primera vez... Baryton no lograba tampoco, en sus asuntos, ínfimos, adoptar sus propias decisiones... Leía y releía ese pasaje y lo murmuraba una y otra vez, además... Abrumado, volvía a cerrar el libro y venía a tumbarse cerca de nosotros.

Durante largo rato, repetía, con los ojos entornados, el texto entero, de memoria, y después, con su acento inglés, el mejor de entre todos los de Burdeos que yo le había dado a elegir, nos recitaba otra vez...

---

* De la *Historia de Inglaterra,* publicada en varios tomos por Macaulay en 1848 y años siguientes, se había publicado en Francia en 1875 un volumen de páginas escogidas de la colección escolar de los Classiques Hachette. Se reeditó hasta 1921. En 1910, iba por su decimotercera edición. Miles de jóvenes franceses perfeccionaron su conocimiento del inglés leyéndolo. En dicho volumen ocupa espacio destacado la historia de Monmouth el Pretendiente, que se sitúa en 1685, es decir, al comienzo de la *Historia de Inglaterra* de Macaulay. *(N. del T.)*

En la aventura de Monmouth, cuando todo el lastimoso ridículo de nuestra pueril y trágica naturaleza se desabrocha, por así decir, ante la Eternidad, Baryton era presa del vértigo, a su vez, y, como ya sólo colgaba por un hilo de nuestro destino corriente, se soltó del todo... Desde aquel momento, puedo afirmarlo, dejó de ser de los nuestros... Ya no podía más...

Al final de aquella misma velada, me pidió que fuera a reunirme con él en su gabinete de director... Desde luego, en vista del extremo a que habíamos llegado, yo me esperaba que me comunicara alguna resolución suprema, mi despido inmediato, por ejemplo... Bueno, pues, ¡no! La decisión que había adoptado, ¡me era, al contrario, del todo favorable! Ahora bien, tan raras veces me ocurría que una suerte favorable me sorprendiese, que no pude por menos de derramar algunas lágrimas... Baryton tuvo a bien considerar pena ese testimonio de mi emoción y entonces le tocó a él consolarme...

«¿Va usted a dudar de mi palabra, Ferdinand, si le garantizo que he necesitado mucho más que valor para decidirme a abandonar esta casa...? ¿Yo, de costumbres tan sedentarias, que usted conoce, yo, ya casi un anciano, en una palabra, con toda una carrera que no ha sido sino una larga verificación, muy tenaz, muy escrupulosa, de tantas maldades lentas o rápidas?... ¿Cómo es posible que haya llegado a abjurar de todo en unos meses?... Y, sin embargo, aquí me tiene, en cuerpo y alma, en este estado de desapego, de nobleza... ¡Ferdinand! *Hurrah!* ¡Como usted dice en inglés! Mi pasado ya no es nada para mí, ¡eso está claro! ¡Voy a renacer, Ferdinand! ¡Sencillamente! ¡Me marcho! ¡Oh, sus lágrimas, bondadoso amigo, no podrán atenuar el asco definitivo que siento por todo lo que me retuvo aquí durante tantos y tantos años insípidos!... ¡Es demasiado! ¡Basta, Ferdinand! ¡Le digo que me voy! ¡Huyo! ¡Me evado! ¡Se me parte el corazón, desde luego! ¡Lo sé! ¡Sangro! ¡Lo veo! Pues bien, Ferdinand, por nada del mundo, sin embargo... Ferdinand, por nada... ¡me haría usted volver sobre mis pasos! ¿Me oye usted?... Aun cuando hubiera dejado caer un ojo ahí, en algún punto de este cieno, ¡no volvería a recogerlo! Conque, ¡con eso está dicho todo! ¿Duda usted ahora de mi sinceridad?»

Yo ya no dudaba de nada. Era capaz de todo, Baryton, estaba claro. Por lo demás, creo que habría sido fatal para su razón que yo me hubiese puesto a contradecirlo en el estado a que había llegado. Le dejé descansar un momento y después intenté, de todos modos, ablandarlo un poco, me atreví a hacer un intento supremo para traerlo de nuevo hasta nosotros... Mediante los efectos de una ligera transposición... de una argumentación amablemente oblicua...

«¡Abandone, pues, Ferdinand, por favor, la esperanza de verme renunciar a mi decisión! ¡Ya le digo que es irrevocable! Le agradeceré que no me vuelva a hablar de eso... Por última vez, Ferdinand, ¿quiere usted ser tan amable? A mi edad, las vocaciones, verdad, son muy raras... Es sabido... Pero son irremediables...»

Tales fueron sus propias palabras, casi las últimas que pronunció. Las transmito.

«Tal vez, querido señor Baryton —me atreví, de todos modos, a interrumpirlo de nuevo—, estas vacaciones repentinas que se dispone usted a tomarse no constituyan, en definitiva, sino un episodio un poco novelesco, una oportuna diversión, un entreacto feliz, en el curso un poco austero, bien es verdad, de su carrera... Tal vez tras haber probado otra vida... más amena, menos trivialmente metódica, que la que llevamos aquí, vuelva usted, sencillamente, contento de su viaje, hastiado de imprevistos... Entonces, volverá usted a ocupar, del modo más natural, su lugar a la cabeza de esta institución... Orgulloso de sus experiencias recientes... Renovado, en una palabra, y seguramente del todo indulgente en adelante para las monotonías cotidianas de nuestra ajetreada rutina... ¡Envejecido, por fin! Si me permite usted expresarme así, señor Baryton...»

«¡Qué halagador, este Ferdinand!... Aún encuentra modo de conmoverme en mi orgullo masculino, sensible, exigente incluso, ahora lo descubro pese a tanto hastío y a las adversidades pasadas... ¡No, Ferdinand! Todo el ingenio que usted despliega no podría ablandar, en un momento, todo el fondo abominablemente hostil y doloroso de nuestra voluntad. Por lo demás, Ferdinand, ¡ya no hay tiempo para vacilar, para volver sobre mis pasos!... ¡Estoy, lo confieso, lo clamo, Ferdinand, vacío! ¡Agobiado, vencido! ¡Por cuarenta años de pequeñeces sagaces!... ¡Ya es más que demasiado!... ¿Lo que quiero intentar? ¿Quiere usted saberlo?... Puedo decírselo, a usted, mi amigo supremo, usted que ha tenido a bien compartir, desinteresado, admirable, los sufrimientos de un viejo derrotado... Quiero, Ferdinand, probar a ir a perder mi alma, igual que va uno a perder su perro sarnoso, su perro hediondo, muy lejos, el compañero que le asquea a uno, antes de morir... Por fin solo... Tranquilo... uno mismo...»

«Pero, querido señor Baryton, ¡esta violenta desesperación cuyas inflexibles exigencias me revela usted de pronto nunca la había advertido yo en sus palabras y me deja pasmado! Muy al contrario, sus observaciones cotidianas me parecen aún hoy perfectamente pertinentes... Todas sus iniciativas siempre alegres y fecundas... Sus intervenciones médicas perfectamente juiciosas y metódicas... En vano buscaría en sus actos cotidianos una de esas señales de abatimiento, de derrota... La verdad, no observo nada semejante...»

Pero, por primera vez desde que yo lo conocía, no sentía Baryton ningún placer de recibir mis cumplidos. Me disuadía incluso, amable, para que no continuara la conversación en aquel tono lisonjero.

«No, mi querido Ferdinand, se lo aseguro... Estos testimonios últimos de su amistad vienen a suavizar, desde luego y de forma inesperada, los últimos momentos de mi presencia aquí; sin embargo, toda su solicitud no podría volverme tolerable simplemente el recuerdo de un pasado que me abruma y al que estos lugares apestan... Quiero alejarme a cualquier precio, ¿me oye usted?, y con cualesquiera condiciones...»

«Pero, señor Baryton, ¿qué vamos a hacer en adelante con esta casa? ¿Lo ha pensado usted?»

«Sí, desde luego, lo he pensado, Ferdinand... Usted se hará cargo de la dirección durante el tiempo que dure mi ausencia, ¡y se acabó!... ¿No ha tenido usted siempre relaciones excelentes con nuestra clientela?... Así, pues, su dirección será aceptada fácilmente... Todo irá bien, ya lo verá, Ferdinand... Parapine, por su parte, ya que no puede tolerar la conversación, se ocupará de los mecanismos, los aparatos y el laboratorio... ¡Eso es lo suyo!... Así todo queda arreglado como Dios manda... Por lo demás, he dejado de creer en las presencias indispensables... Por ese lado también, ya lo ve, amigo mío, he cambiado mucho...»

En efecto, estaba desconocido.

«Pero, ¿no teme usted, señor Baryton, que su marcha se comente del modo más malicioso entre nuestra competencia de los alrededores?... ¿De Passy, por ejemplo? ¿De Montretout?... ¿De Gargan-Livry? Todos los que nos rodean... Que nos espían... Esos colegas de una perfidia incansable... ¿Qué sentido atribuirán a su noble y voluntario exilio?... ¿Cómo lo llamarán? ¿Escapada? ¿Qué sé yo qué más? ¿Extravagancia? ¿Derrota? ¿Fracaso? ¿Quién sabe?...»

Esa eventualidad le había hecho sin duda reflexionar larga y penosamente. Aún lo turbaba, ahí, ante mí, empalidecía al pensarlo...

Aimée, su hija, nuestra inocente Aimée, iba a sufrir, con todo aquello, una suerte bastante brutal. La dejaba al cuidado de una de sus tías, una desconocida, a decir verdad, en provincias. Así, liquidadas todas las cosas íntimas, ya sólo nos quedaba, a Parapine y a mí, hacer todo lo posible para administrar todos sus intereses y sus bienes. ¡Bogue, pues, la barca sin capitán!

Después de aquellas confidencias, podía permitirme, me pareció, preguntarle al patrón por qué lado pensaba lanzarse hacia las regiones de su aventura...

«¡Por Inglaterra, Ferdinand!», me respondía, sin vacilar.

Todo lo que nos sucedía, en tan poco tiempo, me parecía, desde luego, muy difícil de asimilar, pero, de todos modos, tuvimos que adaptarnos rápidos a la nueva suerte.

El día siguiente, lo ayudamos, Parapine y yo, a hacerse un equipaje. El pasaporte con todas sus páginas y sus visados le extrañaba un poco. Nunca había tenido pasaporte. Ya que estaba, le habría gustado obtener otros, de recambio. Tuvimos que convencerlo de que era imposible.

Una última vez titubeó respecto a la cuestión de si llevar cuellos duros o blandos y cuántos de cada clase. Con aquel problema, mal resuelto, estuvimos hasta la hora del tren. Saltamos los tres al último tranvía para París. Baryton llevaba sólo una maleta ligera, pues tenía intención de permanecer, por dondequiera que fuese y en todas las circunstancias, móvil y ligero.

En el andén la noble altura de los estribos de los trenes internacionales le impresionó. Vacilaba a la hora de subir aquellos escalones majestuosos. Se recogía ante el vagón como en el umbral de un monumento. Lo ayudamos un poco. Como había cogido billete de segunda, nos hizo al respecto una observación comparativa, práctica y sonriente. «La primera no es mejor», dijo.

Le tendimos las manos. Fue el momento. Sonó el pitido de la salida, con un arranque tremendo, como una catástrofe de chatarra, en el instante bien preciso. Fue una brutalidad abominable para nuestra despedida. «¡Adiós, hijos!», le dio apenas tiempo de decirnos, y su mano se separó, hurtada a las nuestras...

Se movía allá, entre el humo, su mano, alargada entre el ruido, ya en la noche, a través de los raíles, cada vez más lejos, blanca...

Por una parte, no lo echamos de menos, pero, de todos modos, su marcha creaba un vacío tremendo en la casa.

Para empezar, su forma de marcharse nos había puesto tristes a nuestro pesar, por decirlo así. No había sido natural, su forma de marcharse. Nos preguntábamos qué podría ocurrirnos, a nosotros, tras un golpe semejante.

Pero no tuvimos tiempo de preguntárnoslo demasiado ni tampoco de aburrirnos siquiera. Pocos días después de que lo acompañáramos hasta la estación, a Baryton, mira por dónde, me anunciaron una visita para mí, en el despacho, para mí en especial. El padre Protiste.

¡Menudo si le di noticias, yo, entonces! ¡Y buenas! Y, sobre todo, ¡del modo como nos había plantado a todos para irse de juerga a los septentriones, Baryton!... No salía de su asombro, Protiste, al enterarse de ello, y después, cuando por fin hubo comprendido, lo único que discernía ya en aquel cambio era el provecho que yo podía sacar de semejante situación. «¡Esta confianza de su director me parece la más halagadora de las promociones, mi querido doctor!», me repetía, machacón.

De nada servía que yo intentara calmarlo; una vez lanzado a la locuacidad, no se apeaba de su fórmula ni cesaba de predecirme el más magnífico de los porvenires, una espléndida carrera médica, como él decía. Yo ya no podía interrumpirlo.

Con mucha dificultad, volvimos, de todos modos, a las cosas serias, a aquella ciudad de Toulouse precisamente, de la que había llegado, él, la víspera. Por supuesto, le dejé contar, a su vez, todo lo que sabía. Incluso aparenté asombro, estupefacción, cuando me contó el accidente que había tenido la vieja.

«¿Cómo? ¿Cómo? –lo interrumpía yo–. ¿Que ha muerto?... Pero, bueno, ¿cuándo ha sido?»

Conque punto por punto tuvo que soltar la historia entera.

Sin decirme claramente que había sido Robinson quien la había empujado, por la escalera, a la vieja, no me impidió, de todos modos, suponerlo... No había tenido tiempo de decir ni pío, al parecer. Nos comprendimos... Buen trabajo, primoroso... La segunda vez que lo había intentado no había fallado.

Por fortuna, en el barrio, en Toulouse, creían que Robinson estaba del todo ciego aún. Conque lo habían considerado un simple accidente, muy trágico, desde luego, pero, de todos modos, explicable, pensándolo bien, todo, las circunstancias, la edad de la anciana, y también que había sido al final de una jornada, la fatiga... Yo no quería saber más de momento. Ya había recibido más de la cuenta, de confidencias así.

Aun así, me costó trabajo hacerlo cambiar de conversación, al padre. Le obsesionaba, su historia. Volvía a ella una y mil veces, con la esperanza seguramente de hacerme picar, de comprometerme, parecía... ¡Estaba guapo!... Podía esperar sentado... Conque renunció, de todos modos, y se contentó con hablarme de Robinson, de su salud... De sus ojos... Por ese lado, iba mucho mejor... Pero seguía tan desanimado como siempre. ¡Pero que muy bajo de moral, la verdad! Y ello a pesar de la solicitud, del afecto que no cesaban las dos mujeres de prodigarle... Y, sin embargo, no cesaba de quejarse, de su suerte y de su vida.

A mí no me sorprendía oírle decir todo aquello al cura. Me lo conocía, a Robinson, yo. Tristes, ingratas disposiciones tenía. Pero desconfiaba aún más del cura, mucho más aún... Yo no decía esta boca es mía, mientras me hablaba. Conque perdía el tiempo con sus confidencias.

«Su amigo, doctor, pese a su vida material ahora agradable, fácil, y a las perspectivas, por otra parte, de un próximo matrimonio feliz, defrauda todas nuestras esperanzas, debo confesárselo... ¡Pues no le ha dado de nuevo por las funestas escapadas, por las golferías, como cuando usted lo conoció en otro tiempo!... ¿Qué le parecen a usted esas disposiciones, mi querido doctor?»

Así, pues, no pensaba allí, en una palabra, sino en dejar todo plantado, Robinson, me parecía entender; la novia y su madre se sentían ofendidas, primero, y, después, sentían toda la pena que era fácil imaginar. Eso era lo que había venido a contarme el padre Protiste. Todo eso era muy inquietante, desde luego, y, por mi parte, yo estaba decidido a callarme, a no intervenir, a ningún precio, en los asuntos de aquella familia... Abortada la conversación, nos separamos, el cura y yo, en el tranvía, con bastante frialdad, en una palabra. Al volver al manicomio, yo no las tenía todas conmigo.

Poco después de aquella visita fue cuando recibimos, de Inglaterra, las primeras noticias de Baryton. Algunas postales. Nos deseaba a todos «salud y suerte». Nos escribió también algunas líneas insignificantes, de aquí y de allá. Por una postal sin texto nos enteramos de que había pasado a Noruega y, unas semanas después, un telegrama vino a tranquilizarnos un poco: «¡Feliz travesía!», desde Copenhague...

Como habíamos previsto, la ausencia del patrón se comentó con la peor intención en el propio Vigny y en los alrededores. Más valía, para el futuro del Instituto, que diéramos en adelante, sobre los motivos de esa ausencia, explicaciones mínimas, tanto ante nuestros enfermos como a los colegas de los alrededores.

Meses pasaron, meses de gran prudencia, apagados, silenciosos. Acabamos evitando del todo el recuerdo mismo de Baryton entre nosotros. Por lo demás, su recuerdo nos daba a todos un poco de vergüenza.

Y después volvió el verano. No podíamos quedarnos todo el tiempo en el jardín vigilando a los enfermos. Para probarnos a nosotros mismos que éramos, a pesar de todo, un poco libres, nos aventurábamos hasta las orillas del Sena, por salir un poco.

Tras el terraplén de la otra orilla, empieza la gran llanura de Gennevilliers, una extensión muy bella, gris y blanca, donde las chimeneas se perfilan suaves entre el polvo y la bruma. Muy cerca del camino de sirga se encuentra la tasca de los barqueros, guarda la entrada del canal. La corriente amarilla va a precipitarse en la esclusa.

Nosotros la mirábamos, a vista de pájaro, durante horas, y, al lado, esa especie de larga ciénaga, cuyo olor vuelve, solapado, hasta la carretera de los coches. Te acostumbras. Ya no tenía color, aquel barro, de tan viejo y fatigado que estaba por las crecidas. Hacia la noche, en verano, se volvía a veces suave, el barro, cuando el cielo, en rosa, se ponía sentimental. Allí, sobre el puente, íbamos a escuchar el acordeón, el de las gabarras, mientras esperaban delante de la puerta que la noche acabara pasando al río. Sobre todo las que bajaban de Bélgica eran musicales, todas pintadas, de verde y amarillo, y con las cuerdas llenas de ropa secándose y combinaciones de color frambuesa que el viento infla al saltarles dentro a bocanadas.

Yo iba con frecuencia al café de los barqueros, solo, en la hora muerta que sigue al almuerzo, cuando el gato del patrón está muy tranquilo, entre las cuatro paredes, como encerrado en un cielo de esmalte azul para él solito.

Allí también yo, somnoliento al comienzo de una tarde, esperando, bien olvidado, pensaba, a que pasara.

Vi a alguien llegar de lejos, alguien que subía por la carretera. No tardé mucho en comprender. Ya por el puente lo había reconocido. Era mi Robinson en persona. ¡No había la menor duda! «¡Viene por aquí a buscarme!... —me dije al instante—. ¡El cura debe de haberle dado mi dirección!... ¡Tengo que deshacerme de él en seguida!»

En aquel momento me pareció abominable que me molestara justo cuando empezaba a recuperar, egoísta, un poco de tranquilidad. Desconfiamos de lo que llega por las carreteras y con razón. Ya estaba muy cerca de la tasca. Salí. Se sorprendió al verme. «¿De dónde vienes ahora?», le pregunté, así, sin amabilidad. «De la Garenne...», me respondió. «¡Bueno, vale! ¿Has comido? –le pregunté. No parecía que hubiera comido, pero no quería presentarse, nada más llegar, como un muerto de hambre–. ¿Otra vez en danza?», añadí. Porque, puedo asegurarlo ahora, no me alegraba lo más mínimo volver a verlo. Malditas las ganas.

Parapine llegaba también por el lado del canal, a mi encuentro. Muy oportuno. Estaba cansado, Parapine, de quedarse tanto tiempo de guardia en el manicomio. Es cierto que yo me tomaba el servicio un poco a la ligera. En primer lugar, respecto a la situación, habríamos dado cualquier cosa con gusto, uno y otro, por saber con certeza cuándo iba a volver Baryton. Esperábamos que pronto dejaría de darse garbeos por ahí para volver a hacerse cargo de su leonera en persona. Era demasiado para nosotros. No éramos ambiciosos, ni uno ni otro, y nos la traían floja las posibilidades del futuro. En lo que nos equivocábamos, por cierto.

Hay que reconocer una cosa buena de Parapine y es que nunca hacía preguntas sobre la gerencia comercial del manicomio, sobre mi forma de tratar a los clientes; yo lo informaba, de todos modos, a su pesar, por así decir, conque hablaba yo solo. Respecto a Robinson, era importante ponerlo al corriente.

«Ya te he hablado de Robinson, ¿verdad? –le pregunté a modo de introducción–. Ya sabes, mi amigo de la guerra... ¿Recuerdas?»

Me las había oído contar cien veces, las historias de la guerra y las de África también y cien veces de formas diferentes. Era mi estilo.

«Bueno, pues —continué—, aquí lo tenemos, a Robinson, en carne y hueso, procedente de Toulouse...Vamos a comer juntos en casa.» En realidad, al tomar la iniciativa así, en nombre de la casa, yo me sentía un poco violento. Cometía como una indiscreción. Habría necesitado, para el caso, tener una autoridad flexible, atractiva, de la que carecía por completo. Y, además, que Robinson no me facilitaba las cosas. Por el camino del pueblo, se mostraba ya muy curioso e inquieto, sobre todo respecto a Parapine, cuya larga y pálida figura junto a nosotros le intrigaba. Al principio había creído que era un loco también, Parapine. Desde que sabía que vivíamos en Vigny, veía locos por todas partes. Lo tranquilicé.

«Y tú —le pregunté—, ¿has encontrado al menos algún currelo desde que estás de vuelta?»

«Voy a buscar...», se contentó con responderme.

«Pero, ¿tienes los ojos ya curados? ¿Ves bien ahora?»

«Sí, veo casi como antes...»

«Entonces, ¿estarás contento?», le dije.

No, no estaba contento.Tenía otras cosas en que pensar. Me abstuve de hablarle de Madelon en seguida. Era un tema que seguía siendo delicado entre nosotros. Pasamos un buen rato ante el aperitivo y aproveché para ponerlo al corriente de muchas cosas del manicomio y de otros detalles más. Nunca he podido dejar de charlar por los codos. Bastante parecido, a fin de cuentas, a Baryton. La cena acabó en plena cordialidad. Después, no podía, la verdad, enviarlo así, a la calle, a Robinson Léon. Decidí al instante montarle en el comedor una cama plegable de momento. Parapine seguía sin dar su opinión. «¡Mira, Léon! —le dije—. Puedes vivir aquí mientras buscas un sitio...» «Gracias», respondió simplemente. Y desde aquel momento todas las mañanas se iba en el tranvía a París en busca, según decía, de un empleo de representante.

Estaba harto de la fábrica, decía, quería «representar». Tal vez se esforzara por encontrar una representación, hay que ser justos, pero el caso es que no la encontró.

Una tarde volvió de París más temprano que de costumbre. Yo estaba aún en el jardín, vigilando las inmediaciones del gran estanque. Vino a buscarme para decirme dos palabras.

«¡Escucha!», empezó.

«Escucho», respondí.

«¿No podrías darme tú un empleíllo aquí mismo?... No encuentro nada...»

«¿Has buscado bien?»

«Sí, he buscado bien...»

«¿Quieres un empleo en la casa? Pero, ¿para qué? Conque, ¿no encuentras un empleíllo cualquiera en París? ¿Quieres que preguntemos Parapine y yo a la gente que conocemos?»

Le molestaba que le propusiera ayudarlo a buscar un empleo.

«No es que no se encuentre absolutamente nada —prosiguió entonces—. Se podría encontrar tal vez... Alguna cosilla... Pero a ver si me comprendes... Necesito absolutamente parecer estar mal de la cabeza... Es urgente e indispensable que parezca estar mal de la cabeza...»

«¡Vale! —dije yo entonces—. ¡No me digas más!...»

«Sí, sí, Ferdinand, al contrario, tengo que decirte mucho más —insistía—. Quiero que me comprendas bien... Y, además, como te conozco, porque tú eres lento para comprender y para decidirte...»

«Anda, venga —dije resignado—, cuenta...»

«Como no parezca yo un loco, la cosa va ir mal, te lo garantizo... Se va a armar una buena... Ella es capaz de hacer que me detengan... ¿Me comprendes ahora?»

«¿Te refieres a Madelon?»

«¡Sí, claro!»

«¡Pues vaya!»

«Ni que lo digas...»

«¿Os habéis enfadado del todo, entonces?»

«Ya lo ves...»

«¡Ven por aquí, si me quieres dar más detalles! –lo interrumpí entonces y me lo llevé aparte–. Será más prudente, por los locos... Pueden comprender también algunas cosas y contar otras aún más extrañas... con todo lo locos que están...»

Subimos a una de las celdas de aislamiento y, una vez allí, no tardó demasiado en exponerme toda la situación, sobre todo porque yo ya estaba más que al corriente de sus capacidades y, además, que el padre Protiste me había hecho suponer el resto...

En la segunda ocasión, no había fallado. ¡No se podía decir que hubiera sido un fiasco! ¡Eso sí que no! Ni mucho menos. Había que reconocerlo.

«Compréndelo, la vieja me perseguía cada vez más... Sobre todo desde que empecé a mejorar un poco de los ojos, es decir, cuando empecé a poder ir solo por la calle...Volví a ver cosas desde aquel momento...Y volví a ver también a la vieja... Es más, ¡sólo la veía a ella!... ¡La tenía todo el tiempo ahí, ante mí!... ¡Era como si me hubiese cerrado la existencia!... Estoy seguro de que lo hacía a propósito... Sólo para fastidiarme... Si no, ¡no se explica!...Y después en la casa, donde estábamos todos, ya la conoces, ¿eh?, la casa, no era difícil pelearse... ¡Ya viste lo pequeña que era!... ¡Como sardinas en lata! ¡Es la pura verdad!»

«Y los escalones del panteón, no eran muy resistentes, ¿eh?»

Yo mismo había notado lo peligrosa que era, la escalera, al visitarla la primera vez con Madelon, que ya se movían, los escalones.

«No, con eso estaba chupado», reconoció, con toda franqueza.

«¿Y la gente de por allí? —volví a preguntarle—. ¿Los vecinos, los curas, los periodistas?... ¿No hicieron comentarios, cuando ocurrió?...»

«No, hay que ver...Además, es que no me creían capaz... Me tomaban por un rajado... Un ciego... ¿Comprendes?...»

«En fin, puedes agradecer tu buena suerte, porque si no... ¿Y Madelon? ¿Qué tenía que ver en todo aquello? ¿Estaba de acuerdo?»

«No del todo... Pero un poco, de todos modos, lógicamente, ya que el panteón, verdad, iba a pasar a nuestra propiedad, cuando la vieja muriera... Estaba previsto así... Íbamos a hacernos cargo nosotros del negocio...»

«Entonces, ¿por qué no pudisteis seguir juntos después de eso?»

«Mira, eso es difícil de explicar...»

«¿Ya no te quería?»

«Sí, hombre, al contrario, me quería mucho y, además, estaba muy interesada por el matrimonio... Su madre también lo deseaba y mucho más aún que antes y que se hiciera en seguida, por las momias de la tía Henrouille que nos correspondían, conque teníamos de sobra para vivir, los tres, en adelante, tranquilos...»

«¿Qué ocurrió, entonces, entre vosotros?»

«Pues, mira, ¡yo quería que me dejaran en paz de una puta vez! Sencillamente... La madre y la hija...»

«¡Oye, Léon!... —lo interrumpí de repente al oírle decir eso—. Escúchame... Eso no es serio tampoco de tu parte... Ponte en su lugar, de Madelon y su madre... ¿Es que habría sido plato de gusto para ti? ¡Vamos, hombre! Al llegar allí ibas casi descalzo, no tenías donde caerte muerto, no parabas de protestar todo el santo día, que si la vieja se quedaba con toda tu pasta y que si patatín y que si patatán...Va y deja el campo libre, mejor dicho, la quitas de en medio tú...Y empiezas a poner mala cara otra vez, a pesar de todo... Ponte en el lugar de esas dos mujeres, ¡ponte en su lugar, hombre!... ¡Es insoportable!...Yo que ellas, ¡menudo si te habría mandado a tomar por saco!...Te lo merecías cien veces, ¡que te mandaran al trullo! ¡Ya lo sabes!»

Así mismo se lo dije a Robinson.

«Puede ser —fue y me respondió, devolviéndome la pelota—, pero tú ya puedes ser médico y tener instrucción y todo, que no comprendes nada de mi forma de ser...»

«¡Anda, calla, Léon! —acabé diciéndole y para terminar—. Calla, desgraciado, ¡y deja en paz tu forma de ser! ¡Te expresas como un enfermo!... Cuánto siento que Baryton se haya ido al quinto infierno; si no, ¡te habría puesto en tratamiento, ése! ¡Es lo mejor que se podría hacer por ti, por cierto! ¡Encerrarte, lo primero! ¿Me oyes? ¡Encerrarte! ¡Vaya si se habría encargado ése, Baryton, de tu forma de ser!»

«Si tú hubieras tenido lo que yo y hubieses pasado por lo que yo he pasado —saltó al oírme—, ¡bien enfermo que habrías estado también! ¡Te lo garantizo! ¡Y puede que peor que yo aún! ¡Con lo cagueta que eres!...» Y entonces empezó a ponerme de vuelta y media, como si hubiera tenido derecho.

Yo lo miraba fijamente, mientras me ponía verde. Estaba acostumbrado a que me maltrataran así, los enfermos.Ya no me molestaba.

Había adelgazado mucho desde lo de Toulouse y, además, algo que yo no conocía aún le había subido a la cara, como un retrato, parecía, sobre sus facciones enormes, con el olvido ya, silencio en derredor.

En las historias de Toulouse había otra cosa más, menos grave, evidentemente, que no había podido tragar, pero, al acordarse, se le revolvía la bilis. Era haberse visto obligado a untar la mano a toda una patulea de traficantes para nada. No había podido tragar lo de haberse visto obligado a dar comisiones a diestro y siniestro, en el momento de tomar posesión de la cripta, al cura, a la señora de las sillas, a la alcaldía, a los vicarios y a muchos otros más y todo ello sin resultado, en una palabra. Cuando volvía a hablar de eso, es que se ponía enfermo. Robo a mano armada, llamaba esos manejos.

«Entonces, ¿os casasteis, a fin de cuentas?», le pregunté, para acabar.

«Pero, ¡si te he dicho que no! ¡Yo ya no quería!»

«¿No estaba mal, de todos modos, la Madelon? ¿No irás a decirme que no?»

«La cuestión no es ésa...»

«Pues claro que sí que es ésa la cuestión. Si estabais libres, como dices... Si estabais absolutamente decididos a marcharos de Toulouse, podíais perfectamente dejar encargada del panteón a su madre por un tiempo... Podíais volver más adelante...»

«Lo que es el físico –prosiguió– no hace falta que lo jures, era mona de verdad, lo reconozco, no me habías engañado, desde luego, y sobre todo que, tú fíjate, cuando volví a ver por primera vez, como preparado a propósito, fue a ella, por así decir, a quien vi la primera, en un espejo... ¿Te imaginas?... ¡A la luz!...Ya hacía por lo menos dos meses que se había caído la vieja... La vista me volvió como de repente ante ella, al intentar mirarle la cara... Un rayo de luz, en una palabra... ¿Me comprendes?»

«¿No fue agradable?»

«Menudo si fue agradable... Pero eso no era todo...»

«Te diste el piro, de todos modos...»

«Sí, pero te voy a explicar, ya que quieres entender, fue ella la primera que empezó a encontrarme raro... Que si estaba desanimado... Que si estaba antipático... Chorraditas, pijaditas...»

«¿No sería que te remordía la conciencia?»

«¿La conciencia?»

«Tú sabrás...»

«Llámalo como quieras, pero no estaba animado…Y se aca-bó…De todos modos, yo creo que no eran remordimientos…»

«¿Estabas enfermo, entonces?»

«Eso debe de ser más bien, enfermo… Por cierto, que hace ya una hora por lo menos que intento decírtelo, que estoy en-fermo…Reconocerás que tardas la tira…»

«¡Bueno! ¡Vale! –le respondí–. Lo diremos, que estás enfer-mo, ya que es lo más prudente, según tú…»

«Bien hecho –volvió a insistir–, porque de esa mujer me espero cualquier cosa…Es pero que muy capaz de soltar la lie-bre antes de nada…»

Era como un consejo que parecía darme y yo no quería sus consejos. No me gustaba nada todo aquello, por las compli-caciones que iban a presentarse otra vez.

«¿Crees que soltaría la liebre? –le pregunté otra vez para ase-gurarme–. Pero, ¡si era tu cómplice en cierto modo!… ¡Eso debería hacerla reflexionar un momento antes de ponerse a largar!»

«¿Reflexionar?… –volvió a saltar él, entonces, al oírme–. Cómo se ve que no la conoces… –Le hacía gracia oírme–. Pero, ¡si no dudaría ni un segundo!… ¡Te lo digo yo! Si la hubieras tratado como yo, ¡no lo dudarías! ¡Te repito que está enamorada!… Entonces, ¿es que no has conocido tú a una mujer enamorada? Cuando está enamorada, ¡es una loca, sen-cillamente! ¡Una loca! Y de mí es de quien está enamorada, ¡loquita!… ¿Te das cuenta? ¿Comprendes? Conque, ¡todas las locuras la excitan! ¡Es muy sencillo! ¡No la detienen! ¡Al con-trario!…»

Yo no podía decirle que me extrañaba un poco, de todos modos, que hubiera llegado en unos meses a ese grado de fre-nesí, Madelon, porque, de todos modos, yo la había conocido un poquito, a Madelon…Yo tenía mi opinión sobre ella, pero no podía comunicarla.

Por su forma de espabilarse en Toulouse y por las cosas que le había oído decir, estando yo detrás del álamo, el día de la gabarra, era difícil imaginar que hubiera podido cambiar de disposiciones hasta ese punto y en tan poco tiempo... Me había parecido más espabilada que trágica, desenvuelta de lo lindo y muy contenta de pescarlo, a Robinson, con sus cuentos y camelos siempre que podía hacer el paripé. Pero de momento, llegados a ese punto, yo no podía decirle nada. Tenía que dejarlo pasar. «¡Bueno! ¡Vale! ¡De acuerdo! —concluí—. ¿Y la madre, entonces? ¡Debió de armar la marimorena, la madre, cuando comprendiera que te las pirabas y de verdad!...»

«¡Y que lo digas! Y eso que se pasaba todo el santo día diciendo que yo era un cochino, ¡y, tú fíjate, justo cuando más necesitaba, al contrario, que me hablaran amablemente!... ¡Unas monsergas!... En una palabra, aquello no podía continuar tampoco con la madre, conque le propuse a Madelon dejarles el panteón a ellas dos y marcharme yo, por mi parte, a dar una vuelta, volver a ver mundo un poco...

»"Irás conmigo —protestó ella entonces—. Soy tu novia, ¿no?... Irás conmigo, Léon, ¡o no irás!... Y además —insistía— que no estás curado del todo..."

»"¡Sí que estoy curado y me voy a ir solo!", le respondía yo... Y de ahí no salíamos.

»"¡Una mujer acompaña siempre a su marido! —decía la madre—. ¡Lo que tenéis que hacer es casaros!" La apoyaba sólo para fastidiarme.

»Al oír esas cosas, yo sufría. ¡Ya me conoces! ¡Como si hubiera yo necesitado a una mujer para ir a la guerra! ¡Y para escapar de ella! Y en África, ¿es que tenía mujeres yo? Y en América, ¿tenía acaso mujer yo?... De todos modos, de oírlas discutir así durante horas, ¡me daba dolor de vientre! ¡Un tostón! ¡Sé para lo que sirven las mujeres, de todos modos! Tú también, ¿eh? ¡Para nada! ¡Pues no he viajado yo ni nada! Por fin, una noche que me habían sacado de quicio de verdad con sus rollos, ¡fui y le solté de una vez a la madre todo lo que pensaba de ella! "A usted lo que le pasa es que es una vieja gilipuertas –fui y le dije–. ¡Es usted una tía aún más idiota que la Henrouille!... Si hubiera usted conocido un poco más de mundo, como yo he conocido, se lo pensaría un poco antes de ponerse a dar consejos a toda la gente. ¡A ver si se cree que, porque se haya pasado el tiempo recogiendo trozos de vela en un rincón de su puñetera iglesia, sabe algo de la vida! ¡Salga un poco también usted, que le sentará bien! ¡Ande, vaya a pasearse un poco, vieja imbécil! ¡Así aprenderá! ¡Le quedará menos tiempo para rezar y no andará diciendo tantas gilipolleces!..."

»¡Ya ves tú cómo la traté, yo, a la madre! Te digo que hacía mucho que tenía ganas de echarle una buena bronca y, además, que lo necesitaba, la tía esa, con ganas... Pero a fin de cuentas a mí fue a quien me vino bien... Me liberó en cierto modo de la situación... Ahora, que parecía también que sólo esperaba ese momento, la muy puta, a que yo me desahogara, ¡para lanzarme, a su vez, todos los insultos que sabía! ¡No quieras ver lo que soltó por la boca! "¡Ladrón! ¡Vago! –me soltó–. ¡Que ni siquiera tienes un oficio!... ¡Pronto va a hacer un año que te damos de comer, mi hija y yo...! ¡Inútil!... ¡Chulo de putas!..." ¡Tú fíjate! Lo que se dice una escena familiar... Se quedó un poco como reflexionando y después lo dijo un poco más bajo, pero mira, chico, lo dijo y, además, con toda el alma: "¡Asesino!... ¡Asesino!", me llamó. Eso me enfrió un poco.

»La hija, al oír eso, tenía como miedo de que me la cargara allí mismo, a su madre. Se arrojó entre nosotros. Le cerró la boca a su madre con su propia mano. Hizo bien. Conque, ¡estaban de acuerdo, las muy putas!, me decía yo. Era evidente. En fin, no insistí... Ya no era momento de violencias... Y, además, que, en el fondo, me la chupaba que estuvieran de acuerdo... ¿Crees tú que, después de haberse desahogado, me iban a dejar tranquilo en adelante?... ¡Sí, sí! ¡Ni mucho menos! Eso sería no conocerlas... La hija volvió a empezar. Tenía fuego en el corazón y en el chocho también... Volvió a darle con más fuerza...

»"Te quiero, Léon, ya lo ves que te quiero, Léon..."

»Sólo sabía decir eso: "te quiero". Como si fuera la respuesta para todo.

»"¿Todavía le quieres? —volvía la madre a la carga, al oírla—. Pero, ¿es que no ves que es un simple golfo? ¿Un inútil? Ahora que ha recuperado la vista, gracias a nuestros cuidados, ¡vas a ver tú lo desgraciada que te va a hacer! ¡Te lo digo yo, tu madre!..."

»Lloramos todos, para acabar la escena, incluso yo, porque no quería ponerme del todo a mal con aquellos dos bichos, enfadarme más de la cuenta, pese a todo.

»Conque me fui, pero nos habíamos dicho demasiadas cosas como para que aquello pudiera durar mucho tiempo. Aun así, la situación se prolongó durante semanas, venga reñir por esto y por lo otro, y, además, vigilándonos durante días y, sobre todo, por las noches.

»No podíamos decidirnos a separarnos, pero ya no sentíamos igual. Lo que nos mantenía juntos aún eran los miedos.

»"Entonces, ¿es que quieres a otra?", me preguntaba Madelon, de vez en cuando.

»"Pero, ¿qué dices? —intentaba tranquilizarla yo—. Pues claro que no." Pero estaba claro que no me creía. Para ella había que querer a alguien en la vida y no había vuelta de hoja.

»"A ver —le respondía yo—, ¿qué podría yo hacer con otra mujer?" Pero era su manía, el amor. Yo ya no sabía qué contarle para calmarla. Se le ocurrían unas cosas que yo no había oído en mi vida. Nunca habría imaginado que ocultara cosas así en la cabeza.

»"¡Me has robado el corazón, Léon! —me acusaba y, además, en serio—. ¡Te quieres marchar! —me amenazaba—. ¡Márchate! Pero, ¡te aviso que me moriré de pena, Léon!..." ¿Que yo iba a ser la causa de su muerte de pena? ¿Con qué se come eso? ¿Eh? ¡Dime tú! "Pero, ¡que no! ¡Qué cosas dices! —la tranquilizaba yo—. En primer lugar, ¡yo no te he robado nada! Pero, bueno, ¡si ni siquiera te he hecho un hijo! ¡Reflexiona! Tampoco te he pegado enfermedades, ¿no? ¿Entonces? Lo único que quiero es irme, ¡nada más! Irme de vacaciones, como quien dice. Con lo sencillo que es... Intenta ser razonable..." Y cuanto más intentaba hacerle comprender mi punto de vista, menos le gustaba a ella. En una palabra, que ya no nos entendíamos. Se ponía como rabiosa con la idea de que yo pudiese pensar de verdad lo que decía, que era la pura verdad, simple y sincera.

»Además, creía que eras tú quien me incitaba a largarme... Al ver entonces que no me iba a retener avergonzándome con mis sentimientos, intentó retenerme de otro modo.

»"¡No vayas a creer, Léon —me dijo entonces— que quiero seguir contigo por el negocio del panteón!... Ya sabes que a mí el dinero me da completamente igual, en el fondo... Lo que yo quisiera, Léon, es quedarme contigo... Ser feliz... Eso es todo... Es muy natural... No quiero que me dejes... Es muy duro separarse cuando se ha querido como nos queríamos nosotros dos... Júrame, al menos, Léon, que no te irás por mucho tiempo..."

»Y así siguió su crisis durante semanas. No había duda de que estaba enamorada y pesadísima... Cada noche otra vez a vueltas con su locura de amor. Al final, aceptó dejar a su madre encargada del panteón, a condición de que nos marcháramos los dos juntos a buscar trabajo a París... ¡Siempre juntos!... ¡Cuidado con la tía! Estaba dispuesta a entender cualquier cosa, salvo que yo me fuera solo por mi lado y ella por el suyo... Eso ni hablar... Conque cuanto más se empeñaba, más enfermo me ponía, ¡por fuerza!

»No valía la pena intentar hacerla entrar en razón. Me di cuenta de que era tiempo perdido, la verdad, o una idea fija y que la volvía más rabiosa aún. Conque no me quedó más remedio que ponerme a probar trucos para deshacerme de su amor, como ella decía... Entonces fue cuando se me ocurrió la idea de meterle miedo contándole que de vez en cuando me volvía un poco loco... Que me daban ataques... Sin avisar... Me miró con mala cara, con expresión muy extraña... Aún no estaba del todo segura de si se trataba de un embuste... Sólo, que, de todos modos, a causa de las aventuras que le había yo contado antes y, además, de la guerra, que me había afectado, y, sobre todo, del último chanchullo, lo de la tía Henrouille, y también lo de que me hubiera vuelto de repente tan raro con ella, le dio que pensar, de todos modos...

»Durante más de una semana estuvo pensando y me dejó muy tranquilo... Debía de haber hecho alguna confidencia a su madre sobre mis ataques... El caso es que insistían menos en retenerme... "Ya está —me decía yo—. ¡Esto va a dar resultado! Ya me veo libre..." Ya me veía largándome muy tranquilo, a hurtadillas, hacia París, ¡sin decir ni pío!... Pero, ¡espera! Resulta que quise hacerlo todo demasiado bien... Me esmeré... Creía haber encontrado el truco perfecto para probarles de una vez por todas que era la verdad... Que estaba pero como una cabra a ratos... "¡Toca! —le dije una noche a Madelon—. Tócame ahí detrás, en la cabeza, ¡el bulto! ¿Notas la cicatriz? ¿Has visto el bulto tan grande que tengo? ¿Eh?..."

»Después de palparme bien el bulto, en la cabeza, se sintió conmovida, que no te puedes imaginar... Pero, ¡vaya, hombre!, eso la excitó aún más, ¡no le repugnó ni mucho menos!... "Ahí es donde me hirieron en Flandes. Ahí es donde me hicieron la trepanación...", insistía yo.

»"¡Ah, Léon! —saltó entonces, al sentir el bulto—, ¡te pido perdón, Léon mío!... Hasta ahora he dudado de ti, pero, ¡te pido perdón con toda el alma! ¡Me doy cuenta! ¡He sido infame contigo! ¡Sí! ¡Sí! Léon, ¡he sido horrible!... ¡No volveré a ser mala contigo nunca! ¡Te lo juro! ¡Quiero expiar, Léon! ¡En seguida! No me impidas expiar, ¿eh?... ¡Te voy a devolver la felicidad! ¡Te voy a cuidar bien, de verdad! ¡A partir de hoy! ¡Voy a ser muy paciente para siempre contigo! ¡Voy a ser muy dulce! ¡Ya verás, Léon! ¡Te voy a comprender tan bien, que no vas a poder vivir sin mí! ¡Mi corazón es tuyo otra vez!, ¡te pertenezco!... ¡Todo! ¡Toda mi vida, Léon, te doy! Pero dime que me perdonas al menos, ¿eh, Léon?..."

»Yo no había dicho nada así, nada. Ella lo había dicho todo, conque le resultaba muy fácil contestarse a sí misma... ¿Cómo había que hacer entonces para disuadirla?

»¡Haber palpado mi cicatriz y mi bulto la había emborrachado, por así decir, de amor, de golpe! Quería volver a cogerla en las manos, mi cabeza, y no soltarla y hacerme feliz hasta la Eternidad, ¡quisiera yo o no! A partir de aquella escena, su madre no volvió a tener derecho a la palabra para echarme broncas. No le dejaba hablar, Madelon, a su madre. No la habrías reconocido, ¡quería protegerme a más no poder!

»¡Aquello tenía que acabar! Desde luego, yo habría preferido, claro está, que nos hubiéramos separado como buenos amigos... Pero es que ya ni valía la pena intentarlo... No podía más de amor y estaba muy terca. Una mañana, mientras estaban en la compra, la madre y ella, hice como tú, un paquetito, y me di el piro a la chita callando... Después de eso, ¿no dirás que no he tenido bastante paciencia?... Es que, te lo repito, no había nada que hacer... Ahora, ya lo sabes todo... Cuando te digo que es capaz de todo, esa chica, y que puede perfectamente venir a insistirme de nuevo aquí, de un momento a otro, ¡no me vengas con que veo visiones! ¡Sé lo que me digo! ¡Me la conozco yo! Y estaríamos más tranquilos, en mi opinión, si me encontrara ya como encerrado con los locos... Así, me sería más fácil hacer como quien ya no comprende nada... Con ella, eso es lo que hay que hacer... No comprender...»

Dos o tres meses antes, todo lo que acababa de contarme, Robinson, me habría interesado aún, pero yo había como envejecido de golpe.

En el fondo, me había vuelto cada vez más como Baryton, me la traía floja. Todo eso que me contaba Robinson de su aventura en Toulouse no era ya para mí un peligro vivo; de nada me servía intentar interesarme por su caso, olía a rancio, su caso. De nada sirve decir ni pretender, el mundo nos abandona mucho antes de que nos vayamos para siempre.

Las cosas que más te interesan, un buen día decides comentarlas cada vez menos, y con esfuerzo, cuando no queda más remedio. Estás pero que muy harto de oírte hablar siempre... Abrevias... Renuncias... Llevas más de treinta años hablando... Ya no te importa tener razón. Te abandona hasta el deseo de conservar siquiera el huequecito que te habías reservado entre los placeres... Sientes hastío... En adelante te basta con jalar un poco, tener un poco de calorcito y dormir lo más posible por el camino de la nada. Para recuperar el interés, habría que descubrir nuevas muecas que hacer delante de los demás... Pero ya no tienes fuerzas para cambiar de repertorio. Farfullas. Buscas aún trucos y excusas para quedarte ahí, con los amiguetes, pero la muerte está ahí también, hedionda, a tu lado, todo el tiempo ahora y menos misteriosa que una partida de brisca. Sólo conservas, preciosas, las pequeñas penas, la de no haber encontrado tiempo para ir a Bois-Colombes a ver, mientras aún vivía, a tu anciano tío, cuya cancioncilla se extinguió para siempre una noche de febrero. Eso es todo lo que has conservado de la vida. Esa pequeña pena tan atroz, el resto lo has vomitado más o menos a lo largo del camino, con muchos esfuerzos y pena. Ya no eres sino un viejo reverbero de recuerdos en la esquina de una calle por la que ya no pasa casi nadie.

Puestos a aburrirse, lo menos cansino es hacerlo con hábitos regulares. Me empeñaba en que todo el mundo estuviera acostado en la casa a las diez de la noche. Yo me encargaba de apagar las luces. Los negocios iban solos.

Por lo demás, no hicimos derroche alguno de imaginación. El sistema Baryton de los «cretinos en el cine» nos ocupaba suficientemente. Tampoco se hacían demasiadas economías en la casa. El despilfarro, nos decíamos, lo haría tal vez volver, al patrón, ya que lo angustiaba tanto.

Habíamos comprado un acordeón para que Robinson pudiese poner a bailar a nuestros enfermos en el jardín durante el verano. Era difícil tenerlos ocupados en Vigny, a los enfermos, día y noche. No podíamos enviarlos todo el tiempo a la iglesia, se aburrían demasiado en ella.

De Toulouse no volvimos a tener la menor noticia, el padre Protiste no volvió tampoco a vernos nunca. La existencia en el manicomio se organizaba monótona, furtiva. Moralmente, no estábamos a gusto. Demasiados fantasmas, aquí y allá.

Pasaron algunos meses más. Robinson se recuperaba. Por Semana Santa nuestros locos se agitaron un poco, mujeres ligeras de ropa pasaban y volvían a pasar por delante de nuestros jardines. Primavera precoz. Bromuros.

En el Tarapout, desde la época en que fui extra, habían renovado el personal muchas veces. Las inglesitas habían acabado muy lejos, según me dijeron, en Australia. No las volveríamos a ver...

Las tablas, desde mi historia con Tania, me estaban prohibidas. No insistí.

Nos pusimos a escribir cartas casi a todas partes y sobre todo a los consulados de los países del norte, para obtener algunos indicios sobre las posibles andanzas de Baryton. No recibimos respuesta interesante alguna de ellos.

Parapine realizaba, calmado y silencioso, su servicio técnico a mi lado. Desde hacía veinticuatro meses no había pronunciado más de veinte frases en total. Me veía obligado a adoptar prácticamente solo las iniciativas materiales y administrativas que la situación cotidiana requería. A veces metía la pata, pero Parapine no me lo reprochaba nunca. Nos entendíamos a fuerza de indiferencia. Por lo demás, un trasiego suficiente de enfermos aseguraba el aspecto material de nuestra institución. Pagados los proveedores y el alquiler, nos quedaba aún mucho con que vivir, aun pagando la pensión de Aimée a su tía religiosamente, por supuesto.

Robinson me parecía mucho menos inquieto ahora que a su llegada. Había recuperado el buen color y tres kilos. En una palabra, mientras hubiera locos en las familias, no dejarían de recurrir a nosotros, estando como estábamos tan a mano, cerca de la capital. Ya sólo nuestro jardín justificaba el viaje. Venían a propósito de París para admirar nuestros macizos y nuestros bosquecillos de rosas en pleno verano.

Uno de esos domingos de junio fue cuando me pareció reconocer a Madelon, por primera vez, en medio de un grupo de transeúntes, inmóvil por un instante, justo delante de nuestra verja.

Al principio, no quise comunicar esa aparición a Robinson, para no asustarlo, y después, tras haberlo pensado con detenimiento, unos días después, le recomendé, de todos modos, no alejarse, al menos por un tiempo, con sus erráticos paseos por los alrededores, a los que se había aficionado. Ese consejo le inquietó. Sin embargo, no insistió para saber más detalles.

Hacia finales de julio, recibimos de Baryton algunas tarjetas postales, desde Finlandia esa vez. Nos dio alegría, pero no nos decía nada de su regreso, Baryton, nos deseaba una vez más «buena suerte» y mil detalles amistosos.

Pasaron dos meses y después otros más... El polvo del verano no volvió a caer sobre la carretera. Uno de nuestros alienados, hacia Todos los Santos, armó un pequeño escándalo delante de nuestro Instituto. Ese enfermo, antes de lo más apacible y correcto, soportó mal la exaltación mortuoria de Todos los Santos. No pudimos impedirle a tiempo gritar por su ventana que no quería morirse nunca... A los transeúntes les parecía de lo más divertido... En el momento en que se produjo aquella algarada tuve de nuevo, pero aquella vez con mayor precisión que la primera, la impresión, muy desagradable, de reconocer a Madelon en la primera fila de un grupo, justo en el mismo sitio, delante de la verja.

Durante la noche que siguió, me desperté angustiado, intenté olvidar lo que había visto, pero todos mis esfuerzos para olvidar fueron en vano. Más valía no volver a intentar dormir.

Hacía mucho que no había yo vuelto a Rancy. Para ser presa de la pesadilla, me preguntaba si no valía más dar una vuelta por allí, de donde todas las desgracias procedían, tarde o temprano... Yo había dejado allá, tras mí, pesadillas... Intentar adelantárseles podía, si acaso, pasar por una especie de precaución... Para Rancy, el camino más corto, viniendo de Vigny, es seguir por la orilla del río hasta el puente de Gennevilliers, ese que es muy plano, tendido sobre el Sena. Las lentas brumas del río se deshacen al ras del agua, se apretujan, pasan, se elevan, se tambalean y van a caer del otro lado del pretil, en torno a las ácidas farolas. La gran fábrica de tractores que queda a la izquierda se esconde en un gran retazo de noche. Tiene las ventanas abiertas por un incendio tétrico que la quema por dentro y nunca acaba. Pasada la fábrica, estás solo en la ribera... Pero no tiene pérdida... Por la fatiga te das cuenta más o menos de que has llegado.

Basta entonces con girar de nuevo a la izquierda por la Rue de Bournaires y ya no queda demasiado lejos. No es difícil orientarse, gracias a la farola roja y verde del paso a nivel, que siempre está encendida.

Incluso de noche, habría ido yo, con los ojos cerrados, hasta el hotelito de los Henrouille. Había ido con frecuencia, en otro tiempo...

Sin embargo, aquella noche, cuando hube llegado delante de la puerta, me puse a pensar en vez de avanzar...

Estaba sola ahora, la nuera, para habitar el hotelito, pensaba yo... Estaban todos muertos, todos... Debía de haber sabido, o al menos sospechado, el modo como había acabado su vieja en Toulouse... ¿Qué efecto le habría causado?

El reverbero de la acera blanqueaba la pequeña marquesina de cristales como con nieve encima de la escalera. Me quedé ahí, en la esquina de la calle, mirando simplemente, mucho rato. Podría perfectamente haber ido a llamar. Seguro que me habría abierto. Al fin y al cabo, no estábamos enfadados, ella y yo. Hacía un frío glacial, donde me había quedado parado...

La calle acababa aún en un hoyo, como en mis tiempos. Habían prometido arreglarlo, pero no lo habían hecho... Ya no pasaba nadie.

No es que tuviese miedo de ella, de Henrouille nuera. No. Pero, de repente, estando allí, se me quitaron las ganas de volver a verla. Me había equivocado con lo de querer volver a verla. Allí, delante de su casa, descubría yo de repente que ya no tenía nada que enseñarme... Habría sido enojoso incluso que me hablara ahora y se acabó. Eso era lo que habíamos llegado a ser uno para el otro.

Yo había llegado más lejos que ella en la noche ahora, más lejos incluso que la vieja Henrouille, que estaba muerta... Ya no estábamos todos juntos... Nos habíamos separado para siempre... No sólo por la muerte, sino también por la vida... Por la fuerza de las cosas... ¡Cada cual a lo suyo!, me decía yo... Y me marché por donde había venido, hacia Vigny.

No tenía suficiente instrucción para seguirme ahora, la Henrouille nuera... Carácter sí, de eso sí que tenía... Pero, ¡instrucción, no! Ése era el quid. ¡Instrucción, no! ¡Es fundamental, la instrucción! Conque ya no podía comprenderme ni comprender lo que ocurría a nuestro alrededor, por puta y terca que fuera... Eso no basta... Hace falta corazón también y saber para llegar más lejos que los demás... Por la Rue des Sanzillons me metí para volverme hacia el Sena y después por el Impasse Vassou. ¡Liquidada, mi inquietud! ¡Contento casi! Orgulloso casi, porque me daba cuenta de que no valía la pena ya insistir por el lado de Henrouille nuera, ¡había acabado perdiéndola, a aquella puta, por el camino!... ¡Qué tía! Habíamos simpatizado a nuestro modo... Nos habíamos comprendido bien en tiempos, la nuera Henrouille y yo... Durante mucho tiempo... Pero ahora ya no estaba bastante abajo para mí, no podía descender... Llegar hasta mí... No tenía instrucción ni fuerza. No se sube en la vida, se baja. Ella ya no podía. Ya no podía bajar hasta donde yo estaba... Había demasiada noche para ella a mi alrededor.

Al pasar por delante del inmueble donde la tía de Bébert era portera, habría entrado también yo, sólo para ver a los que lo ocupaban ahora, su chiscón, donde yo había tratado a Bébert y de donde éste se nos había ido. Tal vez siguiera aún allí, su retrato de colegial, por encima de la cama... Pero era demasiado tarde para despertar a la gente. Pasé de largo, sin darme a conocer...

Un poco más adelante, en el Faubourg de la Liberté, me encontré con la tienda de Bézin, el chamarilero, aún iluminada... No me lo esperaba... Pero sólo con una pequeña lámpara de gas en el medio del escaparate. Ése, Bézin, conocía todos los chismes y las noticias del barrio, a fuerza de parar en las tascas y por ser tan conocido desde la Foire aux Puces hasta la Porte Maillot.

Habría podido contarme muchas cosas, si hubiera estado despierto. Empujé la puerta. Sonó el timbre, pero nadie me respondió. Yo sabía que dormía en la trastienda, en el comedor, en realidad... Ahí estaba, también él, en la obscuridad, con la cabeza sobre la mesa, entre los brazos, sentado de costado junto a la cena fría que lo esperaba, lentejas. Había empezado a comer. El sueño lo había vencido en seguida, al volver. Roncaba fuerte. Había bebido también, claro. Recuerdo bien el día, un jueves, día de mercado en Lilas... Tenía un hatillo lleno de «ocasiones» y aún abierto en el suelo, a sus pies.

Siempre me había parecido buen tío, Bézin, no más innoble que otro. Nada que achacarle. Muy complaciente, fácil de tratar. No iba a despertarlo por curiosidad, para hacerle preguntas... Conque me marché, después de apagar el gas.

Le costaba mucho defenderse, claro está, con su comercio. Pero a él al menos no le costaba trabajo dormirse.

Volví triste, de todos modos, hacia Vigny, pensando en que toda aquella gente, aquellas casas, aquellas cosas sucias y sombrías ya no me llegaban derechas al corazón como en otro tiempo y que a mí, por listillo que pareciera, acaso no me quedase ya bastante fuerza, bien que lo notaba, para seguir adelante, yo, así, solo.

Para las comidas, en Vigny, habíamos conservado las costumbres de la época de Baryton, es decir, que nos reuníamos todos a la mesa, pero ahora, por lo general, en la sala de billar de encima de la portería. Era más familiar que el comedor de verdad, donde perduraban los recuerdos, nada gratos, de las conversaciones en inglés. Y, además, que había demasiados muebles elegantes también, para nosotros, en el comedor, de auténtico estilo novecientos con vidrieras de opalina.

Desde el billar se podía ver todo lo que ocurría en la calle. Podía ser útil. Pasábamos en aquel cuarto domingos enteros. De invitados, recibíamos a veces a cenar a médicos de los alrededores, aquí y allá, pero nuestro convidado habitual era más bien Gustave, agente de tráfico. Ése, desde luego, era asiduo. Nos habíamos conocido así, por la ventana, contemplándolo los domingos realizar su servicio, en el cruce de la carretera, a la entrada del pueblo. Le daban mucho trabajo los automóviles. Primero habíamos cambiado algunas palabras y después, domingo tras domingo, nos habíamos hecho amigos del todo. Yo había tenido ocasión de tratar, en la ciudad, a sus dos hijos, uno tras otro, de sarampión y paperas. Nos era fiel, Gustave Mandamour, que así se llamaba, oriundo de Cantal. Para la conversación era un poco pesado, porque las palabras le salían con dificultad. No dejaba de encontrarlas, las palabras, pero no le salían, se le quedaban en la boca, haciendo ruidos.

Una tarde, Robinson lo invitó al billar, en broma, creo. Pero lo suyo era la constancia, conque desde entonces había vuelto siempre, Gustave, a la misma hora todas las tardes, a las ocho.

Se encontraba a gusto con nosotros, Gustave, mejor que en el café, según nos decía él mismo, por las discusiones políticas, que a menudo se enconaban, entre los asiduos. Nosotros nunca discutíamos de política. En el caso de Gustave, era terreno bastante delicado la política. En el café había tenido problemas con eso. En principio, no debería haber hablado de política, sobre todo cuando había bebido un poco, lo que no era raro. Era conocido incluso porque le daba a la priva, era su debilidad. Mientras que con nosotros se sentía seguro en todos los sentidos. Lo reconocía él mismo. Nosotros no bebíamos. Podía sacar los pies del plato, no había problema. Había confianza.

Cuando pensábamos, Parapine y yo, en la situación de la que nos habíamos librado y la que nos había correspondido en casa de Baryton, no nos quejábamos, no teníamos motivos, porque, a fin de cuentas, habíamos tenido una suerte milagrosa y disponíamos de todo lo necesario y no nos faltaba nada tanto desde el punto de vista de la consideración como de las comodidades materiales.

Sólo, que yo siempre había pensado que no duraría el milagro. Tenía un pasado con muy mala pata, que me repetía, como eructos del Destino. Ya al principio de estar en Vigny, había recibido tres cartas anónimas que me habían parecido de lo más equívocas y amenazadoras. Y después, muchas otras cartas más, todas igual de rencorosas. Cierto es que recibíamos a menudo, cartas anónimas, en Vigny y, por lo general, no les hacíamos demasiado caso. La mayoría procedían de antiguos enfermos, a quienes sus persecuciones iban a atormentarlos a domicilio.

Pero aquellas cartas, por el tono, me inquietaban más, no se parecían a las otras; sus acusaciones eran precisas y, además, sólo se referían a Robinson y a mí. En una palabra, nos acusaban de estar liados. Era una canallada de suposición. Al principio, me resultaba violento contárselo, pero después me decidí, de todos modos, porque no cesaban de llegarme nuevas cartas del mismo estilo. Entonces pensamos juntos a ver de quién podían ser. Enumeramos todas las personas posibles de entre nuestros conocidos comunes. No se nos ocurría ninguna. Para empezar, era una acusación sin pies ni cabeza. Por mi parte, la inversión no era mi estilo y a Robinson, por la suya, ya es que se la chupaban con ganas las cosas del sexo, tanto por delante como por detrás. Si algo le preocupaba, no era, desde luego, la jodienda. Tenía que ser por lo menos una celosa para imaginar semejantes cochinadas.

En resumen, sólo conocíamos a Madelon capaz de venir a acosarnos con invenciones tan asquerosas hasta Vigny. Me daba igual que siguiera escribiendo sus chorradas, pero yo tenía motivos para temer que, exasperada por no recibir respuesta, viniese a acosarnos, en persona, un día u otro, y a armar escándalo en el establecimiento. Había que esperarse lo peor.

Pasamos así unas semanas durante las cuales nos sobresaltábamos cada vez que sonaba el timbre. Yo me esperaba una visita de Madelon o, peor aún, de la autoridad.

Cada vez que el agente Mandamour llegaba para la partida un poco antes que de costumbre, yo me preguntaba si no traería una citación al cinto, pero en aquella época era aún, Mandamour, de lo más amable y relajado. Hasta más adelante no empezó a cambiar de modo notable también él. En aquel tiempo, aún perdía casi todos los días a todos los juegos y tan campante. Si cambió de carácter, fue, por cierto, culpa nuestra.

Una noche, por curiosidad, le pregunté por qué no conseguía nunca ganar a las cartas; en el fondo, no tenía yo motivo para preguntarle eso a Mandamour, sólo por la manía de saber el porqué de todo. ¡Sobre todo porque no jugábamos por dinero! Y, al tiempo que hablábamos de su mala suerte, me acerqué a él y, examinándolo bien, me di cuenta de que tenía una acusada hipermetropía. La verdad es que, con la iluminación que teníamos, apenas si distinguía el trébol del rombo en las cartas. No podía seguir así.

Puse remedio a su enfermedad regalándole unas hermosas gafas. Al principio estaba muy contento de probarse las gafas, pero eso duró poco. Como jugaba mejor, gracias a las gafas, perdía menos que antes y se empeñó en no volver a perder nunca. No era posible, conque hacía trampas. Y cuando con trampas y todo perdía, pasaba horas enteras enfurruñado. En una palabra, se volvió insoportable.

Me preocupaba mucho, se enfadaba por un quítame allá esas pajas, Gustave, y, además, procuraba, a su vez, molestarnos, crearnos inquietudes, preocupaciones. Se vengaba, cuando perdía, a su modo... Y, sin embargo, no era por dinero, repito, por lo que jugábamos, sólo por la distracción y la gloria... Pero se ponía furioso, de todos modos.

Así, una noche que no había tenido suerte, nos habló airado al marcharse. «Señores, ¡permítanme una advertencia!... Con la gente que frecuentan, ¡yo que ustedes me andaría con ojo!... ¡Hay una morena, entre otras personas, que hace días que se pasea por delante de esta casa!... ¡Demasiado a menudo en mi opinión!.. ¡Motivos tiene!... ¡No me sorprendería nada que tuviera cuentas que ajustar con uno de ustedes!...»

Así mismo nos lo espetó, el asunto, pernicioso, Mandamour, antes de marcharse. ¡Menuda sensación causó!... Aun así, yo recobré el dominio de mí mismo al instante. «Muy bien. ¡Gracias, Gustave!... –fui y le respondí con calma–. No sé quién podrá ser la morenita de que habla usted... Ninguna de nuestras antiguas enfermas, que yo sepa, ha tenido motivo para quejarse de nuestro trato... Debe de tratarse una vez más de una pobre enajenada... Ya la encontraremos... En fin, tiene usted razón, más vale siempre estar enterado... Muchas gracias otra vez, Gustave, por habernos avisado... ¡Y buenas noches!»

Robinson, del susto, no podía ya levantarse de la silla. Cuando hubo salido el agente, examinamos la información que acababa de darnos, en todos los sentidos. Podía perfectamente ser, de todos modos, otra mujer y no Madelon... Venían muchas así, a merodear bajo las ventanas del manicomio... Pero, de todos modos, había motivos poderosos para sospechar que fuera ella y esa duda bastaba para que sintiésemos un canguelo que para qué. Si era ella, ¿cuáles serían sus nuevas intenciones? Y, además, ¿de qué viviría desde hacía tantos meses en París? Si iba a volver a presentarse en persona, teníamos que prepararnos, en seguida.

«Oye, Robinson –dije para concluir–, decídete, es el momento, y no te eches atrás... ¿qué quieres hacer? ¿Deseas volver con ella a Toulouse?»

«¡Que no!, te digo. ¡Que no y que no!» Ésa fue su respuesta. Rotunda.

«¡De acuerdo! –dije yo entonces–. Pero en ese caso, si de verdad no quieres volver con ella nunca, lo mejor, en mi opinión, sería que te marcharas a ganarte las habichuelas, durante un tiempo al menos, al extranjero. De ese modo te librarás de ella de verdad... No te va a seguir hasta allí, ¿no?... Aún eres joven... Has recuperado la salud... Has descansado... Te daremos algo de dinero, ¡y buen viaje!... ¡Ésa es mi opinión! Como comprenderás, aquí, además, no tienes porvenir... No puedes seguir aquí siempre...»

Si me hubiera escuchado, si se hubiese marchado entonces, me habría venido muy bien, me habría dado una alegría. Pero no se fue.

«Anda, Ferdinand, ¡te burlas de mí!... –respondió–. No está bien, a mi edad... Mírame bien, ¡anda!...» Ya no quería marcharse. Estaba cansado de los garbeos, en una palabra.

«No quiero ir a ninguna parte... –repetía–. Digas lo que digas... Hagas lo que hagas... No me iré...»

Así mismo respondía a mi amistad. No obstante, insistí.

«¿Y si fuera a denunciarte, Madelon, supongamos, por lo de la tía Henrouille?... Tú mismo me lo dijiste, que era capaz de hacerlo...»

«Pues, ¡mala suerte! –respondió–. Que haga lo que quiera...»

Palabras así eran nuevas en su boca, porque la fatalidad, antes, no era su estilo...

«Por lo menos, ve a buscarte algún trabajillo ahí al lado, en una fábrica; así no estarás obligado a pasar todo el tiempo aquí con nosotros... Si llegan a buscarte, tendremos tiempo de avisarte.»

Parapine estaba totalmente de acuerdo conmigo al respecto e incluso, en aquella ocasión, volvió a hablar un poco. Tenía, pues, que parecerle de lo más grave y urgente lo que nos ocurría. Tuvimos que ingeniárnosla entonces para colocarlo, disimularlo, ocultarlo, a Robinson. Entre nuestras relaciones figuraba un industrial de los alrededores, un chapista que nos estaba agradecido por pequeños favores de lo más delicados, que le habíamos hecho en momentos críticos. No tuvo inconveniente en tomar a Robinson de prueba para la pintura a mano. Era un currelo fino, suave y bien pagado.

«Léon –le dijimos la mañana que empezaba a trabajar–, no hagas el idiota en tu nuevo trabajo, no andes contando tus ideas ridículas para que te fichen... Llega a la hora... No te vayas antes que los demás... Saluda a todo el mundo al llegar... Pórtate bien, en una palabra. Es un taller decente y vas recomendado...»

Pero nada, lo ficharon en seguida, de todos modos, y no por culpa suya, sino por un chivato de un taller cercano que lo había visto entrar en el gabinete privado del patrón. Fue suficiente. Informe. Malas intenciones. Despido.

Conque ahí lo teníamos de vuelta, a Robinson, otra vez, sin empleo, unos días después. ¡Fatalidad!

Y, además, empezó a toser otra vez casi el mismo día. Lo auscultamos y descubrimos toda una serie de estertores a lo largo del pulmón derecho. No le quedaba más remedio que guardar reposo.

Eso sucedió un sábado por la noche justo antes de cenar; entonces alguien preguntó por mí en el salón de la entrada.

Una mujer, me anunciaron.

Era ella con un sombrerito muy elegante y guantes. Lo recuerdo bien. No hacía falta preámbulo, no podía ser más oportuna. La puse al corriente.

«Madelon —le dije lo primero—, si es a Léon a quien desea ver, le aviso ya desde ahora que no vale la pena que insista, puede dar media vuelta... Está enfermo de los pulmones y de la cabeza... Bastante grave, por cierto... No puede usted verlo... Además, es que no tiene nada que decirle a usted...»

«¿Ni siquiera a mí?», insistió.

«No, ni siquiera a usted... Sobre todo a usted...», añadí.

Creí que iba a saltar de nuevo. No, se limitó a mover la cabeza, allí, delante de mí, de derecha a izquierda, con los labios apretados, y con los ojos intentaba encontrarme de nuevo donde me había dejado en su recuerdo. Yo ya no estaba allí. Me había desplazado, también yo, en el recuerdo. En la situación en que nos encontrábamos, un hombre, un cachas, me habría dado miedo, pero de ella no tenía yo nada que temer. Yo le podía, como se suele decir. Siempre había deseado meterle un buen cate a una cabeza presa así de la cólera para ver cómo dan vueltas las cabezas encolerizadas en esos casos. Eso o un hermoso cheque es lo que hace falta para ver de golpe cambiar todas las pasiones que se enroscan en una cabeza. Es tan bello como una hermosa maniobra a vela sobre un mar agitado. Toda la persona se ladea como azotada por un viento nuevo. Yo quería ver una cosa así.

Hacía veinte años por lo menos, que me perseguía ese deseo. En la calle, en el café, en todas partes donde la gente más o menos agresiva, quisquillosa y fanfarrona, se pelea. Pero nunca me había atrevido por miedo a los golpes y sobre todo por la vergüenza que acompaña a los golpes. Pero aquella ocasión, por una vez, era magnífica.

«¿Te vas a ir de una vez?», fui y le dije, sólo para excitarla un poco más aún, ponerla a tono.

Ella ya no me reconocía, de hablarle así. Se puso a sonreír, del modo más horripilante, como si me considerara ridículo y muy despreciable... «¡Zas! ¡Zas!» Le pegué dos guantazos como para dejar sin sentido a un asno.

Fue a caer redonda sobre el gran diván rosa de enfrente, contra la pared, con la cabeza entre las manos. Respiraba entrecortadamente y gemía como un perrito apaleado. Y después, pareció como si reflexionara y de repente se levantó, con agilidad, y cruzó la puerta sin volver siquiera la cabeza. Yo no había visto nada. Vuelta a empezar.

Pero de nada nos sirvió lo que hicimos, era más astuta que todos nosotros juntos. La prueba es que volvió a verlo, a su Robinson, como quiso... El primero que los descubrió juntos fue Parapine. Estaban en la terraza de un café frente a la Gare de l'Est.

Yo me lo figuraba ya, que se volvían a ver, pero no quería dar la impresión otra vez de interesarme por sus relaciones. No era asunto mío, en una palabra. Él cumplía con su deber en el manicomio y muy bien, por cierto, con los paralíticos, currelo ingrato si los hay, limpiándolos, lavándolos, cambiándoles la muda, dándoles palique. No podíamos pedirle más.

Si aprovechaba las tardes que yo lo enviaba a París, a hacer recados, para volver a verla, a su Madelon, era asunto suyo. El caso es que no habíamos vuelto a verla, después de lo de las bofetadas, en Vigny-sur-Seine, a Madelon. Pero yo pensaba que debía de haberle contado marranadas sobre mí.

Yo ya no le hablaba ni siquiera de Toulouse, a Robinson, como si nada de todo aquello hubiese sucedido nunca.

Seis meses pasaron así, mejor o peor, y después se produjo una vacante en nuestro personal y de repente necesitamos con urgencia una enfermera especializada en masajes, la nuestra se había marchado sin avisar para casarse.

Gran número de jóvenes hermosas se presentaron para aquel puesto, con lo que nuestro único problema fue no saber a cuál elegir de entre tantas criaturas sólidas de todas las nacionalidades que acudieron en tropel a Vigny, en cuanto apareció nuestro anuncio. Al final, nos decidimos por una eslovaca llamada

Sophie cuya carne, cuyo porte, ágil y tierno a la vez, cuya divina salud, nos parecieron, reconozcámoslo, irresistibles.

Conocía, aquella Sophie, pocas palabras en francés, pero yo, por mi parte, estaba dispuesto, era lo menos que podía hacer, a darle clases sin pérdida de tiempo. Por cierto, que, en contacto con ella, recuperé el gusto por la enseñanza. Sin embargo, Baryton había hecho todo lo posible para que me asqueara. ¡Impenitencia! Pero, ¡qué juventud también! ¡Qué ardor! ¡Qué musculatura! ¡Qué excusa! ¡Elástica! ¡Nerviosa! ¡De lo más asombrosa! No menoscababan aquella belleza ninguno de esos pudores, verdaderos o falsos, que tanto molestan en las conversaciones demasiado occidentales. Por mi parte, mi admiración era, a decir verdad, infinita. De músculos en músculos, por grupos anatómicos, avanzaba yo... Por vertientes musculares, por regiones... No me cansaba de perseguir ese vigor concertado y al mismo tiempo suelto, repartido en haces sucesivamente huidizos y consistentes, al tacto... Bajo la piel aterciopelada, tersa, relajada, milagrosa...

La era de esos gozos vivos, de las grandes armonías innegables, fisiológicas, comparativas, está aún por venir... El cuerpo, divinidad sobada por mis vergonzosas manos... Manos de hombre honrado, cura desconocido... Permiso primero de la Muerte y las Palabras... ¡Cuántas cursilerías apestosas! El hombre distinguido va a echar un polvo embadurnado con una espesa mugre de símbolos y acolchado hasta la médula... Y después, ¡que pase lo que pase! ¡Buen asunto! La economía de no excitarse, al fin y al cabo, sino con reminiscencias... Se poseen las reminiscencias, se pueden comprar, hermosas y espléndidas, una vez por todas, las reminiscencias... La vida es algo más complicado, la de las formas humanas sobre todo. Atroz aventura. No hay otra más desesperada. Al lado de ese vicio de las formas perfectas, la cocaína no es sino un pasatiempo para jefes de estación.

Pero, ¡volvamos a nuestra Sophie! Su simple presencia parecía una audacia en nuestra casa enfurruñada, atemorizada y equívoca.

Tras un tiempo de vida en común, seguíamos contentos, desde luego, de contarla entre nuestras enfermeras, pero no podíamos, sin embargo, por menos de temer que un día se pusiera a descomponer el conjunto de nuestras infinitas prudencias o simplemente tomara conciencia una mañana de nuestra lastimosa realidad...

¡Ignoraba aún, Sophie, la suma de nuestros encenagados abandonos! ¡Un hatajo de fracasados! La admirábamos, viva junto a nosotros, por el simple hecho de alzarse, venir a nuestra mesa, volverse a marchar... Nos hechizaba...

Y, todas las veces que hacía esos gestos tan sencillos, sentíamos sorpresa y gozo. Hacíamos como progresos de poesía sólo con admirarla por ser tan bella y tanto más inconsciente que nosotros. El ritmo de su vida brotaba de fuentes distintas de las nuestras... Rastreras para siempre, las nuestras, babosas.

Aquella fuerza alegre, precisa y suave a la vez, que la animaba desde la cabellera hasta los tobillos nos turbaba, nos inquietaba de modo encantador, pero nos inquietaba, ésa es la palabra.

Nuestro áspero saber sobre las cosas de este mundo hacía ascos a ese gozo, aun cuando el instinto saliera ganando, siempre ahí el saber, temeroso en el fondo, refugiado en el sótano de la existencia, acostumbrado a lo peor, por experiencia.

Tenía, Sophie, esos andares alados, ágiles y precisos, que se encuentran, tan frecuentes, casi habituales, en las mujeres de América, los andares de los elegidos del porvenir, a quienes la vida lleva, ambiciosa y ligera aún, hacia nuevas formas de aventuras...Velero con tres mástiles de alegría tierna rumbo al Infinito...

Parapine, por su parte, pese a no ser lírico precisamente en materia de atracción, se sonreía a sí mismo, cuando ella había salido. El simple hecho de contemplarla te sentaba bien en el alma. Sobre todo a mí, para ser justos, consumiéndome de deseo.

Para sorprenderla, hacerla perder un poco de esa soberbia, de ese como poder y prestigio que había adquirido sobre mí, Sophie, rebajarla, en una palabra, humanizarla un poco a nuestra mezquina medida, yo entraba en su habitación mientras ella dormía.

Ofrecía un espectáculo muy distinto entonces, Sophie, familiar y, sin embargo, sorprendente, tranquilizador también. Sin ostentación, casi sin tapar, atravesada en la cama, con las piernas en desorden, carnes húmedas y abiertas, forcejeaba con la fatiga...

Se cebaba en el sueño, Sophie, en las profundidades del cuerpo, roncaba. Ése era el único momento en que yo la encontraba a mi alcance. No más hechizos. No más cachondeo. Pura y simple seriedad. Se afanaba en el revés, por así decir, de la existencia, extrayéndole vida... Tragona era en esos momentos, borracha incluso a fuerza de absorberla. Había que verla tras aquellas sesiones de soñarrera, toda hinchada aún y, bajo su piel rosa, los órganos que no cesaban de extasiarse. Estaba graciosa entonces y ridícula como todo el mundo. Titubeaba de felicidad durante unos minutos más y después toda la luz del día caía sobre ella y, como tras el paso de una nube demasiado cargada, recobraba el vuelo, gloriosa, liberada...

Da gusto echar un palo así. Es muy agradable tocar ese momento en que la materia se vuelve vida. Subes hasta la llanura infinita que se abre ante los hombres. Gritas: ¡Aaah! ¡Y aaah! Gozas todo lo que puedes ahí encima y es como un gran desierto...

De entre nosotros, sus amigos más que sus patronos, yo era, creo, el más íntimo. Ahora, que me engañaba puntualmente, he de reconocerlo, con el enfermero del pabellón de los agitados, antiguo bombero, por mi bien, según me explicaba, para no agotarme, por los trabajos intelectuales que yo estaba haciendo y que armonizaban bastante mal con los accesos de su temperamento. Lo que se dice por mi bien. Me ponía los cuernos por higiene. Era muy dueña.

Todo aquello, en definitiva, sólo me habría causado placer, pero no podía quitarme de la conciencia la historia de Madelon. Acabé contándoselo todo un día, a Sophie, para ver qué decía. Me desahogué un poco, al contarle mis problemas. Estaba harto, desde luego, de las disputas interminables y de los rencores provocados por sus amores desgraciados y Sophie me daba la razón en todo aquello.

Ya que habíamos sido amigos, Robinson y yo, le parecía a ella que debíamos reconciliarnos todos, sencillamente, como buenos amigos, y lo más pronto posible. Era el consejo de un buen corazón. Tienen muchos corazones buenos así, en Europa central. Sólo, que no estaba demasiado al corriente de los caracteres ni de las reacciones de la gente de por aquí. Con las mejores intenciones del mundo, me aconsejaba lo menos indicado. Me di cuenta de que se había equivocado, pero ya era demasiado tarde.

«Deberías volver a verla, a Madelon —me aconsejó—, debe de ser buena chica en el fondo, por lo que me has contado... Sólo, que tú la provocaste, ¡y estuviste de lo más brutal y asqueroso con ella!... Le debes excusas e incluso un regalo bonito para hacerla olvidar...» Así se hacía en su país. En una palabra, iniciativas muy corteses me aconsejaba, pero poco prácticas.

Seguí sus consejos, sobre todo porque vislumbraba, al cabo de todos aquellos melindres, acercamientos diplomáticos y remilgos, una posible partida entre cuatro que sería de lo más divertida, vamos, renovadora incluso. Mi amistad se volvía, siento decirlo, bajo la presión de los acontecimientos y de la edad, solapadamente erótica. Traición. Sophie me ayudaba, sin quererlo, a traicionar en aquel momento. Era demasiado curiosa como para no gustar de los peligros, Sophie. De madera excelente, nada protestona, persona que no intentaba minimizar las ocasiones de la vida, que no desconfiaba por principio de ésta. Mi estilo mismo. Más lanzada aún. Comprendía la necesidad de los cambios en las distracciones de la jodienda. Disposición aventurera, más rara que la hostia, hay que reconocerlo, entre las mujeres. No había duda, habíamos elegido bien.

Le habría gustado, y a mí me parecía muy natural, que pudiera darle algunos detalles sobre el físico de Madelon. Temía parecer torpe junto a una francesa, en la intimidad, sobre todo por el gran renombre de artistas en ese terreno que se les ha atribuido a las francesas en el extranjero. En cuanto a soportar, además, a Robinson, para complacerme, y se acabó, consentiría. No la excitaba lo más mínimo, Robinson, según me decía, pero, en resumidas cuentas, estábamos de acuerdo. Era lo principal. Bien.

Esperé un poco a que una buena ocasión se presentara para decir dos palabras a Robinson sobre mi proyecto de reconciliación general. Una mañana en que estaba en el economato copiando las observaciones médicas en el registro, el momento me pareció oportuno para mi intento y lo interrumpí para preguntarle con toda sencillez qué le parecería una iniciativa por mi parte ante Madelon para que quedara olvidado el violento pasado reciente...Y si podría en la misma ocasión presentarle a Sophie, mi nueva amiga...Y si no pensaba, por último, que había llegado el momento de que todos tuviéramos una explicación de una vez y como buenos amigos.

Primero vaciló un poco, bien lo advertí, y después me respondió, pero sin entusiasmo, que no veía inconveniente... En el fondo, creo que Madelon le había anunciado que yo intentaría volver a verla con un pretexto u otro. De la bofetada del día en que ella había venido a Vigny no dije ni pío.

No podía arriesgarme a que me echara una bronca entonces y me llamase bestia en público, pues, al fin y al cabo, si bien éramos amigos desde hacía mucho, en aquella casa estaba a mis órdenes, de todos modos. Lo primero, la autoridad.

Era el momento de dar ese paso, el mes de enero. Decidimos, porque era más cómodo, que nos encontraríamos todos en París un domingo, que iríamos después al cine juntos y que tal vez pasaríamos primero un momento por la verbena de Batignolles, siempre que no hiciese demasiado frío fuera. Robinson había prometido llevarla a la verbena de Batignolles. Se pirraba por las verbenas, Madelon, según me dijo él. ¡Venía al pelo! Para la primera vez que volvíamos a vernos, sería mejor que fuese con ocasión de una fiesta.

¡La verdad es que nos dimos un atracón de verbena con los ojos! ¡Y con la cabeza también! ¡Bim y bum! ¡Y más bum! ¡Y empujones por aquí! ¡Y empujones por allá! ¡Y venga gritos! Y ahí nos teníais a todos en el barullo, ¡con luces, jaleo y demás! ¡Y viva el tino, la audacia y el cachondeo! ¡Hale! Cada cual intentaba parecer animado, pero un poco distante, de todos modos, para hacer ver a la gente que normalmente nos divertíamos en otra parte, en lugares mucho más caros, *expensifs* como se dice en inglés.

Astutos y alegres cachondos aparentábamos ser, pese al cierzo, humillante también, y ese miedo deprimente a ser demasiado generosos con las distracciones y tener que lamentarlo mañana, tal vez durante toda una semana incluso.

Un gran eructo de música sube de la noria. No consigue vomitar su vals de *Fausto*, la noria, pero hace todo lo posible. Le baja, el vals, y le vuelve a subir en torno al techo redondo, que gira con sus mil tartas de luz en bombillas. No es cómodo. El órgano sufre de música en el tubo de su vientre. ¿Qué tal un trozo de turrón? ¿O, mejor, el tiro al blanco? ¡A elegir!...

Entre nosotros, la más hábil, con el ala del sombrero alzada por delante, en el tiro, era Madelon. «¡Mira! —dijo a Robinson—. ¡Yo no tiemblo! ¡Y eso que hemos bebido de lo lindo!» Con eso os hacéis idea del tono exacto de la conversación. Acabábamos de salir del restaurante. «¡Otra más!» ¡Madelon la ganó, la botella de champán! «¡Ping y pong! ¡Y blanco!» Entonces le hice una apuesta: a que no me atrapaba en los coches de choque. «¿Que no? —respondió, muy animada—. ¡Cada cual al suyo!» ¡Y hale! Yo estaba contento de que hubiese aceptado. Era un medio de aproximarme a ella. Sophie no era celosa. Tenía motivos.

Conque Robinson subió detrás con Madelon en un coche y yo en otro delante con Sophie, ¡y nos pegamos una de golpes! ¡Toma castaña! ¡Toma ciribicundia! Pero en seguida vi que no le gustaba eso de que la zarandearan, a Madelon. Tampoco a él, por cierto, a Robinson, le gustaba ya eso. La verdad es que no estaba a gusto con nosotros. En el pasillo, cuando nos agarrábamos a las barandillas, unos marineros se pusieron a sobarnos por la fuerza, a hombres y mujeres, y nos hicieron proposiciones. Nos entró canguelo. Nos defendimos. Nos reímos. Llegaban de todos lados, los sobones, y, además, ¡con música, arrebato y cadencia! Recibes en esas especies de toneles con ruedas tales sacudidas, que cada vez que te dan se te salen los ojos de las órbitas. ¡Alegría, vamos! ¡Violencia con cachondeo! ¡Todo un acordeón de placeres! Me habría gustado hacer las paces con Madelon antes de abandonar la verbena. Yo insistía, pero ella ya no respondía a mis iniciativas. Nada, que no. Me ponía mala cara incluso. Me mantenía a distancia. Yo estaba perplejo. No estaba de humor, Madelon. Yo había esperado otra cosa. Físicamente había cambiado también, por cierto, y en todo.

Observé que, al lado de Sophie, desmerecía, estaba mustia. La amabilidad le sentaba mejor, pero parecía que ahora supiese cosas superiores. Eso me irritó. Con gusto la habría abofeteado de nuevo para hacerla entrar en razón o, si no, que me dijera, a mí, eso superior que sabía. Pero, ¡a sonreír tocaban! Estábamos en la verbena, ¡no habíamos ido a lloriquear! ¡Había que celebrarlo!

Había encontrado trabajo en casa de una tía suya, iba contando a Sophie, después, mientras caminábamos. En la Rue du Rocher, una tía corsetera. No íbamos a ponerlo en duda.

No era difícil de comprender, desde ese momento, que para lo de la reconciliación el encuentro había sido un fracaso. Y para mi plan también, había sido un fracaso. Un desastre incluso.

Había sido un error volver a verse. Sophie, por su parte, aún no comprendía bien la situación. No se daba cuenta de que, al volver a vernos, acabábamos de complicar las cosas... Robinson debería haberme dicho, haberme avisado, que era terca hasta ese punto... ¡Una lástima! ¡En fin! ¡Catapún! ¡Chin, chin! ¡Ánimo, que no se diga! ¡Hale, a la oruga! Yo lo propuse, invitaba yo, para intentar acercarme una vez más a Madelon. Pero se escabullía constantemente, me evitaba, aprovechaba la multitud para subirse a otra banqueta, delante, con Robinson; estaba yo guapo. Olas y remolinos de obscuridad nos atontaban. No había nada que hacer, concluí para mis adentros. Y Sophie ya era de mi opinión. Comprendía que en todo aquello había sido yo víctima de mi imaginación de obseso y salido. «¡Mira! ¡Está ofendida! Me parece que lo mejor sería dejarlos tranquilos ahora... Nosotros podríamos quizás ir a dar una vuelta por el Chabanais antes de volver a casa...» Era una propuesta que le gustaba mucho, a Sophie, porque había oído hablar mucho del Chabanais, cuando aún se encontraba en Praga, y estaba deseando conocerlo, el Chabanais, para poder juzgar por sí misma. Pero calculamos que nos saldría demasiado caro, el Chabanais, para la cantidad de dinero que habíamos cogido. Conque tuvimos que interesarnos de nuevo por la verbena.

Robinson, mientras estábamos en la oruga, debía de haber tenido una escena con Madelon. Bajaron de lo más irritados, los dos, de aquel carrusel. Estaba visto que aquel día estaba ella de mírame y no me toques. Para calmar los ánimos, les propuse una distracción muy entretenida: un concurso de pesca al cuello de las botellas. Madelon aceptó refunfuñando. Y, sin embargo, nos ganó todo lo que quiso. Llegaba con su anillo justo encima del cuello de la botella, ¡e iba y te lo metía en menos que canta un gallo! ¡Tris, tras! Listo. El hombre de la caseta no daba crédito a sus ojos. Le entregó, de premio, «una media Grand-Duc de Malvoison». Para que os hagáis idea del tino que tenía. Pero, aun así, no quedó satisfecha. No la iba a beber... nos anunció al instante... Que si era malo... Conque fue Robinson quien la abrió para beberla. ¡Zas! ¡Y empinando el codo bien! Una gracia en su caso, pues no bebía, por así decir, nunca.

Después pasamos delante de la boda del pim pam pum. ¡Pan! ¡Pan! Peleamos con pelotas duras. Había que ver qué poco tino tenía yo... Felicité a Robinson. Me ganaba a cualquier juego también él. Pero tampoco lo hacía sonreír su tino. Estaba visto: parecía que los hubiéramos llevado por la fuerza a los dos. No había modo de animarlos, de alegrarlos. «¡Que estamos en la verbena!», grité; por una vez me fallaba la inventiva.

Pero les daba igual que yo los animara y les repitiese esas cosas al oído. No me oían. «Pero, ¿qué juventud es ésta? —les pregunté—. ¡A quien se le diga...! ¿Es que ya no se divierte la juventud? ¿Qué tendría que hacer yo, entonces, que tengo diez castañas más que vosotros? ¡Pues sí!» Entonces me miraban, Madelon y él, como si se encontraran ante un intoxicado, un baboso, y ni siquiera valiese la pena responderme... Como si ni siquiera valiese la pena hablarme, pues ya no comprendería, seguro, lo que pudieran explicarme... Nada de nada... ¿Tendrían razón?, me pregunté entonces, y miré, muy inquieto, a nuestro alrededor, a la otra gente.

Pero los otros hacían lo que convenía, por su parte, para divertirse, no como nosotros ahí, haciéndonos pajas mentales con nuestra pena, penita, pena. ¡Ni hablar del peluquín! ¡Menudo si la gozaban con la fiesta! ¡Por un franco aquí!... ¡Cincuenta céntimos allá!... Luz... Bombo, música y caramelos... Como moscas se agitaban, con sus larvillas incluso en los brazos, bien lívidos, pálidos bebés, que desaparecían, a fuerza de palidez, entre tanta luz. Un poco de rosa sólo en torno a la nariz les quedaba, a los bebés, en el sitio de los catarros y los besos.

Entre todas las casetas, lo reconocí en seguida, al pasar, el «Tiro de las Naciones», un recuerdo, no les comenté nada a los otros. Quince años ya, me dije, sólo para mis adentros. Quince años han pasado ya... ¡La tira! ¡La cantidad de amiguetes que ha perdido uno por el camino! Nunca habría creído que se hubiera librado del barro en que estaba hundido allí, en Saint-Cloud, el «Tiro de las Naciones»... Pero estaba bien restaurado, casi nuevo, en una palabra, ahora, con música y todo. Muy bien. No cesaban de tirar. Una caseta de tiro está siempre muy solicitada. El huevo había vuelto también, como yo, en el centro, casi en el aire, a brincar. Costaba dos francos. Pasamos de largo, teníamos demasiado frío como para probar, más valía caminar. Pero no era porque nos faltase dinero, teníamos aún los bolsillos llenos, de moneda tintineante, la musiquilla del bolso.

Yo habría probado cualquier cosa, en aquel momento, para que cambiásemos de ánimo, pero nadie ponía nada de su parte. Si hubiera estado Parapine con nosotros, habría sido aún peor seguramente, ya que se ponía triste en cuanto había gente. Por fortuna, se había quedado de guardia en el manicomio. Por mi parte, yo me arrepentía de haber ido. Madelon se echó entonces a reír, pese a todo, pero no era divertida su risa ni mucho menos. Robinson lanzaba risitas a su lado para no desentonar. De repente, Sophie se puso a contar chistes. Lo que faltaba.

Al pasar por delante de la caseta del fotógrafo, nos vio, el artista, vacilantes. No queríamos fotografiarnos, salvo Sophie tal vez. Pero acabamos expuestos ante su aparato, de todos modos, a fuerza de vacilar ante la puerta. Nos sometimos a sus lentas instrucciones, ahí, sobre la pasarela de cartón, que debía de haber construido él mismo, de un supuesto barco *La Belle France*. Estaba escrito en los falsos salvavidas. Nos quedamos así un buen rato, con los ojos clavados en el horizonte desafiando el porvenir. Otros clientes esperaban impacientes a que bajáramos de la pasarela y ya se vengaban considerándonos feos y nos lo decían, además, y en voz alta.

Se aprovechaban de que no podíamos movernos. Pero Madelon no tenía miedo, los puso de vuelta y media con todo el acento del Mediodía. Bien clarito. Respuesta sabrosa.

Magnesio. Todos parpadeamos. Una foto cada uno. Más feos que antes. Estábamos más feos que antes. Calaba la lluvia por la lona. Teníamos los pies molidos de cansancio y congelados. El viento se nos había colado, mientras posábamos, por todos los agujeros, hasta el punto de que el abrigo parecía inexistente.

Había que ponerse de nuevo a deambular entre las casetas. Yo no me atrevía a proponer que volviésemos a Vigny. Era demasiado temprano. El sentimental órgano del tiovivo aprovechó que estábamos ya tiritando para provocarnos más tembleque aún, nervioso. Del fracaso del mundo entero se cachondeaba, el instrumento. Cantaba a la derrota entre sus tubos plateados y la melodía iba a diñarla en la noche de al lado, a través de las calles meadas que bajan de las Buttes.

Las marmotillas de Bretaña tosían mucho más que el invierno pasado, cierto es, cuando acababan de llegar a París. Sus muslos jaspeados de verde y azul eran los que adornaban, como podían, los arreos de los caballitos. Los chorbos de Auvernia que las invitaban, prudentes empleados de Correos, sólo se las tiraban con condón, era sabido. No estaban dispuestos a pescarlas por segunda vez. Las marmotas se retorcían esperando el amor en el estrépito asquerosamente melodioso del tiovivo. Un poco mareadas estaban, pero posaban, de todos modos, con seis grados de temperatura, porque era el momento supremo, el momento de probar su juventud con el amante definitivo, que tal vez estuviera ahí, conquistado ya, acurrucado entre los gilipuertas de aquella multitud aterida. No se atrevía aún, el Amor... Todo llega, sin embargo, como en el cine, y la felicidad también. Que te adore una sola noche y nunca más se separará de ti, ese hijo de papá... Es algo visto y se acabó. Además, es que está bien, es que es guapo, es que es rico.

En el quiosco de al lado, junto al metro, a la vendedora, por su parte, le importaba un pepino el porvenir, se rascaba su antigua conjuntivitis y se la infectaba despacio con las uñas. Es un placer, obscuro y gratuito. Ya hacía seis años que le duraba, lo del ojo, y cada vez le picaba más.

Los transeúntes apiñados en grupo contra el frío que pelaba se apretujaban para derretirse en torno a la rifa. Sin conseguirlo. Brasero de culos. Entonces se largaban corriendo y saltaban para calentarse en el cogollo de multitud que formaban los de enfrente, delante del ternero con dos cabezas.

Protegido por el urinario, un muchachito a quien el paro acechaba decía su precio a una pareja de provincias, que se sonrojaba de emoción. El poli que velaba por las buenas costumbres había comprendido el tejemaneje, pero se la traía floja, su cita de momento era a la salida del café Miseux. Hacía una semana que lo acechaba. Tenía que ser en el estanco o en la trastienda del vendedor de libros verdes de al lado. En cualquier caso, hacía tiempo que le habían dado el soplo. Uno de los dos procuraba, según contaban, menores, que aparentaban vender flores. Más anónimos. El vendedor de castañas de la esquina «soplaba» también, por su parte, a la bofia. Qué remedio, por cierto. Todo lo que había en la acera pertenecía a la policía.

Esa especie de ametralladora que se oía, furiosa, por este lado, a ráfagas, era simplemente la moto del tipo del «Disco de la Muerte». Un «evadido», según habíamos oído decir, pero no era seguro. En cualquier caso, ya había reventado su tienda dos veces, aquí mismo, y también dos años antes en Toulouse. ¡A ver si se estrellaba de una vez con su aparato! ¡A ver si se rompía la jeta de una vez y la columna también y que no se hablara más del asunto! Sólo de oírlo, ¡te entraban unas ganas tan intensas de matarlo! El tranvía también, por cierto, con su campanilla; ya había atropellado a dos viejos de Bicêtre, a la altura de las casetas, en menos de un mes. El autobús, en cambio, era mucho más tranquilo. Llegaba a la chita callando a la Place Pigalle, con muchas precauciones, titubeando más bien, tocando la bocina, jadeando, con sus cuatro personas dentro, muy prudentes y lentas a la hora de salir, como monaguillos.

De mostradores a grupos y de tiovivos a rifas, a fuerza de deambular, habíamos llegado hasta el final de la verbena, el enorme vacío negro como la pez donde las familias iban a hacer pipí... ¡Media vuelta, pues! Al volver sobre nuestros pasos, comimos castañas para que nos diera sed. Dolor en la boca nos dio, pero no sed. Un gusano también en las castañas, uno muy mono. Se lo encontró Madelon, como hecho a propósito. E incluso desde aquel momento fue cuando las cosas empezaron a ir francamente mal entre nosotros, hasta entonces nos conteníamos un poco, pero lo de la castaña la puso absolutamente furiosa.

En el momento en que se acercaba al arroyo para escupirlo, el gusano, Léon le dijo, además, algo como para impedírselo, ya no sé qué, ni por qué le dio eso, pero de repente eso de ir a escupir así no le gustaba a Léon. Le preguntó, como un tonto, si había encontrado una pepita... No había que hacerle una pregunta así... Y entonces va y se le ocurre a Sophie meterse en su discusión, no comprendía por qué regañaban... Quería saberlo.

Conque eso los irritó aún más, verse interrumpidos por Sophie, una extranjera, lógicamente. Justo entonces un grupo de alborotadores pasó entre nosotros y nos separó. Eran jóvenes que hacían la carrera, en realidad, pero con mímicas, pitos y toda clase de gritos de alma que lleva el diablo. Cuando pudimos juntarnos, seguían regañando, Robinson y ella.

«Ha llegado el momento —pensaba yo— de regresar... Si los dejamos juntos aquí unos minutos más, nos van a armar un escándalo en plena verbena... ¡Ya basta por hoy!» Todo había fallado, había que reconocerlo. «¿Quieres que nos vayamos? —le propuse. Entonces me miró como sorprendido. Sin embargo, me parecía la decisión más prudente e indicada—. ¿Es que no estáis hartos de la verbena así?», añadí. Entonces me indicó por señas que lo mejor era que preguntara primero su opinión a Madelon. No tenía yo inconveniente en preguntárselo, a Madelon, pero no me parecía muy oportuno.

«Pero, ¡si nos la llevamos con nosotros, a Madelon!», acabé diciendo.

«¿Que nos la llevamos? ¿Adónde quieres llevarla?», dijo él.

«Pues, ¡a Vigny, hombre!», respondí.

¡Era meter la pata!... Una vez más. Pero no podía echarme atrás, ya lo había dicho.

«¡Tenemos una habitación libre para ella en Vigny! —añadí—. ¡Nos sobran habitaciones, qué caramba!... Además, podemos tomar una cenita juntos, antes de irnos a acostar... ¡Será más alegre que aquí, donde nos estamos quedando, literalmente, congelados desde hace dos horas! No va a ser difícil...» No respondía nada, Madelon, a mis propuestas. Ni siquiera me miraba, mientras yo hablaba, pero, aun así, no se perdía ripio de lo que yo acababa de explicar. En fin, lo dicho dicho estaba.

Cuando me encontré un poco separado, ella se acercó a mí con disimulo para preguntarme si no sería que quería jugarle otra mala pasada invitándola a Vigny. No le respondí nada. No se puede razonar con una mujer celosa, como ella estaba; habría sido otro pretexto más para cuentos interminables. Y, además, yo no sabía exactamente de quién ni de qué estaba celosa. Con frecuencia es difícil determinar esos sentimientos provocados por los celos. De todo, en una palabra, estaba celosa, me imagino, como todo el mundo.

Sophie no sabía ya qué hacer, pero seguía insistiendo para mostrarse amable. Había cogido del brazo incluso a Madelon, pero ésta estaba demasiado rabiosa y contenta, además, de estarlo como para dejarse distraer por amabilidades. Nos escurrimos con mucho trabajo a través del gentío para llegar hasta el tranvía, en la Place Clichy. En el preciso momento en que íbamos a coger el tranvía, una nube descargó sobre la plaza y empezó a llover a mares. El cielo se derramó.

En un instante todos los autos fueron cogidos al asalto. «¿No irás a ponerme en evidencia delante de la gente?... ¿Eh, Léon? —oí a Madelon preguntarle a media voz junto a nosotros. Aquello se ponía feo—. ¿Conque ya estás harto de verme, eh?... ¡Anda, dilo que estás harto de verme! —proseguía—. ¡Dilo! ¡Y eso que no me ves a menudo!... Pero prefieres estar a solas con ellos dos, ¿eh?... Apuesto algo a que os acostáis juntos, cuando yo no estoy... ¡Dilo, que prefieres estar con ellos y no conmigo!... Dilo, que yo te oiga... —Y después se quedaba sin decir nada, la cara se le cerraba en una mueca en torno a la nariz, que le subía y le tiraba de la boca. Estábamos esperando en la acera—. ¿Has visto cómo me tratan tus amigos?... ¿Eh, Léon?», continuaba.

Pero Léon, hay que ser justos, no replicaba, no la provocaba, miraba para otro lado, a las fachadas y el bulevar y los coches.

Sin embargo, era un violento a ratos, Léon. Como Madelon veía que no daban resultado sus amenazas, lo hostigaba de otro modo y después con ternura, mientras esperaba. «Yo te quiero, Léon mío, ¿me oyes, que te quiero?... ¿Te das cuenta por lo menos de lo que he hecho por ti?... ¿Tal vez habría sido mejor que yo no viniera hoy?... ¿Me quieres, de todos modos, un poquito, Léon? No es posible que no me quieras nada... Tienes corazón, ¿no, Léon? Tienes un poco de corazón, de todos modos, ¿no, Léon?... Entonces, ¿por qué desprecias mi amor?... Habíamos tenido un sueño bonito juntos... ¡Anda que no eres cruel conmigo!... ¡Has despreciado mi sueño, Léon! ¡Lo has ensuciado!... ¡Ya puedes decir que lo has destruido, mi ideal!... Entonces no quieres que crea más en el amor, ¿eh? ¿Es eso lo que quieres de verdad?...» Todo le preguntaba, mientras la lluvia calaba el toldo del café.

Chorreaba entre la gente. Estaba visto, Madelon era como él me había advertido. No había inventado nada Robinson en lo referente a su carácter auténtico. No habría yo podido imaginar que hubiesen llegado tan rápido a semejantes intensidades sentimentales, así era.

Como los coches y todo el tráfico hacían mucho ruido en torno a nosotros, aproveché para decir unas palabras a Robinson al oído, de todos modos, sobre la situación, para intentar librarnos de ella ahora y acabar lo más rápido posible, ya que había sido un fracaso; zafarnos a la chita callando antes de que todo se agriara y que nos enfadásemos sin remedio. Era como para temerlo. «¿Quieres que te busque un pretexto yo? —le sugerí—. ¿Y que nos larguemos cada uno por nuestro lado?» «¡No se te ocurra! —me respondió él—. ¡No se te ocurra! ¡Podría darle un ataque aquí mismo y no podríamos con ella!» No insistí.

Al fin y al cabo, tal vez fuera eso lo que le daba gusto, que le echasen una bronca en público, a Robinson, y, además, que él la conocía mejor que yo. Cuando el diluvio amainaba, encontramos un taxi. Nos precipitamos y nos encontramos apretujados. Al principio, no nos decíamos nada. Estábamos mustios y, además, yo ya había metido la pata lo mío. Podía esperar un poquito antes de volver a empezar.

Léon y yo cogimos los transportines de delante y las dos mujeres ocuparon el fondo del taxi. Las noches de verbena hay embotellamientos en la carretera de Argenteuil, sobre todo hasta la Porte. Después hay que contar por lo menos una buena hora para llegar a Vigny por culpa del tráfico. No es cómodo permanecer una hora sin hablarse, mirándose de frente, sobre todo cuando es de noche, cuando vas inquieto a causa de los que te acompañan.

Sin embargo, si hubiéramos permanecido así, ofendidos, pero sin manifestarlo, no habría ocurrido nada. Hoy sigo siendo del mismo parecer, cuando lo pienso.

A fin de cuentas, fue culpa mía que volviéramos a hablar y que la disputa se reanudara al instante y con más fuerza. Con las palabras todas las precauciones son pocas; parecen mosquitas muertas, las palabras, no parecen peligros, desde luego, vientecillos más bien, ruiditos vocales, ni chicha ni limonada, y fáciles de recoger, en cuanto llegan a través del oído, por el enorme hastío, gris y difuso, del cerebro. No desconfiamos de las palabras y llega la desgracia.

Palabras hay escondidas, entre las otras, como guijarros. No se reconocen en especial y después van, sin embargo, y te hacen temblar la vida entera, en su fuerza y en su debilidad... Entonces viene el pánico... Una avalancha... Te quedas ahí, como un ahorcado, por encima de las emociones... Una tormenta que ha llegado, que ha pasado, demasiado fuerte para uno, tan violenta, que nunca la hubiera uno imaginado sólo con sentimientos... Así, pues, todas las precauciones son pocas con las palabras, ésa es mi conclusión. Pero, primero, voy a contar cómo fue...: el taxi seguía despacio tras el tranvía a causa de las obras... «Rrron...» y «rrron...», hacía. Una cuneta cada cien metros... Sólo, que yo no podía conformarme con eso, el tranvía delante. Yo, siempre charlatán e infantil, me impacientaba... Me resultaba insoportable aquella marcha de entierro y aquella indecisión por todas partes... Me apresuré a romper el silencio para preguntar a gritos por qué iba pisando huevos. Observé o, mejor, intenté observar, pues ya casi no se veía, en su rincón, a la izquierda, en el fondo del taxi, a Madelon. Mantenía la cara vuelta hacia fuera, hacia el paisaje, hacia la noche, a decir verdad. Comprobé con rencor que seguía tan terca. Y yo tenía que hacer la puñeta, desde luego. Me dirigí a ella, sólo para que volviera la cara hacia mí.

«¡Oye, Madelon! —le pregunté—. ¿No tendrás un plan para que nos divirtamos que no te atreves a proponernos? ¿Quieres que nos detengamos en alguna parte antes de regresar? ¡Dilo sin falta!...»

«¡Divertirse! ¡Divertirse! —me respondió como insultada—. ¡Sólo pensáis en eso, vosotros! ¡En divertiros!...» Y de pronto lanzó toda una serie de suspiros, profundos, conmovedores como pocos he oído en mi vida.

«¡Yo hago lo que puedo! —le respondí—. ¡Es domingo!»

«¿Y tú, Léon? —le preguntó entonces a él—. ¿Tú? ¿Haces tú también todo lo que puedes? ¿Eh?» Sin rodeos.

«¡Ya lo creo!», le respondió él.

Los miré a los dos en el momento en que pasábamos ante los faroles. La cólera en persona. Madelon se inclinó entonces como para besarlo. Estaba visto y bien visto que aquella tarde no íbamos a dejar de meter la pata ni una sola vez.

El taxi volvía a avanzar muy despacio por culpa de los camiones, en constante caravana por delante de nosotros. Eso le molestaba precisamente, a él, que lo besara, y la rechazó con bastante brusquedad, hay que reconocerlo. Desde luego, no era un gesto amable precisamente, sobre todo delante de nosotros.

Cuando llegamos al final de la Avenue de Clichy, a la Porte, era ya noche obscura, las tiendas estaban encendiendo las luces. Bajo el puente del ferrocarril, que resuena siempre tan fuerte, oí que volvía a preguntarle: «¿No quieres besarme, Léon?». Volvía a la carga. Él seguía sin responderle. De repente, ella se volvió hacia mí y me increpó a las claras. Lo que no podía soportar era la afrenta.

«¿Qué más le has hecho a Léon para que se haya vuelto tan malo? Anda, atrévete a decírmelo en seguida... ¿Qué le has contado?...» Así mismo me provocaba.

«¿Contarle? −le respondí−. ¡No le he contado nada!... ¡Yo no me meto en vuestras disputas!...»

Y lo más grande es que era verdad, que yo no le había contado nada en absoluto de ella, a Léon. Era muy dueño de quedarse con ella o separarse. No me incumbía, pero no valía la pena intentar convencerla, ya no se avenía a razones y volvimos a callarnos frente a frente, en el taxi, pero la atmósfera seguía tan cargada de bronca, que no se podía continuar así mucho rato. Había puesto, para hablarme, un tono de voz sordo, que nunca le había oído yo, un tono monótono también, como el de una persona del todo decidida. Echada hacia atrás como iba en el rincón del taxi, yo ya no podía apenas ver sus gestos y eso me fastidiaba mucho.

Sophie, entretanto, me tenía cogida la mano. Ya no sabía dónde meterse, Sophie, de repente, la pobre.

Cuando acabábamos de pasar Saint-Ouen, fue Madelon quien reanudó la sesión de quejas contra Léon y con una intensidad frenética, volviendo a hacerle preguntas interminables y en voz alta ahora a propósito de su afecto y su fidelidad. Para nosotros dos, Sophie y yo, era de lo más violento. Pero estaba tan soliviantada, que le daba absolutamente igual que la escucháramos: al contrario. Desde luego, yo me había lucido encerrándola en aquella jaula con nosotros, resonaba y eso le daba ganas, con su carácter, de hacernos la gran escena. Había sido otra iniciativa mía, muy ocurrente, lo del taxi...

Él, Léon, ya no reaccionaba. En primer lugar, estaba cansado por la tarde que acabábamos de pasar juntos y, además, siempre tenía sueño atrasado, era su enfermedad.

«¡Cálmate, mujer! −conseguí, de todos modos, hacerle entender a Madelon−. Ya reñiréis los dos al llegar... ¡Os sobra tiempo!...»

«¡Llegar! ¡Llegar! —me respondió entonces con un tono indescriptible—. ¿Llegar? No vamos a llegar nunca, ¡te lo digo yo!... Y, además, ¡que estoy harta de vuestros asquerosos modales! —prosiguió—. ¡Yo soy una chica decente!... ¡Valgo más que todos vosotros juntos, yo!... Hatajo de guarros. Ya podéis tomarme el pelo... ¡que no sois dignos de comprenderme!... ¡Estáis demasiado corrompidos, todos vosotros, para comprenderme!... ¡Ya no hay cosa limpia ni bonita que podáis comprender!»

Nos atacaba a fin de cuentas, en el amor propio y sin cesar, y de nada servía que yo permaneciera muy modosito en mi transportín, lo mejor posible, y sin lanzar ni un simple suspiro, para no excitarla más; a cada cambio de velocidad del taxi, volvía a lanzarse en trance. Basta una nimiedad en esos momentos para desencadenar lo peor y era como si gozara sólo con hacernos sufrir, ya no podía dejar de dar rienda suelta en seguida a su carácter y hasta el fondo.

«Pero, ¡no os creáis que esto va a quedar así! —siguió amenazándonos—. ¡Ni que vais a poder deshaceros de la chica a la chita callando! ¡Ah, no! ¿Eh? ¡No os lo vayáis a creer! No, ¡os va a salir el tiro por la culata! Desgraciados, que es lo que sois, todos... ¡Me habéis hecho una desdichada! ¡Os vais a enterar, con todo lo asquerosos que sois!...»

De repente, se inclinó hacia Robinson y lo cogió del abrigo y se puso a zarandearlo con los dos brazos. Él no hacía nada para desasirse. No iba yo a intervenir. Era casi como para pensar que le daba placer, a Robinson, verla excitarse un poco más aún en relación con él. Él se reía burlón, no era natural, oscilaba, mientras ella lo ponía verde, como un monigote, con la cabeza gacha y fláccida.

En el momento en que yo iba a hacer, pese a todo, un gesto de reconvención para interrumpir aquellas groserías, ella se me volvió y no queráis ver lo que me soltó incluso a mí... Lo que se tenía callado desde hacía mucho... ¡Me lanzó una buena, la verdad! Y delante de todo el mundo. «Tú, ¡estáte quieto, sátiro! –fue y me dijo–. ¡No te metas en donde no te llaman! ¡No te aguanto más violencias, amigo! ¿Me oyes? ¿Eh? ¡Es que no te las aguanto más! Si vuelves a levantarme la mano una sola vez, ¡te va a enseñar, Madelon, cómo hay que comportarse en la vida!... ¡A poner los cuernos a los amigos y después pegar a sus mujeres!... ¡Será jeta, el cabrón este! ¿Es que no te da vergüenza?» Léon, por su parte, al oír aquellas verdades, pareció despertar un poco. Dejó de reírse. Yo me pregunté incluso por un momentito si no iríamos a provocarnos, a canearnos, pero es que, en primer lugar, no teníamos sitio, siendo cuatro en el taxi. Eso me tranquilizaba. Era demasiado estrecho.

Y, además, que íbamos bastante deprisa ahora por el adoquinado de los bulevares del Sena y pegábamos unos botes, que no podíamos ni movernos...

«¡Ven, Léon! –le ordenó entonces–. ¡Ven! ¡Te lo pido por última vez! ¿Me oyes? ¡Ven! ¡Mándalos a freír espárragos! ¿Es que no oyes lo que te digo?»

Una comedia de verdad.

«¡Para el taxi, venga, Léon! ¡Páralo tú o lo paro yo misma!»

Pero él, Léon, seguía sin moverse de su asiento. Estaba clavado.

«Entonces, ¿no quieres venir? –volvió a insistir–. ¿No quieres venir?»

Me había avisado que lo mejor que podía hacer yo era quedarme tranquilo. Despachado. «¿No vienes?», le repetía. El taxi seguía a gran velocidad, la carretera estaba despejada ahora y pegábamos botes aún mayores. Como paquetes, para aquí, para allá.

«Bueno –concluyó, en vista de que él no le respondía nada–. ¡Muy bien! ¡De acuerdo! ¡Tú lo habrás querido! ¡Mañana! ¿Me oyes? Mañana, a más tardar, iré a ver al comisario y le explicaré, yo, al comisario, ¡cómo cayó en su escalera la tía Henrouille! ¿Me oyes, ahora? ¿Di, Léon?... ¿Estás contento?... ¿Ya no te haces el sordo? ¡O te vienes conmigo ahora mismo o voy a verlo mañana por la mañana!... A ver, ¿quieres venir o no? ¡Explícate!...» Era categórica, la amenaza.

En aquel momento, él se decidió a responderle un poco.

«Pero, bueno, ¡si tú estás pringada también! —le dijo—. ¡Qué vas a decir tú...!»

Al oírle responder aquello, ella no se calmó lo más mínimo: al contrario. «¡Me importa un comino! —le respondió—. ¡Estar pringada! ¿Quieres decir que iremos a la cárcel los dos?... ¿Que fui tu cómplice?... ¿Es eso lo que quieres decir?... Pero, ¡si no deseo otra cosa!...»

Y de pronto se echó a reír burlona, como una histérica, como si en su vida hubiera conocido cosa más graciosa...

«Pero, ¡si no deseo otra cosa, ya te digo! Pero, ¡si a mí me gusta la cárcel! ¡Te lo digo yo!... ¡No te vayas a creer que me voy a rajar por miedo a la cárcel!... ¡Iré cuantas veces quieran, a la cárcel! Pero tú también irás entonces, ¿eh, cabrón?... ¡Al menos, ya no te burlarás más de mí!... ¡Soy tuya, de acuerdo! Pero, ¡tú eres mío! ¡Haberte quedado conmigo allí! Yo sólo conozco un amor, ¿sabe, usted? ¡Yo no soy una puta!»

Y nos desafiaba, a mí y a Sophie, al mismo tiempo, al decir eso. De fidelidad hablaba, de consideración.

Pese a todo, seguíamos en marcha y Robinson seguía sin decidirse a detener al taxista.

«Entonces, ¿no vienes? ¿Prefieres ir a presidio? ¡Muy bien!... ¿Te la trae floja que te denuncie?... ¿Que te quiera?... ¿Te la trae floja también? ¿Eh?... ¿Y mi porvenir te la trae floja?... Todo te la trae floja, en realidad, ¿no es así? ¡Dilo!»

«Sí, en cierto sentido... —respondió él—. Tienes razón... Pero no más tú que otra, me la traes floja... ¡Sobre todo no te lo tomes como un insulto!... Tú eres simpática, en el fondo... Pero ya no deseo que me amen... ¡Me da asco!...»

No se esperaba que le dijeran una cosa así, ahí, en sus narices, y tanto la sorprendió, que ya no sabía cómo reanudar la bronca que había iniciado. Estaba bastante desconcertada, pero volvió a empezar, de todos modos. «¡Ah! ¡Conque te da asco!... ¿Cómo que te da asco? ¿Qué quieres decir?... Explícate, ingrato asqueroso...»

«¡No! No eres tú, ¡es que todo me da asco! —le respondió él—. No tengo ganas... No hay que tomármelo en cuenta...»

«¿Cómo dices? ¡Repítelo!... ¿Yo y todo? —Intentaba comprender—. ¿Yo y todo? Pero, ¡explícate! ¿Qué quiere decir eso?... ¿Yo y todo?... ¡No hables en chino!... Dímelo en cristiano, delante de ellos, por qué te doy asco ahora. ¿Es que no te empalmas como los demás, eh, cacho cabrón? ¿Cuando haces el amor? A ver, ¿no te empalmas? ¿Eh?... Atrévete a decirlo aquí... delante de todo el mundo... ¡que no te empalmas!...»

Pese a su furia, daba un poco de risa su manera de defenderse con esas observaciones. Pero no tuve mucho tiempo para divertirme, porque volvió a la carga. «Y ése, ¿qué? —dijo—. ¿Es que no se pone las botas, siempre que puede atraparme en un rincón? ¡Ese asqueroso! ¡Ese sobón! ¡A ver si se atreve a decirme lo contrario!... Pero decidlo todos, ¡que lo que queréis es variar!... ¡Reconocedlo!... ¡Que lo que necesitáis es la novedad!... ¡Orgías!... ¿Por qué no jovencitas vírgenes? ¡Hatajo de depravados! ¡Hatajo de cerdos! ¿Por qué buscáis pretextos?... Lo que os pasa es que estáis hastiados de todo, ¡y se acabó! Sólo, ¡que ya no tenéis valor para vuestros vicios! ¡Os dan miedo vuestros vicios!»

Y entonces fue Robinson quien se encargó de responder. Se había irritado también, al final, y ahora berreaba tan fuerte como ella.

«Pero, ¡claro que sí! —le respondió—. ¡Claro que tengo valor! ¡Y seguro que tanto o más que tú!... Sólo, que yo, si quieres que te diga la verdad... toda absolutamente... pues, ¡es que todo me repugna y me asquea ahora! ¡No sólo tú!... ¡Todo!... ¡Sobre todo el amor!... El tuyo como el de los demás... Ese rollo de sentimientos que andas tirándote, ¿quieres que te diga a qué se parece? ¡Se parece a hacer el amor en un retrete! ¿Me comprendes ahora?...Y los sentimientos que andas sacando para que me quede pegado a ti, me sientan como insultos, por si te interesa saberlo...Y ni siquiera lo sospechas, además, porque la asquerosa eres tú, que no te das cuenta... ¡Y ni siquiera te imaginas que eres una asquerosa!...Te basta con repetir los rollos que anda soltando la gente...Te parece normal...Te basta porque te han contado que no había nada mejor que el amor y que le da a todo el mundo y siempre... Bueno, pues, ¡yo me cago en ese amor de todo el mundo!... ¿Me oyes? Yo ya no pico, chica... ¡en su asqueroso amor!... ¡Vas lista!... ¡Llegas demasiado tarde! Yo ya no pico, ¡y se acabó!... ¡Y por eso te enfureces!... ¿Sigue interesándote hacer el amor en medio de todo lo que ocurre?... ¿De todo lo que vemos?... ¿O es que no ves nada?... ¡Más bien creo que te importa un pepino!...Te haces la sentimental, pero eres una bestia como no hay dos... ¿Quieres jalar carne podrida? ¿Con tu salsa a base de ternura?... ¿Te pasa así?... ¡A mí, no!... Si no hueles nada, ¡mejor para ti! ¡Es que tienes la nariz tapada! Hay que estar embrutecido como estáis todos para que no os dé asco... ¿Quieres saber lo que se interpone entre tú y yo?... Bueno, pues, entre tú y yo se interpone la vida entera... ¿No te basta acaso?»

«Pero mi casa está limpia... —se rebeló ella—. Se puede ser pobre y, aun así, limpio, ¡qué caramba! ¿Cuándo has visto tú que no estuviera limpia mi casa? ¿Eso es lo que quieres decir al insultarme?...Yo tengo el culo limpio, ¡para que se entere usted!... ¡Quizá tú no puedas decir lo mismo!... ¡ni los pies tampoco!»

«Pero, ¡si yo no he dicho nunca eso, Madelon! ¡Yo no he dicho nada así!... ¡Que tu casa no esté limpia!... ¿Ves como no comprendes nada?» Eso era lo único que se le había ocurrido para calmarla.

«¿Que no has dicho nada? ¿Nada? Mirad cómo me insulta y me deja por los suelos, ¡y encima, se pone que no ha dicho nada! Pero, ¡si es que habría que matarlo para que no pudiera mentir más! ¡El trullo no es bastante para un mierda como éste! ¡Un chulo asqueroso y degenerado!... ¡No basta!... ¡Lo que le haría falta es el patíbulo!»

Ya no quería calmarse de ningún modo. Ya no se entendía nada de su disputa en el taxi. Sólo se oían palabrotas con el estruendo del auto, el golpeteo de las ruedas con la lluvia y el viento que se lanzaba contra nuestra portezuela a ráfagas. Íbamos atestados de amenazas. «Es innoble... –repitió varias veces. Ya no podía hablar de otra cosa–. ¡Es innoble! –Y después probó el juego fuerte–: ¿Vienes? –le dijo–. ¿Vienes, Léon? ¿A la una?... ¿Vienes? ¿A las dos?... –Esperó–. ¿A las tres?... ¿No vienes, entonces?» «¡No! –le respondió él, sin hacer el menor movimiento–. ¡Haz lo que quieras!», añadió incluso. Respuesta clara.

Ella debió de echarse hacia atrás un poco en el asiento, al fondo. Debía de sujetar el revólver con las dos manos, porque, cuando le salió el disparo, parecía proceder derecho de su vientre y después, casi juntos, dos tiros más, dos veces seguidas... Lleno de humo picante quedó el taxi entonces.

Seguimos en marcha, de todos modos. Cayó sobre mí, Robinson, de lado, a sacudidas, farfullando. «¡Hop!» y «¡Hop!» No cesaba de gemir. «¡Hop!» y «¡Hop!» El conductor tenía que haber oído.

Aminoró un poco sólo al principio, para cerciorarse. Por fin, se detuvo del todo delante de un farol de gas.

En cuanto hubo abierto la portezuela, Madelon le dio un violento empujón y se lanzó afuera. Cayó rodando por el terraplén. Se largó corriendo entre la obscuridad del campo y por el barro. De nada sirvió que yo la llamara, ya estaba lejos.

Yo no sabía qué hacer con el herido. Llevarlo hasta París habría sido lo más práctico en cierto sentido... Pero ya no estábamos lejos de nuestra casa... La gente del pueblo no habría comprendido la maniobra... Conque Sophie y yo lo tapamos con los abrigos y lo colocamos en el propio rincón donde Madelon se había situado para disparar. «¡Despacio!», recomendé al conductor. Pero aún iba demasiado rápido, estaba claro que tenía prisa. Los tumbos hacían gemir aún más a Robinson.

Una vez que llegamos ante la casa, ni siquiera quería darnos su nombre, el conductor; estaba preocupado por los líos que eso le iba a traer, con la policía, los testimonios...

Decía también que seguramente habría manchas de sangre en los asientos. Quería marcharse al instante. Pero yo había tomado su número.

En el vientre había recibido Robinson las dos balas, tal vez tres, no sabía yo aún cuántas exactamente.

Había disparado justo delante de ella, eso lo había visto yo. No sangraban, las heridas. Entre Sophie y yo, pese a que lo sujetábamos, daba muchos tumbos, de todos modos, la cabeza se le bamboleaba. Hablaba, pero era difícil comprenderlo. Era ya delirio. «¡Hop!» y «¡Hop!», seguía canturreando. Iba a tener tiempo de morirse antes de que llegáramos.

La calle estaba recién adoquinada. En cuanto llegamos ante la verja, envié a la portera a buscar a Parapine en su habitación, a toda prisa. Bajó al instante y con él y un enfermero pudimos subir a Léon hasta su cama. Una vez desvestido, pudimos examinarlo y palparle la pared abdominal. Estaba ya muy tensa, la pared, bajo los dedos, a la palpación, e incluso producía un sonido sordo en algunos puntos. Dos agujeros, uno encima del otro, encontré, una de las balas debía de haberse perdido.

Si yo hubiera estado en su lugar, habría preferido una hemorragia interna, eso te inunda el vientre, y tarda poco. Se te llena el peritoneo y se acabó. Mientras que una peritonitis es infección en perspectiva, larga.

Podíamos preguntarnos cómo iría a hacer, para acabar. El vientre se le hinchaba, nos miraba, Léon, ya muy fijo, gemía, pero no demasiado. Era como una calma. Yo ya lo había visto muy enfermo, y en muchos lugares diferentes, pero aquello era un asunto en que todo era nuevo, los suspiros y los ojos y todo. Ya no se lo podía retener, podríamos decir, se iba de minuto en minuto. Transpiraba con gotas tan gruesas, que era como si llorase con toda la cara. En esos momentos es un poco violento haberse vuelto tan pobre y tan duro. Careces de casi todo lo que haría falta para ayudar a morir a alguien. Ya sólo te quedan cosas útiles para la vida de todos los días, la vida de la comodidad, la vida propia sólo, la cabronada. Has perdido la confianza por el camino. Has expulsado, ahuyentado, la piedad que te quedaba, con cuidado, hasta el fondo del cuerpo, como una píldora asquerosa. La has empujado hasta el extremo del intestino, la piedad, con la mierda. Ahí está bien, te dices.

Y yo seguía, delante de Léon, para compadecerme, y nunca me había sentido tan violento. No lo conseguía... Él me encontraba... Las pasabas putas... Él debía de buscar a otro Ferdinand, mucho mayor que yo, desde luego, para morir, para ayudarlo a morir más bien, más despacio. Hacía esfuerzos para darse cuenta de si por casualidad no habría hecho progresos el mundo. Hacía el inventario, el pobre desgraciado, en su conciencia... Si no habrían cambiado un poco los hombres, para mejor, mientras él había vivido, si no habría sido alguna vez injusto con ellos sin quererlo... Pero sólo estaba yo, yo y sólo yo, junto a él, un Ferdinand muy real al que faltaba lo que haría a un hombre más grande que su simple vida, el amor por la vida de los demás. De eso no tenía yo, o tan poco, la verdad, que no valía la pena enseñarlo. Yo no era grande como la muerte. Era mucho más pequeño. Carecía de la gran idea humana.

Habría sentido incluso, creo, pena con mayor facilidad de un perro estirando la pata que de él, Robinson, porque un perro no es listillo, mientras que él era un poco listillo, de todos modos, Léon. También yo era un listillo, éramos unos listillos... Todo lo demás había desaparecido por el camino y hasta esas muecas que pueden aún servir junto a los agonizantes las había perdido, había perdido todo, estaba visto, por el camino, no encontraba nada de lo que se necesita para diñarla, sólo malicias. Mi sentimiento era como una casa adonde sólo se va de vacaciones. Es casi inhabitable. Y, además, es que es exigente, un agonizante moribundo. Agonizar no basta. Hay que gozar al tiempo que se casca, con los últimos estertores hay que gozar aún, en el punto más bajo de la vida, con las arterias llenas de urea.

Lloriquean aún, los agonizantes, porque no gozan bastante... Reclaman... Protestan. Es la comedia de la desgracia, que intenta pasar de la vida a la propia muerte.

Recuperó un poco el sentido, cuando Parapine le hubo puesto la inyección de morfina. Nos contó incluso cosas entonces sobre lo que acababa de ocurrir. «Es mejor que esto acabe así... –dijo, y añadió–: No duele tanto como yo hubiera creído...» Cuando Parapine le preguntó en qué punto le dolía exactamente, se veía ya bien que estaba un poco ido, pero también que aún quería, pese a todo, decirnos cosas... Le faltaba la fuerza y también los medios. Lloraba, se asfixiaba y se reía un instante después. No era como un enfermo corriente, no sabíamos qué actitud adoptar ante él.

Era como si intentara ayudarnos a vivir ahora a nosotros. Como si nos buscase, a nosotros, placeres para permanecer. Nos tenía cogidos de la mano. Una a cada uno. Lo besé. Eso es ya lo único que se puede hacer sin equivocarse en esos casos. Esperamos. Ya no dijo nada más. Un poco después, una hora tal vez, no más, se decidió la hemorragia, pero entonces abundante, interna, masiva. Se lo llevó.

Su corazón se puso a latir cada vez más deprisa y después como un loco. Corría, su corazón, tras su sangre, agotado, ahí, minúsculo ya, al final de las arterias, temblando en la punta de los dedos. La palidez le subió desde el cuello y le inundó toda la cara. Acabó asfixiándose. Se marchó de golpe, como si hubiera tomado carrerilla, apretándose contra nosotros dos, con los dos brazos.

Y después volvió, ante nosotros, casi al instante, crispado, adquiriendo ya todo su peso de muerto.

Nos levantamos, nosotros, nos desprendimos de sus manos. Se le quedaron en el aire, las manos, muy rígidas, alzadas, bien amarillas y azules bajo la lámpara.

En la habitación parecía un extranjero ahora, Robinson, que viniera de un país atroz y al que no nos atreviésemos ya a hablar.

Parapine conservaba la presencia de ánimo. Encontró el medio de enviar a un hombre a la comisaría. Precisamente era Gustave, nuestro Gustave, quien estaba de plantón, después de volver de su trabajo con el tráfico.

«¡Vaya, otra desgracia!», dijo Gustave, en cuanto entró en la habitación y vio.

Y después se sentó al lado para cobrar aliento y echar un trago también en la mesa de los enfermeros, que aún no habían recogido. «Como es un crimen, lo mejor sería llevarlo a la comisaría —propuso, y después comentó también—: Era un buen chico, Robinson, incapaz de hacer daño a una mosca. Me pregunto por qué lo habrá matado...» Y volvió a echar un trago. No debería haberlo hecho. Toleraba mal la bebida. Pero le gustaba la botella. Era su debilidad.

Fuimos a buscar una camilla arriba, con él, en el almacén. Era ya muy tarde para molestar al personal, decidimos transportar el cuerpo hasta la comisaría nosotros mismos. La comisaría quedaba lejos, en el otro extremo del pueblo, después del paso a nivel, la última casa.

Conque nos pusimos en marcha. Parapine sujetaba la camilla por delante. Gustave Mandamour por el otro extremo. Sólo, que no iban demasiado derechos ni uno ni otro. Sophie tuvo incluso que guiarlos un poco para bajar la escalerita. En aquel momento observé que no parecía demasiado emocionada, Sophie. Y, sin embargo, había sucedido a su lado y tan cerca incluso, que habría podido muy bien recibir una de las balas, mientras la otra loca disparaba. Pero Sophie, ya lo había yo notado en otras circunstancias, necesitaba tiempo para ponerse a tono con las emociones. No es que fuera fría, ya que le venía más bien como una tormenta, pero necesitaba tiempo.

Yo quería seguirlos aún un poco con el cuerpo para asegurarme de que todo había acabado. Pero, en lugar de seguirlos con su camilla, como debería haber hecho, deambulé más bien de derecha a izquierda a lo largo de la carretera y después, al final, una vez pasada la gran escuela que está junto al paso a nivel, me metí por un caminito que baja entre los setos primero y después a pique hacia el Sena.

Por encima de las verjas los vi alejarse con su camilla, iban como a asfixiarse entre las fajas de niebla, que se rehacían despacio detrás de ellos. A orillas del río el agua chocaba con fuerza contra las gabarras, bien apretadas contra la crecida. De la llanura de Gennevilliers llegaba aún un frío que pelaba a bocanadas sobre los remolinos del río y lo hacía relucir entre los arcos del puente.

Allí, muy a lo lejos, estaba el mar. Pero yo ya no podía imaginar nada sobre el mar. Tenía otras cosas que hacer. De nada me servía intentar perderme para no volver a encontrarme ante mi vida, por todos lados me la encontraba, sencillamente. Volví sobre mí mismo. Mi trajinar estaba acabado y bien acabado. ¡Que otros siguieran!... ¡El mundo se había vuelto a cerrar! ¡Al final habíamos llegado, nosotros!... ¡Como en la verbena!... Sentir pena no basta, habría que poder reanudar la música, ir a buscar más pena... Pero, ¡que otros lo hiciesen!... Es juventud lo que pedimos de nuevo, así, como quien no quiere la cosa... ¡Y desenvueltos!... Para empezar, ¡ya no estaba dispuesto a soportar más tampoco!... Y, sin embargo, ¡ni siquiera había llegado tan lejos como Robinson, yo, en la vida!... No había triunfado, en definitiva. No había logrado hacerme una sola idea de ella bien sólida, como la que se le había ocurrido a él para que le dieran para el pelo. Una idea más grande aún que mi gruesa cabeza, más grande que todo el miedo que llevaba dentro, una idea hermosa, magnífica y muy cómoda para morir... ¿Cuántas vidas me harían falta a mí para hacerme una idea así más fuerte que todo en el mundo? ¡Imposible decirlo! ¡Era un fracaso! Mis ideas vagabundeaban más bien en mi cabeza con mucho espacio entre medias, eran como humildes velitas trémulas que se pasaban la vida encendiéndose y apagándose en medio de un invierno abominable y muy horrible...

Las cosas iban tal vez un poco mejor que veinte años antes, no se podía decir que no hubiese empezado a hacer progresos, pero, en fin, no era de prever que llegara nunca yo, como Robinson, a llenarme la cabeza con una sola idea, pero es que una idea soberbia, claramente más poderosa que la muerte, y que consiguiera, con mi simple idea, soltar por todos lados placer, despreocupación y valor. Un héroe fardón.

La tira de valor tendría yo entonces. Chorrearía incluso por todos lados valor y vida y la propia vida ya no sería sino una completa idea de valor, que lo movería todo, a los hombres y las cosas desde la tierra hasta el cielo. Amor habría tanto, al mismo tiempo, que la Muerte quedaría encerrada dentro con la ternura y tan a gusto en su interior, tan caliente, que gozaría al fin, la muy puta, que acabaría divirtiéndose con amor también ella, con todo el mundo. ¡Eso sí que sería hermoso! ¡Sería un éxito! Me reía solo a la orilla del río pensando en todos los trucos que debería hacer para llegar a hincharme así con resoluciones infinitas... ¡Un auténtico sapo de ideal! La fiebre, al fin y al cabo.

¡Hacía una hora por lo menos que los compañeros me buscaban! Sobre todo porque habían advertido sin duda alguna que, al separarme de ellos, no estaba animado precisamente... Fue Gustave Mandamour quien me divisó el primero bajo el farol de gas. «¡Eh, doctor! —me llamó. Tenía, la verdad, una voz de la hostia, Mandamour–. ¡Por aquí! ¡Lo llaman en la comisaría! ¡Para la declaración!...» «Oiga, doctor... –añadió, pero entonces al oído–, ¡tiene usted muy mal aspecto!» Me acompañó. Me sostuvo incluso para andar. Me quería mucho, Gustave. Yo no le hacía nunca reproches sobre la bebida. Comprendía todo, yo. Mientras que Parapine, ése era un poco severo. Le avergonzaba de vez en cuando por lo de la bebida. Habría hecho muchas cosas por mí, Gustave. Me admiraba incluso. Me lo dijo. No sabía por qué. Yo tampoco. Pero me admiraba. Era el único.

Recorrimos dos o tres calles juntos hasta divisar el farol de la comisaría. Ya no podíamos perdernos. El informe que debía hacer era lo que le preocupaba, a Gustave. No se atrevía a decírmelo. Ya había hecho firmar a todo el mundo, al pie del informe, pero, aun así, le faltaban todavía muchas cosas a su informe.

Tenía una cabeza enorme, Gustave, por el estilo de la mía, y hasta podía yo ponerme su quepis, con eso está dicho todo, pero olvidaba con facilidad los detalles. Las ideas no acudían solícitas, hacía esfuerzos para expresarse y muchos más aún para escribir. Parapine lo habría ayudado con gusto a redactar, pero no sabía nada de las circunstancias del drama, Parapine. Habría tenido que inventar y el comisario no quería que se inventaran los informes, quería la verdad y nada más que la verdad, como él decía.

Al subir por la escalerita de la comisaría, iba yo tiritando. Tampoco yo podía contarle gran cosa al comisario, no me encontraba bien, la verdad.

Habían colocado el cuerpo de Robinson ahí, delante de las filas de enormes archivadores de la comisaría.

Impresos por todos lados en torno a los bancos y a las colillas viejas. Inscripciones de MUERTE A LA BOFIA no del todo borradas.

«¿Se ha perdido usted, doctor?», me preguntó el secretario, muy cordial, por cierto, cuando por fin llegué. Estábamos todos tan cansados, que farfullamos todos, unos tras otros, un poco.

Por fin, llegamos a un acuerdo sobre los términos y las trayectorias de las balas, una incluso que estaba aún alojada en la columna vertebral. No la encontrábamos. Lo enterrarían con ella. Buscaban las otras. Clavadas en el taxi estaban, las otras. Era un revólver potente.

Sophie vino a reunirse con nosotros, había ido a buscar mi abrigo. Me besaba y me apretaba contra sí, como si yo fuera a morir, a mi vez, o a salir volando. «Pero, ¡si no me voy! —no me cansaba de repetirle—. Pero, bueno, Sophie, ¡que no me voy!» Pero no era posible tranquilizarla.

Nos pusimos a hablar en torno a la camilla con el secretario de la comisaría, que estaba curado de espanto, como él decía, en cuanto a crímenes y no crímenes y catástrofes también e incluso quería contarnos todas sus experiencias a la vez. Ya no nos atrevíamos a irnos para no ofenderlo. Era demasiado amable. Le daba gusto hablar por una vez con gente instruida, no con golfos. Conque, para no desairarlo, nos entretuvimos mucho en la comisaría.

Parapine no llevaba impermeable. Gustave, de oírnos, sentía acunada su inteligencia. Se quedaba con la boca abierta y su gruesa nuca tensa, como si tirara de un carro. Yo no había oído a Parapine pronunciar tantas palabras desde hacía muchos años, desde mi época de estudiante, a decir verdad. Todo lo que acababa de ocurrir aquel día lo embriagaba. Nos decidimos, de todos modos, a regresar a casa.

Nos llevamos con nosotros a Mandamour y también a Sophie, que todavía me daba apretones de vez en cuando, con el cuerpo lleno de las fuerzas de inquietud y de ternura, hermosa, y el corazón también. Yo estaba henchido de su fuerza. Eso me molestaba, no era la mía y la mía era la que yo necesitaba para ir a diñarla magníficamente un día, como Léon. No tenía tiempo que perder en muecas. ¡Manos a la obra!, me decía yo. Pero no me venía.

Ni siquiera quiso Sophie que me volviera a mirarlo por última vez, el cadáver. Conque me fui sin volverme. «Cierren la puerta», decía un cartel. Parapine tenía sed aún. De hablar, seguramente. Demasiado hablar, para él. Al pasar por delante del quiosco de bebidas del canal, llamamos en el cierre un buen rato. Eso me recordaba la carretera de Noirceur durante la guerra. La misma línea de luz encima de la puerta y dispuesta a apagarse. Por fin, llegó el patrón, en persona, para abrirnos. No estaba enterado. Se lo contamos todo nosotros y la noticia del drama también. «Un drama pasional», como lo llamaba Gustave.

La tasca del canal abría justo antes del amanecer para los barqueros. La esclusa empieza a girar sobre su eje despacio hacia el final de la noche. Y después todo el paisaje se reanima y se pone a trabajar. Las planchas se separan del río muy despacio, se alzan, se elevan a ambos lados del agua. El currelo emerge de la sombra. Se empieza a ver todo de nuevo, sencillo, duro. Los tornos aquí, las empalizadas de las obras allá y lejos, por encima de la carretera, ahí vuelven de más lejos los hombres. Se infiltran en el sucio día en grupitos transidos. El día les inunda la cara para empezar, al pasar delante de la aurora. Van más lejos. Sólo se les ve bien la cara pálida y sencilla; el resto está aún en la noche. También ellos tendrán que diñarla un día. ¿Cómo harán?

Suben hacia el puente. Después desaparecen poco a poco en la llanura y llegan otros hombres más, más pálidos aún, a medida que el día se alza por todas partes. ¿En qué piensan?

El patrón de la tasca quería enterarse de todo lo relativo al drama, las circunstancias, que le contáramos todo.

Vaudescal se llamaba, el patrón, un muchacho del norte muy limpio.

Gustave le contó entonces todo y más.

Nos repetía, machacón, las circunstancias, Gustave, y, sin embargo, no era eso lo importante; nos perdíamos ya en las palabras. Y, además, como estaba borracho, volvía a empezar. Sólo, que entonces ya no tenía nada más que decir, la verdad, nada. Yo lo habría escuchado con gusto un poco más, bajito, como un sueño, pero entonces los otros se pusieron a protestar y eso le irritó.

De rabia, fue a dar un patadón a la estufita. Todo se derrumbó, se volcó: el tubo, la rejilla y los carbones en llamas. Era un cachas, Mandamour, como cuatro.

Además, ¡quiso enseñarnos la auténtica danza del fuego! Quitarse los zapatos y saltar de lleno en los tizones.

El patrón y él habían hecho un negocio con una «máquina tragaperras» no registrada... Era muy falso, Vaudescal; no había que fiarse de él, con sus camisas siempre demasiado limpias como para ser del todo honrado. Un rencoroso y un chivato. Hay la tira de ésos por los muelles.

Parapine sospechó que iba por Mandamour, para que lo expulsaran del cuerpo, aprovechando que había bebido demasiado.

Le impidió hacerla, su danza del fuego, y le avergonzó. Empujamos a Mandamour hasta el extremo de la mesa. Se desplomó ahí, por fin, muy modosito, entre suspiros tremendos y olores. Se quedó dormido.

A lo lejos, pitó el remolcador; su llamada pasó el puente, un arco, otro, la esclusa, otro puente, lejos, más lejos... Llamaba hacia sí a todas las gabarras del río, todas, y la ciudad entera y el cielo y el campo y a nosotros, todo se llevaba, el Sena también, todo, y que no se hablara más de nada.

Esta edición de *Viaje al fin de la noche*,
de Louis-Ferdinand Céline,
se terminó de imprimir en Liberdúplex,
el 29 de abril de 2011

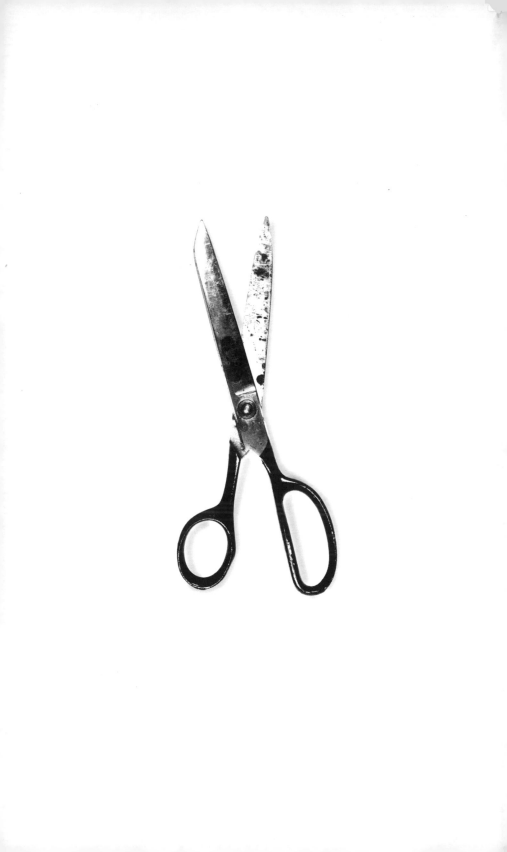